新 视 界

始于未知　去往浩瀚

国家出版基金项目
NATIONAL PUBLICATION FOUNDATION

中国诗歌叙事传统研究

笔补造化

中唐至宋末诗歌叙事传统研究

杨万里　周剑之　著

上海远东出版社

图书在版编目（CIP）数据

笔补造化：中唐至宋末诗歌叙事传统研究／杨万里，周剑之著. —上海：上海远东出版社，2023

（中国诗歌叙事传统研究丛书）

ISBN 978 - 7 - 5476 - 1893 - 6

Ⅰ.①笔… Ⅱ.①杨… ②周… Ⅲ.①古典诗歌—诗歌研究—中国 Ⅳ.①I207.22

中国国家版本馆 CIP 数据核字（2023）第 032708 号

出 品 人　曹　建
责任编辑　王智丽
封面设计　观止堂_未氓

本书为国家社科基金重大项目"中国诗歌叙事传统研究"课题
（15ZDB067）研究成果

本书获 2022 年度国家出版基金资助

中国诗歌叙事传统研究丛书

笔补造化：中唐至宋末诗歌叙事传统研究

杨万里　周剑之　著

出　　版　**上海远东出版社**
　　　　　（201101　上海市闵行区号景路 159 弄 C 座）
发　　行　上海人民出版社发行中心
印　　刷　上海颛辉印刷厂有限公司
开　　本　890×1240　　　1/32
印　　张　14.625
插　　页　4
字　　数　330,000
版　　次　2024 年 1 月第 1 版
印　　次　2024 年 8 月第 2 次印刷
ISBN　978 - 7 - 5476 - 1893 - 6/I·371
定　　价　88.00 元

丛 书 说 明

"中国诗歌叙事传统研究"丛书一套七册，是国家社科基金重大项目"中国诗歌叙事传统研究"最终成果的结集。这七种书，由该课题六个子课题的成果（六册）和首席专家执笔的《诗心缘事：中国诗歌叙事传统研究引论》（一册，以下简称《引论》）组成。

感谢国家社科基金领导小组批准我们课题组以丛书形式结项。

感谢结项评审专家组不辞辛劳、认真负责地审阅本课题200万字左右的成果文本，特别感谢他们给予本成果的好评和提出的许多宝贵批评意见。这对我们增强信心继续修改以提高书稿质量，是巨大的鼓舞和帮助。

我们的课题偏于理论探讨的性质，特别应该充分发扬学术民主，百花齐放、百家争鸣，集思广益，乃至求同存异，所谓"旧学商量加邃密，新知培养转深沉"。课题的进行是科学研究的过程，即使课题结项，研究成果进入社会，也只是新的更大范围探讨商榷的开始。在将近六年的研究和写作过程中，我们一直抱持着这样的理念，也是这样实践的。我们的研究成果，从《引论》到所有子课题的文稿，均经个人钻研撰写，传阅互读，反复讨论斟酌修改甚至重写，终于形成几部（而不是一部）

学术专著。这些著作有一个共同的论题，有一致的理论基调和旨趣追求；而研究对象，除《引论》外，则各为中国诗史的某一段落。各子课题参与撰写的人数不等，学术水平也有参差，但各子课题负责人均认真组织，认真统稿，各自完成为一部独立的著作。毋庸讳言，各书在论述的结构安排，材料的选取运用，特别是文字风格上，是各具特色，各有短长，但都达到了一定的学术要求。鉴于这个情况，我们决定，各书保持自己的特色，不再进一步统一，而以丛书形式出版。丛书不设主编，各册相对独立，按撰写的实际情况署名，以体现对执笔人劳动和著作权的尊重，体现学术自由争鸣、文责自负的原则。

文史异同与关系问题，正在成为学界关注的热点，而叙事和叙事传统正是沟通文史的根本关键。深入研究叙事，绝不仅仅是对西方学界的呼应，而且是我国文史学术自身发展的需要。希望这套丛书对此有所贡献。

感谢上海远东出版社的大力支持，感谢诸位编辑的辛勤劳动。

感谢国家出版基金的有力资助。

感谢一切关心本书的学界同行和阅读本书、批评本书的所有读者。

中国诗歌叙事传统研究课题组

2022 年 10 月

2

目　　录

导　论

　　本书研究中唐至宋末中国诗歌的叙事传统。

　　我们在讨论中国诗歌的叙事传统的时候，除了需要熟悉历代诗歌作品，还需要找到一个通用概念作讨论和分析的基础。西方叙事学中的"叙事"一词即我们选择的通用概念。这样选择的原因是：西方的叙事学概念是分析型的，逻辑统一，它的内涵与外延界定清晰；相对而言，中国文论中与叙事相关的概念多偏重于描述型，且逻辑往往不是很统一①。正因为后者的内涵与外延不

---

① 就如"叙事"一词，据谭帆先生对此词的渊源及词义演变所作的详细考辨，认为"事"包括"事物""事件""事情""事由""事类""故事"等多种内涵，而"叙"也包含"记录""叙述""解释"等多重意思。见谭帆：《"叙事"语义源流考——兼论中国古代小说的叙事传统》，《文学遗产》2018 年第3 期。叙事含义如此"丰富"，那么我们将在什么意义层面进行学术讨论呢？总不至于将"叙事多歧"作为中国文学叙事传统的民族特征吧？再随手拈一个学术研究中分类逻辑不清的例子。王荣《发现与重估：中国古典叙事诗艺术论析》一文中提到：中国古典叙事诗有三种基本结构模式，即纪事型结构模式、感事型结构模式和情节型结构模式。纪事型结构模式的重要特点是"以韵语纪时事"，感事型叙事结构模式"强调作者主体情感反应及价值评判对于叙事过程的介入"，情节型叙事模式"以虚
（转下页）

太明晰，所以在应用时基本上依赖研究者的主观感受来运用②，其结果就是就很难对中国诗歌的叙事传统做出质的研究。孔子说："吾道一以贯之。"贯穿在中国诗歌叙事传统中的"一"是什么？我们不能回避。本书中，笔者试图以现代叙事学的学术眼光审视中国古代诗歌的叙事传统，彰显中国诗歌叙事传统的悠久历史和艺术上的独到成就③，推进中国古代诗词研究向纵深发展④。

（接上页注） 构性的情节为艺术结构的中心"（见《陕西师范大学学报》，2001年第2期）。按，这三个概念没有使用同一个分类标准，纪事型结构模式的分类标准是"韵语"，感事型叙事结构模式的标准是主体情感及介入叙事，情节型叙事模式的标准是虚构。三个标准是交叉关系，而非平行关系。其他如叙事功能、叙事意识、留白叙事、情境叙事、片断叙事等中国特色的叙事概念，情况大多类此。这一套内涵外延都无法界定的叙事概念，关起门来自娱自乐可以，但无法进行有价值的学术对话，更不要说进行中外学术对话、接轨世界学术潮流。

② 一个显然的事实是：当前学术论文中，我们在谈论诗歌叙事的时候，把那些只要是诗中有"事"的诗都纳入了讨论范围。这样就泛滥无边了。还有一种现象是走向将叙事无限扩大化的一端，上升到哲学层面，如历史叙事、亡国叙事、灾难叙事等。这都是因概念不清而导致无法产生真正的学术思想交流的表现。

③ 余虹《文史哲：中西叙事理论的内在旨趣与知识眼界》："事实上，中国的叙事诗学是从诗之外的小说戏剧等写作经验中生长出来的，而小说戏剧的母胎更像是史传而非诗歌。"（《外国文学评论》1997年第4期）这可能代表着一般学者对中国早期文学叙事的普遍看法。若依此而论，则中国唐代以前诗歌就不可以用叙事理论来指引研究了。这显然是不符合客观事实的。

④ 董乃斌教授尝言："在创造叙事学方法和理论方面，在运用叙事学分析古代文学作品方面，我们作为后起者，既应该虚心向先走一步的西方学者有所借鉴和汲取，也需要继承和发扬光大我们前人已取得的相关成就，努力将他们的贡献提升到现代人文科学的水平。"笔者多年来正是秉此理念将叙事学与中国诗歌叙事传统相结合研究的。董文见《论中国文学史抒情和叙事两大传统》，《社会科学》2010年第3期。

　　在叙事学层面，叙事是指按一定的顺序讲述故事①，它包括了叙述事件、记叙经历、记录场景和描写景物②。据罗伯特·斯科尔斯和罗伯特·凯洛格合著的《叙事的特性》一书中的观点："那些被我们意指为叙事的作品具有两大特点：一是有故事，二是有讲故事的人……要使作品成为叙事，其必要及充分条件即一个说者（teller）和一则故事（tale）。"③ 构成叙事的要素有四个：意义（meaning）、人物（character）、情节（plot）、视角（point of view）。

　　上述结论是以西方所谓"地中海传统"④ 为基础总结出来

① 浦安迪谓："简而言之，叙事就是'讲故事'。""叙事文侧重于表现时间流中的人生经验。……叙事文并不直接去描绘人生的本质，而以'传'事为主要目标。""抒情诗直接描绘静态的人生本质……戏剧关注的是人生矛盾，通过场面冲突或角色诉怀——即英文所谓的舞台'表现'（presentation）或'体现'（representation）——来传达人生的本质。"以上分别见浦安迪《中国叙事学》第一章《导言》，北京大学出版社1996年版，第4页、第6页、第7页。特别要指出的是：在中国文学里，叙事不只是指叙虚构的故事，它更多的指叙真实的故事，如作者经历和时事。

② 为何"描写景物"可以算作中国古代文学的叙事？周剑之《泛事观与中国古典诗歌的叙事传统》一文有比较充分的分析。大要谓：古代诗人对"事"与"物"界限不分明，"事"与"情"相互浑融，且不区分事态（"事"的要素与片断）与事件。本文取其义。周文见《国学学刊》2013年第1期。

③ 罗伯特·斯科尔斯（Robert Scholes）、罗伯特·凯洛格（Robert L Kellogg）《叙事的特性》（*The Nature of Narrative*，Oxford University Press）一书1966年初版中提出叙事的四要素：情节、人物、视角和意义，在学界影响甚广。2006年第二版（40周年纪念版）时加入了詹姆斯·费伦（James Phelan）写的第八章《40年来叙事理论的发展》，介绍了结构主义、认知主义、女权主义和修辞主义对叙事理论的新推助。中文版译作《叙事的本质》，于雷译，南京大学出版社2015年版，第2页。

④ 即浦安迪先生指出的"史诗（epic）——罗曼史（romance）——小说（novel）"一脉相承的主流叙事传统。见《中国叙事学》第一章《导言》，第8—9页。

的，虽然与中国古代文学的实际不尽相符（例如，在中国文学
的叙事传统中，场景转换、动作片段等占有重要地位），但是无
论在东方还是西方，衡量叙事的两个核心要素——故事和叙述
者——是不能忽略的，否则就不成其为"叙事研究"了。正如
浦安迪教授在《中国叙事学》一书中提出的："叙述人"（涵盖
了人物和视角两方面）的问题，是叙事学研究的核心问题，而
"叙述人的口吻"问题，则是核心中的核心①。换句话说，研究
中国文学的叙事，其重点在人物和视角。西方文艺理论的中国
化不是要修改或偷换西方文艺理论的基本概念，更不是另起炉
灶自说自话，如果这样做，那就失去了中西诗学对话的基础。
浦安迪教授调整西方叙事学的学术重心以适应中国文学叙事的
实际情况的做法值得我们学习。

　　笔者对"叙事"的观念或看法，除了认同以上文字所表达
者之外，还包含下面这个基本认识：研究中国文学的叙事，着眼
点在"叙"，而不是"事"。原因是与叙事理论的现代转型有关。
在这方面，我非常赞同余虹的看法："正是从以'事'为中心对
文学叙事理论的阐述到以'叙'为中心对文学叙事理论的阐述，
标志着文学叙事理论的'现代转向'。此一转向虽然也萌发在金
圣叹的小说评点之中，但由于缺乏强有力的理论支撑而流失。
相反，西方文学叙事理论因倚靠 20 世纪现代语言理论的充分发
展而完成了此一转向。没料到，转向后的西方叙事理论竟导致
了这一结论：历史叙事和哲学叙事在本质上都是文学叙事，这真

---

① 即浦安迪先生指出的"史诗（epic）——罗曼史（romance）——小说
　（novel）"一脉相承的主流叙事传统。见《中国叙事学》第一章《导言》，第
　16 页。

是一种历史性的反讽，因为中西传统文学叙事理论都在勉力将
文学叙事说成是历史或哲学，以此为文学叙事的合法性存在辩
护。"① 本书的叙事概念没有上升到"历史叙事和哲学叙事在本
质上都是文学叙事"这样的玄言高度，它只关注由人物、视角、
情节、意义四个基本要素构成的叙事概念。

一　叙述者和叙事视角

"叙述者"是叙事理论中最基础的概念，由此引申出人物与
叙事视角诸问题。什么是叙述者？维基百科（英文版）综合各
家"叙事学"著作的观点后指出：叙述者是指作品中一个虚拟的
讲述人，它与作者、故事中的人物是区分开来的；而在传统的
诗歌批评理论中，作者就是主人公（主要人物），就是叙述者，
这一点古今中外诗歌理论大致相同。这种将作者、叙事者与故
事中的人物绝对分开的理论，此前很难被接受，所幸当今学人
很容易理解它了。将作者、叙述者、故事中的人物三者混同有
两点比较显著的不合理性：一则它严重误判、低估了文学作品作
为一种"独立存在"的文化意义和精神价值；二则这种将作者
等同于主人公和叙述者的旧观念，严重制约了创作中的虚构创
新，严重损害了文学对现实的批判或揭露的深度。本书中，研
究者有意避开诗歌"作者"这一概念，而引入"叙事者"这个
中间概念，目的是找到一个分析诗歌叙事的相对客观的工具和

---

① 余虹：《文史哲：中西叙事理论的内在旨趣与知识眼界》，《外国文学评
　　论》1997 年第 4 期。

评价标准，以便专注于诗歌中的叙事传统的归纳分析，最终目标是总结每一个历史阶段的叙事艺术的创新。

依叙述者的身份，叙事分为第一人称叙事和第三人称叙事①。在第一人称叙事中，叙述者与故事中的某个人物是一致的；在第三人称叙事中，叙述者与故事中的所有人物是不同的。第一人称叙事又分为两种：主人公叙事（叙述者即故事中的主人公，学术术语是"同故事叙述者叙事"）和见证人叙事（叙述者是故事中的主人公以外的次要人物，学术术语是"异故事叙述者叙事"）。

根据叙事学研究者普遍的看法，第一人称叙事更加聚焦于故事中特定人物的心理感受、想法、看法，以及特定人物如何看待故事中的其他人物与周围环境。如果作者想要介入故事中特定人物的活动世界，那么第一人称叙事是一个很好的选择。第三人称叙事相对来说自由得多，叙述者无所不知或者知之甚多，他可以全方位地描述人物和事件的背景、行为过程和结局。如果作者想要表现时空延展度大、矛盾复杂、人物众多的题材，第三人称叙事是不错的选择。

再来说说叙事理论中另一个重要的概念"叙事视角"。叙事视角就是叙述者讲故事时站的"位置"，也即上文中浦安迪教授提到的叙事者的"口吻"。据相关学者归纳分析，叙事视角可以分为全知视角（上帝视角，叙述者＞人物）、内视角（叙述者＝人物）和限知视角（叙述者＜人物）三种②。经过与叙事人称组合简化以

---

① 从字面上看，文学作品中有以"你"为叙述者的叙事，但它不是第二人称叙事。这个主人公"你"实际上是客体化的我，叙述者还是第三人称。

② Gérard Genette（热拉尔·热奈特）. *Narrative Discourse：An Essay in Method*. Cornell University Press, 1983）：186—189，243—247.

后，叙事视角有如下四种常见类型：第三人称全知视角（上帝视角）、第三人称限知视角（外视角）、第一人称内视角（主人公视角）和第一人称外视角（也称第一人称限知视角、见证人视角）。

第三人称全知视角（Third-Person Omniscient Narration）是一种最传统和运用最广泛的叙事方式，无需特别解释，《诗经·大雅》中的《绵》诗、古乐府《古诗为焦仲卿妻作》《日出东南隅行》（日出东南隅）等诗中的叙事视角即是。古代小说、戏剧大多都采用这种叙事视角。

第三人称限知视角（Third-Person Limited Narration），是完全通过故事中的某一特定人物来叙述故事（being told through the eyes of a single character）①。这种叙述视角与"全知全能"的第三人称全知视角相反，此处的叙述者比故事中所有人物知道的还要少，他是一个对内情毫无所知的人，完全站在故事中某个人物的后面向读者叙述故事中所有人物的行为和语言。这个叙事视角的特点是极富戏剧性和客观演示性，其优点是叙事神秘莫测，既富有悬念又耐人寻味，能充分调动读者的期待视野、参与意识和审美的再创造力。清人沈德潜《古诗源》卷一载春秋时期鲁文公之世的童谣《鸲鹆歌》②，在我看来是标准的

---

① 以上概念据维基百科（英文版）定义而来。

② 按：鸲鹆又作鸲鹆，音 qúyù，即八哥鸟。《左传·昭公二十五年（前517年）》："有鸲鹆来巢，书所无也。师己曰：'异哉！吾闻文、成之世，童谣有之，曰：'鹆之鸲之……'。"笔者按，此处"文成之世"据贾逵解释是指鲁文公（？—前609年）、鲁成公（？—前573年），是也；而此谣所歌唱的却是数十年之后鲁昭公（前560—前510年）出奔的历史，它发生在公元前517—前510年。沈德潜评此诗说："数十年后事，一一皆验。"殊不知，这正是典型的《春秋》式预言叙事，即神圣叙事，《左传》中时时见之。师己，春秋时期鲁国鲁昭公时代的大夫。

第三人称限知视角叙事：

> 鸜之鹆之，公出辱之。鸜鹆之羽，公在外野，往馈
> 之马。
> 鸜鹆跦跦（zhū），公在乾侯，征褰与襦。鸜鹆之巢，远
> 哉遥遥。
> 稠父（鲁昭公）丧劳，宋父（昭公之弟公子宋）以骄。鸜鹆
> 鸜鹆，往歌来哭。

本诗可翻译为：

> 鸜鹆来鸜鹆叫，国君受辱而外逃。
> 鸜鹆展开羽毛，国君住在野郊，臣子把马送到。
> 鸜鹆双脚跳跳，国君住到乾侯，臣子送来裤与袄。
> 鸜鹆筑窠路遥，稠父死于辛劳，公子宋继立而横骄。
> 鸜鹆去时唱歌，来时哀号。

　　此诗涉及的人物有人格化的鸜鹆、稠父（国君）、臣子、宋
父；情节主线是稠父从离开宫城到野外，再到乾侯，然后死于
辛劳，他的弟弟公子宋继立，骄横不已；副线是鸜鹆鸟的行为：
到来，展开羽毛，跳行，筑窠，去时唱歌，来时哀号[1]。叙述者

---

① 　副线在本诗中不完全是写实的，它更多的是预言和象征意味。《左氏春
秋》中有很多这一类叙事，令所叙述的历史笼罩在一种神秘而宿命的气
氛之中。中外古代文学、史学中大量存在这种情况，反映了人类在文明
早期对自身命运和历史规律的思考和敬畏。

只将有限的所见陈告读者，一切极富戏剧性和客观演示性。事件的来龙去脉、主人公（国君）的心理、事件的意义，一概付之阙如，让读者去联想，去回味。类似的诗还有《玉台新咏》卷一所载陈琳《饮马长城窟行》（饮马长城窟）诗，诗中叙述了主人公（边城卒）与边城吏的对话、边城卒与妻子的书信往来和对话，不及其他，给读者留下了丰富的回想和想象空间。第三人称限知视角是一种非常客观冷静的叙事方式，在抒情传统异常强大的中国诗歌史上并不常见，所以弥足珍贵。《诗经·小雅》中的《楚茨》、《诗经·商颂》中的《那》诗、杜甫的《石壕吏》都是典型的第三人称限知视角，而晚唐温庭筠的《菩萨蛮》（小山重叠）词十四首是第三人称限知视角叙事的又一艺术高峰。

　　第一人称内视角又叫主人公视角，叙述者即故事中的主人公。因为主人公内视角叙事可以充分展示主要人物的内心世界，所以它擅长心理刻画，便于在叙事中抒情，故这类叙事诗带有强烈的抒情色彩。《诗经》中《氓》是一篇运用主人公内视角的叙事诗。全诗以"我"为叙述者，通过"我"之眼叙述了氓从求婚、订婚、嫁娶、变心到离异的全过程，每一个环节都伴随着"我"的心理活动和感受。又如汉乐府无名氏《有所思》：

　　　　有所思，乃在大海南。何用问遗君？双珠玳瑁簪，用玉绍缭之。闻君有他心，拉杂摧烧之。摧烧之，当风扬其灰。从今以往，勿复相思。相思与君绝！鸡鸣狗吠，兄嫂当知之。妃呼豨！秋风肃肃晨风飔，东方须臾高知之。

　　这也是主人公视角叙事。全诗通过"我"之所想所做所感来叙事，叙述了我思念情人、送情人礼物、听说情人变心、烧毁礼物并扬其灰、决心与情人断绝关系、天亮鸡叫、担心兄嫂知道、睡懒觉开始新一天等情节，全诗有一个完整的（起因、发展、高潮、结局）故事，有动作，有心理。虽然诗歌篇幅短小，但叙事完备，体现了汉乐府高超的叙事艺术。

又如《文选》所载乐府诗《饮马长城窟行》（青青河畔草），以"我"之口吻叙述了做梦、来客、得信、读信的全过程，并伴随着"我"由相思到失望到惊喜的前后心理活动。《玉台新咏》卷一所载繁钦《定情诗》也是一首别致的主人公视角叙事诗，说它别致，是因为诗中借用了佛经中常见的排句铺陈、四方铺陈、四时铺陈等繁缛描写，如"何以……"句式接连用了十一次，"与我期何所"句式接连用了四次。这种繁缛描写既叙述了情节的进展，又展示了"我"丰富的内心活动。再如蔡琰的《悲愤诗》、石崇的《王明君词》①、《玉台新咏》卷五所收江淹《西洲曲》（忆梅下西洲）、张鷟《游仙窟诗》、元稹的《梦游春七十韵》等诗都是主人公内视角叙事，读来感人深切。这类叙事诗歌有强烈的抒情倾向，也往往被索隐派研究者当作诗人经历的材料。

第一人称限知视角又叫见证人视角，其叙事以客观叙事为主，偶尔会有评论及抒情。如《玉台新咏》卷一《古诗八首》第一首"上山采蘼芜"，通过见证人"我"，讲述了某女意外地与前夫会见的场景：某女遇故夫，问故夫，故夫回答。从问与答

---

① 石崇《王明君词》前有一序，序末曰："其造新曲，多哀怨之声，故叙之于纸云尔。"这里表达了明确的"叙事"意识，值得引起注意。见《文选》卷二十七"乐府上"。上海古籍出版社1986年版，第1291页。

的内容中，实际上是补充叙述了此女过去的婚姻生活、离婚后双方生活状况与挂念对方的心理。再如左思的《娇女诗》，通过父亲"我"的视角叙述了小女儿的日常生活细节，只有客观展示，没有评论，但小女儿的可爱情状、父亲的喜悦和疼爱之情，跃然纸上。

在第一人称限知视角（见证人视角）中，叙事者"我"与所叙之事保持一定的距离，这种距离是艺术构思的需要，便于刻画细节和抒发情感。我们熟悉的《战城南》即是采用第一人称限知视角（见证人视角）叙事：

> 战城南，死郭北，野死不葬乌可食。为我谓乌：
> "且为客豪！野死谅不葬，腐肉安能去子逃？"
> 水深激激，蒲苇冥冥。枭骑战斗死，驽马徘徊鸣。
> 梁筑室，何以南？何以北？
> 禾黍不获君何食？愿为忠臣安可得？
> 思子良臣，良臣诚可思：朝行出攻，暮不夜归！

全诗叙"我"所见到的一次战争后的惨烈景象（叙事），以及"我"的内心情感世界（抒情）。叙述者"我"显然没有参与这次战争，只是"见证"到了战争结果的惨烈，因此本诗叙事是"见证人视角"叙事。见证人视角最宜刻画细节和客观场面，加之第一人称带来的抒情的便利，所以本诗既有清晰的叙事，又有强烈的抒情。又如佛典《阿含经》中的神通故事，叙述人阿难尊者是个"出场但不介入式"的叙述者，每次用"如是我闻"的套语开始具有充分主体权威却又超然的叙述，保证他的叙述是来自亲耳听闻佛陀所说，具有不可动摇的真实性和神圣性①。

主人公视角和见证人视角两者的相同之处在于：叙述者都是"我"，叙述故事时都是从"我"的视觉、听觉及感受的角度去传达一切，叙述者"我"不能提供自己尚未知的东西。由于叙述者"我"进入了故事和场景，一身二任，或讲述亲历，或转叙见闻，其话语有可信性、亲切性的特点，故多为现代小说所采用。不过二者的区别也比较显著：主人公视角（同故事叙述人）可以充分展示主人公的内心世界，但在叙述事件时不能进行这样或那样的评说；而见证人视角（异故事叙述人）在这两点上则恰好相反，见证人不能进入主人公内心世界，但他作为旁观者和见证者有评说的自由，而且由于这种见证人的评说显得很"客观"，所以其叙事更具可信性。

第三人称限知视角与第一人称限知视角（见证人视角）的区别在于：前者是纯客观叙事，刻意隐去叙事者的在场感，也没有对所叙之事的议论和抒情文字出现；后者在叙事时会强调"我"的在场感，在叙事的同时，会有议论或抒情文字出现。

当然，并不是只要在叙事诗中频频出现"我"字，就必定是第一人称叙事。如辛延年《羽林郎》诗：

> 昔有霍家奴，姓冯名子都。依倚将军势，调笑酒家胡。
> 胡姬年十五，春日独当垆。长裾连理带，广袖合欢襦。
> 头上蓝田玉，耳后大秦珠。两鬟何窈窕，一世良所无。

---

① 丁敏：《汉译佛典四阿含中神通故事的叙事分析：以叙述者、叙事视角、受叙者为主》，《暨南学报（哲学社会科学版）》2007年第2期。

一鬟五百万，两鬟千万馀。不意金吾子，娉婷过我庐。
银鞍何煜耀，翠盖空踟蹰。就我求清酒，丝绳提玉壶。
就我求珍肴，金盘脍鲤鱼。贻我青铜镜，结我红罗裾。
不惜红罗裂，何论轻贱躯。男儿爱后妇，女子重前夫。
人生有新故，贵贱不相逾。多谢金吾子，私爱徒区区。

　　从本诗开头"昔有""酒家胡""胡姬"等词可知，此诗是
第三人称全知视角叙事。此处诗中为何要用第一人称"我"字，
笔者还没有弄清其中原因，我猜测或是汉乐府采诗人口吻的遗
留（每一首汉乐府都经历了漫长的集体创作阶段），又或是某种
说唱艺术的遗留，又或者是佛经文学的影响，均有待研究。类
似的例子还有，如颜延之《秋胡诗》，虽然诗中有"嘉运既我
从，欣愿自此毕"一句，但全诗格局仍是第三人称全知叙事，
不得视作第一人称叙事。再如北朝乐府诗《木兰辞》中有句
"开我东阁门，坐我西阁床，脱我战时袍，著我旧时裳"，虽有
几处"我"字，然而全诗仍是第三人称全知视角叙事。
　　与叙事视角紧密相关的概念还有"叙事焦点"。全知视角下
焦点不固定，故又称零焦点叙事。零焦点叙事的好处是可以随
意切换叙事空间与时间，不足之处是：如果过度使用它，就会使
情节混乱，叙事没有表现力，情节不生动。内视角与限知视角
属于定焦叙事，它的好处是：便于描绘细节和过程，情节真实有
力，不足之处是展示生活的广度不如零焦点叙事。笔者认为，
考察诗歌的叙事传统，可以紧紧围绕视角与聚焦点来分析其艺
术得失，从而作出有说服力的叙事总结。
　　最后顺带介绍叙事理论中的"意义"和"情节"概念。据
《叙事的本质》一书中的观点，叙事作品的意义是指文学作品

虚构的世界与现实世界之间的关系，这种关系可能是再现性（representational）的，也可能是例释性（illustrative）的①。前者好理解，就是阅读作品时我们在脑海中"复制"现实的活动，它关涉到具体的历史和个人事件，因而它是摹仿的。我们可以把这种摹仿性叙事称为"经验性叙事"，它的艺术标准是"真实"。在例释性的关系中叙事不复制现实，它仅仅关注现实的某一个层面，它的真实不是来自历史的、心理的或者社会的真实，而是伦理的、形而上的真实，因而它是象征的，如《庄子》中的寓言叙事、《离骚》的浪漫叙事、汉乐府中的求仙诗、李贺诗中的神话叙事以及国外的史诗、传奇、宗教神话等。故我们又可以将例释性叙事称作"虚构性叙事"，它的艺术标准是美与善。当然，优秀的作家总是出入再现和例释两个领域的。

叙事的意义。伟大的叙事作品之所以能唤起大家的共鸣，主要是因为那些由人物塑造、行为动机、描写及议论等创作行为所构筑的语言，能传达作者的思想品性——描绘现实世界时所展现出来的准确性和洞察力，或者在虚构文学中、创造理想世界之际所彰显的美与理想主义②。

情节的意思是：故事是如何被讲述出来的。一个故事中包含有主要人物、矛盾冲突、背景和事件，而情节就是如何组织以上部件或安排什么时段，把故事中的人物与矛盾冲突组织起来并最后解决掉它。从时间顺序来说情节包括开始、发展、高潮和结局这样一个过程。在一定的时间段里，叙事的情节模式大致稳定（如好莱坞电影），读者对故事的多样化的期待远远多于

---

① 《叙事的本质》，第 88 页。
② 《叙事的本质》，第 251 页。

对情节多样化的期待。

运用西方叙事学理论来研究中国诗歌的叙事传统，还要注意以下两个问题：

第一，在叙事学理论层面，叙事与感事是完全不同的概念。叙事的解说如上，感事有必要在此稍作剖析。感事只是一桩桩事件的陈列铺排，加上诗人的主观感受。感事的"事"没有以时间顺序构成情节，因此不是讲故事。如白居易《思旧》诗：

闲日一思旧，旧游如目前。再思今何在，零落归下泉。
退之服硫黄，一病讫不痊。微之炼秋石，未老身溘然。
杜子得丹诀，终日断腥膻。崔君夸药力，经冬不衣绵。
或疾或暴夭，悉不过中年。唯予不服食，老命反迟延。
况在少壮时，亦为嗜欲牵。但耽荤与血，不识汞与铅。
饥来吞热物，渴来饮寒泉。诗役五藏神，酒汨三丹田。
随日合破坏，至今粗完全。齿牙未缺落，肢体尚轻便。
已开第七秩，饱食仍安眠。且进杯中物，其馀皆付天。

这是一首标准的感事诗，非叙事诗。诗中提到了韩愈服硫磺、元稹服秋石（《本草纲目·秋石》谓淮南子丹成，号秋石）、杜子吃丹断腥、崔君吃丹药等事，但这些事没有一以贯之的情节发展，仅仅是排比罗列事实而已。这类诗不是本课题的研究对象。

第二，叙事概念中的四要素（人物、视角、意义、情节）为一有机整体，不可片面运用。例如汉乐府与魏晋拟乐府，虽然从情节、人物和视角等层面分析两者无明显区别，但两者的实质性区别仍在——两者的叙事意义不一样，所以仍然是不同的叙事传统。张衡、三曹等人出于自我抒情的需要而以乐府旧题抒情言志，则可判定他们是一种创新；而傅玄、陆机的拟乐府，亦步亦趋模仿汉乐府，包括模仿原作情节；从叙事理论来衡量，虽然傅玄和陆机的这些拟乐府诗完全符合叙事传统，但是因为这里的叙事没有"意义"，所以我们对他们此类作品的评价也不可能高。这是我们运用叙事学理论解读中国诗歌叙事传统时要注意的地方。只要我们坚持叙事四要素为一有机整体的原则，就不用担心叙事学方法论失效的问题。

最后，稍稍提及诗、史与事之关系。在中国文化的传统里，"诗言志"（《尚书·舜典》），"史，记事者也"（《说文解字》，记事与叙事在当时意义相近）。诗歌用来抒情（言志），不能用来叙事，叙事是史的功能。由于史官居于文化中心位置，所以史的地位显然高于诗。而西方则是诗与史皆可叙事："一叙述已发生的事（史），一叙述可能发生的事（诗）……诗所描述的事带有普遍性，历史则叙述个别的事。"① 诗与史都是记事的，只不过记不同特点的事。亚里士多德认为：任何一般都只能依附于个别而存在，个别才是第一实体或本体。因此，诗不仅可以叙述个别之事，而且只有经由个别之叙述，才能揭示那依附于个别的一般。诗虽叙述个别，但意在一般，故而它高于历史，更富有"哲学意味"。历史为写个别而写个别，它不关心一般。所以在西方早期文化中诗的地位高于史。西方文学史上叙事理论的高度发达，与文学长于叙事、文学的地位高于史学等历史传统密切相关。而我们的文化传统里史学高于文学，且史学长于记事（叙事），文学长于言志（抒情），故我们要客观地看待这

---

① 　亚里士多德：《诗学》，人民文学出版社1988年版，第28—29页。

样的历史事实：在中国文学史上存在着叙事传统和抒情传统两大传统，但前一个传统远不如后一个传统那么强大。

二　中国诗歌叙事传统的发生

中国诗歌的抒情传统与叙事传统虽然是齐头并进的态势，但是叙事传统的发生、发展严重受制于抒情传统，而诗歌抒情传统的形成，又与诗歌跟音乐的内在联系分不开。所以要讨论中国诗歌叙事传统的发生，就必先了解中国诗歌与音乐的关系。

诗与音乐的关系最早在《尚书·虞书·舜典》里已有总结："诗言志，歌永言，声依永，律和声。八音克谐，无相夺伦，神人以和。"按，古代诗歌的产生有两种方式，一种是采风而得，如《诗经》里的"国风"，从民间采集讴、谣、歌等民歌然后再配上音乐；二是士大夫献诗然后配上音乐。民歌不配乐不叫诗，士大夫献的文字不配乐不叫诗，《史记·孔子世家》里说"三百五篇，孔子皆弦歌之"就是这个意思。诗歌在产生的初期，绝不是像我们今天这样朗读的，而是用来吟诵和吟唱的，故有"诵诗""歌诗"的说法，如《论语》里说："诵诗三百，授之以政，不达；使于四方，不能专对。虽多，亦奚以为？"诵就是用抑扬顿挫的声调念诗或背诗。又如《墨子·公孟》说："诵诗三百，弦诗三百，歌诗三百，舞诗三百。"这里，诵、弦、歌、舞都是与音乐有关的动作，诵诗、弦诗、歌诗和舞诗是指传播诗歌的四种方式，并不是说有总计一千二百首诗。《礼记·文王世子》里亦有"春诵夏弦"的记载，弦就是弹奏。"弦歌不绝"就是歌诗不绝，也即文化传承不绝。

那么，古人如何歌诗（或弦歌）呢？手段就是"永言"——一种比"诵"更加抑扬顿挫地吟唱文字的方式。永言伴随着乐器演奏，这个演奏的音响就是"声"，它被要求与永言的高低长短配合即"声依永"；以节奏、节拍、力度、音色等手段来谐调声音，那就是"律和声"；声、律皆备就是音乐。诗歌与音乐的最早关系就是这样建立的。民间讴、谣、歌皆不是真正的音乐，故它们的歌词——民歌——不是诗。将春秋时期的民歌和士大夫献的文字配好音乐之后就是《诗经》，将楚地音乐配上屈原自己作的歌词以后才是《楚辞》，将汉代民歌配好音乐之后就是汉代乐府诗①。

我国早期诗歌的产生既与音乐分不开，那么，音乐的艺术特征必然制约着诗歌的艺术特征，如音乐旋律与节奏的复沓，制约了诗歌的齐言形式、押韵和章法上的叠章形式；音乐天然的抒情功能也决定了诗歌与生俱来的抒情性。中国诗歌史上最早的艺术总结是赋、比、兴，三者都是为阐释诗歌的抒情性而设的。

从叙事角度来说，由于中国早期诗歌与音乐天然合体，故其结果就是诗歌所合的音乐的"旋律美"掩盖了诗歌叙事的

---

① 《文心雕龙》"乐府篇"以乐府诗的形成为例，对诗与音乐的关系也有详细的解释："匹夫庶妇，讴吟土风，诗官采言，乐盲（胥）被律，志感丝篁，气变金石。是以师旷觇风于盛衰，季札鉴微于兴废，精之至也。夫乐本心术，故响浃肌髓，先王慎焉，务塞淫滥；敕训胄子，必歌九德。故能情感七始，化动八风……故知诗为乐心，声为乐体；乐体在声，瞽师务调其器；乐心在诗，君子宜正其文。"[南朝梁]刘勰：《增订文心雕龙校注》，黄叔琳注，李详补注，杨明照校注拾遗，中华书局2012年版，第82—83页。"讴吟土风"即民歌，只有经过"诗官采言，乐胥被律"之后，才会变成"志感丝篁，气变金石"的诗歌。由于我国早期诗歌与音乐天然地相辅相成，所以说"诗为乐心，声为乐体"。"声诗"之义源于此。

"情节美"①。如果说讲究叙事情节是求真的表现，那么就可以说，中国诗歌的叙事传统先天性地不求"真"，而是更重视"善"（指言志、缘情，"情志，一也"）和"美"（表现手法上的赋比兴和形式上的齐言、对偶、押韵等），故"诗言志"与"诗缘情"先后成为诗歌创作的基本法则。这个特征严重影响到后来中国诗歌叙事传统的发展路径，中国诗歌的叙事不发达，这是根本的原因。当然，"不发达"只是一个相对评价，中国诗歌的叙事不如抒情发达，并不意味着中国诗歌中没有叙事、没有叙事传统。

我国诗歌中的叙事艺术发展除了受到音乐的制约之外，还受到西周时兴起的礼乐文化（制礼作乐）的制约。有文献可征的早期叙事诗歌，均见于《诗经》中。透过厚厚的礼仪文化与音乐文化双重包裹的外壳，我们可以从中挑出如下叙事比较清晰的作品：《国风》中的《氓》②《鸡鸣》《七月》，《小雅》中的

---

① 《诗大序》谓："诗者,志之所之也,在心为志,发言为诗。"又谓："国史明乎得失之迹。"唐初孔颖达疏后一句云："国史采众诗时,明其好恶,令瞽矇歌之。"国史所采用的众诗,当然不是指史料,而是"志之所之"的民间诗歌作品,即我们在《左传》《国语》里常读到的诗篇。这些诗篇入史前都经过了瞽矇这类专业歌手的吟唱,以鉴别其好恶(好坏)。好坏的标准是什么呢? 难于考究,但可以推测《诗经》中的诗应该是标准。可以肯定的是：叙事性不是其标准。在孔子时,诗的功能是兴观群怨,朱熹解"可以兴"为"感发意志";观,一说是观风俗之盛衰,这是汉代人的说法,另一说是观志,春秋时代赋诗言志是比较重要的事情;群指合群,切磋;怨是讽刺。四个功能没有一个是指向客观事实(即叙事)的要求。

② 钱锺书《管锥编》第二十五节《毛诗正义》称此诗："按此篇层次分明,工于叙事。"生活·读书·新知三联书店 2007 年版,第 162 页。

《采薇》《出车》《车攻》《斯干》《楚茨》《宾之初筵》，《大雅》中的《大明》《绵》《皇矣》《灵台》《文王有声》《生民》《行苇》《公刘》《韩奕》《常武》，《颂》中的《泮水》《閟宫》《玄鸟》等。很明显，叙事在《国风》（据说大多来自民歌）中是比较少的（3篇），而在雅诗和颂诗中则比较常见（19篇），技巧上也更成熟。由此可以推知：《诗经》的叙事艺术主要是来自贵族阶层的文化创造，早期的叙事诗大多出自公卿士大夫之手①；又鉴于上举雅诗与颂诗中的诗歌叙事多与民族史、国家史及战争相关，故我们有理由相信：我国诗歌中的叙事传统源于上层贵族社会的史传文化传统②。

兹以《诗经·小雅·楚茨》诗为例，择本诗历代疏、注、解的相关释义，论述贵族阶层的祭礼文化对中国诗歌叙事传统

---

① 叙事艺术多出于贵族创造的原因，与雅诗和颂诗多为礼乐文化的产物有关。另一个统计数据也可佐证我们的观点。据相关学者统计，作为商周时期祭礼中心的"尸"（祖先或神的扮演者），在《国风》中仅出现1次，而在《大雅》出现了12次，在《小雅》中出现了4次。《三颂》中未出现尸字，但"嘏"字出现了5次，嘏"谓尸与主人以福也"。《礼记·礼运》："祝以孝告，嘏以慈告。是为大祥，此礼之大成也。"另外，《诗经》中反复出现的两个字"介"（赐）与"绥"（诒），其背后也有"尸"的影子在。（见王莹：《〈诗经〉祭祀诗的诗体变迁与程式化叙事探论——以"尸"之主题为个案》，《兰州大学学报》2017年第2期。）

② 宋代真德秀在《文章正宗》一书中指出："叙事起于史官。"这个叙事的内涵比较接近现代学术中的叙事概念。据学界常识，我国古代的史官文化源于更古老的巫文化。巫在相当长的时间里，承担着神人沟通、民族记忆、预测未来的功能。如"记神事之书"的《山海经》就是巫文化的结晶，《诗经》里的颂诗和《楚辞》里也处处可见巫文化的影子。因本节仅仅讨论叙事形成的直接渊源，而不讨论叙事的发生和发端，故不将叙事上溯到巫文化。

之形成的深刻影响[①]：

楚楚者茨，言抽其棘，自昔何为？我蓺黍稷。我黍与
与，我稷翼翼。

我仓既盈，我庾维亿。以为酒食，以享以祀，以妥以
侑，以介景福。（第一章）

济济跄跄，絜尔牛羊，以往烝尝。或剥或亨，或肆或
将。祝祭于祊。

祀事孔明。先祖是皇，神保是飨。孝孙有庆，报以介
福，万寿无疆。（第二章）

执爨踖踖，为俎孔硕。或燔或炙，君妇莫莫。为豆孔
庶。为宾为客，

献酬交错。礼仪卒度，笑语卒获。神保是格，报以介
福，万寿攸酢。（第三章）

我孔熯矣，式礼莫愆。工祝致告，徂赉孝孙。苾芬孝
祀，神嗜饮食。

卜尔百福，如幾如式。既齐既稷，既匡既敕。永锡尔
极，时万时亿。（第四章）

礼仪既备，钟鼓既戒，孝孙徂位，工祝致告，神具醉
止，皇尸载起。

鼓钟送尸，神保聿归。诸宰君妇，废彻不迟。诸父兄
弟，备言燕私。（第五章）

[①]　关于此诗产生的背景——西周礼乐文化的兴起，李山教授《凝铸传统的
诗篇——论〈诗经·小雅·楚茨〉的仪式书写》一文有详细的讨论。见
《中国诗歌研究》2019 年第 1 期（总第 18 辑）。

> 乐具入奏，以绥后禄。尔肴既将，莫怨具庆。既醉既饱，小大稽首。

> 神嗜饮食，使君寿考。孔惠孔时，维其尽之。子子孙孙，勿替引之。（第六章）

按，商周时期完整的祭礼仪式由以下程序组成：卜日、筮尸（尸即祖先的扮演者）、主人斋戒、宗伯斋训百官、王人、迎牲、尸人、灌裸、三献（以上皆准备程序）、降神仪式、祭礼（含馈献、迎尸、尸告饱、劝尸、送尸）、燕享。本诗是一组记录祭礼过程与燕享的诗，所记录的是祭祀仪式后半部分。本诗以第三人称外视角叙事，叙述者站在仪式之外记录事件的过程，故事中的人物（行动者）是祝、尸和子孙（祭祀的主人），其中尸与子孙在祭祀过程中不能说话（尸位素餐），要说的话全部由祝代为进行。

本诗第一章叙荐生食，其叙事结构如下：

> （祝引子孙馈献。叙述者旁白）楚楚者茨，言抽其棘。（祝代子孙致语云）"自昔何为？我蓻黍稷。我黍与与，我稷翼翼。我仓既盈，我庾维亿。以为酒食，以享以祀。"以妥（祝迎尸，使处神座而食）以侑（祝劝尸多食）①，（祝代子孙向尸求祝福）"以介景福。"

本诗第二章叙荐熟食，其叙事结构如下：

---

① ［唐］孔颖达：《毛诗正义》，《十三经注疏》本，北京大学出版社 2000 年版，第 947 页引郑笺。

（祝行履恭敬）济济跄跄，（叙述者旁白）絜尔牛羊，以往烝
尝。（子孙们）或剥或亨，或肆或将。（祝）祝祭于祊，（叙述者评
价）祀事孔明。（尸享祭）先祖是皇，神保是飨。（祝云）孝孙有
庆，（祝代子孙祈尸）报以介福，（祝代尸答子孙）"万寿无疆"。

本诗第三章仍叙荐熟食，盖祭仪程式之要求。其叙事结构
如下：

（子孙们备祭品）执爨踖踖，为俎孔硕，或燔或炙。君妇莫
莫，为豆孔庶。（祝引子孙献祭）为宾为客，献酬交错。（叙述者）
礼仪卒度，笑语卒获。（尸享祭）神保是格，（祝代子孙向尸祈福）
报以介福，（祝代尸答子孙）"万寿攸酢"。

本诗第四章叙祖先的赐福语，这是祭祀最核心的诉求：

（祝代子孙致语）我孔熯矣，式礼莫愆。工祝致告（祝代尸告
子孙）："徂赉孝孙。苾芬孝祀，神嗜饮食。卜尔百福，如几
如式。既齐既稷，既匡既敕。永锡尔极，时万时亿。"

第四章文字所叙祭礼是大夫的受嘏礼（接受祖先的赐福
语），按照当时的祭礼仪式过程非常繁琐，天子受嘏礼更甚，但
本诗中此处都省略了①。接下来本诗第五章叙祭礼完成、送神、
动乐、开宴的过程：

---

① 王莹：《〈诗经〉祭祀诗的诗体变迁与程式化叙事探论——以"尸"之主题
为个案》，《兰州大学学报》2017 年第 2 期。

（叙述者）礼仪既备，钟鼓既戒，（子孙）孝孙徂位，（祝）工祝致告，（尸）神具醉止，皇尸载起。鼓钟送尸，神保聿归。（子孙）诸宰君妇，废彻不迟。诸父兄弟，备言燕私。

本诗第六章叙宴会情景，宴会上重复着子孙对祖先的回应和祖先对子孙的告诫，是谓"曲终奏雅"，"卒章显其志"：

（叙述者）乐具入奏，以绥后禄。（祝代子孙语）"尔肴既将，莫怨具庆。"（子孙）既醉既饱，小大稽首。（祝代尸告诫云）"神嗜饮食，使君寿考。孔惠孔时，维其尽之。子子孙孙，勿替引之。"

总结本诗的叙事艺术特点就是：以第三人称外视角叙事，叙述祭祀过程，记录祝之言语，极少议论，给人以神圣威严之感；聚焦叙事，故叙事画面感强；叙事镜头推进有序，故情节紧凑连贯；剪裁有法，善用固定句式压缩情节，如"或剥或亨，或肆或将"写的是四道程序和动作，保证叙事焦点不离散于主旨（祭礼），如果铺开来一一详写，则行文枝蔓。当然这种剪裁法与音乐的表达需要紧密相关。本诗是一首典型的叙事诗，代表着西周时代叙事艺术的高峰。但是，由于受到祭祀仪式与音乐的制约，诗歌在语言上采用的是四言齐言的形式，以体现威严肃穆的氛围；故事的内容以记录人神对话为主，省略了人物动作和情节转换的提示，故情节在书面语的诗歌中不清晰；受仪式复沓的制约，这类叙事诗都采用重章叠句的篇法；等等。魏晋隋唐文人诗（含拟乐府）中的叙事，除了继承上述手法之外，增加了很多新手段，如大量运用典故来浓缩叙事的过程和情节，这样虽然省文，但是浓缩过度则是对叙事情节的损害。

　　《离骚》是中国诗歌叙事艺术的又一个源头——自传性叙事的源头。它的叙事艺术也深受南方祭祀音乐的影响。由于受制于音乐的抒情性，所以全诗的赋比兴手法使用比较普遍，而我们知道，赋比兴手法是直接冲淡诗歌的叙事性的[①]。为什么今天读《离骚》既能感受到它强烈的抒情，又能感受到它清晰的叙事？

　　《离骚》全诗实际上是叙述者在回忆自己的一生，运用的是主人公视角。这个回忆的叙述者"我"也即故事的行动者："帝高阳之苗裔兮，朕皇考曰伯庸。摄提贞于孟陬兮，惟庚寅吾以降。皇览揆余初度兮，肇锡余以嘉名：名余曰正则兮，字余曰灵均。"本诗中故事的重心在女嬃责备、陈辞重华、上叩天阍、下求佚女、灵氛占卜、巫咸降神、去国远游等一系列相互连贯的故事情节，突出"我"对理想的执着追求。因为是主人公叙事，所以叙述者只叙述他所见到的事，例如全诗中没有出现对"小人"的正面描写，没有小人的行为细节。当然，读者也无法读到那个时代广阔的社会生活场景（对于伟大的作品我们可以这样期待）；同时，本诗的叙事焦点也不固定，所以叙事有些杂乱，情节不是很连贯，试比较之前的《楚茨》诗和后来的《木兰诗》的叙事情节，便清晰地知道这一点。

　　屈原为什么不直接使用第三人称全视角叙事呢？这涉及作

[①]　赋者铺陈、直陈之谓。赋可以列举事实，但无"叙"的功能。故钟嵘谓："若专用比兴，则患在意深，意深则词踬。若但用赋体，则患在意浮，意浮则文散，嬉成流移，文无止泊，有芜漫之累矣。"如果赋有叙事的功能，那么就不会存在意浮、文散、流移、芜漫等弊端了。

者的创作动机和表现愿望。采用第一人称叙事，可以在作品中
直接抒情或议论，可以增加所叙之事的真实性、感染力和议论
的独特性。因此，我们可以说，由于本诗运用了第一人称内视
角叙事（主人公叙事），才有了《离骚》诗中显豁的叙事性和强
烈的抒情性相结合。这就是《离骚》为何是一篇伟大的浪漫主
义作品的艺术奥秘。以后曹植、李白等浪漫主义诗歌，大多采
用的是这种叙事视角。本诗中强烈的抒情性超过了它的叙事性，
因为诗歌伴随着楚地的祭礼音乐——《九歌》而吟唱。那个抑
扬顿挫、悲伤婉转的"兮"（音 ā），至今仍然是湖南省中北部和
湖北省中南部（古楚地）祭歌的标志性声音。

　　综上所述，由于受制于中国早期文化的核心特征——制礼
作乐，中国诗歌的叙事传统的发端处，普遍不重视真（事件过
程或情节），而更重视善（对事件的感受）和美（形式上的对偶
等），所以中国早期诗歌的叙事不重视情节的展示，更注重语言
形式上的齐整与押韵（表演的需要），同时还伴随着强烈的抒情
性。这个叙事传统，历代文人作诗沿之不替①。试举南朝宋谢瞻
（？—421）《王抚军庾西阳集别时（予）为豫章太守庾被征还
东》一诗为例稍稍说明之：

　　　　　祇召旋北京，守官反南服。方舟新旧知，对筵旷明牧。
　　　　　举觞矜饮饯，指途念出宿。来晨无定端，别晷有成速。
　　　　　颓阳照通津，夕阴暧平陆。榜人理行舻，輶轩命归仆。
　　　　　分手东城闉，发棹西江隩。离会虽相亲，逝川岂往复。

---

①　汉乐府诗除外，原因详下文。

这是一首叙事诗，事件的起承转结都很完整，叙事手法上运用的是第三人称全知视角。诗中虽然可以隐然理出饯别的前后经过，但缺乏情节和细节。细节缺失的原因很大程度上是因为语言形式上对对偶的要求。因为需要"举觞"与"指途"对偶，于是这四个字就把宴会上的诸多细节跳跃过去了；同样，为了"来晨"与"别晷"对偶，将叙述宴会过程的时间大大缩短了，而且来晨、别晷、颓阳、夕阴多义重复，阻碍了诗歌时间的自然流动，自然也就损害了诗歌叙事的流畅度；为了"榜人"与"辒轩"对偶，将两人分别的诸多不舍动作也省略了。试比较宋词中类似的场面描写："执手相看泪眼，竟无语凝咽。念去去千里烟波，暮霭沉沉楚天阔。"是何等的深情感人！语言形式对诗歌叙事的制约，此为一证。

又如谢灵运的《述祖德诗》两首，这类回顾家族丰功伟绩的诗，按理最容易叙事，也最需要叙事，然而谢灵运在诗中却是大量地运用比兴抒情带过，整个家族的丰功伟绩仅仅"万邦咸震慑，横流赖君子。拯溺由道情，龛暴资神理。秦赵欣来苏，燕魏迟文轨"六句，笼统叙过。盖诗之比兴既成六朝诗歌之主流传统，当时的作家不得不受风会之影响制约也。明乎此，则中国古代诗歌叙事传统不发达的原因也就思之过半了。

三　汉乐府与中国诗歌叙事传统的确立

汉代当然还有很多抒情性诗歌，它们继承了《诗经》《楚辞》的抒情传统。但是，诗至汉代，中国诗歌的叙事传统正式确立了，因为叙事变成了诗歌中有意识的创作方法。汉乐府的叙事有的与祭祀的程序和仪式有关，这一点像《诗经》中的部分叙事诗，如上面所举的《楚茨》诗。因此在这个角度上讲，汉乐府的叙事传统是对《诗经》叙事传统的继承；但汉乐府产生的音乐主要以楚地原生音乐为主，同时继承了少量的周代以来的宫廷祭礼音乐的遗存①，所以汉乐府诗的叙事传统只是部分地继承了《诗经》的叙事传统；汉乐府的叙事艺术更多与戏剧表演有关，形成了自己明显的时代特征。试分别论述如下。

　　班固《汉书·卷二十二·礼乐志》谓："至武帝定郊祀之礼，祠太一于甘泉，就乾位也；祭后土于汾阴，泽中方丘也。乃立乐府，采诗夜诵，有赵代秦楚之讴……"同书卷三十《艺文志》亦载："自孝武立乐府而采歌谣，于是有代、赵之讴，秦、楚之风。皆感于哀乐，缘事而发。"汉武帝为行郊祀之礼而成立乐府，乐府的主要工作是收集民间歌谣或文人制撰，入律演唱，目的是娱乐②。这些经过配乐订律后的歌谣保存到今天就

---

① 王小盾教授的研究表明：汉乐府的音乐构成主要有四种，一是历代传承的宫廷音乐，二是各地的祭祀音乐，三是刘氏先祖的巫祠音乐，四是汉代诸侯所奉献的音乐。其中以刘氏先祖的巫祠音乐为大宗，因为当时人认为，凡是刘氏先祖居住过的地方（晋秦梁荆）都有先祖神灵的遗迹，均为奉祠，后来又征召这些地方的巫人到长安，以朝廷的名义祭祀天地和先祖的神灵。至于汉乐府中的歌诗（流传至今者为汉乐府诗），其主要来源有二：一是采集自周宗庙，二是采集自汉代郡国，这些歌诗先后经过地方音乐机构和中央音乐机构的两次整理。以上见王小盾教授论文《论〈汉书艺文志〉所载汉代歌诗的渊源》，载《中国社会科学院文学研究所学刊》（2010年）。

② 按：汉代音乐机关有两种，一是太乐署，掌管雅乐；二是乐府，掌管俗乐。班固在《汉书·礼乐志》里认为汉代郊庙皆非雅声，朝廷上下以至普通
（转下页）

是汉乐府诗。因为乐府的成立，既与祭祀有关，又与民歌有关，所以在《乐府诗集》里既可读到郊庙歌辞（祭祀音乐），又可读到鼓吹歌辞（军乐）以及相和歌辞和杂曲歌辞（民间音乐）等作品。一般来说，在中国文化传统里，俗文学偏向于直白生动地叙事，雅文学偏向于含蓄隽永地抒情，所以源于民间俗文化的汉乐府诗，有一种天然的叙事倾向。又，汉乐府的语言比同时期的文人诗的语言更为自由，汉乐府诗的叙事比同期文人诗中的叙事要发达丰富得多。以上话题涉及另外的学术领域，本文不展开论述，点到为止。

　　今存汉乐府有一百零七首以上，基本上都被收入宋朝郭茂倩所编《乐府诗集》中②。具体记录如下：卷一"郊庙歌辞"收汉郊祀歌辞二十首，卷八"郊庙歌辞"收高祖唐山夫人所作《房中祠乐》（又名《安世乐》《安世房中歌》《安世歌》《享神

（接上页注）　民众都沉湎于郑卫之音中，他对此现象提出了批评。历来有
　　人称汉乐府诗的作用是"观风俗、知得失"，殊不知这只是表面上的政治
　　正确的话，如果真是这样，班固还用得着批评乐府吗？乐府之音多郑卫
　　（靡靡之音），自汉至晚唐皆如此，汉哀帝时裁减乐府人员，罢郑卫之音，
　　"然百姓渐渍日久，又不制雅乐有以相变，豪富吏民湛沔自若"（出处同
　　上）。欧阳修、宋祁《新唐书》："大和三年正月，入为太常卿。（唐）文宗
　　以乐府之音郑卫太甚，欲闻古乐。"（中华书局1975年版，第5788页。）钱
　　志熙教授在《乐府古辞的经典价值——魏晋至唐代文人乐府诗的发展》
　　一文中指出："乐府诗在它的原生时期，是依存于一个更大的艺术系统
　　之中的。这个艺术系统融歌、曲、舞及萌芽的戏剧因素等多种艺术样式
　　为一体。"又曰："汉代的乐府也并不仅仅只有歌乐，还包括百戏众艺等
　　诸多娱乐形式。"见《文学评论》1998年第2期。
②　包括了南朝梁萧统《文选》所收三首：《饮马长城窟行》（青青河边草）、
　　《伤行歌》《长歌行》（青青园中葵），南朝梁沈约《宋书·乐志》所载十
　　九首。

歌》）十七首，卷十六"鼓吹曲辞一"收汉铙歌十八首：《朱鹭》
《思悲翁》《艾如张》《上之回》《拥离》《战城南》《巫山高》《上
陵》《将进酒》《君马黄》《芳树》《有所思》《雉子班》《圣人出》
《上邪》《临高台》《远如期》《石留》，卷二十六"相和歌辞一"
收汉乐府《江南》一首，卷二十七"相和歌辞二"收汉乐府
《东光》《薤露》（薤上露）、《蒿里》（蒿里谁家地）共三首，卷
二十八"相和歌辞三"收汉乐府《鸡鸣》（鸡鸣高树颠）、《乌
生》（乌生八九子）、《平陵东》《陌上桑》共四首，卷二十九
《相和歌辞四》收汉乐府《王子乔》一首，卷三十"相和歌辞
五"收汉乐府《长歌行》（青青园中葵/仙人骑白鹿/岩岩山上
亭）共三首，卷三十二"相和歌辞七"收汉乐府《君子行》一
首，卷三十四"相和歌辞九"收汉乐府《豫章行》《董逃行》
《相逢行》（相逢狭路间，道隘不容车）共三首，卷三十五"相
和歌辞十"收汉乐府《长安有狭邪行》一首，卷三十六"相和
歌辞十一"收汉乐府《善哉行》一首，卷三十七"相和歌辞十
二"收汉乐府《陇西行》《步出夏门行》《折杨柳》《西门行》
《东门行》共五首，卷三十八"相和歌辞十三"收汉乐府《饮马
长城窟行》（青青河畔草）、《病妇行》《孤儿行》共三首，卷三
十九"相和歌辞十四"收汉乐府《雁门太守行》《艳歌何尝行》
《艳歌行》（翩翩堂前燕/南山石嵬嵬）共四首，卷四十一"相和
歌辞十六"收汉乐府《白头吟》《怨诗行》共两首，卷四十三
"相和歌辞十八"收汉乐府《满歌行》一首，卷五十六"舞曲歌
辞"附历代相传散乐《俳歌辞》一首，卷六十一"杂曲歌辞一"
收《蜨蝶行》《驱车上东门行》共两首，卷六十二"杂曲歌辞
二"收《伤歌行》《悲歌行》共两首，卷六十三"杂曲歌辞三"
收后汉辛延年《羽林郎》一首，卷六十五"杂曲歌辞五"收

《前缓声歌》一首，卷六十八"杂曲歌辞八"收《东飞伯劳歌》一首，卷七十三"杂曲歌辞十三"收后汉宋子侯《董娇饶》、无名氏《焦仲卿妻》共两首，卷七十四"杂曲歌辞十四"收古杂曲辞《枯鱼过河泣》《冉冉孤生竹》共两首，卷七十七"杂曲歌辞十七"收《乐府》一首，卷七十八"杂曲歌辞十八"收《阿那环》一首，等等。

　　汉郊庙歌辞本质上是一种仪式的记录文字，在这一点上它与《诗经》的雅颂诗歌并无本质区别。仪式有传承性，所以它要尽量做到形式古朴；仪式有神圣性，所以它必须形式威严；仪式的程序性强，故郊庙歌辞内在地会有叙事的必然要求。只是这个"事"不是"故事"，其中缺少矛盾冲突，所以这里的叙事其实是赋的一种体现。这也许是中西叙事传统的不同点之一吧。如《练时日》：

　　　　练时日，侯有望，爇膋萧，延四方。九重开，灵之斿，垂惠恩，鸿祜休。

　　　　灵之车，结玄云，驾飞龙，羽旄纷。灵之下，若风马，左仓龙，右白虎。

　　　　灵之来，神哉沛，先以雨，般裔裔。灵之至，庆阴阴，相放怫，震澹心。

　　　　灵已坐，五音饬，虞至旦，承灵亿。牲茧栗，粢盛香，尊桂酒，宾八乡。

　　　　灵安留，吟青黄，遍观此，眺瑶堂。众嫭并，绰奇丽，颜如荼，兆逐靡。

　　　　被华文，厕雾縠，曳阿锡，佩珠玉。侠嘉夜，茝兰芳，澹容与，献嘉觞。

诗中"膋"（liáo）即油脂，萧即艾蒿，祭祀时焚烧二者以产生香气。"斿"即旗。"饬"即演奏。"粢"（zī）是一种祭祀专用谷物。瑶堂指天上宫阙。"嫭"（hù）即美女。本诗以第三人称全知视角叙述了一次祭祀的请神、降神、享神、娱神以及众宾燕享的完整过程。不过本诗情节过于单调，甚至还比不上《楚茨》叙事诗中那样有人物对话。因此，它还不能算是出色的叙事作品。

汉乐府中除郊庙歌辞以外的叙事歌辞，可以算得上是叙事学意义上的叙事作品了[①]。对这部分汉乐府的叙事性的研究，前人已做过很多工作。在众多研究成果中，笔者认为迄今为止最有说服力的研究角度是"戏剧表演"。清人已注意到汉乐府中可能存在的戏剧表演因素，如宋征璧《抱真堂诗话》云："《焦仲卿》及《木兰诗》，如看彻一本传奇，使人不敢作传奇。"按，此处"传奇"是戏剧的代称。吴乔《围炉诗话》卷二："《焦仲卿妻诗》于秾诡中又有别体，如元之《董解元西厢》，今之数落《山坡羊》，一人弹唱者也。"弹唱云云，表演之谓。民国时期闻一多曾指出："乐府歌辞本多系歌舞剧。"（《乐府诗笺·陌上桑注》）"歌舞剧"这名词概括得非常准确。我们今天看到的乐府诗，大多是当时歌舞剧的歌辞。

闻一多以戏剧表演视角审视汉乐府的看法，在 20 世纪最后

---

① 有不少研究者不同意"汉乐府为叙事诗或者汉乐府主体上是叙事的"的看法。如葛晓音《论汉乐府叙事诗的发展原因和表现艺术》（《社会科学》1984 年第 12 期），张碧波《试论中国诗歌的叙事传统》（《天津社会科学》1992 年第 2 期），赵敏俐《汉代诗歌史论》（吉林教育出版社 1995 年版，第 203—204 页）、《汉代乐府制度与歌诗研究》（商务印书馆 2009 年版，第 6 页）等。

十年被众多学者演绎成一时学术热点，如钱志熙《汉乐府与"百戏"众艺之关系考论》（《文学遗产》1992 年第 5 期），李伯敬、朱洪敏《汉乐府民歌的戏剧审美创造》（《江苏社会科学》1993 年第 3 期），阮忠《汉乐府叙事诗的戏剧性》（《南都学坛》1996 年第 1 期），卢瑞芬《感于哀乐　缘事而发——汉乐府民歌戏剧矛盾特质审视》（《大庆高等专科学校学报》1996 年第 2 期）等。这种研究一直延续到当下，如诸葛忆兵《"采莲"杂考——兼谈"采莲"类题材唐宋诗词的阅读理解》一文认为：唐宋诗中的莲、荷、兰舟等，均可视为陆上布置的歌舞背景，所谓采莲等均可视作陆上歌舞表演①。刘航《汉唐乐府中的民俗因素解析》下编以水嬉为例，详细解说了泛舟、采莲（含采菱）、竞渡及仿商旅戏等汉唐游戏对汉唐乐府诗创作的影响②。今举汉乐府《江南》一诗为例：

> 江南可采莲，莲叶何田田。
> 鱼戏莲叶东，鱼戏莲叶西，
> 鱼戏莲叶南，鱼戏莲叶北。

宋人郭茂倩《乐府诗集》中释《江南》古调时，引唐人吴兢《乐府解题》云："《江南》，古辞，盖美芳辰丽景，嬉游得时。若梁简文（萧纲）'桂楫晚应旋'，唯歌游戏也。"吴兢很敏

---

① 诸葛忆兵：《"采莲"杂考——兼谈"采莲"类题材唐宋诗词的阅读理解》，《文学遗产》2003 年第 5 期。
② 刘航：《汉唐乐府中的民俗因素解析》，商务印书馆 2011 年版，第 179—223 页。

锐地看到了梁简文帝的《江南》诗是歌咏游戏（即歌舞表演）之作。事实上，这一首汉乐府《江南》同样也是咏歌舞表演之作，不是歌咏采莲劳动场面的。"盖美芳辰丽景，嬉游得时"仿佛是在记录劳动场景，其实非也，乃表演场景。在当时，《江南》属瑟调相和曲的十五大曲之一①，本诗只是当时保存下来的一个表演场景的歌辞记录。这个场景叙事很热烈生动，给人印象深刻，可惜只流传下来一首歌辞。到了宋代大曲词中，今存有成套的歌辞记录，所以大曲表演的情节就很清晰明了。

大家熟知的《陌上桑》诗，也是歌舞剧表演的记录。首先，该曲名属瑟调相和大曲之一；其次，在当时及以后，形成了《采桑》《艳歌行》《罗敷行》《日出东南隅》等相同主题的系列乐府歌辞，间接说明了此曲表演和影响之深广；最后，此诗用词夸张、充满喜剧性，且逻辑上矛盾重重。正如有学者指出，作为"专城居"的太守之妻，罗敷怎么可能像农家女一样独自出门采桑②？并引起各色人等轻佻地围观，甚至被人调戏？这些不合逻辑的现象说明了什么呢？说明诗中所叙只是取悦大家的表演而已。

又如《妇病行》诗，该诗从叙事角度而言不算成功，因其情节不够连贯（当是传抄过程中文本脱落所致）。病妇嘱咐丈夫身后事，并未见丈夫的回应，故事便转入另一个情节之中：孤儿离家去市场找故交，故交给他买饵充饥并送给他钱；故交随孤

---

① ［宋］郭茂倩：《乐府诗集》第二十六卷"相和歌辞"解题，上海古籍出版社1979年版，第376页；"相和曲上"解题，第382页。

② 钱志熙：《乐府古辞的经典价值——魏晋至唐代文人乐府的发展》，《文学评论》1998年第2期。

儿来到病妇家中，见到病妇已死，幼子尚不知道还在啼索母抱。本诗成功之处在于截取矛盾冲突的最高潮部分，揭示生活的悲惨景象，非常震撼，戏剧感非常强烈。诗中有"乱曰"一词，表明它在当时正是表演艺术的歌辞。据《乐府诗集》解题，一支大曲的开始之前有艳，结尾处有趋、有乱①。今人往往对汉乐府"代言"的叙事方式迷惑不解，殊不知这些诗实际上都是表演艺术的歌辞，故事的叙述者与故事的行动者非一人。试比较它们与建安诗人的创作情况（如蔡文姬《悲愤诗》），就可以明白其中的道理了。

又如《长安有狭斜行》汉乐府古辞：

> 长安有狭斜，狭斜不容车。适逢两少年，挟毂问君家。
> 君家新市傍，易知复难忘。大子二千石，中子孝廉郎。
> 小子无官职，衣冠仕洛阳。三子俱入室，室中自生光。
> 大妇织绮纻，中妇织流黄。小妇无所为，挟琴上高堂。
> 丈夫且徐徐，调弦讵未央。

如果不是最后两句诗（"丈夫且徐徐，调弦讵未央"），我们很难把本诗理解为表演记录。本诗是舞台上两位表演者的对白，"君家"是表演者 A 的恭维话，"大子"以下为表演者 B 的回应话。"调弦讵未央"意思是演奏正酣。

当然，并不是所有汉乐府中叙事性强的诗歌都是很容易被理解成歌舞表演的记录。前文所举汉代鼓吹曲辞《战城南》《有

---

① ［宋］郭茂倩：《乐府诗集》第二十六卷"相和歌辞"解题，上海古籍出版社1979 年版，第 377 页。

所思》，相和歌辞《饮马长城窟行》（青青河畔草）、《孤儿行》等诗，既有完整的故事情节，又伴随着复杂的心理独白活动，如果说是表演记录，则类似今天独幕剧或话剧的表演方式。显然当时不可能有如此成熟的戏剧形式。它们的文本生成背景究竟如何？还有待进一步深入研究。不过，无论其真实创作背景是文人叙事还是叙述故事表演，这些诗从今天的眼光来看，都已经是非常成熟的叙事诗了，它们代表着汉乐府叙事艺术的高级阶段。

在东汉文人的乐府诗中，辛延年的《羽林郎》与宋子侯的《董娇饶》是两篇出色的五言叙事诗。他们的乐府诗中依然保留着歌舞表演的痕迹。如《董娇饶》诗中，采桑女的形象有了变化，喜剧性褪去，变成了盛年难再的忧郁的被同情对象：

> 洛阳城东路，桃李生路傍。花花自相对，叶叶自相当。
> 春风东北起，花叶正低昂。不知谁家子，提笼行采桑。
> 纤手折其枝，花落何飘飏。请谢彼姝子："何为见损伤？"
> "高秋八九月，白露变为霜。终年会飘堕，安得久馨香？
> 秋时自零落，春月复芬芳。何如盛年去，欢爱永相忘。"
> 吾欲竟此曲，此曲愁人肠。归来酌美酒，挟瑟上高堂。

与《陌上桑》一样，同样的写景起兴开头，同样的主人公出场节奏，同样的介入对话方式（"请谢彼姝子"），同样的对话叙事。不同的是最后两句镜头"穿帮"了，前面是第三人称全知视角叙事，突然来了第一人称叙事（见证人叙事）。这一方面说明本诗叙事手法不成熟，另一方面也确凿无误地向读者表明：本诗是歌舞表演的记录（"竟此曲""挟瑟上高堂"）。

东汉班固的《咏史》代表着汉代文人叙事诗的另一种创作

方向。该诗咏西汉时缇萦救父的故事，并稍稍融入了作者的个人感受。全诗采用民歌中业已成熟的五言形式，共写了 16 句，将史籍所载缇萦救父的时代背景、事件发生的时间、经过、人物与结局均有清晰的叙述，但略去了生动的情节，故在艺术上"质木无文"。但本诗摆脱了舞台表演的限制，体现了文人独立创作的风貌，与同期《古诗十九首》中体现出来的个人创作精神一致，只不过班固诗以概述性叙事为主，后者以缘事抒情为主。建安及以后文人诗歌中的叙事，正是综合了班固咏史诗及《古诗十九首》这两者的艺术传统，即诗歌叙事时以概括性情节结合个人缘事感怀为主流创作方法；而汉乐府以戏剧性情节叙事为特色的叙事传统，只存在于部分文人乐府和少量民歌中，如《西洲曲》《孔雀东南飞》《木兰诗》等，是为魏晋南北朝叙事传统的辅流。

　　总之，汉乐府诗的叙事特征可总结为：语言或质朴传神，或诙谐夸张；情节转换富有戏剧性，不强调故事的完整性，而重视场面冲突的刻画；叙事视角丰富多变；推动情节发展的手段多样，既用内心独白，也用矛盾冲突，还用人物对话等等；叙事的目的和意义在于满足大众的道德需要、娱乐大众①。从叙事艺术的全面性和丰富性来看，汉乐府诗歌标志着我国诗歌的叙事传统的确立。

四　魏晋至盛唐中国诗歌叙事传统的发展

　　魏晋六朝诗歌主流是"缘情而绮靡"，诗以寄怀写情为主，

---

① 钱志熙：《乐府古辞的经典价值——魏晋至唐代文人乐府诗的发展》，《文学评论》1998 年第 2 期。

故咏怀、赠答、哀伤之作常见，抒情性强烈，但诗歌的叙事传统仍在少数诗中得到继承和发展。这一时期的诗人们创立了一种有别于汉乐府诗歌叙事、更有别于《诗经》《楚辞》叙事的新叙事传统。这种新叙事传统表现为：多用第一人称叙事（主人公叙事、见证人叙事）；叙事前、叙事中多综合运用赋、比、兴手法；叙事与抒情相结合，情节相对淡化，抒情增强；在语言上的表现是多用五言齐言（偶用四言）；诗歌题材广泛，从汉乐府多表现社会风俗扩展到战争、行旅和交游等方面；以概括叙事结合个人缘事感怀为诗歌叙事的主流创作方法，以汉乐府戏剧性情节叙事为辅流创作方法。

广泛运用第一人称叙事是这种新叙事传统最重要的特征。第一人称叙事给魏晋诗歌（包括自创新题诗和拟乐府诗在内）带来的变化是增强了诗歌反映现实的深度和广度①。或悯时悼乱、反映社会动乱现实，如曹操的《薤露行》《蒿里行》（从诗中"微子""念之"可知为第一人称叙事），王粲的《七哀诗》、曹植的《送应氏》等，描写了董卓之乱造成的巨大社会动荡及丧乱景象；或抒写个人在现实中的苦难经历与切身感受，如曹操的《苦寒行》记述建安十一年北征高干途中的艰辛与所见所闻，王粲《赠士孙文始》一诗追述董卓之乱中二人自京师赴荆州之经历，蔡琰《悲愤诗》写自己悲惨的生存际遇，曹植的《赠白马王彪》写自己被压制的生活，《应诏诗》叙"我"应诏赴魏阙之经过，一路经历比较清晰。以上诸题材之诗歌，大多采用主人公叙事视角，既关注社会现实，又抒情真切，代表着

---

① 所谓"魏晋是中国诗歌的自觉时期"，也可以从此时诗歌中广泛运用第一人称叙事这一现象来理解。

魏晋诗歌的新高度。

此时诗人还在诗中创造性地运用了"双重视角"的叙事方法。所谓"双重视角"指诗人在叙事时先后运用第三人称视角和第一人称视角。如蔡琰《悲愤诗》[①] 开头几句："汉季失权柄，董卓乱天常。志欲图篡弑，先害诸贤良。逼迫迁旧邦，拥主以自强。海内兴义师，欲共讨不祥"，这几句乃叙述诗歌的时代大背景，运用的是第三人称全知视角叙事。接下来的句子"卓众来东下，金甲耀日光。平土人脆弱，来兵皆胡羌。猎野围城邑，所向悉破亡……"直至全诗结束，记录叙述者（我）的亲身经历和心理情绪，运用的是主人公视角叙事，诗中叙述者与诗中主人公是同一人。那么，同一首诗歌中运用了两种叙事视角，对我们解析诗歌叙事艺术意味着什么呢？

首先，从诗艺继承角度而言，此乃承袭《离骚》开篇的外视角叙事手法。不同的是：《离骚》开篇用第一人称外视角，作为有限视角，它反映的社会生活面广度和深度有限；蔡诗开篇用的是第三人称全知视角，可以增加本诗歌反映的社会生活面的广度和深度，而这也体现了叙事艺术的进步。

其次，当时诗歌开篇运用全知视角是惯用的叙事手法，如曹操《蒿里行》开篇云："关东有义士，兴兵讨群凶。初期会盟津，乃心在咸阳。"王粲《七哀诗》开篇云："西京乱无象，豺虎方遘患。复弃中国去，委身适荆蛮。"开篇都是第三人称全知

---

① 蔡琰作品的真实性问题，历来聚讼纷纭。现在一般看法是：《悲愤诗》是蔡琰比较可信的作品。详见徐正英：《蔡琰作品研究的世纪回顾》，《西北师范大学学报》2001 年第 2 期。

视角，然后马上进入第一人称内视角叙事①。这是当时诗歌叙事的艺术通则。至于曹植《赠白马王彪》则进入了双重视角的另一种体现方式：序与诗互补。此序即上述蔡琰诗、曹操诗、王粲诗等以第三人称全知视角的开篇的艺术变异。曹植这种创举将两种视角进入不同的文体，全知视角用在序中，内视角用在诗中，故诗中的叙事视角得到净化，表达功能得以提升。

魏晋时燕集之作亦多用第一人称视角出之，其中四言燕集诗多为应诏之作，多示场面之庄隆，以推美主公为重心，手法上以赋笔直陈为主，诗中叙事殊少；五言燕集诗（如潘岳《金谷集作诗》、谢瞻《王抚军庾西阳集别》）已有叙事线索，颇涉时空转换，但重心仍在赋笔，又多议论抒情。谢灵运《述祖德诗》二首也是特殊的咏家族史的诗歌，但全诗叙事极度概括，大部分文字是议论抒情。又有韦孟四言《讽谏诗》、曹植四言《责躬诗》，同样出自第一人称视角，故议论抒情感染力尚可，不足之处是赋笔直陈过多，鲜有情节者，故给人深刻印象者少。

同样是运用第一人称叙事的诗歌，在有些题材中（如游仙）

---

① 王粲此诗的叙事视角比"二重视角"更奇特。叙述者先后运用了第三人称和第一人称叙事之后，马上又运用了见证人叙事手法："路有饥妇人，抱子弃草间。顾闻号泣声，挥涕独不还。'未知身死处，何能两相完?'驱马弃之去,不忍听此言。"这样叙事更增加了诗歌反映社会悲惨现实的深度和广度。后杜甫《石壕吏》一诗正效此诗之叙事视角而更显客观："天明登前途，独与老翁别。"不发表感叹,让无尽的感慨留待读者去理解和发挥。今人动辄言杜甫发扬了汉乐府的现实主义精神,殊不知现实主义并不是汉乐府的主流,汉乐府的主流精神乃以娱乐为主要旨趣,杜甫所继承的,无论是精神上还是艺术传统上,都是魏晋诗人之写实精神和叙事传统。

则表现得艺术平庸，何故？主要是因为叙事的意义有缺。所谓
叙事的意义，就是作品对现实生活的干预度。一首好诗，要么
是以真实性再现生活，要么是以美好理念象征生活，从而表达
出作者对现实的理解、关怀和对美好生活的期待，否则不能感
人至深。如曹植的游仙诗《飞龙篇》："晨游太山，云雾窈窕。
忽逢二童，颜色鲜好。乘彼白鹿，手翳芝草。我知真人，长跪
问道。西登玉台，金楼复道。授我仙药，神皇所造。教我服食，
还精补脑。寿同金石，永世难老。"此诗纯属虚构，有叙事，有
情节，按理应该是出色的叙事诗，但求仙之举的社会意义终究
不高。又如游赏诗，曹丕《芙蓉池作》："乘辇夜行游，逍遥步
西园。双渠相溉灌，嘉木绕通川。卑枝拂羽盖，修条摩苍天。
惊风扶轮毂，飞鸟翔我前。丹霞夹明月，华星出云间。上天垂
光彩，五色一何鲜。寿命非松乔，谁能得神仙？遨游快心意，
保己终百年。"虽诗中有事，但终究事之意义有限，且全诗以赋
笔直铺，叙法平庸。谢混《游西池》诗亦然。其他或叙日常交
游，或叙游戏，或述恩荣，或叙酣宴，记事而已，叙事艺术的
成就皆有限。

　　唯曹植《七哀诗》则深得《古诗十九首·西北有高楼》一
诗之精髓，在当时诗歌叙事创作中独具一格：

　　　明月照高楼，流光正徘徊。上有愁思妇，悲叹有馀哀。
　　　借问叹者谁？言是宕子妻。君行逾十年，孤妾常独栖。
　　　君若清路尘，妾若浊水泥。浮沉各异势，会合何时谐？
　　　愿为西南风，长逝入君怀。君怀良不开，贱妾当何依？

　　首先，本诗以第一人称外视角叙事，以对话推进情节之发

展，在赋体叙事占主流的时代，实属难能可贵。其次，外视角
为限知视角，本来叙述者只可自己发议论、表达自己的感想，
而无法进入主人公的心理世界；但是本诗中叙述者巧妙地借人
物独白，将故事背后的事实和心理都写出来了。这种叙事手法
也是一种创新之举。

至于魏晋六朝诗人之咏史诗，多仿班固《咏史》而作，以
第三人称全知视角叙事，如王粲《咏史诗》、曹植《三良诗》、
虞羲《咏霍将军北伐》诗等，大都描述简单、缺乏情节，以今
之叙事学理论来看，实乃叙事焦点模糊；又叙事者好插入议论，
冲淡了叙事的客观性（历史的真实性），故感染力不足。如潘岳
《关中诗》以第三人称全知视角，叙述了西晋时讨平氐酋齐万年
（？—299）长达四年叛乱之事。诗前叙叛乱之起因，诗后有作
者之议论，以赋笔直陈为主、议论为辅，情节不显。唯颜延之
咏史诗《秋胡行》叙事用第三人称全知视角比较成功，是个例
外①。该诗的基本情节是：秋胡大约在结婚第二天即离家远宦，
五年始归；归途中见一美人在采桑，秋胡与美人四目相对，两
人不约而同地动了艳心，"凫藻驰目成"，两相愉悦，私下定
情；秋胡回到家，拜见父母毕，等到傍晚时见到了采桑回来的
妻子，原来正是那个在路上非礼生情的美妇；两人惭愧相见，
女子取琴弹诉了五年的相思之苦，"有怀谁能已"，然后赴沂河
而死。全诗以第三人称全知视角叙事，主线是秋胡游宦在外、

---

① 《秋胡行》严格来说不能算咏史诗，因秋胡不是历史人物。该诗为汉乐府
相和歌辞之清调曲之一，见《乐府诗集》卷三十六，内收傅玄、颜延之、王
融以及唐高适之诗皆咏秋胡戏妻之事。但《文选》卷二十一将颜延之
《秋胡诗》归入"咏史"诗类，今依之。

归途戏妻及回家后夫妻诀别的经过；副线是秋胡妻的行事和心理。本诗的可贵之处在于：叙述者站在人性的角度（而不完全是站在道德批判的高度），以人性的复杂与觉醒为根基，客观冷静地创作了细致而激烈的情节冲突，情节的发生、发展、高潮与结局正好推动人物性格的发展。谁能直面人性的黑暗？"秋胡戏妻"能从汉代一直演唱到今天，必有其广泛的社会心理共鸣作基础。

魏晋六朝时期继承了汉乐府叙事传统的诗歌作品，其叙事大多采用第三人称外视角（限知视角）。限知视角属于定焦叙事，有利于情节或细节的处理。如魏文帝曹丕《陌上桑》诗中的许许多多细节：

> 弃故乡，离室宅。远从军旅万里客。
> 披荆棘，求阡陌。侧足独窘步，路局窄。
> 虎豹嗥动，鸡惊禽失，群鸣相索。
> 登南山，奈何蹈盘石，树木丛生郁差错。
> 寝蒿草，荫松柏，涕泣雨面霑枕席。
> 伴旅单，稍稍日零落，惆怅相自怜，相痛惜。

本诗叙士兵远离故乡从军艰难之事，在时空变换中集人物所历、所见、所感、所思为一体，叙事娓娓，惜乎情节性不强。

曹植《野田黄雀行》是一篇第三人称外视角的寓言诗：

> 高树多悲风，海水扬其波。利剑不在掌，结友何须多？

> 不见篱间雀，见鹞自投罗。罗家得雀喜，少年见雀悲。
> 拔剑捎罗网，黄雀得飞飞。飞飞摩苍天，来下谢少年。

本诗以写景起兴，以议论入题，诗歌主体写黄雀投罗网、少年断网救黄雀、黄雀获救、黄雀谢少年这一故事。寓言往往通过典型形象来表达象征性意义，本诗中鹞、雀、罗、少年分别代表压迫者、被压迫者、恶势力和正义，而投罗、获救这一情节象征正义战胜邪恶。从叙事角度，本诗前四句起兴和议论给人以第一人称叙事的印象，而诗歌主体却是第三人称叙事，也是"双重视角"叙事。

魏晋诗人诗作中，左延年和傅玄两人的同题之作《秦女休行》比较有名，它们是继承汉乐府叙事传统的代表之作。左延年生平无考，然《晋书·乐志》云："黄初（曹丕称帝年号）中，左延年以新声被宠。"其所作《秦女休行》叙述烈女为宗亲报仇、杀仇人于都市的故事。在语言上虽有摹仿《陌上桑》之处，但在叙事上情节曲折跌宕，且加入杂言对白，故其诗的叙事艺术较《陌上桑》青出于蓝。左延年诗如下：

> 始出上西门，遥望秦氏庐。秦氏有好女，自名为女休。休年十四五，为宗行报仇。左执白杨刃，右据宛鲁矛。仇家便东南，仆僵秦女休。女休西上山，上山四五里。关吏呵问女休，女休前置辞："平生为燕王妇，于今为诏狱囚。平生衣参差，当今无领襦。明知杀人当死，兄言快快，弟言无道忧。女休坚辞为宗报仇，死不疑。"杀人都市中，徼我都巷西。丞卿罗列东向坐，女休凄凄曳梏前。两徒夹我

持刀，刀五尺馀。刀未下，朣胧击鼓赦书下。①

　　这是一篇记录宫廷乐府表演女休复仇故事的诗歌。从故事情节的突兀转换和动作的夸张可知，它叙述的不是真实的生活，更像是艺术表演的纪实文字。哪有复仇者"左执白杨刃，右据宛鲁矛"招摇过市的？复仇的过程只用"仇家便东南，仆僵秦女休"一句便带过，这可是故事的重点！且这一句诗分明可见戏剧表演程式化的影子。又，休女逃到山上时，关吏只是按例呵问，尚不知眼前这位女子是谁、犯何事，而本诗主人公女休便自报"为诏狱囚"了，这根本不合逻辑。笔者认为：本诗的创作环境与当时文人大量创作《采莲》诗的背景一样，只不过是类似大曲表演的记录而已②，

---

① 诗见《乐府诗集》卷六十一，上海古籍出版社1979年版，第886页。萧涤非先生认为本诗是汉末私家复仇之风盛行的产物，见《汉魏六朝乐府文学史》，人民文学出版社1984年版，第159页。此说被广为接受。按，社会风气可以部分解释本诗的社会大背景，但无法解释本诗的具体背景，详笔者文中所论。李翰引《三国志·魏志二》所载魏文帝黄初四年下诏"敢有复私仇者皆族之"之语，不同意萧说，认为此诗是"多出对传奇逸事的嗜好"，如曹植有《鼙舞歌·精微篇》，历述七件精微之事，其中第五件即"女休遇赦书"。"左延年之作，不过好奇逐异，以佐谈笑娱耳也。"（详李翰未刊稿《中古乐府诗叙事论》）李翰的怀疑不能说没有一定道理，但复仇风气既已成为当时社会的基本共识，一纸诏令的约束效果恐怕还是存疑的，否则无法解释本诗及傅玄诗中大肆宣扬的复仇故事，特别是傅玄宣称："庞氏有烈妇，义声驰雍凉……今我作歌咏高风，激扬壮发悲且清。"又，李翰提出的新解"不过好奇逐异，以佐谈笑娱耳"，笔者不赞同。详正文中笔者的论述，并参下文注释引诸葛忆兵教授和钱志熙教授文章。

② 据王小盾教授《隋唐五代燕乐杂言歌辞研究》一书中的看法，中国古代大曲的繁盛主要是魏晋和唐宋两个历史时代（中华书局1996年版，第123页）。该书第四章详论魏晋至唐宋大曲。

不是叙写现实生活场景。一直到宋代，《采莲舞》仍在流行（当然艺术结构等方面会小有变化），词人笔下大量的采莲皆是歌舞表演的记录，非真有身穿花花绿绿的丝绸衣裳、身戴玉手镯金项圈的美丽女子在田间水上采莲也①。据《晋书·乐志》记载，《秦女休行》的作者左延年黄初中曾任协律都尉，"以新声被宠"，可知他对宫廷表演是相当熟悉的②，本诗或许是他创作的"新声"之一。又汉乐府《陌上桑》中"日出东南隅，照我秦氏庐。秦氏有好女，自名为ＸＸ"句型，乃历代说唱艺术的套语，本诗在演唱时亦沿用之："始出上西门，遥望秦氏庐。秦氏有好女，自名为女休。"又，曹植的年代早于左延年，他的《鼙舞歌·精微篇》概述了七件"至心动神明"的事件，如杞梁妻哭夫而梁山倾、太子丹质秦而马生角、邹衍囚燕市而夏天下繁霜、秦人女休报父仇而遇赦书、缇萦代父受刑而获文帝赦免、简娟代父受刑而得到国君的赦免等。按，《鼙舞歌·精微篇》正归入曹植"乐府诗"类，可知曹植时代，这些历史故事正是读书人

---

① 诸葛忆兵：《"采莲"杂考——兼谈"采莲"类题材唐宋诗词的阅读理解》。该文主要观点是："采莲"题材起源于汉乐府《江南》。到了南朝，"采莲"就已经演变为由"窈窕佳人"演唱表演的暗示或直接表达男女情爱的歌舞曲。而后，"采莲"舞曲流行于宫廷及其他享乐场所。唐宋诗词中的"采莲"描写，大多数都是骚人墨客在欣赏妙龄少女歌舞时的创作。唐宋时期"采莲"舞曲的表演者大都是歌妓。唐宋诗词借用"采莲"类题材所要表达的大都是男女情爱。笔者赞同此论断，诸葛忆兵原文见《文学遗产》2003 年 05 期。
② 钱志熙《汉代乐府与戏剧》一文中有这样的论断："汉乐府是戏剧的早期形态。"笔者深表赞同。钱文见《北京大学学报(哲学社会科学版)》2007年第 4 期。

熟知的历史掌故和当时宫廷乐府常演的节目①，左延年特为秦女休报父仇的戏剧创作了新词而已。

从叙事学角度而言，左延年《秦女休行》诗采用的是第三人称外视角，叙述者对故事所知甚少，而这正好可以解释本诗的叙事特征：叙述者只是简洁地叙述他所看到的表演场景，报仇、逃捕、被捕、审判、行刑、赦书到，皆只用一句叙及，全诗没有一句议论或抒情。故事的来龙去脉只通过主人公"女休前置辞"稍有交待②。从艺术性角度而言，古人谓本诗"叙事真朴"者，以今天的理论术语解释就是：作者创造性地运用了第三人称限知视角叙事，颇类当今悬疑电影的表现手法：一切以画面推进为主，不作旁白介绍，悬疑重重，为读者留下了巨大的想象空间。从记录表演的角度而言，左延年只是一个宴会上的观众，或者一个乐府歌剧导演，因此，他对此戏没有议论抒情，只是为我们留下了当时乐府表演秦人女休报父仇传说的基本情节。其结果就是今天我们感觉到的：他在客观冷静地叙事。无论如何，在诗歌抒情性大为增强的魏晋时代，本诗的客观叙事显得相当难能可贵。

---

① 杞梁妻、太子丹、邹衍三人的故事并见于《论衡·感虚篇》，此处还记载有"梁山崩，壅河，三日不流，晋景公素缟而哭之，河水为之流通"等事。黄节指出，曹植把杞梁妻哭倒城墙与梁山倾倒两事混淆了，后李白《东海有勇女篇》曰"梁山感杞妻"，沿袭子建之误。（《曹子建诗注》，中华书局2008年版，第178页。）

② 女休的道白是："平生为燕王妇，于今为诏狱囚。平生衣参差，当今无领襦。明知杀人当死，兄言快快，弟言无道忧。女休坚辞为宗报仇，死不疑。"为听众（或观众，或读者）补充了事件背后的诸多信息，丰富了主人公的性格，也为听众脑补事件背后的情节留下了巨大空间。

傅玄（217—278）同题诗歌叙事艺术上既有汉乐府重情节、重戏剧场面、使用口语的优点，又加入了文人好议论的特点，与左延年诗相比别有风味。傅玄《秦女休行》如下：

> 庞氏有烈妇，义声驰雍凉。父母家有重怨，仇人暴且强。虽有男兄弟，志弱不能当。烈女念此痛，丹心为寸伤。外若无意者，内潜思无方。白日入都市，怨家如平常。匿剑藏白刃，一奋寻身僵。身首为之异处，伏尸列肆旁。肉与土合成泥，洒血溅飞梁。猛气上干云霓，仇党失守为披攘。一市称烈义，观者收泪并慨慷："百男何当益，不如一女良！"烈女直造县门，云"父不幸遭祸殃。今仇身以分裂，虽死情益扬。杀人当伏法，义不苟活隳旧章。"县令解印绶："令我伤心不忍听！"刑部垂头塞耳："令我吏举不能成！"烈著希代之绩，义立无穷之名。夫家同受其祚，子子孙孙咸享其荣。今我作歌咏高风，激扬壮发悲且清。①

曹植（192—232）、左延年（223 年前后任乐府协律都尉）、傅玄（217—278）是同时代的人，他们的诗中都提到了秦女休替父报仇的故事，可见此事在当时传唱之盛。至于故事版本的差异，乃文学史上的正常现象，不足为疑。傅玄本诗采用第三人称全知视角叙事，故事的前因、经过、后果、馀响都介绍得清清楚楚，特别是中间报仇的细节格外生动："外若无意者，内潜思无方。白日入都市，怨家如平常。匿剑藏白刃，一奋寻身僵。身首为之异处，伏尸列肆旁。肉与土合成泥，洒血溅飞梁。

---

① 诗见《乐府诗集》卷六十一，上海古籍出版社 1979 年版，第 887 页。

猛气上干云霓，仇党失守为披攘。一市称烈义，观者收泪并慨
慷：'百男何当益，不如一女良！'"完全摆脱了汉乐府诗叙事
时多用赋法的传统，进入到细节刻画的新境界，体现了诗歌叙
事艺术的新高度。

　　类似的叙歌舞表演的诗再如江总《梅花落》："缥色动风香，
罗生枝已长。妖姬坠马髻，未插江南玚。转袖花纷落，春衣共
有芳。羞作秋胡妇，独采城南桑。"按，"妖姬""转袖"明确指
歌舞表演者，劳动人民在生产劳动中不可能有此打扮。此诗殆
咏秋胡戏妻故事，因为只保存了该歌舞剧组诗的第一首，所以
只叙及秋胡妻出场。

　　江总另一首同题诗也是叙歌舞表演者，诗曰："胡地少春
来，三年惊落梅。偏疑粉蝶散，乍似雪花开。可怜香气歇，可
惜风相摧。金铙且莫韵，玉笛幸徘徊。"金铙莫断、玉笛不停，
非歌舞奏乐而何？此诗大约是咏苏武牧羊或文姬归汉故事。又
如南朝（梁）萧子范《罗敷行》诗："城南日半上，微步弄妖
姿。含情动燕俗，顾景笑齐眉。不爱柔桑尽，还忆畏蚕饥。春
风若有顾，惟愿落花迟。"按，"微步弄妖姿""含情动燕俗"
"顾景笑齐眉"云云，正是歌舞表演之态，非农家采桑女劳作时
应有之姿。

　　胡应麟《诗薮》说："左延年《秦女休行》，叙事真朴，黄
初乐府之高者。傅玄'庞烈妇'，盖效《女休》作者，词义高
古，足乱东、西京。乐府叙事，魏、晋仅此二篇。"魏晋间的叙
事性乐府诗当然不止这两篇，胡应麟的意思是：完美地继承两汉
乐府叙事手法（"叙事真朴"）和精神（"词义高古"）的是这
两篇。不过，胡应麟的眼光仍然比较狭猛，若以叙事艺术论，
左、傅二人之乐府诗只是局部叙事的艺术达到了新高度，而该

时期的叙事长诗《孔雀东南飞》《木兰诗》全篇叙事，比左延年、傅玄的叙事作品更典型。《孔雀东南飞》和《木兰诗》这两首诗叙事视角清晰，有明确而一贯的叙事者，故事完整，情节丰富，心理活动细腻，人物形象丰满，且语言真率或粗犷，它们代表着中国古代诗歌叙事艺术的高峰。论者已多，此处从略。

当然，艺术的演进路线不是直线型的，它的发展路径存在多种可能性，一如历史演进之迹。中国诗歌的叙事艺术发展遵循同样的历史逻辑。曹植乐府名作《美女篇》赞誉者众，仿之者络绎不绝，但从叙事传统的角度言之，此诗的叙事实又回到了汉乐府多用赋体的旧路上，情节不显，且叙述者介入的议论过多：

> 美女妖且闲，采桑歧路间。柔条纷冉冉，落叶何翩翩。
> 攘袖见素手，皓腕约金环。头上金爵钗，腰佩翠琅玕。
> 明珠交玉体，珊瑚间木难。罗衣何飘摇，轻裾随风还。
> 顾盼遗光采，长啸气若兰。行徒用息驾，休者以忘餐。
> 借问女安居，乃在城南端。青楼临大路，高门结重关。
> 容华耀朝日，谁不希令颜？媒氏何所营？玉帛不时安。
> 佳人慕高义，求贤良独难。众人徒嗷嗷，安知彼所观？
> 盛年处房室，中夜起长叹。

这首诗明显是模仿汉乐府《陌上桑》而来。两者相比较，曹诗在模拟《陌上桑》运用赋笔方面比较成功，自"攘袖"句至"忘餐"句，共十二句用赋笔铺写美女之美，正如《陌上桑》自"青丝为笼系"起十四句以赋笔铺写罗敷之美。而《陌上桑》最成功的地方在于运用几个回合的对话来推进故事的进展，叙述者只是一个客观的记录者，不评价所叙之事，不中断叙事脉络，故诗歌叙事性强；曹植此诗中对话仅进行一至两个回合，然后就是以叙述者的议论结束全篇（"容华耀朝日"以下）。可见叙事在魏晋诗艺中已边缘化，不作为重要表现手法来运用。

同样的诗还可举陆机的《日出东南隅行》，该诗在开篇"扶桑升朝晖，照此高台端"之后，即是大段的赋笔描写：淑貌、惠心、美目、蛾眉、鲜肤、秀色、窈窕、婉媚等，极状采桑女之美，然后全诗以"冶容不足咏，春游良可叹"议论作结。我们知道，赋法的运用对营造故事情节是有损害的，而议论抒情则更是与叙事无缘。总之，第三人称外视角叙事加上强烈的议论抒情，这是对诗歌叙事传统的最不利的艺术选择。为什么魏晋乐府与文人自创新题的诗歌普遍显得叙事性不足？这就是其中的艺术奥秘。而促成诗人们选择这种表现方式的原因，当然是复杂的，学者们对此已有很多种解释，笔者无意再增加一种。

总之，魏晋六朝诗歌的叙事传统，从横向来比，相对于同期诗歌的抒情传统来说，声势要小很多，诗中抒情是主流，诗中叙事是辅流；但纵向来比，相对于汉代乐府诗的叙事传统来说，魏晋六朝的叙事传统又走出了自己的道路，形成了自己的特色，既有对传统的坚持，又有创新因素的加入。首先是题材扩大，汉乐府中多注重个人命运的叙事，而魏晋六朝诗中的叙事题材扩大到社会动乱、日常生活及想象世界（如游仙诗）；其次是第一人称视角成为叙事的主流视角，完全摆脱了汉乐府诗中叙事者的"看客"身份；最后是诗歌叙事语言雅化，不再以质朴为叙事艺术的本色语。

总体上看，中国诗歌的叙事传统至两晋南朝时陷入最低谷，原因可以总结出几点：一是老庄思想的流行带来的玄言诗流行，文学思想上以表达出世之想为高尚，诗歌从叙事转向体物；二是士族世袭政权带来的文化高雅化和文学贵族化，特别是诗歌语言的精致化，语贵隽永、语贵精美，导致汉乐府那种质朴指事的语言已没有地位；三是格律诗渐成趋势，诗歌体裁朝着有利于含蓄抒情的方向奔驰，而离叙事意趣越来越远。这种叙事淡化的趋势一直延续到盛唐。

隋至盛唐时期，诗歌的叙事传统有了新的质素。虽然从总体上看，初盛唐诗歌在叙事传统方面处于低潮期，但并不意味着此时就没有诗歌叙事传统的存在。相反，李、杜、元结和顾况等人的诗歌在叙事方面的探索与创新，为中唐诗歌叙事艺术的繁荣提供了宝贵的创作经验。如李白《忆旧游寄谯郡元参军》就在这方面做出了很多艺术创新。

该诗以主人公视角叙事，回忆了自己与好友元演的四次聚散经过：第一次与第四次相聚是略写，第二次与第三次相聚是详写，详略得当；诗中有一个具体的、动作一贯的行动者；诗中有细节描写和心理描写，很好地为塑造人物形象服务；语言夸张华丽。《御选唐宋诗醇》卷六评此诗："此篇最有纪律可循。历数旧游，纯用序（叙）事之法。以离合为经纬，以转折为节奏。结构极严而神气自畅。"评价和总结此诗叙事手法非常到位，"以离合为经纬"确实成为此后诗歌叙事传统的重要手法之一。《御选唐宋诗醇》此处又引唐汝询语曰："此篇叙事四转，语若贯珠，又非初唐牵合之比。长篇当以此为法。"按："语若贯珠"指诗歌转折处意脉及语气不断，如诗中写第一次相聚转换到第二次相聚："不忍别，还相随。相随迢迢访仙城"，过渡自然衔接，语意妥溜。"初唐牵合"大约指卢照邻《长安古意》、骆宾王《畴昔篇》这一类诗歌，叙事多挽合历史上富贵骄横或无聊失意的历史形象和生活意象，以赋笔凑合成篇，诗中缺乏一个明确的、动作一贯的行动者。

近代王闿运《湘绮楼说诗》卷三《论七言歌行流品答完夫问》："李白始为叙情长篇，杜甫亟称之，而更扩之，然犹不入议论。韩愈入议论矣，苦无才思。"[①] 此处的"叙情长篇"是指长篇歌行体叙事诗[②]；"始为"云云，首创之谓，则是湘绮老人言过其实了。叙事兼抒情的长诗不创自李白，至少蔡文姬《悲愤诗》早在几百年前就出现了。"（杜甫）更扩之"指的是《丽人行》这类歌行体作品。"不入议论"指李白诗即事抒情，抒情止于一己之经历和悲欢，不生发大段的情感之外的道德哲理和历史感悟。李白另一首自叙长诗《经乱离后天恩流夜郎忆旧游书怀赠江夏韦太守良宰》与此诗笔法一致，主叙自己一生大致经历，次叙与韦良宰之两度交游情况，其中还交织着概叙社会大动乱。艺术上突破了骆宾王以赋笔作《畴昔篇》的诗歌成例，叙事更加成熟。但上举李白的两诗亦皆有不足之处：多种叙事视

---

① 马积高：《湘绮楼诗文集》，岳麓书社1996年版，第2161—2162页。

② 明代胡应麟《诗薮·内编》卷二评杜甫《北征》为"长篇叙事"。钱仲联《韩昌黎诗系年集释》卷一《此日足可惜一首赠张籍》诗引严虞惇评语作"长篇叙情事"（后来王闿运"叙情长篇"的说法，当本于此）；卷四《答张彻》引方世举评语作"叙事长篇"。分别见上海古籍出版社1984年版第97页、第409页。故知王闿运"叙情长篇"云云实际上是指我们所说的叙事长篇。余恕成教授在《论唐代的叙情长篇》中指出：明代高棅《唐诗品汇》在五古、七古、排律之后，均设"长篇"一项，说明他已注意到长篇与它诗的不同之处。见《文史哲》1991年第4期。按，余恕成教授继湘绮之后拈出"叙情长篇"一词，以之为叙事诗与抒情诗"中间地带"的一种文体。但学界响应者少。

角混用，故主题模糊，叙事不纯粹。幸得以夸张的想象和华丽的辞采给人深刻印象，掩盖了叙事艺术上的不成熟。李白这类叙事长篇影响了中唐传记体叙事诗歌的创作模式①。

又如李白的《秦女休行》诗，虽然与左延年、傅玄同题诗相比，李诗情节简略，叙事手法与叙事意趣均相隔辽远，但李诗中，所叙场面更极端而用词更华美，充满着虚构与夸张的叙事方式。"西门秦氏女，秀色如琼花。手挥白杨刀，清昼杀雠家。罗袖洒赤血，英气凌紫霞"，一个貌美如琼花的少女，却是白天市中取人性命的冷血杀手，反差何其强烈；少女杀手身穿绫罗，上面沾满仇家鲜血，英气上贯云霞，用笔是何等的夸张。本诗中的反差和夸张都出于想象性虚构，乃盛唐及此前诗人常用手法，高适诗中叙事反差对比的名句"战士军前半死生，美人帐下犹歌舞"是大家最熟悉不过的例子。因此，我们说叙事场面更极端，叙事用词更华美、夸张是隋至盛唐时期诗歌新叙事传统的主要特征。

初盛唐时期的诗歌新叙事传统还有一个重要特征：叙事的高度概括性。如王维《老将行》（节选）：

少年十五二十时，步行夺得胡马骑。
射杀中山白额虎，肯数邺下黄须儿！
一身转战三千里，一剑曾当百万师。
汉兵奋迅如霹雳，虏骑崩腾畏蒺藜。
卫青不败由天幸，李广无功缘数奇。
自从弃置便衰朽，世事蹉跎成白首。

---

① 指诗中有单一的行动主体，情节发展上以离合为经纬，内容上个人遭遇加入时代动荡，叙事概括而语言华丽。

此将从青年勇猛无比到中年废罢衰朽，都是凭着叙述者第三人称全知视角的概括性叙述。为了弥补因概括造成的艺术感染力（细节生动）不足的问题，诗人充分运用虚构和夸张的手法，努力制造令读者印象深刻的"神奇"效果，如空手夺马、山中射虎、转战三千里、一人独挡百万敌军等；而且主人公从超级英雄退回到衰朽老人，如此强烈的反差中间只需两句诗过渡！

与魏晋诗人在诗中叙事时好用第一人称视角相比，初盛唐诗人在诗中叙事回到了汉乐府传统——以第三人称视角为主；但是初盛唐诗人在叙事时不以"再现"客观生活为目标，而是以"表现"客观现实为旨趣。换句话说，初盛唐诗歌的叙事手法是第三人称视角的概述叙事加上第一人称视角的议论抒情。这种艺术选择的好处是：既可以充分利用第三人称视角方便虚构、夸张的艺术优长，又可以获得第一人称视角的抒情真切的效果。安史之乱打破了大唐帝国的春梦，也打断了初盛唐诗歌叙事传统的走向，但为重塑诗歌的叙事传统提供了历史契机。

五　中唐至五代中国诗歌叙事传统的繁荣

跟盛唐诗中强烈的直接抒情相比，中唐诗歌的抒情性内潜转深，而诗中叙事性得到了极大的强化。它既复兴了汉乐府以来的叙事传统，又增添了新的叙事技巧。中唐诗歌叙事传统的复兴和强化缘于以下几个因素：一是玄宗时的政治黑暗和安史之乱带来的社会苦难，迫使诗人在诗歌中再现现实生活，以表达自己的人道关怀，如杜甫歌行体、元白新乐府；二是都市讲唱

艺术的流行对诗歌叙事艺术的启迪；三是诗歌中的抒情传统盛
极必反的内在规律使然。自建安风骨以后，中国诗歌中经玄言
诗的熏陶和"缘情绮靡"思想的鼓舞，其创作主流一直在抒情
的道路上狂奔，又加之永明声律的出现、盛唐气象的感召①，诗
歌在抒发情感方面达到了艺术的极致，如兴象玲珑、声律风骨
兼备、意境等。换个角度看，律诗和绝句的定型过程也就是叙
事从诗中撤离的过程，最后近体诗只剩下"截取生活横断面"，
不再有情节，不再有故事发展，只剩下"画面"如"竹喧归浣
女，莲动下渔舟"之类片断场景。又如王维《扶南曲》诗："朝
日照绮窗，佳人坐临镜。散黛恨犹轻，插钗嫌未正。同心勿遽
游，幸待春妆竟。"抒情不浓，叙事极淡，这样的兴象玲珑的盛
唐诗一时风行天下，充分反映了民族审美思维"碎片化"的特
点，感性有余，理性不足。物极必反，叙事传统在中唐诗中的
回归是历史必然。以下试述中唐诗歌叙事传统的一般情况。

杜甫（712—770）是终结盛唐叙事传统、开启中唐叙事传
统的大诗人。《奉赠韦左丞丈二十二韵》开头："丈人试静听，
贱子请具陈。甫昔少年日，早充观国宾。"很明显是继承了汉乐

---

① 杜甫安史之乱以前的诗，虽然有意识地在诗中加强了叙事性，但也不可
避免地还带有那个时代浓厚的抒情底色，诗人在写作时，这种抑制自我
表达冲动的努力，做得还不是很彻底。因为整个社会洋溢在一片乐观
向上的喜悦之中，一种普遍向善的美好情绪在大众间漫延，这个时代需
要优美地抒情。安史之乱起，诗人杜甫出生入死的险绝经历，已不适合
用"搜求于象，心入于境，神会于物，因心而得"的创作方式和兴象玲珑
的盛唐诗歌美学来书写，也不适合用沉静唯美的六朝诗歌体来展现。
刻骨惊心和复杂多变的社会现实需要一种相应的美学范式来记录、来
表达。

府和六朝民歌的叙事介入方式；接下来几句："读书破万卷，下笔如有神。赋料扬雄敌，诗看子建亲，李邕求识面，王翰愿卜邻。"沿袭了初盛唐歌行体中用词夸张的习惯；"骑驴三十载，旅食京华春。朝扣富儿门，暮随肥马尘，残杯与冷炙，到处潜悲辛。"所写卑微处境与上文的自视甚高形成巨大的反差，亦是初盛唐歌行体的常见写作模式。又，《丽人行》用第三人称视角叙事，写杨贵妃姐妹春游出行的奢豪场面，以赋笔为主，情节模糊，不脱初盛唐歌行体窠臼。由此可以看出杜甫早期诗中的叙事手法沿袭初盛唐者实多。

这类带有明显初盛唐叙事特征的诗很快在杜甫笔下消失了，代之而起的是《兵车行》《哀王孙》《北征》"三吏""三别"这类彪炳文学史的叙事杰作。

杜甫《兵车行》古诗体现了他学习汉乐府叙事传统的努力。本诗采用第三人称有限视角叙事，叙述者记录"道旁过者"与"行人（征夫）"的对话，展现了玄宗时期对外穷兵黩武带给老百姓的苦难现实。《兵车行》是一篇比较成功的叙事诗，其艺术特征有三点值得指出：其一，采用有限视角近距离叙事，以"行人"为叙事焦点，给人强烈的现场真实感；其二，叙述者不议论、不抒情，只作为旁观者记录事件的经过和人物对话，既拓展了叙事的空间和时间，又给人以"叙事客观"的印象，增强了诗歌的批判力度；其三，语言朴实，契合底层人物身份，用词摆脱了初盛唐诗中常见的浮华气息。这都是六朝至盛唐诗歌在叙事时不具备的特质。本诗与《哀王孙》等开启了唐代乐府诗的新境界。《哀王孙》以主人公视角叙事，记录了战乱后都城的破败情状以及"我"和落魄王孙的对话，尽显诗人在乱贼中遇王孙时那种心胆俱怯的情景。惜本诗多间接叙事，感染力不够强。

《彭衙行》《北征》两诗代表了杜甫诗歌叙事艺术的高峰。两诗叙事艺术脱胎于蔡文姬《悲愤诗》而远过之。《彭衙行》以主人公视角详细叙述了自己携眷避贼逃难的一次经历，全程客观描写，没有大段议论抒情。在此以前，中国诗歌史上还没有出现过细节如此详实的作品。《北征》同样以主人公视角长篇叙事，以"皇帝二载秋，闰八月初吉"一句厚重的史笔口吻开篇，表明了叙述者郑重的叙事姿式。诗人在凤翔得旨回家，一路历险，穿过战后破败的关中地区，到达陕北鄜州家中。诗中特别详叙了他回家后孩子们的种种天真无邪的表现。举国满目疮痍的现实与自己偶然生还的庆幸、一路回家的艰辛与到家的喜悦、鹑衣百结的贫困生活与短暂的天伦之乐，诗人的内心经历着巨大的冲击与折磨。本诗有大量的细节叙事，亦有大段议论抒情。叙事与抒情比较平衡。

"三吏"诗中《石壕吏》是比较典型的叙事诗，与汉乐府多用第三人称视角叙事相比，本诗则使用了第一人称外视角（见证人视角）叙事，态度客观冷静。叙述者"我"暮宿石壕村，有吏夜捉人，老翁逃离，老妇应门而被抓走。第二天"我"独与老翁告别。叙事戛然而止，没有议论，更无抒情。故事完整，情节细致，深刻的批判精神都寓于冷静叙事之中。《潼关吏》以主人公视角叙事，叙述了"我"与潼关吏的对话，展现了唐朝官兵对战争胜利的信心，表达了"我"对守城战术的忧虑，忧国之心溢于言外。《新安吏》以第三人称全知视角叙事，通过"客"与新安吏的对话，表达了战争带给人民的深切痛苦。后两诗叙事之中带有议论抒情，不如前面《石壕吏》那样纯粹，但此三诗对诗人深厚的人道主义精神和爱国情怀的体现是不分轩轻的。

"三别"的叙事比较接近《新安吏》和《潼关吏》，叙事中带有抒情议论，在揭示战争带给百姓的痛苦生活方面，"三吏""三别"不分高下，典型地体现了中国诗歌叙事传统"叙中抒"的特点。

上举杜甫诸诗，除《奉赠韦左丞丈二十二韵》外，皆以自身经历为基点叙述社会苦难现实。杜甫还有一类"自传诗"在叙事方面亦有特色。《奉赠韦左丞丈二十二韵》是杜甫作的第一首自传诗，框架模仿《离骚》，开篇用语模仿汉乐府，用语夸张华丽、概括叙事、精气神貌诸方面皆模仿骆宾王、李白诸人。至《壮游》诗，杜甫在诗中自叙时加入了广阔的社会生活。一篇之中，既叙个人的生活轨迹（主人公视角），又叙社会大动荡现实（第三人称视角），故在叙事艺术上，双视角叙事难免带来叙事焦点的混乱。

另外，杜甫依循汉乐府"缘事而发"的精神自创诗题、因事命题，对中唐的新乐府运动颇有启发。正如元稹在《乐府古题序》中所云："近代惟诗人杜甫《悲陈陶》《哀江头》《兵车》《丽人》等，凡所歌行，率皆即事名篇，无复倚傍。余少时与友人乐天、李公垂辈，谓是为当，遂不复拟赋古题。"杜甫在《兵车行》《丽人行》《羌村》以及"三吏""三别"等诗中创造出来的现实主义叙事风格，经由元结、顾况的同声相应，遂为文坛所接受，并在白居易、元稹笔下一脉相承。他们有意识地继承了杜甫以诗歌记录时代大事、记录百姓痛苦生活的创作精神，提倡"文章合为时而著，歌诗合为事而作"（白居易《与元九书》），掀起了一场声势颇大的新乐府运动。

元结（719？—772）《舂陵行》《贼退示官吏》两诗是中国

文学史上体现人道主义精神的经典之作，曾受杜甫推崇。像元结这样的地方大员，抗王命以约束手下官吏不得强征暴敛百姓，在历史上是很少见的。《舂陵行》以见证人视角（第一人称外视角）叙事，聚焦地方官吏与底层百姓之间的对立紧张关系：一方面是老百姓人口凋零，食不果腹；一方面是官吏的严征暴敛和地方盗贼的杀掠。诗的后半段叙述者申发议论："州县忽乱亡，得罪复是谁？"这样不顾百姓死活横征暴敛只会引起地方动乱，到时又是谁的过错？以见证人视角叙事既有可信度，又便于发表见解、抒发情感。元结采用这种叙事手法，与他的诗学主张密切相关。他认为诗歌要"极帝王理乱之道，系古人规讽之流"，能"上感于上，下化于下"，反对当时诗坛"拘限声病，喜尚形似"的不良风气（《箧中集序》）。这就要求诗人在创作中即要揭示客观现实的真相（叙事），又要表达自己的态度（议论或抒情）。在这些诗歌主张与叙事手法指导下创作的《闵荒诗》《系乐府十二首》《舂陵行》《贼退示官吏》等诗，开元白新乐府运动之先声①。

　　杜甫与元结是中唐新乐府的引领者，他们的客观叙事精神对白居易和元稹有直接的影响。白居易的《卖炭翁》《上阳白发人》，元稹的《田家词》《织妇词》等新乐府诗，均通过细致的

---

① 与元结同时的诗人顾况，曾模仿《诗经》作《上古之什补亡训传十三章》，并效法《诗经》"小序"，取诗中首句一二字为题，标明主题。如"囝，哀闽也"，"采蜡，怨奢也"，开白居易《新乐府》"首句标其目"的先例。他的乐府诗不避俚俗，不乏尖刻，直接反映现实，也对白居易作诗"老妪能解"的观念有影响。他的《戴氏广异记序》，论述了唐人志怪传奇作品如唐临《冥报记》、王度《古镜记》等，说明他对当时传奇这一新的叙事文体也很重视。这大约也是当时诗人的普遍认知，所以叙事诗在中唐突起。

故事情节和鲜明的形象，揭露了统治者的罪恶，表达了对人民苦痛的同情。白居易《新乐府》自序："凡九千二百五十二言，断为五十篇，篇无定句，句无定字，系于意不系于文。首句标其目，卒章显其志，诗三百之义也。其辞质而径，欲见之者易谕也；其言直而切，欲闻之者深诫也；其事核而实，使采之者传信也；其体顺而肆，可以播于乐章歌曲也。总而言之，为君、为臣、为民、为物、为事而作，不为文而作也。"此处"系于意不系于文"的意思是以表达观点为主，艺术技巧不是重点，也即下文"不为文而作"的意思。"质而径"指文字简单、意思直接，老妪能解；"直而切"指诗旨恳切，耸动听众；"核而实"指事实可靠；"顺而肆"指文辞朗朗上口，便于吟唱。这里虽然没有一句涉及诗歌的叙事技巧，但并不意味着就没有叙事方法。简洁地说，元白新乐府创造了一种新叙事传统，即《秦中吟》提出的"直歌其事"的创作方法：一篇诗歌作品中只叙一件事情（"一吟歌一事"），不像韩愈及以前诗人在叙事诗中经常出现视角混乱的情况。元白新乐府在叙事艺术上最成功的地方在此。

　　但是，元白新乐府的叙事艺术仍有些欠缺。一言以蔽之，缺点是作者介入作品太深，破坏了叙事的完整性，冲淡了叙事带来的批判力量。通常一篇叙事作品中的主题思想，不该是由作者自己直接显示（说出来），而应是通过作品中不同的人物形象或故事情节体现出来，而且所叙述的一切事实必须符合叙事逻辑和艺术情境的呈现逻辑[①]，否则就会"把个人变成时代精神

---

① 谭君强、降红燕、陈芳、王浩：《审美文化叙事学理论与实践》，中国社会科学出版社2011年版，第56页。

的单纯的传声筒"①。例如元稹《估客乐》是他"乐府古诗十九首"煞尾之作，其叙估客在长安做生意的秘密："城中东西市，闻客次第迎。迎客兼说客，多财为势倾。客心本明黠，闻语心已惊。先问十常侍，次求百公卿。侯家与主第，点缀无不精。"这里虽然是叙"事"，但是每处事中都包含着叙述者的主观态度，以概述为主，事件的细节全失，无法给读者留下深刻印象。但说来奇怪，元白两人在新乐府诗中的叙事缺陷，在他们俩的传奇体诗和自传体诗中②，基本上都克服了。详下文论述白居易、元稹诗歌叙事诸章节。

总之，杜甫、元结、顾况等人开创的"即事名篇，无复依傍"的新诗，确立了中唐诗歌之叙事新传统。这一新传统融合了汉魏乐府的写实精神，初盛唐歌行体的词采华丽夸张、抒情热烈等创作惯例，同时吸收了隋唐小说、说唱文学偏好传奇的叙事倾向。这个新的叙事传统在韩愈诗、元白新乐府、元和体传奇诗、元和体自传诗中得到充分的体现。

韩愈（768—824）的《南山诗》，论者多比之杜甫《北征》，窃以为此诗叙事艺术远不如《北征》精妙。《南山诗》前段与后段均用赋笔，特别是后段连用五十多句"或"字领头的句子，

① 《马克思致斐·拉萨尔》，《马克思恩格斯选集》第四卷，人民出版社1975年版，第340页。
② 从中唐开始，有专为百姓中特立独行、侠义忠勇或专业艺人而有曲折经历者作叙事长诗的风气。如韦道安、华山女、刘师命（《刘生诗》）、泰娘、琵琶女、天宝乐叟、张封建妾等。他们的遭遇都非常人所能有，带有传奇性质，故本书将此类诗归纳为"传奇体诗"（传他们之故事），与当时普遍存在的带有自传性质的"自传体诗"相对。

奇则奇矣，叙事则阙如。唯中间叙自己当年贬谪潮州途中于大雪天翻越蓝田关时，场面十分惊险动人：

> 前年遭谴谪，探历得邂逅。初从蓝田入，顾盼劳颈脰。
> 时天晦大雪，泪目苦曚瞀。峻涂拖长冰，直上若悬溜。
> 褰衣步推马，颠蹶退且复。苍黄忘遐眴，所瞩才左右。
> 杉篁咤蒲苏，杲耀攒介胄。专心忆平道，脱险逾避臭。
> ……

这种精细的场面叙事，淹灭在《南山诗》的长篇赋笔和大段议论文字之中，削弱了全诗的叙事氛围和艺术感染力。类似的诗还有《谢自然诗》。该前半以见证人视角叙述了（实际是虚构）民女谢自然"升天"的经过，并描绘了各色人等对此事的反应，细节逼真；后半抒发了叙述者的感想。全诗叙事与议论各半。其不足之处与《南山诗》相似，议论过多，冲淡了全诗的叙事结构。《刘生诗》是一首内容比较特别的诗。刘师命自青年即弃家东游梁宋，又南游扬州越州，"越女一笑三年留"后，再过南岭，又过了十年"妖歌慢舞烂不收"的快乐日子。在"五管历遍无贤侯"之后，蓦然回首已白头，来阳山县投奔韩愈。韩愈用一个又一个古代游侠建功立业的故事（"我为罗列陈前修"）激励刘师命奋起，"往取将相酬恩仇"。《华山女》叙女道士之诡行，亦历历在目，虽末句有"仙梯难攀俗缘重"评价语，但与全诗之正面叙事相比可忽略不计。以叙事口吻考之，韩愈以上两诗对刘师命之不羁生涯和女道士之诡行没有批评之意；韩愈在文章中常以卫孔孟之道自居，而此类诗却表现了他处世通达的一面。诗人之深层意图，往往可以通过其叙事口吻而感知，不可仅看其表面文字，如他每每辟佛而屡有送浮屠之诗，其理正同。

韩愈《此日足可惜赠张籍》亦为学杜甫《北征》而视角及主题混乱者。《此日》诗叙事的时间结构是：今—昔—今，从今日之聚会，回溯与张籍结交之始末，中间插入韩愈自己护董晋之丧与回家之艰难经过，结以今日"子又舍我去"的分别感念。诗歌叙事重点放在昔日之经历上。昔日之经历有两个主题：一是诗人韩愈对张籍的倾慕、结交经过和张籍中进士；二是韩愈当年护董晋之丧和辛苦回家之遭遇。前一个主题是见证人视角叙事，后一个主题是主人公视角叙事。两种叙事在各自的视角里是非常成功的，特别是第二个主题中，叙述者聚焦护丧和回家路上的种种危险，读来历历在目，感同身受，令人印象深刻。但综合全诗来看，两种视角的主题基本上没有重合之处，没有互为因果，是一次失败的"双重视角"叙事①。《寄崔二十六立之》诗之叙事得失同此，唯本诗之后半多议论，稍异于前者。《山石》是韩愈难得的叙事单纯清峻的好诗，本诗以主人公视角叙事，一句一事，每事承先启后、移步换景，且写景设色斑斓，画面极美。诗的结尾抒情，照应前文，自然流出。此诗树立的叙事模式对宋人诗歌创作影响深远。

柳宗元《韦道安》诗是一篇大侠忠烈传，唐诗中类此纯人物叙事诗不多见：

---

① 张籍在韩愈身故后所作的《祭退之》诗，同样运用了双重视角叙事的手法，不同之处在于：张诗加大了细节叙事的力度，把叙事焦点更多地放在韩愈去世前一年多的生活细节上。陈寅恪论元稹与白居易的创作时，说到两人有互相学习和提高的现象。予谓张籍与韩愈之创作关系亦然。

道安本儒士，颇擅弓剑名。二十游太行，暮闻号哭声。
疾驱前致问，有叟垂华缨。言我故刺史，失职还西京。
偶为群盗得，毫缕无馀赢。货财足非吝，二女皆娉婷。
苍黄见驱逐，谁识死与生？便当此殒命，休复事晨征。
一闻激高义，眦裂肝胆横。挂弓问所往，趫捷超峥嵘。
见盗寒涧阴，罗列方忿争。一矢毙酋帅，馀党号且惊。
麾令递束缚，縲索相拄撑。彼姝久褫魄，刃下俟诛刑。
却立不亲授，谕以从父行。掯收自担肩，转道趋前程。
夜发敲石火，山林如昼明。父子更抱持，涕血纷交零。
顿首愿归货，纳女称舅甥。道安奋衣去，义重利固轻。
师婚古所病，合姓非用兵。竭来事儒术，十载所能逞。
慷慨张徐州，朱邸扬前旌。投躯获所愿，前马出王城。
辕门立奇士，淮水秋风生。君侯既即世，麾下相欹倾。
立孤抗王命，钟鼓四野鸣。横溃非所壅，逆节非所婴。
举头自引刃，顾义谁顾形。烈士不忘死，所死在忠贞。
咄嗟徇权子，翕习犹趋荣。我歌非悼死，所悼时世情。

　　本诗以第三人全知视角叙事，塑造了韦道安勇义忠烈的崇高形象，属于传奇体诗歌。它摆脱了盛唐诗歌夹叙夹议的叙事传统，至此已有完整的故事情节，有发端、高潮、结局的全部过程，既有性格冲突的描绘，也有人物命运的展示。在中唐叙事诗的发展史上，本诗自应有一席之地。
　　中唐传奇体诗歌往往有诗序，它们同样是绝佳的叙事文字，与诗歌对照，互为事件与人物的补充。概言之，序文主要"述其事"，诗歌主要"歌其事"，非序无以清楚了解诗歌的叙事背景和脉落；非诗无以展现传奇主角的丰盈形象。如刘禹锡

（772—842）的《泰娘歌》诗与序。今将此诗与诗序对照排版，庶几读者能直观地比较诗序与诗在叙事上的差异。

诗	序文
泰娘家本阊门西，门前绿水环金堤。	泰娘本韦尚书家主讴者。
有时妆成好天气，走上皋桥折花戏。	
风流太守韦尚书，路傍忽见停隼旟。	初，尚书为吴郡，得之。
斗量明珠鸟传意，绀幰迎入专城居。	
长鬟如云衣似雾，锦茵罗荐承轻步。	命乐工诲之琵琶，使之歌且舞。
舞学惊鸿水榭春，歌传上客兰堂暮。	无几何，尽得其术。
从郎西入帝城中，贵游簪组香帘栊。	居一二岁，携之以归京师。
低鬟缓视抱明月，纤指破拨生胡风。	京师多新声善工，于是又捐去故技，以新声度曲，而泰娘名字，往往见称于贵游之间。
繁华一旦有消歇，题剑无光履声绝。	元和初，尚书薨于东京，泰娘出居民间。
洛阳旧宅生草莱，杜陵萧萧松柏哀。	
妆奁虫网厚如茧，博山炉侧倾寒灰。	久之，
蕲州刺史张公子，白马新到铜驼里。	为蕲州刺史张逊所得。
自言买笑掷黄金，月堕云中从此始。	
安知鹏鸟坐隔飞，寂寞旅魂招不归。	其后逊坐事谪居武陵郡。逊卒，
秦嘉镜有前时结，韩寿香销故箧衣。	泰娘无所归，地荒且远，
山城少人江水碧，断雁哀猿风雨夕。	无有能知其容与艺者，故日抱乐器而哭，其音燋杀以悲。
朱弦已绝为知音，云鬈未秋私自惜。	
举目风烟非旧时，梦寻归路多参差。	
如何将此千行泪，更洒湘江斑竹枝。	雍客闻之，为歌其事，以续于乐府云。

诗歌叙事优雅凄美，情辞俱到；散文叙事客观曲折，含不尽之意。譬之身体，诗歌叙事如肉，贵在体态丰腴；散文叙事如骨，贵在骨格清奇。在诗中，泰娘住处环境幽静，她的出场伴随着一系列赏春动作，尽显高贵华美，而序文中叙泰娘出场只陈述了她是韦尚书家歌伎这个事实；序文中"得之"二字，在诗中敷衍成了一系列具体的撩人动作：巧遇、眉目传情、停车、借问、传意、迎亲，给人以生活真实感，诗胜于序；诗中"低鬟缓视抱明月，纤指破拨生胡风"一句，乍读之只是平常弹奏印象，而序文叙述为："京师多新声善工，于是又捐去故技，以新声度曲，而泰娘名字，往往见称于贵游之间。"这几句交待了"纤指破拨生胡风"的写作背景，泰娘由一个能歌善舞的苏州舞伎转变成以新声耸动京师的角伎，序胜于诗。不过，无论是诗中还中序中，这个苏州民女的命运，总是随着一系列未知的、偶然性的事件的变化而颠簸起伏，最后竟奇特地流落在当时偏远的朗州（今湖南常德市）。这就是叙事的魅力。像泰娘这种形象丰满的底层人物在以前诗歌中是没出现过的。白居易《琵琶行》序文的叙事艺术和诗中人物命运皆同刘禹锡此诗，而元稹《卢头陀诗并序》倒是一篇序文胜于诗句的作品：

> 道泉头陀字源一，姓卢氏，本名士衍。弟曰起郎，（字）士玫，则官阀可知也。少力学，善记忆，截解职仕，不三十馀，历八诸侯府，皆掌剧事。性强迈，不录幽琐，为吏所构，谪官建州。无何，有异人密授心契，冥失所在。卢氏既为大门族，兄弟且贤豪，惶骇求索，无所得。胤子某，积岁穷尽荒僻，一夕于衡山佛舍众头陀中灯下识之，号叫泣血，无所顾。然而先是众以为姜头陀，自是知其为卢头陀矣。迨后往来湘潭间，不常次舍，只以衡山为诣极。元和九年，张中丞领潭之岁，予拜张公于潭，适上人在焉。即日诣所舍东寺，一见蒙念，不碍小劣，尽得本末其事，列而序之，仍以四韵七言为赠尔。

卢师深话出家由，剃尽心花始剃头。

马哭青山别车匿，鹊飞螺髻见罗睺。

还来旧日经过处，似隔前身梦寐游。

为向八龙兄弟说，他生缘会此生休。

本诗序言是一篇优秀的叙事短文，富有小说味道；而诗作则以议论和概叙为主，其内在线索不读序文则不清楚，完全像是话本小说的结束诗，也像是戏剧中的下场诗，恰成小说或戏剧的附属物。由此可知，好的诗序与诗歌本文是既互相独立，又互相补充。但是从诗歌叙事的角度来说，由于诗序中有了叙事，所以诗歌正文中的叙事就大大削弱了。在诗序中叙事，算不算诗歌叙事艺术的成功尝试？值得学界思考。

这种记录不寻常的人生经历的叙事性诗歌（可称之为"传奇体诗歌"），在中唐蔚为大观，白居易、元稹是其中的杰出作者。

白居易（772—846）笔下的"传奇体诗歌"很多，如《夜闻歌者》以见证人视角叙事，叙述"我"夜宿鄂州、江边步月之时，听到邻船飘来幽怨的歌声，歌声毕，继之以哭泣声；哭泣声毕，继之以抽咽之声；"我"循声找去，只见一面容洁白之少妇倚桅杆站立。问之，不应。诗歌戛然而止，令读者意往神驰，为人物的命运担忧。至《琵琶行》诗，也使用了韩愈《此日足可惜赠张籍》中双重视角叙事的手法，只不过韩运用得不成功，白则运用得非常成功。《琵琶行》诗用了一种类似《一千零一夜》式的"故事套故事"叙述方式，"我"在浔阳江边夜送客的故事，里面再套一个琵琶女的故事，送客故事是小故事，琵琶女故事是大故事。两个故事的交汇处便是"同是天涯沦落人"。两种叙事视角自然融合无痕，引起大家共鸣。从形式上看，这是对此前诗中问答式叙事方式的拓展（如杜甫《潼关吏》），问话者以前是没有故事的，现在有了。再者，这类诗中的议论抒情，大多围绕人生际遇而来，不像韩愈在《谢自然诗》中那样议论哲学道理。

《长恨歌》也是一篇杰出的长篇传奇体叙事诗，关于其叙事特征论者已多，笔者不多涉及，只就其中一个话题"《长恨歌》对李杨爱情褒多于贬"，从叙事学角度补充一点看法。《长恨歌》全诗共60句，前15句聚焦贵妃受宠的场景，紧接着6句叙安史之乱、皇帝幸蜀、贵妃赐死等事（其中叙安史之乱仅用半句"渔阳鼙鼓动地来"带过，叙军队哗变亦仅用半句"六军不发无奈何"带过，而叙贵妃被赐死用了两句半），之后16句写玄宗对贵妃的思念之情，剩馀22句叙临邛道士觅得贵妃、贵妃寄回金钗之事。可知叙事的焦点始终在杨贵妃和玄宗身上。本诗特意避免了使用零焦点和多焦点叙事去展示宏大事件，而是选用近距离的固定聚焦叙事，其焦点的选择不能过于随意，否则会造成镜头跳跃性大，打乱叙事的连续性。使用固定聚焦这种叙事手法时，叙事者被迫让连续镜头去展示李杨生活中的诸多细节和持续性场景，"让镜头客观说话"。《长恨歌》之所以给人以褒扬李杨爱情的印象，其艺术原因在此。这就产生了一对矛盾：即作家主观意愿与作品实际效果之间的差异。白居易创作《长恨歌》本意是讽刺玄宗荒淫误国，"惟歌生民病"（《寄唐生》），但由于他使用了近距离的固定聚焦叙事手法，笔墨集中在李杨身上，客观上给人感觉作者是欣赏李杨之间的"爱情"（"一篇长恨有风情"）。

元稹的传奇体诗歌也很有成就。其16岁所作《代曲江老人百韵》叙开元盛世及安史之乱，叙事艺术尚嫌稚嫩。开篇"何事花前泣，曾逢旧日春。先皇初在镐，贱子正游秦"，便觉有一种强为叙事的姿态。接下来叙事多概括笼统，惯于赋笔骋辞，炫才耀博之动机远过叙事艺术之自觉，不若后来同题材、同主题之《连昌宫词》那样成熟、从容地叙事。

《连昌宫词》在叙事艺术上多有创新之处，此处讲两点。首先，叙述者身份有创新。杜甫《石壕吏》中，"我"是一名旁观者、见证者；而《连昌宫词》叙宫廷之事，外人无由亲睹其事，为增强叙事的真实性和权威性，作者虚拟了一位能出入宫廷的太监，借他之口讲故事。于是，"我"就成了记录者，而太监（宫边老翁）就成了见证者，整个事件借宫边老翁之口讲了出来。其实，太监只是"我"的一个"分身"，所以本诗还是见证人视角叙事。其次，一般的诗叙事故事结束即完篇，但本诗假借"我"与老翁的对话（"我闻此语心骨悲，'太平谁致乱者谁？'翁言'野父何分别，耳闻眼见为君说……'"），补充叙述了事件背后的原因，相当于补叙，间接地表达了作者的思想立场（本诗的主题）。这也是此前中国诗歌叙事中少见的叙事手法。

元稹的《琵琶歌》与白居易《琵琶行》无论是叙事主题还是手法，都比较接近①。不同之处在于：《琵琶行》中叙事者与

---

① 白居易与元稹两人都喜欢以诗纪音乐，特别是琵琶等弦乐。两人比喻音乐的手法也相近，如元稹《五弦弹》中"莺含晓舌怜娇妙"，让人想起白居易《琵琶行》中的"间关莺语花底滑"；"呜呜暗溜咽冰泉"一句，令人想起《琵琶行》中"幽咽泉流冰下难。冰泉冷涩弦凝绝"等句；"促节频催渐繁拨，珠幢斗绝金铃掉"一句，令人想起《琵琶行》中的"嘈嘈切切错杂弹，大珠小珠落玉盘"等句；"千敦鸣镝发胡弓"一句，令人想起《琵琶行》中的"铁骑突出刀枪鸣"等句。另外，元稹《琵琶歌》中亦有"冰泉呜咽流莺涩""骤弹曲破音繁并，百万金铃旋玉盘"等句，与白居易《琵琶行》中的比喻也相近。盖当时两人交往既密，赏音时口耳相传都"在场"，下笔用字不得不同也。

琵琶女的生活在此夜见面前无交集，而元稹《琵琶歌》诗中，
叙事者与琵琶女的经历在过去有多次的重合，故本诗在叙事上
接近韩愈《此日足可惜赠张籍》诗中的双重视角叙事。《琵琶歌》
叙管儿琵琶技艺之精良是见证人视角叙事，叙自身与张著作（友
人）之交往经历是主人公视角叙事，两种视角的挽合之处在于
"我"与管儿的几次相见。因两种视角稍嫌破坏叙事的一贯性，所
以，本诗给人的印象不如白居易《琵琶行》那样深刻。

　　元稹《望云骓马歌》是一篇以马的传奇经历为内容的叙事
诗，以第三人称全知视角，叙述了望云骓传奇的经历。玄宗皇
帝幸蜀时，随行的御马都累死了，其貌不扬的望云骓无奈被选
中当御马。它在一片怀疑的眼光中，在一路刀锥般丛生的石子
里奋勇前行，出色地完成了运送玄宗幸蜀的任务。玄宗回銮后，
天下无事，望云骓又被抛弃，贱养于御槽，直至最后老死天厩。
本诗选材独特，叙事生动，情节起伏曲折，望云骓奇特的遭际
和命运，给人留下深刻的印象。

　　在中唐叙事诗歌的大花园里，自传体诗是最引人注目的那
丛花朵，其叙事艺术达到的成就与传奇体诗歌不相上下。李白、
杜甫、韩愈等都有不错的自传诗，然或失之夸，或失之简，或
失之迂。元白等人则非是，以他俩为代表的自传诗除了平易近
情之外①，更重要的成就是：诗中叙事时偶尔会运用虚构。因此
这类诗读起来，既可当作者的自传诗看，也可当作以第一人称
叙事的普通叙事诗看，具有普遍意义。这类诗有：元稹《梦游春

①　如清黄周星《唐诗快》谓："少陵、长吉虽能为情语，然犹兼才与学为之。
　　凡情语一夹才学，终隔一层，便不能刺透心髓。乐天之妙，妙在全不用
　　才学，一味以本色真切出之，所以感人最深。"

七十韵》《会真诗三十韵》《元和五年予官不了罚俸西归……》《寄吴士矩端公五十韵》《酬翰林白学士代书一百韵》等；白居易有《游悟真寺》《代书一百韵寄微之》《和梦游春诗一百韵》《霓裳羽衣舞歌》《东南行一百韵》等。陈寅恪《元白诗笺证稿》曾赞扬此类诗高超的艺术成就："至《梦游春》一诗，乃兼涉双文、成之者……实非寻常游戏之偶作，乃心仪浣花草堂之巨制，而为元和体之上乘，且可视作此类诗最佳之代表者也""微之天才也，文笔极详繁切至之能事。既能于非正式男女间关系如与莺莺之因缘，详尽言之于《会真诗传》，则亦可推之于正式男女间关系如韦氏者，抒其情，写其事，缠绵哀感，遂成古今悼亡诗一体之绝唱。实由其特具写小说之繁详天才所致。"① "详繁切至之能事""写小说之繁详天才"云云，皆指叙事才能之高超。唐传奇之兴盛与唐代古文运动之兴起二者间的关系，已成学界常识，但中唐以后唐传奇小说②与诗歌的叙事性普遍增强，二者之间有何内在联系？还有待进一步研究。白居易有《长恨歌》，陈鸿有《长恨歌传》；元稹有《莺莺传》，李绅有《莺莺歌》（今存残篇），元稹《梦游春七十韵》诗前半、白居易《和梦游春诗一百韵》前半都是《莺莺传》的诗化表达。自陈寅恪先生首揭

---

① 　陈寅恪《元白诗笺证稿》第四章《艳诗及悼亡诗》，《陈寅恪合集·史集》，译林出版社 2020 年版，第 126、134 页。

② 　鲁迅《六朝小说与唐代传奇有怎样的区别》："唐代传奇文可就大两样了：神仙人鬼妖物，都可以随便驱使；文笔是精细、曲折的，至于被崇尚简古者所诟病；所叙的事，也大抵具有首尾和波澜，不止一点断片的谈柄；而且作者往往故意显示着这事迹的虚构，以见他想象的才能了。"不愧是小说家谈小说创作，非常深刻的见解。见《且介亭杂文二集》，《鲁迅全集》第 6 卷，人民文学出版社 1981 年版，第 323 页。

中唐诗、传关系以来，论者多从诗人交谊入手来研究诗歌与唐传奇的互动关系，依笔者之见，都不若从文体互进、叙事传统的深化等角度来研究更有说服力。

当时传奇与诗歌文体互动、影响唐诗叙事创作的例子，还可举张祜（约785—849）《梦李白》诗为例：

> 我爱李峨媚，梦寻寻不见。忽闻海上骑鹤人，云白正陪王母宴。须臾大醉下碧虚，摇头逆浪鞭赤鱼。回眸四顾飞走类，若嗔元气多终诸。问余曰张祜，尔则狂者否？朝来王母宴瑶池，茅君道尔还爱酒。祜当听我言：我昔开元中，生时值明圣，发迹恃文雄。一言可否由贺老，即知此老心还公。朝廷大称我，我亦自超群。严陵死后到李白，布衣长揖万乘君。玄宗开怀乐其说，满朝呼吸生气云。中人高力士，脱靴羞欲死。谗言密相构，送我千万里。辛苦夜夜归，知音聊复稀。青云旧李白，憔悴为酒客。自此到人间，大虫无肉吃。男儿重意气，百万呵一掷。董贤在前官亦崇，梁冀破家金漫积。匡山夜醉时，吟尔古风诗。振振二雅兴，重显此人词。贺老不得见，百篇徒尔为。李白叹尔空泪下，王乔闻尔甚相思。尔当三万六千日，访我蓬莱山。高声叫李白，为尔开玄关。天明梦觉白亦去，兀兀此身天地间。

从内容上来说，本诗明显综合了《穆天子传》和《高力士传》之类传奇小说的故事外壳。本诗是一首奇特的叙事诗。说他奇特，就是其中貌似有两个叙事者，开头那个叙述者是"我"，我进入梦中见李白，李白给我讲他的故事；我梦觉，不见了李白。其次那个叙述者是李白，给"我"讲他自己的故事：贺知章慧眼识才，举荐李白到朝廷，玄宗皇帝召见，李白命高力士脱靴，高力士进谗言中伤李白，李白被放逐，流落各地，约张祜百年之后去蓬莱山找他。与元稹《连昌宫词》的叙事手法如出一辙。

中唐诗歌叙事性的增强，从外在形式上来看，就是诗歌篇幅的增加和诗序的拉长。至于采用汉乐府叙事艺术，在有限的诗句中尽展其叙事性的作品，并不多见，朱庆馀的《近试上张水部》诗算是复古型的代表：

> 洞房昨夜停红烛，待晓堂前拜舅姑。
> 妆罢低声问夫婿，画眉深浅入时无？

这首绝句诗，短短28字，以见证人视角，写了新婚之夜新娘子进洞房、第二天梳妆打扮、准备去拜公婆、行前问夫婿化妆好不好一个完整的故事。纯客观叙事，将行动背后的忐忑不安心理刻画无遗，是一篇成功的叙事诗。同时代的李贺诗歌也保持了在诗体中营造叙事艺术（而不是借助诗序）的传统。

李贺（790—816）诗歌中的叙事向不为人关注，主要是因为李贺诗中的叙事不是一般的叙事形态，非常特殊，不被人认可。盖李白所创立的浪漫主义创作方法，韩愈得其气，李贺得其意①。

---

① 宋王得臣《麈史》载："庆历间，宋景文诸公在馆，尝评唐人之诗云：'太白仙才，长吉鬼才'。其馀不尽记也。"按，李贺对元白一派诗歌创作路径比较不屑，唐康骈《剧谈录》记载他曾拒见元稹，并辱称："明经及第，何事来看李贺！"虽清人王士禛《古夫于亭杂录》、朱自清《李贺年谱》、岑仲勉《唐史馀渖》均已辨其妄，但无风不起浪，这个传说与李贺的性格比较符合。李贺对韩愈、张籍、孟郊一派比较尊敬是众所周知的事；他的得名，与韩愈的褒扬分不开，在李贺因避讳问题无法参加进士考试时，韩愈还写了一篇《讳辨》替他鸣不平。

又，李贺身处杜甫创立的现实主义叙事文学强大氛围之下，作为一个优秀的作家，他的创作很自然就吸收了浪漫主义的象征手法和现实主义的叙事手法，自成一家。笔者名之为"象征叙事"，如《神弦》诗：

> 女巫浇酒云满空，玉炉炭火香咚咚。
> 海神山鬼来座中，纸钱窸窣鸣旋风。
> 相思木帖金舞鸾，攒蛾一啼重一弹。
> 呼星召鬼歆杯盘，山魅食时人森寒。
> 终南日色低平湾，神兮长在有无间。
> 神嗔神喜师更颜，送神万骑还青山。

李贺上诗叙述了一次女巫祭祀诸神的经过。李贺不喜在诗中叙述一个长时段故事，他更倾向于描绘一个非常具体的场景，这一点他深得汉乐府的精髓，这是他与元白等人明显的区别之一。区别之二，是李贺善于在诗中借神鬼和历史人物来营造一个奇异玄幻的文学新世界，并且将故事在主人公的动作中戛然而止，令人意犹未尽、回味无穷；而元白则完全抛弃了这种题材，代之以日常生活中的平凡人的喜怒悲欢。两派的文学取径差异极大，元白类似于后来的现实主义文学，李贺则是象征主义文学。又如他的《苏小小墓》诗：

> 幽兰露，如啼眼。
> 无物结同心，烟花不堪剪。
> 草如茵，松如盖。
> 风为裳，水为珮。

油壁车，夕相待。

冷翠烛，劳光彩。

西陵下，风雨改。

本诗叙一次男女幽会经过，保持着李贺一贯的叙事风格，只写"夕相待……劳光彩"这个场面。意境惝恍迷离，神异莫名。全诗采用近距离固定聚焦外视角叙事，人物都隐藏在道具之后。因为是近距离固定聚焦，所以叙事真切，画面协调统一且界面清晰；因为是外视角，叙述者只叙述他看到的，所以故事的发展充满悬念和神秘；叙事者抽去了时间背景，所以本诗有一种超越时空的味道。这就是象征叙事的艺术魅力。李贺其他诗如《金铜仙人辞汉歌》《秦宫诗》《还自会稽歌》等，莫不叙事逼真，神思超越，境界瑰丽神秘，充满着象征主义的气息。李贺诗歌的叙事特征实为中国诗歌叙事传统中的异数，也是一座不朽的艺术高峰。

晚唐（835—906）诗歌的叙事传统总体不能上继中唐之盛，叙事性总体上在诗中撤退，抒情性在增强。但亦有例外，今稍举可观者释之。

郑嵎《津阳门诗》以见证人视角叙开元天宝间时事，与白居易《长恨歌》的第三人称外视角叙事相比，郑诗反映的社会生活面更广，场面更宏大，细节更丰富，更具历史现场感。如"两君相见望贤顿，君臣鼓舞皆嘘唏"一联，写明皇自蜀中回銮，肃宗迎驾于望贤宫，两君相见，明皇传国玺于肃宗，然后并驾齐驱，将驶进开远门。此时明皇犹豫该不该走正门，左右不能对，高力士说，上皇虽尊，但已不能走正门，因为肃宗才是当今皇帝、一国之主。于是明皇从偏门先进，肃宗从正门后进。君臣耆旧皆呼万岁，以为得体。一个"顿"字，是相当有历史感的画面。唯郑诗叙事，主要人物不集中，故事情节不如白居易诗中那样清晰动人，亦未能见人物的性格和命运。

杜牧《杜秋娘诗（并序）》《张好好诗（并序）》继承了中唐传奇体诗歌"诗、序并作，序主叙，诗主抒"的创作传统，这两诗加上《李甘诗》《华清宫三十韵》等，都有对人物奇特命运的叙述，但多泛泛生平叙事，没有特别能展示人物性格的情节。欲求诗中如《长恨歌》《梦游春七十韵》《和梦游春诗一百韵》那般情节曲折、细节生动、人物命运不可测者，难矣。

总上所述，唐代诗歌中的叙事艺术，无论是新体裁的创造，还是新题材的开拓，都突破和丰富了此前诗歌的叙事传统，值得我们大书特书。当然，我们偶尔还能碰到传统题材和传统的叙事方式在乐府体诗歌中的遗存。如以下咏历史故事的叙事之作，它们都可视作当时乐府表演艺术的记录，这与此前乐府诗的叙事传统无异。如元稹《将进酒》：

> 将进酒，将进酒，酒中有毒鸩主父，言之主父伤主母。母为妾地父妾天，仰天俯地不忍言。佯为僵踣主父前，主父不知加妾鞭。旁人知妾为主说，主将泪洗鞭头血。推摧主母牵下堂，扶妾遣升堂上床。将进酒。酒中无毒令主寿。愿主回恩归主母，遣妾如此事主父。妾为此事人偶知，自惭不密方自悲。主今颠倒安置妾，贪天僭地谁不为。

本诗以主人公视角叙事。所叙的场景，一望而知是戏剧表演。演出的故事是：妻子（主母）想鸩杀丈夫（主父），命妾持毒酒以进主父。妾知情而不忍下手，佯装摔倒在地把酒泼了，主父将妾痛打了一顿。旁边的人将实情告诉了主父，主父遂废了妻子，扶妾为正室。妾不愿意处正妻位，举酒祝寿时，劝说主父回心意转，把休掉的正妻请回来。妾表示，当初自己知情而没有保密好，遂使旁人有机可乘进谗言。现在主父您颠倒妻妾的位置，这种贪天僭地的行为影响极不好啊，臣妾我做不到啊。故事至此结束，矛盾激烈冲突又迅速化解，场面极富戏剧性。

又如李贺《箜篌引》（《公无渡河》）诗也是一场表演的记录：

> 公乎公乎，提壶将焉如。
> 屈平沉湘不足慕，徐衍入海诚为愚。
> 公乎公乎，床有菅席盘有鱼，
> 北里有贤兄，东邻有小姑。
> 陇亩油油黍与菰，瓦甒浊醪蚁浮浮。
> 黍可食，醪可饮，公乎公乎其奈居。
> 被发奔流竟何如？贤兄小姑哭呜呜。

本诗是叙述妻子劝丈夫不要跳河的故事，亦名《公无渡河》。故事最早见于西晋崔豹《古今注》。该故事如下：汉朝乐浪郡（在今朝鲜半岛）朝鲜县有一津卒名霍里子高，早晨去撑船摆渡，见一个披头散发的疯癫人提着葫芦奔走。眼看那人要冲进急流之中了，他的妻子追在后面呼喊着不要他渡河，但已来不及，疯癫人终究沉没在河水里。那位妻子遂拨弹箜篌，唱

《公无渡河》歌："公无渡河，公竟渡河！堕河而死，其奈公何！"其声凄怆。曲终，亦投河而死。子高回到家，把事件经过和那歌声向妻子丽玉作了描绘，丽玉也甚为悲伤，于是弹拨箜篌把歌曲写了下来，听到的人莫不吞声落泪。丽玉又把这个曲子传给邻居女儿丽容，其名即《箜篌引》。《箜篌引》是唐时仍在流传表演的节目。李贺诗中北里贤兄殆指津卒，东邻小姑殆指丽容。以上皆诗中描写戏剧表演者。

汉乐府的叙事传统在唐代部分乐府诗中得到了传承，至晚唐五代时，这种以表演艺术作为基础的叙事传统，逐渐流入新兴的唐宋词中。于是，唐宋词的叙事与汉乐府的叙事有了相似之处：二者背后都依赖于乐府表演艺术。只不过唐宋词的音乐表演系统换成了燕乐，与汉乐府的音乐系统有了质的不同。自此，汉魏乐府诗之苗裔彻底消失，代之以燕乐杂言歌辞的出现。当然，唐宋词的叙事艺术，较唐五代乐府诗的叙事艺术，又有了新的变化，详本书第五章《唐宋词叙事传统研究》。

六　宋代诗歌叙事传统的演进

进入宋代之后，诗歌的功能和表现都发生了许多改变。与唐诗相比，宋诗的叙事性增强了。叙事在诗歌中的形式、作用、重要性等也都发生了细微的变化，诗歌的纪实性增强，叙事脉络趋于清晰，诗歌叙事的形态也更多样化，而且许多诗人主动追求叙事的趣味。如果说先秦诗歌和两汉乐府的叙事性还带有比较多的民间原生态的成分，那么出现在唐诗典范确立之后的宋诗，其叙事性的增强很大程度上是诗人有意识选择的结果。

我们可以从以下角度进行论说。

（一）宋诗叙事性增强的原因和表现

首先，宋诗叙事性的增强是宋代社会文化新特质的产物。

从政治层面上看，宋代建立起来的统治结束了安史之乱以后长期割据的局面，以右文政策和优容士大夫的举措稳固了新兴起来的知识阶层，并将其推向国家政治权力的中心。在思想文化层面，宋代知识分子回应了中唐以后对于复古原道的追求，进一步推动了儒学的复兴，形成了新儒学的思想，逐渐建立起新的文化秩序。在政治、文化双重秩序建立的过程中日益成熟起来的宋代士大夫阶层，正是宋诗创作的主流。他们既具有高度的社会责任感，又具备内在的道德修养；既居于思想文化的尖端，又有着引领社会风潮的影响力。

一方面，出于以天下为己任的担当意识，宋代诗人对国家生民之事异常关心。他们高度关注社会现实，不但观察和纪录社会时事、百姓疾苦，而且敢于对这些事件发表自己的意见。这种需求被诗人带入诗中，形成了"开口揽时事，论议争煌煌"（欧阳修《镇阳读书》）的特色。无论纪录还是议论，都将"事"大力度地推向了诗歌的视野。

另一方面，在国家大事之外，他们又以广泛的兴趣关注日常生活，以诗记录生活中的点滴。无论读书写字、赏画品茶，还是饮酒听曲、谈天说地，甚至昼寝夜眠、种花剪草、饲鱼养猫、童稚笑闹，无不可入诗。宋人观照生活的广阔视角，同样打开了诗歌表现的视野。相互表情达意的功能也促进了诗歌对叙事的需求。因此，从观照内容来看，宋人对于天下与个人的关注，从两方面都促进了诗歌对事的表现，促使他们把越来越丰富、也越来越精细的"事"吸纳到诗歌的范围中来。

宋代士大夫除了拥有官僚与诗人的身份以外，又多是学有专攻的学者，学术上的思维习惯会影响到诗歌的表达取向。这一点在史学上表现得非常明显。叙事手法最初就来源于史学，宋诗叙事性的发展与宋代史学的发达有一定联系。宋代史学非常繁荣，诗人往往淹通经史，许多诗人又是优秀的史学家。诗人的史学观念渗透到诗歌创作中，促进了宋诗叙事特点的形成。一方面是对所叙之"事"的影响，譬如对纪实的重视，以诗纪事的观念变得发达。另一方面是对叙事之"叙"的影响，如崇尚叙述的该而不烦、简而有法。史学中寓含褒贬的春秋笔法也被诗歌借用，影响着诗人对"事"和"叙"的选择。

宋代各种文体全面发展，文体之间相互融通，为诗歌叙事性的增强提供了借鉴。宋代"以文为诗"的经典命题，就是以文章法作诗的表现。事实上这也推动了宋诗叙事性的增强。林希逸论苏轼诗就说："公之诗犹有妙处，尤长于叙事，即其文法也。"[1] 不仅苏轼如此，欧阳修也如此，"至若叙事处，滔滔汩汩，累百千言，不衍不支，宛如面谈"[2]，诗歌佳处与其文章佳处如出一辙。欧、苏位列唐宋古文八大家，散文上的成功激发了诗歌表现方法的改进。还有梅尧臣将谢绛书信改编为诗歌的经典例子等，都反映着散文章法、句法对诗歌的渗透。

在宋代特定的社会文化背景下，诗人身份地位及思想发生了许多改变，而这些改变又促使诗人以新的角度观照事物，进

---

①　[宋]林希逸：《竹溪鬳斋十一稿续集》卷三十，明钞本，国家图书馆藏。

②　[清]贺裳：《载酒园诗话》，《清诗话续编》，上海古籍出版社1983年版，第411页。

而要求与之相适应的表达方式来呈现事物，从而刺激了诗歌表现方式的变化，激发了诗歌叙事的需要，成为宋诗叙事性发展的重要推动力。

其次，宋诗叙事性的增强是诗歌叙事传统内在积淀的结果。

叙事作为诗歌基本表现手法之一，在整个诗歌传统中源远流长。宋以前诗歌中的叙事传统的积淀，为宋代诗歌叙事的进一步深化提供了坚实的基础，是推进宋诗叙事性发展的内在因素。尤其是中唐以来，叙事因素在诗歌中逐渐增多，为宋诗叙事引导了先路。

从杜甫诗开始，诗歌的表现就已经开始有所转变，叙事性变得鲜明起来。安史之乱的社会动荡，促使诗人关注和记录社会现实，由此要求与之相适应的诗歌表达方式。杜甫创作了许多记录时事的诗歌，反映动乱时代中的人物命运。一方面，他继承并发扬了乐府叙事的传统，写了许多"三吏""三别"一类的乐府体作品。中唐的白居易、元稹等人同样推进了叙事因素在诗中的应用。元白的新乐府，往往引入时下的人和事，就是希望能以诗歌的形式将现实之事记录下来并上呈君王，以补察时政。虽然其中一些诗歌过分看重讽喻说教，导致了艺术价值的流失，但也产生了不少写人叙事的佳作，如《卖炭翁》《新丰折臂翁》《上阳白发人》等。在新乐府以外，白居易的《长恨歌》《琵琶行》、元稹的《连昌宫词》等，则又吸纳了唐传奇的一些创作特色，描写密丽，以叙事曲折周详擅胜。

除了创作叙事性较为鲜明的作品，白居易还为诗歌提供了一种叙述性的语调。如《八月十五日夜湓亭望月》写道："昔年八月十五夜，曲江池畔杏园边。今年八月十五夜，湓浦沙头水馆前。"① 直说去年、今年赏月的不同，去年是在曲江，而今年在溢浦。又如《九日宴集醉题郡楼兼呈周殷二判官》中的"前年九日余杭郡，呼宾命宴虚白堂。去年九日到东洛，今年九日来吴乡。两边蓬鬓一时白，三处菊花同色黄"②，前年重九在余杭，去年在洛阳，而今年在吴地，简洁直述，将三年中的重九串在一起。宋人就称此种为"质直叙事，又是一格"③。白居易的诗歌促进了诗歌叙述性语调的形成。

韩愈则以"以文为诗"增强了诗歌的叙事性。作为"文起八代之衰"④ 的古文家，韩愈内在的古文功底强有力地影响了他的诗歌创作。他常常将散文的章法句法化用入诗，且将古文的血脉贯注在诗歌中，从而丰富了诗歌的表现形式。如他的《山石》是一篇化用散文章法叙事记游的佳作：

> 山石荦确行径微，黄昏到寺蝙蝠飞。
>
> 升堂坐阶新雨足，芭蕉叶大支子肥。
>
> 僧言古壁佛画好，以火来照所见稀。
>
> 铺床拂席置羹饭，疏粝亦足饱我饥。
>
> 夜深静卧百虫绝，清月出岭光入扉。
>
> 天明独去无道路，出入高下穷烟霏。
>
> 山红涧碧纷烂漫，时见松枥皆十围。
>
> 当流赤足蹋涧石，水声激激风吹衣。

---

① 谢思炜：《白居易诗集校注》卷十七，中华书局 2006 年版，第 1393 页。下引该书版本同，仅注页码。
② 谢思炜：《白居易诗集校注》卷二一，第 1661 页。
③ ［宋］黄彻：《䂬溪诗话》卷三，人民文学出版社 1986 年版，第 40 页。
④ ［宋］苏轼：《潮州韩文公庙碑》，《苏轼文集》卷十七，第 509 页。

> 人生如此自可乐，岂必局束为人鞿。
>
> 嗟哉吾党二三子，安得至老不更归①。

诗歌不用对偶之句，而是单行顺接，按时间顺序和游踪，直接叙述所见所遇：山中行路、到寺、入寺、闲谈、饮食、夜深静卧、天明离去、继续游山。在叙事中又穿插景物描写。看似随意述来，却前后呼应，有条不紊，清朗自然，为宋代记游诗的写法引导了先路。又如《雉带箭》，捕捉将军射雉的片断："原头火烧静兀兀，野雉畏鹰出复没。将军欲以巧伏人，盘马弯弓惜不发。地形渐窄观者多，雉惊弓满劲箭加。冲人决起百馀尺，红翎白镞随倾斜。将军仰笑军吏贺，五色离披马前堕。"②虽是叙述将军射箭的过程，但诗人充分利用散文章法，欲扬先抑，逐渐地将叙述的焦点聚集到射箭上来，于是最后的冲然一射，顿时吸引所有人的目光。诗以古文的气势贯穿，将这一片断场景表现得精彩绝伦。"以文为诗"为诗歌引入了许多散文叙事的理念和技巧，丰富了诗歌叙事的艺术表现。此外还有李商隐、杜牧咏史诗中叙事因素的渐强，皮日休、陆龟蒙的乐府和讽刺诗中的叙事表现等。他们诗歌中叙事手法的应用，为宋诗叙事的发展打下了基础。杜、白、韩又是对宋诗有着深远影响的几家，宋人在仿效和学习的过程中，也主动吸纳他们的这些转变，并且在此基础上加以整合变化，最终形成了属于宋诗特

---

① 钱仲联：《韩昌黎诗系年集释》卷二，上海古籍出版社1984年版，第145页。

② 钱仲联：《韩昌黎诗系年集释》卷一，上海古籍出版社1984年版，第111页。

色的诗歌叙事。

最后，宋诗叙事性的增强是宋代诗人对叙事的主动追求的结果。

时代文化背景提供了土壤，诗歌内部叙事传统的发展就好比种子，而促使种子在土壤里生根发芽的，则是诗人对叙事的主动追求。这是宋诗叙事性增强的直接动力。宋诗叙事，并非对事件的简单罗列，而包含着诗人有意识的选择和安排。宋代优秀的叙事表现，往往都是诗人有心经营的成果。这种有心的经营，直接促进了叙事因素在宋诗中的发展。

宋人对诗歌叙事的认识进一步深化，将叙事纳入诗法的体系之内，从理论上肯定了叙事对于诗歌创作的重要意义。《王直方诗话》曾提到贺铸的一段言论：

> 学诗于前辈，得八句云："平澹不流于浅俗；奇古不邻于怪僻；题咏不窘于物象；叙事不病于声律；比兴深者通物理；用事工者如己出；格见于成篇，浑然不可镌；气出于言外，浩然不可屈。"尽心于诗，守而勿失。①

"叙事"与"题咏""比兴""用事"等并排，被视为诗法中"守而勿失"的重要一条；而且"叙事"并非随意的，是要"不病于声律"的，不可为声律所拘。这就给予"叙事"高于"格律"的地位，可见诗人对于述事达意的追求。王直方是从贺铸那里听到了这段言论并郑重记录下来，而这又是贺铸"学诗于

---

① ［宋］王直方：《王直方诗话》，郭绍虞辑《宋诗话辑佚》，中华书局1980年版，第92页。

前辈"所得到的宝贵经验。从诗人之间的相互授受可以看出，这是受到大家认可的作诗之法，"叙事"在宋人心目中的确有着重要的位置。与此相似，姜夔论诗也将"叙事"视为重要的诗法，认为"活法"有赖于叙事与说理的有机结合：

> 学有馀而约以用之，善用事者也。意有馀而约以尽之，善措辞者也。乍叙事而间以理言，得活法者也。①

"活法"是南宋江西诗派最看重的诗法，真正"得活法者"都是当时成就最高的一批诗人。姜夔论诗，基本上遵循江西诗派的理路。而他在论及"活法"时，却将眼光投向了"叙事"。"乍"有"忽然"的意思，认为"活法"体现为神来之笔的忽然叙事，并糅入事理道理。其实也就是要求在诗歌中活用叙事、说理，将叙事看作实践"活法"的一项重要表现手法。叙事对于诗歌的重要性，由此可见一斑。

叙事不仅成为宋人诗法中的重要内容，而且还成为判定诗人高下的重要标准之一。《朱子语类》记载了朱熹对黄庭坚和陈师道诗歌的评价：

> 后山雅健强似山谷……然若论叙事，又却不及山谷。山谷善叙事情，叙得尽，后山叙得较有疏处。②

---

① ［宋］姜夔：《白石道人诗说》，《历代诗话》，中华书局 1981 年版，第 681 页。
② ［宋］黎靖德编：《朱子语类》卷一四〇，中华书局 1986 年版，第 3334 页。

　　朱熹认为陈师道的诗歌叙事不如黄庭坚，因为黄诗善于抓住事件的细微之处，叙述得情态毕出，而陈诗的叙事还有粗疏的地方。又比如林希逸称苏轼诗的"尤长于叙事"，《曲洧旧闻》说"黄鲁直始专集取古人才语以叙事，虽造次间，必期于工，遂以名家"[①] 等。诗歌叙事的好坏，被视为诗人写作能力的一项重要指标。善于叙事俨然已成为诗歌的长处之一。

　　随着叙事成为诗歌创作的重要手段和评价诗歌高下的重要标准，诗人对叙事本身也逐渐形成一套价值判断。宋人认为，好的叙事应当是该而不烦、"言简而意尽"的。唐庚《文录》举苏轼诗歌为例，就主张言简意尽的叙事法：

　　　　东坡诗叙事言简而意尽。惠州有潭，潭有潜蛟，人未之信也。虎饮水其上，蛟尾而食之，俄而浮骨水上，人方知之。东坡以十字道尽云："潜鳞有饥蛟，掉尾取渴虎。"言渴则知虎以饮水而召灾，言饥则蛟食其肉矣。[②]

　　"言简而意尽"，意味着诗歌叙事当以简明的字句来容纳丰富的事件过程和发展情态，在短小的篇幅中呈现复杂的内容。正像苏轼的这句诗，以"饥"修饰"蛟"、以"渴"形容"虎"；"虎"因"渴"而饮水，"蛟"因"饥"而食虎。将事件的因果关联镶嵌于简明的字眼之中，故能以短短十字容纳了事件过程。强幼安从唐庚那里听到了这段议论，后来又告诉了周紫芝，于

---

① ［宋］朱弁：《曲洧旧闻》卷九，中华书局 2002 年版，第 215 页。
② ［宋］唐庚：《文录》，《丛书集成初编》本，商务印书馆 1936 年版，第 2541 册，第 2 页。

是周紫芝又把这段评论记到了自己的《竹坡诗话》里："其叙事简当，而不害其为工"①，体现出宋人对于苏轼叙事的高度认可。优秀的叙事技巧能使诗歌语言精炼而内涵丰富，过分繁密累赘的叙事则会影响诗歌的艺术表现力。宋人对此有着很高的要求。就连被宋人奉为楷模的杜甫，也曾被宋人挑剔诗歌叙事的疵病。杜甫有《八哀诗》八首，分别哀悼八位朋友，是以叙述人物生平为主的长篇。宋代的叶梦得却在《石林诗话》里认为《八哀诗》并非高妙之作，觉得诗中叙事太繁，"累句"太多，"其病盖伤于多也"。还说其中咏李邕、苏源明的两篇"极多累句"，"尝痛刊去，仅各取其半，方为尽善"②。这里举其中《故秘书少监武功苏公源明》一首略加参看：

> 武功少也孤，徒步客徐兖。读书东岳中，十载考坟典。
> 时下莱芜郭，忍饥浮云巘。负米晚为身，每食脸必泫。
> 夜字照燃薪，垢衣生碧藓。庶以勤苦志，报兹劬劳显。
> 学蔚醇儒姿，文包旧史善。洒落辞幽人，归来潜京辇。
> 射君东堂策，宗匠集精选。制可题未干，乙科已大阐。
> 文章日自负，吏禄亦累践。晨趋阊阖内，足踏宿昔趼。
> 一麾出守还，黄屋朔风卷。不暇陪八骏，虏庭悲所遣。
> 平生满樽酒，断此朋知展。忧愤病二秋，有恨石可转。
> 肃宗复社稷，得无逆顺辨。范晔顾其儿，李斯忆黄犬。
> 秘书茂松意，屡鼋祠坛墠。前后百卷文，枕藉皆禁脔。
> 篆刻扬雄流，溟涨本末浅。青荧芙蓉剑，犀兕岂独剸。

---

① ［宋］周紫芝：《竹坡诗话》，《历代诗话》，中华书局1981年版，第350页。
② ［宋］叶梦得：《石林诗话》卷上，《历代诗话》，第411页。

反为后辈衰，予实苦怀缅。煌煌斋房芝，事绝万手搴。

垂之俟来者，正始征劝勉。不要悬黄金，胡为投乳赞。

结交三十载，吾与谁游衍。荥阳复冥寞，罪罟已横罥。

呜呼子逝日，始泰则终蹇。长安米万钱，凋丧尽馀喘。

战伐何当解，归帆阻清沔。尚缠漳水疾，永负蒿里钱。①

　　全诗从意思上可分为五段。第一段从首句到"报兹劬劳显"叙苏源明少而好学，忍饥垢衣，虽然贫苦，但志气不屈。第二段从"学蔚醇儒姿"到"足踏宿昔研"叙苏壮而出仕，所学醇正，兼包旧史，来到京城经过试策衡文，从卑官慢慢升迁。第三段从"一麾出守还"到"屡扈祠坛墠"写安史之乱中苏源明陷贼而不污，等唐肃宗复位，一时受伪命者悉加刑戮，而苏独如寒松不改其节，得到了褒奖。第四段从"前后百卷文"到"胡为投乳赞"总述其文才丰美、忠诚爱君。末段从"结交三十载"到结尾写苏殁于荥阳，诗人未能哀奠。杜甫用了大量的篇幅讲述苏源明的生平经历，总体上是一种比较繁密的叙述风格。叶梦得究竟如何"痛刊去"、仅"取其半"现今无法得知，不过大体上也能看出诗中的确存在过于繁复的地方。如第一段"时下莱芜郭，忍饥浮云巘。负米晚为身，每食脸必泫"等句不够精炼；又如第三段说到肃宗复位后严惩安史之乱中任伪职者，用"范晔顾其儿，李斯忆黄犬"加以形容，两句用了两个典故，但其实只是一个意思。这类的诗句与杜甫"朱门酒肉臭，路有冻死骨"（《自京赴奉先县咏怀五百字》）的高度概括力相比，

---

① ［清］仇兆鳌：《杜诗详注》卷十六，中华书局 1979 年版，第 1403—
　　1408 页。

就未免显得有些累赘了。南宋的刘克庄对《八哀诗》也有一段评论，虽然基本上肯定了《八哀诗》的价值，没有像叶梦得这样一棍子打死，但末了还是说道："至于石林（即叶梦得）之评累句之病，为长篇者不可不知"①，仍然在一定程度上认同叶梦得的批评、主张言简意尽的叙事法。宋人的这些观点，充分表明了他们对叙事技巧的重视。

不仅如此，宋人还要求叙事技巧的多变。魏泰就曾批评过白居易的"格制不高，局于浅切"，以及"不能更风操""使人读而多厌"②。贺铸和姜夔在将"叙事"视为诗法的重要一条时，也不忘加上"不病于声律"和"乍叙事而间以理言"这样的限制，对叙事的状态和方式有细致的要求。从宋人对诗歌叙事的这一系列要求中，可以看到宋人思考的深细。这意味着诗人对叙事有着比较全面深入的认识，不但了解不同叙事形态在诗歌中可能起到的作用，并且有意识地利用叙事的表现手法来完成对诗歌艺术的创造。

总而言之，宋代诗人对叙事手法有着浓烈的兴趣和爱好，并且讲求叙事的技巧，尝试寻找叙事的最佳方式。从这些追求中可以看出，宋代诗人对诗歌叙事有着积极主动的选择。这是推动宋诗叙事因素发展的直接动力。

（二）宋诗叙事与抒情言志之关系："事贵详，情贵隐"

事与情，都是诗歌的重要要素，叙事与抒情同是诗歌的重要表现方式。随着叙事因素在宋诗中的增强，叙事在诗歌中发挥了越来越重要的作用。在宋人这里，逐渐形成了"事详"而

---

① ［宋］刘克庄：《后村诗话》，中华书局 1983 年版，第 59 页。
② ［宋］魏泰：《临汉隐居诗话》，《历代诗话》，第 327 页。

"情隐"的追求。魏泰在《临汉隐居诗话》里说道：

> 诗者述事以寄情，事贵详，情贵隐，及乎感会于心，则情见于词，此所以入人深也。如将盛气直述，更无馀味，则感人也浅，乌能使其不知手舞足蹈；又况能厚人伦，美教化，动天地，感鬼神乎？①

　　魏泰最后把诗的功用归结到"厚人伦，美教化"的诗教传统，不过要实现诗教传统，就需要诗歌能感动人心；而要实现诗歌的感人，则需要以事来承载情感。情感的抒发不需要"盛气直述"，因为那样会没有"馀味"。像白居易、元稹等人那样"述情叙怨，委曲周详"，那就会"言尽意尽，更无馀味"②，也就不足以打动人心了。理想的做法，应当是"述事以寄情"，将情感隐含在诗中，让人"缘事以审情"③，这样才是感人至深的好诗。魏泰的说法代表了宋人作诗的一种倾向，即充分利用叙事手法来表现，而将情志隐含于叙事之中。

　　需要说明的是，"事贵详"的"详"，不能简单等同于"详尽"。这里的"详"其实是相对于情的"隐"来说的。也就是说，"情"不宜有太多、太直接的表现，而"事"却是可以多着墨、多表现的。因此，"详"在某种意义上指的是叙事手法的应用。前文提到过，宋人是主张"言简而意尽"的，他们所希求的，其实是叙事语言的"简"和事件情态的"详"，即在简明的

---

① ［宋］魏泰：《临汉隐居诗话》，《历代诗话》，第 322 页。
② 同上。
③ 同上。

语言里包含细腻丰富的事态信息。所以白居易"寸步不遗，犹恐失之"是"拙于纪事"①，叙述太繁，情意太露，未免局于浅切。须是像苏轼那样，叙得尽，言辞简洁工整，而又情态毕露，才是理想中的"详"的含义。而在此种叙事的基础上，再将情感容纳于其中，不是直白的抒发，而通过叙事来呈现，这就是述事以寄情的作法。"事贵详，情贵隐"的说法，基本符合宋人诗歌创作中对于叙事与抒情最为理想的处理方式。

具体来说，宋诗叙事与抒情言志的关系又可以细分为几个层面。其一，叙事可以为抒情言志提供重要基础；其二，诗歌叙事又具有独立的价值；其三，诗歌也可以通过叙事干预来容纳复杂细微的情志。以下分而述之。

其一，叙事可以为抒情言志提供基础。

诗歌中的叙事是抒情言志的重要基础，可以为情志的表达提供具体的情境。宋代许多诗歌的抒情言志就建立在叙事的基础上。譬如宋代自传性的叙事诗，往往逐事写感，依据人生中不同阶段的经历，表达每一阶段所特有的情绪和思想。如王禹偁在朝为官和贬谪地方时，情绪截然不同。要表达这样的不同，需要对相关背景进行交代，藉由对两段经历的叙述，分别注入两种不同的情感。人生经历的起伏，对应着形成情感的起伏，使诗歌的叙事、抒情言志相携前行。

即便是在许多抒情言志为主的诗歌中，也往往离不开叙事的因素。对于许多诗歌而言，借助叙事可以帮助其实现复杂的思想内涵，使情感的表达细腻动人。苏轼的《寓居定惠院之东，

---

① ［宋］苏辙：《诗病五事》，陈宏天、高秀芳点校：《苏辙集·栾城三集》卷八，中华书局 1990 年版，第 1229 页。下引该书版本同。

杂花满山，有海棠一株，土人不知贵也》：

> 江城地瘴蕃草木，只有名花苦幽独。
> 嫣然一笑竹篱间，桃李漫山总粗俗。
> 也知造物有深意，故遣佳人在空谷。
> 自然富贵出天姿，不待金盘荐华屋。
> 朱唇得酒晕生脸，翠袖卷纱红映肉。
> 林深雾暗晓光迟，日暖风轻春睡足。
> 雨中有泪亦凄怆，月下无人更清淑。
> 先生食饱无一事，散步逍遥自扪腹。
> 不问人家与僧舍，拄杖敲门看修竹。
> 忽逢绝艳照衰朽，叹息无言揩病目。
> 陋邦何处得此花，无乃好事移西蜀。
> 寸根千里不易致，衔子飞来定鸿鹄。
> 天涯流落俱可念，为饮一樽歌此曲。
> 明朝酒醒还独来，雪落纷纷那忍触。①

　　诗歌咏海棠，在摹物、叙事的基础上寄寓身世流落的感慨。首先诗题就已包含了叙事的成分：指出了海棠所处的位置和环境，是杂花中的独然一株，而且土人不知其贵。这些信息为理解诗歌内涵提供了非常重要的基础。诗歌的前半部分以描写摹物为主，将海棠比喻为美人，天资富贵，超凡绝俗；诗歌后半部分则加入了叙事的成分，写自己独自散步，忽然间见到了此

---

① ［清］王文诰辑注，孔凡礼点校：《苏轼诗集》卷二十，中华书局1982年，第1036页。下引该书版本同。

花，惊叹不已，并且猜想是鸿鹄将海棠种子衔到了此地。当时苏轼因乌台诗案被贬谪到黄州，他在无意中遇到的这株海棠，与他有着相似的命运，都是流落到此。此诗先是在摹物的拟人描写中注入个人情志的投射，然后又在叙事中显露自己与海棠相似的命运。如果缺少了相关的叙事成分，就不易将海棠的命运与诗人自身的遭遇结合起来，也就难以呈现"忽逢绝艳照衰朽，叹息无言揩病目"中所包含的无限怅惘。

诗人明白叙事对于抒情言志的重要性，因此会对事件进行有意的剪裁和取舍，以利于情志的抒发。徐积在写《爱爱歌》时就特地表明"意有详略，事有取舍"①，因主旨表达的需要，而选择与之相适宜的事。宋末的林景熙有《妾薄命》六首，选取绿珠、盼盼、潘妃、王凝妻、罗敷、望夫石共六位女子，分咏其事。而诗人之所以咏其事，有着明确的目的，是为了表达自己忠君爱国的情志，因此"取古者烈女不更二夫之义，以寄吾忠臣不事二君之心"②。也是出于这样的需要，尽管王昭君、蔡文姬也是薄命女子，但不在诗人吟咏之列，因为其人其事不符合诗人的目的。可知诗人对于人事有着主动的选择，以事为基础，用以表达个人的情志。张方平的《过沛题歌风台》，则在剪裁历史事实的基础上生发出议论：

> 落托刘郎作帝归，樽前感慨《大风》诗。
> 淮阴反接英彭族，更欲多求猛士为。③

---

① 《爱爱歌序》，见徐积《节孝集》卷三，明嘉靖四十四年刻本。
② 《全宋诗》卷三六三一，北京大学出版社 1998 年版，第 69 册，第 43480 页。
③ 郑涵点校：《张方平集》，中州古籍出版社 1992 年版，第 17 页。

　　"刘郎"指的是汉高祖刘邦。高祖称帝后，于公元前195年平定英布之乱，途径故乡沛县，作《大风歌》云："大风起兮云飞扬，威加海内兮归故乡。安得猛士兮守四方。"后两句即是诗人的观点，其核心论断是：刘邦残杀功臣，何谈"多求猛士"？其论据则是："淮阴"侯即韩信，"英"指英布，"彭"是彭越，三人都跟随刘邦征战多年，是汉代建立的大功臣。但刘邦称帝后，狡兔死而走狗烹，杀戮功臣。彭越被人告发谋反，被族灭；韩信亦因人告发谋反而被杀；彭越、韩信死后，英布不能自安，遂起兵谋反，兵败亦死。诗人将论断建立在具有叙事因素的论据之上，使刘邦欲"多求猛士"的口头表白与残杀功臣的实际行径形成对比。其议论之精辟，与诗人对事实的剪裁密切相关。

　　诗歌叙事可以为情感的表达提供必要的基础。宋人深知这一点，促进了叙事手法在诗歌中的运用。

　　其二，诗歌叙事具有独立的价值。

　　尽管诗歌叙事可以为抒情言志提供重要的基础，但这并不意味着叙事是抒情言志的附庸。诗歌里的叙事具有独立存在的价值。这可以从两方面来理解。一方面，叙事可以成为诗歌写作的主要目的；另一方面，叙事可以成为诗歌最主要的表现方式。

　　尽管长久以来，诗都被认为是言志的、缘情的，但在宋诗里，"纪事""纪其事""记事""记之""以纪"，这类的提法逐渐变得常见，在一定程度上说明了诗人创作目的上的细微变化。宋代许多日常生活记事的诗歌，诗人的主要目的，就是要把一件事情记录下来。张耒的《叙十五日事》，标题已表明"叙事"的目的；而诗歌的着眼点，也仅仅围绕这一天中早起早朝再返回家中的细碎琐事。即便在诗歌结尾引申出了"古来高士不入城，肯听鸡鸣踏朝市"的感慨，但从诗歌对各种细节关注中仍然可以看出，诗人的兴趣在于事情本身。一些记梦诗也是如此，主要是想把梦中的过程叙述出来，留作一个记录；即便有所感想，也往往是从梦境得来，通常只在记梦的基础上略加发挥而已。除了少数如王令《梦蝗》这样寓言式的作品，大多都是以"记"梦为主要目的。还有一些描写风土人情的诗歌，也主要是为了记录和呈现其面貌。如华岳反映建安市井生活的《新市杂咏》，截取代表性画面，以纪事笔法展现建安市井的热闹繁华。又如姜夔的《契丹歌》：

> 平沙软草天鹅肥，胡儿千骑晓打围。
> 皂旗低昂围渐急，惊作羊角凌空飞。
> 海东健鹘健如许，韝上风生看一举。
> 万里追奔未可知，划见纷纷落毛羽。
> 平章俊味天下无，年年海上驱群胡。
> 一鹅先得金百两，天使走送贤王庐。
> 天鹅之飞铁为翼，射生小儿空看得。
> 腹中惊怪有新姜，元是江南经宿食。①

写契丹人游牧射猎的生活，诗中着重叙述了一次打猎的场景：胡人围猎，射下了肥美的天鹅，于是赶紧呈献给首领，而天鹅肚子里竟然还有新姜，估计是它飞经江南时吃的。诗人是

---

① 孙玄常：《姜白石诗集笺注》，山西人民出版社1986年版，第100页。下引该书版本同。

"都下闻萧总管自说其风土如此"①，故作此诗。一系列的场面，主要是为了呈现契丹人游猎的风土人情。总之，的确存在着一些这样的诗歌，它们是以记事、叙事为主要目的，尽管也会在叙事过程中包含诗人的情感和思想，但不是诗歌的主流。

　　再从表现方式上看，叙事可以成为诗歌最主要的表现手法。这在传奇志异诗中非常典型，梅尧臣《一日曲》《花娘歌》、张耒《周氏行》、孙次翁《娇娘行》等，都是以讲述故事为主；又如乐府中的江端友《牛酥行》、范成大前后《催租行》、唐庚《讯囚》等，以叙事为主要表现手段；刘子翚《汴京纪事》、汪元量《湖州歌》等记录社会动乱和历史变迁，也是以纪事为主。在一些诗歌中，宋代诗人会有意选择叙事的手法，愿意借助叙事来完成诗歌主旨的表达。如张侃《山中老人送蕙花、山荷叶，因成长句》，山中老人送花给诗人，于是诗人为之作诗："山中老人久不见，忽然遇我清溪滨。手把幽蕙数十本，清香袭袭侵衣巾。……老人详说种蕙法，泥酥沙软水力平……"云云②，主要叙述遇见老人、得到老人赠花、老人讲述种花法的过程。实际上诗人采取的就是他自称为"聊为老人书大略"③的叙事方式。苏轼的《杨康功有石，状如醉道士，为赋此诗》本是一首咏物诗，但苏轼无中生有，作出一篇叙事：

　　　　楚山固多猿，青者黠而寿。化为狂道士，山谷恣腾踒。
　　误入华阳洞，窃饮茅君酒。君命囚岩间，岩石为械杻。

---

① 《契丹歌》序，《姜白石诗集笺注》，第100页。
②③ 《全宋诗》卷三一一〇，第59册，北京大学出版社1998年版，第37124页。

> 松根络其足，藤蔓缚其肘。苍苔眯其目，丛棘哽其口。
> 三年化为石，坚瘦敌琼玖。无复号云声，空馀舞杯手。
> 樵夫见之笑，抱卖易升斗。杨公海中仙，世俗那得友。
> 海边逢姑射，一笑微俯首。胡不载之归，用此顽且丑。
> 求诗纪其异，本末得细剖。吾言岂妄云，得之亡是叟。①

　　诗中写道，一猿猴化为狂道士，又偷喝了华阳茅君的酒，被囚在岩石间。三年后化成了石头，呈醉酒状，为樵夫所得，最后卖给了杨康功。这一连串的故事，其实是苏轼由这块状如醉道士的石头联想而来。这本是一首咏物的诗歌，诗人却依据事实的一点，联想到许多并不存在的事情，并将这些当做真实的事情展开叙述。诗的结尾故作确凿的样子，说这是从"亡是叟"那里听来的，其实是说这纯属虚构，是诗人自己想象的。这是一首咏物诗，同时也是一篇精彩的故事诗。又如张耒《对莲花戏寄晁应之》是写给朋友的一首寄赠之作：

> 平池碧玉秋波莹，绿云拥扇青瑶柄。
> 水宫仙女斗新妆，轻步凌波踏明镜。
> 彩桥下有双鸳戏，曾托鸳鸯问深意。
> 半开微敛竟无言，袅露微微洒秋泪。
> 晁郎神仙好风格，须遣仙娥伴仙客。
> 人间万事苦参差，吹尽清香不来摘。②

---

① 《苏轼诗集》卷二六，第1375页。
② 李逸安点校：《张耒集》卷十二，中华书局1990年版，第211页。

　　诗人由荷花展开想象，发挥为一段浪漫的叙事：在莹莹的池水中，荷叶是舒展的拥身大扇，荷花则是凌波微步的水宫仙女；她们在明镜般的水面上比试新装，美丽动人；于是托请彩桥下嬉戏的鸳鸯去询问水宫仙女的心意；可是仙女却默默不言，似有微微愁怨的泪水；想必是要晁应之这样的神仙标格，正好能与仙女相配吧；只可惜世事不尽如人意，眼看秋风将要把花香吹尽，晁郎却还不来一同赏花。诗人借助想象叙事，使这篇寄赠之作充满情趣，既表现了荷花的美丽，又表达了对晁应之的邀约，在浪漫的联想中实现了"戏寄"的主题。

　　从宋诗具体的实践中可以看到，尽管诗歌叙事可以为抒情言志提供重要基础、诗人也会为情志的抒发选取恰当的事，不过叙事并非抒情言志的附属品，诗歌可以以叙事为目的、可以以叙事为最主要的表现方式，这在一定程度上提升了叙事在诗歌领域中的地位。

　　其三，诗歌可以通过叙事干预实现情志的表达。

　　事实上抒情与叙事不可能截然分开，在叙事的同时，往往已经融合了诗人的主观情志。宋代许多诗歌有意避免直接的抒情，而是通过叙事的处理形成情感的干预①，使人从叙事中体会诗人的主旨，从而在"事详"的同时实现"情隐"。

　　一些纪事类的诗歌很能体现这种叙事干预的效果。诗人以看似冷静的笔触直接记录事情，其实却在语词的选用、场面的描摹中注入了褒贬的价值判断。譬如汪元量的《醉歌·其五》：

---

①　"叙述干预"是董乃斌《李商隐诗的叙事分析》一文中提到的说法，用以评价李商隐咏史诗在叙事上的一些特点。本文对此有所借鉴。董文见《文学遗产》2010 年第 1 期。

乱点连声杀六更，荧荧庭燎待天明。

侍臣已写归降表，臣妾佥名谢道清。①

此诗记录南宋朝廷向元朝投降的情形。前两句写元兵包围宫廷的情形，乱声不断，庭燎荧荧，侍臣写好了归降表，谢太后只能往降书上签名称臣。诗歌着墨不多，只通过一些叙事的细节曲折地传递诗人的情感。乱声庭燎中等待天明，可见元军包围宫廷逼降的情景；侍臣已经把归降表写好了，虽是无可奈何，却又体现出南宋大臣的怯懦无用；而太后自称臣妾，也就意味着国家的覆亡，为南宋划下了永远的休止符。在看似平静的叙述语调中，涌动着亡国的巨大伤痛。刘子翚的《汴京纪事》也是此类，《其八》的"不惜千金筑露台"、《其九》的"步虚声里认龙颜"等，是对徽宗所作所为的纪事，同时也在纪事中流露了对徽宗的批判，隐含了对于北宋覆亡原因的思考。

叙事干预的做法在咏史诗中也常常能收到很好的效果。诗人以陈述史实为主，却在选择史实的同时隐含了看问题的角度。杨亿的《汉武》，前六句列举汉武帝求神问仙的各种事迹，并不多加议论，而借助一些关键的字眼以实现诗人的叙事干预。如"光照竹宫劳夜拜"的"劳"，"露溥金掌费朝餐"的"费"，包含了诗人对这些行为的否定。而最后两句写到汉武帝对东方朔的态度，与前六句的事迹形成对比，从而在有意的并置对比中显示出诗人的批判态度。王安石的《明妃曲》二首，同样将议论转化到事实的叙述中，借家人之口来慨叹"人生失意无南北"，借沙上行人表达"人生乐在相知心"的道理。将议论融在

---

① 孔凡礼辑校：《增订湖山类稿》卷一，中华书局1984年版，第14页。

叙事之中，以一种间接干预的方式，避免了议论的枯燥，增添了议论的感染力。

　　像《汉武》一类的诗歌，对片断事实进行选择和并置，尤其能够在无声的对比中彰显诗歌主旨。《汴京纪事》《湖州歌》等组诗中，也都用到了这样的手法，在对比的落差中显现诗人的伤痛或反思。又如梅尧臣《陶者》：

> 陶尽门前土，屋上无片瓦。
> 十指不沾泥，鳞鳞居大厦。①

　　前两句说陶者的情形，他们不断陶土制瓦，而自己的屋上却没有瓦；后两句写不劳而获者居住在盖着瓦片的豪华大厦里。简洁直述两种截然不同的居住情况，不下判断而批判之意自现，在对比中已经完成了主观情志的表达，真正做到了言简而意深。

　　叙事干预也包括对事的取舍和剪裁，藉由取舍剪裁的角度来实现情感的流露。司马光写《边将》，只选取一个细节来表现：

> 月白星稀霜气多，卷旗束甲涉葱河。
> 田家不觉官军度，夜半只闻风雨过。②

---

① 朱东润：《梅尧臣集编年校注》卷六，上海古籍出版社 2006 年版，第 93 页。
② 李文泽、霞绍晖校点：《司马光集》卷七，四川大学出版社 2010 年版，第 218 页。

诗题表明写"边将"，即边地的将领，诗歌却只写了一个事件的片断：边将带领军队"卷旗束甲"于夜间渡河。至于渡河前的命令、渡河后的行动都没有交代，仅止于渡河的片断而已。后两句仍是对渡河片断的叙写，只是换了一个视角，从田家村民的角度来写，根本不知道是官军渡河，只以为是半夜里的一阵风雨声而已。诗中并没有前后发展的过程，只是对官军渡河而百姓全然不知一事的记录，通过这一记录来表现边将的训练有素、纪律严明、不扰民众的特点。刘敞《别永叔后记事》叙述诗人与好友欧阳修分别后的情状：

> 醉中不记别君时，卧载征车南向驰。
> 惊觉尚疑君在侧，满身明月正相随。①

因为是在醉中分别，意识模模糊糊，诗人几乎忘记了分别这回事，只昏昏沉沉地睡在南去的车里；醉中突然醒来，还以为朋友就在身边，这时却看见月光洒满了一身，才意识到两人已经分开了，之前只是朦胧中的幻觉而已。诗歌的"记事"，主要是写诗人的错觉，然而却在错觉中溢满与朋友依依惜别、难分难舍的诚挚的情感。

总之，在叙事的同时有意识地进行选择叙事的字眼、方式和角度，可以在叙事的同时容纳诗人的思想情感，使叙事与抒情言志成为相互交融、密不可分的整体。通过以上三个层面的分析，可以看到宋诗叙事与抒情言志的关系：一方面，叙事对于

---

① ［宋］刘敞：《公是集》卷二九，《丛书集成初编》，上海商务印书馆 1920 年版，第 1903 册，第 341 页。

诗歌的重要性得到了凸显；而另一方面，叙事与抒情言志的水乳交融仍然是最理想的状态。

这种关系还可以从宋人对于"诗史"认识中得到印证。事实上，宋人对"诗史"概念有着全面的阐释，不只体现在纪事纪实的角度，而且也包括对于情志的要求。宋人对"诗史"的理解，包含了叙事与抒情言志的协调统一。

通常认为，"诗史"的重心在于"史"，"诗史"体现的主要是记录历史事实的要求。宋人论"诗史"的确对于纪实有明确的要求，然而在此同时，宋人又指出，"诗史"绝非只是记录事实那么简单：

> 李光弼代郭子仪入其军，号令不更而旌旗改色。及其亡也，杜甫哀之曰："三军晦光彩，烈士痛稠叠。"前人谓杜甫句为"诗史"，盖谓是也。非但叙尘迹摭故实而已。[1]

这是魏泰《临汉隐居诗话》里的一段言论。其中提到的诗句出自杜甫《八哀诗》中咏李光弼的一首，"三军晦光彩"两句，间接颂扬了李光弼统帅军队的功绩，在伤悼的同时又从历史的高度给予李光弼极高的评价。这远远超越一般意义上的陈述事迹、摭采事实，而融入了历史判断的春秋笔法。而这也正是杜甫被称为"诗史"的原因。文天祥《集杜诗自序》说到杜甫"诗史"的问题：

> 昔人评杜诗为诗史，盖其以咏歌之辞，寓记载之实，

---

[1]　［宋］魏泰：《临汉隐居诗话》,《历代诗话》,第318页。

而抑扬褒贬之意，灿然于其中，虽谓之史，可也。①

仍然同时提到"记载之实""抑扬褒贬之意"两层意思，而这两层意思相加，才是真正的"谓之史可也"。宋人对于"诗史"的"史"，有着事实与史识的双重标准。也就是说，"史"既包括对事实的记录，同时也包括抑扬褒贬的议论抒情，而"诗"在于其精彩的剪裁和艺术的表现，如此才是一个完全的整体。宋人虽然看重纪实，却也并不偏废纪实中所包蕴的思想情感。从这一认识也可以进一步理解，宋人"诗贵详"而"情贵隐"的追求。

（三）宋诗叙事的总体特点：对事境的营造

宋诗叙事比前代有所增强，并在前代诗歌叙事的基础上继续发展新变，其所显现出来的总体特点，是对于事境的营造。"事境"可以说就是事件的情境。诗人的所感所想、所要表现的内容，往往都产生于一个具体的情境之内，而诗人又试图在诗中重现这样的情境，以利于将诗人所获得的体验传达出来，于是就在诗中形成了对事境的营造。

宋代诗人非常重视具体的事境，这是宋人认识自我和认识世界日益深入的结果。宋人善于知性反省，乐于思索物我关系，试图探究宇宙人生的奥秘，向精神世界的内里不断深掘。在这一过程中，宋人思考诗歌的功用、诗人与作品之关系、诗人与读者之关系等等，逐渐形成"诗以意为主"的追求。"以意为

---

① ［宋］文天祥：《文天祥全集》，江西人民出版社1987年版，第621页。

主"，其实是希望种种细腻的体悟和思索能够以诗的形式表现出来。在这种理念的驱使下，宋人又进而寻找与之相适应的诗歌表达方式，用以传达诗人复杂的内在体验。一方面，人的体验往往离不开具体的事，面对不同的事件、场合会有不同的体会和感受，诗人总是在具体的事境中获得感受和思考；另一方面，诗歌的主旨和内涵的实现，也需要具体语境和情境的依托。因此，要实现深刻意思的表达，一个有效的途径就是，在诗歌中再造一个事境，仍通过具体的事境来传递；将事境作为实现诗歌内在意蕴的途径，也将事境作为将读者引入诗歌的途径。

宋人思想体悟极其深细，这些深细的体悟在许多情况下是不易归纳、不易说清的，与其用不够贴切、不够全面的方式来表现，倒不如将引发思想体悟的情境呈现出来，让人跟随事境的变化发展去领悟其中复杂多变、层次丰富的各种体验。从这里可以解释，为什么宋人越来越将"事"推向诗歌表现的重要位置。从宋人"述事以寄情""事贵详，情贵隐"等说法中也可以看出，宋代诗人倾向于营造一个事境，让人在事境中体味诗歌的主旨、感受诗人的内在体验。那些题为"纪事""记事"一类的诗歌，其实是将事件情境与诞生于其中的思想情感视为一个整体，诗歌对于事境的记录和呈现，同时也就容纳了发生于其中的种种情感。正是在这样的要求下，事境越来越具有了重要的意义。也可以说，这其实是诗人在"意"与表达方式之间求得的一个平衡。

宋代诗人看重事境，并且致力于对事境的营造，以求在诗歌中重塑一个事情发生的具体情境。为此，诗人在诗中或再现事件发生的过程，或记录事件要素及具体细节，试图呈现事情的面貌、态势以及人物行为、因果关系、场景动态等各方面内容。

宋人对事境的营造，首先表现为对事件发生发展过程的再现。那些脉络清晰、过程分明的叙事诗，体现了宋人这方面的要求。诗人依照事件本身的进展，依次讲述过程中的情境，由此带来动态前进的画面，使人跟随事件的进展而感受不同阶段所具有的体验。读者会在事件起始时好奇、在事件发展时紧张、在事件结束时浮想联翩……事件不断发展的过程，亦即体悟不断变化的过程。这种种不同层次体悟的叠加综合，才构成整个事境中的独特体悟。梅尧臣《书窜》里唐介直言极谏时的正直、皇帝下令贬谪时的激烈、众人论救时的毅然，各种不同的感受随事件发展的过程渐次而来，最后汇总而为诗人对唐介的高度褒扬。范仲淹《和葛闳寺丞接花歌》，接花工先是成为御用花吏的春风得意，后是被贬谪到了边远之处，二者结合，方体现其身世流落的悲哀；而诗人又再陈说自己的身世，并表示不愿像接花工那样悲戚伤感；两人的遭际形成前后对比，于是在诗人与接花工相互对答的事境中成功展现诗人面对贬谪的达观心态。还有记游纪行诗随行踪变化而带来的不同感受，自传叙事诗里人生各阶段经历的起伏等。通过对事件过程的叙述，再现事件发生发展的情境。在这样复杂而充满变化的事境中，其所呈现的诗人体验，往往具备丰富而立体的层次。

其次，宋人对事境的营造，又表现在对事件要素的提取上。诗人要想把自己的体悟传递给他人，需要在诗中提供基本的相关信息。这种相关信息的提供，未必需要将前因后果全部说清，只要具备一些基本的要素、关键的片断，就可以搭建起大体的情境。"侍臣已写归降表，臣妾金名谢道清"，由称谓的变化来写南宋的投降，以一角见全局；"夜阑卧听风吹雨，铁马冰河入梦来"，由风雨声梦见了行军征战，可以从做梦的片断情境里，体会到诗人爱国的热忱；"敲成玉磬穿林响，忽作玻璃碎地声"，从听觉写玻璃突然碎裂的声音，勾勒出孩童们嬉玩冰块的情境，使人从中感受到孩童们的天真烂漫。宋代诗歌纪事的发达，在一定程度上就是出于这样的原因。通过事件要素的片断式呈现，提供了还原事情原貌的基础和路径，引导读者去揣摩和领略诗人自己在事境中可能会有的种种感受。

为了营造事境，宋人不但重视事件要素的记录，而且致力于表现事件的许多具体细节。某些特定细节往往是触动诗人的重要因素，对这些细节的再现，可以凸显事境中的重点。事境细节之细，意味着诗人体悟之细。诗人尝试将这些细节置入诗歌的事境中，其实是想要传达诗人在这些细节中所获得的个人体验。当诗人有选择地呈现事境中的某些细节时，这些细节也就成为将读者引向诗歌主旨内涵的关键。范成大《州桥》里"忍泪失声询使者，几时真有六军来"的细节，用以体现汴京父老对收复故土的殷切盼望；苏轼《章质夫送酒六壶，书至而酒不达，戏作小诗问之》在诗题里点明了送酒而不至的细节，于是诗里才能有"岂意青州六从事，化为乌有一先生"的诙谐；范成大《催租行》里的"床头悭囊大如拳，扑破正有三百钱"，当这仅有的三百钱也只能低声下气地交给里正时，农民的无可奈何也就溢满在这样微小的细节中。无论是在诗歌之内，还是在诗题诗序之中，诗人对于细节的精心选择，并将细节填充在事境之内，能够使事境丰满而鲜活，使诗歌中描写、议论、抒情等都有了事的依托。

通过这些方式，宋诗实现了对事境的营造，加重了诗歌的叙事成分。而事境的意义在于，可以还原比画面更为复杂的场景和情境，能够在较为立体的时空中表现多元而充满变化的复杂体验。苏舜钦的《淮中晚泊犊头》常常被拿来与唐代韦应物《滁州西涧》作对比。苏诗云：

> 春阴垂野草青青，时有幽花一树明。
> 晚泊孤舟古祠下，满川风雨看潮生。①

韦诗云：

> 独怜幽草涧边生，上有黄鹂深树鸣。
> 春潮带雨晚来急，野渡无人舟自横。②

两诗都写傍晚河渡之景，同样有草有树，有春雨，有潮水，有孤舟。不过两诗意境有所不同，后一首野渡无人，是一种自由自在的闲适意趣；前一首满川风雨，折射出诗人动荡起伏的内心，这一层已被许多论诗者发现。其实不仅如此，二诗所表现出的叙事因素的多少也有所不同。韦诗有画境，而苏诗有事境。韦诗重在写景，诗人处于春潮野渡的视野之外，以一种旁观的视角呈现景色的自然闲适之美，如同一幅风景画，而叙事意味相对淡薄，只能隐约感觉到诗人对景物的观察欣赏。而苏诗中有着较为鲜明的主观体验，"晚泊""看潮生"都是诗人发出的行为，而且暗含先后之分，先有泊舟再有看潮。诗人身处

---

① 沈文倬校点：《苏舜钦集》卷七，上海古籍出版社1981年版，第75页。
② 陶敏、王友胜：《韦应物集校注》卷八，上海古籍出版社1998年版，第536页。

古祠下、孤舟中，随潮水飘摇，看风雨满川，这就在写景的同时也融入了对诗人行为的叙述，体现出了行旅中的"晚泊"，透出事的因素；而诗歌也就在这一风雨中晚泊看潮的事境中，折射出诗人内在不平静的心境。又如白居易的《醉中对红叶》和苏轼的《纵笔》的不同。前者云：

> 临风杪秋树，对酒长年人。
> 醉貌如霜叶，虽红不是春。①

后者云：

> 寂寂东坡一病翁，白须萧散满霜风。
> 小儿误喜朱颜在，一笑那知是酒红。②

惠洪《冷斋夜话》卷一的"换骨夺胎法"称，苏诗是从白诗"夺胎"而来③。两诗虽然取意相似，其实写法并不相同。白诗采取的是比喻的方式，将自己的醉貌比喻为霜叶，尽管鲜红，但不是生长在春天里。也就是说自己虽然面上有酒红，但却不是年轻的朱颜。苏诗则是化用这个比喻，添加了叙事的意味，营造出一个事境来：小儿们看到诗人满脸微红，以为是身体仍然健壮的表现，觉得非常高兴；谁知道那只是饮酒之后的醉态而已。而且诗人先写"误喜"，设置一个悬念，让人沉浸在"误

---

① 《白居易诗集校注》卷十七，第1362页。
② 《苏轼诗集》卷四二，第2327页。
③ ［宋］惠洪：《冷斋夜话》卷一，中华书局1988年版，第16页。

喜"的愉悦中，然后再揭示原因——原来"是酒红"，让人先疑
惑再到释然。两句之间，有了前一句"误"的紧张，后一句的
释然也就变得具有解开答案的快感。两诗对比，白诗的妙处只
在于用了一个富于巧思的比喻，而苏诗的妙处在于叙事笔法的
设置，将对醉貌的描写化入一个具体的事境里，使诗歌变得富
有张力，而诗人的达观和风趣，也透过事境得到了真切的体现。
通过对事境的营造，诗人情感、议论的抒发往往与事件的具体
情境相互影响、相互融合，使事境成为叙事与抒情水乳交融的
整体。

　　总而言之，对事境的营造是宋诗叙事的重要特点。诗人倾
向于通过相关事件的具体情境来传达内心的复杂体验。宋人通
过叙述事件过程、提取事件要素、提供事件细节等途径，试图
在诗中营造事境，让人从诗歌的事境中领略事情的大致状态，
在每一个独特的事境中体验诗人所特有的感受，进而了解诗人
所要表达的主旨。

第一章

子美集开诗世界

—— 杜甫诗歌叙事研究

宋人王禹偁《日长简仲咸》诗有句曰："子美集开诗世界，伯阳书见道根源。"世界，佛教用语，即以须弥山（又称妙光山）为中心，加上围绕其四方之九山八海、四洲及日月，合成一单位即为"一世界"；合千个一世界，为一小千世界；合千个小千世界，为一中千世界；合千个中千世界，为一大千世界。宇宙即由无数个三千大千世界所构成。伯阳即老子。王禹偁将子美诗集与《老子》一书相提并论，以为前者开创了诗歌前所未有的新天地，就像《老子》一书开启了道家思想一样。明人胡应麟《诗薮》评杜诗"实与盛唐大别"，又近代陈衍《石遗室诗话》说："唐诗至杜、韩而下，现诸变相。"那么，杜诗所开"诗世界"，"与盛唐大别"、所现之"诸变相"，体现在什么地方呢？自宋以来，无数批评者为此殚精竭虑，有"诗史"说，有"沉郁顿挫"说，有"（风格）集大成"说、"（文体）兼备众体"说，有"忠君爱民"说，有"无一字无来历"说，有"格律精严"说，等等，举不胜举。今予不逮，不能及古人，谨以"叙事"为视角①，试为之解说。

---

① "叙事"是与"抒情"对举的概念，"叙事性"在本书中指向诗歌里叙事、抒

（转下页）

第一节　杜甫早期诗歌中的叙事

杜甫之诗，作于安史之乱以前者，《杜诗赵次公先后解辑校》一书甲帙所收即是。尚带盛唐气息，写景流丽，论事高华，抒情有致，如《游龙门奉先寺》诗：

> 已从招提游，更宿招提境。
> 阴壑生虚籁，月林散清影。
> 天阙象纬逼，云卧衣裳冷。
> 欲觉闻晨钟，令人发深省。

———————————

（接上页注）　情成分多少的问题。一首诗中如果能找出大致的叙述线索和叙述过程，则可认为此诗有"叙事性"。当一首诗中叙事性的分量大大地超越抒情性时，我们则认为这首诗是叙事诗。有人以叙事的基本要素（事件、情节、叙事者、人物行为者、时间、空间）为标准作过统计，现存杜甫一千四百多首诗中，完全具备以上叙事要素的诗歌有五十多首，叙述单个事件的诗歌大概有六十多首，而感事抒情的诗占到全部诗作的60%以上。（曾静、郑宇：《从叙事学看杜甫诗歌的诗史特色》，《名作欣赏》2013 年 5 月中旬，第 100 页）笔者按，统计方法在文学研究中的运用，误差会很明显，这与研究者对标准的理解范围和执行态度有关；其次，百分比并不能说明艺术的独创性问题，只表明作者创作时的劳动习惯和态度；更明确地说，杜甫六十首（依上统计数）叙事诗所代表的文学史意义，可能不亚于他占比 60%的抒情诗的文学史意义。张若虚《春江花月夜》"孤篇横绝，竟为大家"，那些留下大量诗作的诗人们，反而在文学史上反响平平，道理就在此。

　　这首纪游诗①，读者可以隐约读到杜甫在奉先寺的行踪，但更多是读到他的心境。全诗抒情重于叙事。全诗洋溢着盛唐那种特有的清虚、高远、雍容之意境②。其他如《望岳》《登兖州城楼》《同李太守登历下古城员外新亭》等诗，大致不出此美学范畴，所谓"时带六朝锦色"者。同期还有另一种类型的诗歌，以铺叙景观见长，如《冬日洛城北谒玄元皇帝庙》：

配极玄都閟，凭虚禁籞长。守祧严具礼，掌节镇非常。
碧瓦初寒外，金茎一气旁。山河扶绣户，日月近雕梁。
仙李蟠根大，猗兰奕叶光。世家遗旧史，道德付今王。
画手看前辈，吴生远擅场。森罗移地轴，妙绝动宫墙。
五圣联龙衮，千官列雁行。冕旒俱秀发，旌旂尽飞扬。
翠柏深留景，红梨迥得霜。风筝吹玉柱，露井冻银床。
身退卑周室，经传拱汉皇。谷神如不死，养拙更何乡。

　　此诗开篇到"道德付今王"为止，描绘老子庙的外景；从"画手"一句起至"旌旂尽飞扬"止，写老子庙内的壁画；"翠柏"以下四句，据赵次公注释，乃是写所见之景物，殆老子庙庭院之景观；最后四句以议论抒怀结束。这里没有"事"，更没有"事件"，只是铺叙所见之景。不过，从其铺叙次序，隐约可见诗人参观行踪：先是远眺老子庙（"碧瓦初寒外，金茎一气旁。

①　[清]杨伦：《杜诗镜铨》卷一评此诗："题是游，诗只写宿。"上海古籍出版社1998年版，第1页。
②　《杜诗镜铨》卷一引李子德语评本诗："气体高妙，澹然自足。"同上，第1页。

山河扶绣户，日月近雕梁"），接着写进入老子庙的庭院（"仙李蟠根大，猗兰奕叶光"）；接下来进入室内，描绘室内绚烂之壁画；之后又回到庭院（"翠柏深留景，红梨迥得霜。风筝吹玉柱，露井冻银床"）。从诗歌艺术史角度来看，其"错采镂金"的描绘手法有二谢（谢灵运、谢朓）的影子在，但空间位移与时间顺序感更强，即"叙"的意识加强了，体现了诗艺的进步。

浦安迪谓："叙事就是作者通过讲故事的方式把人生经验的本质和意义传示给他人。"又谓："叙事文侧重于表现时间流中的人生经验，或者说侧重在时间流中展现人生的履历。"[①] 依此论，与上引两首同期而作的《奉赠韦左丞丈二十二韵》诗便算得是合格的叙事诗了：

> 纨绔不饿死，儒冠多误身。丈人试静听，贱子请具陈。
> 甫昔少年日，早充观国宾。读书破万卷，下笔如有神。
> ……

这是一首陈情诗，向读者传达叙述者的人生经历和生活感受。叙述者（也即作者杜甫）从自己青少年时代说起，早年曾接对众多一流人物（祖父是大诗人杜审言），又勤奋读书，文章极好，立志要为国家做出一番事业。但事与愿违，成年后"我"落魄京华十余年，受尽残杯冷炙的生活。皇上下诏选拔人间遗

---

① 浦安迪：《中国叙事学》第一章《导言》，北京大学出版社1996年版，第5—6页。按，西方叙事理论更多地指向"故事"——首尾完整的情节，但浦安迪先生此处这个定义，能从中国文学的现实出发，指出中国文学的叙事特征侧重表现时间流中的人生履历（见闻），极好。

逸，"我"再一次折戟沉沙。幸好有韦大人赏识我的才华，每每当众表扬我的诗歌。但我贫困依旧。现在，我将归隐东海，"白鸥没浩荡，万里谁能驯"？虽处贫贱而精神高昂，有盛唐气象。"丈人试静听，贱子请具陈"，这类介入叙事的套语，直接承古诗而来，如鲍照《东武吟》："主人且勿喧，贱子歌一言。"古《咏香炉》诗："四座且勿喧，愿听歌一言。"更早如东汉宋子侯《董娇饶》诗："请谢彼姝子：何为见损伤？"汉乐府古诗《妇病行》："妇病连年累岁，传呼丈人前：一言当言，未及得言。"处处可见杜甫摹拟前人艺术经验的痕迹。虽然杜甫本诗叙事还是以概述为主，情节还比较模糊，鲜有细节刻画（"朝扣富儿门，暮随肥马尘""每于百僚上，猥诵佳句新"两联属细节描写），但是诗中有动作一贯的行动者（角色），有情节发展，有时间的流动，基本具备了叙事的必备要素，因此本诗是一首叙事性很强的古诗。

在杜甫之前的自传性诗歌，普遍属于抒情诗，如屈原的《离骚》、蔡琰的《悲愤诗》、陶渊明的《饮酒》组诗。本诗虽然也有浓厚的抒情色彩，但"叙事"的成分大为增加了。胡晓明教授曾提出"抒情的叙事诗"（或"叙事的抒情诗"）这个概念[1]，比较符合具有这类美学特征的诗歌。

---

[1]　胡晓明：《释陈寅恪古典今事解诗法》，《学术集林》卷十五，上海远东出版社 1999 年版，第 392 页。晓明先生将今典古典合一的诗歌写作定义为"抒情的叙事诗"（或"叙事的抒情诗"），这个命题不在本书讨论之列，此处仅借其概念的字面意义。

第二节　杜甫安史之乱前诗歌中的叙事

　　下面这种看法是研究诗歌叙事的学者们耳熟能详的："（中国古代诗歌）大多重视主观情感的抒发而忽视客观的叙事和详尽的铺写，而铺叙本身，往往也是出于以事抒情的目的而不是为了把一件事件交代给读者或者听众。他们对叙事的连贯、描摹的详尽和人物的刻划大都没有花费太多的笔墨。①"揆之事实，杜甫之前或许是这样，自杜甫起已不尽然。举杜诗《丽人行》为例：

> 三月三日天气新，长安水边多丽人。
>
> 态浓意远淑且真，肌理细腻骨肉匀。
>
> 绣罗衣裳照暮春，蹙金孔雀银麒麟。
>
> 头上何所有？翠微㔉叶垂鬓唇。
>
> 背后何所见？珠压腰衱稳称身。
>
> 就中云幕椒房亲，赐名大国虢与秦。（场景一）

---

① 　陈来生：《史诗·叙事诗与民族精神》，上海社会科学院出版社 1990 年版，第 122 页。按：此说有以西方叙事概念框设中国文学的叙事传统之嫌。其实浦安迪教授很早就指出：西方叙事理论建立于西方 epic（荷马史诗）—romance（中世纪罗曼史）—novels（近代长篇小说）这一主流的叙事文学传统，而中国的文学主流是三百篇—骚—赋—乐府—律诗—词曲—小说这样的传统。"不难想见，如果我们简单地把西方传统的叙事理论直接套用于中国明清小说的探讨，将会出现许多悖谬之处。"（浦安迪《中国叙事学》第 13 页）同理，简单地把西方传统的叙事理论直接套用于中国古代诗歌的探讨，同样会出现很多悖谬。

紫驼之峰出翠釜，水精之盘行素鳞。

犀箸厌饫久未下，鸾刀缕切空纷纶。

黄门飞鞚不动尘，御厨络绎送八珍。（场景二）

箫鼓哀吟感鬼神，宾从杂遝实要津。

后来鞍马何逡巡，当轩下马入锦茵。

杨花雪落覆白苹，青鸟飞去衔红巾。

炙手可热势绝伦，慎莫近前丞相嗔！（场景三）

　　本诗写杨贵妃家族上巳节踏青这件事，从服饰华丽的女宾们的出场写起，接着写御厨传送的奢华宴饮，再到歌舞狂欢，首尾情节比较连贯，只有"炙手可热势绝伦"一句语涉议论，其馀基本上全是客观冷静的叙事，没有抒情语言。"场景一"以铺叙手法写美人身体，极写服饰之奢华，有《卫风·硕人》、辛延年《羽林郎》、汉乐府《陌上桑》、曹植《美女篇》《洛神赋》等诗文的影子，但创新性地加入时间、地点因素，使叙事的"客观性"有所加强，摆脱了《洛神赋》中写洛神时那种浓厚的个人抒情成分。"场景二"极写饮食之奢华、服侍人员之训练有素。"场景三"极写宾主纵情享乐、男女杂遝之状①。《唐诗选脉

---

①　曹植《洛神赋》有"众灵杂遝"句。"后来鞍马何逡巡，当轩下马入锦茵。杨花雪落覆白苹，青鸟飞去衔红巾"句，"逡巡"，气盛貌；从马上直接进入舞毯（锦茵），旁若无人，粗鄙至极。"杨花覆白苹"乃化用北魏胡太后与杨白花私通典故。杨白花惧与太后私通招来杀身之祸，逃到南朝，胡太后思念他，作《杨白花歌》，有"秋去春还双燕子，愿衔杨花入窠里"之句。此暗讽杨国忠（丞相）与从妹虢国夫人乱伦之事。青鸟衔巾在当时也是常用典故，西王母与汉武帝相会以青鸟为使，后世以青鸟喻两性昵戏之事。王勃《落花落》"罗袂红巾复往还"即道此景也。

会通评林》引周敬语论此诗曰："起结中情，铺叙得体，气脉调畅，的从古乐府摹出，另成老杜乐府。"汉魏乐府不乏叙事之作，俱不若老杜这样有相对完整的情节、具体的时间地点、客观冷静的描绘。《杜诗镜铨》引蒋弱六评此诗："美人相，富贵相，妖淫相，后乃现出罗刹相，真可笑可畏。"相，即"变相"，用今人术语就是"场景"，它是由人物与情节构成的一个叙事单位。唐代僧侣向信众宣讲佛教义理，往往配合变相图（插画）来讲故事，听者易懂。杜甫此诗纯客观冷静的叙事，有类僧侣以变相图讲故事，它的效果就是《读杜心解》所说："无一刺讥语，描摹处语语刺讥。"此所谓"老杜乐府"是也。

"老杜乐府"的创新之处，还表现在继承和发扬汉魏乐府中对话叙事手法。建安诗人陈琳《饮马长城窟行》一诗中，先是叙述筑城卒与长城吏的口头对话，长城吏的话让筑城卒明白了回家无望的现实。接着，写筑城卒与妻子的两次书信往来（书面对话）。第一次书信往来中，丈夫劝妻子改嫁，妻子表达坚贞如一的态度。第二次书信往来，丈夫表示如果有了男孩子，千万不要养起来；如果生了女孩就用心带好。因为男孩长大了又要被派去修长城，会死在那里。妻子回信安慰丈夫说，世道艰难，大家都要活下去。你不在了，我也活不久。三次对话有动作，并涉及生活事件，因此使本诗有了比较明显的叙事性。再如乐府诗《上山采蘼芜》也使用了对话叙事手法，让我们大致明白了前妻与后妻在这位男子身边的日常生活。杜甫《兵车行》这篇"即事名篇"的新乐府，吸收了汉魏乐府中的这类对话叙事的手法，并加以发展。本诗中有三个"叙述者"，第一个是诗人，他看到了眼前"车辚辚，马萧萧……哭声直上干云霄"的惨烈场面。第二个叙述者是"道旁过者"，他在问"行人"——

被征的士兵。第三个叙述者是"行人"，自此以下全篇都是由"行人"回答"道旁过者"的问话构成。通过"行人"之口，我们知道：国家开边给老百姓带来的痛苦延续了几十年，"或从十五北防河，便至四十西营田"，而且"武皇开边意未已"，苦难还未结束。开边还造成了国家大面积的破败，"君不闻汉家山东二百州，千村万落生荆杞"，"且如今年冬，未休关西卒"，"君不见青海头，古来白骨无人收"。借"行人"之口的叙述，诗人"看到了"更多的社会现实和历史真相。因此可以知道，由于行人与道旁行者的对话①，使诗人的叙事空间大为扩展了，反映社会现实的广度和深度大大增加了。同时，诗人退到一个绝对的旁观者、记录者的位置，不干涉行人与道旁过者的对话，从而使本诗所反映的社会现实更具客观性、真实性。还有什么比真相与真实更具有力量？

叙事性不光是在杜甫的乐府诗中有了大进展，在其古诗、律诗中亦然，如古诗名篇《饮中八仙歌》：

> 知章骑马似乘船，眼花落井水底眠。
> 汝阳三斗始朝天，道逢麴车口流涎，
> 恨不移封向酒泉。左相日兴费万钱，
> 饮如长鲸吸百川，衔杯乐圣称世贤。
> 宗之潇洒美少年，举觞白眼望青天，

---

① 古乐府诗《妇病行》《上山采蘼芜》《东门行》《十五从军行》《陌上桑》等，都运用了对话叙事的手法，特别是《孔雀东南飞》中用了三十次对话，"大大增加了诗歌的客观性、形象性和戏剧性"（沈文凡、周非非：《杜甫叙事诗言语对话艺术略论》，《华夏文化论坛》2007 年 9 月）。

皎如玉树临风前。苏晋长斋绣佛前，
醉中往往爱逃禅。李白一斗诗百篇，
长安市上酒家眠。天子呼来不上船，
自称臣是酒中仙。张旭三杯草圣传，
脱帽露顶王公前，挥毫落纸如云烟。
焦遂五斗方卓然，高谈雄辩惊四筵。

古人评论此诗，偶涉以叙事角度着眼者，如《缙斋诗谈》谓此诗"用《史记》合传例为歌行"①，《唐宋诗醇》谓此诗"叙述不涉议论，而八人身分自见，风雅中司马太史也"②。古人看出了此诗与《史记》在叙事手法上的相通性，很有见地。但诗毕竟不是史，诗中叙事与《史记》中纪事仍有区别。贺知章等八人本是分散的、不相连属的个体，经过本诗独特的叙事技巧——类似今人用连贯不间断的动作镜头——处理之后，营造出一种"众声喧哗"的效果，获得了一种整体上的意义：再现开元太平人物之盛。动作镜头叙事的特点是，以中近景或近景为主，呈现人物表情、对话、反应，再现人物动作和细节，在连续的流动镜头中，形成一定的视觉节奏，强化读者印象。特别是其中"天子呼来不上船，自称臣是酒中仙"这类"画中画"叙事手法，令人过眼不忘。在中国古代诗歌中，这种叙述视角应该是杜甫的首创。

杜甫混迹京华十载，游荡于市井与贵族之间，亲见底层民众的困苦流离与上流社会的奢华纵欲并行于世，二者强烈的反

---

① 陈伯海：《唐诗汇评》上册，浙江教育出版社1995年版，第928页。
② 同上。

差是如此刺人眼目。对于敏感的诗人们来说，盛世的表象之下隐藏的社会危机，是他们最为关心的事情。在危机爆发之前，盛世的"合法性"仍然存在，但此时的社会心理中，盛唐那充满希望的乐观情绪和冲淡闲雅的情致早已荡然无存，现实的复杂性让诗人们感到无比困惑。他们需要采取一种新的诗歌策略来表达这种复杂性。这种策略就是加强叙事，将眼前所见所闻所感记录下来，努力压制个人直接流露的情绪和见解，让读者去感受、去评判。杜甫作于安史之乱前两个月的《自京赴奉先县咏怀五百字》长诗，正是可用作剖析当时文学界对现实焦虑的最佳标本。

《自京赴奉先县咏怀五百字》诗共 50 联计 500 字，写自己于天宝十四载十月从京城长安回奉先县的经过。前 17 联均是发抒议论，抒发自己身处盛世而无法实现人生志向的困境。第 18 联至第 24 联是叙事，将自己回家途中的艰辛与亲眼所见、亲耳所闻玄宗皇帝在骊山纵情享乐对照叙述。第 25 联至第 29 联为议论，抒发作者对官府搜括百姓以满足皇帝享乐之事的愤慨之情，质疑朝中无正直之人。第 30 联至第 34 联以"况闻"发起，通过"隐含叙述者"的叙述，扩大叙事空间，补充作者亲历之局限，进一步描绘上流社会财富高度集中、骄奢淫佚、求仙问道、醉生梦死的生活：

> 况闻内金盘，尽在卫霍室。
> 中堂舞神仙，烟雾散玉质。
> 暖客貂鼠裘，悲管逐清瑟。
> 劝客驼蹄羹，霜橙压香橘。
> 朱门酒肉臭，路有冻死骨。

此处前 4 联描写的上层社会生活与第五联所写的底层社会的处境，形成鲜明对照。这种客观冷静的叙事比单纯的谴责抒情，在揭露现实的黑暗方面更显得有力量。第 35 联"荣枯咫尺异，惆怅难再述"是议论，"难再述"就是笔者上文所说的"现实的复杂性让诗人们感到无比困惑"。"难"在何处？社会苦难的广度、社会创伤的深度，皆是诗人难以尽述的。第 36 联至第44 联，诗人叙写一路回家的艰难经过，当诗人历尽千辛万难赶到家里时，幼子已于前一日饿死。第 45 联至诗末，以议论代抒情，"忧端齐终南，澒洞不可掇。"李白说："大道如青天，我独不得出。"此抒发一人之感受也，所反映的是深刻的个人浪漫主义精神，指向个性觉醒；而杜诗中的叙事以及由此而带来的抒情，其背后是深刻的人道主义精神，指向大众的忠君爱国之情。这种区别，表面上看是抒情手法与叙事手法所带来的文学效果之差异；从更深层次上来说，这正是浪漫主义文学思潮与写实主义文学思潮的差异。

第三节　杜甫纪乱诗歌中的叙事

由上篇诗歌分析可看出：杜甫安史之乱以前的诗，虽然有意识地在诗中加强了叙事性，但也不可避免地还带有那个时代浓厚的抒情底色，诗人在写作时，这种抑制自我表达冲动的努力，做得不是很彻底。因为整个社会洋溢在一片乐观向上的喜悦之中，一种普遍向善的美好情绪在大众间漫延，这个时代需要优美的抒情。虽然卢照邻等人的《长安古意》这类都城诗中，在展现广阔的城市生活时运用概括性叙事手法，但这里的叙事只是抒情的有机补充，没有上升到一种美学需要。安史之乱起，诗人杜甫出生入死的险绝经历，已不适合用"搜求于象，心入于境，神会于物，因心而得"①的创作方式和兴象玲珑的盛唐诗歌美学来书写，也不适合用沉静唯美的六朝诗歌体来展现。刻骨惊心和复杂多变的社会现实需要一种相应的美学范式来记录、来表达②。如《自京窜至凤翔喜达行在所》诗：

　　西忆岐阳信，无人遂却回。眼穿当落日，心死著寒灰。
　　茂树行相引，连山望忽开。所亲惊老瘦，辛苦贼中来。

（其一）

　　愁思胡笳夕，凄凉汉苑春。生还今日事，间道暂时人。
　　司隶章初睹，南阳气已新。喜心翻倒极，呜咽泪沾巾。

（其二）

① （托名）［唐］王昌龄：《诗格》，见张伯伟《全唐五代诗格汇考》，凤凰出版社2002年版，第173页。
② 为什么初盛唐人有那样的天真乐观情绪，而中晚唐及宋人则普遍深沉忧虑？根本原因还在于国家的整体生存环境。初盛唐时期恰逢北方游牧民族普遍衰落，唐代前期趁此千载难逢的历史机遇，大力开疆拓土，征服地纷纷来朝，那种万国来仪的文化融合，造就了盛唐气象，诗亦随之。而安史之乱后至整个宋代，情形则相反，先是地方军阀混战，继而是北方游牧民族重新强盛，如契丹、女真、蒙古先后崛起于北方。边防压力大则经济压力大、阶级矛盾激烈，相应地，则民众生活压力也大，同时对外交流中断。我们可以看到，自安史之乱起直至宋朝，中国文化的发展走向了内生式发展，思维单一而体系严密，这就是自韩愈起直至南宋时期读书人所呼吁的"重建道统"的历史。

> 死去凭谁报，归来始自怜。犹瞻太白雪，喜遇武功天。
> 影静千官里，心苏七校前。今朝汉社稷，新数中兴年。
>
> （其三）

经历贼乱是一件不堪回首的事情。"心死著寒灰"写出了身处危境的绝望感，"生还今日事，间道暂时人""喜心翻倒极，呜咽泪沾巾"写出了偶然活下来的庆幸感，"死去凭谁报，归来始自怜"写出了个体在海立山飞的世道面前的渺小感。人与世界的审美关系出现了迥异于盛唐时的那种状况，现实的复杂性进一步抑制着诗人们直接抒情的冲动，加速朝着强化叙事的方向发展。例如，同样是叙述征兵（"抓壮丁"）这件事，作于安史之乱前的《兵车行》与作于安史之乱中的"三吏""三别"，就很难从同一个道德层面去责难官府了。《杜诗详注》于《新安吏》诗下引明人张綖语曰："凡公此等诗，不专是刺。盖兵者凶器，圣人不得已而用之。故可已而不已者，则刺之；不得已而用之者，则慰之哀之。若《兵车行》、前后《出塞》之类，皆刺也，此可已而不已者也。若夫《新安吏》之类，则慰也；《石壕吏》之类，则哀也，此不得已而用之者也。"在无比复杂的社会现实面前，需要表达"刺之""哀之""慰之"的不同态度，出路何在？杜甫的应对策略就是：尽量摆脱情绪化表达的文字，加强客观"叙事"成分，在一定程度上以"再现"生活场景取代直接抒情。

古人对杜甫的这个艺术匠心似已有觉察，宋人叶梦得《石林诗话》谓："长篇最难，晋魏以前诗无过十韵者。盖常人以意逆志，初不以叙事倾尽为工。至老杜《述怀》《北征》诸篇，穷极笔力，如太史公纪传。此固古今绝唱也。"司马迁于纪录历史事实时不拒绝虚构合理的情节，即"叙事"（讲故事）。叶梦得在这一点上将杜甫与司马迁相比。明人胡应麟《诗薮》亦谓："杜之《北征》《述怀》，皆长篇叙事。""长篇"云云，暗含叙事之中有情节之谓。梁启超 1922 年在清华大学作的一场题为《情圣杜甫》的演讲，是学人周知的："如《羌村》《北征》等篇……从极琐碎的断片详密刻画，确是近世写实派用的方法，所以可叫做半写实。这种作法，在中国文学界上，虽不敢说是杜工部首创，却可以说是杜工部用得最多而最妙。从前古乐府里头，虽然有些，但不如工部之描写入微。这类诗的好处，在真事愈写得详，真情愈发得透。我们熟读他，可以理会得'真即是美'的道理。"[①] 梁启超作演讲的那个时候，浪漫主义与写实主义两种文艺思潮正盛行于文学界，前者以想象丰富、抒情夸张为特征，后者以叙事手法摹写现实为圭臬。梁氏此处将杜甫归入写实主义一路，实则是赞叹其叙事有方。"三吏""三别"《北征》诸诗，论其叙事者已多，本文不再重复，另取《彭衙行》《羌村三首》《义鹘行》等诗为例，分析杜甫在安史之乱中所作诗的叙事性。

先看《彭衙行》：

> 忆昔避贼初，北走经险艰。夜深彭衙道，月照白水山。
> 尽室久徒步，逢人多厚颜。参差谷鸟吟，不见游子还。
> 痴女饥咬我，啼畏虎狼闻。怀中掩其口，反侧声愈嗔。
> 小儿强解事，故索苦李餐。一旬半雷雨，泥泞相牵攀。
> 既无御雨备，径滑衣又寒。有时经契阔，竟日数里间。
> 野果充糇粮，卑枝成屋椽。早行石上水，暮宿天边烟。

---

① 梁启超：《情圣杜甫》，见《杜甫研究论文集》第 1 辑，中华书局 1962 年版，第 8 页。

少留周家洼，欲出芦子关。故人有孙宰，高义薄曾云。
延客已曛黑，张灯启重门。暖汤濯我足，翦纸招我魂。
从此出妻孥，相视涕阑干。众雏烂熳睡，唤起沾盘餐。
誓将与夫子，永结为弟昆。遂空所坐堂，安居奉我欢。
谁肯艰难际，豁达露心肝。别来岁月周，胡羯仍构患。
何当有翅翎，飞去堕尔前。

这是一首通篇叙事回忆之作。诗的前半叙述一家人当初避贼，
夜经同州白水县（汉代彭衙县）的艰难之状。地方荒凉，又无
车马代步，天还不停地下雨，没有挡雨之具，泥泞中相互牵引
前行。概述之中复有细节描写："痴女饥咬我，啼畏虎狼闻。怀
中掩其口，反侧声愈嗔。小儿强解事，故索苦李餐。"读来如见
其状，如闻其声。诗的后半写途中幸遇故人，得其庇护，其中
的细节描写相当感人："延客已曛黑，张灯启重门。暖汤濯我
足，翦纸招我魂。从此出妻孥，相视涕阑干。众雏烂熳睡，唤
起沾盘餐。"将故人半夜开门延客的惊讶、热情好客、体贴关怀
以及诗人一家庆幸得救、疲惫、饥饿之状，一一毕现。"别来"
一句将叙述者从回忆状态拉回到眼前现实之中；"何当"一句表
达了叙述者对将来的一种心愿、期盼。杜甫此诗，从叙事时间
来讲，涉及过去、现在、将来，构成一个完整的叙事时间。

《唐宋诗醇》评此诗谓："通篇追叙，琐屑尽致，神似汉
魏。"此评点出三个关键意思：叙事、细节描写、汉魏传统，点
评非常到位。杜甫之前，类似的叙事作品已经消失于中国文学
史很久了，由此上溯可及蔡琰《悲愤诗》。二者从语言风格到叙
事手法，如出一辙。《悲愤诗》也是回忆之作，从记忆之中的汉
末董卓之乱开始叙述，董卓借平十常侍之乱而率胡羌之兵入都，

"所向悉破亡，斩截无孑遗，尸骸相撑拒。马边悬男头，马后载妇女"。蔡琰即是被掳女性之一。她们随胡羌兵撤回到西北边地，一路上历尽常人难以忍受的磨难，留有大量的细节描写。苟全性命的蔡琰配嫁胡人，十馀年后，得到朝廷的关注，被接回中原，复忍痛与亲生骨肉分别。诗中叙母子分别场景特别细致感人。蔡琰回到老家，发现亲人已尽数离世，旧居已荒芜，唯听得豺狼号叫之声。奉旨再嫁，"常恐复捐弃"，馀生注定在痛苦、恐惧中度过。杜诗不同于蔡诗之处在于：以冷静刻画（叙事）代替直抒抒情。

杜甫《羌村三首》对普通人在乱世的悲欢离合作了十分动情的叙写：

> 峥嵘赤云西，日脚下平地。柴门鸟雀噪，归客千里至。
> 妻孥怪我在，惊定还拭泪。世乱遭飘荡，生还偶然遂。
> 邻人满墙头，感叹亦歔欷。夜阑更秉烛，相对如梦寐。
>
> （其一）

本诗叙述了诗人"我"乱世回家的情景，由四个场景构成。场景一是诗人回家时的背景：红霞满天，夕阳即将落入地平线，乌鹊在枝头聒噪乱飞，疲惫的诗人拖着长长的身影迈向家所在的村子。场景二是妻子、小孩不敢相信自己的眼睛，居然还能见到丈夫、父亲在乱世久无消息之后回来了。"怪""惊""拭"三个动词刻画了重逢时那悲喜交集的场面。《读杜心解》论此诗："公凡写喜，必带泪字，其情弥挚。"场景三是邻居纷纷赶来看望，隔篱歔欷不已。场景四是夜深了，一家人还沉浸在重逢的喜悦中，举烛相对，怀疑眼前一切都是梦中。"更"暗示时间过了很久，"相对"于无声处胜有声，"如"展示了惊魂未定的心态。《诗经·绸缪》诗有句曰"今夕何夕，见此良人""今夕何夕，见此邂逅""今夕何夕，见此粲者"，写夫妇闺房之乐，杜甫此诗反用其意，写乱世贫贱夫妻之悲。四个场景的转换即按事件的发展顺序进行四个时空转换，是一首标准的叙事诗。

> 晚岁迫偷生，还家少欢趣。娇儿不离膝，畏我复却去。
> 忆昔好追凉，故绕池边树。萧萧北风劲，抚事煎百虑。
> 赖知禾黍收，已觉糟床注。如今足斟酌，且用慰迟暮。

（其二）

本诗中，以童稚的天真烂漫与成人对时局的忧惧对照叙写，倍增感染力。对儿童是实写，以细节描绘为主；对成人是虚写，以情感抒发为主。"娇儿不离膝，畏我复却去。忆昔好追凉，故绕池边树"两联，写出了小孩子的喜悦、恐惧和用心诸种心理活动。世道的艰难对幼小的孩子造成了心理阴影，读来令人鼻酸。在铺叙小孩的烂漫动作方面，此诗诚不如左思《娇女诗》，但在刻画心理方面，此诗胜《娇女诗》。中唐诗人施肩吾《幼女词》诗云："幼女才六岁，未知巧与拙。向夜在堂前，学人拜新月。"尚不如老杜笔下小孩那样给人留下深刻印象。

> 群鸡正乱叫，客至鸡斗争。驱鸡上树木，始闻叩柴荆。
> 父老四五人，问我久远行。手中各有携，倾榼浊复清。
> 莫辞酒味薄，黍地无人耕。兵戈既未息，儿童尽东征。
> 请为父老歌，艰难愧深情。歌罢仰天叹，四座泪纵横。

（其三）

本诗有陶渊明《移居二首》诗写乡邻之情的影子在，特陶诗写乐，此诗写悲耳①。"艰难愧深情"是本诗的基调。诗中叙写了五个场景。场景一：庭院中鸡群发出骚动不安的叫唤声，这是有生人靠近的信号。"我"闻声赶来，驱散了鸡群。场景二：静下来后，听到柴门外隐约传来叩击声，开门一看，四五个父老站在门外，说是见我久出归来，特地带着酒来看望"我"。场景三：父老们一边与我畅饮，一边抱歉地解释酒味薄的原因——壮丁尽从军，庄稼无人种，没有足够的粮食来酿酒。荒乱之景从父老口中传出，诗中表面写饮酒之乐，实则是以欢写悲，倍增其悲也。《杜诗详注》评此诗谓："再叙饮中问答，皆乱后悲伤之意。"最确。场景四：我为父老们吟诵诗篇以表谢意。场景五：悲伤的诗篇吟毕，仰天长叹，座上的人都老泪纵横。五个场景前后连贯，叙述一个完整事件，展现了凄凉时世下的人性之美。浓浓乡情是诗人以及父老们身处乱世而得以安身立命的重要精神慰藉。《史记·太史公自序》："子曰：我欲载之空言，不如见之于行事之深切著明也。"司马迁所谓"见之于行事"，即纪事也。杜甫学司马迁，以强烈的叙事性表达"深切著明"之诗意。

从内容上看，《义鹘行》诗在杜甫的诗歌中算是比较特别的一篇：

> 阴崖有苍鹰，养子黑柏颠。白蛇登其巢，吞噬恣朝餐。
>
> 雄飞远求食，雌者鸣辛酸。力强不可制，黄口无半存。
>
> 其父从西归，翻身入长烟。斯须领健鹘，痛愤寄所宣。

---

① 《岘傭说诗》评曰："《羌村》三首，惊心动魄，真至极矣。陶公真至，寓于平淡；少陵真至，结为沉痛。此境遇之分，亦情性之分。"（转引自《唐诗汇评》上册，第962页）

斗上掩孤影，嗷哮来九天。修鳞脱远枝，巨颡折老拳。
高空得蹭蹬，短草辞蜿蜒。折尾能一掉，饱肠皆已穿。
生虽灭众雏，死亦垂千年。物情有报复，快意贵目前。
兹实鸷鸟最，急难心炯然。功成失所往，用舍何其贤。
近经滴水湄，此事樵夫传。飘萧觉素发，凛欲冲儒冠。
人生许与分，只在顾盼间。聊为义鹘行，用激壮士肝。

　　全诗共十八联，前十联叙述白蛇登老鹰之巢，尽噬雏鹰，雌鹰力弱不能敌。雄鹰归来见其惨状，翻身入云找来一只苍鹘报仇。义鹘从天而降，与千年白蛇搏击，最终白蛇脑袋被鹘爪击破了，肚皮被鹘嘴、鹘爪扒开了。后八联议论抒情，先是赞扬了义鹘急人之难的侠义行径，"功成失所往"，有大侠鲁仲连之风；其次嘲讽千年白蛇就要在成精前因残杀雏鹰而丧失了性命；最后希望此诗能激发壮士们的捐身赴国难之心。对于诗中的议论，有人不满意，如钟惺《唐诗归》论此诗时就说如果没有最后三联那些大道理，全诗更有味、更有章法。总体上讲，本诗的叙事性还是挺有特色的，《杜臆》评此诗曰："是太史公一篇义侠客传，笔力相敌，而叙鸟尤难。"《读杜心解》评此诗："奇情恣肆，与子长《游侠》《刺客》列传争雄千古。"两人都不约而同看到了此诗前半叙事与司马迁《游侠》《刺客》列传在叙事精神上的相通性。
　　顺便说说杜诗叙事的艺术成就问题。谢思炜认为，"三吏"是"记事与叙事相拼合"，"他（杜甫）一方面缺乏丰富的虚构人物和故事的想象能力，缺乏戏剧性地展开情节冲突和驾驭各种场面的能力，一方面无法摆脱已深深进入角色的作为抒情主体的诗人自我意识，很难彻底抛开自我换用旁观叙述者的语气"。因此，"他未能建立起一套足资取法的文人叙事诗的独特范型"。^① 从叙事技巧的成熟度而言，谢氏的见解有一定道理，杜甫的叙事，还夹于抒、叙两端，与元稹在《梦游春诗七十韵》《连昌宫词》、白居易在《长恨歌》《和梦游春诗一百韵》中展现的叙事手法相比，尚有差距。但杜甫很完美地用抒情性及人道主义精神弥补了叙事性不足的弊病，所以他的"三吏""三别"仍是诗歌史上的典范之作。杜甫作为一个从盛唐气象中走出来的诗人，他能走出固有范式，并成功地尝试了一种新的写作范式，无疑是值得尊敬的。

第四节　杜甫诗歌"诗史"说小议

　　由以上文字中转引的古人评语可以知道，晚唐宋初以来人们对杜甫诗歌叙事性的评论，主要集中在两个话题：一是杜甫诗对汉魏古诗（含乐府诗）叙事传统的借鉴^②，一是杜甫诗是"诗

---

① 谢思炜：《杜诗叙事艺术探微》，《文学遗产》1994 年第 4 期。
② 有研究谓："叙事上，杜甫综合了《诗经》与乐府两大不同的叙事传统，一方面以《诗经》传统为精神内核，记述重大历史事实，展现诗歌的史学批判价值；另一方面，向着被忽视的乐府叙事传统回归，强调叙事的虚构性、情节性、传奇性等娱乐特质，最终创作出一批写人叙事与伦理价值完美融合的杰作，并深深影响了中唐叙事诗的繁荣。"（辛晓娟博士论文《杜甫七言歌行艺术研究》提要语，正文第五章第三节《杜甫歌行对乐府传统的继承》则是对该论点的展开论述。见第 125—161 页，北京大学 2012 年。）笔者按，将《诗经》叙事传统与记述重大历史事实相联，将汉魏汉府传统与虚构性、情节性、传奇性等娱乐特质相联，这种归纳过于理想化。杜诗叙事，很多情况下是向日常生活回归；而他的叙事中，情节性诚有，但虚构性和娱乐性恰恰是最缺少的。

史"。下面分别申论之。

众所周知，《诗经》中有许多叙事性极强的诗歌，汉乐府亦然，沈德潜说"措辞叙事，乐府为佳"，① 建安时期曹植《送应氏》、王粲《七哀诗》、蔡琰《悲愤诗》中均有相当出色的叙事部分。然而，《诗经》以至汉魏诗歌中发展起来的叙事传统，在东晋至盛唐时期的文学主潮中沉潜（非中断）了，而同时抒情性却在诗歌中昂首阔步。诗歌的叙事传统仅在民间乐府中一线潜传，至杜甫则重获生命并得以发扬光大②。那么，杜甫继承与发扬汉魏诗歌中叙事传统给文学史带来什么样的美学新体验？

有学者将杜甫诗中叙事概括为"事态叙写"："它不是一定要写一个首尾完整的故事，也不是要塑造完整的人物形象。它或是一些事实片段的展现，或是某一生活场景的刻画，或是人物性格或面影的速写，是由诗人主观情感贯穿与笼罩起来的一种叙事结构。它的核心功能指向是抒情。"说得更具体一点就是："杜诗的叙事走向了平凡无奇的社会生活，在采择上更注重片段、场面、细节的真实性、典型性和情感蕴含，注重对事态作深细的开掘和提炼，采用白描、铺陈、渲染等手法，予以真切而传神的描绘。"③ 该文作者以为，从盛唐的意境营造到事态叙写的转变，是杜甫在诗歌艺术方面最大的贡献。用"事态叙写"这个概念来总结杜甫诗歌中的叙事性成就，正是此文最大贡献。

---

① ［清］沈德潜：《说诗晬语》，《清诗话》下册，上海古籍出版社1978年版，第532页。

② 谢思炜：《杜诗叙事艺术探微》，《文学遗产》1994年第4期。

③ 邹进先：《从意象营造到事态叙写——论杜诗叙事的审美形态与诗学意义》，《文学遗产》2006年第5期。

除此之外，笔者认为，还可以从诗歌语言通俗化的角度对杜甫继承与发扬汉魏诗歌中叙事传统的成就进行总结。

叙事语言方面，已有论者注意到杜甫乐府诗中一改叙事作品好用陈述句的常见手法，而多用疑问句、祈使句、感叹句。这些非陈述句子将诗人心中的问题、思考、批判以及情绪强调出来，言已尽而意无穷，并引导读者进行同样的思考[①]，极大地增加了诗歌的抒情性和批判性。同时，我们还注意到，由于叙事在再现环境的真实性（如个人经历的危险性、战争的残酷性）、符合叙述者的身份（口吻）等方面的内在需要[②]，杜诗语言必然地走向了一定程度的通俗化。如《述怀》叙述自己当时的惨状：“去年潼关破，妻子隔绝久。今夏草木长，脱身得西走。麻鞋见天子，衣袖露两肘。”战乱中衣衫褴褛的诗人失去了一切，已经不需要任何华丽的、典雅的文字来掩饰自己的身份和状态了。《石壕吏》叙述老妪之语：“三男邺城戍，一男附书至，二男新战死”，“老妪力虽衰，请从吏夜归。急应河阳役，犹得备晨炊。”符合村妇命苦善良、护犊勇毅的人物身份。《兵车行》中“行人”的话语，朴素无奇，围绕着自身从军经历、所见所想而来，绝不作肉食者之宏大思考。他们不知道国家为何会这样，更不知道如何结束目前的战乱，对于自己三十多年苦难的从军生涯没有呼天抢地的控诉，只是想到避开苦难，“信

---

① 于年湖：《杜甫新乐府诗语言的文化批判功能》,《咸阳师范学院学报》2003 年第 3 期。

② 宋人张端义《贵耳集》上卷："项平斋自号江陵病叟，余侍先君往荆南，所训'学诗当学杜诗，学词当学柳词'。扣其所以，云：'杜诗柳词皆无表德，只是实说'。"杨按，"表德"大约即今天所谓议论抒情，"实说"庶几叙事纪实之意。

知生男恶，反是生女好。生女犹得嫁比邻，生男埋没随百草"。殊不知，在当时的社会，男子不存，女子焉附？因无尽的绝望而被迫短视，因长久的苦难而被迫麻木，正是社会底层"行人"的真实状态①。《遭田父泥饮美严中丞》诗："酒酣夸新尹，畜眼未见有……高声索果栗，欲起时被肘。指挥过无礼，未觉村野丑。月出遮我留，仍嗔问升斗。"浅白通俗的语言，将村叟豪爽热情、粗鄙好客的特点尽写无馀，完全符合叙事对象的身份。《杜诗镜铨》评此诗："情事最真，只如白话。"仇兆鳌《杜诗详注》卷一一引郝敬语："此诗情景意象，妙解人神。口所不能传者，婉转笔端，如虚谷答响，字字停匀。野老留客，与田家朴直之致，无不生活。昔人称其为'诗史'，正使班、马记事，未必如此亲切。千百世下，读者无不绝倒。"②刘熙载《艺概》云："代匹夫匹妇语最难，盖饥寒劳困之苦，虽告人，人且不知，知之者必物我无间者也。杜少陵、元次山、白香山，不但如身入间阎，目击其事，直与疾病之在身者无异。"③杜诗叙事语言的通俗化尝试，在当时是艺术创新。通俗化即大众化，为拓展文

---

① 《兵车行》旧注多以为是针对玄宗征吐蕃而作，《杜诗详注》引黄鹤注认为是针对天宝十载杨国忠遣鲜于仲通征南诏败于泸南而作。杜甫此诗中的叙事，正好可与李白咏泸南之败的《古风》诗相对照看。李诗云："渡泸及五月，将赴云南征。怯卒非战士，炎方难远行。长号别严亲，日月惨光晶。泣尽继以血，心摧两无声。困兽当猛虎，穷鱼饵奔鲸。千去不一回，投躯岂全生？如何舞干戚，一使有苗平。"显然，李诗只是高度概括现实，更多地在表达个人的哀伤同情。在表现战争给百姓带来的广泛的人道主义灾难相比，李白诗的表现力远不能与杜甫《兵车行》诗相比。

② ［清］仇兆鳌：《杜诗详注》，中华书局1979年版，第892—893页。

③ ［清］刘熙载：《艺概》，上海古籍出版社1978年版，第65页。

学表现生活的广度深度、为扩大文学的接受群体奠定了语言基础，并开中唐张王乐府、"元轻白俗"之先声①。

　　古人解说杜甫诗歌之叙事，最有名的说法莫若"诗史"说。以"诗史"论杜甫，始于孟棨《本事诗》："杜逢禄山难，流离陇蜀，毕陈于诗，推见至隐，殆无遗事，故当时号为'诗史'。"意谓杜诗记录时事，故称诗史。《新唐书》杜甫传谓："甫又善陈时事，律切精深，至千言不少衰，世号'诗史'。"② 意谓杜甫以格律精切之长篇诗歌记录时事，故号'诗史'。显然，《新唐书》的说法更合理，因为它包括了"诗"与"史"两种体裁的核心要素。此后，"诗史"说愈繁，意义多歧。何谓诗史？一是得春秋笔法，下笔寓褒贬，如宋人黄彻《碧溪诗话》卷一："（《左传》）有一人而称目至数次异者，族氏、名字、爵邑、号谥皆密布其中而寓诸褒贬，此史家祖也。观少陵诗，疑隐寓此旨……诚《春秋》之法也。"二是谓客观地记录时事（且是大事），多数人持此看法。三是指学司马迁《史记》，叙事手法得体，"叙事近史"（胡应麟《诗薮》），声肖其人，话肖其人，事肖其人。总之，古人论杜甫"诗史"的要义是"叙事有法的实录"。

————————————

① 顺便提到，杜甫诗中语言的通俗化，在他晚年创作中已基本消失。与此同时，诗歌叙事性在他晚年创作中也同样快速消褪。晚年的杜甫，诗歌创作回归到盛唐时以近体诗为主流的状态中来了，并在声律方面采取最严格的姿态，"晚节渐于诗律细"，是他自己在《遣闷戏呈路十九曹长》诗中的自道。黑格尔论历史进步总是螺旋式上升，余谓人生进步何独不尔？

② 《新唐书》杜甫传又谓："甫旷放不自检，好论天下大事，高而不切。"盖此论甫之见识不高，不如其诗艺之杰出。

在"诗史"概念的引导下，过去很多杜诗评注者竭力"以史证诗"，如清代朱鹤龄《杜工部诗集辑注》、仇兆鳌《杜诗详注》、浦起龙《读杜心解》；更有甚者，以杜诗证新、旧《唐书》，以为这是读杜诗之金针①。那么，杜甫诗中叙事全是实录吗？实不尽然。

首先，我们要明确文学理论中的一个常识："诗人的职责不在于描述已发生的事，而在于描述可能发生的事，即按照可然律或必然律可能发生的事。历史学家与诗人的差别不在于一用散文，一用韵文。"② 换言之，杜甫之所以是诗人，关键不在于他用韵文记录时事，那样的话，他只能称之为历史学家。这是我们破除杜甫"诗史＝实录"魔障的理论依据。

其次，从中国史传传统的实际情况来看，所谓的"实录"，绝不是客观叙事，而是不排除虚构成分在内。众所周知，《左传》里多记载梦兆、灾祥、鬼怪等荒诞不经的事件，不可能是真实发生的客观事实，但都记入史册了。约在东汉末成书的《孔丛子》里曾记载："陈王涉读《国语》言申生事，顾博士曰：……'晋献惑听谗，而书又载骊姬夜泣，公而以信入其言。人之夫妇夜处幽室之中，莫能知其私焉，虽黔首犹然，况国君乎？予以是知其不信，乃好事者为之辞。'"（《答问》章）钱锺书对此评论说："骊姬泣诉，即俗语'枕边告状'，正《国语》作者拟想得之……《左传》记言而实乃拟言、代言，谓是后世小说、院本中对话、宾白之椎轮草创，未遽过也。"③ 柳宗元

---

① ［清］杨伦：《杜诗镜铨》毕沅序，上海古籍出版社1998年版，第3页。
② 亚里士多德：《诗学》，人民文学出版社1982年版，第36页。
③ 钱锺书：《管锥编·左传正义》，中华书局1996年版第1册，第165—166页。

《非国语》论"越语"曰："务富文采，不顾事实。而益之以诬怪，张之以阔诞。"金圣叹也提到《史记》里的虚构成分："司马迁之书，是司马迁之文也。司马迁书中所叙之事，则司马迁之文之料也。是故，司马迁之为文也，吾见其有事之巨者而隐括焉，又见其有事之细者而张皇焉，或见其有事之缺者而附会焉，又见其有事之全者而轶去焉。无非为文计不为事计也。"①司马迁所写的介之推死前与母亲的那段著名的对话，难道还有第三者在旁听到了？显然不可能。钱锺书先生所谓"史有诗心、文心"，盖指史传中有虚构。外国学者直接将中国史传的客观性、真实性定位为"本质真实""人情意义上的真实"。②史且如此，杜诗更不可能全是实录了。

　　既然"实录"不是杜甫诗号称"诗史"的原因，那必另有说法。杜诗不全是实录，但读起来"像"实录，奥妙何在？叙事学中的"叙事聚焦（视角）"理论或许可以帮助我们进行深入的思考。

　　根据叙事学著名学者热拉尔·热奈特的分类，叙事聚焦（视角）有三种基本类型③。第一种类型是无聚焦叙事（上帝视角），叙事者藉由全知观点来进行叙述，历史学家大多采用此视角，杜诗《前出塞》《后出塞》《悲陈陶》《悲青坂》《洗兵马》等诗歌的叙事视角即是这样。这类诗歌更像韵文版的"时事快报"，从记录时事来说它们是真正意义上的"诗史"，只可惜这

① ［清］金圣叹：《金圣叹批〈水浒传〉》第二十八回回前评，齐鲁书社 1991 年版，第 545 页。

② 浦安迪：《中国叙事学》，北京大学出版社 1996 年版，第 32 页。

③ Gerard Genette，*Narrative Discourse*：*An Essay in Method*，Cornell University Press（August 31，1983）pp.186—189，243—247.

类诗并不是杜诗中的精品，感染力不够。

第二种是内聚焦叙事（内视角），叙事者藉由事件中的人物（可以是一个或多个）观点来进行叙述，很多情况下叙述者就是人物（"我"）。杜诗《游龙门奉先寺》《过宋员外之问旧庄》《郑驸马宅宴洞中》《渼陂行》《彭衙行》《自京赴奉先县咏怀五百字》《哀王孙》《哀江头》《喜达行在所三首》《述怀》《羌村三首》《北征》《潼关吏》《无家别》等即是。《无家别》记录事件中的人物"我"（老兵）战败后回到家乡的所见、所感，作者的声音绝不出现。一般来说，叙事完全从单个人物的视角出发，对事件的陈述更富有主观色彩。又由于杜甫（叙述者、人物）在写诗的时候有强烈的诗人自我意识，常常忍不住摆脱叙事的框架，插入大量的议论、抒情文字，所以这类叙事诗在字面上看抒情性最强，给读者留下了深刻印象。不过呢，由于叙述者的纯个人视角加上强烈的介入叙事姿态，使得这类诗歌所叙之事的客观性大打折扣。

第三种是外聚焦叙事（外视角），在此类的聚焦中，叙事者如同一位不知情的旁观者，用不带任何主观意识的视角来客观记录事件。杜诗《新安吏》《石壕吏》《新婚别》《垂老别》等诗即是。如《新安吏》："客行新安道，喧呼闻点兵。借问新安吏，县小更无丁？（答）府帖昨夜下……"诗人躲在一旁，记录着"客"与新安吏的对话。《石壕吏》中"我"隐身了，全诗只剩下村妇与吏的对话。《新婚别》除了开头几句起"兴"（乐府诗的传统作法）的语句以外，全诗由第三者客观地记录新婚妻子的说话构成。《垂老别》像现代电影叙事手法：以连续镜头拍摄老兵回家的经历，伴以旁白（"子孙阵亡尽"），纯冷静客观叙事。在外聚焦叙事模式中，叙述者与作品中人物的关系相当

"疏离"，叙述者只管叙述一幕幕由人物的言语和行为构成的场景，给人"中立""客观"的感觉，读者对其所留下来的"未定点"或"空白点"须加以想象性的还原。从这个角度而言，外聚焦叙事的作品可能传达出更多丰富、复杂、微妙的深层信息。杜甫诗被称作"诗史"，主要是源于这种叙事策略带给读者的客观、中立印象，以为杜甫是像历史家一样记录着时事。这正是杜甫运用叙事手法的高超之处。

当然还可以从作者与叙事者的差异来解释上述话题。川合康三认为："以往的自我描述方式往往将自身与前代典型人物重合，通过在类型中的融合造成自我的消失。与此相比，杜甫的自我把握因为持有将自身客体化的另一个认识主体，事实上突出显现出来的是与所描绘人物形象之间保有一定距离的另一个自我的存在……这种双重结构的自我认识，虽然表面上突出描绘的是处于穷途末路的自我，另一方面却因为站在背后凝视着落魄的自己的还有另一个自我，从而能够获得一种精神上的安定。"① 所谓"自我"与"将自身客体化的另一个认识主体""双重结构的自我认识"云云，换成叙事学术语，就是作者与叙述者的差异。

由此，我们可以认识到："诗史"云云，它只是杜甫诗歌中成功地运用叙事策略而带来的一种貌似客观中立的表达效果。过于机械地理解它，会错误地将杜诗与实录相等同，其结果就是：或如清初学者朱鹤龄、仇兆鳌、浦起龙等人那样处处以唐史

---

① 　川合康三：《杜甫诗中的自我认识和自我表述》，《杜甫与唐宋诗学：杜甫诞生一千二百九十年国际学术研讨会论文集》，台北里仁书局 2002 年版，第 89 页。

来解杜诗，难免穿凿；或如明代杨慎、清初王夫之那样，大谈诗、史之异同①，实属无的放矢。

总结本章，叙事性为杜甫诗歌带来了全新的审美体验，它不仅为唐诗语言的通俗化提供了内在的必要性，也为唐诗探索出了新的表现手法，特别是《新安吏》《石壕吏》《新婚别》《垂老别》等诗中"外聚焦视角"的创造性运用，开唐诗新世界，为中唐叙事诗歌的繁荣奠定了基础。

---

① 杨慎谓："杜诗之含蓄蕴藉者，盖亦多矣，宋人不能学之。至于直陈时事，类于讪讦，乃其下乘末脚，而宋人拾以为己宝，又撰出'诗史'二字以误后人。"见《升庵诗话》卷十一"诗史"条。丁福保辑：《历代诗话续编》（中），中华书局1983年版，第868页。

王夫之谓："诗有叙事叙语者，较史尤不易。史才固以骤括生色，而从实着笔自易；诗则即事生情，即语绘状，一用史法，则相感不在永言和声之中，诗道废矣。此《上山采蘼芜》一诗所以妙夺天工也。杜子美仿之作《石壕吏》，亦将酷肖，而每于刻画处犹以逼写见真，终觉于史有馀，于诗不足。"王夫之评选、张国星点校：《古诗评选》，河北大学出版社2008年版，第166页。

第二章

风流才子多情思

——元和体自传诗叙事研究

元和体，又称元和诗，特指中唐元和年间（806—820）元
稹、白居易两人诗歌创作的主体风格①。元和体在唐宋时已毁誉
相交：誉之者谓"学者翕然""善状咏风态物色""华岳干天"②
"天海茫茫，风流特挺"③，毁之者称为"纤艳不逞、淫言媟

---

① "元和体"与"元白诗（元白体）"是不同概念。简单地说，元白诗是"元和
体＋新乐府"。元稹《上令狐相公诗启》中自称与白居易竞相创作的那
种"风情宛然"、"支离褊浅"的诗为"元和诗体"。《旧唐书》元稹本传中
专称那种"善状咏风态物色"的诗为"元和体"。杜牧《唐故平卢军节度
巡官陇西李府君墓志铭》引李戡语云："自元和以来，有元、白诗者，纤艳
不逞，非庄士雅人，多为其所破坏。流于民间，疏于屏壁，子父女母交口
教授，淫言媟语，冬寒夏热，入人肌骨，不可除去。吾无位，不得以法治
之。"此处所指的元和以来的"淫言媟语"的元白诗，就是元和体诗，新乐
府不可能包括在内。近检索知网文章，发现陈才智先生《元和体名义辨
析》一文，首句即言"新乐府与元和体是构成元白诗派创作内容的两大
基干"。笔者完全认同。陈文见《中国社会科学院研究生院学报》2004
年第2期。
② 唐人黄韬《答陈磻隐论诗书》："大唐前有李杜，后有元白，信若沧溟无际，
华岳干天。"
③ 唐人韦縠《才调集序》："暇日因阅李杜集，元白诗，其间天海茫茫，风流
特挺。"

语"①"元轻白俗"②"多纤艳无实之语，其不足论明矣"③"冗长
卑陋"④，等等。以上评价，皆可视作从多个侧面观察元和体诗歌
特征的结果。无论是"善状咏风态物色"，还是"纤艳不逞、淫言
媟语""其词伤于太烦"，均指向元和体的两大特征：叙事和风情
（"新乐府"无风情，不属元和体）。元和体诗歌中，自传诗与传奇
类诗（写别人故事的诗）格外引人注目，其叙事性达到了诗歌史
上的一个高峰。本章拟对元和体自传诗的叙事特点作一番解析。

第一节　诗人生命底色：恣肆

在研究元和体诗歌之前，有必要简单回顾一下元、白科举
经历及其创作高峰时期的一般情况。贞元九年（793）元稹年十
四明经及第。贞元十六年（800），元稹遇崔莺莺；白居易进士
及第，有诗句"慈恩寺下题名处，十七人中最少年"以志喜
（时年二十八）。贞元十八年（802）元稹娶韦氏⑤。贞元十九年

---

① 杜牧《唐故平卢军节度巡官陇西李府君墓志铭》转述李戡语。[唐]杜牧：
《杜牧全集》卷九，上海古籍出版社 1997 年版，第 87—88 页。
② [宋]苏轼：《祭柳子玉文》，《苏轼文集》卷六十三，第 1938 页。
③ [宋]谢迈：《书元稹遗事》。转引自陈伯海：《唐诗汇评》，浙江教育出版
社 1995 年版，第 1992 页。
④ "其词伤于太烦，其意伤于太尽，遂成冗长卑陋。"[宋]张戒：《岁寒堂诗
话》卷上，《历代诗话续编》，第 459 页。
⑤ 陈寅恪谓：元稹娶韦氏，一方面是元稹对韦家的高门比较美慕（魏晋以
来的门阀旧思想），另一方面，更重要的是韦家一定程度上摒弃了门第
观念，愿意接纳出身平平的词科进士为东床（社会新思想）。见刘隆凯
整理的陈寅恪上课讲义《元白诗证史之〈莺莺传〉》，《广东社会科学》
2003 年第 4 期。下引该文简称"陈氏讲义稿"。

（803），元稹和白居易同时参加"书判拔萃科"考试，俱列甲等，同授秘书省校书郎。二人始相识，呼朋引伴，度过了一段偎红倚翠的快活日子。永贞元年（805），元稹作《莺莺传》（《会真记》），李绅作《莺莺歌》①。元和元年（806），元稹和白居易都参加了"才识兼茂明于体用科"考试，元稹为第一，授左拾遗，旋得罪权贵，出为河南县尉；白居易仅列乙等，授盩厔县尉，在盩厔县白居易与陈鸿、王质夫等人游，偶谈杨贵妃故事，白作《长恨歌》②、陈作《长恨歌传》。元和二年（807）白居易回长安，十一月任翰林学士；次年四月拜左拾遗。元和四年（809）元稹除监察御史，尝奉使剑外。白居易、元稹、李绅三人于此年倡导新乐府，李绅首作《乐府新题》二十篇（今佚），元稹和之作十二篇③，白居易和而增广之作《新乐府》五十篇。

　　元和五年（810）元稹贬江陵府士曹参军，白居易赠"率有兴比，淫文艳韵无一字焉"的新诗二十首以送行，冀以此"张直气而扶壮心"④。元稹到江陵后回寄《答诗》十七章并《梦游春》诗七十韵，白居易一一皆和答。六年（811）白母去世，丁

---

① 关于《莺莺传》的创作年份，原文有"贞元岁九月"之类记载，周绍良先生认为是"永贞元岁九月"之误（见李时人：《全唐五代小说》第 2 册，中华书局 2014 年版，第 816 页，注二八）。是也，今取其说。

② 据陈寅恪说，元稹《莺莺传》有比较明显的缺陷（议论迂腐，对莺莺的比喻也不恰当，用在杨贵妃身上倒是合适），因此白居易为弥补《莺莺传》的缺陷而创作了《长恨歌》。见陈氏讲义稿第 48 页。

③ 陈寅恪《元白诗笺证稿》第五章《新乐府》谓元稹和李绅乐府诗在元和四年。上海古籍出版社 1978 年版，第 117 页。下引该书仅注页码。

④ 白居易《和答诗十首并序》。

忧。九年（814）白还朝为赞善大夫，元稹在贬谪四年后移唐州从事。十年（815）元稹被召回京城，与白居易颇有唱和，旋即徙通州司马，在通州作《连昌宫词》；此年秋白居易被贬江州司马，在江州时作《琵琶行》。十四年（819），白居易升忠州刺史，元稹还朝为膳部员外郎。十五年（820）白居易还朝。从元和五年元稹去朝，到元和十五年二人重聚于朝，十年契阔期是两人创作的高峰期，后世所谓"元和体"者多作于此时①。穆宗长庆（821—824）以后，二人逐渐官运亨通（偶有起伏），其创作则转向以流连光景、炫官自适为主流，此时欲求"一篇长恨解风情"者，已杳不可得矣。

由以上简介可知，白居易与元稹从考中进士到为官第一次挫折的元和时期，他们无论是立身还是作诗，都带有"恣肆"的特征——生活中的任性、放纵与作诗上"放荡"②。立身之恣肆表现为公众生活上的"政治正确"——极言敢谏、为民请命，私人生活的朝歌暮弦、偎红倚翠生涯。作诗之恣肆（放荡）表现在：要么写"辞质而径，言直而切，事核而实，体顺而肆"的新乐府；要么写"善状咏风态物色，纤细冗长"的《莺莺传》《长恨歌》《梦游春》等元和体诗歌③。这种为人、为诗皆呈恣肆

---

① 后世有所谓"长庆体"者，因二人作品集中皆有"长庆"二字，故称，非谓诗歌都作于长庆年间也。

② 梁简文帝《诫当阳公大心书》："立身之道与文章异。立身先须谨重，文章且须放荡。"按，此放荡指文采斑斓、情节曲折多变也。

③ 对元白创作中恣肆的一面，古人已有觉察。如明代陆时雍、赵东岚《诗镜·诗镜总论》："元白以潦倒成家，意必尽言，言必尽兴……总皆降格为之。凡意欲其近，体欲其轻，色欲其妍，声欲其脆，此数者，格之所由降也。元白偷快意，则纵肆为之矣。"

风貌的作家，正是唐人自称的"风流才子"或"声华客"①。此前诗人中少有其匹，是文学史上"元和新变"②的重要体现。

第二节　风流才子——元和体自传诗中人物形象的新质

元和体诗歌中，自传诗很多，如元稹《元和五年予官不了罚俸西归……》《寄吴士矩端公五十韵》《梦游春七十韵》《酬翰林白学士代书一百韵》《答姨兄胡灵之见寄五十韵》（后三首均作于贬江陵时）、《酬乐天东南行诗一百韵》（元和十三年）；白居易《代书诗一百韵寄微之》《醉后走笔酬刘五主簿长句之赠兼简张大贾二十四先辈昆季》《和梦游春诗一百韵》《渭村退居寄礼部崔侍郎翰林钱舍人诗一百韵》《江州赴忠州至江陵已来舟中示舍弟五十韵》，等等。这些自传诗塑造了两种诗人自我形象：风流才子与失意官僚，有时候两种形象集于一诗。失意官僚形象与失意文人形象相去不远，在文学史上屡见不鲜，故不作深论。此处单说富有创新意义的风流才子形象。

所有的自传体诗歌都有强烈的建构诗人自我形象的意图，

---

① "风流才子"一词，出于《莺莺传》中，张生的好友杨巨源赋《崔娘诗》云："清润潘郎玉不如，中庭蕙草雪销初。风流才子多春思，肠断萧娘一纸书。"《传》中的杨巨源赠诗，实际是元稹所作。杨巨源的赠诗对象张生，也即元稹，故此诗可以看作是元稹的夫子自道。元稹自认风流才子也。"声华客"是白居易自道之词，见其《晏坐闲吟》诗："昔为京洛声华客，今作江湖老倒翁。"

② 白居易《馀思未尽加为六韵重寄微之》："诗到元和体变新。"元和体诗风的新变，是元、白诸人自觉的文学运动。

区别在于表现手法的不同罢了，元、白自传诗亦不例外。何谓
自我形象？从心理学角度来看，其含义有三个方面：一是个体对
自身生理状态（身材、容貌等）的认识和评价，二是对自身心
理状态（能力、知识、情绪、气质、性格、理想、信念、兴趣、
爱好等）的认识和评价，三是对自己与周围关系（地位、作用
等）的认识和评价。以元稹对少年时的"自我形象"的描述
为例：

> 忆昔凤翔城，龆年是事荣。理家烦伯舅，相宅尽吾兄。
> ……
> 对谈依赳赳，送客步盈盈。米碗诸贤让，蠡杯大户倾。
> 一船席外语，三楹拍心精。传盏加分数，横波掷目成。
> 华奴歌渐渐，媚子舞卿卿。
>
> （自注：军大夫张生好属词，多妓乐。歌者华奴，善歌《渐渐盐》。
> 又有舞者媚子，每觥令禁言，张生常令相挠。）
>
> 斗设狂为好，谁忧饮败名。屠过隐朱亥，楼梦古秦嬴。
> ……①

　　诗中"对谈依赳赳，送客步盈盈。米碗诸贤让，蠡杯大户
倾"是元稹对自己生理状态的认知和评价：能谈善辩，仪止风
雅，胃口好，酒量大。"传盏加分数，横波掷目成"数句是对自
身心理状态的认知和评价：擅酒令，知音律，聪明过人。"斗设

---

① ［唐］元稹：《答姨兄胡灵之见寄五十韵》，中华书局1999年横排简体版
　　《全唐诗》，第4534页。按：本文下引元稹诗，皆据此版，仅注页码，不一
　　一注明版本。

狂为好，谁忧饮败名"数句是对自己与周围关系的认识和评价：自信、无忧，比周围人都优秀（两处省略号尚有不少此类信息，皆略）。现代常识告诉我们，遗传因素和一个人的早年经历，决定了他一生的人格底色。据元稹在本诗序言中说，他九岁会作诗，饮酒斗馀才醉；当时依舅家而生活，舅家见怜，不以礼数约束他，故生活有些放纵，与诸舅兄、姨兄辈数十人"为昼夜游"。总之，他生长在条件优渥的外家，"是事荣"是元稹对自己少年生活的总体印象。自信、快乐、放纵、英俊、聪慧是少年元稹形象中的基本要素，完全具有风流才子的范儿。上节文字中提到：中举后的元稹其行为有恣肆特征。由此诗我们可以明白其恣肆来源于少年生活经验。

上述自我形象的三重含义中，毫无疑问，对自我心理状态的认知和评价是自我形象的核心。社会学意义上的自我形象，也主要从这个方面来着眼。

从社会学角度来看，自魏晋到盛唐，诗人在诗中展现的自我形象，大致有这么一些类型：游士、名士、战士、侠士、文士、儒士。这些名词的背后是长长的、深刻的历史变迁。闻一多先生有言："天宝大乱以后，门阀贵族势力几乎消灭殆尽，杜甫所代表的另一时代的新诗风就从此开始……从这系统发展下去，便是孟郊、韩愈、白居易、元稹等人的继起。他们的作风是以刻画清楚为主，不同于前人所标举的什么'味外之味''一字千金'那一套玄妙的文学风格。这一派在宋代还有所发展。"① 查屏球教授曾总结说，中唐士人已经从魏晋名士、盛唐文士转

---

① 郑临川：《闻一多先生与唐诗研究》，见《闻一多论古典文学》，重庆出版社 1984 年版，第 162 页。

变为儒士——士人的正统人格形象①。故有论者谓："《饮中八仙歌》中的李白形象则是杜甫对李白自由人格的充分肯定，同时杜甫站在时代高度，意识到时代的变迁，使得兼有战国游士和魏晋名士风范的李白显得不合时宜。作者认识到李白之悲剧，宣告魏晋名士时代的终结和儒士时代的开启。"② 在笔者看来，这些以君主、家国为核心价值观的中唐儒士，其文学形象还可以作进一步的细分，如倡导复兴儒家的韩愈和作新乐府的白居易、李绅等人，可以称为正统儒士；不谙生计、拙于人情世故的孟郊、卢仝、张籍以及韩愈《刘生》诗里的"刘生"（疑即刘叉），皆当世"奇人"，可称之为"非主流儒士"；更有作元和体诗的元稹与白居易、"十年一觉扬州梦"的杜牧、"骑马倚斜桥，满楼红袖招"的韦庄等人，他们可称为"风流才子"。风流才子继承了唐朝文士的重文传统，远绍魏晋名士蔑弃礼教、任诞风流的精神。跟后来元代的"郎君领袖，浪子班头"关汉卿们以及明代著名的"白相人"张岱们相比，风流才子缺少他们那种玩世不恭的悲愤心态，更多一种从容享受的世俗幸福感。中唐形成的风流才子形象经元和体诗、宋词、宋元话本、元杂剧以及明清传奇等通俗文体的反复强化塑造，演化出中国文学史上占有重要地位的"才子佳人"文学，其历史意义和地位不可忽焉。

具体来说，元和体自传诗中，元、白诸人以风流才子自命

① 查屏球：《从游士到儒士——汉唐士风与文风论稿》，复旦大学出版社2005年版，第464页。
② 杨贺：《唐诗人物形象描写艺术研究》，南京师范大学2015年博士论文，第60页。

之处，表现何似？可稍稍引二人之诗作一番描述。中举后的元稹、白居易，在很多诗中对当年诗酒斗胜、偎红倚翠的私人生活一直津津乐道：

> 脱俗殊常调，潜工大有为。还醇凭酎酒，运智托围棋。
> 情会招车胤，闲行觅戴逵。僧餐月灯阁，酿宴劫灰池。
> （予与乐天、杓直、拒非辈，多于月灯阁闲游，又尝与秘省同官酿宴昆明池。）
> 胜概争先到，篇章竞出奇。输赢论破的，点窜肯容丝？
> 山岫当街翠，墙花拂面枝。莺声爱娇小，燕翼玩逶迤。
> （昔予赋诗云：为见墙头拂面花。时唯乐天知此。）
> 辔为逢车缓，鞭缘趁伴施。密携长上乐，偷宿静坊姬。
>
> （元稹《酬翰林白学士代书一百韵》）

脱俗者，指摆脱世俗的既定标准（常调）。大有为即"大有可为"的缩写，元白所服膺的"大有为"，是与仕途经济相反的非功利趣味，执着于实现个人兴趣和爱好。车胤善于赏玩集会，当时每有盛会，桓温必邀车胤出席；若车胤不在，众人都说："没有车公不快乐。"《晋书》戴逵本传载："（逵）少博学，好谈论，善属文，能鼓瑟，工书画，其馀巧艺靡不毕综。"不乐仕进、博学好文、游心技艺是官二代戴逵的突出性格之一，"觅戴逵"意思是寻找志同道合的另类趣味者。"肯容丝"指作文造句精雕细琢，不容一字一词失韵失格。长上乐、静坊姬皆元白所好之乐工、妓女。又如白居易念念不忘的情景：

> 度日曾无闷，通宵靡不为。双声联律句，八面对宫棋。

149

往往游三省，腾腾出九逵。寒销直城路，春到曲江池。
树暖枝条弱，山晴彩翠奇。峰攒石绿点，柳宛鞠尘丝。
岸草烟铺地，园花雪压枝。早光红照耀，新溜碧透迤。
幄幕侵堤布，盘筵占地施。征伶皆绝艺，选伎悉名姬。
粉黛凝春态，金钿耀水嬉。风流夸堕髻，时世斗啼眉。
（贞元末，城中复为堕马髻、啼妆眉也）
密坐随欢促，华尊逐胜移。香飘歌袂动，翠落舞钗遗。
筹插红螺碗，觥飞白玉卮。打嫌调笑易，饮讶卷波迟。
（抛打曲有《调笑令》，饮酒曲有《卷白波》）
残席喧哗散，归鞍酩酊骑。酡颜乌帽侧，醉袖玉鞭垂。
紫陌传钟鼓，红尘塞路岐……

（白居易《代书诗一百韵寄微之》）

长安行乐地，烂醉是生涯。风流才子的主要标签是集赏景、作诗、宴会、征歌、选色、唱曲等等于一身。"我玩的是梁园月，饮的是东京酒，赏的是洛阳花，攀的是章台柳。我也会围棋、会蹴鞠、会打围、会插科、会歌舞、会吹弹、会咽作、会吟诗、会双陆。"（关汉卿《一枝花·不伏老》）这就需要诗人兼具多方面的才能，更重要的是，具有深刻认同世俗生活价值的世界观。在一个"今人言富贵，肉食与妖姬"的年代[1]，元白诸人既是潮流的追随者，更是弄潮儿。元稹自己说过，当年南城醉归，与白居易马上递唱艳曲，十馀里不绝[2]。又云：

---

[1]　元稹《寄隐客》诗。

[2]　元稹《为乐天自勘诗集因思顷年城南醉归马上递唱艳曲十馀里不绝……》诗。

倾盖吟短章，书空忆难字。遥闻公主笑，近被王孙戏。
邀我上华筵，横头坐宾位。那知我年少，深解酒中事。
能唱犯声歌，偏精变筹义。含词待残拍，促舞递繁吹。
叫噪掷投盘，生狞摄觥使。逡巡光景晏，散乱东西异。
......

（元稹《元和五年予官不了罚俸西归……》）

"那知我年少，深解酒中事。能唱犯声歌，偏精变筹义。含词待残拍，促舞递繁吹"① 的大玩家元稹，其心性、才能、技艺远不是一个"儒士"帽子能罩得住的。白居易亦然：

忆昔嬉游伴，多陪欢宴场。寓居同永乐，幽会共平康。
师子寻前曲，声儿出内坊。花深态奴宅，竹错得怜堂。
庭晚开红药，门闲荫绿杨。经过悉同巷，居处尽连墙。
时世高梳髻，风流澹作妆。戴花红石竹，帔晕紫槟榔。
鬓动悬蝉翼，钗垂小凤行。拂胸轻粉絮，暖手小香囊。
选胜移银烛，邀欢举玉筋。炉烟凝麝气，酒色注鹅黄。
急管停还奏，繁弦慢更张。雪飞回舞袖，尘起绕歌梁。
旧曲翻调笑，新声打义扬。名情推阿轨，巧语许秋娘。
风暖春将暮，星回夜未央。宴馀添粉黛，坐久换衣裳。
结伴归深院，分头入洞房。彩帷开翡翠，罗荐拂鸳鸯。
留宿争牵袖，贪眠各占床。绿窗笼水影，红壁背灯光。

---

① 元稹《寄吴士矩端公五十韵》诗中亦云："予时最年少，专务酒中职。"又《黄明府诗》序云："小年曾于解县连月饮酒，予常为觥录事。"看来，元稹对自己年纪轻轻便娴熟酒事还是挺得意的。

索镜收花钿，邀人解裓裆。暗娇妆靥笑，私语口脂香。

（白居易《江南喜逢萧九彻因话长安旧游戏赠五十韵》）

白居易此诗，完全可以当作"平康里娱乐攻略"来看待。平康里前曲、态奴宅、得怜堂皆一时艳声鼎沸之处，妓居、妓饰、妓态、妓舞、妓歌、妓乐皆精妙无比。征歌选胜，非风流才子焉能得其中真味？白居易《和元九与吕二同宿话旧感赠》诗云："见君新赠吕君诗，忆得同年行乐时。争入杏园齐马首，潜过柳曲斗娥眉。八人云散俱游宦，七度花开尽别离。闻道秋娘犹且在，至今时复问微之。"八人者，指贞元十九年同中"书判拔萃科"者八人也，当时长安旧游同行伙伴。"秋娘"即上诗中的"巧语许秋娘"也。

综上，风流才子大约有如下一些"综合素质"：其一，多才多艺。既擅传统文人的吟诗作文，也精市井细民的娱乐方式。以元稹为例，他除了与白居易等人在吟诗作文技法上的争奇斗巧之外，还能唱移宫换调之歌（俗乐多如此），精通赌博术的要点，可以含词待拍，可以随曲起舞，可以投壶射覆，可以行令划拳。其二，好色好货。好色指偏爱色彩华丽，元、白笔下多绚烂之色彩；好货指喜爱宫室、器具、服饰、食品及梳妆之精良、入时者。好色好货让元、白自传诗呈现出一种浮华气息，迥别于当时诗坛风格。其三，征歌选色，倚红偎翠，一种沉迷于女性的心理气质。在元、白之前，诗人一般不会在诗中详叙自己在平康北里的莺歌燕舞生涯，更不会详叙自己与妓女的亲密关系，元、白同时人崔护也只是写到人面桃花而已，元、白二人却不加掩饰地写了。后来诗人也未继承其开创的路子，唯韦庄及宋代少数词人如柳永、周邦彦等重拾过这种自传式的

"风流才子"创作身份。其四，游赏宴集。他们既醉心于名寺古刹、夏荷冬雪、月夕花朝带给他们的片刻宁静，也满足于高朋满座、谈笑晏晏的嘉会。以上四点完整结合才算是风流才子，缺一不可。

在中唐以前的文学史中，曾有过这样的风流才子形象吗？似乎很难找到。风流才子实际是唐德宗至宪宗时期，在"中兴"幻觉笼罩士人们的特定时代进士文化高涨的产物，孟郊"春风得意马蹄疾，一日看尽长安花"诗句就是其写照。

那么，元和体自传诗在塑造风流才子形象方面，其艺术性有何独到之处？论者已多①，兹试作新解。

第三节　内视角叙事在建构"风流才子"形象中的作用
——以元稹《梦游春诗七十韵》为讨论中心

从叙事学理论的角度来看，元稹《答姨兄胡灵之见寄五十韵》虽然也叙述了自己少年时经历的一些事情，但"列举"较多，"叙述"事件经过的成分不够突出，转不如《梦游春诗七十韵》中成熟的叙事手法。《梦游春诗》前半叙青年时一次艳遇，中间叙娶高门韦氏及韦氏去世，后叙官场凶险、被贬江陵诸经历。情人不再，娇妻早逝，仕途急坠，总之皆一场春梦耳，故

---

① 唐传奇对元和诗的影响，已成学界共识，特别是在"叙事性"这一点上，学界都认为元和诗受唐传奇的影响。最新研究成果见宋立英：《元和诗坛研究》第四章《唐传奇与元和叙事诗》，上海古籍出版社 2010 年版，第83—100 页。

以"梦游春"总冠全诗。《梦游春诗七十韵》（前半）：

> 昔岁①梦游春，梦游何所遇？梦入深洞中，果遂平生趣。
> 清泠浅漫流，画舫兰篙渡。过尽万株桃，盘旋竹林路。
> 长廊抱小楼，门牖相回互。楼下杂花丛，丛边绕鸳鹭。
> 池光漾霞影，晓日初明煦。未敢上阶行，频移曲池步。
> 乌龙②不作声，碧玉曾相慕。渐到帘幕间，裴回意犹惧。
> 闲窥东西阁，奇玩参差布。隔子碧油糊，驼钩紫金镀。
> 逡巡日渐高，影响人将寤。鹦鹉饥乱鸣，娇娃③睡犹怒。
> 帘开侍儿起，见我遥相谕。铺设绣红茵，施张钿妆具。
> 潜褰翡翠帷，瞥见珊瑚树。不辨花貌人，空惊香若雾。
> 身回夜合偏，态敛晨霞聚。睡脸桃破风，汗妆莲委露。
> 丛梳百叶髻，金蹙重台屦。纰软钿头裙，玲珑合欢袴。
> 鲜妍脂粉薄，暗淡衣裳故。最似红牡丹，雨来春欲暮。
> 梦魂良易惊，灵境难久寓。夜夜望天河，无由重沿溯。
> 结念心所期，返如禅顿悟。觉来八九年，不向花回顾。
> 杂洽两京春，喧阗众禽护。我到看花时，但作怀仙句。
> 浮生转经历，道性尤坚固。近作梦仙诗，亦知劳肺腑。

---

① 昔岁，有版本作"昔君"，误。此诗乃元稹用第一人称自叙，不会用到第二人称。"昔君"是白居易唱和本诗的开篇两字，后人误植耳。

② 乌龙指黑犬，见陶潜《搜神后记》。《搜神记》卷二有"黑龙"一词，即乌龙也。今人张维伟认为，乌龙"除了具有代指犬这一较为稳定的词汇意义以外，还具有暗示男女欢爱的语用意义"。见氏著《乌龙指犬义考察》一文，《沧州师范学院学报》2014年第3期。

③ 娇娃，陈寅恪先生认为应是"狡狯"之误，即今哈巴狗，与上句"鹦鹉"相对。《元白诗笺证稿》，第91页。

　　本诗开篇至"晓日初明煦"十四句，叙述"我"刚进"桃源仙洞"时所见①。读者顺着叙述者"我"的导游，一步步深入到一个艺术般存在的园林居所：清泠画舫，兰渡桃花，鸳鸯竹林，回廊雕窗，光影晃漾。有点张鷟《游仙窟》开篇的影子："余乃端仰一心，洁斋三日。缘细葛，泝轻舟，身体若飞，精灵似梦。须臾之间忽至松柏岩，桃花涧。香风触地，光彩遍天。"只不过前者是人境，后者是仙境耳。读者被"我"带领着参观完这个精美的艺术园林之后，又被领到女仙的居处："我"徘徊在曲池边仙女住处附近，门外那只黑狗与"我"很熟了，见人来也没叫唤；"我"终于进了闺房，只见屋里奇玩遍布，碧油纸糊窗，镀金帐钩，红丝绣成的地毯，鹦鹉在笼，哈巴狗在床。"我"揭开女仙床帷，看到了珊瑚玉树般的美女，她身体像夜合花一般优雅，仪态若朝霞般鲜活，脸带桃花色，汗若荷上露珠，裙上绣着金丝花瓣，裤上绣着对称合欢图案，梳百叶髻，穿莲花鞋，薄施朱粉。当读者被"我"引导着沉浸在对幽欢的遐想之中时，叙述者以"梦魂良易惊，灵境难久寓"一句，将读者带出了梦境，回到现实。接下来是叙述者的内心独白，顿悟浮生若电，多情者空劳肺腑。

　　以上叙事手法，在叙事学上称作"主人公内视角"叙事②。

---

① 唐时诗中所写桃源、仙洞，多与妓居有关。也有以此指神仙传说中的世外仙洞者。

② 申丹《对叙事视角分类的再认识》一文中提出了四种视角分类：一、零视角（即传统的全知叙述），二、内视角（主人公内视角和见证人内视角），三、第一人称外视角，四、第三人称外视角（同热奈特的"外聚焦"）。见《国外文学》1994年第2期。"主人公内视角叙事"概念相当于法国结构主义批评家热奈特提出的"内焦点叙事"概念。

它最显著的特点是：叙述者所知道的同人物知道的一样多（叙述者＝人物），叙述者只借助某个人物的感觉和意识，从人物的视觉、听觉及感受的角度去传达一切。叙述者不能像"全知全觉"那样，提供人物自己尚未知的东西，也不能进行这样或那样的解说。本诗中，除了叙述者所介绍的廊榭池台及闺房陈设，读者对妓居院落的总体结构和其他建筑完全不知；除了叙述者的行为和心理，读者对仆人和洞中仙女（莺莺）的活动及心理一无所知，就像镜头里的固定聚焦，焦点以外的事物都不能有效摄入。这种叙事角度的效果非常好，首先，对本诗的读者来说，因为是主人公叙述自己的事情，主观性极强，自然而然地带有一种特殊的亲切感和真实感，只要他愿意就可以随时袒露内心深处隐秘的东西；其次，因为是"固定聚焦"，一切都是未知，让读者对下文充满期待，而且镜头推进节奏缓慢，绝对时间短，但心理时间很长。总之，主人公内视角叙事的艺术优长是：细节真实，画面鲜活，给人以深刻印象；擅长铺叙细节和心理活动，在描绘主人公心理活动时有很大的优势。换句话说，主人公内视角叙事更能表达诗人内心最深刻的记忆和最真实的自我。《梦游春》诗中这个遇仙场景在元稹记忆中是如此深刻，以致他在经过很多年后还能如此细致地描绘出来。此仙女实在是元稹的真爱。很显然，女仙就是崔莺莺，元稹遇仙，即元稹遇崔莺莺。①

---

① 　历来研究者大多认为《莺莺传》中的张生即元稹自己。据元稹在《梦游春诗》中的自白，伊在此"梦"之后八九年不再寻花问柳。按，元氏此诗作于元和五年(810)。由此上溯九年，即贞元十七年(801)，是元稹遇仙的年份。作者年二十三岁，与《莺莺传》中的"年二十三岁未尝近女色"的张生同一年纪。另外，《莺莺传》写张生与莺莺的第一次交欢有谓："斜月

（转下页）

当然，第一人称内视角叙事的缺点也是很明显的，它所不擅长的，正好是第一人称外视角所擅长的。

接下来再看看"见证人内视角"叙事在建构风流才子形象中的运用。见证人内视角叙事的优点是：首先，由于见证人不是故事主人公，作为事件的目击者、见证人，他的叙述强化了事件的客观真实性，对于塑造主要人物的完整形象更客观有效；其次，必要时叙述者可以对所叙人物和事件做出感情反映和道德评价，这不仅为作者间接介入提供了方便，也可增强作品议论色彩和抒情氛围。

从叙事角度，元稹在《梦游春诗七十韵》中对崔莺莺的回忆与对妻子韦丛的回忆，恰形成鲜明对比（接上文引《梦游春》诗）：

> 一梦何足云，良时事婚娶。当年二纪初，嘉节三星度。
> 朝蕣玉佩迎，高松女萝附。韦门正全盛，出入多欢裕。
> 甲第涨清池，鸣驺引朱辂。广榭舞菱蕟，长筵宾杂厝。
> 青春讵几日，华实潜幽蠹。秋月照潘郎，空山怀谢傅。
> 红楼嗟坏壁，金谷迷荒戍。石压破阑干，门摧旧桠柜。
> 虽云觉梦殊，同是终难驻。惊绪竟何如，棼丝不成絇。
> 卓女白头吟，阿娇金屋赋。重璧盛姬台，青冢明妃墓。

（接上页注）晶莹，幽辉半床。张生飘飘然，且疑神仙之徒，不谓从人间至矣……自疑曰：'岂其梦耶？'"与本诗所写幽会时的心理感受（"梦"）正同。当然还可以从元稹现存作品的编辑角度来论证这一点，比如，《莺莺传》中张生第一次挑逗莺莺的诗并未载之传奇文本中，而元稹诗集里有《古艳诗》二首,如第一首："春来频到宋家东，垂袖开怀待好风。莺藏柳暗无人语，惟有墙花满树红。"其用语、诗意正好与莺莺的答诗《明月三五夜诗》形成对应关系。此皆张生即元稹之证据矣。

尽委穷尘骨，皆随流波注。

元稹与崔莺莺交往不过一年多，分开后旋即娶妻韦氏。韦丛二十岁下嫁元稹，二十七岁去世，七年六举，似仅存一女。韦丛如此年轻即去世，与婚后生活的贫困及频繁生育有关。首句至"门摧旧楗枑"止，十联二十句，元稹自叙婚娶韦氏直至韦氏去世这七年间的前后经过。元稹在这里叙事时，变换了叙事视角，运用的是见证人内视角叙事手法，是一种相对客观化的概括性描述，拉开了自己与韦氏的心理距离。此处以韦氏家族的兴盛情形代替韦氏本人的具象，韦丛的容貌、声音、动作都看不到，完全是虚幻之人，也不见叙述者的情绪波动和心理活动。与前节写崔莺莺的笔墨文字二十五联五十句相比，毋乃太少耶？事实上，韦氏去世及入葬，元稹都没在现场。从他的内心独白的怀念文字内容也可看出，元稹对于崔莺莺与韦丛的真实情感，差异也是很大的。元稹对崔莺莺的怀念之意是："夜夜望天河，无由重沿溯。结念心所期，返如禅顿悟。觉来八九年，不向花回顾。杂洽两京春，喧阗众禽护。我到看花时，但作怀仙句。浮生转经历，道性尤坚固。近作梦仙诗，亦知劳肺腑。"而他对韦丛的怀念之意是："虽云觉梦殊，同是终难驻。惊绪竟何如，棼丝不成絇。卓女白头吟，阿娇金屋赋。重璧盛姬台，青冢明妃墓。尽委穷尘骨，皆随流波注。"对前者是牵动肺腑的生理痛感，对后者是一种佳偶典故的泛泛类比，情感上相对客观冷静。这是我们从第一人称内视角叙事和第一人称外视角叙事的角度分析得出的结论。明乎此，我们再去重读元稹那些打动人心的悼亡诗，又是别样一番心境，感叹人心唯微，渺不可测。寅恪先生评元稹谓："综其一生行迹，巧宦固不待

158

言，其巧婚尤为可恶也。"①

再如，在《莺莺传》中，竟然很突兀地出现了见证人内视角叙事诗，而且还是很重要的叙事内容。它就是元稹作的元和体诗《会真诗三十韵》：

> 微月透帘栊，萤光度碧空。遥天初缥缈，低树渐葱茏。
> 龙吹过庭竹，鸾歌拂井桐。罗绡垂薄雾，环佩响轻风。
> 绛节随金母，云心捧玉童。更深人悄悄，晨会雨濛濛。
> 珠莹光文履，花明隐绣栊。宝钗行彩凤，罗帔掩丹虹。
> 言自瑶华浦，将朝碧帝宫。因游李城北，偶向宋家东。
> 戏调初微拒，柔情已暗通。低鬟蝉影动，回步玉尘蒙。
> 转面流花雪，登床抱绮丛。鸳鸯交颈舞，翡翠合欢笼。
> 眉黛羞频聚，朱唇暖更融。气清兰蕊馥，肤润玉肌丰。
> 无力慵移腕，多娇爱敛躬。汗光珠点点，发乱绿松松。
> 方喜千年会，俄闻五夜穷。留连时有限，缱绻意难终。
> 慢脸含愁态，芳词誓素衷。赠环明运合，留结表心同。
> 啼粉流清镜，残灯绕暗虫。华光犹冉冉，旭日渐曈曈②。
> 警乘还归洛，吹箫亦上嵩。衣香犹染麝，枕腻尚残红。
> 幂幂临塘草，飘飘思渚蓬。素琴鸣怨鹤，清汉望归鸿。
> 海阔诚难度，天高不易冲。行云无处所，萧史在楼中。

---

① 《元白诗笺证稿》，第95页。按，陈氏此语似为酷评，元稹行为虽属不堪，未若至是。今中华书局简体版《全唐诗》第404卷专收元稹悼亡（忆亡妻）诗，颇有情深意切之作。

② 元稹对这次"有顷，寺钟鸣，天将晓"的寺庙幽会印象深刻，有《春晓》诗曰："半欲天明半未明，醉闻花气睡闻莺。猧儿撼起钟声动，二十年前晓寺情。"《梦游春》诗中，也写到了这只可爱的猧儿（哈巴狗）。

本诗中，叙述者是主人公张生的朋友，是见证人。本诗的叙述内容、叙事视角，与元稹《梦游春七十韵》前半基本一致；两诗的叙事空间（文学图景）也基本相似，都可看出城市生活对元稹创作的影响。本来，叙述者在《莺莺传》中叙张生的故事采用的是全知型叙述方式，如果需要写到张生与莺莺幽会的细节，那也应该在小说情节中展现出来，哪怕是在张生的《会真诗》中记录出来也是合乎情理的，然而小说中并未如此处理。作为重要的推动故事发展的幽会情节在小说中没有出现，倒是在小说的结尾处，叙述者以元稹署名的《续会真诗》补充了张生与莺莺幽会的细节和心理。换个说法就是：叙述者无意中将小说中的第三人称全知视角转换成了见证人内视角的叙事方式，所以《会真诗》才写得如临其境，如同己身。从小说技巧来看，这种视角变换带来的补充叙事（幽会的细节和心理），处理得并不得体，读者更希望是在故事的自然情节中读到它，而不是在获知故事的过程和结局后再从旁观者（元稹）的诗中看到它。

元稹与崔莺莺的艳遇、元稹娶韦氏及韦氏去世，白居易在《和梦游春诗一百韵》诗中也是以见证人内视角的手法叙述的。白诗如下（节选）：

> 昔君梦游春，梦游仙山曲。恍若有所遇，似惬平生欲。
> 因寻昌蒲水，渐入桃花谷。到一红楼家，爱之看不足。
> 池流渡清泚，草嫩踏绿蓐。门柳暗全低，檐樱红半熟。
> ……

"昔君"二字点明了叙述者在讲述对方（本诗主人公）的故事①。本诗无论内容还是细节，都与元稹的《梦游春诗》相同，所不同者，只是主人公内视角和见证人内视角的差别罢了。站在白居易作为见证人的视角，他的叙事增强了故事的客观性、可信度，也丰富了主人公"风流才子"的形象。白居易和诗中，写元稹与莺莺幽会的句子是四十四句，与元稹自叙文字五十句差不多；白居易对崔、元两人的离合聚散没有一句议论，元稹却有十四句议论抒情文字；白居易写元稹与韦丛结婚及韦丛去世后境况的文字，有五十二句，超过了元稹的自述文字二十句，大大丰满了元稹的人物形象。如果说，在元稹的诗中，我们更多地感受到了一位孤芳自赏的风流才子的形象，那么，在白居易的和诗中，我们除了看到风流多情的元稹之外，还看到了一位丧妻之后拉扯小儿女、沉浸在思念亡妻的情绪中艰难度日的重家庭、重伦理的元稹。

总之，《梦游春诗七十韵》与此前诗人们带有自传性质的回忆之作相比，它的第一人称内视角叙事技巧更加成熟，从以前那种常见的多点聚焦转到了固定聚焦，即从客体化的概括审视（客观回顾）到主观化的细节、心理展示。这种变化对塑造风流才子形象功不可没。风流才子形象的出现，不但需要特定的时代心理和文化氛围，也需要与之适应的艺术表现手法，而第一人称内视角叙事手法的出现（显然是众多诗人集体探索后的结

---

① 白居易本诗中的叙述视角仍然是第二人称的（"我所见你"），采用的是固定聚焦，所以是见证人内视角叙事。与现当代文学中叙述者以第二人称"你"作为假想的接受者来叙事不同。在现当代作品中的第二人称不过是叙述者设定的一个听众，与叙述视角毫无关系。

果），正符合了这个需要。它本身固有的艺术功能，如真实展示、客观再现、可以进行细致的心理刻画、强烈的个人经验等等，都为风流才子形象的出现提供了艺术手段上的保证。我们在中晚唐诗中读到的人物形象较前代更为真实、饱满，奥秘之一即在于此。

第四节 从叙事视角看"风流才子"的人生态度及价值观

　　作为风流才子的元、白，其人生态度及价值观是一个复杂的话题，可以从很多侧面进行分析，本节仅仅试图从"风流才子"的角度来谈一谈笔者对这个话题的理解，依赖的分析工具还是叙事视角。

　　元稹与崔莺莺的浪漫邂逅，在当时留下了四份文学记录：一是元稹创作的传奇小说《莺莺传》，是以第三人称口吻叙述张生和莺莺的故事，在叙事学上称为外视角叙事，又称零视角叙事、全知视角叙事等。二是元稹所作的《续会真诗三十韵》，运用的是见证人内视角叙事。三是元稹的《梦游春诗》前半，它采用的是主人公内视角叙事，作者即叙述者，也即主人公。四是白居易的《和梦游春诗一百韵》前半，它采用的是见证人内视角叙事。四份文学记录据其视角差异实际上可分为两组：一是元稹自己以内视角和外视角进行叙事的差异，二是元稹主人公内视角与白居易见证人内视角叙事的差异。那么，对同一件事情的叙述视角的差异，体现了什么样的深刻用意？这就涉及视角背后的"意识形态"话题了。

俄国批评家 B·厄斯彭斯基在《结构诗学》一书中最先关注到叙事视角与作者（叙述者）的立场观点、措辞用语、时空安排等方面密不可分。英国文体学家 R·福勒受其启发，在 1986 年出版的《语言学批评》中提出视角或眼光（Point of view）有三方面的含义：其一，心理眼光（或称"感知眼光"），它属于视觉范畴；其二，意识形态眼光，它指的是由文本中的语言表达出来的价值或信仰体系；其三，时间与空间眼光，"时间眼光"指读者得到的有关事件发展快慢的印象，包括倒叙、预叙等打破自然时间流的现象①。这里仅就视角背后的意识形态眼光展开讨论。

先谈元稹自己分别以内视角和外视角来叙述同一件事情所体现的"意识形态眼光"——元稹的人生态度及价值观。

陈寅恪在那篇著名的《读莺莺传》一文中说：

> 微之所以作《莺莺传》，直叙其自身始乱终弃之事迹，绝不为之少惭，或略讳者，即职是（指婚而不娶名家女，仕而不由清望官，皆为社会所不齿——引者）之故也。其友人杨巨源、李绅、白居易亦知之，而不以为非者，舍弃寒女，而别婚高门，当日社会所公认之正当行为也。②

且不论陈氏此处所说"舍弃寒女，而别婚高门，当日社会

---

① 申丹：《对叙事视角分类的再认识》，《国外文学》1994 年第 2 期。
② 《元白诗笺证稿》，第 112—113 页。按，陈氏此说有待商榷。从人类文化史的常识来看，从来没有一种主流文化是赞同或认可玩弄女性的。陈氏的说法太过想当然。

所公认之正当行为"是否准确，单就依陈氏的逻辑而言，既然元稹的行为无所指责，为大家所认可，那么，元稹为何不在《莺莺传》中直接以"我"为主人公来叙事，而偏偏要换一个马甲（张生）说故事？且以第一人称"我"叙艳情故事，远在唐初即有张鷟《游仙窟》导夫先路，并不算什么出格之举。元稹在《莺莺传》中用"张生"这个替身来叙事（第三人称外视角叙事），而在《梦游春诗》和《续会真诗》中却直接夫子自道（内视角叙事），其中必有所说。

首先，元稹在《梦游春诗》与《莺莺传》中叙述同一件情事时，特意使用了不同的叙事视角，是由于两文的受众不同所致①。简洁地说，《梦游春诗》是写给好友白居易的反省忏悔之作，有很强的私密性；而《莺莺传》则是面向公众传播的"炫技"之作（依当时文人习惯作传奇以展示"史才、诗笔、议论"），"始乱终弃"的行为并不为当时清议所容。考虑到元稹当时刚入仕途，正想有一番作为，他是不可能以第一人称来写传奇小说《莺莺传》的。

其次，元、白二人的人格心理中有一种迷恋欢场女性的倾向，故其自传体诗歌中经常兴致盎然地详叙他们与红楼歌伎们

---

① 受众的不同只是两者采用不同叙事视角的原因之一，其他原因还有很多，例如文体之关系，陈寅恪《元白诗笺证稿》第一章解说《长恨歌》谓："鄙意以为欲了解此诗，第一，须知当时文体之关系；第二，须知当时文人之关系。"何谓"当时文体之关系"？传奇乃当时一种新兴文体，其中可见史才（叙事）、诗笔、议论，故《长恨歌》与《长恨歌传》、《莺莺歌》与《莺莺传》皆有不可分割之关系。简言之，中唐古文运动之主要参与者，他们的创作中传奇、古文（非骈文）、诗歌几种文体互相影响。见《元白诗笺证稿》第2—7页。

的交往，一旦有合适的机会，都会津津乐道地回味一番。这就可以比较合理地解释为什么元稹会在小说《莺莺传》中突破外视角叙事的客观态度，很突兀地以"见证人内视角"的模式强行介入小说中的叙事（《续会真诗三十韵》），且描写性爱时大胆而直白，造成了与整个小说叙事艺术风格上的不统一。这种不统一，正好可以用来观察元稹真实的内心世界：他太急于向读者展示他对崔莺莺的"身体迷恋"了。如果将视野扩大到他们更多的诗歌，我们可以看到：《长恨歌》《初与元九别后忽梦之》《代书诗一百韵寄微之》《梦游春诗七十韵》《和梦游春一百韵》《连昌宫词》《江南喜逢萧九彻因话长安旧游戏赠五十韵》等叙事诗歌，这类诗在叙述皇帝妃子的享乐、才子佳人的恋爱、飘飘欲仙的舞姿、纵情声色的冶游、红颜美女的遭际等生活画面时，其笔调总体上是欣赏和怀念的、非道德化的；尽管某些诗中作者的忧患意识仍隐然可见，但它主要表现的是没有外在功利目的"好色好货"，和萌动于深层意识的对身体官能快感的追求。这正是六朝以来"诗缘情而绮靡"文学观念指引下创作的新型文学样本。元、白两人选所择的叙事视角，从积极意义上说，这也是人性觉醒的表现；从文化角度而言，它体现了城市文化的娱乐性和感性诱惑；从文学史角度而言，是市民文学精神影响到元、白的体现。这个话题太广太深，点到为止。

那么，元稹《梦游春诗七十韵》与白居易《和梦游春诗一百韵》的内视角叙事的差异，又有何说法呢？

《梦游春诗》是元稹在仕途第一个低潮时期的忏悔、反省之作。白居易在《和梦游春诗一百韵》序中，节录了元稹寄此诗时写给他的原信：

微之既到江陵，又以《梦游春诗七十韵》寄予，且题
其序曰："斯言也，不可使不知吾知，知吾者亦不可使不
知。乐天知吾也，吾不敢不使吾子知。"予辱斯言，三复其
旨，大抵悔既往而悟将来也。

元稹《梦游春诗》中叙与仙女的幽会之后，有一段议论文
字："结念心所期，返如禅顿悟……浮生转经历，道性尤坚固。
近作梦仙诗，亦知劳肺腑。"这是他第一次人生重大挫折之后的
反省，而在此前刚入仕途、意气风发之时所作的《莺莺传》中，
绝不见此类文字。白居易将元稹寄给他的《梦游春诗》看了又
看，总结出元稹大概是"悔既往而悟将来"的意思。但是，透
过元稹在本诗中的叙事态度，旁人明显可以感觉到他对莺莺的
一往情深，而对妻子韦丛的相对冷漠。元稹还是为男女私情所
困。这正是白居易认为元稹的反省、忏悔"悔不熟、悟不深"
的地方：

夫感不甚则悔不熟，感不至则悟不深，故广足下七十
韵为一百韵，重为足下陈梦游之中，所以甚感者；叙仕婚
之际，所以至感者。欲使曲尽其妄，周知其非，然后返乎
真，归乎实。亦犹《法华经》序火宅、偈化城，《维摩经》
入淫舍、过酒肆之义也。

（白居易《和梦游春诗一百韵》序）

《法华经·譬喻品》叙"三界无安，犹如火宅，众苦充满，
甚可怖畏，常有生老病死忧患，如是等火，炽燃不息"的文字，
与《维摩经》中叙观音遍历淫舍、酒肆的文字，皆极尽其细致，

目的就是让人们明白"艳色即空花，浮生乃焦谷"的道理。白居易大约认可元稹所写的与莺莺一场春梦的文字，故和诗中这类文字相差无几；但他对元稹自述"仕婚之际"寥寥二十句的文字，非常不满，认为这是元稹"悔不熟、悟不深"的表现，于是白居易在和诗中将这一部分足足加了三十二句，大大超过原诗对"仕婚"的处理。白居易虽然在"迷恋女性身体"这方面与元稹相似（风流才子），但他对仕婚的态度则比元稹要严肃得多。这是我们从《梦游春诗七十韵》与《和梦游春诗一百韵》的内视角叙事的差异性归纳出的结论。

附论　挫败感——风流才子的另一面

元稹《梦游春诗七十韵》《台中鞫狱忆开元观旧事呈损之兼赠周兄四十韵》《元和五年予官不了罚俸西归……》《寄吴士矩端公五十韵》《感梦》《酬翰林白学士代书一百韵》《答姨兄胡灵之见寄五十韵》《痁卧闻幕中诸公征乐会饮因有戏呈三十韵》《酬乐天东南行诗一百韵》诸诗，白居易《和梦游春诗一百韵》《代书诗一百韵寄微之》《东南行一百韵寄……》诸诗，不光是记录了风流才子快意的一面，也比较真实地记录了他们失意的一面。读这些诗，浓浓的挫败感扑面而来。他们任史官而不能在载籍中表达自己的立场；他们任谏官指陈时事而败于权力的暗中运作，被贬而有苦说不出；他们不修细行的风流才子作派与官场老成持重的文化格格不入；理想与现实的巨大差距、荣华与凄凉的瞬间转换，都让他们感到无比痛苦。他们试图在详细的回顾中、在真诚的反省中，找出挫败的原因，于是就运用

内视角叙事的方式写出了上述长篇自传体诗作。其文学史意义
或许在于：开启了后来小说、戏剧中以生命历程为主要依据的叙
事时间意识①，从一己的荣枯得失感上升到万法皆空的人类悲剧
意识。

---

① 借用高小康《中国古代叙事观念与意识形态》中语。北京大学出版社
2005 年版，第 83 页。

第三章

往来年少说长安

——元和体传奇诗叙事研究

第一节　缘　起

如前所述，元和体（又称元和诗）特指中唐元和年间（806—820）元稹、白居易两人诗歌创作的主体风格，在艺术上有两大特征：叙事和风情（"新乐府"无风情，不属元和体）。元和体诗歌中，自传诗与传奇诗（写历史或他人故事的诗）格外引人注目，其叙事性达到了诗歌史上的一个高峰。前文对元和体自传诗的叙事特征作过分析研究，本章拟对元和体传奇诗的叙事特点再作一番解析。

元和体传奇诗的经典之作如下：元稹《代曲江老人百韵》《连昌宫词》《望云骓马歌》《琵琶歌》《崔徽歌》《古决绝词》，白居易《长恨歌》《琵琶行》《江南遇天宝乐叟》《燕子楼诗（并序）》《霓裳羽衣歌》《杨柳枝二十韵》《汉高皇帝亲斩白蛇赋》，等等。这些诗或叙述历史盛衰之间的倏忽转换，或叙述普通人不寻常的人生遭遇，总之皆有传奇性。与唐传奇相比，元和体传奇诗较少灵怪神异气息（《长恨歌》后段天上人间的情节是个例外），它更多地关注现实生活中的奇特经历。

陈寅恪谓："元微之《连昌宫词》实深受白乐天、陈鸿《长恨歌》及《传》之影响，合并融化唐代小说之史才、诗笔、议论为一体而成。其篇首一句及篇末结语二句，乃是开宗明义及综括全诗之议论……总而言之，《连昌宫词》者，微之取乐天《长恨歌》之题材、依香山新乐府之体制改进创造而成之新作品也。"① 要之，当时文士创作带有"互事观摩、争求超越"的竞争性。②

唐代举人惯以传奇文为谒见主司之赞卷，因为这种文体最能体现作者的"史才、诗笔、议论"诸般文学才能，此宋人赵彦卫《云麓漫钞》卷八中所指出者。陈寅恪反复提到元稹、白居易、陈鸿、李绅诸人在创作《连昌宫词》《莺莺歌》《莺莺传》《长恨歌》《长恨歌传》等作品时，在艺术上互相借鉴、互相竞争，然诸人互相借鉴在何处？竞争点在哪方面？除却提到元稹《连昌宫词》受到白居易新乐府的影响这一点比较具体之外，其馀则语焉不详，实有待后人补充论说也③。今余不敏，试以叙事学的基本概念和原理，对上述诸诗的精妙之处稍作解析。

叙事学理论庞大复杂，概念丰富，且涉及的学科众多，用

---

① 《元白诗笺证稿》，第 61 页。同样的意思在其他地方也出现过："则知白、陈（鸿）之《长恨歌》及《传》，实受李（绅）、元（稹）之《莺莺歌》及《传》之影响，而微之之《连昌宫词》，又受白、陈之《长恨歌》及《传》之影响。"见《元白诗笺证稿》第一章《长恨歌》，第 9 页。按：元稹《上令狐相公诗启》自己也说过：他见白居易的诗穷极音韵，思有以胜之，所以就"戏排旧韵，别创新词"，"欲以难相挑耳。"

② 《元白诗笺证稿》，第 8 页。

③ 张法先生在《中国文化与悲剧意识》中说到：唐诗人开始在长篇中对人物形象展开传奇化的描写，中唐诗人在很多长篇叙事诗中刻画了颇具传奇色彩的人物形象。中国人民大学出版社 1989 年版，第 101 页。

它来观察分析中国文学，需要作一些理论调整。调整方法之一是建立中间理论环节，如美国普林斯顿大学东亚系教授浦安迪（Andrew H. Plaks）研究中国古代小说时提出的"奇书文体"概念，便是他建立的"中间理论环节"之一①。调整的方法之二是择取最能概括叙事本质特征的概念进行论述。美国斯坦福大学中国文学教授王靖宇先生在研究中国叙事文时就采用了这种思路②。研究者一般都会承认，构成叙事的必不可少的要素有四个：情节（plot）、人物（character）、视角（point of view）和意义（meaning）③。前三个概念好理解，叙事学中的"意义"则有待稍加解说。"意义"大致是指向作品的主题，而主题往往又是带有模式性质的，特别是作者通过作品向读者传达某种意图时，他的情节处理、人物描绘、视角运用都带有固定的模式（stereotype）。如历代咏杨贵妃故事一般都会涉及"女人祸水""逸

① 所谓"奇书文体"，大意是指：明清章回长篇小说作为一种新兴的长篇虚构文体，有一套成熟而固定的文体惯例，这个惯例的美学手法和思想主旨都反映了明清读书人的修养和趣味，本质上与宋元通俗小说完全不同，它是当时文人精致文化的伟大代表，是明清之际以王阳明为代表的宋明理学潜移默化地渗入文坛而创造出的崭新虚构文体。它与吴门文人画派、江南文人传奇剧同源。见浦安迪《中国叙事学》第 22—25 页。

② 王靖宇：《中国早期叙事文研究》，上海古籍出版社 2003 年版，第 6 页，第 23 页。

③ 罗伯特·斯科尔斯（Robert scholes）、罗伯特·凯洛格（Robert L Kellogg）《叙事的特性》（*The Nature of Narrative*，Oxford University Press，1966 年初版）一书中提出叙事的四要素：情节、人物、视角和意义，在学界影响甚广。2006 年二版（40 周年纪念版）时加入了詹姆斯·费伦（James Phelan）写的第八章《40 年来叙事理论的发展》，介绍了结构主义、认知主义、女权主义和修辞主义对叙事理论的新推助。中文版译作《叙事的本质》，南京大学出版社 2014 年版。

豫亡身"这样的固定主题模式，在情节上也会按照国泰民安、美人受宠、贵戚横行、民心涣散、天下大乱这样的模式来安排。所以说作品的意义与作者的叙事模式息息相关。下文中笔者拟从上述四个要素着手，对元和体传奇诗的叙事特色进行一番论述。

第二节　情节和人物

在亚里士多德那里，一个典型的"情节"包括开始、发展和结束；反映在戏剧和电影理论中，就是"三段论"：布置、冲突、解决。这个"情节"概念重事件的外在状态，而在叙事学理论中，"情节"①一词的意思是：根据因果关系原则按时间顺序安排起来的系列事件。时间的流动性与事件的连贯性是情节的两个特征。

在中国早期诗歌的传统里，"情节"往往体现在"赋、比、兴"三种诗艺的"赋"之中。赋者，铺陈也。如我们大家耳熟能详的《诗经》里的所谓"周族史诗"："《生民》《公刘》《绵》

---

① 　在叙事学理论中，"情节"一般用英文 plot，有时用 story，如 Mieke Bal 的 *narratology：introduction to the theory of narrative* 即是如此。个中差别在于论述者所据的理论背景的不同。据 Wikipedia（维基百科）的解释是：英国小说家 Edward Morgan Forster 将"情节"定义为：the cause-and-effect relationship between events in a story（在一个故事中有因果关系的一系列事件）。20 世纪的俄国形式主义文学理论家指出叙事有两个核心概念：the fabula and the syuzhet，"The fabula is the raw material of a story，and syuzhet is the way a story is organized"（素材是指故事的原材料，而情节是指故事的组织方式）。该理论的追随者们以英文的 story 和 plot 两词对应之。

《皇矣》《思齐》《文王有声》《文王》《大明》《崧高》《烝民》
《韩奕》《江汉》《常武》《出车》《六月》《采芑》。前八篇是记述
后稷、公刘、古公亶父、太伯、王季、文王、武王几个主要人
物的事迹，并提到后稷母姜嫄、太王妃太姜、王季妃太任、文
王妃太姒几个女性，及伐纣时重要人物师尚父等。后八篇则全
是记述宣王命方、召诸臣征讨经营之事。东迁以前周室大事，
略备于此。"① 再进一步看，例如《生民》篇，它完整地记录了
周朝祖先后稷成长的系列事件，其情节是：后稷出生带有原罪
（"不康禋祀"）—后稷受难—后稷成长—后稷虔诚地祭祀上
帝—后稷得到上帝祝福（"庶无罪悔，以迄于今"）。一切都符
合亚里士多德关于情节概念的经典论述，时间的流动性与事件
的连贯性也比较明显。

　　需要指出的是，中国诗歌中的情节并不总是像《生民》这
般经典。更多的情况下则是：情节中时间的流动性虽与西方大致
相同，但事件的连贯性在表现上则相对较弱。这是很重要的差
别，值得认真探讨。以元稹十六岁时所作的五言长诗《代曲江
老人百韵》为例，该诗总共两百句计一百韵（联），首两句入
题，第 3 句开始进入历史叙事。第 3 句至第 10 句，写玄宗先后
平息韦后及太平公主乱政，国家进入安定团结状态，可归为事
件组一（情节一）。第 11 句至第 38 句言姚宋之治下官场清醇、
人才辈出诸般景象，可归为事件组二（情节二）。第 39 句到第
84 句写国家风调雨顺、礼乐文章炳焕，可归为事件组三（情节
三）。第 85 句至第 142 句写风俗日益骄奢，阶层固化，乃至上
流社会陷入醉生梦死的状态，可归为事件组四（情节四）。第

---

① 　刘持生：《先秦两汉文学史稿》，西北大学出版社 1991 年版，第 28 页。

145 句至第 168 句，写安史之乱带来的祸害，可归为事件组五（情节五）。第 169 句至结尾，写曲江老人避难各地、艰难度日的情景，可归为事件组六（情节六）。这里展示的是一个王朝从励精图治到富强鼎盛再到骄奢败落的全过程，从情节一到情节六可以看到有时间流逝，也有总体情节的发生、发展、结束这一轮廓。但是，每一事件组（情节）内部的事件之间并无连贯，大多是并列关系（铺陈事实）；情节与情节之间，没有严格的连贯性，只有松散的因果关联性。这是本诗在情节上的特征。更明显的是：全部情节中，缺少一个或者两个一以贯之的主要人物形象，这更显得以上情节缺乏内在的凝聚力。因此，本诗完全可以看作是一种"诗赋"——诗的风韵，赋的底色。

这种赋笔叙事手法（即情节展开手法）在中国诗歌史上不但源远流长，而且影响深远。董乃斌教授对此曾有总结，他在《〈诗经〉史诗的叙事特征和类型》一文中，将《诗经》中的叙事分为两大类型——主叙型和主抒型，并说："主叙型史诗的影响比较集中地表现在后世与史实关系较为直接的叙事型诗歌中，如杜甫创作于安史之乱中的《哀江头》《哀王孙》《悲陈陶》《悲青坂》之类，以及自传性的《北征》《抒怀》等。而既以《诗经》史诗的经验为基础，又吸收《诗经》生活诗（特别是故事型）的经验，加上乐府民歌和史传、小说思维的营养，杜甫创作出故事性戏剧性更强的'三吏''三别'，白居易则创作出《上阳白发人》《卖炭翁》等'新乐府五十首'以及《长恨歌》《琵琶行》。这后一种故事型作品在后来的诗歌史上，也发展成一大系列，须要我们细加研究。"[①] 董先生指出：从主叙型史诗

---

① 董乃斌：《〈诗经〉史诗的叙事特征和类型》，《南国学术》2018 年第 3 期。

到故事性、戏剧性更强的"三吏""三别",再到《长恨歌》《琵琶行》这类故事型作品,其艺术继承发展线索是一贯的。这一类"故事型作品",庶几正在本文所指的传奇诗(写他人故事的诗)范围内。"有情节"是这类作品明显的艺术特征,而元稹、白居易正是这类诗的创作实践者。

元和体诸诗中,《代曲江老人百韵》是元稹少年之作,各方面都是以继承传统手法为主;此后白居易《长恨歌》、元稹《梦游春》、白居易《和梦游春》、白居易《琵琶行》、元稹《连昌宫词》等诗相继而起,叙事艺术日见丰富,其独特的艺术感染力耸动天下,遂流行一时。进一步看,诸诗似乎有一根无形的线索贯串在一起,这根无形的线索就是"长安记忆"。长安的繁盛、长安的享乐、长安的沦落、离开长安的失意,等等,此为题外话。回归本旨,那么,以《长恨歌》为代表的元和体传奇诗在情节安排上到底有何特色?

《长恨歌》六十韵一百二十句,无论是从诗歌才情的富赡性还是叙事抒情的艺术性来看,它完全称得上是诗歌史上的杰出之作。首先,在情节的时间跨度处理上极富匠心。杨玉环入宫的过程只用一句话"天生丽质难自弃,一朝选在君王侧"带过,这是概写,用简笔。因为大家知道,杨玉环本是开元二十三年(735)入选为玄宗之子寿王的妃子,二十八年随侍玄宗于温泉宫,同时度为道士,天宝四载(745)进为贵妃。这段历史比较复杂,也不符儒家伦理,所以,《长恨歌》对此作了极简处理,同时;这样处理的好处,是避免了道德伦理对全诗主旨的影响和制约。从第4联至第15联共22句,写贵妃专宠、放纵行乐。特别是其中对杨贵妃赐浴华清池的细节,有非常出色的叙述,如"春寒赐浴华清池,温泉水滑洗凝脂。侍儿扶起娇无力,始是新承恩泽时。云鬓花颜金步摇，芙蓉帐暖度春宵。春宵苦短日高起，从此君王不早朝"，以宫体诗的笔法写被宠幸的细节，荡人心魄①。白居易此处的审美笔调，正如笔者在另外文章中所指出的那样，是当时风流才子们心理上亲近女性、重视感官享受的体现②，叙事聚焦在贵妃身上。第 16 联"渔阳鼙鼓动地来，惊破霓裳羽衣曲"两句，将安禄山之反一笔带过，极简。像内乱这样的国家大事反而用简笔，其原因与上面正同：不欲以叛乱之事影响本诗主旨的表达。顺便说一下，中西叙事艺术之差别固多，而中国文人一直谨守不正面描写战争残酷性的叙事传统，则尤为明显之差异③。第 17 联至第 21 联的 8 句写贵妃之死，极尽哀婉同情之笔调，叙事涉及六军、贵妃和玄宗诸多形象。第 22 联至第 37 联，写玄宗失去贵妃后在蜀及还京时的孤苦、思念之情，叙事聚焦在玄宗身上。这种对君王的大段的心理描写此前是极少见的。第 38 联至第 59 联共 42 句，写临邛道士在东海仙山上觅得贵妃，贵妃托道士转达思念之情并带回信物，叙事聚焦在道士及贵妃身上。全诗以"天长地久有时尽，此恨绵绵无绝期"一句议论作结。

在以往及白居易同时的吟咏亡朝亡国事件的诗歌中，诗人叙事大都秉承类似"忧劳可以兴国，逸豫可以亡身"这样的道

---

① 洪迈《容斋随笔》卷十五《连昌宫词》条："《连昌宫词》《长恨歌》皆脍炙人口，使读之者情性荡摇，如身生其时，亲见其事。"见《全宋笔记》第 5 编第 5 册，大象出版社 2012 年版，第 199 页。

② 见本书第二章《风流才子多情思——元和体自传诗叙事研究》。

③ 又如杜甫《观公孙大娘弟子舞剑器行》对天宝之乱也是用"五十年间似反掌，风尘溃洞昏王室。梨园弟子散如烟，女乐馀姿映寒日"两联带过。元稹《连昌宫词》叙安史之乱用"明年十月东都破，御路犹存禄山过。驱令供顿不敢藏，万姓无声泪潜堕"两联带过。

德史观的叙事模式，如《代曲江老人百韵》叙述玄宗朝从励精图治到富强鼎盛再到骄奢败落的全过程即是。本诗显然摆脱了这样的情节模式，而进入以人物心理刻画（长恨）、人物形象塑造（多情）为中心的叙事新模式，白居易自诩曰"一篇《长恨》解风情"，或在此欤？风情者，摆脱道德重负后的男女之情爱也，此正清代黄周星在《唐诗快》中所谓："无一字不深入人情，而且刺心透髓，即少陵、长吉歌行皆不能及……乐天之妙，妙在全不用才学，一味以本色真切出之，所以感人最深。"白居易这种"借事以骋笔间之风流"的叙事方式，围绕两个主要人物形象——杨贵妃和唐玄宗——两人来组织情节，重现了汉乐府叙事诗《孔雀东南飞》的叙事方式，而加之以宫体诗的风流格调。其叙事摆脱重大时事之"大我"，进入心理揭示之"小我"，时间跨度处理方式是叙大事（大我）时用大跨度的简笔，而叙"小我"的心理活动时则用"慢时间"的繁笔。这正是市井世俗人生的历史态度。且临邛道士访贵妃于仙山一段，本市井传说，白氏敷衍成篇。凡此种种，皆白居易受当时市井"说话"艺术影响之表现①。"元轻白俗"之确切意义当指此。

　　元稹《连昌宫词》作于《长恨歌》之后许多年，在情节上，较之《长恨歌》及自己早年之作《代曲江老人百韵》等诗已有新的突破。首先，一改此前按时间先后的直叙，改为直叙加追叙的复合叙事。在诗歌中再现玄宗朝之兴衰经过已见早年创作，而《连昌宫词》前半则别有心裁地以念奴唱歌为中心组织叙事情节，则玄宗朝朝歌暮弦的放荡生活可想而知矣。念奴之外，

---

① 　元稹《酬翰林白学士代书一百韵》："翰墨题名尽，光阴听话移。"原注："尝于新昌宅说《一枝花》话，自寅至巳，犹未毕词也。"

尚叙及李谟偷听玄宗新翻音乐，此又将民间传说融入故事之一例也。至于追叙手法，则是指通过"我"追问宫边老翁"太平谁致乱者谁"而引起。老翁的回答实际是补叙姚宋之治、安禄山乱宫、杨家诸姨得宠、宰相弄权等历史的细节画面，大大丰富了叙事情节。"禄山宫里养作儿，虢国门前闹如市"一联，极富历史的现场感，读之可以感觉到作者的批判态度和时代气息扑面而来。从情节的时间跨度来说，叙念奴的情节时间过得很"慢"，是详写；老翁补叙中的情节时间过得很"快"，是略写。其次，本诗情节大致分为三个：一是玄宗朝好音乐与享乐，二是安史之乱后连昌宫的荒废残败景象，三是上述老翁追叙的历史细节。情节一与情节二有因果关系，但避免了与其他类似诗歌中的雷同情节；更重要的是，作者对皇帝的态度是惋惜同情。情节二与情节三形成结果与原因的关系，且后者补充说明了玄宗朝政治的黑暗、作者对诸人的批判谴责态度。故情节一与情节三分开叙事，不但是叙事手法变换的问题，更是与作者的意图分不开的。与前半以念奴为中心的详叙（慢时间、慢镜头）相反，此处补叙则是概括性叙事，只挑选富有历史意义的具体场景，采用绝句诗的"横截法"组织叙事[①]。这种快镜头叙事的背后是：叙事时间跨度加大，内容的广度增加。全诗因此而张弛有度、详略得当，既有历史的场面感，又有历史的纵深感。可以说，对叙事情节的有意识的操控是元和体诗歌创新的重要标志。

---

① 顺便提一下：晚唐以来的怀古诗，多采用"历史横截法"叙事，只记录历史上最具特点的场面，放弃了长时段时间的叙事，直接影响了宋代纪事诗的创作。

在历代关于元稹、白居易诗歌的点评中，有一些是与诗歌"情节"艺术有关联的，如：

> 元白张籍诗，皆自陶、阮中出，专以道得人心中事为工，本不应格卑，但其词伤于太烦，其意伤于太尽，遂成冗长卑陋耳。比之吴融、韩偓俳优之词，号为格卑，犹有间矣。若收敛其词，而少加含蓄，其意味岂复可及也？

（张戒《岁寒堂诗话》）

以今人理解而言，词烦、意尽、冗长实均指向铺陈情节一途，在当时为艺术创新，故元和体能风靡海内，读者赞不绝口；而在张戒看来，词烦、意尽、冗长恰恰是"格卑"的表现，如果元白诸人回到用词收敛（概括）、含蓄（典雅）的康庄大道上，则元和体诗将达到后人难及的境界。杨按，张戒的看法有些想当然了。"收敛、含蓄"正是元、白着意要突破的艺术成规，详下文。元好问论诗，也没有摆脱张戒那种复古思维模式："排比铺张特一途，藩篱如此亦区区。少陵自有连城璧，争奈微之识碔砆。"碔砆指最低级的玉石。元好问的意思是：杜甫的诗歌艺术高级的方面很多，排比铺张（叙事）只不过其最低级的诗艺罢了，而元稹偏偏只学会了这一点。其实，元稹正是有意从杜甫处学习了铺陈（叙事）之法："至若铺陈终始，排比声韵，大或千言，次犹数百，词气豪迈而风调清深，属对律切而脱弃凡近，则李（白）尚不能历其（杜甫）藩翰，况堂奥乎？"[1]

---

[1]　[唐]元稹：《唐故工部员外郎杜君墓系铭并序》，《元氏长庆集》第五十六卷，《四部丛刊》影明嘉靖本。

元稹自道杜诗的艺术成就如此，他对杜诗最看重的地方也正是其诗中叙事手法，并自觉地在自己的创作中运用它。张戒、元好问等岂"知人"哉！盖诗艺虽有三大端：赋、比、兴，且赋居首，然在诗歌批评实践中，论诗家多主张"比、兴"而轻视"赋"。杜甫诗之所以变盛唐，元白诗之所以脱盛唐窠臼，乃在一改比兴之法，而多用赋笔叙事也①。

第三节　视角和意义

"视角"一词，在叙事学上对应的英文有：point of view，focus of narration，perspective，focalization 等。同一个意思采用不同的词来表示，主要是与提出它的学科背景有关，如focalization 就是从电影学的镜头叙事而来的。据维基百科的解释，在文学领域，"视角"的意思是："或称叙述模式，叙事声音的角度。""叙述者的位置。"视角被研究者细分成了很多种类，且分类的标准各有特色。现据申丹先生的归纳总结，把视角为分四类：①零视角（即传统的全知叙述），②内视角（主人公内视角和见证人内视角），③第一人称外视角，④第三人称外视角②。运用零视角叙事时，叙述者＞人物；运用内视角叙事时，叙述者＝人物；运用外视角叙事时，叙述者＜人物。

---

① ［清］钱良择《唐音审体》："元相用笔专以段落曲折见奇，亦前古所未有。"又，［清］袁枚《随园诗话》："元、白在唐朝所以能独竖一帜者，正为其不袭盛唐窠臼也。"
② 申丹：《对叙事视角分类的再认识》，《国外文学》1994 年第 2 期。

　　元、白两人在元和体自传诗中，主要的叙事视角是内视角，即主人公内视角和见证人内视角。前者的好处在于：主要人物叙述自己的事情，自然而然地带有一种特殊的亲切感和真实感，只要他愿意就可以袒露内心深处隐秘的东西。见证人内视角叙事的优点是：首先，由于见证人不是故事主人公，作为事件的目击者、见证人，他的叙述强化了事件的真实性，对于塑造主要人物的完整形象更客观有效；其次，必要时叙述者可以对所叙人物和事件做出感情反映和道德评价，这不仅为作者间接介入提供了方便，也可增强作品议论色彩和抒情氛围。对此笔者已在本章第三节中作过细致描述，兹不赘。

　　元、白两人在元和体传奇诗中，运用的叙事视角多是外视角。内视角的好处如上文所说，但它的缺点是不善于描绘长时段、复杂的重大历史事件；外视角叙事正好相反，它的好处是：处理的信息量大，"多点聚焦"和固定聚焦并用，焦点、焦距变化不定，既擅长概括（即列举）长时段里发生的很多事情，又擅长细节描写。特别是在描写长时段、大场面、大事件时，外视角叙事很有优势，又可以兼顾人物形象和故事情节的细部刻画。

　　《代曲江老人百韵》一诗中，叙述者"记录了"一位"曲江老人"经历的玄宗即位、姚宋之治、文修武备、政教缉熙、豪门奢侈、禄山叛乱、百姓逃命、馀生残喘的历史荣枯过程。此谓之"第三人称外视角"叙事——"我"所记录的，只是第三者"他"所说出来的。本诗中，"何事花前泣？曾逢旧日春！"一问一答的起句介入叙事模式，近承杜甫"丈人试静听，贱子请具陈"（《奉赠韦左丞丈二十二韵》），远绍鲍照"主人且勿喧，贱子歌一言"（《东武吟》）及无名氏古诗"四座且勿喧，愿听歌一言"（《咏香炉》），更早如东汉宋子侯《董娇饶》诗："请谢彼姝子：何为见损伤？"元稹的这个开篇模式与前人类似，但叙事者位置刚好颠倒过来：《代曲江老人百韵》是"我"问对方，对方作答叙事①；而上引诗篇中皆是"我"祈求对方，并由"我"来叙事。由对方来叙事时显得客观真实，由"我"来叙事时带有强烈的主观性。

在《代曲江老人百韵》这种客观化的叙事中，作者要表达的是：通过还原历史场景，试图找到由治致乱的答案（历史的经验教训）。叙述者之一"我"与那段历史相去数十年之久，不可能像杜甫那样以第一人称外视角来叙述开天盛世及安史之乱，只好虚拟了一个历史的见证人"曲江老人"，通过他（第三人称外视角）的叙述来保证历史还原的可靠性。第三人称外视角叙事既不受空间、时间的限制，也不受生理、心理的限制，可以自由灵活地反映社会生活的广阔画面，如诗中"拨乱干戈后，经文礼乐辰""儒林精阃奥，流品重清淳""文物千官会，夷音九部陈""帝途高荡荡，风俗厚闉闉""沃土心逾炽，豪家礼渐湮""共谓长之泰，哪知遽构屯""虚过休明代，旋为朽腐身"等联，既概述了历史上的重要事件和丰富的社会信息，又可看作这篇叙事诗的情节的骨架。很显然，叙述者在这个叙事框架里，预设了历史的解释模式：风俗侈靡导致安禄山乘虚叛乱，最终盛世变乱世。即古已有之的"逸豫可以亡身"的叙事模式。

从叙事学角度而言，《代曲江老人百韵》运用了第三人称外

---

① 据陈寅恪先生《元白诗笺证稿》的考证，《连昌宫词》作于元和十三年暮春，时元稹任通州司马，此年未到过连昌宫，故此诗"讲述—发问—回答"的情节纯属虚构。

视角叙事，记录的信息很多，反映的社会面也很广，时间跨度
也够长，但是，这种叙事带给读者的文学效果还不是上佳，叙
事流于表面化，在"真切感人"方面还有待进步。这正是元、
白后来在《长恨歌》《连昌宫词》《琵琶行》等元和体传奇诗中
加以改进的地方。

改进的方式有两种：一是将外视角的以多焦点叙事为主改成
以固定焦点叙事为主；二是在第三人称外视角之外，再加入第
一人称外视角叙事。下面分别论述之。

相比早年的《代曲江老人百韵》一诗，元稹后来创作的
《连昌宫词》，叙事的焦点不再那么分散，而是聚焦叙述一个个
完整的情节：

> 初过寒食一百六，店舍无烟宫树绿。
> 夜半月高弦索鸣，贺老琵琶定场屋。
> 力士传呼觅念奴，念奴潜伴诸郎宿。
> 须臾觅得又连催，特敕街中许燃烛。
> 春娇满眼睡红绡，掠削云鬟旋装束。
> 飞上九天歌一声，二十五郎吹管逐。
> 逡巡大遍《凉州》彻，色色龟兹轰录续。

（自注：念奴，天宝中名倡，善歌。每岁楼下酺宴，累日之后，万众喧隘，
严安之、韦黄裳辈辟易不能禁，众乐为之罢奏。玄宗遣高力士大呼于楼上曰：
"欲遣念奴唱歌，邠二十五郎吹小管逐，看人能听否？"未尝不悄然奉诏。）

这里描写的是寒食节（共三天）晚上的一个故事情节。玄
宗在宫中举行盛大宴会，一代琵琶国手贺怀智出演，也压不住
全场喧哗之声，于是皇上诏令念奴前来镇场，而此时念奴正和

其他男子约会。遍索全城终于觅得，念奴正睡在红绫被里，春娇满眼。闻召急忙梳头换衣，赶快奉诏进宫，并被特许半夜在御街点蜡烛行路。念奴一进宫，当庭开唱，声遏云霄，全场立即鸦雀无声。由笛子大师邠二十五郎吹笛伴奏，一套大曲《凉州》从头唱到尾，各种西域乐器演奏声此起彼伏，更衬托出念奴歌喉之嘹亮清丽。

从叙事艺术角度而言，此处叙述者用的是固定焦点外视角叙事，镜头焦点放在念奴身上。叙述者有意控制叙述节奏，先以琵琶大师作衬托，制造"非念奴不可"的悬念。接着叙念奴正在约会，宫使觅念奴不得，进一步推动悬念。终于找到念奴，她正"潜伴诸郎宿"，这是气氛多么反差的场面！于是以一连串化妆、换衣的紧急动作将悬念推向高潮。最后念奴出场，声遏行云，悬念解除，故事告一段落。在这个固定焦叙事模式里，事情虽多，但时间其实很短，让读者在期待悬念和冲突的解决过程中，感觉到时间过了很久。这种手法极有利于突出主要人物的特征，给读者留下深刻印象。在这首诗中，叙事者的态度虽然还带有外视角叙事一贯的客观冷静的特征，但比《代曲江老人百韵》诗中那种客观且多聚焦的泛泛叙事，明显可以感觉到这里的固定聚焦叙事其实是充满了叙事者的个人情感的。

《连昌宫词》接下来叙玄宗游幸、禄山叛乱、生灵涂炭，皆如电影中的快镜头一晃而过。然后，叙乱后连昌宫荒芜之状，使用的手法还是固定焦镜头叙事：

> 去年敕使因斫竹，偶值门开暂相逐。
> 荆榛栉比塞池塘，狐兔骄痴缘树木。
> 舞榭欹倾基尚在，文窗窈窕纱犹绿。

尘埋粉壁旧花钿，乌啄风筝碎珠玉。
上皇偏爱临砌花，依然御榻临阶斜。
蛇出燕巢盘斗拱，菌生香案正当衙。
寝殿相连端正楼，太真梳洗楼上头。
晨光未出帘影黑，至今反挂珊瑚钩。
指似傍人因恸哭，却出宫门泪相续。
自从此后还闭门，夜夜狐狸上门屋。

叙述者用"镜头"引导着读者走进荒废的连昌宫作一番观览，只见：宫门开启，首先映入眼帘的，是池塘边长满了荆榛杂木，已无法行走；狐狸野兔围绕树木戏耍，因长期与世隔绝而不知害怕生人；再往里面走，昔日歌舞之台榭已倒塌，仅留地基；转到皇上昔年住过的宫殿，当年的绿纱窗还残留在墙上；房屋里妃子们留下的钗钿布满了灰尘，当年的风筝上缀满了珍珠颗，如今任由野鸟剥啄；镜头继续引导着读者来到当年皇上赏花的台阶旁，但见他坐过的御榻还倾斜在那里；抬头看看屋梁，毒蛇正从燕子窝里爬出来，盘旋在斗拱上；当时最神圣的香案，如今已长满了菌类；来到当年太真梳头的端正楼，但见大门紧闭，朝破屋里望去只见黑黝黝的轮廓。引导游宫者到此已是泪流满面，恸哭失声。最后他重又关上了连昌宫的大门（更像是封存所有的历史记忆）。

本诗中，叙连昌宫现状的衰败凄凉与叙念奴出场时的幸福豪侈，形成了尖锐的对比，发人深省，也很自然地引出了"我"的追问："我闻此语心骨悲，太平谁致乱者谁？""宫边老人"的回答，又回到了多焦点叙事的状态：姚崇宋璟的励精图治所以致太平，杨氏诸姨干政，李林甫、杨国忠弄权，安禄山叛乱，导致了天下大乱。

那么，全诗中叙述者对玄宗游幸、姚崇宋璟的励精图治、杨氏诸姨干政、李林甫与杨国忠弄权、安禄山叛乱、生灵涂炭这类历史大场面皆一笔带过，而对念奴的出场唱歌和连昌宫的破败景色的叙事，却是精雕细琢、浓墨重彩，这是为什么呢？可以从两个角度来回答这个问题。一是从故事的讲述者角度来看，"宫边老人"的经历只限于长安宫廷之内和行宫连昌宫内，所以这两部分的叙述都特别细致；宫廷以外发生的大事，皆出于耳闻，不甚了了，故只能略叙。二是从作者艺术创新的角度，元稹有意与白居易采用了不同的叙事手法。元稹《上令狐相公诗启》："稹与同门生白居易友善。居易雅能诗，就中爱驱驾文字，穷极声韵，或为千言，或五百言律诗，以相投寄。小生自审不能过之，往往戏排旧韵，别创新辞，名为次韵相酬，盖欲以难相挑。自尔江湖间为诗者，复相仿效，力或不足，则至于颠倒语言，重复首尾，韵同意等，不异前篇，亦目为元和诗体。"可知元稹在创作元和体时，是有意识地与白居易争奇斗艳的，这其中除了在语言的华丽性与抒情性方面争胜之外①，还有叙事视角上的刻意求异求新。

如前分析，元稹的《代曲江老人百韵》采用的是第三人称

---

① 元稹的《连昌宫词》与白居易的《琵琶行》在使用第一人称外视角方面相同，包括叙事介入都一样。白居易戏称："每被老元偷格律。"格律属于语言层面的技巧，但老元何止是偷格律呢？如元稹"我闻此语心骨悲，太平谁致乱者谁？"就与白居易的"我闻琵琶已叹息，又闻此语重唧唧"在介入抒情上非常相似。另外，元稹有《琵琶歌》，白居易有《琵琶行》，两诗在描写音乐方面多有相似；元稹作有《霓裳羽衣谱》诗，白居易有《霓裳羽衣歌(和微之)》，等等。二人相同题材的诗作，比比皆是。

外视角，多焦点叙事为主，虽叙事亲切但细节不突出，没法刻画人物形象。白居易的《长恨歌》作于以上诗之后，叙事视角采用的是史传文常见的零视角（全知型）叙事，但辅之以固定聚焦，故叙事集中（以"长恨"为中心组织素材），细节描写感人真切，成功地刻画了唐玄宗和杨贵妃两个丰满的多情人物形象，一改"逸豫可以亡身"的历史叙事模式。而他的另一首《琵琶行》采用的是第一人称内视角与第一人称外视角相结合的叙事手法，两种视角灵活自如地转换，将自己的人生遭遇与琵琶女的人生轨迹进行对比观照，最终抒发"同是天涯沦落人，相逢何必曾相识"的人生感悟，叙事和抒情相得益彰，洵为诗歌史上的杰构。元稹《连昌宫词》继白居易上两诗而起，沿袭了外视角和固定聚焦叙事的优长，但观点（立场）大异，重新回到对历史叙事的宏大主题"太平谁致乱者谁"的拷问。总之，元稹与白居易的诗歌创作，确实处在一种艺术上的竞争性状态。他们所在的真是一个艺术创新的时代。

综上所述，我们可以看出一个有趣的对比：在元和体诗歌中（含自传体和传奇体），元稹在叙事时倾向于运用外视角，只是在《梦游春》前半写与意中人幽会时，运用过内视角。内视角擅长写人物心理（含叙述者自己的心理活动），外视角擅长将叙事对象客观化，自己作一相对冷静的旁观者和记录者（如《梦游春》诗中元稹对夫人韦氏的描绘）。而白居易在叙事时更多地采用内视角来写人物心理和动作细节，如他在《长恨歌》中对玄宗心理的描写、《琵琶行》中对自己和歌女心理的描写、《和梦游春》诗中对元稹心理的描绘，等等，皆其实例。由此不难看出，元、白二人虽然同为元和体诗歌代表诗人，但两人的区别其实很明显：元稹更"忍情"——不喜反省自身，缺乏道德自律，故行事果断，功利性强，晚年投靠宦者以进身原因即在此；而白居易非常重视情感体验，时刻在进行心灵的自我反省，持仁者之心，对生命充满敬畏①，故行事温和，不事投机，在同时大诗人中独以高寿而终②。噫！文章千古事，得失寸心知，可畏也矣！

---

① 白居易喜欢照镜子或请人给自己画像，常常对自己镜(像)中模样进行感叹。衣若芬：《自我的凝视：白居易的写真诗与对镜诗》，《中山大学学报(哲学社会科学版)》，2007 年第 6 期。

② 白居易《思旧》诗："闲日一思旧，旧游如目前。再思今何在，零落归下泉。退之服硫黄，一病讫不痊。微之炼秋石，未老身溘然。杜子得丹诀，终日断腥膻。崔君夸药力，经冬不衣绵。或疾或暴夭，悉不过中年。唯予不服食，老命反迟延。况在少壮时，亦为嗜欲牵。但耽荤与血，不识汞与铅。饥来吞热物，渴来饮寒泉。诗役五藏神，酒汩三丹田。随日合破坏，至今粗完全。齿牙未缺落，肢体尚轻便。已开第七秩，饱食仍安眠。且进杯中物，其馀皆付天。"

第四章

老鱼跳波瘦蛟舞

——论李贺诗歌中的象征叙事

第一节　解　　题

　　李白、杜甫之后，中唐诗歌朝着两条艺术路径演进：继承李白浪漫主义传统者，诗人主体性高扬，其诗歌走向了奇崛怪异的韩孟诗派；继承杜甫现实主义传统者，诗人纪实精神昂扬，其诗歌走向了写实主义的新乐府和叙事性极强的元和体。李贺在二派之后崛起，既扬弃了韩孟诗派字面上佶屈聱牙的创作方式，又不满于新乐府及元和体的"庸俗写实主义"①。他接过韩

---

① 19世纪末，俄罗斯现实主义文学面临着深刻的危机，俄罗斯作家梅列日科夫斯基认为，危机的原因之一是车尔尼雪夫斯基提出的"美是生活"这个观点导致了俄罗斯文学艺术力的普遍衰退，19世纪俄国现实主义文学对社会问题的普遍关怀，只不过是"一些老朽的人们关于人民经济利益的老朽的谈话"。梅列日科夫斯基主张摒弃艺术上的庸俗唯物主义、实证主义和功利主义，而以永恒的宗教神秘感情构成真正艺术的基础，那就是象征主义。梅列日科夫斯基面对的文坛现实和他做出的艺术探索，各方面像极了一千年前的李贺。其时元白新乐府纪实有馀，诗意不足；元和体诗意有馀，格调不足，称之为"庸俗写实主义"可也。

孟诗派主体性高扬的大旗，兼取李白乐府之骚怨与南朝宫体之字面，并汲取元、白诗（新乐府、元和体）之叙事精华，融盛唐以来各体诗歌艺术经验为一炉，自出机杼，创造出一种"整体象征"的诗歌叙事艺术，本文称之为"象征叙事"①。

何谓象征？19世纪欧洲浪漫派文学理论家已有过比较好的论述。歌德说：

> 象征把现象转化为一个观念，把观念转化为一个形象，结果是这样：观念在形象里总是永无止境地发挥作用而又不可捉摸，纵然用一切语言来表现它，它仍然是不可表现的。②

一般来说，德国古典哲学中康德的先验主体性原则、费希特的自我学说和谢林的绝对同一哲学等是浪漫主义的思想来源。明乎此，我们就可以从以下几个方面来理解歌德上述话语。

第一，象征是特殊表现一般，是个别性与普遍性的统一，是现象与本质的统一。在浪漫派作家的创作领域，"特殊"就是个别性，就是形象。它可以是自然现象，如黑夜、雷雨、飓风、

---

① 象征作为一种创作方法，古已有之。但对它进行系统的理论总结，却是很晚的事，始于黑格尔《美学》（第二卷《象征型艺术》，1818）、歌德《关于艺术的格言和感想》（1824）。

② 歌德：《关于艺术的格言和感想》。转引自朱光潜《西方美学史》，江苏文艺出版社2008年版，第321页。按，歌德将现实主义的"寓意"和浪漫主义的"象征"作了清晰的区分："寓意把现象转化为一个概念，把概念转化为一个形象，但是结果是这样：概念总是局限在形象里，完全拘守在形象里，凭形象就可以表现出来。"

土地、山峰等，也可以是历史文化中的经典意象和符号，如神话故事中的角色和事件。而"一般"就是观念，就是普遍性，就是"本质""无限""上帝"，或沉默不语的"神性"。这是大多数德国浪漫派（如诺瓦里斯、费希特、谢林等）的共识①。

第二，象征高扬自我。在有限中直观无限，在自然中直观精神，在客体中直观主体。费希特认为："自我"是绝对的、第一性的，外物无不依赖于自我主体才能存在。他否认物质世界的客观实在性，认为整个世界不外是这个自我的产物。反映到创作上，诗不再是对自然的模仿，而只是作者心灵的表达。

第三，奥不可测（观念在形象里永无止境地发挥作用而又不可捉摸）。它体现在三方面：意义的超越性、意义的不确定性、经验的抽象性②，因此，象征主义追求神秘主义的美学效果③，如宗教、神话、黑夜、梦境、孤独等。

第四，20世纪象征主义创作的实绩，还提供了歌德没有论

---

① 诺瓦利斯说："这个世界必须浪漫化，这样，人们才能找到世界的本意。浪漫化不是别的，就是质的生成。……在我看来，把普遍的东西赋予更高的意义，使落俗套的东西披上神秘的外衣，使熟知的东西恢复未知的尊严，使有限的东西重归无限，这就是浪漫化。"转引自刘小枫《诗化哲学》，山东文艺出版社1986年版，第33页。有学者指出："上帝概念是人们所能设想的一个至高、至善的概念，上帝纯粹是一种思维存在。"（谢地坤《费希特的宗教哲学》，中国社会科学出版社1993年版，第8页。）谢林认为：神只有通过象征才能体现为有限性的同时，又不失其无限、永恒的绝对性。

② 何军林：《意义与超越——西方象征理论研究》第六章，2004年复旦大学博士论文。

③ 张海英认为梅列日科夫斯基的象征主义有三大基本要素：神秘的内涵、象征和艺术感染力的扩张（《梅列日科夫斯基的象征主义理论及文学主张》，《郑州大学学报》2003年第4期）。

述到的象征的另一个显著特征：生命轮回。象征主义把世界看成一个生生不息的生命循环体系，一切都有发生、衰老和死亡。

以上对象征内涵的解释，正可以用来理解一千多前年中唐诗人李贺的文学创作。李贺的诗抛弃了对于现实世界的摹写，纯粹是他自我心灵的表达[①]；其抒情载体是历史文化中的经典意象和符号，或者是自然界衰老颓败、阴森恐怖的景象，具有强烈的"超物象"特征；其美学效果是神秘、抽象和模糊的（奥不可测）；其诗中多写"变更千年如走马"的生命轮回。总之，李贺的诗歌创作完全符合象征主义的创作特征。

同时，李贺诗歌也是叙事的。什么是叙事？在文学创作层面来说，"叙事即用语言，尤其是书面语言表现一件或一系列真实或虚构的事件"。[②]"故事"和"情节"为叙事的两大要素。李贺大多数诗歌（包括代表性诗歌）都可找到故事和情节，如《还自会稽歌》《大堤曲》《苏小小墓》《梦天》《天上谣》《帝子歌》《金铜仙人辞汉歌》《宫娃歌》《荣华乐》《秦宫诗》《神弦曲》《神弦》《美人梳头歌》《白虎行》《汉唐姬饮酒歌》等。唯李贺诗中叙事不同于一般叙事之处在于：李诗中的情节（即"叙"）不是很明显，比较特别，它有时是凭藉几个故事场面的

---

① 美国汉学家刘若愚先生认为象征有两种基本形态，一是传统的象征，二是个人的象征。前者由共同的认可或习惯所选择，是规范性的和约定俗成的，例如用玫瑰象征爱情。后者是文艺家用来代表一种思想状态、一种关于世界的观念或是他自己个性的象征，有时往往只有自己个人才能理解，对于他人来说则存在解读的困难。见《中国诗学》，刘若愚著，韩铁椿、蒋小雯译，长江文艺出版社 1991 年版，第 158 页。

② 杰拉尔·日奈特：《叙事的界限》，见罗兰·巴特等著、张寅德编选《叙述学研究》，中国社会科学出版社 1989 年版，第 279 页。

轮替转换来达成的，如《天上谣》一诗，在银河流水声的背景之下，先后有仙妾采香、秦女卷帘、王子乔吹笙、神龙耕种、青邱拾翠、羲和驾日等故事画面一一在读者面前浮现，最后画面定格在"海尘新生石山下"。时空迅速转换，这种叙事方式像极了今日电影中的"蒙太奇"叙事。

可以说，李贺诗中结合了象征与叙事两种表现手法，故本文称之为"象征叙事"。"象征叙事"是指诗人运用具有超物象特征的经典意象或符号构成一定情节来叙述真实或虚构的故事，其意义指向具有模糊性，其美学特征是强烈的主观色彩和神秘主义。下文就上述诸要点分别论述之。

第二节　笔补造化：李贺诗意象的"超物象"特征

宋人张耒《李贺宅》诗有句论李贺诗曰："独爱诗篇超物象。"所谓"超物象"者，指李贺诗之意象非自然中所有也。它是诗人融铸自然现象与历史事件于一体之后，达于本质真实的结晶品，是一种"造境"①。正如杜牧序李贺诗时所言："瓦棺篆鼎，不足为其古也；时花美女，不足为其色也；荒国陊殿，梗莽丘陇，不足为其恨怨悲愁也；鲸呿鳌掷，牛鬼蛇神，不足为其虚荒诞幻也……贺能探寻前事，所以深叹恨今古未尝经道者，如《金铜仙人辞汉歌》、补梁庾肩吾《宫体谣》，求取情状，离绝远去笔墨畦径间，亦殊不能知之。"杜牧是真知李贺诗歌的独

---

① 王国维谓："有造境，有写境，此理想与写实二派之所由分。"见佛雏校辑《新订人间词话》，华东师范大学出版社1990年版，第79页。

创性的唐代诗人，他用描绘的手法揭示了李贺诗中意象的超物象性。

李贺诗中意象的超物象性表现在很多方面。一是时间的悠长，据笔者统计，仅"千年"一词就在李贺诗句中出现了13次；二是空间的辽阔，据笔者统计，"千里"一词在李贺诗句中出现了16次；三是李贺诗中频频出现古今变幻迅疾如电的时空场景，"观古今于须臾，抚四海于一瞬"本是陆机《文赋》中的名句，描绘的是创作启思阶段的情貌，实可用来概括李贺诗歌中"古今变幻迅疾如电"这一特征；四是龙（64句）、凤（21句）、鸾（20名）、梦（25句）、巫鬼（13句）、仙女（十馀位）等超自然意象，或其他诗人不常写的物象如蛇（12句）在李诗中频现。

先看看李贺诗中带"千年"的句子：

> 黄尘清水三山下，更变千年如走马。（《梦天》）
>
> 秋坟鬼唱鲍家诗，恨血千年土中碧。（《秋来》）
>
> 黄鹅跌舞千年觥，仙人烛树蜡烟轻。（《秦王饮酒》）
>
> 筠竹千年老不死，长伴秦娥盖湘水。（《湘妃》）
>
> 蓝溪之水厌生人，身死千年恨溪水。（《老夫采玉歌》）
>
> 垂帘几度青春老，堪锁千年白日长。（《三月过行宫》）
>
> 一日作千年，不须流下去。（《后园凿井歌》）
>
> 丹成作蛇乘白雾，千年重化玉井土。
>
> 从蛇作土二千载，吴堤绿草年年在。（《拂舞歌辞》）
>
> 瑶姬一去一千年，丁香筇竹啼老猿。（《巫山高》）
>
> 长眉凝绿几千年，清凉堪老镜中鸾。（《贝宫夫人》）
>
> 碰碎千年日长白，孝武秦王听不得。（《官街鼓》）

莲花去国一千年，雨后闻腥犹带铁。（《假龙吟歌》）

李贺在诗中喜好表现悠长的时间，同时在悠长的时间长河中，一定会有一个永恒不变的意象（存在物），如任尔时光流逝一千年，三山脚下的黄尘清水依旧；千年过去恨血在土中早已变成碧玉，但鲍照的诗没有随时间的流逝而消失，它一直在世间传诵；娥皇女英沉没于湘水之中已有几千年，但她们的泪痕在斑竹上年年如新；千年之中采玉的人来来往往早已消失在历史的烟尘中，但蓝溪之水依然在那里奔流不息；炼丹的火炉在千年之后重新变作了尘土，而吴堤绿草年年在春风里摇动；等等①。李贺的这种时间叙事手法，像极了今天电影镜头里的快进头；几个画面的转换就可以表现拍摄者想要表达的时间长度。李贺在诗中将千年时间的瞬息变迁与永恒不变之物连起来展示，实则表达了他对生命的强烈眷恋。

比较一下李贺与李商隐在表现时间流逝时手法上的区别，也是一件有趣的事情。同样是压缩历史的时间距离，李贺喜欢将千年时间之变与永恒存在物紧紧结合在一起，表达了诗人对存在、对生命意义的彻底的虚无感；而李商隐则不喜欢展示这么长的时间段，他喜好将前后几年或几十年的时间并置，如"可怜玉体横陈夜，已报周师入晋阳"（《北齐二首》），"此日六军同驻马，当年七夕笑牵牛"（《马嵬》），有时还合理地虚构一些历史细节，如《贾生》中的"可怜夜半虚前席，不问苍生问鬼神"的场景，《龙池》中"夜半宴归宫漏永，薛王沉醉寿

---

① 象征主义的一个重要的标志是：认为时空是一个生生不息、永恒不灭的循环。

王醒"的场景，通过两种画面的剪辑与排列，传达一种批判讽刺的态度。在感受人生的透骨悲凉方面，李贺远远深刻于李商隐。

李贺对人生的悲凉感不仅贯穿在悠长的时间上，还分布在辽阔的空间上。他诗中"千里"一词就出现了 16 次，在如此辽阔的空间里，我们都会感受到李贺无边的愁绪（似乎只有《嘲雪》诗中"喜从千里来，乱笑含春语"一句是例外）：

> 吴兴才人怨春风，桃花满陌千里红。（《送沈亚之歌》）
> 洞庭帝子一千里，凉风雁啼天在水。（《帝子歌》）
> 魏官牵车指千里，东关酸风射眸子。（《金铜仙人辞汉歌》）
> 欲将千里别，持此易斗粟。（《勉爱行二首送小季之庐山》）
> 凄凉四月阑，千里一时绿。（《长歌续短歌》）
> 佳人一壶酒，秋容满千里。（《追和何谢铜雀妓》）
> 悲满千里心，日暖南山石。（《客游》）
> 家山远千里，云脚天东头。（《崇义里滞雨》）
> 道上千里风，野竹蛇蜒痕。（《自昌谷到洛后门》）
> 玉塞去金人，二万四千里。（《摩多楼子》）
> 借问筑城吏，去关几千里。（《平城下》）
> 天高庆雷齐堕地，地无惊烟海千里。（《上之回》）
> 眼前便有千里思，小玉开屏见山色。（《江楼曲》）
> 天含青海道，城头月千里。（《塞下曲》）

李贺诗中另有千山、千日、千遍、千峰、千岁、千尺、千人、千仞、千枝、千肆、千万、千宫、千寻、千官、千万、千行、千金等词频频出现，凡"千"字组词达 56 次。可以说李贺用以"千"与"年"和"里"搭配词为计量单位，构造了时间上悠久、空间上辽远的超现实世界。这个充盈着愁绪的超现实世界是李贺诗歌世界的主体，它是象征主义的。

李贺诗中除了大量使用千里、千年来表示空间的辽阔、时间的悠久，还喜欢用龙、凤、鸾等超自然意象，来表达自我形象的高贵和叙事场面的富丽堂皇。检索李贺诗可知，"龙"出现在62句诗中，"凤"字出现在21句诗中，"鸾"字出现在20句诗中。此三者，都是中国历史中神圣而高贵的文化符号。李贺笔下的龙，如龙骨、龙马、玉龙、龙子、鸿龙、骑龙、烛龙、龙头、龙堂、古龙、龙卵、龙脊、豢龙、盘龙、龙颜、飞龙、龙洲、龙簴（jù，挂钟的立柱）、龙旗、龙阳等，名目繁多，有的指四灵之一的龙（神物），有的指皇帝本人，有的是马的代称，有的是剑的代称①，有的是指龙纹饰。而在李贺诗中，凤的本义（凤鸟）不常见，代之以富贵享乐的附属品；鸾的表现与凤大致

---

① 李贺在追求"唯陈言之务去"方面，深受韩愈的影响，甚至青出于蓝。明人徐𤊹《徐氏笔精》卷六"长吉诗用事"条谓："李长吉诗本奇峭，而用字多替换字面，如吴刚曰吴质，美女曰金钗客，酒曰箬叶露，剑曰三尺水、曰玉峰，剑具曰篋簏，甲曰金鳞，磷火曰翠烛，珠钏曰宝粟，冰曰泉合，嫦娥曰仙妾，读书人曰书客，桂曰古香，裙曰黄鹅，钗曰玉燕，蚕曰八茧，月曰玉弓、曰碧华，日曰白景、曰颓玉盘，帐曰封巾，城曰女垣，鼠穴曰窜径，天门曰阊扇，王孙曰宗孙，禁中曰御光，小柳曰拱柳，鹍弦曰鸡筝，竹曰绿粉，笋曰龙材，漆灯曰漆具，旅𤻊曰旅狗，带曰腰鞓，犬曰宋鹊，墓曰坟科，碑曰黑石，拍板曰蜡板，白马曰白骑，发曰凤窠，悬鹑曰飞鹑，日光曰飞光，槐曰兔目，鲐背曰鲐文，陶令曰陶宰，萤曰淡蛾，鲛绡曰海素，熊掌曰玃拳，五星曰五精，山曰叠龙，马曰神骑，天曰圆苍，女衣曰银泥，符曰合竹，钱曰蚨母，白黑曰粉墨，香曰龙脑，丹书曰灵书，宾雁曰客雁，湘君曰江君、曰湘女。"均显示了李贺在锤炼语言方面的戛戛独造姿态。

相当，多用作贵人尤其是贵族女性所用物品上的装饰。

李贺在诗中大量使用龙、凤、鸾三个意象符号，其深层的心理原因是：他以唐王孙自居，并以此为傲。故他在诗中一再以"唐诸王孙""皇孙""宗孙"自称："眼大心雄知所以，莫忘作歌人姓李"（《唐儿歌》），"欲雕小说干天官，宗孙不调为谁怜?"（《仁和里杂敘皇甫湜》），《金铜仙人辞汉歌》序里自称"唐诸王孙李长吉"。即使是在他下第回家最失意的时候，也会在诗中说一句"刺促成纪人，好学鸱夷子"（《昌谷诗》）。按：汉将军李广为陇西成纪人，唐室李氏自称李广之后。李贺这是提醒读者不要忘了他高贵的血统。

顺便提到，在李贺诗中，与龙、凤、鸾紧密相联系的，是李贺诗中大量出现"金"（86 次）、玉（96 次）、玦珠瑶珮玳珊璧琥珀等玉类物品（77 次）。我们知道，李贺诗今存总共不过223 首左右。这些华美的金玉密密麻麻地镶嵌在李贺诗中，几乎每一首中都可找到金或玉的影子。这些华贵的物品与龙、凤、鸾等神物交织在一起，构成了李贺诗中一个个超物象的华美世界。没落王孙只好在想象中满足一下他艳羡人间豪奢的心愿，恰如他在诗中通过反复吟咏美丽的仙女来满足他的爱欲幻想一样。

李贺笔下写活了一大批仙女，她们是弄玉、娥皇、女英、青琴、瑶姬、嫦娥、西王母、萼绿华、贝宫夫人、兰香神女等。李贺没选择吟咏历史上有名的女性，去盛赞她们的盛德懿行，而是选择了超现实的仙女作为吟颂对象，肆笔描写这些仙女们的性感美丽、多愁善感。陈允吉先生曾指出："在诗人的心目中，这些青春和华颜永不衰谢的仙女，她们不但具有美丽窈窕的丰姿，而且带有亲切的人情味，时常能够引起他的爱恋和知己之感，隔着一层云烟迷茫的帷幕，更可以使他得到变态心理的满足。"① 笔者赞同这个看法。

李贺诗中偏爱使用"超物象"的特征还体现在写梦上。李贺诗中有 24 句明确提到梦。弗洛伊德谓："梦因愿望而起，梦的内容即在于表示这个愿望，这就是梦的主要特征之一。此外还有一个不变的特性，就是梦不仅使一个思想有表示的机会，而且借幻觉经验的方式，以表示愿望的满足。"② 有学者指出："沉溺于梦境、幻想以及种种神秘的内心体验，乃是李贺在日常生活当中的一个重要方面……长吉歌诗中的梦幻世界来源于他心灵极度苦闷而产生的幻影，标志着诗人的精神冲突发展到了最后的迸裂。"③ 说得很到位。李商隐的《李长吉小传》："长吉将死时，忽昼见一绯衣人，驾赤虬，持一版，书若太古篆或霹雳石文者，云：'当召长吉！'长吉了不能读，欻下榻叩头，言阿母老且病，贺不愿去。绯衣人笑曰：'帝成白玉楼，立召君为记，天上差乐，不苦也！'长吉独泣，边人尽见之。少之，长吉气绝。"李贺一生都是做白日梦（天才式创作），李商隐所记乃是他最后一次白日梦。朱自清《李贺年谱》引洪为法语云："贺惟畏死，不同于众；时复道及死，不能去怀；然又厌苦人世，故复常作天上想。李（商隐）《传》所记曰白玉楼，应是贺意中乐土；召之作记，则贺向之全力以赴者，乃有自见之道。濒

---

① 陈允吉：《〈梦天〉的游仙思想与李贺的精神世界》，《文学评论》1983 年第 1 期。

② 弗洛伊德：《精神分析引论》，高觉敷译，商务印书馆 1984 版，第 95 页。

③ 赵睿才：《发掘自己的灵魂——长吉诗理阐释》，《安徽大学学报（哲学社会科学版）》2008 年第 6 期。

死神志既亏，种种想遂幻作种种行，要以泄其隐情，偿其潜愿耳。"①

以上对李贺诗意象的"超物象"特征的分析，还只是整体上的概括，虽然轮廓具备，但读者可能缺少清晰具体的细部感知。如果我们进入李贺诗的"意象丛林"之中，那么，一定会对李贺诗"超物象"特征留下经久不灭的印象。如《李凭箜篌引》诗中涉及的历史文化意象就有：空山凝云（历史人物秦青）、江娥啼竹（神话传说中的舜帝的二妃娥皇、女英）、素女（传说中的鼓瑟女神和医神）、二十三弦（黄帝张乐于洞庭之野的传说）、紫皇（民间信仰，天帝）、女娲补天（神话）、神妪（《搜神记》，神话）老鱼跳波、瘦蛟舞（《列子》有"瓠巴鼓琴而鸟舞鱼跃"的记载）、吴质（民间传说）等。

不仅是历史文化符号意象有如此奇诡之象，李贺在诗中涉及自然物事时也会努力让它们呈现出超物象性，如昆山玉碎、凤凰叫、芙蓉泣露、香兰笑等意象，皆非自然中所有者，打上了诗人李贺强烈的主观情绪印记。如《梦天》一诗中，涉及的意象有：老兔泣、寒蟾泣、天上云楼（半开）、天上玉轮（轧露）、鸾佩鸣（代仙女）、黄尘清水（人间）、三山（神山）、齐州（神洲）、海水泻等，皆非人间所有、世人能见者。如《绿章封事》一诗中，涉及的意象如下：青霓、宫神、鸿龙、玉狗、石榴花、溪女（仙女）、元父、六街、短衣小冠、金家、扬雄、汉戟、书鬼。十三个意象中，只有扬雄、金家是历史人物形象，其他皆属超物象。《天上谣》一诗中，涉及的意象有：天河、回

---

① 朱自清：《朱自清古典文学论文集》（下册），上海古籍出版社 1981 年版，第 521—522 页。

星、银浦、玉宫、桂树、仙妾、秦妃、桐树、青凤、王子、笙、龙、烟、瑶草、粉霞、红绶、兰苕、羲和、海尘、石山。《帝子歌》诗中涉及的意象有：洞庭、明月、大雁、九节菖蒲、湘神、帝子、老桂、雌龙、寒水、沙浦、鱼、白石郎、真珠、龙堂。《金铜仙人辞汉歌》涉及的意象有：茂陵、刘郎（武帝）、秋风客、夜、马、晓、画栏、桂树、三十六宫、土花、魏官、马车、酸风、眸子、汉月、宫门、清泪、衰兰、咸阳道、铜盘、月、渭城、波声。这样的诗歌举不胜举。在这些诗中，历史真实与神话传说交织，自然物象与超物象杂陈，给人一种无可名状的艺术美。李贺在诗中大量使用神话传说和超物象意象，给他的诗歌带来了浓厚的象征主义色彩[1]。

"遥望齐州九点烟，一泓海水杯中泻"（《梦天》）。李贺集中类似这样存在大量"超物象"意象的诗歌，举不胜举。这些超物象构成了李贺诗光怪陆离、色彩斑斓、奇诡恢奇的面目，也是营造李贺诗"整体象征"的基础。这种整体象征的艺术效果的模糊性、神秘性和崇高性，完全符合黑格尔眼里象征型艺术的全部特性[2]。明人胡震亨《唐音癸签》引王思任语曰："贺以哀激之思作晦僻之调，喜用鬼字、泣字、死字、血字，幽冷谿刻，法当得夭。"见识如此低下，岂知李贺诗者？

---

[1] 浪漫主义文学理论家大多把神话看作是艺术创作的基础和原型，并赋予其深刻的普遍的象征意义。弗·施莱格尔（小施莱格尔）认为神话是一种"对于周围世界自然的象征符号式的表达方式"；奥·威·施莱格尔（大施莱格尔）认为神话作为象征系统，就是诗歌的来源，也有益于诗歌，因为活生生的神话产生于人类无意识的虚构；谢林把神话视为超验世界与人之间的中介，神话就是彼岸事物的象征化。

[2] 黑格尔：《美学》第 2 卷，商务印书馆 2013 年版，第 73—78 页。

第三节　求取情状：李贺诗的叙事性

自唐代以来，论李贺诗者，多关注其牛鬼蛇神、奇诡昧理的特别风格，或关注其承袭《离骚》意境、六朝乐府和宫体的字面，或关注其凿险锤深、不经人道语的语言创格①，而于其诗之叙事性则大多语焉不详②，钱锺书先生甚至认为："长吉穿幽入仄，惨淡经营，都在修辞设色，举凡谋篇命意，均落第二义。"③ 李贺果真仅是一个遣词设色的修辞大家么？实不然。

古人对李贺诗中的叙事性并非没有朦胧的感知。如唐人沈亚之谓李贺乐府"善择南北朝乐府故词"（《叙诗送李膠秀才》④ ），赵璘谓"多属意花草蜂蝶之间"⑤；宋人张戒《岁寒堂诗话》卷

---

① 清人钱良择《唐音审体》中的评论最有代表性："统论唐人诗：除李、杜大家空所依傍，二公之后，如昌黎之奇辟崛强，东野之寒峭险劲，微之之轻婉曲折，乐天之坦易明白，长吉之诡异秾丽，皆前古未有也。自兹以降，作者必有所师承，然后成家，不能另辟蹊径矣。愚尝谓：开创千古不经见之面目者，至长吉而止。"按，此处论唐人诸大家诗，有论其风格者，如奇辟崛强、寒峭险劲、诡异秾丽等语；有论其诗之叙事性者，如轻婉曲折、坦易明白等语。惜乎不及李贺诗之叙事性。

② 杜牧《李贺集序》中说："贺能探寻前事，所以深叹恨今古未尝经道者，如《金铜仙人辞汉歌》、补梁庾肩吾《宫体谣》，求取情状，离绝远去笔墨畦径间，亦殊不能知之。""求取情状"云云，杜牧隐约感觉到了李贺诗歌中的叙事性，这种叙事性主要体现在李贺的乐府诗中。

③ 钱锺书《谈艺录》第七条，生活·读书·新知三联书店2019年第3版，第114页。

④ ［唐］沈亚之著、肖占鹏校注：《沈下贤集校注》，南开大学出版社2003年版，第176页。

⑤ ［唐］赵璘：《因话录》卷三，中华书局1985年版，第15页。

上谓:"贺诗乃李白乐府中出,瑰奇谲怪则似之,秀逸天拔则不及也。"① 现代学者已明确注意到李贺诗之独特叙事艺术。董乃斌先生在《李贺诗的叙事意趣与诗史资格》一文中指出:"李贺的诗歌叙事除用乐府旧题,如《大堤曲》《蜀国弦》《雁门太守行》之类,本就必含某种叙事色彩外,还有几种情况。一是在历史记载的基础上加以丰富、扩展和渲染,如《公莫舞歌》;二是利用历史或传说材料进一步编排出无中生有的剧情,如《秦王饮酒》《金铜仙人辞汉歌》;三是更加异想天开地虚构人物故事,把本来虚无缥缈的人事和情景描述得真像有那么回事似的,如《天上谣》《梦天》之类。"② 刘青海《论唐人对汉魏乐府叙事传统的继承与发展》一文则以李贺乐府诗为例,谈到了李贺乐府中叙事的创新点:一是选取历史上富于戏剧性的一刻加以重写,将历史故事陌生化;二是选取特定的历史人物如西施、秦宫、韩寿等,以铺叙其富贵享乐生活为主,叙事性淡化,且以齐梁体调出之。刘青海认为:总体上看,相对于盛唐乐府,李贺乐府的叙事性是减弱了③。笔

---

① [宋]张戒:《岁寒堂诗话》卷上,《历代诗话续编》,中华书局1983年版,第462页。

② 董乃斌:《李贺诗的叙事意趣与诗史资格》,《古典文学知识》2019年第1期。

③ 刘青海:《论唐人对汉魏乐府叙事传统的继承与发展》,《文学评论》2020年第1期。该文作者还指出:"相对于汉乐府,李白乐府的一个显著变化,是带有强烈的骚怨特色和鲜明的寄托特征。……这在叙事艺术上体现为'变幻恍惚,尽脱蹊径'。……概括言之,李白乐府鲜明的骚怨特色在叙事上主要表现为两个方面:一是于现实有所愤懑,直言之不可则曲言之,庄语之不可则漫语之;二是在艺术表现上不循常径,往往'以嗟叹起,以嗟叹结',叙事抒情'断如复断,乱如复乱,而词意反覆屈折行乎其间者,实未尝

(转下页)

者大体赞同其看法，但李贺诗歌（特别是乐府诗）中的叙事性相比盛唐诸公，是减弱了还是自树面目？有待进一步揭示。鉴于我国传统文论中与"叙事"相关的术语其语意指向多模糊不辨，无法进行有效的叙事传统讨论交集，故笔者试图以内涵与外延相对清晰的现代叙事学中的叙事概念，来对李贺诗歌中的叙事性作一番探讨。

相对于汉乐府中的叙事视角多为第三人称外视角（零视角）②，李贺在诗中叙事时，大多采用"见证人内视角"的手法叙事③，将自己置身于观察者位置。兹以李贺《秦宫诗》为例进行解读。

（接上页注）　断而乱也，使人一倡三叹而有遗音'。故太白乐府之叙事，给人以纵横捭阖、兴会淋漓而寄兴无端之感。中晚唐李贺、温庭筠诸人乐府，专学此种。"

② 叙事视角分为全知视角（又称零视角，叙述者＞人物）、内视角（叙述者＝人物）、外视角（叙述者＜人物）。在全知视角（零视角）中叙述者比任何人物知道的都多，他全知全觉，包括故事中人物复杂微妙的心理变化。这是传统的、最自然的叙事手法，中国古代小说大多采用这种叙事视角。全知视角（零视角）的优点是叙述有序，显得客观，其缺点是叙事的真实可信性受到质疑，读者只能被动地接受叙述者的讲述。

③ 在内视角叙事模式下，故事的叙述者所知道的同故事中人物知道的一样多，叙述者只借助某个人物的感觉和意识，从他的视觉、听觉及感受的角度去传达一切。内视角叙事包括主人公内视角和见证人内视角两种。主人公内视角即故事中的主要人物叙述自己的事情。见证人视点即由故事中的次要人物（一般是线索人物）来叙述故事，其优点是：首先，叙述者作为目击者、见证人，他的叙述对于塑造主要人物的完整形象更客观更有效；其次，必要时叙述者可以对所叙人物和事件做出感情反映和道德评价，这不仅为作者间接介入提供了方便，而且给作品带来一定的议论色彩和抒情气氛。

论者多以李贺《秦宫诗》为杰构，刘克庄评此诗曰："钩深索隐，如梦如画。"[①] 意思是李贺叙述隐密的富贵生活栩栩如生。盖诗中状富贵错采镂金、雕缋满眼；写欲望活色生香、津津有味。那么，其艺术秘密何在？李贺在诗序中自云"抚旧作长辞"，"抚旧"云云，即设身处地之意，将自己置身于相象中的历史场景中来叙事。以叙事学概念来表述，就是"见证人内视角"叙事。诗如下：

> 越罗衫袂迎春风，玉刻麒麟腰带红。
> 楼头曲宴仙人语，帐底吹笙香雾浓。
> 人闲酒暖春茫茫，花枝入帘白日长。
> 飞窗复道传筹饮，午夜铜盘腻烛黄。
> 秃衿小袖调鹦鹉，紫绣麻鞋踏哮虎。
> 斫桂烧金待晓筵，白鹿青苏夜半煮。
> 桐英永巷骑新马，内屋深屏生色画。
> 开门烂用水衡钱，卷起黄河向身泻。
> 皇天厄运犹曾裂，秦宫一生花底活。
> 鸾篦夺得不还人，醉睡氍毹满堂月。

按，秦宫是东汉大将军梁冀的嬖奴（以邪僻取爱曰嬖）。梁冀（？—159）是东汉顺烈皇后之兄，汉顺帝驾崩后，他与妹妹梁太后合谋，先后立冲、质、桓三帝，把持朝政二十年，骄横跋扈，骄奢淫泆，阴狠毒辣。据《后汉书·梁冀传》，冀又好大

---

① ［宋］吴正子、刘辰翁：《笺注评点李长吉歌诗》卷三，《文渊阁四库全书》，台湾商务印书馆1986年景印，第1078册，第526页。

兴土木，曾与妻子孙寿对街兴建豪宅，互相竞争夸耀，穷极当时土木工匠之所能。大堂、寝室都有暗道（复道）通往内室，各个房间都可相通。柱子和墙壁雕镂图案，并镀上铜漆；大小窗户都镂刻成空心花纹，装饰着宫廷式样的青色连环纹饰，并画上云气缭绕的仙灵图案。亭台楼阁之间四通八达，相互呼应。长桥凌空高悬，石阶横跨水上。金玉珠宝和四方进献的珍奇异物堆满了仓库。梁冀和孙寿同乘辇车，打着金银装饰的羽毛伞盖，在宅第内游玩观光，后面还跟着歌伎和舞女，敲钟吹管，酣歌畅饮。而秦宫既得梁冀信任，遂官至太仓令，公钱私用如囊中探物（开门烂用水衡钱，卷起黄河向身泻）；秦宫又与梁冀妻子孙寿私通，可以自由出入梁家（鸾篦夺得不还人，醉睡氍毹满堂月）。本诗就写这类靡烂生活的一个日常场面。

本诗的主人公是秦宫，是故事的行动者，而故事的叙事者是秦宫日常生活的见证人。全诗除少数几句之外，几乎全是用见证人内视角叙写眼前之所见所闻，读者被叙述者一步一步带进深阁复道；且因全诗都在叙室内之事，故焦距相对固定。开篇但见越罗衫袂在春风里摆动，衣袖拂处，一条佩着玉麒麟的红色绶带赫然突入眼帘，秦宫出场了。翩翩美少年秦宫就这样满面春风且权势逼人地出现在读者面前。秦宫本是大臣家奴，决不可以有此装束。《礼记·玉藻》载："天子佩白玉而玄（黑色）组绶，公侯佩山玄玉而朱（红）组绶，大夫佩水苍玉而纯（白色）组绶，世子佩瑜玉而綦（青黑色）组绶，士佩瓀玫而缊（赤黄色）组绶。"秦宫以奴才而服公侯之带饰，足见其气焰嚣张。对秦宫玉佩的特写镜头极具视觉冲击力。

接着叙述者的镜头从秦宫身上转向深宫宴会：姬妾欢笑之声远远飘来，纱帐后传出笙笛的悠扬之音。"帐底吹笙香雾浓"将听觉与味觉挽合在一起，点明了叙述者的见证人身份。镜头再往前推进，只见人闲酒暖，花枝入帘。从复道里不时传来的觥筹交错声此起彼伏。由于夜以继日地酣饮，烛台上堆满了黄色的蜡油。"秃衿小袖调鹦鹉，紫绣麻鞋踏哮虎"，前一句指身穿窄小无领衣服（性诱惑的表示）的孙寿在调教鹦鹉，后一句写穿着绣花鞋的秦宫用自己的美色控制了梁冀①。接下来，叙述者将读者带进秦宫的厨房，在这里，桂树为材薪，金为锅具，锅里煮着世上难得一见的白鹿肉。看完厨房里的珍馐异馔，叙述者把镜头又推回到秦宫身上（叙事中心）。此时秦宫骑着新献到的骏马在开满桐花的深宫长巷里奔驰，满意地看着内屋两壁上巧夺天工的名画。"开门烂用水衡钱，卷起黄河向身泻"，叙事者在这里运用的是一系列快闪镜头，将秦宫日常生活的挥金如土、挥霍国库的罪恶行径迅速在读者面前呈现。前面的慢镜头让读者深切感受到秦宫奢侈生活的细节，这里的快镜头让读者迅速获得秦宫奢侈生活的总体印象，为下一句评论作了铺垫："皇天厄运犹曾裂，秦宫一生花底活。"前文说过，见证人内视角的好处之一是可以插入旁观者的议论，也即诗人的议论（或抒情），而不会影响叙事的流畅性和完整性。本诗的结束两句"鸾篦夺得不还人，醉睡氍毹满堂月"，还是见证人内视角，冷静客观地刻画了孙寿与秦宫荒淫无耻的私通画面。叙述者（诗人）以无声胜有声的姿态表明了自己的态度，读者自然可以体

---

① 哮虎，或谓是一种虎头鞋，如吴企明《唐音质疑录》释"踏哮虎"。但此诗中，踏哮虎与调鹦鹉对举，都是动宾结构的句子，所以此处"踏哮虎"可以引申理解为"以美色控制梁冀"。梁冀在当时真是一只哮虎，唯有孙寿和秦宫能制约他。

会到诗人的批判意识。从笔者以上分析可见，从叙事视角来看，本诗是一首标准的叙事诗，叙事逼真，栩栩如生①。李贺很擅长见证人内视角叙事。

《秦宫诗》强烈的叙事性在李贺诗中并不是特例，类似的诗其实还有很多，随手可举出《金铜仙人辞汉歌》和《秦王饮酒》两诗。先看前一首。

> 茂陵刘郎秋风客，夜闻马嘶晓无迹。
>
> 画栏桂树悬秋香，三十六宫土花碧。
>
> 魏官牵车指千里，东关酸风射眸子。
>
> 空将汉月出宫门，忆君清泪如铅水。
>
> 衰兰送客咸阳道，天若有情天亦老。
>
> 携盘独出月荒凉，渭城已远波声小。

本诗叙事笼罩在一股神异的气氛之下。全诗除第一句外，其馀部分叙述者采用的仍是"见证人内视角"叙事手法，叙述了魏明帝派官从甘泉宫移走金铜仙人这件事的大致经过。叙述

---

① 赵睿才在《发掘自己的灵魂——长吉诗理阐释》一文中，对李贺好描写宫廷内宴和贵族生活的心理进行过剖析："李贺好用六朝的艳丽记闻来刺激自己的灵魂，这些艳体乐府诗所做的大胆轻衰的艺术描摹，一定程度上也代表着他那好奇的狎昵欲望在幻景中的实现。如《宫娃歌》《荣华乐》《上云乐》《秦宫诗》《牡丹种曲》等极力铺陈前朝宫闱及豪贵之家的生活场面，在美慕的同时带有几分嘲诮。我们还可从《恼公》《蝴蝶舞》《荣华乐》《花游曲》等一连串宫体诗歌中，见出他对贵公子的纵欲生活十分向往，甚至由于得不到他应得的一份而产生愤激和嫉恨。"《安徽大学学报(哲学社会科学版)》2008年第6期。

者从一个神异的预兆开始他的叙事：某天晚上，汉武帝的茂陵传来阵阵马嘶人叫的嘈杂之声，但是天亮之后，这里什么痕迹也没有，仿佛一切都没有发生过。眼前的甘泉宫还是上百年以来保持的那个破败模样："画栏桂树悬秋香，三十六宫土花碧。"但是不久，事情真的来了："魏官牵车指千里，东关酸风射眸子。"魏明帝派宦官来运取承露仙人，在自长安向东前往邺城的路上，冰冷的东北风呼啸着刮过金人的眸子，此时伴随着金人离开汉代甘泉宫的只有天空的一轮明月。此情此景，金铜仙人不由得流下了留恋不舍的泪水。金铜仙人缓缓地在西京长安往东都洛阳的官道上移动，给它送行的只有官道旁的枯兰。本诗的叙述者不由得感叹道：上天如果有情，看到这悲伤的场面也会哀容满面、一夜愁白头发！金铜仙人断续往东而去，陪伴它的仍然只是那轮明月，身后渭水的波浪声越来越远了！整诗有情节，有故事，有时间流动，有心理活动，是标准的叙事诗，只不过它是具有强烈浪漫主义（象征主义）特征的叙事诗罢了。

再如《秦王饮酒》诗：

秦王骑虎游八极，剑光照空天自碧。
羲和敲日玻璃声，劫灰飞尽古今平。
龙头泻酒邀酒星，金槽琵琶夜枨枨。
洞庭雨脚来吹笙，酒酣喝月使倒行。
银云栉栉瑶殿明，宫门掌事报一更。
花楼玉凤声娇狞，海绡红文香浅清。
黄鹅跌舞千年觥。仙人烛树蜡烟轻。
清琴醉眼泪泓泓。

　　据陈允吉先生研究的结果，李贺的《秦王饮酒》作为一篇仿照乐府古题改制的新词，同古乐府《秦王卷衣》有着直接的渊源继承关系。它所描写的中心人物是秦始皇，而不是唐德宗或者唐太宗。如果我们把这首诗和李贺其他许多描绘仙人的作品一起来考虑，可以看出本诗还在很大程度上受过游仙诗的影响①。我们知道，无论是古乐府（如《秦王卷衣》之类）还是晋宋之间的游仙诗，都是以叙事见长的。本诗中，李贺采用的叙事策略仍然是"见证人内视角"叙事手法，叙事者按从白天到深夜的时间顺序叙述秦始皇大陈宴席的场景。首四句"秦王骑虎游八极，剑光照空天自碧。羲和敲日玻璃声，劫灰飞尽古今平"概写秦始皇统一天下，寰宇重归太平。这是秦始皇大摆宴席的时代背景。接下来写倒酒和奏乐场面，并插入叙述者的评论"洞庭雨脚来吹笙，酒酣喝月使倒行"，意思是：音乐实在是美妙无比，笙声密集如洞庭雨脚；饮酒挥拳的酣醉仿佛使时间停止了流转。"银云栉栉瑶殿明，宫门掌事报一更"写宴会已进入深夜，中天月明，巡逻的宫吏在报一更时分。但宴会还在继续，歌女们娇美婉转的歌声不断地从雕楼画栋里传出来，舞女们穿着红纹丝衣在尽情歌舞，香风阵阵扑鼻。舞女每舞完一曲，臣子们就要举杯敬祝一次秦始皇"万寿无疆"。场面是那样的祥和、庄严、快乐，以至于宫女们眼里都噙满了幸福的泪水。本诗只是叙述一个场景，所以情节性不强，但事件

---

① 　陈允吉：《李贺〈秦王饮酒〉辨析——兼与胡念贻同志商榷》，《复旦学报（社会科学版）》1980 年第 1 期。又，美国加州大学伯克利分校罗秉恕（Robert Ashmore）教授早年曾撰文指出，李贺深受《楚辞》的影响，他是处在一种"巫"心态之中创作，故其作品多有浓厚梦幻与神话色彩的名称和比喻。见《文学评论》1993 年第 4 期。

的时间顺序、发展脉络历历可见，因此还是一首叙事诗。唯所叙之故事戛然而止，叙事者对秦始皇穷奢极欲的糜烂生活并没有表明自己的态度，所以引起后来学者们纷纷对本诗主旨进行解析①。为什么会出现这种情况，这很大程度上跟李贺在本诗中采用的"见证人内视角"叙事手法有关——诗人将自己放在旁观者客观冷静叙事的位置。对李贺这类叙事诗主旨的剖析，需要全面占有资料，从他所有创作的总体倾向上来把握。

　　总之，李贺诗歌，特别是乐府诗，有较强的叙事性。其叙事特征主要体现在娴熟地运用"见证人内视角"这一叙事手法上。其优点是：首先，由于见证人不是故事主人公，而是作为事件的目击者、见证人，所以他的叙述强化了事件的真实性，增强了事件的客观性。这对于在诗歌中塑造主要人物的完整形象更加有效。其次，必要时叙述者可以对所叙人物和事件做出感情反映和道德评价，这不仅为作者间接介入提供了方便，也可增强作品的议论色彩和抒情氛围。这就是李贺诗歌叙事性与抒情性高度融合的艺术奥秘。

---

① 钱锺书先生的《谈艺录》云："细玩《昌谷集》，舍侘傺牢骚、时一抒泄而外，尚有一作意屡见不鲜：其于光阴之速，年命之短，世变无涯，人生有尽，每感怆低佪，长言永叹。"钱先生在这段话的下面，还列举出《天上谣》《浩歌》《秦王饮酒》《古悠悠行》《三月过行宫》《日出行》《梦天》等篇，指出其间"皆深有感于日月逾迈，沧桑改换，而人事之代谢不与焉。"（《谈艺录》第十四条，三联书店 2019 年第 3 版，第 151 页）。陈允吉先生对钱说进一步阐释。见陈允吉：《李贺〈秦王饮酒〉辨析——兼与胡念贻同志商榷》，《复旦学报（社会科学版）》1980 年 1 期。笔者赞同上述说法。

第四节　意在理外：李贺诗中的象征叙事

如上分析，李贺诗既是象征主义的，又是叙事的，故本文称之为象征叙事。其艺术特征给人以神秘、寓意深奥不可测的印象。正如唐杜牧序李贺诗所云："鲸呿鳌掷，牛鬼蛇神，不足为其虚荒诞幻也……求取情状，离绝远去笔墨畦径间，亦殊不能知之。""虚荒诞幻"是指读者对李贺诗的艺术印象，"离绝远去笔墨畦径间"意思是李贺诗的笔法前所未见，"殊不能知之"是指其诗歌寓意奥不可测，意在理外，妙处难言。如《苏小小墓》：

> 幽兰露，如啼眼。
>
> 无物结同心，烟花不堪剪。
>
> 草如茵，松如盖。
>
> 风为裳，水为珮。
>
> 油壁车，夕相待。
>
> 冷翠烛，劳光彩。
>
> 西陵下，风雨改。

苏小小《同心歌》曰："妾乘油壁车，郎跨青骢马。何处结同心，西陵松柏下。"写的是文学史上最炽烈、最轻松、最本真的恋人约会。李贺上诗却把苏小小诗的意境全改了，烟花可视、可触、可感，但你无法用剪刀剪下一段；同样，两颗相爱的心虽然可感可触可接，但是无法用语言表达。从"夕相待"到"劳光彩"再到"风雨改"，既是过程描写，也是场景描写；既是叙事，也是象征。苏小小诗歌中油壁车、青骢马、同心结、西陵、松柏等主要意象仍出现在李贺诗中，但李贺将它们与新增的六个意象（幽兰、烟花、风、雨、水、翠烛）进行了重组，遂产生了"诡幻"的艺术效果。本诗就这样变成了一种如怨如慕、似真似幻的神鬼之恋，充满了无以名状的夭邪之美。

本节开始处所引杜牧对李贺诗的评论，后来论诗者亦多有类似看法：

> ［后晋］刘昫《旧唐书》李贺本传："（贺）手笔敏捷，尤长于歌篇。其文思体势如崇岩峭壁，万仞崛起，当时文士从而效之，无能仿佛者。"

> ［宋］刘克庄《后村诗话》："长吉歌行，新意险语，自有苍生以来所无。"

> ［宋］刘辰翁《评李长吉诗》："樊川（杜牧）反复称道（李贺诗），形容非不极至，独惜理不及《骚》。不知贺所长正在理外。……若眼前语，众人意，则不待长吉能之。此长吉所以自成一家欤？"

> ［明］许学夷《诗源辩体》：李贺"乐府五、七言调婉而词艳，然诡幻多昧于理。其造语用字，不必有来历，故可以意测而未可以言解，所谓'理不必天地有，而语不必千古道者'。"

> ［清］毛先舒《诗辩坻》："大历以后，解乐府遗法者唯李贺一人。设色称妙，而词旨多寓篇外，刻于撰语，浑于用意。中唐乐府人称张王，视此当有郎奴之隔耳。"

> ［清］乔亿《剑溪说诗》："昌谷歌行，不必可解，而幽奇新涩，妙处难言。"

〔清〕施补华《岘傭说诗》："长吉七古，不可以理求，不可以气求。"

综观诸人评论，可以知道历代评论家对李贺诗歌的意象独特、语言深刻和昧理难言的诗境都众口一词。这种意在理外的象征叙事效果，还可举《天上谣》一诗为例：

> 天河夜转漂回星，银浦流云学水声。
> 玉宫桂树花未落，仙妾采香垂珮缨。
> 秦妃卷帘北窗晓，窗前植桐青凤小。
> 王子吹笙鹅管长，呼龙耕烟种瑶草。
> 粉霞红绶藕丝裙，青洲步拾兰苕春。
> 东指羲和能走马，海尘新生石山下。

诗人首先以银河漂星、流云如水响这种通感手法将读者带入一个神奇境界（理念世界），定下全诗充满象征、暗示和瑰异色彩的艺术基调。这是今日象征主义常用的开篇手段。接下来诗歌叙述仙妾采花、仙女（弄玉）临窗、神仙（子乔）吹笙等事，完整地体现他们在天宫里一天的日常生活（吹笙、种灵芝、水边拾翠等）。诗歌以尘世的瞬息万变和天宫的永恒不变对比作结，象征意味无穷。与李贺其他诗歌多用晦暗朦胧的色调不同，本诗难得地色彩明亮。

捷克作家昆德拉称小说是"关于存在的一种诗意思考"，"小说审视的不是现实，而是存在"。① 小说如此，诗歌亦如此。

---

① 米兰·昆德拉著，董强译：《小说的艺术》，上海译文出版社 2011 年版，第 45、54 页。

清初姚文燮注李贺诗，处处以中唐时事比附诗句，至谓李贺诗犹唐之《春秋》①，此即以为诗歌所审视者仅在"现实"而已。噫，盲人摸象，雾里看花，此岂善解诗者？此岂真知李贺作诗之用心者？李贺诗之优点，正在意内言外，表面上看是李贺对自己心灵悲剧的记录②，细读之、深味之，李贺诗实在是对人类精神痛苦的普遍处境（即"存在"）的审视。其诗中善用象征手法营造朦胧的时空背景、非理性的行为、抽象的形而上世界。李贺的生命体验中充满了荒诞意识，更多地传达了人类生存状态的悲凉、孤独和无助。恰如现代文学史上鲁迅的《狂人日记》、宗璞的《我是谁》《蜗居》，刘索拉的《你别无选择》、徐星的《无主题变奏》等，这些作品都是荒诞意识与象征叙事相

① 清人姚文燮《昌谷集注序》的说法很有代表性："元和之朝，外则藩镇悖逆，戎寇交讧；内则八关十六子之徒，肆志流毒，为祸不测；上则有英武之君，而又惑于神仙。有志之士，即身膺朱紫，亦且郁郁忧愤，刿乎怀才凡处者乎？贺不敢言，又不能无言，于是寓今托古，比物征事，无一不为世道人心虑。……故贺之为诗，其命辞、命意、命题，皆深刺当世之弊，切中当世之隐，倘不深自发晦，则必至焚身。斯愈推愈远、愈入愈曲、愈微愈减，藏哀愤孤激之思于片章短什。"[清]王琦等：《三家评注李长吉歌诗》，上海古籍出版社1998年版，第191—192页。

② 陈允吉先生在《〈梦天〉的游仙思想与李贺的精神世界》一文中指出："（李贺的）大多数诗作显然不能像杜诗那样当作'诗史'来读，而是这位青年诗人一颗震荡着的心灵的记录，向读者曲折地透露出自己内倾的精神世界。……我们综观《李长吉歌诗》，从整体上去把握它的内容特征，可以看到它有一个相当普遍的主题，这就是诗人从他个人的地位去观察世界，经常感触宇宙变化悠远无穷，人的生命短促无常，由此在他灵魂深处引起剧烈的冲突。他诗集中有一系列作品，就像钱锺书《谈艺录》所说的那样：'其于光阴之速，年命之短，世变无涯，人生有尽，每感怆低徊，长言永叹。'"见《文学评论》1983年01期。

结合的优秀之作。

同时，从叙事学角度而言，在李贺诗中，元白体诗中的那种故事情节逐渐淡化；叙述视角完全向内转，大多以见证人内视角叙事；叙事空间在李贺诗中表现出快速切换、跳跃发展以及碎片化特点。其结果就是：李贺的诗歌，以象征叙事淡化了元白体的日常叙事效果，使李白、王维和边塞诗那种直接抒情转向了晚唐五代温李诗那种隐秘抒情的道路。另外，李贺诗中，多写六朝宫廷景象和贵族生活，对烛光昏暗的夜景格外留心，特别是经常写到屏风这种古老的家具，让它作为景观和点缀，造成含而不露的空间美感①。

馀论 李贺诗以"象征叙事"完成了
对唐诗意境的超越

李贺诗意在理外、奥不可测、妙处难言，充满了无以名状的夭邪之美，比之西方文学思潮上的象征主义，有若合符节者。19 世纪 70 年代，一批苦闷彷徨、愤世嫉俗而又情感纤细、才思敏捷的法国青年掀起了象征主义文学运动，他们主张文学要展示现实之外的理念世界，强调用有质感的形象和暗示、烘托、象征、隐喻等方法来创作，选词上要求色晕而不要色彩，诗意飘忽，半明半暗，充满朦胧美和神秘色彩。早此一千多年的李贺诗的整体风格正是这样：诗歌内容大多是怪怪奇奇的神鬼世

---

① 李德辉：《李贺诗歌渊源及影响研究》，凤凰出版社 2010 年版，第 109 页。

界，好用神话传说和历史文化符号；选辞诡诞枯荒，设色冷艳，散发着苦闷的病态气息；诗意既模糊又宽广。这是一种与盛唐诗歌的浑成、中唐新乐府叙事诗的刻露、韩孟诗派的险怪完全不同的诗境。象征叙事手法的运用，令李贺诗既拥有盛唐诗那样浑成深远的意境，又克服了盛唐诗意义单薄的缺点；既拥有元和体那样叙事条畅的优点，又克服了元和体意思刻露的缺点；既拥有韩孟诗派精神特立、陈言务去的优点，又克服了韩孟诗派迂怪短情的缺点。明人李维桢《昌谷诗解序》中说："其庀蓄富，其裁鉴当，其结撰密，其锻炼工，其丰神超，其骨力健，典实不浮，整蔚有序。"依笔者的理解，"富"指其天分高、阅读广，"当"指其文体精当，"密"谓其叙事有法，"工"谓其用辞熨帖，"超"谓其神思超越，"健"谓其笔力雄奇。李贺诗实在是唐诗的又一座艺术高峰。

第五章

唐宋词叙事传统研究

　　陈良运在《中国诗学体系论》中说："在元、明以前，文学理论中基本上还没有叙事文学的理论。小说、戏剧（的）作家和批评家尚没有意识到这类文体是有别于诗的叙事文学。"[1] 这是很多学者对中国文学叙事传统的基本印象[2]。但是，古代中国没有叙事文学的理论，并不能否定中国古代文学存在着文学叙事的实践。前面几章讨论的宋以前诗歌的叙事传统即是很好的例子。唐宋词的叙事传统亦然，值得我们认真总结。

　　唐宋词是一种新型的"汉乐府诗"，因为唐宋词与汉乐府诗一样，既可以是只歌不舞的唱辞，也可以是歌舞结合的唱辞。又，唐宋词就总体而言是城市文化兴起后的一种市民文学，是

---

① 陈良运：《中国诗学体系论》，中国社会科学出版社 2003 年版，第 308 页。"的"字是笔者所加，意义更为显豁。

② 例如，余虹《文史哲：中西叙事理论的内在旨趣与知识眼界》一文中认为："中国古代在相当长的时期内，没有找到区分诗歌叙事和历史叙事的理论依据，尤其是在古老的诗、史区分之后，如何将诗歌叙事从历史叙事中剥离出来，并确立诗歌叙事的合法性，就成了一个特别困难的事情，在此不仅需要相当发达的诗歌叙事经验，更需要一种强有力的理论尺度。遗憾的是，在古代中国这两者都贫乏。"（《外国文学评论》1997 年第 4 期）

俗文学，俗文学的一个重要特征是叙事。基于以上两个因素，所以说唐宋词天然地具有叙事功能。

学界对词体叙事的研究起步比较晚。虽然南宋初王灼《碧鸡漫志》卷二曾提到柳永的词"序（叙）事闲暇，有首有尾"，明沈际飞《草堂诗馀正集》卷三评周邦彦《意难忘》词有曰"写情若叙事，实开元曲滥觞"，明确提到宋词的叙事性，但都属灵光乍现式的兴到之论，并没有引起时人及后人的呼应。

自宋至清末，词论中比较接近于"词体叙事"的说法，莫过于"铺叙"。如：宋代李之仪《跋吴思道小词》"至柳耆卿始铺叙层衍，备足无馀。形容盛明，千载如逢当日"；李清照在《词论》中论晏几道词"苦无铺叙"；南宋陈振孙《直斋书录解题》"集部 词曲类"评价周邦彦词："长调尤善铺叙，富艳精工，词人之甲乙也。"清周曾锦《卧庐词话》中也说："柳耆卿词，大率前遍铺叙景物，或写羁旅行役，后遍则追忆旧欢，伤离惜别。"① 这里的"铺叙"指赋法（赋者，铺陈也），它的主要特征是：所叙之事或动作是平行或并列关系，没有递进或转折关系，因而不是叙事，例如《陌上桑》中描写旁人对罗敷美貌的反应："行者见罗敷，下担捋髭须。少年见罗敷，脱帽著帩头。耕者忘其犁，锄者忘其锄。"这里就是赋法铺叙，非叙事。词中铺叙景色同此理。当下很多研究者将词中铺叙与词体叙事不加分析地混同在一起，以证明词之叙事特征，不免雾里看花。

---

① 吴熊和主编：《唐宋词汇评·两宋卷》，浙江教育出版社 2004 年版，第 1 册第 49、330、55—56 页；第 2 册第 873 页。

第一节 "词体叙事"研究概说

晚清词家才真正开启对词中叙事传统的研究。刘熙载云："耆卿词细密而妥溜，明白而家常，善于叙事，有过前人。"① 谢章铤《赌棋山庄词话》卷二："长调要转折矫变，短调要词意惝恍。"已注意到词意要递进转折，虽未明确指出"叙事"要求，但话语里暗含了"长调要叙事曲折"之意。

"顿挫"是词学家为研究词体叙事而构建的第一个批评概念。陈廷焯《白雨斋词话》卷一论清真词："然其妙处，亦不外沉郁顿挫。顿挫则有姿态，沉郁则极深厚。"卷一又谓："美成词有前后若不相蒙者，正是顿挫之妙。"卷五又云："北宋之词，周秦两家皆极顿挫沉郁之妙。"陈氏还在《云韶集》卷四中申论了以上观点："美成词极顿挫之致……大半皆以纡徐曲折制胜。"很明显，顿挫是与情节安排有关的文学批评概念。吴梅《词学通论》中论清真词亦曰"不外'沉郁顿挫'四字而已"。细按吴氏对清真词"沉郁顿挫"的解析，除了有叙事结构方面的意思外，还有呼应、衬托等修辞学方面的意思。至王国维《人间词话》谓："美成《浪淘沙慢》二词，精壮顿挫，已开北曲之先声。"这里的"顿挫"，结合下句"已开北曲之先声"来看，已是情节曲折之谓。虽然明、清时期已有学者早就提到"宋词开北曲先声"之类的话②，但他

---

① ［清］刘熙载：《艺概》卷四，中华书局2009年版，第496页。

② 如，明代钟惺评周邦彦《意难忘》词有曰"写情若叙事，实开元曲滥觞"的说法，清代万树《词律》中说过"诗馀乃剧本之先声"。清末民初夏敬观手评《乐章集》也指出："（耆卿）俚词袭五代淫诐之风气，开金元曲子之先声。"

们的说法多建立在通俗词的语言与北曲语言的相似性上；而在王国维的学术思想中，北曲是通俗的叙事文学，这是王国维论"顿挫"与前人本质上的不同之处。此后，黄苏《蓼园词选》评周邦彦《夜飞鹊》词："一首送别词耳。自将行至远送，又自去后写怀望之情，层次递进，而意致绵密。"其意也与"顿挫"比较近似。

现代词学中，明确提出以"叙事"来研究词体者，始于王国维。他在《宋元戏曲史》中指出："此种大曲，遍数既多，自于叙事为便。"[1] 意即要对词体从叙事角度进行研究。他还在《人间词话》中谓："叔本华曰：'抒情诗，少年之作也；叙事诗及戏曲，壮年之作也。'予谓：抒情诗，国民幼稚时代之作；叙事诗，国民盛壮时代之作也。故曲则古不如今，词则今不如古。"虽然王氏此处语无伦次、意思混乱[2]，但王国维把词归为抒情诗一体则是明确的。不过，在王国维的观念中已有抒情诗与叙事诗的区别，他也不否定某些词具有叙事性，如周邦彦词和大曲词等。

此后，胡适《白话文学史》（1928年初版）中单列《故事诗的兴起》一章，对诗歌的叙事特征更是进入主动的学术探讨阶

---

[1] 王国维：《宋元戏曲史》，中国戏剧出版社1957年版，第38页。

[2] 按，叔本华之意很清楚，抒情诗是感性为主的产物，叙事诗和戏曲是理性为主的产物；而王国维此处改编后的表达则显混乱错误。如果"国民幼稚时代"是指作家少年时期，"国民盛壮时代"是指作家壮年时期，那么，以之代入王氏原话则是："抒情诗，是作家少年时期之作；叙事诗，是作家盛壮年之作也。故曲则古不如今，词则今不如古。"显然，此语不知所云了。如果"国民幼稚时代"是指历史朝代的六朝及以前，"国民盛壮时代"是指历史朝代的唐宋时期，那么，以之代入王氏原话则是："抒情诗，六朝及以前朝代之作；叙事诗，唐宋朝代之作也。故曲则古不如今，词则今不如古。"同样不成话。

段，而对词体叙事的探讨自然包括在其中。不过，后来者对"词体叙事"的研究角度，已转到唐宋词与戏曲的关系上来了。这种关系的探索大致有两种学术路径：一是以戏曲、小说结构来比附解释词体结构，如浦江清、吴世昌、陶文鹏等人①；二是以唐宋词与中国早期戏曲的伴生关系来解释词体叙事特征，如诸葛忆兵、杨万里、张仲谋等人。

对于唐宋词中的戏剧性表现，清代李渔在《窥词管见》中已有论述："词内人我之分，切宜界得清楚。首尾一气之调易作，或全述己意，或全代人言，此犹戏场上一人独唱之曲，无烦顾此虑彼。常有前半幅言人，后半幅言我；或上数句皆述己意，而收煞一二语忽作人言；甚至有数句之中，互相问答，彼此较筹，亦至数番者。此犹戏场上生旦净丑数人迭唱之曲，抹去生旦净丑字面，止以曲文示人，谁能辨其孰张孰李？词有难于曲者，此类是也。"② 李渔之论诚行家之言，但乏回响，直到民国时期浦江清执教于清华大学等高校，课堂上以戏曲叙事释词中叙事③，才使

---

① 此仅举有专文从小说、戏曲角度论述词体叙事者，其他偶尔论及此意的学者还有很多，如黄进德、羊春秋、林东海、周啸天、宛敏灏、蔡厚示诸人，皆在个别地方有提及词体叙事之戏剧性。见陶文鹏、赵雪沛：《论唐宋词的戏剧性》，《文学评论》2008 年第 1 期。

② ［清］李渔：《窥词管见》，唐圭璋编《词话丛编》第 1 册，中华书局 1986 年版，第 557 页。

③ 谈诗词者同时重视戏剧，亦时代风会使然也。以戏曲说词，除了受到李渔的启发之外，或许还受到当时新诗研究界有关观点的启发。如 20 世纪 40 年代后期，诗人兼学者袁可嘉针对当时中国新诗流行的说教与感伤倾向，写了《新诗戏剧化》与《谈戏剧主义》等文，明确指出：新诗要提高艺术性和表现力，就必须加强新诗的戏剧性。见袁可嘉：《论新诗现代化》，生活·读书·新知三联书店 1988 年版，第 25 页。

李渔上述以戏剧论词的思想得以发扬光大。如浦氏解温庭筠
《菩萨蛮》词：

> 蕊黄无限当山额。宿妆隐笑纱窗隔。
>
> 相见牡丹时。暂来还别离。
>
> 翠钗金作股。钗上蝶双舞。
>
> 心事竟谁知。月明花满枝。

浦氏解谓："此章涉及抒情，且崔、张夹写，生、旦并见，于抒情中又略有叙事的成分。何以言之？'蕊黄无限当山额，宿妆隐笑纱窗隔'，此张生之见莺莺也。'相见牡丹时，暂来还别离'，此崔、张合写也。'翠钗'以下四句，则转入莺莺心事。譬之小说，观点屡易，使苦求神理脉络者有惝恍迷离之感，实则短短一曲内已含有戏曲之意味。"[1] 从结论可以看出，浦江清在自觉地运用叙事的眼光论词。这与他提到的其他观点"初期之词皆为代言体""词有代言体和自己抒情体两种""凡词曲多代言体"[2] 等以叙事观念释词是一致的，特别是"代言体"概念的提出，说明浦江清已明确意识到词中有叙事角色的划分，这就比较接近后世叙事理论的观念了。俞平伯也曾说："读清真词，我们觉得他在那边跟我们说他的恋爱故事。"

吴世昌在英国生活和教学多年，对国外文学理论中重叙事艺术的学术旨趣多有体会。他回国后，率先以小说叙事的眼光论词，开启了具有吴氏特色的词学之路。他在《论词的章法》

---

[1]　浦江清：《浦江清讲古代文学》，凤凰出版社 2010 年版，第 73—74 页。

[2]　出处同上书，分别见第 62 页、第 48 页、第 73 页。

中论周邦彦《瑞龙吟》词："我以为此词颇似现代短篇小说的作法：先叙目前情事，其次追叙或追想过去的情事，直到和现在的景物衔接起来，然后紧接目前情事，继续发展下去，以至适可而止。"① 由三种时间状态而产生了三种叙事结构："追述过去""直叙现在"和"推想未来"。他曾总结出周邦彦词中叙事的两个模式：人面桃花型（昔—今对比）和西窗剪烛型（昔—今—明—今）。此外，他还在《词林新话》中指出了周邦彦词"写故事"的特色②；论《花间集》以组词叙事："《花间集》中的小令，有的好几首合起来是一个连续的故事，有的是一首即是一个故事或故事中的一段。"③ 以小说叙事的眼光来论词，确实给宋词研究带来了全新的视野。自此以后，探讨词中叙事特征的论文纷纷出现，打破了人们心中"词是抒情文学""词之情长"等刻板印象。④

---

① 吴世昌：《论词的章法》，《文史知识》1985 年第 2 期。又见《吴世昌全集》第四卷《词学论丛》所收《论词的读法》一文的第三章。河北教育出版社2003 年版，第 24—32 页。

② 吴世昌：《词林新话》，北京出版社 1991 年版，第 166 页。另见氏著《罗音室学术论著》（第 2 卷，《词学论丛》），中国文联出版公司 1991 版，第250—252 页。又见氏著《唐宋词概说》，北京出版社 2015 年版，第 133—135 页。

③ 吴世昌：《罗音室学术论著》（第 2 卷《词学论丛》），中国文联出版公司1991 版，第 63—64 页。

④ 如沈家庄《宋词的文化定位》中提到：词是"介乎传统的诗与杂剧之间的一种具有桥梁和中介作用的文体"，"它不仅在诗歌发展链条上继承了言志抒情的传统，并将这个传统传递给了后代，还为而后的叙事文学、戏剧文学的发展呼出先声"（湖南人民出版社 2005 年版，第 380 页）。又如李春丽《周邦彦的叙事传奇》指出清真词铺叙中含有故事，具有传奇特征（《阴山学刊》2006 年第 2 期）。

　　承上以戏曲、小说视角论词体叙事之思路者，有诸葛忆兵、杨万里、陶文鹏、张仲谋等人。诸葛教授以采莲舞为例详细考察了采莲词的创作历史，得出结论说："采莲"题材起源于汉乐府《江南》，在南朝时"采莲"就已经演变为由"窈窕佳人"演唱表演的暗示或直接表达男女情爱的歌舞曲，并流行于宫廷及其他享乐场所。唐宋诗词中的"采莲"描写，大多数都是骚人墨客在欣赏妙龄少女歌舞时的创作。唐宋时期"采莲"舞曲的表演者大都是歌伎。唐宋诗词借用"采莲"类题材所要表达的大都是男女情爱①。其后，作者又在《晏殊、欧阳修"采莲"词论略》中进一步详细论述了采莲词背后的表演艺术：采莲歌舞伎之着装或舞蹈背景布置大致会有"彩舫""荷花"之类特殊的装束和舞蹈道具；常见的基本舞蹈动作有两种，为水面划行和摘花采莲；鸳鸯（戏舞）是最为常见的舞蹈表演，其舞蹈程式如下：双双相向而飞、愉悦睡眠花底、惊起仓皇徘徊。大意表达男女情爱的三个阶段：相识相恋、两情合欢、分手别离。"惊起鸳鸯"则为采莲舞一个程式化的舞蹈动作②。

　　非独采莲词为然，其他题材的词作背后类似的带有戏剧性质的表演，在宋代是非常流行的。笔者2003年曾撰《乐剧词浅探》一文，从戏曲表演的角度，对部分宋词背后的表演艺术进行了全面归纳。笔者把这些与戏曲表演相关的词总称之为"乐剧词"，即宋代歌舞杂戏的歌词。它们是：杂剧词（如黄庭坚四首《鼓笛令》）、队舞词（如柳永《河传词》）、鼓子词（如

---

① 诸葛忆兵：《"采莲"杂考——兼谈"采莲"类题材唐宋诗词的阅读理解》，《文学遗产》2003年第5期。

② 诸葛忆兵：《晏殊、欧阳修"采莲"词论略》，《文艺研究》2015年第4期。

《九张机》）、调笑词、转踏词、大曲词、诸宫调词。乐剧词最主要的特点是：完整叙事、表达上的综艺性和联章体①。这是第一篇明确地以戏曲视角研究唐宋词的专文，大大拓宽了对唐宋词叙事的研究视域。

吴世昌的弟子陶文鹏在《论唐宋词的戏剧性》（2008）一文中，对词体叙事的戏剧性特征有全面的总结：唐宋词的代言体特点、个性化抒情唱词、二人或多人的问答对唱方式，词中展示出戏剧冲突、戏剧动作、戏剧情境等各种戏剧因素，都是其戏剧性的体现。唐宋词中有正剧、喜剧、悲剧与带泪的喜剧、梦幻剧、寓言剧等多种风格形式。②陶文是对其师学术思想的具体深化。

张仲谋《从乐府学范畴看词的叙事性》以"表演形态"这一视角论词体叙事，进一步推进了词体叙事的研究。该文从表演形态的差别着手，区分了两类不同的歌词：一类是搬演长篇故事的叙事体，如鼓子词、诸宫调、子弟书、弹词等，它们偏于说唱艺术；另一类则是用于娱宾遣兴的歌曲体，如汉魏六朝乐府、唐声诗、宋词、元散曲、明清时调民歌等，它们偏于歌舞艺术。两类歌词背后的表演艺术形态不同，所以二者在叙事上的特征也就不同。③词既然是乐府的一种形态，在功能与质性上就先天地继承了乐府诗的遗传基因，即歌舞艺术的基因。张文认为：就叙事性而言，乐府诗的特点一是代言体，二是片断叙事

① 杨万里：《乐剧词浅探》，"第三届宋代文学国际会议"论文（2003年，宁夏大学），后收入《第三届宋代文学国际研讨会论文集》，宁夏人民出版社2005年版，第571—597页。又见《负暄集》，上海大学出版社2010年版，第128—152页。

② 陶文鹏、赵雪沛：《论唐宋词的戏剧性》，《文学评论》2008年第1期。

③ 张仲谋：《从乐府学范畴看词的叙事性》，《江海学刊》2016年第3期。

（又称节点叙事、留白叙事、跳跃叙事、非线性叙事），这些特征奠定了宋词叙事性的重要基础；另外，比较汉魏乐府与唐宋词二者在音韵节奏、格调寄托、演唱效果、体制格局等方面的差异，也为理解宋词叙事性提供了一种别具一格的解读方法。[①]

唐宋词叙事的理论探讨也有了初步的积累。张海鸥《论词的叙事性》一文是一篇比较全面地梳理词体叙事艺术的文章。作者自言该文借鉴"叙事学文本分析的理念和思路"，从词调、词题、词序以及词正文四个方面分析词的叙事性。张文认为：从词体的文本结构来看，有词调点题叙事、词题引导叙事、词序说明式叙事三种形式，而词正文的叙事特点是片段的、细节的、跳跃的、留白的、诗意的、自叙的[②]。虽然海鸥教授想要采用叙事学观念来研究词体叙事，但实际操作中抛弃了叙事学严谨的学术概念，自创了一系列印象式的概念，如"诗意叙事"等新词，影响了其研究的深度。不过，张文比较早地明确提到要用现代叙事理论来研究词体叙事，是比较有学术眼界的。另外，他还提到研究词调、词题、词序中的叙事性，也是研究词体叙事的组成部分，比较有启发性[③]。其后研究者对词序叙事性的涉

---

① 张仲谋还在《从乐府学范畴看词的叙事性》一文中指出："（我们）只有从大量的具有叙事意味的词中提取出最大公约数，才可能触及词的叙事特征。"笔者按，此意甚好，但"叙事意味""最大公约数"如何确定，是个问题，有赖更多、更细致的分析研究。

② 张海鸥：《论词的叙事性》，《中国社会科学》2004年第2期。

③ 刘扬忠、赵赟在《从词序互文看姜夔词的叙事特色》一文中对姜夔词序与词正文的关系作了深入探讨，提出："自传性是姜夔词序互文的内在基础……词序互文既丰富了词的叙事容量和层次，又为词提供了叙事线索。"《社会科学战线》2014年第5期。

猎，就成了词体叙事研究的标配操作。在创作中，以词序来补充（或代替）词体叙事，这种行为本身就是词体叙事弱化的体现。苏轼之前，词序多以词题的形式出现，谈不上有多少叙事；自苏轼始，在词序中加入散文叙事文字，而词体正文中叙事的必要性就相应地减少，抒情性反而增强了。可见，词序的出现事实上削弱了词体叙事特征的发展。观姜夔词集中词序叙事之优美与词体正文抒情之强烈，对比鲜明，就可以明白这个道理。词序叙事再完美，毕竟不是词（体）叙事，而是散文叙事。所以，严格地说，我们所指的词体叙事不应包括词序叙事，周邦彦《瑞龙吟》无序文，而该词之叙事却是词体叙事之典范。

近年来，学界要求将叙事视角引入词体叙事研究的呼声越来越高，学术研究中运用叙事学观念者也愈加自觉，吴世昌先生的弟子董乃斌教授是这种学术潮流的领头者。他继承乃师以小说视角解词的路数而发扬光大之，在《古典诗词研究的叙事视角》一文中主张将叙事视角引入古典诗词研究，并从中国诗歌历史演变中勾勒诗歌叙事的演变线索[1]。董乃斌先生还在《中国文学叙事传统研究》一书中进一步指出："叙事性在乐府中是仅次于音乐性的一大特征，若从文学角度视之，则同样处于核心位置。音乐性关涉的主要是乐府的表演形式和艺术功能，叙事性则多关涉乐府诗的内容和表现手法，从文学研究的本位来说，对乐府叙事性的关注应当不在其音乐性特征之下。"[2]唐宋词就是唐宋时期的"乐府文学"之一种，当然也是董先生所指的需要加强其叙事性研究的对象。在年轻一代研究者那里，已

[1] 董乃斌：《古典诗词研究的叙事视角》，《文学评论》2010年第1期。
[2] 董乃斌：《中国文学叙事传统研究》，中华书局2012年版，第217页。

出现了尝试用叙事学理论研究词体叙事的例子，如有学者用叙事学上的叙事视角来分析花间词与南唐词在叙事视角选择上的差异，得出结论：花间词的叙事视角多采用无聚焦视角，而南唐词则以第一人称内聚焦视角为主。^① 在中国叙事学研究重镇江西师范大学，已有硕士论文从西方叙事学上的叙事主题、叙事主体、叙事时间来探讨词体叙事问题^②，等等。以上都体现了当下词体叙事研究的学术新进展。

高峰《论唐宋词体的叙事特性》一文，是解析唐宋词叙事特性形成原因的集成之作。该文作者认为：词体叙事的形成，既有时代文化、文体分工的外部原因，也有它所继承的汉乐府、中唐诗史、新乐府等诗歌叙事传统这一内部原因，同时还与其他叙事文体之间存在着创作互动密不可分^③。高峰在文中进一步指出，唐宋词的叙事经常表现为联章组词、词调、词序、典故、原型意象、隐括体等几个重要标识。词中大量化用典故、原型意象或者采用隐括体，对增强作品叙事特性具有以少总多的功效。总之，高文对词体叙事的原因及其表现，都作了全面的总结。

---

① 陈永红、李诗茵：《花间、南唐词叙事视角选择的差异与地域审美心理》，《广州大学学报》2012 年第 4 期。

② 唐巧芬：《唐宋词词体结构的叙事特征研究》，2015 年江西师范大学硕士论文。该论文尝试用西方叙事学概念来审视宋词，展现了良好的学术眼光，但限于学力，尚未实现学术目标。

③ 如唐五代时期唐传奇、参军戏等小说、戏剧形式潜移默化地影响到曲子词叙事因素的加重，词史创作也吸收宋朝白话小说、杂剧等叙事文学的表现手法。反过来，唐宋词中的叙事传统对宋代以后杂剧、散曲、传奇等叙事文学的创作均也产生了深远的影响。详见高峰：《论唐宋词体的叙事特性》一文，《浙江工商大学学报》2017 年第 4 期。

从以上对词体叙事研究史的回顾，我们可以看出：研究者对词体叙事的认识，在最初的印象式批评（"序事闲暇，有首有尾"）后，经过漫长的"铺叙"概念批评阶段，在清代时慢慢聚焦于"顿挫"这一比较自觉的叙事批评术语，终于在民国初期确立了"叙事""故事诗"等词学批评概念。这些概念在词学领域的运用，是现代词学确立的标志之一。当叙事视角进入词学批评之后，词体叙事研究便进入纵深发展阶段，浦江清、俞平伯、吴世昌诸先生以戏曲、小说的手法论词导夫先路，诸葛忆兵、陶文鹏、张仲谋等人继之以戏剧、表演视角论词，进一步从文体自觉的角度深化对词体叙事的认识。张海鸥、董乃斌诸人从叙事学理论高度介入词体研究，提升了该研究领域的理论深度。高峰等人的成果在前人研究的基础之上，对词体叙事的原因进行了全面而深入的归纳总结。

前人时贤已在词体叙事方面积累丰厚，如何百尺竿头更进一步，将词体叙事的研究推向前进？答案还是在学术史的梳理之中。以上诸学人的研究成果启示我们，今后对词体叙事的研究，既要坚持从词体本身的实际出发，从文本出发，也要具有宏观的现代学术视野，才能把词体叙事研究推向前进。因此，笔者拟从两个角度来探讨词体的叙事传统：一是从文本形式角度，如单词叙事与联章叙事；二是从叙事学角度，坚持以叙事学核心概念来审视词体叙事，并将其与诗歌、小说、戏曲的叙事（以同样的核心概念为标准）稍作比较，以显示词体叙事的特殊性。

第二节 单 词 叙 事

研究词体叙事有很多理论工具和研究视角，但是，无论用什么理论工具和视角，若想研究词体叙事，研究者回到词的生成第一现场（如歌舞表演、应景唱歌）是最佳切入点。这个第一现场的特征，古人已经用"娱宾遣兴"来总结过了。

站在历史现场的角度来看，唐宋词之产生，是作为故事表演或歌舞表演的歌辞而存在的。它在当时既可以单曲不重复演唱，也可以单曲重复演唱，还可以由不同宫调的几个曲子组合在一起演唱。同一曲调不重复演唱的歌词，在本文中我们称为单调词；同一曲调重复演唱（不同内容）的词，我们称之为联章词；用不同宫调的曲调组合在一起演的唱词，我们称之为套词（即诸宫调）。研究单调词的叙事性，就是所谓的"单词叙事"；研究联章词的叙事性，就是所谓的"联章词叙事"；研究套词的叙事性，就是所谓的套词叙事。单调词、联章词和套词这三种词类形态，完全是依据其演唱时的组合形式而划分的。严格地说，研究词体的叙事艺术，主要是指研究作为个体的词的叙事艺术，即"单词叙事"的艺术；而"联章词叙事""套词叙事"只不过是单词叙事的延伸，后两者只关心两首以上的单词组合后，对词体叙事艺术的影响。换句话说，单词叙事的艺术分析，同样适用于联章词、套词中每一首词的叙事艺术分析。

本节探讨单词叙事。

人们对于单词叙事的印象，大概主要集中在长篇慢词，比如柳永词、周邦彦词。柳、周都以赋法入词带来词体叙事功能的扩张。对于唐宋令词（短小之词），论者多以"境狭情长"的抒情诗视之。其实，令词也可以用情节叙事的，以南唐后主李煜的《菩萨蛮》为例：

> 花明月暗笼轻雾，今宵好向郎边去。刬袜步香阶，手提金缕鞋。　　画堂南畔见，一向偎人颤。奴为出来难，教君恣意怜。

本词采用第一人称内视角（主人公视角）叙事，短短 44 个字，有情节，有对话，有心理，叙事特征很明显。只是情节过于香艳，读之易引起不适感。又如周邦彦《少年游》词：

> 并刀如水，吴盐胜雪，纤手破新橙。锦幄初温，兽香不断，相对坐调笙。　　低声问，向谁行宿？城上已三更。马滑霜浓，不如休去，直是少人行。

本词以第一人称有限视角（见证人视角）叙事，写叙述者"我""看到"的一位公子与歌女相见的故事。故事主人公是歌女和公子，叙事者是旁观者"我"。上片叙歌女的动作和居住环境，显示歌女高雅的生活品位，也自然衬托了公子的高雅品位；下片叙女子与公子的对话，显示歌女多情体贴的性格。全词叙述了公子见歌女、歌女留宿公子的前后经过，叙事情节非常完整。可见，在成功的词作中，叙事与否，不完全受制于文字的长短，有无完整的情节才是叙事成功与否的关键。又如辛弃疾《西江月》：

> 醉里且贪欢笑，要愁那得工夫。近来始觉古人书。信着全无是处。　　昨夜松边醉倒，问松"我醉何如"？只疑松动要来扶，以手推松曰"去"。

　　夏承焘先生认为，此词下片"仅仅二十五个字，构成了剧本的片段：有对话，有动作，有神情，又有性格的刻画，内容之丰富乃小令中少见"。以上看法都是迥别于传统论词者的学术视角。由此想到：研究者一旦转换以前旧有思路，从词体叙事角度着眼，那么，他在研究唐宋词时会有意想不到的新结论。

　　目前论词体叙事者，常用作举例的单词主要有：晚唐无名氏《醉公子》（门外猧儿吠），晚唐无名氏《菩萨蛮》（牡丹含露真珠颗），韩偓《生查子》（侍女动妆奁），张泌《浣溪沙》（晚逐香车出凤城），南唐李煜《菩萨蛮》（花明月暗笼轻雾）、《一斛珠》（晚妆初过），北宋张先《谢池春慢》，北宋晏殊《山亭柳》（家住西秦），周邦彦《少年游》（并刀如水）、《瑞龙吟》（章台路），南宋刘克庄《贺新郎》（妾出于微贱）、《沁园春》（斗酒彘肩）等。举例如此集中当然是非常奇怪的现象，说明原创研究不多。笔者总结了上面诸词的叙事特点：有中心人物及围绕中心人物展开的情节，有时间和空间的转换，有对话，等等。依此标准再翻《唐五代词》和《全宋词》，两书中类似的叙事之作，比比皆是。如传为夏竦所作的《鹧鸪天》词：

　　　　镇日无心扫黛眉。临行愁见理征衣。尊前只恐伤郎意，
阁泪汪汪不敢垂。　　　停宝马，捧瑶卮，相斟相劝忍分离。
不如饮待奴先醉，图得不知郎去时。①

　　过去，评论家说这类作品叫做代言体，是"男子作闺音"。

---

① 　据《全宋词》记载，此词见于《花草粹编》卷五，又见《词林万选》卷二。中华书局1965年版，第9页。

这个概念如果是从社会心理学或性别理论的角度来立论，是很有意义的。撇开作品的社会性不谈，如果仅从词艺的角度来分析其叙事性，那么，这首词就是第一人称内视角（主人公视角）叙事之作。这种叙事视角能给人以真实感、亲切感，如果用来抒情，会增强作品的感人力度。

另外，唐宋词中，有一部分词读起来情节或许不连贯，但明显有叙事线索隐含其中，于是，研究者往往以"空白叙事""节点叙事""独白叙事"等词组来概括其特征。其实，从叙事学的角度来看，这类词的叙事特点是容易理解的，并不需要生造新的概念来总结它们。

为系统地从叙事理论的角度研究词体叙事的特征，下文依第一人称内视角（主人公视角）、第一人称外视角（也称第一人称限知视角、见证人视角）、第三人称限知视角、第三人称全知视角等四个概念①的顺序，来逐一举例解说②。

（一）第一人称内视角（主人公视角）叙事词

在文学长河里，抒情诗往往是以第一人称创作的，而叙事诗则多用第三人称创作。唐宋词中叙事作品的情况却比较特殊，以第一人称内视角（主人公视角）来叙事的词比比皆是。这一类词的主要特点是叙事者为"我"，作品中有故事，有情节，有

---

① 关于四个概念的内涵，请参见本书导言。

② 用第二人称叙事的词比较少见，稍稍符合其特点的词，如苏轼《满庭芳》："三十三年，飘流江海，万里烟浪云帆。故人惊怪，憔悴老青衫。我自疏狂异趣，君何事、奔走尘凡？流年尽，穷途坐守，船尾冻相衔。　　巉巉。淮浦外，层楼翠壁，古寺空岩。步携手林间，笑挽扠撼。莫上孤峰尽处，萦望眼、云海相搀。家何在？因君问我，归梦绕松杉。"

心理活动。由于词中叙事从"我"笔下流出，故作品中的生活细节丰富，叙事的可信度也因此增强。如晏几道《临江仙》：

> 梦后楼台高锁，酒醒帘幕低垂。去年春恨却来时。落花人独立，微雨燕双飞。　　记得小苹初见，两重心字罗衣。琵琶弦上说相思。当时明月在，曾照彩云归。

又如同人《鹧鸪天》：

> 彩袖殷勤捧玉钟，当年拼却醉颜红。舞低杨柳楼心月，歌尽桃花扇底风。　　从别后，忆相逢，几回魂梦与君同。今宵剩把银釭照，犹恐相逢是梦中。

周邦彦的《少年游》亦是如此：

> 朝云漠漠散轻丝。阁楼淡春姿。柳泣花啼，九街泥重，门外燕飞迟。　　而今丽日明金屋，春色在桃枝。不似当时，小楼冲雨，幽恨两人知。

又同人《红窗迥》词：

> 几日来，真个醉。不知道、窗外乱红，已深半指。花影被风摇碎。拥春醒乍起。　　有个人人，生得济楚，来向耳畔，问道今朝醒未。情性儿、慢腾腾地。恼得人又醉。

再如秦观《河传》词：

恨眉醉眼。甚轻轻觑著，神魂迷乱。常记那回，小曲阑干西畔。鬓云松、罗袜划。　　丁香笑吐娇无限。语软声低，道我何曾惯。云雨未谐，早被东风吹散。闷损人、天不管。

李清照的《点绛唇》：

蹴罢秋千，起来慵整纤纤手。露浓花瘦，薄汗轻衣透。　　见客入来，袜划金钗溜。和羞走，倚门回首，却把青梅嗅。

细品以上诸词中，不唯有个性鲜明的人物形象"我"存在，特别是最后一词中，"慵整""和羞"等心理活动，将叙事者"我"的身份展现无遗。以上诸词还有明显的情节在向前推进，在情节推进过程中，人物性格与形象越来越清晰。这就是叙事的艺术效果。又如李清照的《如梦令》：

昨夜雨疏风骤。浓睡不消残酒。试问卷帘人，却道海棠依旧。　　知否、知否？应是绿肥红瘦。

本词中叙一问一答的情节，问者多情，答者无心，引起问者强烈的心理反弹，直接发出了"知否？知否？"的反诘。这样一来，问者"我"的多愁善感、心事重重的形象就呼之欲出了。再看看苏轼的名作《江城子·密州出猎》和《定风波》：

老夫聊发少年狂。左牵黄，右擎苍。锦帽貂裘，千骑卷平冈。为报倾城随太守，亲射虎，看孙郎。　　酒酣胸胆尚开张。鬓微霜。又何妨？持节云中，何日遣冯唐？会挽雕弓如满月，西北望，射天狼。（《江城子·密州出猎》）

　　莫听穿林打叶声。何妨吟啸且徐行。竹杖芒鞋轻胜马。谁怕？一蓑烟雨任平生。　　料峭春风吹酒醒。微冷。山头斜照却相迎。回首向来萧瑟处。归去。也无风雨也无晴。（《定风波》）

　　两词中通过一系列动作和情节推进，刻画了苏轼洒脱、豪迈的性格。两首词都有明确的叙事主人公"我"，都伴随着前后一贯的动作和相应的时空转换，也就是都有某种程度的叙事情节，情节推进为展示性格服务，与纯粹的抒情或场景描写不同。因此，这两首词是第一人称内视角（主人公视角）的叙事词。

　　以上词作，还带有传统抒情诗的很多痕迹。真正体现词体中第一人称内视角叙事词艺术特征的，便是将抒情诗中惯用的第一人称视角与传统赋法——赋笔铺排——相结合，产生一种新的词体叙事艺术。这种风气始于柳永，大成于周邦彦。这个词体艺术的创新值得大书特书。赋笔铺排的艺术是从汉大赋创作中探索出来的，它是一种最能营造荣华富贵气象的写作手法。从赋的本来意义上讲，赋者，铺陈也，赋笔的特征是画面平列，不刻意讲求所描绘的对象的时间或空间顺序，只需按照"镜头"的移动方向呈现即可。如敦煌曲子词《菩萨蛮》：

　　　　霏霏点点回塘雨，双双只只鸳鸯语。灼灼野花香。依依金柳黄。　　盈盈江上女。两两溪边舞。皎皎绮罗光。轻轻云粉妆。

这里呈现的画面是由每一个独立的景象组合而成的。在词人艺术性的构思之下，它们貌似无意、实则有心地"陈列"在文字中，并在读者的脑海里徐徐展开一幅美丽的"早春柳溪舞女"图。又如丁谓描写京城元宵节晚上景色的《凤栖梧》词：

> 十二层楼春色早。三殿笙歌，九陌风光好。堤柳岸花连复道。玉梯相对开蓬岛。　　莺啭乔林鱼在藻。太液微波，绿斗王孙草。南阙万人瞻羽葆。后天祝圣天难老。

再如夏竦《喜迁莺》词：

> 霞散绮，月沉钩。帘卷未央楼。夜凉河汉截天流。宫阙锁清秋。　　瑶阶曙，金盘露。凤髓香和烟雾。三千珠翠拥宸游，水殿按《凉州》。

以上诸词都是以赋笔取胜的佳作，而这类词作在唐宋词中占极大的部分。可以说，赋笔是词中最常用的表现手法。柳永词中也有纯用赋笔者，如《醉蓬莱》词：

> 渐亭皋叶下，陇首云飞，素秋新霁。华阙中天，锁葱葱佳气。嫩菊黄深，拒霜红浅，近宝阶香砌。玉宇无尘，金茎有露，碧天如水。　　正值升平，万几多暇，夜色澄鲜，漏声迢递。南极星中，有老人呈瑞。此际宸游，凤辇何处，度管弦清脆。太液波翻，披香帘卷，月明风细。

这里只有纯粹的铺陈景色，没有故事情节，没有叙事主人公。当然这并不影响其为优秀的歌辞。

但柳永并没有停留在"铺陈"这一点上。柳永借鉴赋笔铺陈创作出了长调慢词，也非常成功。他的词，在赋笔之外加入叙事、时空转换、时空折叠、连贯动作和系列心理活动，重新组合了词的艺术空间，进一步发展成了成功的叙事之作。如他的《夜半乐》词：

> 冻云黯淡天气，扁舟一叶，乘兴离江渚。渡万壑千岩，越溪深处。怒涛渐息，樵风乍起，更闻商旅相呼。片帆高举。泛画鹢、翩翩过南浦。　　望中酒旆闪闪，一簇烟村，数行霜树。残日下，渔人鸣榔归去。败荷零落，衰杨掩映，岸边两两三三，浣纱游女。避行客、含羞笑相语。　　到此因念，绣阁轻抛，浪萍难驻。叹后约、丁宁竟何据。惨离怀，空恨岁晚归期阻。凝泪眼、杳杳神京路。断鸿声远长天暮。

一般论者很难将这首词看成叙事之作，以其中多赋笔的缘故。词中赋笔铺陈的是"我"一路所见的风景和所遇的人事。从作品中赋笔所占篇幅比重来说，本词似乎是叙事不足；但是，我们更要看到本词的重心所在。本词有明确的叙事主人公"我"，"我"有清晰而连贯的动作（离、渡、渐息、乍起、高举、过、望、鸣、避、含羞、因念、叹、空恨、凝，等等），有清晰的时空转换，并伴随着主人公情绪的变化，尤其是"到此"以下的第三段，"我"之回忆展示了一个伤感的故事，将全词的叙事推向高潮。回忆还增强了本词时空转换的丰富性。因此，本词实际上是一首主人公视角的叙事性极强的词。从这个角度

239

来说，前人以"赋笔叙事"来总结柳永词或周邦彦词的叙事特征，不无道理①。又如柳永名作《雨霖铃》词中的叙事：

> 寒蝉凄切，对长亭晚，骤雨初歇。都门帐饮无绪，留恋处，兰舟催发。执手相看泪眼，竟无语凝噎。念去去，千里烟波，暮霭沉沉楚天阔。　　多情自古伤离别，更那堪，冷落清秋节！今宵酒醒何处？杨柳岸，晓风残月。此去经年，应是良辰好景虚设。便纵有千种风情，更与何人说？

此词将现在与将来进行时空转换，将景语、情语、情节贯穿起来，在读者眼前展现了一段清晰的"汴堤送别"的情节和场景，赋笔之中寓以叙事框架。与以上叙事艺术相同的作品还可举李清照的《永遇乐》：

---

① 李之仪《跋吴思道小词》有语："柳耆卿始铺叙展衍，备足无馀。"王灼《碧鸡漫志》中对柳永词有"序事闲暇，有首有尾"的评价。陈振孙评价周邦彦词："长调尤善铺叙，富艳精工，词人之甲乙也。"周曾锦《卧庐词话》中也说："柳耆卿词，大率前遍铺叙景物，或写羁旅行役，后遍则追忆旧欢，伤离惜别，几于千篇一律，绝少变换，不能自脱窠臼。"王辉斌在《柳永词艺术成就新论》中提出柳词的创新之一就在于"开创铺叙，以赋为词"。陈菁华《铺叙展演备足无余——试论柳永词中的铺叙手法》将柳永"以赋为词"的创作方式总结为"直言其事"与"铺陈展演"两种艺术手法。以铺叙为切入点来研究柳、周等人词中的叙事性，出发点固然好，但是要明白"赋笔"与"叙事"之间的艺术差别：赋笔的核心是铺陈，离叙事还有一段距离。周、柳在赋笔之外，增添了很多时空转换，这个赋笔才能叙事。

　　落日熔金，暮云合璧，人在何处？染柳烟浓，吹梅笛怨，春意知几许。元宵佳节，融和天气，次第岂无风雨。来相召、香车宝马，谢他酒朋诗侣。　　中州盛日，闺门多暇，记得偏重三五。铺翠冠儿，撚金雪柳，簇带争济楚。如今憔悴，风鬟霜鬓，怕见夜间出去。不如向、帘儿底下，听人笑语。

　　李清照词中赋笔居多，但是很明显有了一个第一人称叙事的主人公，并加入了人物动作和心理活动，还有了今—昔—今三重时空转换，故本词应当作第一人称内视角叙事词看，虽然它有很强的抒情色彩。叙事其骨，抒情其肉；叙中有抒，抒中有叙。北宋政和年间的词人徐伸，他的《转调二郎神》一词在当时被选进各种选本，很受欢迎。词如下：

　　闷来弹雀，又搅破、一帘花影。谩试著春衫，还思纤手，薰彻金炉烬冷。动是愁多如何向，但怪得、新来多病。想旧日沈腰，而今潘鬓，不堪临镜。　　重省。别来泪滴，罗衣犹凝。料为我厌厌，日高慵起，长托春酲未醒。雁翼不来，马蹄轻驻，门闭一庭芳景。空伫立，尽日阑干倚遍，昼长人静。

　　词中着重号是笔者所标。读者不难看出，词人在使用一系列的动词叙述情节，推动故事往前发展。再如辛弃疾的《水调歌头·舟次扬州和人韵》词：

　　落日塞尘起，胡骑猎清秋。汉家组练十万，列舰耸高楼。谁道投鞭飞渡，忆昔鸣髇血污，风雨佛狸愁。季子正年少，匹马黑貂裘。　　今老矣，搔白首，过扬州。倦游欲去江上，手种橘千头。二客东南名胜，万卷诗书事业，尝试与君谋。莫射南山虎，直觅富民侯。

辛弃疾在本词中回顾了自己青年时孤身探敌营活捉叛徒，并率领起义军南下投奔朝廷的往事；及南渡后自己一腔热血化为泡影，最终被朝廷闲置（归正人不受信任）的悲愤处境。上片叙事性强，下片抒情性强。正因为有以"我"为主人公的叙事骨架的存在，所以上述诸词的抒情更显真挚有力。

那么，柳永与周邦彦等人在词中是如何一边运用赋笔加强词体的叙事性、一边还保持着强烈的抒情性的呢？答案是主人公视角结合赋笔。下文试为之解说。

《瑞龙吟》为《清真集》压卷之作，词如下：

章台路。还见裼粉梅梢，试花桃树。愔愔坊陌人家，定巢燕子，归来旧处。　　黯凝伫。因念个人痴小，乍窥门户。侵晨浅约宫黄，障风映袖，盈盈笑语。　　前度刘郎重到，访邻寻里，同时歌舞。唯有旧家秋娘，声价如故。吟笺赋笔，犹记燕台句。知谁伴、名园露饮，东城闲步。事与孤鸿去。探春尽是，伤离意绪。官柳低金缕。归骑晚、纤纤池塘飞雨。断肠院落，一帘风絮。

南宋黄昇《花庵词选》中说本词结构上是"双拽头"，即由两个结构相同的唱段组成本词上片。这两个结构相同的唱段宫调上属正平调。下片自"前度刘郎"以下犯大石调，至"归骑

晚"以下再回正平调。坊间俗本往往从篇幅对半的角度，在
"吟笺赋笔"处将本词分为上下片，是不对的。这是一首完美的
第一人称内视角叙事词。上片"章台路"至"归来旧处"写我
回到旧情人的居处；自"黯凝伫"至"盈盈笑语"写我所忆曾
在此地初识旧情人的场面。下片自"前度刘郎"至"犹记燕台
句"写我寻访旧情人，从邻里口中得知情人仍未忘旧；自"知
谁伴"至"事与孤鸿去"写我回忆昔日与旧情人之欢乐郊游；
自"探春尽是"至末尾，写我见不着旧情人后的归路伤感。本
词完整地叙述了"我"满怀热望去探访旧情人、最终失望而归
的全部经过，伴随着复杂的时空转换和心理起伏。有实写，有
虚写，眼前之事与过去之事交替出现，充满着意识流梦幻感，
人生如梦、人面桃花的人生经验扑面而来。又如《锁窗寒》：

> 暗柳啼鸦，单衣伫立，小帘朱户。桐花半亩，静锁一
> 庭愁雨。洒空阶、夜阑未休，故人剪烛西窗语。似楚江暝
> 宿，风灯零乱，少年羁旅。　　迟暮。嬉游处。正店舍无
> 烟，禁城百五。旗亭唤酒，付与高阳俦侣。想东园、桃李
> 自春，小唇秀靥今在否。到归时、定有残英，待客携尊俎。

　　这也是第一人称内视角（主人公视角）叙事词。在一个春
雨淋漓的深夜，"我"与故人在窗下剪烛低语，这一幕让"我"
回想起了少年羁旅时风灯零乱的辛苦生活；时值清明时节，我
与朋友唤酒征歌，嬉游整日；这场景让我想起了故乡的意中人，
她一定是在等我回家、到时一起共赏落花吧？本词与上词同是
叙事，但叙事模式稍有不同，《瑞龙吟》是"人面桃花"模式，
只有今昔转换；本词是"西窗剪烛"模式，今、昔、明三个时

空转换。情节推动自如，时空转换无碍。

又如周邦彦《兰陵王》：

> 柳阴直。烟里丝丝弄碧。隋堤上、曾见几番，拂水飘绵送行色。登临望故国。谁识。京华倦客。长亭路，年去岁来，应折柔条过千尺。　　闲寻旧踪迹。又酒趁哀弦，灯照离席。梨花榆火催寒食。愁一箭风快，半篙波暖，回头迢递便数驿。望人在天北。　　凄恻。恨堆积！渐别浦萦回，津堠岑寂。斜阳冉冉春无极。念月榭携手，露桥闻笛。沉思前事，似梦里，泪暗滴。

况周颐谓此词叙"客中送客"之事，甚确。在一个高度浓缩的时空里，词人叙述了一种"京华倦客"回不去故乡的人生经验。本词以写景开场，首叙"我"来到汴堤送别好友，次叙旧游之快意（回忆），再次叙好友远去之状（悬想），又叙友人离去后"我"想起的两人往昔生活（回忆），最后叙"我"当下伤心之状，"泪暗滴"。全词从艺术手法上来说，叙事其骨，赋笔其外。

李春丽在《周邦彦词的叙事传奇》一文中指出："因为有了叙事，最大程度地发挥词以象见长的文体特点，在情景之外渗入故事，使抒情和叙事的双重功能和谐地呈现。叙事作为抒情的基础，使抒情更有立足点，真切地表达了物是人非的沧桑之感。在叙事中更借助于视角的转换，不仅增加了抒情的容量和层次感，也使缠绵沉郁的感情更有真实感。"[1] 这是对吴世昌先

---

[1] 李春丽：《周邦彦词的叙事传奇》，《阴山学刊》2006年第2期。

生以小说视角论清真词的观点的深化和具体化。无论说清真词
具有传奇性特征也好，还是具有小说的特征也好，其实都指向
了清真词艺术上的奥秘：主人公视角与赋笔相结合产生的叙
事性。

从柳永词到周邦彦词，我们还可以看出赋笔在词中是如何
一点一点地增强其叙事性的。周邦彦和柳永一样，喜欢在词中
使用赋笔铺叙。铺叙在两人词中的大量使用，增加了词中故事
情节的丰富性，而故事情节是为抒情服务的，所以周、柳两人
的词别具人生经验的抒情气质。这是两人艺术创作上的共同之
处，周、柳并称，非无来由。但比较两人词中的赋笔铺叙，又
有不同。刘扬忠先生谓："柳氏词法究属草创，尚多不足。赋若
不参以比兴，则少寄托而欠含蓄；铺陈时若不在章法上求变化，
则少曲折回环之趣而易致一泻无馀。"① 周邦彦词避免了柳词的
艺术缺陷，他更注重对叙事时间的操控，操控的手法是增加景
物描写以强化起兴；使用符号化的意象如燕子、倦客以及历史
典故，强化词的寄托与含蓄性；选取典型场景；以大量的时间
对比、转换，强化情节的曲折性；等等。这是周邦彦词的叙事
性胜于柳永词叙事性的艺术奥秘所在。

（二）第一人称外视角（见证人视角）叙事词

这类词叙事者"我"与故事中的行动者不是同一个人，行
动者是叙述者（我）观察和描绘的对象，"我"会在作品中流露
心理活动，也可能不会。最著名者莫如周邦彦《少年游》（并刀
如水）词，本章开始时已经分析过了，兹不重复。今举欧阳炯

---

① 刘扬忠：《唐宋词流派史》，中国社会科学出版社 2007 年版，第 177 页。

《浣溪沙》词为例：

> 相见休言有泪珠。酒阑重得叙欢娱。凤屏鸳枕宿金铺。
> 兰麝细香闻喘息，绮罗纤缕见肌肤。此时还恨薄情无。

本词中，叙事者与故事的行动者不是一人。这里所叙的是"见证"一场密室幽欢的场景，在传统的士大夫道德文章里见不到的场景。最后一句是记录男性的话。本词是比较典型的见证人视角叙事，虽然这个场景不好"见证"，但可以虚拟在场印象，不但不影响文学的真实性，反而显出此举的文学创造性。因为这是以前词体中未见的叙事手法和视角。

又如苏轼的《蝶恋花》：

> 花褪残红青杏小。燕子飞时，绿水人家绕。枝上柳绵
> 吹又少，天涯何处无芳草！　　墙里秋千墙外道。墙外行
> 人，墙里佳人笑。笑渐不闻声渐悄，多情却被无情恼。

本词的上片，写佳人活动的季节和环境，是为背景铺垫；下片除最后一句外，都是写墙内佳人的活动，因此本词的重心是佳人。"多情却被无情恼"即见证人的心理活动。虽然我们没有见到这位佳人，但对佳人留下了深刻的印象。又如柳永《倾杯》词：

> 离宴殷勤，兰舟凝滞，看看送行南浦。情知道世上，
> 难使皓月长圆，彩云镇聚。算人生、悲莫悲于轻别，最苦
> 正欢娱，便分鸳侣。泪流琼脸，梨花一枝春带雨。　　惨
> 黛蛾、盈盈无绪。共黯然消魂，重携纤手，话别临行，犹

自再三、问道君须去。频耳畔低语。知多少、他日深盟，
平生丹素。从今尽把凭鳞羽。

这是一首深情满满的叙事词，描绘了叙事者"我"见证到
的一场河边送别的故事场景。本词的上片叙述"我"所见所感
的男方的行为动作，下片则叙我所见所感的女方的行为动作。
由于有一定的近距离"参与性"，所以词作给人以叙事真切、抒
情真挚的印象。这是不同于第三人称外视角叙事的地方。又如
朱敦儒《鹧鸪天》词：

唱得梨园绝代声。前朝惟数李夫人。自从惊破霓裳后，
楚奏吴歌扇里新。　　秦嶂雁，越溪砧。西风北客两飘零。
尊前忽听当时曲，侧帽停杯泪满巾。

本词叙李师师在汴京城破、北宋灭亡后流落江南的生活，以
及主人公"我"重见李师师的心理感受。与朱敦儒同时的诗人刘
子翚在《汴京纪事》诗中，也写到了此时的李师师："辇毂繁华事
可伤，师师垂老过湖湘。缕衣檀板无人识，一曲当时动帝王。"可
见南宋初年李师师确实到过湖湘一带，隐姓埋名，依旧卖艺为生。
从叙事角度而言，本词是一首标准的见证人视角叙事词。上片写
叙述者所知道的李师师的人生变化轨迹，李师师本是梨园最红的
歌伎，曾因唱歌好而被封为李夫人；但北宋灭亡后逃难到南
方，为适应南方听众，改习楚地和吴地的音调，唱当地人情风
土的歌词。可见这是多么别扭的艺术状态。下片写"我"在南
方见到李师师，李师师为他当筵高歌一曲往时汴京的旧曲，
"我"听了停下酒杯，转过头去，潸然泪下。李师师本人并没

有在作品中透露任何心声，但是我们从叙事者的叙述和心理活动中，不难体会到李师师经历的痛苦与精神上的痛楚。

南宋末刘辰翁《宝鼎现·春月》词虽也是见证人视角，但在叙事风格上有了些变化：

> 红妆春骑。踏月影、竿旗穿市。望不尽、楼台歌舞，习习香尘莲步底。箫声断、约彩鸾归去，未怕金吾呵醉。甚辇路、喧阗且止。听得念奴歌起。　　父老犹记宣和事。抱铜仙、清泪如水。还转盼、沙河多丽。滉漾明光连邸第。帘影冻、散红光成绮。月浸葡萄十里。看往来、神仙才子，肯把菱花扑碎。　　肠断竹马儿童，空见说、三千乐指。等多时春不归来，到春时欲睡。又说向、灯前拥髻。暗滴鲛珠坠。便当日、亲见霓裳，天上人间梦里。

本词中叙事者"我"，是一个讲古老人，是一个曾经见过太平盛世的遗老。上片叙"我"所见太平时节的元宵节盛况。中间概叙国破朝亡的事实。后片叙儿孙们听"我"讲过去的繁华犹如梦里说梦，昏昏欲睡；"我"在灯前暗中垂泪。与叙事者"我"的清晰明了相比，行动者主体在词中有几种存在方式：第一节中的行动者主体是夜市中的各色人等，第二节中是父老及一个改朝换代的大时代，第三节中是儿童及父老，既熟悉又模糊的影子。由于故事中行动者的虚化，故词中的情节也只剩下朦胧的轮廓，仿佛是一些事件的堆积。这种虚化的叙事手法，与南宋后期词贵清空、反对质实的艺术潮流是一致的，这也是南宋词总体上叙事性大为衰退的时代背景。

顺便说到词中常用的一个重要叙事手段：典故叙事。叙眼前之事的时候，不直接说出，而是借用与之相关的历史、文化典故来代替。典故叙事的好处是空灵委婉，情思含蓄，它"是一种片段、浓缩式的叙事"①。虽然典故叙事缺乏丰富、生动的情节，但典故本身所蕴含的大量故事情节对词体叙事起重要辅助作用。这种叙事手法需要读者调动自己的知识储备来完成对作品叙事的再创造。从接受者角度来说，典故的运用可以在文本之外最大限度地宽展叙事内容，在唐诗里，杜牧与李商隐开此风气，而唐宋词人之中，秦观已开此风气，周邦彦则运用娴熟。如秦观《满庭芳》词：

> 北苑研膏，方圭圆璧，名动万里京关。碎身粉骨，功合上凌烟。尊俎风流战胜，降春睡、开拓愁边。纤纤捧，香泉溅乳，金缕鹧鸪斑。　　相如，方病酒，一觞一咏，宾有群贤。便扶起灯前，醉玉颓山。搜揽胸中万卷，还倾动、三峡词源。归来晚，文君未寝，相对小妆残。

本词咏北苑贡茶。上片加入一系列的动词来介绍茶叶（宋时皆制成茶饼），用语谐谑，如"粉身碎骨"喻茶末之形，"上凌烟"戏说北苑贡茶名声之大，"降春睡""开拓愁边"写茶叶之效极佳，拓边与拓愁边（消除烦闷）一字转意，尤见机警；"香泉溅乳"叙沏茶之状，"金缕鹧鸪斑"或状茶叶泡开后的形状。下片虚构了一个司马相如与卓文君相见、借茶醒酒的故事，进一步补充叙述北苑贡茶之神奇效果，给人深刻印象。词中运

---

① 徐安琪：《论辛弃疾的"以文为词"》，《华中科技大学学报（社会科学版）》2004 年第 5 期。

用了诸多典故如凌烟阁、玉山倾、司马相如、卓文君等，结合一系列动词，用叙事手法煞有介事地作了一篇咏物词。再如周邦彦《瑞龙吟》也是借用典故叙事的极佳例子：

> 章台路。还见褪粉梅梢，试花桃树。愔愔坊陌人家，定巢燕子，归来旧处。　　黯凝伫。因念个人痴小，乍窥门户。侵晨浅约宫黄，障风映袖，盈盈笑语。　　前度刘郎重到，访邻寻里，同时歌舞。唯有旧家秋娘，声价如故。吟笺赋笔，犹记燕台句。知谁伴、名园露饮，东城闲步。事与孤鸿去。探春尽是，伤离意绪。官柳低金缕。归骑晚、纤纤池塘飞雨。断肠院落，一帘风絮。

　　据笔者整理的结果，本词中运用的典故（含化用前人诗句）至少十二处，几乎句句有典实。如"章台"一词，既指汉代的妓女集居之地章台街，也化用韩翃《章台柳》诗的意思："章台柳，章台柳，昔日青青今在否？纵使长条似旧垂，也应攀折他人手。"本词暗用其意，预示了一个伤感凄美的爱情故事。桃树一词，既与下文"前度刘郎"遥相呼应，也暗含"人面不知何处去，桃花依旧笑春风"之意，非等闲写景。"障风映袖"化用李商隐《柳枝五首》序中语。"前度刘郎"一句，化用刘禹锡《再游玄都观绝句并序》诗中的意思（"种桃道士归何处？前度刘郎今又来"）。"秋娘"化用杜牧《杜秋娘诗序》诗意。"犹记燕台"句，用李商隐《柳枝五首并序》之典。"东城闲步"用杜牧《张好好诗序》意典。"事与孤鸿去"化用杜牧《题安州浮云寺楼寄湖州张郎中》诗意。等等。由于刘禹锡、李商隐、杜牧诗及其背景都是大家所熟知的故事，所以周邦彦运用它们时，就省略了很多叙事文字，直接用典故中的情节代替本词中叙述的情节，不但省文，而其意义也更深层婉转。

辛弃疾的《青玉案·元夕》词也是化用了很多大家熟悉的事典和诗句：

> 东风夜放花千树。更吹落、星如雨。宝马雕车香满路。凤箫声动，玉壶光转，一夜鱼龙舞。　　蛾儿雪柳黄金缕。笑语盈盈暗香去。众里寻他千百度。蓦然回首，那人却在，灯火阑珊处。

本词采用见证人视角叙事，上片叙元夕夜景之灿烂，下片叙"我"寻找寂寞伊人之状。无一语及"他"，但"他"的形象已深深地植入读者脑海中。

需要指出的是：内视角叙事的词其叙事方式多是以主人公"我"言说情感经历、事件过程、心理活动等（这也是词体的主流创作模式，也是词体给人"一往情深"的印象的艺术奥秘）。于是，有研究者往往将这类作品的主人公"我"当成作者本人，并将词中所有情事全部视作作者的真实经历。这显然是不妥当的。以西方叙事学视角而言，这就是误会了真实作者与叙述者的区别。研究内视角叙事类词作，最需要抛开真实作者的魔障，那种一味寻求本事、考证史实的研究方式，大大压缩了我们理解作品时本应有的广阔空间。

（三）第三人称外视角（限知视角）叙事词

叙事者只叙述他看到的有限事实、只叙述他看到的有限动作，叙述者以一种貌似客观的"中立"态度（限知）冷静地叙

事，把动作与动作之间的空白和想象空间留给读者①。这种情节
处理方式非常适合令词的文体短小的特征，文字简练，意味深
长。例如欧阳修的《生查子·元夕》词便是标准的第三人称外
视角叙事词：

> 去年元夜时，花市灯如昼。月上柳梢头，人约黄昏后。
> 今年元夜时，月与灯依旧。不见去年人，泪满春衫袖。

　　叙事者与事件中的行动者不是同一人，所以是外视角；叙
事者与行动者都没有心理活动，所以是第三人称外视角叙事。
其结果类似纯粹的客观叙事，给读者留下了广阔的想象空间。
又如晏几道的《玉楼春》：

> 红绡学舞腰肢软。旋织舞衣宫样染。织成云外雁行斜，
> 染作江南春水浅。　　露桃宫里随歌管。一曲霓裳红日晚。
> 归来双袖酒成痕，小字香笺无意展。

　　类似的词还如晏几道的《生查子》：

> 金鞭美少年，去跃青骢马。牵系玉楼人，绣被春寒夜。

---

① 吴世昌《论读词须有想象》："我们知道，古生物学者发现一个兽类的牙齿
　　或脊椎，便能算出它的头角该有多大，躯干该有多长。这可以说是一种
　　还原的工作。我们读词，也应该有这种还原的能力。《花间集》中的小
　　令，有的好几首合起来是一个连续的故事，有的一首即是一个故事或故
　　事中的一段。"见氏著《唐宋词概说》中《论词的读法》一文第5节。北京
　　出版社2015年版，第244页。

消息未归来，寒食梨花谢。无处说相思，背面秋千下。

客观叙事之法一如上词，但此处稍有不同之处。本词中"消息未归来""无处说相思"两句，有点违背限知视角叙事的"纯客观性"，掺入了全知视角叙事的因素，事实上有点破坏本词的艺术统一性了。当然，作为抒情小令词，这个艺术尝试是可以的。

在六一词、小山词之前，最有名的第三人称外视角叙事词毫无疑问首推温庭筠《菩萨蛮》（小山重叠金明灭）词。本词叙事冷静，色调华丽，意境浑成，体现了《花间集》的当行本色与最高艺术水平。全词如下：

小山重叠金明灭，鬓云欲度香腮雪。懒起画蛾眉，弄妆梳洗迟。　　照花前后镜，花面交相映。新帖绣罗襦，双双金鹧鸪。

本词写美人晨起梳妆之前后经过，次序分明，一脉贯穿。更可注意的是，全词以第三人称限知视角叙事，态度客观冷静。清陈廷焯《白雨斋词话》卷一谓："所谓沉郁者，意在笔先，神馀言外。写怨夫思妇之怀，寓孽子孤臣之感。凡交情之冷淡，身世之飘零，皆可于一草一木发之。而发之又必若隐若现，欲露不露，反复缠绵，终不许一语道破。匪独体格之高，亦见性情之厚。飞卿词如'懒起画蛾眉，弄妆梳洗迟'，无限伤心，溢于言表。"①所谓"沉郁"，所谓"终不许一语道破"，在叙事学理论看来就

①　［清］陈廷焯：《白雨斋词话》卷一，第 10 条，孙克强主编《清代词话全编》第 12 册，凤凰出版社 2019 年版，第 397 页。

是第三人称限知视角叙事，谈艺者当明乎其理也。限知视角叙事留给读者的想象空间极大，艺术回味性极强，但它需要叙事者很好地操控自己的中立情感，并保持客观冷静。

（四）第三人称全知视角叙事

这是小说中常见的叙事视角，在诗歌与词中运用得并不是很广泛。就像该视角在小说中运用的效果那样，它的好处是可以完整地把故事的前因后果、前后经过一次性叙述出来。它与第三人称有限视角的显著区别是：全知视角既可以写故事的全部过程，也可以写所有的行动主体的心理活动。如明代《花草粹编》卷五所收晚唐无名氏《菩萨蛮》词：

> 牡丹含露真珠颗。美人折向庭前过。含笑问檀郎。花强妾貌强。　　檀郎故相恼。须道花枝好。一向发娇嗔。碎挼花打人。

此词叙述了一个完整的小故事，有缘起、矛盾冲突和故事结局，是第三人称全知视角叙事。除了叙事之外，本词没有议论抒情，是一篇标准的叙事之作。又如韩缜《凤箫吟》词也是一首第三人称全知视角的叙事词：

> 锁离愁，连绵无际，来时陌上初熏。绣帏人念远，暗垂珠泪，泣送征轮。长亭长在眼，更重重、远水孤云。但望极楼高，尽日目断王孙。　　消魂。池塘别后，曾行处、绿妒轻裙。恁时携素手，乱花飞絮里，缓步香裀。朱颜空自改，向年年、芳意长新。遍绿野，嬉游醉眠，莫负青春。

　　本词叙述了一个送别与思念的故事情节。上片叙"绣帏人"送别"王孙"，下片叙"王孙"别后思念"绣帏人"。前后动作连贯，情节自然流动，并伴随着各自的心理活动。需要指出的是，第三人称全知视角虽然在艺术上带来了故事性比较完整的好处，但不足之处也很明显：作为抒情文体的词，运用这种视角会导致抒情性不够，细节不丰富，心理描绘隔膜，难以给读者鲜明的印象。一句话，艺术感染力不如其他视角。该视角还可以用来叙时事。如刘辰翁的《六州歌头》词：

　　　　乙亥二月，贾平章似道督师至太平州鲁港，未见敌，鸣锣而溃。后半月闻报，赋此。

　　　　向来人道，真个胜周公。燕然眇。涪溪小。万世功。再建隆。十五年宇宙，宫中赝。堂中伴。翻虎鼠，搏鹯雀，覆蛇龙。鹤发庞眉，憔悴空山久，来上东封。便一朝符瑞，四十万人同。说甚东风。怕西风。　甚边尘起，渔阳惨。霓裳断。广寒宫。青楼杳。朱门悄。镜湖空。里湖通。大纛高牙去，人不见，港重重。斜阳外，芳草碧，落花红。抛尽黄金无计，方知道、前此和戎。但千年传说，夜半一声铜。何面江东。

　　由于第三人称全知视角擅长于讲故事，所以，在词中常用于特定的故事题材。如柳永《采莲令》词：

　　　　月华收，云淡霜天曙。西征客、此时情苦。翠娥执手送临歧，轧轧开朱户。千娇面、盈盈伫立，无言有泪，断肠争忍回顾。　一叶兰舟，便恁急桨凌波去。贪行色、岂知离绪。万般方寸，但饮恨，脉脉同谁语。更回首、重城不见，寒江天外，隐隐两三烟树。

在当时的现实生活中，是不可能出现"翠娥执手送临歧"的真实场景的，故本词极可能是一首咏采莲舞的歌词，其舞的内容大概是表演一段水边送别的场景，叙事视角当然是第三人称全知视角。有学者对汉代以来至唐宋的《采莲舞》有专文探讨，兹不重复①。又如朱敦儒《南歌子》词实写一歌女兼舞者：

住近沈香浦，门前蕙草春。鸳鸯飞下柘枝新。见弄青梅初著翠罗裙。　　怕唤拈歌扇，嫌催上舞茵。几时微步不生尘。来作维摩方丈、散花人。

本词写一位表演《柘枝舞》的歌女。《柘枝舞》在当时属大曲，表演时间很长。从本词最后一句来看，《柘枝舞》大曲可以表演神仙道化剧情。本词采用全知视角叙事。秦观的《调笑令·莺莺》的创作背景也是吟咏酒筵间的歌舞表演：

春梦。神仙洞。冉冉拂墙花树动。西厢待月知谁共。更觉玉人情重。红娘深夜行云送。困亸钗横金凤。

本词叙《莺莺歌》中的"待月西厢"故事。又如柳永《西施》词概括地叙述了西施美丽而短暂的一生，乃叙西施的历史传说：

---

① 诸葛忆兵：《"采莲"杂考——兼谈"采莲"类题材唐宋诗词的阅读理解》，《文学遗产》2003 年第 5 期。

　　芒萝妖艳世难偕。善媚悦君怀。后庭恃宠，尽使绝嫌猜。正恁朝欢暮宴，情未足，早江上兵来。　　捧心调态军前死，罗绮旋变尘埃。至今想，怨魂无主尚徘徊。夜夜姑苏城外，当时月，但空照荒台。

　　"捧心调态军前死，罗绮旋变尘埃"，历史传说中的西施并没有这样的悲惨结局，她的人生归宿很富有诗意：与范蠡飘然五湖。这两句大概是将杨贵妃的死法嫁接到西施头上了。司马光《阮郎归》实际上是歌咏《桃花源记》的故事：

　　渔舟容易入春山。仙家日月闲。绮窗纱幌映朱颜。相逢醉梦间。　　松露冷，海霞殷。匆匆整棹还。落花寂寂水潺潺。重寻此路难。

　　无名氏《伊州曲》则是纯粹歌咏《长恨歌》后段中杨贵妃事迹①：

　　金鸡障下胡雏戏。乐极祸来，渔阳兵起。銮舆幸蜀，玉环缢死。马嵬坡下尘滓。夜对行宫皓月，恨最恨、春风桃李。洪都方士。念君萦系。妃子。蓬莱殿里。觅寻太真，宫中睡起。　　遥谢君意。泪流琼脸，梨花带雨，仿佛霓裳初试。寄钿合、共金钗，私言徒尔。在天愿为、比翼同飞。居地应为、连理双枝。天长与地久，唯此恨无已。

---

① 唐圭璋编，王仲闻审订：《全宋词》第 5 册，中华书局 1986 年版，第3674 页。

又如刘潜《六州歌头》咏项羽史事：

> 秦亡草昧，刘项起吞并。驱龙虎。鞭寰宇。斩长鲸。扫欃枪。血染彭门战。视馀耳，皆鹰犬。平祸乱。归炎汉。势奔倾。兵散月明。风急旌旗乱，刁斗三更。命虞姬相对，泣听楚歌声。玉帐魂惊。　泪盈盈。恨花无主。凝愁绪。挥雪刃，掩泉扃。时不利。骓不逝。困阴陵。叱追兵。喑呜摧天地，望归路，忍偷生。功盖世，成闲纪，建遗灵。江静水寒烟冷，波纹细、古木凋零。遣行人到此，追念痛伤情。胜负难凭①。

有人以"概括叙事"之类说法来形容上举各词的表现手法。顾名思义，这类叙事手法的时间跨度比较大，省略细节，只呈现关键节点，一般而言，这类作品可以看出一个完整事件或场景的轮廓。"概括叙事"这样的提法当然很具体形象，但是缺少理论深度，转不如用"第三人称全知视角"来概括这类词的艺术特征。下一节《联章词叙事》会详细解读这类词的艺术特色，此处略过。

以上是词中叙历史故事。也有以词体来叙神话魔幻故事者，

---

① 一说本词是同时人李冠作，句序和用词稍异。录如下：秦亡草昧，刘项起吞并。鞭寰宇。驱龙虎。扫欃枪。斩长鲸。血染中原战。视馀耳，皆鹰犬。平祸乱。归炎汉。势奔倾。兵散月明。风急旌旗乱，刁斗三更。共虞姬相对，泣听楚歌声。玉帐魂惊。　泪盈盈。念花无主。凝愁苦。挥雪刃，掩泉扃。时不利。骓不逝。闲阴陵。叱追兵。鸣喑摧天地，望归路，忍偷生。功盖世，何处见遗灵。江静水寒烟冷，波纹细、古木凋零。遣行人到此，追念益伤情。胜负难凭。

如苏东坡《戚氏》：

> 玉龟山。东皇灵媲统群山。绛阙岧峣，翠房深迥，倚霏烟。幽闲。志萧然。金城千里锁婵娟。当时穆满巡狩，翠华曾到海西边。风露明霁，鲸波极目，势浮舆盖方圆。正迢迢丽日，玄圃清寂，琼草芊绵。争解绣勒香鞯。鸾辂驻跸，八马戏芝田。瑶池近、画楼隐隐，翠鸟翩翩。肆华筵。间作脆管鸣弦。宛若帝所钧天。稚颜皓齿，绿发方瞳，圆极恬淡高妍。　　尽倒琼壶酒，献金鼎药，固大椿年。缥缈飞琼妙舞，命双成、奏曲醉留连。云璈韵响泻寒泉。浩歌畅饮，斜月低河汉。渐渐绮霞、天际红深浅。动归思、回首尘寰。烂漫游、玉辇东还。杏花风、数里响鸣鞭。望长安路，依稀柳色，翠点春妍。

本词原有注："此词始终指意，言周穆王宾于西王母事。"可见内容是叙述周穆王见西王母故事，此事最早见《穆天子传》。又如张继先《沁园春》词：

> 劫运将新，天书降恩，圣师命魔。正阴阳错忤，鬼神淆混，依凭城市，绵亘山河。杀气闭空，阴容夺昼，万姓罹殃日已多。青城上，见琉璃高座，忽起巍峨。　　群妖忿怒扬戈。竞奔走、攻山若舞梭。感神光一瞬，龙摧虎陷，威音一动，电掣霆呵。立活化民，摄邪归正，生息熙熙享太和。风云静，见天连碧汉，月浸澄波。

本词写以妖魔为代表的黑暗世界与以圣师为代表的光明世

界的一次殊死较量，战争场面气壮山河，最终黑暗世界被打败，光明世界获得胜利，天地一片碧波澄静。

无名氏的《倾杯序》叙文人传说：

> 昔有王生，冠世文章，尝随旧游江渚。偶尔停舟寓目，遥望江祠，依依陌上闲步。恭诣殿砌，稽首瞻仰，返回归路。遇老叟，坐于矶石，貌纯古。因语□，子非王勃是致，生惊询之，片饷方悟。子有清才，幸对滕王高阁，可作当年词赋。汝但上舟，休虑。迢迢仗清风去。到筵中、下笔华丽，如神助。会俊侣。面如玉。大夫久坐觉生怒。报云落霞并飞孤鹜。秋水长天，一色澄素。阁公竦然，复坐华筵，次诗引序。道鸣鸾佩玉，锵锵罢歌舞。栋云飞过南浦。暮帘卷向西山雨。闲云潭影，淡淡悠悠，物换星移，几度寒暑。阁中帝子，悄悄垂名，在于何处。算长江、俨然自东去。

这首词取材于《岁时广记》中颇具传奇色彩的故事。该故事讲述初唐四杰之一的王勃在写《滕王阁》之前，曾在某古祠内遇到一位老叟，经老叟指点，他前往豫章郡的滕王阁赴宴，在席上挥笔而成令他名垂千古的佳作。可见，第三人称全知视角在词体需要叙述一个完整的历史、传说或人物故事的时候，是词家首先考虑采用的叙事方式。

第三节　联章词叙事

唐宋词就其呈现方式来说，有单篇散词，有联章词。前述章节的文字都以单篇散词为解剖对象，分析其中具有叙事性的那部分作品。接下来本节将以联章词为分析对象，探讨其中具有叙事性的那部分作品。

在唐宋词中，联章是很常见的创作方式。词体联章是在诗体联章的成功的艺术经验上发展起来的[①]。在词学研究界，陈廷焯（1853—1892）是比较早的关注到词体联章艺术的词学家。他在《词则·闲情集》卷一评和凝《江城子》五首云："五词不少俚浅处，取其章法清晰，为后世人章之祖。"[②] 但是，如何界定联章，如何对联章词进行科学分类，皆有待后来学者的廓清。

任二北（半塘）先生在 1931 年出版的《词曲通义》一书中，将词分为寻常散词、联章词、大遍、成套词和杂剧词五种；又云：联章词可以是一题联章或分题联章，甚至可以用来演故事。杨按，任老此处的分类标准比较乱。首先，寻常散词、联章词的分类是按词的外在呈现方式划分的；而大遍、成套词和杂剧词的分类标准则是根据曲艺形式划分，这三类与前面两类是重合关系，不可并列。其次，后面三类的划分，标准也比较

---

① 其简略历史，可参考谢敏《两宋联章词研究》（2015 年东北师范大学硕士论文）第二章《联章体的形成》中的归纳。该章大意谓：联章体可上溯至《诗经》中的重章复沓，发展于魏晋南北朝的五言联章组诗中，并在唐代的联章体律诗中得以成熟，唐五代联章词在此基础上形成一种独立的文体。两宋联章词的体式特色就其内部因由来说，是文体自然演变的结果。

② 陈廷焯生活年代稍早于敦煌文献被发现的时代，因此，他认为和凝《江城子》组词是联章词之祖的说法，很快被敦煌文献证伪了。从任二北先生的《敦煌曲初探》《敦煌歌辞总编》等书中，我们可以看到，联章词在唐五代是非常普通的文学创作形式，和凝只不过借用了当时的流行色罢了。王小盾教授曾指出："联章是隋唐五代曲子最主要的体制，敦煌曲子辞中的联章齐杂言合计达一千另三首。"见王昆吾：《隋唐五代燕乐杂言歌辞研究》，中华书局 1996 年版，第 93—94 页。

乱，"大遍""杂剧词"是按曲艺种类来分的，而"成套词"是按外在呈现形式来分的，这里又有两个标准在打架。当然，这种矛盾之处也在提示我们：词与音乐、词与曲艺关系的复杂性深刻地影响到我们对词体性质的认识。词既源于诗，也源于音乐，后又源于曲艺（如鼓子词、诸宫调、大曲、杂剧、转踏等）。1955年任二北（半塘）先生出版的《敦煌曲校录》，对敦煌词的分类似乎较以前的《词曲通义》更加保守了。该书将全部敦煌词分为普通杂曲、定格联章和大曲三类。大曲曲辞到底算不算联章词？依任先生对联章的定义，大曲曲辞不能算联章词。任先生在1954年出版的《敦煌曲初探》中谓："联章之名，虽就辞订，实则其乐亦为同曲度者若干之相联……而在一套联章中，其各单位（有以十馀首为一单位者）辞之句法必划一。""普通联章之认定，须详玩原辞内容，确属贯串者。若仅凭其前后相次、措辞仿佛有关，便为联系，则失却意义。"① 他认识到联章词的核心标准是"须详玩原辞内容，确属贯串者"，与清人王士禛拈出"起结血脉要通"② 为联章词的关键一样确切。之后，任

---

① 任二北（半塘）：《敦煌曲初探》，上海文艺联合出版社1954年版，第52—53、319页。任老的弟子李昌集在《中国古代散曲史》中发扬了其师的观点，认为："所谓联章，指用同一词牌围绕一个中心铺写数支曲而构成的组曲。"（华东师范大学出版社2007年版，第153页）将联章词限定在同调之组词，取径太窄。龙建国在《唐宋音乐管理与唐宋词发展研究》一书中也有类似的说法（南开大学出版社2012年版，第172页），其失同前。

② 何世璂《然灯记闻》谓："为诗须有章法、句法、字法。章法有数首之章法，有一首之章法。总是起结血脉要通，否则痿痹不仁，且近攒凑也。"这里"数首之章法"隐约有了"联章"的意思，因为"起结血脉要通"正是"联章"概念的核心意义。丁福保：《清诗话》，上海古籍出版社1978年版，第119页。

半塘先生于1980年代后期出版《敦煌歌辞总编》时,将全部词作从形式上一分为二:只曲与联章词。全书分目如下:"杂曲·只曲"(卷一、卷二)、"杂曲·普通联章"(卷三)、"杂曲·重句联章"(卷四)、"杂曲·定格联章"(卷五)以及"杂曲·长篇定格联章"(卷六)①,第七卷则设为"大曲"。显然,任老在对敦煌词分类时,尽量在综合考虑音乐与文本形式两种要素,他先是将词按音乐形式分为杂曲与大曲两类,然后在杂曲内再按文本形式分为只曲(词)与联章(词),而大曲曲辞理所当然地归为联章词。这个分类也许符合敦煌词的现实状况。

其后,夏承焘、吴熊和先生结合宋词的具体情况,对联章词的定义有了新的提法:"把二首以上同调或不同调的词按照一定方式联合起来,组成一个套曲,歌咏同一或同类题材,便称为联章。"两位先生还说,"唐宋词中的联章体主要有普通联章、鼓子词和转踏三种","宋人的大曲、法曲也可视为是一种联章"②。夏、吴两先生对"联章"概念的定义,在表述上当然不是很科学,但意思还是清楚的:联章词包括非曲艺歌词的组合和曲艺歌词的组合(如鼓子词、转踏、大曲、法曲等歌辞)③。依照这样的标准,我们可在今存唐宋词中找到大量的联章词。为

---

① 任半塘:《敦煌歌辞总编》,上中下三册,上海古籍出版社1987年初版。

② 夏承焘、吴熊和:《读词常识》,中华书局2002版,第36—37页。自此以后异调联章词被学术界广泛认可,标志性的成果如《宋词大辞典》与《中国词学大辞典》都采用了夏、吴二先生的观点。

③ 谢敏《两宋联章词研究》中,将宋代的联章词分为普通联章词、重句联章词、定格联章词、鼓子词与转踏、大曲与法曲这几种类型。(东北师范大学2015年硕士论文,第8页)按,这里的分类标准从逻辑上来说是互相交叉的,因此,这个分类不科学。

行文简洁起见，笔者将前一类联章词命名为"普通联章词"①，将后一类联章词命名为"套词"。据此，唐宋词中的联章词，可大致分为普通联章词与套词两类。一般情况下，这两种类型的词可不作区别，统称为联章词即可；在必要的时候才将两者区分开来讨论。本节属于有必要分开讨论的情况。

当然，如果撇开词体背后的艺术背景不谈，只单纯从联章词中用曲调数的多少来划分，那么，联章词亦可简约地划分为单调联章词和多调联章词。这个划分法与上面的"普通联章词/套词"两分法，是交叉关系，不是并列关系。本节不使用单调联章与多调联章的标准。

联章词有的叙事，有的不叙事。如柳永《巫山一段云》五首、《玉楼春》（"昭华夜醮连清曙""凤楼郁郁呈嘉瑞"）两首都是联章词，演真宗崇道之事，词与词之间有统一的脉络、统一的意境，构成一个叙事整体；而他的《玉楼春》（"皇都今夕知何夕"）接连三首，因词与词之间没有有机统一的意境和故事，所以不是叙事的联章词，甚至都不是联章词。同样，柳永的《木兰花》四首（"心娘自小能歌舞""佳娘捧板花钿簇""虫娘举措皆温润""酥娘一搦腰肢袅"），也是不叙事的联章词。苏轼《减字木兰花》三首刻画了妩卿、胜之、庆姬等三位人物，非叙事。苏轼的《浣溪沙·徐门石潭谢雨道上作五首》，乃排比事情，非叙事。赵彦端《鹧鸪天》十四首，写了萧秀、萧莹、欧懿、桑雅、刘雅、欧倩、

---

① 这里的"普通联章词"取夏、吴二先生的定义，即指非曲艺的联章歌辞，与任二北先生的"不拘种种，只以辞意一首未尽，遂而多篇相联者，因划为'普通联章'"定义不同。任老定义见《敦煌曲初探》，上海文艺联合出版社1954年版，第316页。

文秀、王婉、杨兰等九位艺伎，作品刻画写了这些艺伎们的容貌和姿态，没有内在的一致性的故事。李吕《调笑令》以笑、饮、坐、博、歌等动作为词题，对美人的五种姿态进行描写，乃排列事情，非叙事。至于李重元《忆王孙》四首下各标"春词""夏词""秋词""冬词"；葛立方的《满庭芳》七首，各首小标题通过"催梅""和催梅""探梅""赏梅""泛梅""簪梅""评梅"相连缀；韩琦《安阳好》系列词⋯⋯这些词联章特征明显，但一望便知不是叙事的，故此类联章词不在本节讨论之列。兹举潘阆《酒泉子》十首联章词为例解析其原因：

> 长忆西湖，尽日凭栏楼上望，三三两两钓鱼舟。岛屿正清秋。笛声依约芦花里。白鸟成行忽惊起。别来闲整钓鱼竿。思入水云寒。
>
> 长忆孤山，山在湖心如黛簇。僧房四面向湖开。轻棹去还来。芰荷香喷连云阁。阁上清声檐下铎。别来尘土污人衣。空役梦魂飞。
>
> 长忆西山，灵隐寺前三竺后，冷泉亭上旧曾游。三伏似清秋。白猿时见攀高树。长啸一声何处去？别来几向画图看。终是欠峰峦。
>
> ⋯⋯
>
> 长忆观潮，满郭人争江上望，来疑沧海尽成空。万面鼓声中。弄涛儿向涛头立。手把红旗旗不湿。别来几向梦中看。梦觉尚心寒。

这套联章词虽然有明显的视角转换，貌似有一个虚拟的叙述主体（观光客），但它不能算作叙事词。因为没有内在的故事情节，它只有平行的空间展示，看不出人物性格的发展或事件的进展过程。接下来详论叙事性的联章词。

（一）普通联章词叙事

前引陈廷焯所指出的和凝《江城子》联章词，实际是我们所谓的普通联章词。它是以同一曲调组合来叙述比较完整的"故事"（或场景）。意思的连贯性是构成联章词的必要条件①。早在中唐以后，筵席上流行的酒令《三台令》《抛球乐》《调笑令》《荷叶杯》《上行杯》《杨柳枝》《南歌子》《天仙子》等，基本上都可以是普通联章体，其音乐大多是配合燕乐歌唱，非后世曲艺演唱可比。在敦煌曲子词中，有两首《南歌子》，属联章体，表现一对夫妻的情感冲突，紧张而激烈，词云：

> 斜影朱帘立，情事共谁亲？分明面上指痕新。罗带同心谁绾？甚人踏破裙？蝉鬓因何乱？金钗为甚分？红妆垂泪忆何君？分明殿前实说，莫沉吟！
>
> 自从君去后，无心恋别人。梦中面上指痕新。罗带同心自绾，被猻儿踏破裙。蝉鬓朱帘乱，金钗旧股分。红妆垂泪哭郎君。妾是南山松柏，无心恋别人。

这两首词一问一答，展示了紧张的矛盾冲突，女子在回答话语中补叙了大量的行为动作。这是普通联章词叙事的一般情况。众人熟悉的和凝《江城子》五首如下：

---

① 任半塘先生《敦煌歌辞总编》卷三《普通联章》、卷四《重句联章》、卷五《定格联章》和卷六《长篇定格联章》，都在此处"单调联章"的范围内。

初夜含娇入洞房，理残妆，柳眉长。翡翠屏中，亲爇玉炉香。整顿金钿呼小玉，排红烛，待潘郎。

竹里风生月上门，理秦筝，对云屏。轻拨朱弦，恐乱马嘶声。含恨含娇独自语，今夜约，太迟生。

斗转星移玉漏频，已三更，对栖莺。历历花间，似有马蹄声。含笑整衣开绣户，斜敛手，下阶迎。

迎得郎来入绣闱，语相思，连理枝。鬓乱钗垂，梳堕印山眉。娅姹含情娇不语，纤玉手，抚郎衣。

帐里鸳鸯交颈情，恨鸡声，天已明。愁见街前，还是说归程。临上马时期后会，待梅绽，月初生。

这五首词构成一套联章词，叙述了一个完整的男女约会的故事：小姐精心打扮好自己，在室内熏起香，再吩咐丫头小玉点上蜡烛，准备迎接情人的到来（第一首）。小姐待月西厢，一边轻轻弹琴，一边静听情郎的马蹄声。然而情郎久久不来，心里有些埋怨（第二首）。好不容易等到三更半夜了，屋外隐隐约约传来了马蹄声。小姐整衣含笑，开门，下阶迎接情郎（第三首）。两人相见，互诉相思之情，热情拥抱（第四首）。欢娱嫌夜短，不知不觉天快要亮了，情郎起身归去。两人恋恋不舍地分手，约好下次相见的时间（第五首）。第三人称全知视角，叙事完整，故事生动感人。叙述时完全避免了词体常见的那种抒情口吻，每一首词都专注于阶段性的动作和场景，故这组联章词体现了浓厚的叙事气息。

值得我们认真思考的是：这套联章词的创作环境到底如何？它是《莺莺传》《待月西厢》之类当时处在萌芽状态的戏剧表演的唱辞，还是纯粹歌咏席间的故事表演（如队舞表演）？有一点可以肯定，这套联章词在那个词体尚是"娱宾遣兴"的时代，不会是只用来阅读的纯案头作品，它背后有其表演仪式。正是表演的因素才使得原本抒情性极强的令词，有了服务于故事情节的叙事性。联章词的大量出现，其词体叙事性的增强，极可能与表演艺术有关。这是我们得出的第一个假设。

当时同样叙事性极强的联章词，还可举《云谣集杂曲子》开篇《凤归云》四词。任二北（半塘）先生在《敦煌曲初探》一书中引王易《词曲史》的看法，认为此四词是联章词，演一个完整故事①；但后来他在《敦煌歌辞总编》中否定了前说，认为此处前两词与后两词分别联章成两组，各叙一故事，并明确指出前一组的联章属讲唱范围，而后一组的联章属于戏曲范围②。今先列《凤归云》四词如下：

> 征夫数载，萍寄他邦。去便无消息，累换星霜。月下愁听砧杵起，寒雁南行。孤眠鸳帐里，枉劳魂梦，夜夜飞飏。　　想君薄行，更不思量。谁为传书与，表妾衷肠？倚牖无言垂血泪，暗祝三光。万般无奈处，一炉香尽，又更添香。（一）

> 绿窗独坐，修得君书。征衣裁缝了，远寄边隅。想得为君贪苦战，不惮崎岖。终朝沙碛里，止凭三尺，勇战单于。　　岂知红脸，泪滴如珠。枉把金钗卜，卦卦皆虚。魂梦天涯无暂歇，枕上长嘘。待公卿回故里，容颜憔悴，

---

① 任二北（半塘）：《敦煌曲初探》，上海文艺联合出版社 1954 年版，第 303 页。

② 任中敏（半塘）：《敦煌歌辞总编》，上海古籍出版社 1987 年版，第 59 页。

彼此何如？（二）

　　幸因今日。得睹娇娥。眉如初月。目引横波。素胸未
消残雪。透轻罗。□□□□□。朱含碎玉。云鬓婆娑。

　　东邻有女。相料实难过。罗衣掩袂。行步逶迤。逢人问语
羞无力。态娇多。锦衣公子见。垂鞭立马。肠断知么。（三）

　　儿家本是，累代簪缨。父兄皆是，佐国良臣。幼年生
于闺阁，洞房深。训习礼仪足，三从四德，针黹分明。
娉得良人，为国愿长征。争名定难，未有归程。徒劳公子肝
肠断，谩生心。妾身如松柏，守志强过，鲁女坚贞。（四）

　　《云谣集杂曲子》本为民间书手依调抄辑的当时流行歌曲，
便于应景而唱，所以编排上都是依调收词。这四首词中第一首
与第二首格律全同，内容连贯统一；第三首与第四首格律全同，
内容连贯统一，而第一首第二首与第三首第四首格律有出入①，
内容上有不连贯之处；更重要的差别在于，两套联章词的主人
公身份悬殊②。所以笔者认为这里四首词，前两首为一联章词，
后两首为另一联章词。这个结论可以进一步佐证任老在《敦煌

_____

① 唐五代时期，词律比较宽，这是词学常识。但是，所谓"格律宽"是指不同
　场合创作的词而言，同一场合创作的词，因为现场音乐具有唯一性、一
　致性，所以此时歌辞的格律还是统一的，否则不可能在同一场合演唱。
　也就是说，在一套联章词内，格律必须是统一的，否则演唱时会拗口落
　韵。反之，如果两词格律有明显出入，那么就不可能是联章词。

② 最明显的地方是：从第一首第二首来看，此女子是出身低微的"劳动妇
　女"（用任半塘先生《敦煌歌辞总编》第72页中语）；而第三首第四首中，
　此女子自道身世是"累代簪缨，父兄皆是，佐国良臣"。显然，两套联章
　词的主人公不是一人。

歌辞总编》中的观点。至于两套联章词各自叙述的是什么样的故事，任老未作深究。其实可以对词中的本事作一些合理的推断。

　　第一首、第二首组成的联章词，可能是"孟姜女送寒衣"这类故事的歌舞所唱的歌词前半部分，或者是对该歌舞表演的文学记录的前半部分。这套联章词中有伤秋、望远、暗祷、点香、传简、缝衣、寄衣、卜卦等情节，完全具备了后世"孟姜女送寒衣"前半故事的要点，同时它也体现了汉代以来"杞梁妻"题材作品、唐初以来"征妇怨"题材作品的艺术新变。至于这种新变是发生在歌舞表演中还是讲唱艺术中，都有可能（以上解析同样适合以下所述第二套联章词的分析）。

　　"孟姜女送寒衣"之类的故事为何是当时流行的演唱或讲唱题材？一方面是"杞梁妻"或"征妇怨"这类题目、题材的文学传统"惯性"在起作用，另一方面也与唐代积极开边拓士的战争行为有关。兹再举一套联章词为例，说明这类题材在当时的流行情况。任中敏（半塘）《敦煌歌辞总编》卷三《普通联章》收《捣练子》组词十首，前四首实演孟姜女送征衣的故事[①]。兹照录任校本如下：

　　　　堂前立，拜辞娘。不觉眼中泪千行。劝你耶娘少怅望。为喫他官家重衣粮。

　　　　辞父娘了，入妻房。莫将生分向耶娘。君去前程但努

---

① 任中敏（半塘）：《敦煌歌辞总编》，上海古籍出版社1987年版，第549页、第563—564页。按，此处前四首系任老综合伯2809、伯3911、伯3319三种写本定稿。

力。不敢放慢向公婆。

孟姜女，杞梁妻。一去燕山更不归。造得寒衣无人送，不免自家送征衣。

长城路，实难行。乳酪山下雪纷纷。喫酒只为隔饭病，愿身强健早还归。

上引四词从情节的连贯性来看，在叙述一个完整的孟姜女故事，且格律全同（第一首末句有一个衬字"他"，第二首首句有一个衬字"了"，此民间演唱时常见现象，也正好说明这联章词的"原生态"）。只是在叙事特点上，丈夫离家前的情节较详（有细节），孟姜女寻夫的情节较略（概括）罢了。这种详略不同，可能出于演唱的丰富性的需要。另外，这四首《捣练子》组成的联章词叙事视角有转换：前一组两首采用第一人称对话体叙事，叙事较详，押"阳"韵；后一组两首用第三人称叙事，叙事简略，押"微"韵。词律的转换也是出于演唱的丰富性和美听的需要。

上引《凤归云》第三首、第四首组成的联章词，极可能是传唱了几百年的一场《陌上桑》歌舞表演所唱的歌词后半部分，或者是对该歌舞表演的文学记录的后半部分。在汉乐府中，不言采桑女娘家情况如何，而此套词中采桑女娘家显赫，"儿家本是，累代簪缨。父兄皆是，佐国良臣"；家教也十分优秀，"训习礼仪足，三从四德，针黹分明"。在汉乐府中，采桑女嫁了个好老公，她是"四十专城居"的太守之妻，但在这组联章词中，她嫁的老公好像地位一般，"娉得良人，为国愿长征。争名定难，未有归程"，依任半塘先生说法，他老公是"既名在军帖，

271

本合贫户下民"①。汉乐府中的故事从罗敷盛装出门采桑开始，而在本联章词中，或许是文献失落的原因，故事则从锦衣公子（使君？）遇见罗敷并艳羡后者美貌开始："幸因今日。得睹娇娥。"以下发生的故事就是大家所熟悉的汉乐府呈现的戏剧性结果了。总之，以上两套联章词足以证明：词体叙事性的增强，与表演艺术的结合密切相关。

《花间集》中顾复的9首《荷叶杯》词，全方位描写闺中女子与心上人一见钟情、幽欢之乐、别后相思、痴迷等待等情态，真率淋漓地传写出其内心深处细碎而又深挚的情致，也属联章词叙事。吴世昌先生指出："《花间集》中的小令，有的好几首合起来是一个连续的故事，有的是一首即是一个故事或故事中的一段。"并以孙光宪《菩萨蛮》组词"桃杏风香帘幕闲"以下五首为例，说明这一组词所构成的一个连续的故事——惊艳、定情、幽会、送客、感别，"这种以词来连续写一个故事或一段情景的作风，很有点像后世的散套。"② 余恕诚教授《中晚唐诗歌流派与晚唐五代词风》一文中指出：韦庄《菩萨蛮》（"红楼别夜堪惆怅"）5首具有"叙事和抒情结合，显出了五首的连贯性和自叙性"的特点，其他词"如《浣溪沙》其五（"夜夜相思"）、《荷叶杯》二首（"绝代佳人""记得那年"）、《望远行》（"欲别无言"）……《女冠子》二首（"四月十七""昨夜夜半"），等等，伤离忆旧，均有明显的叙事脉络"。③ 这些作品数

---

① 任中敏（半塘）：《敦煌歌辞总编》，上海古籍出版社1987年版，第72页。

② 吴世昌：《论读词需有想象》，见氏著《唐宋词概说》中《论词的读法》一文第五节。北京出版社2015年版，第244页。

③ 余恕诚：《中晚唐诗歌流派与晚唐五代词风》，《文学评论》2009年第4期。

词一事，或一词一事，因类联章，连缀出具体生动的人物形象和故事发生、发展的框架结构，显示出鲜明的叙事特质。唐代敦煌曲子词中，不乏像联章体《南歌子》（"斜影朱帘立""自从君去后"）这样的夫妻对话体，以及《鹊踏枝》（"叵耐灵鹊多谩语"）那样的人鸟互答体，它们富有浓郁的生活气息和鲜明的表演性、戏剧性。用对话来叙事则是明显继承了汉乐府诗的叙事传统。

宋代词人继承了上述联章词叙事的手法。如柳永《巫山一段云》：

六六真游洞，三三物外天。九班麟稳破非烟。何处按云轩。　昨夜麻姑陪宴。又话蓬莱清浅。几回山脚弄云涛。仿佛见金鳌。（一）

琪树罗三殿，金龙抱九关。上清真籍总群仙。朝拜五云间。　昨夜紫微诏下。急唤天书使者。令赍瑶检降彤霞，重到汉皇家。（二）

清旦朝金母，斜阳醉玉龟。天风摇曳六铢衣。鹤背觉孤危。　贪看海蟾狂戏。不道九关齐闭。相将何处寄良宵。还去访三茅。（三）

阆苑年华永，嬉游别是情。人间三度见河清。一番碧桃成。　金母忍将轻摘。留宴鳌峰真客。红猊闲卧吠斜阳。方朔敢偷尝。（四）

萧氏贤夫妇，茅家好弟兄。羽轮飙驾赴层城。高会尽仙卿。　一曲云谣为寿。倒尽金壶碧酒。醺酣争撼白榆花。踏碎九光霞。（五）

据吴熊和先生研究，柳永共有十首词与真宗天书事件有关，这套联章词尤其明显①。宋真宗景德四年（1007）十一月，宋真宗对臣下说，梦见神人告以当降天书《大中祥符》三篇。次年正月初三，天书果然降于东京左承天门，于是改元为大中祥符。此后历年常有天书颁降之事发生，真宗诏令全国设先天节、降圣节，命天下以延寿带、续命缕、保生酒相互馈赠。各州县争献祥瑞，文人学士争上歌颂文字，天下大兴道教，"一国君臣，如病狂然"。直至真宗去世、仁宗即位的天圣元年（1023），才结束这场长达十六年的神道设教闹剧。这一套联章词应是与天书事件有关的神仙剧的歌辞（类似道士法醮用的《步虚词》）②。六六即三十六，道教三十六洞天；三三即九，九天碧霄即道教玉帝及神仙们所居。萧氏夫妇即萧史与弄玉，两人乘鹤升天成仙。三茅即三茅真君，分别是司命、定命、保禄的总管人间的大神仙。第一首叙西王母召集众神仙按乐，麻姑陪宴；第二首写玉帝降天书于宋真宗；第三首写某仙人欲朝见西王母，因贪看海蟾狂戏而错过了进入天界的时间，只好改道去访三茅真君；第四首写西王母园里的蟠桃熟了，拟招待群仙，不料东方朔把西王母的蟠桃偷吃了；第五首写萧氏夫妇、三茅真君等众仙终于齐聚九天仙宫，唱云谣歌，倒琼汁玉液酒，为西王母祝寿（其实西王母不住天上，住昆仑瑶池）。五词为一个整体，乃叙一个向西王母祝寿的全套故事，有开端，有冲突，有发展，有

---

① 吴熊和：《柳永与真宗"天书"事件》，见《吴熊和词学论集》，杭州大学出版社 1999 年版，第 180—195 页。

② 据李焘《续资治通览长编》卷八十一载，天书降临后，真宗先后撰《大中祥符颂》《真游颂》颁示中外，又于大中祥符六年六月亲作《步虚词》六十首，付道门以备法醮。上海古籍出版社 1985 年版，第 709—717 页。

结局，当属彼时神仙杂剧或相似的曲艺所表演者。

贺铸的《古捣练子》这组选取思妇收锦、捣衣、绣袍、题封、邮寄的生活片断，有叙事，但是故事性不强。这是联章词叙事的常见现象。除了柳永词中以外，普通联章词在宋代词人手里，叙事性都普遍出现了减弱的现象。如苏轼的《雨中花慢》两词，同样是以张生与莺莺相爱为书写题材，分别截取二人幽会经过和张生离去后无法与恋人相聚的痛苦，但词人在主观性地对原有故事进行改编的同时，创造性地融入自己的评述与见解。这是诗人气质冲淡叙事性的例子，是值得我们认真总结的文学创作规律。从这个角度来说，柳永词的强烈的叙事性——无论是他的单词叙事还是联章词叙事，都显示了深刻的艺术创造性，显得弥足珍贵。

普通联章词叙事还有另一种组合叙事方式：在一套联章词里，集中概述那些主人公不同但题材相近的故事，如敦煌曲子词无名氏《长相思》三首，分别叙富不归的旅客、贫不归的哀客和死不归的作客，每首词内部都有小故事，串起来表演可以表达相对集中的主题思想。五代后蜀牛希济《临江仙》七首，分别写巫山神女、谢家仙观、秦楼箫史、黄陵二妃、洛神悲情、洞庭龙女、潇湘斑竹等七个传说久远的亦仙亦神的爱情故事（按：黄陵二妃、潇湘斑竹两故事的主人公本同，此处为何分两类题材，待考）。这种故事集阅读起来需要一定的知识储备，缺点是：每个故事都用概述的方式叙述，情节不生动，艺术感染力弱，久而久之，叙事性逐渐丧失，变为不具备叙事性的联章词。

这个文学小传统在宋代也得到了比较好的继承。如许庭的《临江仙》五首，每首第一句以"不见"二字开头，分咏"昭阳宫内柳""隋河堤上柳""陶家门外柳""都门亭畔柳""霸陵原

上柳"。名为咏不同古迹的柳，实则咏不同的历史故事，如昭阳
宫内柳实咏赵飞燕故事，隋河堤上柳实咏炀帝南巡江都被杀之
事，陶家门外柳实咏陶渊明故事，等等。又如欧阳修有两首
《渔家傲》词，其中一首首句为"妾本钱塘苏小妹"，显然是咏
苏小小；另一首首句为"花底忽闻敲两桨"，这显然是咏莫愁
（古诗：莫愁在何处，莫愁石城西。艇子打两桨，催送莫愁来）。
在当时，这种联章形式与当时的曲艺形式如鼓子词、调笑（调
啸）、转踏（包括缠达）、大曲、杂剧等结合，得到广泛的应用，
大多以同调演唱一个一个的独立故事为特征。这些同调演唱的
故事，未必有内在联系，最多是"类联系"，如咏美女、咏某地
风光、咏历史英雄人物等。这类联章词即本节所谓套词，其中
叙事者即本节所谓"套词叙事"。

（二）套词叙事

什么是鼓子词？按《中国词学大辞典》的解释是："宋代民
间兴起的一种说唱伎艺。其特点是以同一词调反复演唱，主要
以鼓伴奏。……就其表演形式来看，或说唱相间，或只唱不说。
前者仅见于赵令畤《商调·蝶恋花》十二首……只唱不说者如
欧阳修《采桑子》十一首，《渔家傲》十二首。"① 今存文本形式
比较完整的鼓子词是赵德麟（令畤）的《商调·蝶恋花》组词：

> 《传》曰：余所善张君，性温茂，美丰仪，寓于蒲之普救寺。适有崔氏孀
> 妇将归长安，路出于蒲，亦止兹寺。崔氏妇，郑女也。张出于郑，绪其亲，乃

---

① 马兴荣、吴熊和、曹济平主编：《中国词学大辞典》，浙江教育出版社1996
年版，第463页。

异派之从母。是岁，丁文雅不善于军，军人因丧而扰，大掠蒲人。崔氏之家，财产甚厚，多奴仆。旅寓惶骇，不知所措。先是张与蒲将之党有善，请吏护之，遂不及于难。……奉劳歌伴，再和前声。

　　锦额重帘深几许。绣履弯弯，未省离朱户。强出娇羞都不语。绛绡频掩酥胸素。黛浅愁红妆淡伫。　　怨绝情凝，不肯聊回顾。媚脸未匀新泪污。梅英犹带春朝露。

……

　　本组词全部结构是：每念一段唐代元稹传奇小说《莺莺传》，则唱一曲《蝶恋花》，如此者十次，开篇和结束处又各为一念一唱组合，共计唱十二首《蝶恋花》词。前段所念是散文，后段所唱是词，所唱内容是所念内容的重复或者艺术性再现。是知所谓鼓子词者，其格式乃先念一段散文或诗，再唱一段曲子，所唱曲子乃隐括前所念诗文之大概。在话本小说《刎颈鸳鸯会》里，说话人每说一段，则唱一段《商调·醋葫芦》小令词，唱之前必曰："奉劳歌伴，先听格律，后听芜词。"所唱之词与所叙之事重合，其形式与赵令畤《商调·蝶恋花》同，必是出于书会先生之手的鼓子词无疑。王庭珪有《点绛唇》上元鼓子词两首，写元宵盛况，惜不全。该鼓子词是诗词相间说唱。

　　欧阳修《采桑子》词十首，开篇有一段"致语"（西湖念语），致语中有句曰："因翻旧阕之辞，写以新声之调，敢陈薄伎，聊佐清欢。"以下十词每词的首句均有"西湖好"三字，属定格联章词，咏颍州西湖之美。与赵令畤的鼓子词相比，这组《采桑子》属于只唱不念的鼓子词（念致语是当时表演前的"入话"，不同于念一段唱一段）。据今已失传的杨绘《京本时贤本事曲子后集》载，欧阳修另有两套鼓子词，分咏十二月时序，调寄《渔家傲》，属定格联章词。与上面《采桑子》一样，只唱不念（此处连致语也亡逸了）。黄裳有《渔家傲》七首联唱咏月（春月、夏月、秋月、中秋月、冬月、新月、斜月），前有致语，致语中有曰"尽人歌声，共资一笑"，可知其为鼓子词。王庭珪有《醉花阴》鼓子词咏梅，亦只存两首，侯寘《点绛唇》金陵府会上鼓子词只存一首，吕渭老《点绛唇》圣节鼓子词仅存两首。以上皆只唱不念者。

据于天池教授统计的结果，《全宋词》中明确标识为鼓子词的有二十二组，共计一百八十一首词；而根据上述鼓子词的特点进行再审视，又可以找出八组八十八首疑似鼓子词。[①] 可见鼓子词是宋词生产的重要来源之一；可议者，乃在鼓子词所唱歌辞的叙事性。比较赵令畤的鼓子词中的念唱文字的区别，我们可以发现，其所唱词的叙事性，远不如所念散文的叙事性。或者说，既已在所念散文中实现了叙事，那么还在所唱词中再叙一遍故事，就没有必要了。在只唱不念的鼓子词中，其词的叙事性稍强于前者。正如有序言的词作，在序言中交待了故事的发生发展经过，那么，词中的叙事性就没有那么重要的，它只需专注于抒情即可。这是苏轼以来的新传统，典型例子如苏轼《西江月》词序："顷在黄州，春夜行蕲水中，过酒家饮。酒醉，乘月至一溪桥上，解鞍曲肱，醉卧少休。及觉已晓，乱山攒拥，流水锵然，疑非尘世也。书此数语桥柱上。"姜夔的《扬州慢》词序："淳熙丙申至日，予过维扬。夜雪初霁，荠麦弥望。入其城，则四顾萧条，寒水自碧，暮色渐起，戍角悲吟。予怀怆然，

---

① 见于天池：《宋代文人说唱伎艺鼓子词》，《北京师范大学学报》1999 年第 5 期。

感慨今昔，因自度此曲。千岩老人以为有'黍离'之悲也。"有如此叙事之序，词中叙事的必要性就大大下降了。鼓子词之叙事性不强，有类于此。

调笑（调啸）、转踏，它们也是一种流行的说唱相间的曲艺形式。所念是诗，且诗的末一词成为曲子的首句或首句的一部分。如《乐府雅词》卷上所收郑仅《调笑转踏》如下：

> 良辰易失，信四者之难并；佳客相逢，实一时之盛事。用陈妙曲，上助清欢。女伴相将，调笑入队。

> 秦楼有女字罗敷，二十未满十五馀。金环约腕携笼去，攀枝摘叶城南隅。使君春思如飞絮，五马徘徊芳草路。东风吹鬓不可亲，日晚蚕饥欲归去。　　归去。携笼女。南陌柔桑三月暮。使君春思如飞絮，五马徘徊频驻。蚕饥日晚空留顾。笑指秦楼归去。

> 石城女子名莫愁，家住石城西渡头。拾翠每寻芳草路，采莲时过绿苹洲。五陵豪客青楼上，醉倒金壶待清唱。风高江阔白浪飞，急催艇子操双桨。　　双桨。小舟荡。唤取莫愁迎叠浪。五陵豪客青楼上，不道风高江广。千金难买倾城样。那听绕梁清唱。

> ……

> 放队：新词宛转递相传，振袖倾鬟风露前。月落乌啼云雨散，游童陌上拾花钿。

其中省略者为咏相如琴挑卓文君、刘郎入武陵等内容，体例一如上引。诗之末一词乃曲子头一句，如"归去"；诗词韵脚相押，如"双桨"与"清唱"，如此诗词衔接，一诗一词，迎送不已，所谓"转踏"是也。"踏"者，踏歌之简称。

调笑、转踏较早已在北宋市井流行，并引起文人注意，他们偶也摹仿写上几首。曾慥本《东坡词》卷下载苏轼有《调啸词》2首，歌咏渔父，其词体乃效韦应物《调笑令》。苏门弟子中，晁无咎有《调笑》词，分别歌咏西子、宋玉、大堤女子、解佩、回纹、唐儿、春草；秦观有《调笑令》，分别歌咏昭君、乐昌公主、崔徽、无双、灼灼、盼盼、莺莺、采莲、烟中怨、离魂记，另有《忆秦娥》（灞桥雪）调笑词；黄庭坚有《调笑歌》（仅存1首，有诗有词）；毛滂也有《调笑》组词，分别咏崔徽、泰娘、盼盼、灼灼、莺莺、莟子、张好好。《乐府雅词》卷上收有1篇《调笑集句》，集古人诗句分别歌咏巫山、桃源、洛浦（洛神）、明妃、班女、文君、吴娘、琵琶（行），所歌咏题材与晁无咎、秦观等人同。集句词要以古人长短不一之现成诗句构成，非诗文满腹，焉能致此？其或出苏轼之手。苏轼《和赵郎中见戏》诗有句云"空唱崔徽上翠楼"，所唱者即歌咏崔徽之词欤？[①] 我猜以上苏轼及苏门创作的《调笑》词，或为一次聚会时的集体游戏之作。李吕有一组《调笑令》词，分别说唱妓女的笑、饮、坐、博、歌等五种动作行为。曾慥有一组《调笑令》词，分咏佳友菊花、清友梅花、净友莲花、玉友酒。这种以一调连唱的套词，其叙事性总体上比较弱，比不上前引和凝《江城子》、敦煌词《凤归云》、柳永《巫山一段云》等普

---

① 宋代吴曾《能改斋漫录》卷十六载刘公次庄作《尘土黄》词，其序曰："崔徽、霍玉、爱爱等事，昔日歌之。"是知崔徽事早入乐府传唱。《全宋笔记》第5编第4册，大象出版社2012年版，第199—200页。

通联章词叙事性那么强。

套词除了一调联章之外，还可以多调联章。唐宋大曲唱辞多用多调联章的方式，如南宋人王明清《玉照新志》卷二记录了北宋曾布《水调歌头》大曲，咏侠客冯燕的传奇故事。词如下：

排遍第一：

魏豪有冯燕，年少客幽并。击球斗鸡为戏，游侠久知名。因避仇、来东郡。元戎留属中军。直气凌貔虎，须史叱咤风云。凛凛坐中生。　　偶乘佳兴。轻裘锦带，东风跃马，往来寻访幽胜。游冶出东城。堤上莺花撩乱，香车宝马纵横。草软平沙稳。高楼两岸春风，语笑隔帘声。

排遍第二：

袖笼鞭敲镫。无语独闲行。绿杨下、人初静。烟澹夕阳明。窈窕佳人，独立瑶阶，掷果潘郎，瞥见红颜横波盼，不胜娇软倚银屏。　　曳红裳，频推朱户，半开还掩，似欲倚、咿哑声里，细说深情。因遣林间青鸟，为言彼此心期，的的深相许，窃香解佩，绸缪相顾不胜情。

排遍第三：

说良人滑将张婴。从来嗜酒，还家镇长酩酊狂酲。屋上鸣鸠空斗，梁间客燕相惊。谁与花为主，兰房从此，朝云夕雨两牵萦。　　似游丝飘荡，随风无定。奈何岁华荏苒，欢计苦难凭。唯见新恩缱绻，连枝并翼，香闺日日为郎，谁知松萝托蔓，一比一毫轻。

排遍第四：

一夕还家醉，开户起相迎。为郎引裾相庇，低首略潜形。情深无隐。欲郎乘间起佳兵。　　授青萍。茫然抚叹，不忍欺心。尔能负心于彼，于我必无情。熟视花钿不足，刚肠终不能平。假手迎天意，一挥霜刃。窗间粉颈断瑶琼。

排遍第五：

凤凰钗、宝玉凋零。惨然怅，娇魂怨，饮泣吞声。还被凌波呼唤，相将金谷同游，想见逢迎处，揶揄羞面，妆脸泪盈盈。　　醉眠人、醒来晨起，血凝螓首，但惊喧，白邻里、骇我辛难明。思败幽囚推究，覆盆无计哀鸣。丹笔终诬服，阛门驱拥，衔冤垂首欲临刑。

排遍第六：

向红尘里，有喧呼攘臂，转声辟众，莫遣人冤滥、杀张室，忍偷生。僚吏惊呼呵叱，狂辞不变如初，投身属吏，慷慨吐丹诚。　　仿佛缧绁，自疑梦中，闻者皆惊叹，为不平。割爱无心，泣对虞姬，手戮倾城宠，翻然起死，不教仇怨负冤声。

排遍第七　撷"花十八"①：

义城元靖贤相国，喜慕英雄士，赐金缯。闻斯事，频叹赏，封章归印，请赎冯燕罪。日边紫泥封诏，阖境赦深刑。　　万古三河风义在，青简上、众知名。河东注，任流水滔滔，水涸名难泯。至今乐府歌咏，流入管弦声。

故事原型出自唐代沈亚之《冯燕传》和司空图的《冯燕歌》诗（原诗七言 19 联 38 句）。翩翩公子冯燕本是魏人，曾是扬名

---

① "撷"是大曲的组成部分之一，按大曲的叙事结构，"撷"应是大曲叙事的高潮部分，接下来就是"入破"，即大曲的"只舞不歌"阶段。

并州、幽州的游侠儿，因为避仇敌来到河南滑州。在滑州他勾搭上了军士张婴的妻子。某天张婴自外醉酒归卧家中，张妻示意冯燕杀了张婴，这样她就可以与冯燕长期在一起了。冯燕意识到，张妻今天可以杀丈夫，明天她也可以杀自己，于是挥刀把张妻杀了。张婴酒醒后发现妻子被杀，因无旁证，他被控杀妻之罪，绑缚刑场杀头。此时冯燕挺身而出，说自己才是真正的凶手。法官大感动，他上章皇帝，请赦冯燕之罪并获得批准。于是冯燕的侠名震烁大河南北，"至今乐府歌咏，流入管弦声"。今读《冯燕诗》及这组冯燕大曲词，仍可想见其莫名的动人情采。这组联章套词用第三人称全知视角叙事，比原诗有更多的细节和心理描绘，塑造人物形象方面更丰满，情节也曲折意外。总之是比较成功的叙事之作。

据宋人王灼《碧鸡漫志》卷三记载："凡大曲，有散序、靸、排遍、攧、正攧、入破、虚催、实催、衮遍、歇拍、杀衮，始成一曲，此谓大遍。"上引曾布的《水调歌头》大曲的 7 首"排遍"词，只是该大曲的"排遍"阶段的表演词。结合其他文献的记录来看，大曲的各个阶段都可以自由发挥，以增加表演遍数，曹勋《法曲·道情》大曲词，其篇章结构是：散序、歌头（靸）、（排）遍第一、（排）遍第二、（排）遍第三、第四攧、入破第一、入破第二、入破第三、入破第四、第五煞。这里是将"入破"阶段做了特别的发挥。又如董颖《薄媚·西子》大曲词，其篇章结构是：排遍第八、排遍第九、第十攧、入破第一、第二虚催、第三衮遍、第四催拍、第五衮遍、第六歇拍、第七煞衮。可见董颖的《薄媚》大曲词，仅排遍阶段就演到了第 9 遍（前 7 遍歌词失传，现存歌词是从"越王嫁祸献西施"即勾践卧薪尝胆开始的）。需要指出的是：排遍与攧往往紧接在一起表演，上引曾布《水调歌头》大曲"排遍第七"后紧接着注"撷'花十八'"，《薄媚·西子》大曲"第四撷"紧接着排遍三之后，此处"排遍第九、第十撷"统一排序，即两者整体一致之义。沈括《梦溪笔谈》卷五《乐律》中提到，由于大曲表演需时太久，表演者往往剪截其曲："（元稹）《连昌宫词》有'逡巡大遍《凉州》彻'。所谓'大遍'者，有序、引、歌、㿉、嗺、哨、催、撷、衮、破、行、中腔、踏歌之类，凡数十解，每解有数叠者。裁截用之，则谓之'摘遍'。今人大曲，皆是裁用，悉非'大遍'也。"这是文献中对大曲结构最复杂的记载。史浩《采莲·寿乡词》大曲词，其篇章结构是：延遍、撷遍、入破、衮遍、实催、衮、歇拍、煞衮，可知大曲在各种场合的使用上比较自由。陈元龙注周美成《风流子》词时曾引用《琵琶行》大曲词，见《详注周美成词片玉集》卷五。由此可知，大曲一般是搬演历史上有名的历史故事或文学故事。当然也有以当时的传说为演唱对象的，如赵次公注东坡《芙蓉城》时曾引用《王子高六幺》大曲词，见《集注分类东坡先生诗》卷四。王国维《宋元戏曲史》第四章《宋之乐曲》说："此种大曲，遍数既多，自于叙事为便。"大曲歌辞在艺术上，之所以表现出了强烈的叙事性，是与大曲的艺术结构密切相关。大曲是一种乐、歌、舞结合的大型综合艺术，演出时间极长，与前文介绍的鼓子词的讲唱结合的即席表演不同。大曲的每个阶段分担了不同的艺术功能，其中散序和歌头部分承担声乐的功能较多，排遍部分主要演故事，故叙事性强，入破以后则以舞蹈取胜，这就是宋人陈旸《乐书》卷一百八十五记载的意思："大曲前缓叠不舞，至入破则羯鼓、震鼓、大鼓与丝竹合作，句拍益急，舞者入场，投节制容，故有催拍、歇拍之异。姿制俯仰，百态百出。"大曲曲辞的叙事性强由此或可得到部分解释。

第四节　叙事视角——唐宋词"男子作闺音"新解

诗词学理论中有所谓"代言体"概念者。什么是代言？代言就是借作品中人物的口吻说话，它与六朝隋唐时期常见的"代答""代赠""代作"意思不尽相同，后者只是虚拟一个作者罢了。另外，不是所有男性写女性的作品都是代言体，例如这一首无名氏《鹧鸪天》词就不是代言体①：

> 紫陌朱轮去似流。丁香初结小银钩。凭阑试问秦楼路，瞥见纤纤十指柔。　　金约腕，玉搔头。尽教人看却佯羞。欲题红叶无流水，别是桃源一段愁。

这是叙述者眼中的歌女形象，并非歌女自言自叙，所以不是代言体。同理，温庭筠《菩萨蛮》（小山重叠金明灭）也不是代言体，它只不过是第三人称限知视角叙事，叙事者与行动者非一人。代言体有比较明晰的定位：以作品中人物的口吻说话。

历史上古文论家对诗词中代言现象认识不够，如清初诗论家吴乔曾说："自六经子史以至诗馀，皆是自说己意，未有代他人说话者。唯元人就古事做杂剧，始代他人说话。"之后袁枚在《小仓山房尺牍》中也说："从古文章皆自言所得，未有为优孟衣冠、代人作语者。唯时文与戏曲则皆以描摹口吻为工。"完全

---

① 《全宋词》第五册，第3839页。

忽视了以下类型唐诗的存在：李白《春思》："燕草如碧丝，秦桑低绿枝。当君怀归日，是妾断肠时。春风不相识，何事入罗帏？"李益的《江南曲》："嫁得瞿塘贾，朝朝误妾期。早知潮有信，嫁与弄潮儿。"崔颢《长干行》："君家何处住，妾住在横塘。停船暂借问，或恐是同乡。"更不用说杜甫《兵车行》中那样的代言对话："长者虽有问，役夫敢申恨？且如今年冬，未休关西卒。县官急索租，租税从何出？信知生男恶，反是生女好。生女犹得嫁比邻，生男埋没随百草。"这就是代言，借作品中人物"役夫"的口吻，道出穷兵黩武的痛苦现实，表达叙事者（作者）的思想情感和对现实的批判态度。代言是叙事艺术的比较高级的形式。

"代言体"诸现象中，最值得关注的是词体中所谓"男子作闺音"现象。它是指男性作家使用女性口吻来叙述或抒情①。以往论者对"男子作闺音"仅有现象上的归纳总结，而没有找到令人满意的解释理论。今试从"叙事视角"的思路析而论之。如温庭筠《菩萨蛮》便是代言体词：

> 玉楼明月长相忆。柳丝袅娜春无力。门外草萋萋。送君闻马嘶。　　画罗金翡翠。香烛销成泪。花落子规啼。绿窗残梦迷。

---

① 如果仅仅是词中场景香艳，语调轻软，色彩绚丽，多描写女性心理活动，这些都不能算是"男子作闺音"，它只是词体的风格使然，或者特定作者的审美心态使然。如秦少游与苏轼的词，前者偏女性化，后者士大夫化，并不是说秦少游的词就属于"男子作闺音"现象。是否"男子作闺音"，只看一点：男性作家创作的作品中以女主人公口吻叙事抒情与否。李清照的作品就不属于男子作闺音，因为作者本人即女性。

本词以女子口吻写出，叙述了春天里一个女子送别她的情人的故事，属男子作闺音的代言体。又如晏殊的《山亭柳·赠歌者》词：

> 家住西秦，赌博艺随身。花柳上，斗尖新。偶学念奴声调，有时高遏行云。蜀锦缠头无数，不负辛勤。　　数年来往咸京道，残杯冷炙谩消魂。衷肠事，托何人。若有知音见采，不辞遍唱《阳春》。一曲当筵落泪，重掩罗巾。

在传统的词论话语体系里，这首词是标准的代言体词。全词（除最后一句）都是模拟歌者的口吻来叙事，叙述了歌者曲折的人生际遇，并抒发了歌者的人生感悟。从开篇到"不辞遍唱阳春"一句，从叙事学角度来看，这些内容是妥妥的主人公叙事。但是，本词最后一句"一曲当筵落泪，重掩罗巾"暴露了另外的一种叙事视角，显然它只能是旁观者叙述出来的歌者的落泪行为，或旁观者叙述出来的自己听曲后的落泪行为，绝不是歌者自叙出来的话；再加之本词有一个题目"赠歌者"，也亮明了叙事者的身份，所以本词真正意义上的叙述者不可能是歌者（主人公）。本词大部分内容看起来像"主人公叙事"，实际上它只是旁观者记录的词中主人公的话语，从全词的叙事角度而言，本词是见证人视角叙事。

又如刘克庄代表作之一《贺新郎·席上闻歌有感》一词：

> 妾出于微贱。小年时、朱弦弹绝，玉笙吹遍。粗识国风关雎乱，羞学流莺百啭。总不涉、闺情春怨。谁向西邻公子说，要珠鞍、迎入梨花院。身未动，意先懒。　　主

家十二楼连苑。那人人、靓妆按曲，绣帘初卷。道是华堂
箫管唱，笑杀鸡坊拍衮。回首望、侯门天远。我有平生离
鸾操，颇哀而不愠，微而婉。聊一奏，更三叹。

这也是一首代言词。这首词的叙事视角一如上引晏殊词，
题目中"闻歌有感"及最后一句"聊一奏，更三叹"等，亮明
了叙事者身份不是词中主人公"妾"。同上理，本词大部分内容
看起来像"主人公叙事"，实际上它只是旁观者记录的词中主人
公的话语，故本词是见证人视角叙事。又如贺铸《减字浣溪
沙》词：

闲把琵琶旧谱寻，四弦声怨却沉吟。燕飞人静画堂深。
欹枕有时成雨梦，隔帘无处说春心。一从灯夜到如今。

本来，所谓"男子作闺音"，它只是极浅层的表面概括之
词，属形似之论，并没有进入文学创作的心理和技巧层面。有
人以男性词人具有"雌化"的心理倾向来解说"男子作闺音"
的现象，这显然不符合事实，也是皮相之谈。依笔者之见，如
果从叙事视角和叙事口吻来审视大量的代言体词，就可以明白
唐宋词人在词艺探索方面的宝贵努力，并吸取他们的艺术经验。
代言体诗词不可看成诗人自道身世遭遇之作，否则会造成
严重误判，正如当下歌坛，歌手写了那么多情歌，但它们并不
都是歌手自叙传，而是代言罢了，代大众抒情。古人创作亦如
此。但当时论者往往对这种创新的叙事方式不够了解，还是按
传统的"文如其人"的标准理解词人，如宋人胡仔就是这样。
针对柳永词中叙事口吻的俗气现状，胡仔在《苕溪渔隐丛话》

中这样评价柳词:"大概非羁旅穷愁之词,则闺门淫媟之语。若以欧阳永叔、晏叔原、苏子瞻、黄鲁直、张子野、秦少游辈较之,万万相辽。彼其所以传名者,直以言多近俗,俗子易悦故也。"柳永是市井文化的代言人,他以俚俗化的语言写作,是便于读者对词中所叙事件的理解,有助于词作的传播与流传。不可将柳词中俗气冲天的浪子与柳永本人等同。如柳永《玉女摇仙佩》:

> 飞琼伴侣,偶别珠宫,未返神仙行缀。取次梳妆,寻常言语,有得几多姝丽。拟把名花比。恐旁人笑我,谈何容易。细思算、奇葩艳卉,惟是深红浅白而已。争如这多情,占得人间,千娇百媚。　　须信画堂绣阁,皓月清风,忍把光阴轻弃。自古及今,佳人才子,少得当年双美。且恁相偎倚。未消得、怜我多才多艺。愿奶奶、兰心蕙性,枕前言下,表余深意。为盟誓。今生断不孤鸳被。

全词上片以男子(我)的眼光打量眼前之风情万种之美姬,自然也就包括了打量者"我"的系列心理活动。下片叙"我"与美姬情相得、意相款。"取次"与下句"寻常"为对语,意思是随便、随意,如晋葛洪《抱朴子·祛惑》:"此儿当兴卿门宗,四海将受其赐,不但卿家。不可取次也。"杜甫《送元二适江左》诗:"经过自爱惜,取次莫论兵。""几多"是口语,意即"很""非常",今江西、湖南方言中犹用之。"忍"即"不忍"的意思。"未消得"意思是"禁受不住",或"比不上"之意。全词叙述了男子与美姬相见、相识、相守的过程,有比较明显的叙事性,属主人公内视角叙事的代言体作品。同理,也不可将柳永《倾杯》词看成柳永的人生悲剧之作：

> 离宴殷勤，兰舟凝滞，看看送行南浦。情知道世上，难使皓月长圆，彩云镇聚。算人生、悲莫悲于轻别，最苦正欢娱，便分鸳侣。泪流琼脸，梨花一枝春带雨。　　惨黛蛾、盈盈无绪。共黯然消魂，重携素手，话别临行，犹自再三、问道君须去。频耳畔低语。知多少、他日深盟，平生丹素。从今尽把凭鳞羽。

这是一首代言体词。以第三人称全知视角叙述一个女子送别情郎的故事，一如他的名作《雨霖铃》那样。扩大到柳永全部词作来看，柳词中，代言体中的男主都是青楼浪子；而他以第一人称叙事的非代言体词，是带有自传性的，是对自己生活的记录和对自己心理的剖析，体现的是一个知识分子形象。如果不明白柳永有代言体与自传体的区别，那么我们在理解柳永这个人时就会产生如下分裂的印象：柳永既是浪子，也是士大夫。这显然不合逻辑，是矛盾的，也因此造成了千馀年来我们理解中的柳永形象的极端分裂：儒家知识分子＋浪子形象。

综上所述，我们对词体叙事的研究大致有如下基本看法：

自晚唐起，单首词中已有小说叙事的手法，至柳永、周邦彦手中达到艺术高峰；同时，联章词凭借词的章法结构来叙事，其叙事能力远超单首词，为后世叙事文学探索了新路。

宋代联章词的叙事性在词曲递变领域的过渡作用，足见各种文体互渗的重要性。

联章词中的套词叙事在文体学上的意义十分重大。简约言之，套词叙事对词体抒情性的制约与促进，对戏曲、杂剧的文体形成与定型，对元曲叙事的沾溉，都具有直接的引导作用。

总之，对单词叙事的分析，可以在叙事视角理论的观照下，重新审视词艺的发展过程。诸多叙事表现手法的运用，使得词体的时空结构都发生相应变化，其结果就是以抒情为主要特征的词体，其叙事性因之大大增强了。而对联章词叙事的分析，可以看出词与各种俗文学的交融，例如，套词叙事所表现出来的完整叙事，特别是像大曲词中这一类"宏大叙事"，这种艺术上的重大创新与突破，更值得我们加以关注。我们认为，套词叙事表现出来的完整叙事特征，直接为后来戏曲文本的形成和成熟奠定了基础。

当然，我们要清醒地、实事求是地认识到，中国词体文学中的叙事，与诗歌叙事相比虽有进步，并为后来的戏剧文学的出现奠定了基础，但还是离真正的叙事文学差得很远，其情节不如西方叙事学主张的那样清晰，在人物形象的塑造方面也不如西方叙事文学那么丰满。中国古代的诗词叙事作品，一直是带有浓厚的抒情底色的，并且这个底色时不时会强烈地显示出来。

第六章

宋代传记性诗歌的叙事传统

以人物为中心、对其生平经历展开叙述的诗歌，即传记性诗歌。传记性诗歌可分为自传诗和他传诗。自传诗以诗人自己为中心人物，他传诗则以他人为中心人物。传记性诗歌在宋代蔚为大观，在人物塑造、事件叙写等方面取得了颇为突出的成绩。

第一节　自传诗：仕宦经历与逐事写感

（一）宋前诗歌自传因素的发展

中国古代诗歌从很早就具有颇为鲜明的自传性。屈原《离骚》《九章》中包含着不少对个人经历的叙述，然而抒情色彩的浓厚和叙事因素的相对薄弱，使得这些诗篇只是具备一定的自传性、而不能成为自传性的叙事诗。诗歌中比较典型的自传作品，最早要算东汉末年蔡琰五言体的《悲愤诗》。关于蔡琰作品的真伪，一直有许多争辩，但这首五言《悲愤诗》，一般都认为是蔡琰所作。这首诗以第一人称讲述了自己身陷匈奴、返汉再嫁的曲折经历，饱含浓烈怆痛之情，可以说是一首"相当完整的自传体诗"①。然而，《悲愤诗》作为中国古代早期的一首自传诗，却有许多非典型性。这不仅仅是因为《悲愤诗》作为一首相对成熟的自传诗，在东汉末年显得特出，更重要的是因为，作为一位女性诗人的自传诗，其描写的经历在以男性文人为创作主体的古代诗歌中，是非常少见的存在。出于性别的差异，《悲愤诗》的叙事情节无法成为后世自传诗的效法模式。不仅如此，从叙事方式上看，《悲愤诗》侧重表现人物身处具体经历中的真实感，而淡化了对自我经历的回顾感。也就是说，自传诗所需求的自我审视，在这首诗中尚不充分。比如其中孩子询问母亲为何抛下自己的段落，以乐府式的对话场面加以呈现，具有戏剧化的效果，这种叙事模式也未为后来的自传诗所继承。这也是川合康三认为《悲愤诗》的故事性比自传性更占据支配地位的原因②。

在《悲愤诗》之后的很长一段时间内，以自述生平经历为主体的诗歌并不太多。偶有涉及诗人经历的作品，仍以浓厚的抒情意味为主，对个人经历的叙述容易依附于抒怀的主体语调中。到了唐代，一些诗歌逐渐显露出自述生平的线索。如崔湜《景龙二年，余自门下平章事削阶，授江州员外司马，寻拜襄州刺史，春日赴襄阳，途中言志》，在"言志"的过程中，简笔勾

---

① 谢思炜：《论自传诗人杜甫——兼论中国和西方的自传诗传统》，《文学遗产》1990 年第 3 期。

② 川合康三：《中国的自传文学》，蔡毅译，中央编译出版社 1999 年，第 158 页。川著认为此诗所表现的情感过于类型化，作为个体的性格显得薄弱，因此认为此诗与其称为自传诗，不如说是一篇故事诗。作者否定《悲愤诗》作为自传诗的基础，这一观点虽有失片面，却也显示了《悲愤诗》作为一首自传诗在中国诗歌自传传统中的非典型性。

勒出自己从"一朝趋金门，十载奉瑶墀""吏部既三践，中书亦五期"的荣遇、到受谤削阶后"始佐庐陵郡，寻牧襄阳城"的大体事迹①。李白的《经乱离后，天恩流夜郎，忆旧游书怀赠江夏韦太守良宰》，对自己的经历也有颇为详细的叙述。但由于是赠人之作，故李白在叙述自身经历的同时，时时不忘将自己与对方绾结在一起。诗中每说及自己的一段经历，都要通过"叹君倜傥才""逢君听弦歌"等诗句过渡到对方②。因此"忆旧游"的对象就不仅仅是自身，而是与对方相关联的"旧游"。诗人对自身经历的选择不得不有所限制，在一定程度上影响了自我叙事的流畅。

杜甫是诗歌自传传统发展历程中的一个重要人物。他在诗歌中对自身经历的大幅回顾与叙述，在很大程度上增强了诗歌的自传性，如《自京赴奉先县咏怀五百字》《壮游》《北征》《秋日夔府咏怀奉寄郑监李宾客一百韵》等。在这些诗歌中，诗人一方面强化了诗歌的叙事因素，在描写书怀中突出了对自身经历的叙述，使诗人自我经历成为诗歌的重要表现内容。另一方面又体现了自我审视的积极意识，即将自我经历作为叙述的对象，从而实现自我经历的客体化、对象化。在某种意义上，杜甫一生的诗歌，形成了一种相对延续的自我审视③，无怪被谢思炜认为是体现诗歌自传性的典型人物。这是杜甫为诗歌自传传统提供的贡献。需要指出的是，《自京赴奉先县咏怀五百字》

---

① 中华书局编辑部点校：《全唐诗》卷五十四，中华书局1999年版，第662页。

② ［唐］李白：《李太白全集》卷十一，王琦注，中华书局1977年版，第567页。

③ 参见谢思炜：《杜诗的自我审视与表现》，《文学遗产》2001年第3期。文章剖析了杜甫自我审视的特点及这一特点带来的诗歌表现。

《北征》等作品，尽管具备非常鲜明的自传性，但它们聚焦的是相对有限的一段经历，并且时常偏重于描述社会的变迁，弱化个人的发展，因此还称不上是典型的自传诗（相较而言，从"七龄思即壮"一直写到"老病客殊方"的《壮游》，更适宜"自传诗"的头衔）。即便杜甫的一些诗歌距离自传诗仍有一定距离，其自我审视的视角和叙事因素的强化，也无疑为诗歌自传的发展引领了方向。

进入中唐以后，自传性浓厚的作品呈现增多的趋势。比杜甫稍晚有卢纶《纶与吉侍郎中孚、司空郎中曙、苗员外发、崔补阙峒、耿拾遗湋、李校书端风尘追游，向三十载，数公皆负当时盛称荣耀，未几俱沉下泉，畅博士当感怀前踪，有五十韵见寄，辄有所酬，以申悲旧，兼寄夏侯侍御审、侯仓曹钊》，诗歌前半酬答畅当的"感怀前踪"，讲述自己求仕不顺的一生，后半"悲旧"，转入对六位已逝友人的追怀。韩愈、白居易、元稹等人也写了不少这类作品。韩愈的《此日足可惜赠张籍》《赴江陵途中寄赠翰林三学士》，白居易的《代书诗一百韵寄微之》《东南行一百韵寄通州元九侍御、澧州李十一舍人、果州崔二十二使君、开州韦大元外、庾三十二补阙、杜十四拾遗、李二十助教员外、窦七校书》《渭村退居寄礼部崔侍郎、翰林钱舍人诗一百韵》，元稹的《元和五年，予官不了，罚俸西归，三月六日至陕府，与吴十一兄端公、崔二十二院长，思怆曩游，因投五十韵》等。这些诗歌同样以颇为鲜明的自我叙事凸显了诗歌的自传性。不过，仅从诗题也可以看出，它们仍然不是以自传为目的的创作。这类诗歌的视角与前所举李白诗相似，并非单纯以自我回顾为目的，而是建立在与友人交流、向友人剖白的基础之上。因而在自我回顾的同时，仍然要维持与友人对话的脉络。从这里也可以看出，向着某一言说对象的自我剖白，促进了诗人自我叙事的形成。白居易具有颇为明晰的自我审视意识，对自己写真式的精细刻画①，为诗人的自我审视提供了可资借鉴的角度，但他对自我经历的叙事往往只取几个大段落，又偏重长篇的描写铺陈，还缺少生平经历的曲折展开。

大体上看，中唐以来，自传意识日渐成长，而自传模式也日趋成型。尽管在一些诗歌中抒怀的成分仍重于叙事，以自我经历为叙述对象、将自我经历客体化的程度仍在发展中。不过中唐依然是诗歌自传性发展过程中的重要环节。川合康三先生对中唐文学曾有精彩判断，认为个体独立精神在中唐得到了凸显，文人倾向于由个人的视角去认知世界，也包括认识自我②。如韩愈自我漫画化的诗歌表现、白居易闲适诗的自我欢愉等，这些个性化的自我表现，包含着对以往诗歌类型的突破③。中唐诗人个性化的自我观照，为诗歌自传在宋代的发展奠定了重要基础。

（二）自传意识的成熟

宋代自传诗已臻圆熟境地，无论从自传意识还是从自传叙

---

① 川合康三：《中国的自传文学》，蔡毅译，中央编译出版社1999年，第168页。
② 川合康三：《中国的自传文学》，蔡毅译，中央编译出版社1999年，第170页。又见川合康三《终南山的变容——由盛唐到中唐》一文。这一观念也可以说贯穿于川合康三所著《终南山的变容》一书中。刘维治、张剑、蒋寅译，上海古籍出版社2007年版。
③ 参见川合康三：《韩愈与白居易——对抗与调和》《白居易闲适诗考》等文章，见《终南山的变容》，上海古籍出版社2007年版。

事模式来看，都是如此。

　　自我叙事意味着诗人要把自己的人生经历作为对象加以表现，要求写作的诗人与曾经的自己拉开距离，并对曾经的自己加以审视和叙述。当诗人主动做到这一点，也就具备了成型的自传意识。王禹偁的《谪居感事》是宋初最重要的自传诗之一。对生平经历的曲折展开，是这首诗作为一首成熟自传诗的重要基础。诗歌作于淳化三年（992）王禹偁贬谪商州时，详细讲述了自己读书、应举、为官、升官、贬谪的种种经历：

> 偶叹劳生事，因思志学时。读书方睹奥，下笔便搜奇。
> ……
> 叨荣偕计吏，滥吹谒春司。仆瘦途中病，驴寒雪里骑。
> 空拳入场屋，拭目看京师。
> ……
> 先鸣输俊彦，上第遂参差。罢举身何托，还家命自奇。
> ……
> 广场重考覆，蹇步载驱驰。
> ……
> 重瞳念孤迹，一第忝鸿私。得告还乡贵，除官佐邑卑。
> 折腰称小吏，矩步慎初资。
> ……
> 三年无异政，一箧有新词。多恋南园卧，俄从北阙追。
> 呈材真朴樕，召对立茅茨。载笔居三馆，登朝忝拾遗。
> ……
> 兼磨断佞剑，拟树直言旗。遇事难缄默，平居疾喔咿。
> ……

> 如弦伤讦直，投杼觅瑕疵。众铄金须化，群排柱不支。
> 佞权回北斗，谗舌簸南箕。
> ……
> 秦岭偏巉绝，商於更险巇。吾庐何处是，我马忽长辞。
> ……
> 穷通皆有数，得丧又奚悲。
> ……
> 吾道宁穷矣，斯文未已而。狂吟何所益，孤愤泄黄陂。①

此诗篇幅极长，共一百六十韵，却线索清晰，段落分明。诗人将自己过往经历视为诗歌表现的主要对象，从入仕的过程开始写起：读书志学之时，聪明颖悟，文采斐然，于是有应举之行；可惜略输一筹，殿试落选，只能返回家中；经过一番努力之后再次应举，终于成功，并被任命为地方官；在任期间谨慎执政，政绩颇佳；任满之后，有幸被皇帝诏往朝中，居于三馆，任为谏官；在谏职时因直言不讳，遭受贬谪，来到商於；尽管贬谪生涯寂寞孤苦，但仍然坚守道义。此为全诗主体内容。诗歌脉络分明，诗人仕宦经历历历在目。这首自传诗的成熟，首先在于它对自我经历叙述的完整性。它不是只对人生中某一段有限时间内经历的叙述，而是从幼年一直到诗人写作当下的长时间、历时性的叙述。同时，它也有别于写给友人的诗歌，不必有选择地讲述那些与友人相关联的经历，而只注目于自己本身。王禹偁是宋初白体诗的代表人物，他的诗歌多有学习白居易之处。《谪居感事》中便有白诗长于铺写、叙事平易的痕迹，然而相比

---

① ［宋］王禹偁：《小畜集》卷八，《四部丛刊》影宋本配吕无党钞本。

白居易《代书诗一百韵寄微之》等诗，王诗对自我经历的完整观照，无疑体现出了更为浓烈的自传意识。

对自身经历的聚焦是自传意识成熟的重要表现。另一个典型的例子是李纲写于南宋之初的《建炎行》，这是诗人对自己在建炎元年（1127）前后所历事件的详细叙述。这段经历发生于靖康事变、南宋抗金的时代大背景中。在这一点上，与安史之乱中的杜甫颇有相似之处。川合康三曾指出，中国自传中有一种倾向，常多写社会的变迁，却略写个人自身的变化，杜甫《往在》《夔府书怀四十韵》等诗即属此类[1]。就书写社会动乱中的人生而言，《建炎行》与《往在》《夔府书怀四十韵》有相似之处；但就自传叙事的角度来说，李诗则在杜诗的基础上有了进一步发展。此诗的重点不在描述社会动乱及由此导致的被动的人生际遇，而更强调诗人自身在社会动乱中的所作所为。诗歌从靖康事变写起，"金寇初犯阙，太岁在丙午"，紧接着便是诗人自身的遭际："殊恩擢枢廷……乞身缘谤谗，窜谪旅湘沅。"对于靖康事变的叙述，诗人仍采取了以自己为中心的视角——诗人在受命救援、赶往汴京途中，徽、钦二帝就已被俘："忽传元帅檄，果有城破语。銮舆幸沙漠，妃后辞禁籞……号恸绝复苏，洒泪作翻雨。"从自己的感知角度来交代事变，使社会变乱与诗人经历从容接轨。接下来的叙述，以诗人的个人经历为中心：不久后高宗称帝，被起用为尚书右仆射兼中书侍郎，兼程前往南京，"舍舟行汴堤，驱车赴延伫"。到南京之后面见高宗，大胆进言："初称宗社危，天地同愤怒。次陈国多难，实启中兴

---

[1] 川合康三：《中国的自传文学》，蔡毅译，中央编译出版社1999年，第161页。

主。末言樗散材，初不堪梁柱。"力求罢免曾成立伪楚政权的张邦昌，提出抵御金人的措施，推荐有将才的张所和傅亮，并力劝高宗募兵买马，修军政，择将帅，以求收复中原。然而，"岂知肘腋间，乃有椒兰妬"，主战的诗人遭到了主和派的打击，被驱逐出朝，贬谪武昌，一路上历经寇盗作乱，费尽心力才到达贬所。尽管如此，诗人仍然时刻关心国事，眼看着"今年虏益横，春夏蹂京辅"，收复之事遥遥无期，感慨痛心却无可奈何①。以上即为此诗主体内容。李纲是北宋末领导东京保卫战取得胜利的抗金名臣，又是南宋初极力主战的大臣。在这首诗歌中，金人入侵、靖康之难已然成为诗人经历的背景，诗歌聚焦的，是诗人在这一大背景中的积极应对。《建炎行》小序自称"掇取出处去就大概"，也表明了诗人对个人经历和行为的强调。社会动乱与个人经历，二者在诗歌中所占地位的降与升，同样显示了自传意识在宋诗中的深化。

上文提及，此前许多诗歌的自传性，是在与友人交流的过程中自我剖白而产生。这在宋代仍然有所延续，但比前代有所发展的是，诗中的自传意识变得更为浓厚，一些诗歌虽有诉说的对象，但所述经历并不受限于与对方相关的部分。当诗人把重心放在对自身经历的讲述上时，即便是有具体诉说对象的诗篇，自传的色彩也会显得非常突出。譬如苏洵的《忆山送人》，虽云"送人"，但主要写自己一生中游览名山大川的经历。诗中写到多段游览：最先写岷峨风光；其次从蜀中出三峡，往荆渚游览；紧接着是嵩山、华山、终南山一路；再往后是吴越一带的

---

① ［宋］李纲：《建炎行》，见《李纲全集》，岳麓书社 2004 年版，第253—256 页。

庐山、五岭等；还有最近一次在家乡看山。诗歌只在最后数语才回归到诗题的"送人"。而苏洵所讲述的自己游历，似乎并未受到"送人"的限制和干扰①。

一些诗人则以自传代替家训，面向儿女絮絮讲述自己的人生。苏颂《累年告老，恩旨未俞，诏领祠宫，遂还乡闲，燕闲无事，追省平生，因成感事述怀诗五言一百韵，示儿孙辈，使知遭遇终始之意，以代家训，故言多不文》，从儿童时代写起，详细叙述自己的成长过程——读书、拜师、交友、应举、为官，一直写到老年归乡，直接训诫之语反而不多。胡铨的《家训》虽以训诫开篇，中间的主体部分仍然自述生平，集中叙述自己为官任职的经历，着重强调君主对自己的知遇，希望子孙能好好珍惜，努力保持家业，为国效力。郑侠的《示女子》是写给已嫁女儿的训示。诗中回忆自己遭受贬谪，以致女儿出生长大吃了不少苦；幸而后来得以平反，也顺利嫁出了女儿的经历。诗人回忆这些往事，希望女儿能勤俭持家、孝顺舅姑。在这些带有家训性质的诗歌中，诗人往往详细叙述自己的经历，有意将自己塑造为一个值得效仿和学习的对象，目的是要以身作则，敦促儿孙辈身体力行，振作家声。在这种有意的塑造中，诗人将"过去的我"充分对象化，进一步促进了自传意识的成熟。

（三）自传模式的定型

按照川合康三《中国的自传文学》对中国自传的考察，在诗歌以外的几种自传类型各有特点，如司马迁《太史公自序》

---

① ［宋］苏洵：《嘉祐集笺注》卷十六，曾枣庄、金成礼笺注，上海古籍出版社1993年版，第452页。

一类附于文集的自叙传多强调自己与他人的不同，陶渊明《五柳先生传》等自传则带有理想化色彩等。与这些自传类型相较，我们可以看到，宋代自传诗并不看重对家世的传述，也并不打算塑造一个理想化的自我形象，而是以仕宦经历为叙事的重心，并注重表现在仕宦沉浮中的曲折心路，表白自己对仕宦一生的态度，并常常归结到对仕宦选择的无悔或对心中理想的坚持。

在宋代，以个人仕宦经历为叙事重点的自传范型基本稳固下来，自传诗所讲述的人生经历主要是围绕着仕途起伏来展开。在这一点上，略有别于《悲愤诗》和杜甫诗中因社会动乱而导致人生起伏的类型（社会动乱毕竟只是阶段性的存在），而是趋近于韩愈、白居易一类仕宦沉浮的人生范型。在士大夫为主体的宋代政治环境中，仕宦可以说是士大夫最主要的人生道路，因此也就成为自传诗中最为突出的内容。《谪居感事》、家训诗以及欧阳修《班班林间鸠寄内》、蔡襄《读乐天闲居篇》等，都是如此。《建炎行》虽以靖康事变为背景，但重心在诗人官职的任免。吕南公布衣终身，他的《中山感怀》仍详细叙述了自己过去干谒求仕、应试失败、最终隐居著书的经历。即便苏洵《忆山送人》那首以游览经历为主的自传诗，在游览中仍与诗人的应举、下第等经历相互关联。

诗人的仕宦经历往往不是一帆风顺，而是充满曲折起伏。既有获得任用、施展才华的得意之时，也有遭受挫折、被贬异乡的失意之时。而越是身处贬谪的低潮中，诗人越容易写出自传之诗。这或许是因为，有了得意与失意的落差，凸显了"过去的我"与"现在的我"之间的距离，从而激发出诗人自我审视、自我回顾的欲望。尽管这些自传诗常常写于失意之时，但最后多以达观的姿态收束。这也可以看做是诗人在经过自我审

视之后最终的表白。如任伯雨《述怀》叙述自己由备受重用到
遭陷害被贬的经历：先任大宗正丞，再擢左正言，因大胆进言致
使章惇、蔡卞贬官，以致在后来崇宁党禁中被蔡卞等人陷害，
贬谪到了遥远的海外；历经了海上的飓风雪浪，逃离鲸鳄之口，
才终于到达人烟荒凉、气候恶劣的贬所；尽管如此，诗人仍然
坦然面对，"一日偶遭际，用舍何敢必"，只要事关国家休戚，
都将一力承担①。又如苏舜钦《夏热昼寝感咏》，写于遭受进奏
院狱、被削吏为民之后，诗人回忆起自己由少年求学、入仕至
受冤下狱的经历。起初的"念昔年少时"，是一种少年气盛、胸
怀天下的骄傲。而"捽首下牢狱"以后，被削吏为民，兼济之
心受到沉重打击，"此身自流浪，岂能济元元"，自身难保，更
难以为天下百姓贡献力量了。然而在偏僻之乡的孤独生活中，
诗人却仍保留着一点希望，"闲困尚有待，不忍沉湘沅"，并且
相信有朝一日定会沉冤得雪，恢复朝政清明，以最终的坚持收
束对自我经历的回顾②。从这些自传诗中可以看到，诗人有意识
地回顾自己的人生并作出反思和总结。而在这些自我审视中，
诗人或明确了自己的人生道路，或进一步坚定了信念，在回顾
和反思中获得了成长。

　　与以仕宦经历为中心的自传范型相适应，宋代自传诗形成
了逐事写感的表现方式。在宦海浮沉中，人生遭际的变化成为
主要的叙事线索，诗人的思想情感则密切依附于每一段经历之

---

① 《全宋诗》卷一〇三二，第 18 册，北京大学出版社 1995 年版，第
　　11798 页。
② ［宋］苏舜钦：《苏舜钦集》卷四，沈文倬校点，上海古籍出版社 1981 年
　　版，第 39 页。

上，依据不同段落中的经历来表达不同的情绪和思想，实现了叙事与抒怀融合。

《谪居感事》仍是一个典型的例子。其中叙述任地方官的一段，诗人一方面致力于地方治理，"万家呼父母，百里抚茕嫠"，一方面游览山水，"村寻鲁望宅，寺认馆娃基。西子留香径，吴王有剑池"，是一种"政事还多暇，优游甚不羁"的生活状态，体现为惬意、舒适的心境。"三年无异政，一箧有新词"的小结包含着诗人对自己政绩和个人生活的双重满足。接下来一段是在朝为官的经历："载笔居三馆，登朝忝拾遗"，诗人成为侍从之臣，备受皇帝恩宠。因此这一阶段的生活，与前一阶段的清静闲适不同，充满"对近瞻旒冕，班清辟虎貔"的庄重、"上林花掩映，仙掌露淋漓"的典雅，以及"内朝长得对，驾幸每教随"的尊荣。然而好景不长，紧接着是诗人遭受贬谪的经历：

> 道孤贻众怒，责薄赖宸慈。西掖除三字，南山佐一麾。
> 苍黄尘满面，挥洒涕交颐。目断九重阙，魂销八达逵。
> 尊亲远扶侍，兄弟尽流离。秦岭偏巉绝，商於更险巇。
> 吾庐何处是，我马忽长辞。
> ……
> 瘦妻容惨戚，稚子泪涟洏。暖怯蛇穿壁，昏忧虎入篱。
> 松根燃夜烛，山蕨助朝饥。岂独堂亏养，还忧地乏医。
> 迹飘萍渤澥，亲老日崦嵫。
> ……

贬谪的生活与前两段形成了巨大的落差。诗人离开朝廷，远离父母兄弟，来到偏僻的商州。恶劣的气候，破败的住处，折射着诗人低落抑郁的心情。自己有了白髭，妻子瘦削，稚子哭啼，对比任职地方的清闲、任职朝中的荣宠，这一段贬谪生活愈发显得凄凉。这些不同的段落分属于诗人不同阶段的经历，每一段经历都有其独有的生活状态和思想情感。叙事的起伏带动情绪的起伏，丰富多元地呈现出诗人的人生经历和内心情感。

《谪居感事》以诗人经历为主要线索，偶尔会暂缓叙事的节奏，辅以细密的描写铺陈。比较而言，王安石的《忆昨诗示诸外弟》更为精练，减少了描写铺陈的成分，却将诗人的心境更加紧密地融合在对具体经历的叙述中。其中一段云：

> 旻天一朝畀以祸，先子泯没予谁依。
> 精神流离肝肺绝，眦血被面无时晞。
> 母兄呱呱泣相守，三载厌食钟山薇。
> 属闻降诏起群彦，遂自下国趋王畿。
> 刻章琢句献天子，钓取薄禄欢庭闱。
> 身着青衫手持版，奔走卒岁官淮沂。
> 淮沂无山四封庳，独有庙塔尤峨巍。
> 时时凭高一怅望，想见江南多翠微。
> 归心动荡不可抑，霍若猛吹翻旌旂。
> 腾书漕府私自列，仁者恻隐从其祈。
> 暮春三月乱江水，劲橹健帆如转机。
> ……①

----

① ［宋］王安石著、刘成国点校《王安石文集》，中华书局 2021 年版，第207 页。

父亲的突然病逝，令诗人伤心欲绝，"精神流离"二句，将诗人的沉痛表露无遗。"三载厌食钟山薇"既写出为父守孝三年的事实，也流露了诗人内心的哀伤。"属闻"数句，转入叙述诗人赴京赶考、进士及第并任为地方官的经历。不过诗人并没有享受为官的过程，反而非常思念家乡，于是请求回家，终于"劲橹健帆"回到家中，见到自己的亲人。诗歌以经历串起叙述，而将情感融在叙事之中。期间人事多变，诗人的思想情绪也几经波折，在波折中又串连而下，在起起伏伏中生发出人事变迁、物是人非的感慨。

逐事写感的做法，使诗中的抒情与叙事水乳交融在一起，可以在事的变化发展中表现情绪的起伏。而经历的线性流动，相应地形成情感的流动。各段经历、情感的对比和落差，形成情节的高低起伏，从而使诗歌的叙事、抒情都富于变化，充满动态发展的过程。

不仅如此，逐事写感的做法还意味着诗人自我经历的充分对象化。这种思想情感的表达方式，有别于抒情诗中直接抒发的表现类型，而是密切依附于每一段具体的经历，每一段经历及相关的思想情感共同组成一个相对独立的整体。当诗人把"过去的我"与"现在的我"拉开距离，以一种相对客观的角度，将每一段经历及与之相关的思想情感做单独的审视和刻画时，这些经历中的思想情感就不再是单纯的抒情，而是也成为自我叙事的一部分。对生平经历的理性体认和有序叙述，反映了诗人自我认识的深入。通过细析人生的不同阶段并传达不同阶段中的思想情绪，实现对自我的认识。从"过去的我"到"现在的我"，就是在每一阶段的变化中逐步完成的。

综观自传诗的发展过程，在经历了自传性的不断累积之后，随着自传意识的日益鲜明和自传叙事模式的日趋稳定，中国古代的自传诗在宋代完成定型。宋代自传诗的发展，体现了诗人自我认识的深入。以自我为叙事对象的自传诗，也塑造了鲜活的诗人形象。诗歌自传不但记录了诗人的人生遭际，而且呈现了诗人复杂的内心世界和曲折的心路历程。诗歌自传中的众多诗人形象，又共同组成诗人自我认知、自我塑造的群像，生动而直接地呈现着中国古代诗人的精神与生活。

第二节　他传诗：史学意识与传奇志异

他传诗通常以某一人物为中心，叙述其所经所历，展示其言行举止。这是诗歌中常见的类型，在宋以前就已发展得非常成熟，名篇佳作迭出，如《陌上桑》《秦女休行》《木兰诗》以及刘禹锡的《泰娘歌》、元稹的《上阳白发人》、白居易的《卖炭翁》、杜牧的《杜秋娘诗》等。这些诗歌塑造的人物往往具备鲜明的个性和生动的形象。宋人继承了这一传统，创作了大量他传诗。这些他传诗中所写人物范围极广，有男有女，有老有少，士农工商皆可入诗。如蔡襄《四贤一不肖诗》写朝廷大臣、颜太初《许希》写针灸师、梅尧臣《花娘歌》写歌女、刘敞《没蕃士》写俘虏，等等，俯拾即是，不胜枚举。

尽管所写人物琳琅满目，但基于不同的写作目的和写作意识，宋代他传诗实可分为两大类型：现实型与传奇型。

（一）现实型

现实型他传诗多取材于现实中的人物，所叙之事带有较为鲜明的现实性，包含着诗人关于社会现象的某种思考，诗歌的最终指向常常是政治隐喻或道德劝诫。

苏辙《郭纶》①的主人公是一名屡有战功却不得奖赏的弓箭手。诗歌题注概述了郭纶的经历，同时也定下了全诗叙述的基调："纶本河西弓箭手，屡战有功，不赏。自黎州都监官满，贫不能归，权嘉州监税。"诗歌正文以饱含深情的笔触展开郭纶的事迹。开篇略述诗人与郭纶相遇，接着由郭纶自叙生平，"自言将家子，少小学弯弓"，从小学习弓箭，长大后成为一名战士加入边境战争。"平生事苦战，数与大寇逢"以下，选择生平几次重大战事加以浓墨重彩的描写：一是定川寨之战，带兵直取主帅，对方劝诱的敌人也被主人公一箭致死；二是在南蛮之战中，率军进据贺州，坚守城池，一直坚持到援兵到来。由这两次战事可见郭纶功绩的重大："崎岖有成绩，元帅多异同。"然而遗憾的是，"有功不见赏，憔悴落巴賨"。在诗人笔下，郭纶曾经的赫赫战功与此时的贫困潦倒形成强烈反差。听罢郭纶的自述，诗人发出由衷感慨：

> 予不识郭纶，闻此为敛容。一夫何足言，窃恐悲群雄。
> 此非介子推，安肯不计功？郭纶未尝败，用之可前锋。②

有战功却不被奖赏的人，郭纶绝非唯一的一位。苏辙从郭纶身上看到了千千万万战士的影子。他对郭纶的叙写，包含着对当时战士的真切关怀、对朝廷政令的深刻反思。

---

① 〔宋〕苏辙：《苏辙集》卷一，中华书局 1990 年版，第 1 页。
② 〔宋〕苏辙：《苏辙集》卷一，中华书局 1990 年版，第 1 页。

又如郭祥正《怡轩吟赠番阳张孝子》，叙述一位孝子千里寻亲的故事。他不辞路远，"草蹻负米"离开家乡，由荆州到夔州，过三峡，登蜀道，千里迢迢，历经艰辛，最终到达成都，找到父亲，将父亲接回家与母亲团圆。在寻找父亲的过程中，他也不忘留在家乡的母亲。"寄声吾母形骸安，慎勿为语皮皱干"①，为了不让母亲担心，叮咛乡人转告母亲自己一切安好。在张孝子的形象中，诗人寄寓了对"孝"的极力赞美。颜太初《许希》写的是一名针灸医生的故事。许希施针治愈了病重的宋仁宗，获得仁宗赏赐。而许希谢恩完毕之后，却向西方下拜。仁宗问其原因，答曰："臣拜本师扁鹊也。"② 仁宗欣赏他不忘本原，于是加倍赏赐。诗人之所以着意叙写许希其人其事，目的是张扬许希不忘先师的优秀品质，批判那些惑于名利、遗忘孔子之道和先师之训的伪儒士。

基于对社会百态的观照，现实型他传诗接续了补察时政的乐府传统，在所写人事中寄寓了深刻的现实关怀。但这类他传诗又并非中唐以来新乐府的翻版。从所写人物来看，新乐府所写人物多为某一类型，如卖炭翁、上阳白发人，诗歌或许是围绕某一个人展开，但实质上刻画的是同一类人。宋代现实型他传诗往往针对某一位特定的人物，是他有名有姓、唯一的一个。要书写这样的人物、呈现其人其事的独特性与真实性，引入史家纪传笔法，是一个自然而然的选择。前引《郭纶》《许希》等作品，都或多或少体现了这一点：均以人物为中心，选取重要事件加以串联、点染；在基本完成人物塑造后，还附上几句诗人

① ［宋］郭祥正：《郭祥正集》卷十四，黄山书社1995年版，第245页。
② 《全宋诗》卷二二六，第4册，北京大学出版社1998年版，第2647页。

评述，类似于史传中的赞语部分。诗人从史传传统中吸取了大量养分，以史家笔法入诗，展现出独特的历史眼光和载记意识。

蔡襄《四贤一不肖诗》①是成功借鉴纪传体叙事的一组作品，突出体现着宋代他传诗在叙事模式上的创新。这组诗歌作于仁宗景祐三年。其时宰相吕夷简执政，奔竞之风盛行。范仲淹权知开封府，言事无所避忌，向宋仁宗进呈《百官图》，谏言进退大臣应公私分明、升降有序，不能交由宰相全权处理。吕夷简不悦，与范仲淹交章论辩，并斥责范仲淹越职言事、荐引朋党。仁宗下诏落去范仲淹天章阁待制一职，贬知饶州。谏官御史均不敢进言，唯余靖上书论救，却落得贬监筠州酒税的下场。尹洙不忿，自请与仲淹同贬，说："余靖素与仲淹分疏，犹以朋党得罪，臣不可幸于苟免。乞从降黜，以明典宪。"②于是贬监郢州酒税。欧阳修时任馆阁校勘，为之深感不平，致信高若讷，斥责他身为谏官却不能为范仲淹等人辩护。高若讷恼羞成怒，将信进呈仁宗，致使欧阳修被贬夷陵令。四名朝臣陆续被贬，这在当时成为轰动朝野的大事，蔡襄《四贤一不肖诗》就是为此事而作。为了突出人物，蔡襄采用组诗形式，以五首诗分咏关键的五人。"四贤"分别指范、余、尹、欧阳，"一不肖"即高若讷。咏范仲淹的一首写道：

中朝鸾鹤何仪仪，慷慨大体能者谁。

---

① 陈庆元、欧明俊、陈贻庭校注：《蔡襄全集》卷三，福建人民出版社 1999 年，第 67 页。

② 《续资治通鉴长编》卷一一八，"仁宗景祐三年五月乙未"条，中华书局 2004 年版，第 2786 页。

之人起家用儒业，驰骋古今无所遗。

当年得从谏官列，天庭一露胸中奇。

矢身受责甘如荠，沃然华实相葳蕤。

汉文不见贾生久，诏书晓落东南涯。

归来俯首文石陛，尹以京兆天子毗。

名都翼翼郡国首，里区百万多占辞。

豪宗贵幸矜意气，半言主者承其颐。

昂昂孤立中不倚，传经决讼无牵羁。

老奸黠吏束其手，众口和附歌且怡。

日朝黄幄迩天问，帝前大画当今宜。

文陈疏举时密启，此语多秘世莫知。

传者籍籍十得一，一者已足为良医。

一麾出守番君国，惜此智虑无所施。

吾君睿明广视听，四招邦俊隆邦基。

廷臣谏列复钳口，安得长喙号丹墀。

昼歌夕寝心如疲，呫哉汝忧非汝为。

此诗有浓厚的列传风味。诗歌在叙述景祐党争之前，先以追叙笔法叙写范仲淹的上一次贬谪："当年得从谏官列""诏书晓落东南涯""尹以京兆天子毗"等，寥寥数句，概写范仲淹如何被贬、又如何还朝。这些经历既是景祐事件的前因，同时也显露了范仲淹的忠直，为他的景祐直谏做了铺垫。接下来浓墨重彩书写范仲淹此次进谏的表现：他"昂昂孤立中不倚"，致使"老奸黠吏束其手"；他"帝前大画当今宜"，陈述朝廷施设，其方略利国利民，"一者已足为良医"。由此可知，贬谪对范仲淹来说确实是不公平的。或许是受到现实条件的限制，诗中并没有明确书写范仲淹与吕夷简的矛盾。而列传式的写法也允许诗人将笔墨凝聚于传主，重点称颂范仲淹的贤良，淡化与之对立的另一方。诗歌最后归结到"廷臣谏列复钳口，安得长喙号丹墀"等感慨议论，也正是史家传赞的笔法。

在对不同人物的书写中，蔡襄采取了不同的处理方式。咏余靖的一首，中间以人物语言来表现："臣靖胸中有屈语，举嗑不避萧斧诛。"而咏尹洙的一首，则倚重议论的要素。先以议论开头——"君子道合久以成，小人利合久以倾"，在此铺垫之后，再写尹洙义举：

> 章章节义尹师鲁，饬躬佩道为华荣。
> 希文被罪激人怒，君独欣慕如平生。
> 抗书毂下自论劾，惟善与恶宜汇征。
> 削官窜逐虽适楚，一语不挂离骚经。
> ……

最后诗人评论："当年亦有大臣逐，朋邪隐缩无主名。希文果若事奸险，何此吉士同其声？"以前也有被贬谪的大臣，但却没有人站出来维护，如果范仲淹真是奸邪的人，那么怎么会有尹洙这样的"吉士"与其同进退呢？首尾呼应，极具说服力。

还值得注意的，是蔡襄对互见之法的活用。所谓互见法，是史书撰述过程中依据需要剪裁史料、安排叙述的一种方法。"一事所系数人，一人有关数事，若为详载，则繁复不堪，详此略彼，详彼略此，则互文相足尚焉。"[1] 互见法不但可以避免重

---

[1]　靳德峻：《史记释例·互文相足例》，商务印书馆1933年版，第14页。

复，而且能获得出色的叙事效果：就单篇传记而言，有助于集中表现人物典型性格；就全书而言，可以让不同部分的记载形成参照与呼应。《四贤一不肖诗》围绕同一事件展开，人物行为存在前后相续的因果关系，要在每一首诗中专咏一人，难免存在重复之处；互见法的应用，则解决了这一问题。

第一首诗对范仲淹事迹已有详尽叙述，因此在第二首咏余靖的诗中，范仲淹事迹仅以压缩形式出现："前日希文坐言事，手提敕教东南趋。希文鲠亮素少与，失势谁复能相扶。崭然安道生头角，气虹万丈横天衢……"由范仲淹事引出对余靖言行的重点刻画。与此相似，第四首咏欧阳修云："子年五月范京兆，服天子命临鄱阳。二贤拜疏赎其罪，势若止沸反扬汤。"再次点出范仲淹被贬一事，并对第二、第三首中余靖、尹洙二人事迹作简笔勾勒。除了这类"详此略彼，详彼略此"的技术处理，还有互为参照的呼应式互见。第四首叙欧阳修事迹：

> 裁书数幅责司谏，落笔骤骥腾康庄。
> 刃迎缕析解统要，其间大意可得详。
> 书曰希文有本末，学通古今气果刚。
> 始自理官来秘阁，不五六岁为天章。
> 上心倚若左右手，日备顾问邻清光。
> ……
> 惟时谏官亦结舌，不曰可谏曰罪当。
> 遂今百世览前史，往往心愤涕泗滂。
> 斯言感切固已至，读者不得令激昂。

该段叙写欧阳修书责高若讷的过程。"书曰希文有本末"云云，既是书信中的内容，又再次从欧阳修的角度展现范仲淹的正直，是对前几首诗的进一步印证。这是一种正向参照，第五首与前四首叙述则形成反向参照：

> 高君携书奏天子，游言容色仍怡怡。
> 反谓范文谋疏阔，投彼南方诚为宜。
> 永叔忤意窜西蜀，不免一中谗人机。
> ……

第四首曾写高若讷"袖书乞怜天之傍"，此云"游言容色仍怡怡"，前者可怜，后者自得，看似矛盾，但相反相成。第五首对高若讷的书写，其实是在前四首的对立面。这里的"反谓范文谋疏阔"，与前四首范仲淹的正直形象形成巨大反差，正显示了高若讷此举的可憎可鄙。而有了高若讷的反面参照，前四人的形象也愈发光彩夺目。

蔡襄的《四贤一不肖诗》，就单首诗而言，有详有略，突出每个人物在事件中的独特行为；就整体而言，五首诗环环相扣，既避免了繁琐与重复，又形成参照与呼应。其分咏人物的写法，如同正史中的列传，各自独立又相互关联，既可以从中见出事件的原貌，又突出了人物在事件中的地位和作用，且在对人物的褒贬不同中，注入了诗人鲜明的政治观点和思想倾向。《四贤一不肖诗》将史传叙事的模式引入诗歌当中，成功开拓了现实型他传诗的表现空间。

（二）传奇型

传奇型他传诗所写人物带有一定的传奇色彩。诗人注重人物形象的塑造和情节的刻画，诗歌叙事挟带着想象与虚构，透露着诗人的好奇之心以及书写故事的浓烈兴趣。

宋代传奇型他传诗篇目众多，内容丰富，其中以女子为核心人物、讲述爱情故事的作品最多。梅尧臣《花娘歌》、徐积《爱爱歌》、柳富《赠王幼玉》、孙次翁《娇娘行》、王山《答盈盈》等，皆属此类。如钟明《书义倡传后》写一名极有义气的倡女，她居住在洞庭之南，门前冠盖如云却不为所动，唯独倾心于才子秦观。可惜南北相隔，无缘得见。直到秦观被贬谪郴州，途经此地，倡女终于一尝夙愿，并约定以身相许：

> 北来迁客古藤州，度湘独吊长沙傅。
> 天涯流落行路难，暂解征鞍聊一顾。
> 横波不作常人看，邂逅乃慰平生慕。
> ……
> 匆匆不尽新知乐，惟有此身为君许。
> ……

可惜欢会短暂，世事难测，秦观客死他乡。倡女不惜劳苦，兼程数百里赶往送别，临丧一恸而绝，以一种凄美形式完成了以身相许的约定：

> 午枕孤眠魂梦惊，梦君来别如平生。
> 与君已别复何别，此别无乃非吉征。
> 万里海风掀雪浪，魂招不归竟长往。
> 效死君前君不知，向来宿约无期爽。
> 君不见，

> 二妃追舜号苍梧，恨染湘竹终不枯。
>
> 无情湘水自东注，至今斑笋盈江隅。
>
> ……①

　　这名女子生于倡家，却如此有情有义，其品性风骨令人动容。就内容言，诗中所写未必属实，洪迈《容斋随笔》曾有所辨证，认为此事乃子虚乌有②。对子虚乌有之事的积极关注，恰显示了宋人对传奇型他传诗的书写热情。

　　也有一些诗歌不涉恋情，以叙写女子生平经历为主，这些女子通常具有鲜明的传奇色彩。如高荷《国香》写荆渚田氏侍儿国香的曲折经历、刘敞《阴山女歌》写传说中辽境内的阴山女子、晁补之《芳仪怨》写南唐君主李璟之女李芳仪的生平遭际等。

　　这类故事若在小说中出现，未必有什么出奇，然而出现在诗歌中，却是诗歌题材拓展的表现。传奇性的人物进入诗歌领域，反映着宋代诗人对故事的喜爱之心，促进了诗歌叙事性的增强，也进一步发展了诗歌叙事的技巧。

　　诗人对人物的传奇经历有着浓烈的叙事兴趣。为了达到传奇的效果，诗人对叙事笔法尤为讲究。首先，诗人致力于营设曲折的情节，以深化故事的层次、增加故事的吸引力，从而营

---

① ［宋］洪迈：《夷坚志补》卷二《义倡传》，何卓点校，中华书局 1981 年，第 1559 页。

② 洪迈《容斋四笔》卷九云："《夷坚己志》载潭州义倡事……予反复思之，定无此事，当时失于审订，然悔之不及矣。秦将赴杭倅时，有妾边朝华，既而以妨其学道，割爱去之，未几罹党祸，岂复眷恋一倡女哉！……"孔凡礼点校，中华书局 2005 年，第 738 页。

造出传奇的色彩。孙次翁《娇娘行》是一篇叙事委曲、情节曲折的佳作。娇娘的经历，若用诗人小序中的话来说，其大要不过是"十六嫁登人解氏，二十为夺其志，遂居江淮间"①，并不见得多么复杂，但经过诗歌的渲染，就变得曲折动人起来：

> 楚宫女儿身姓孙，十五绿鬓堆浓云。
> 脸花歌笑艳杏发，肌玉才近红琼温。
> 仙源曾引刘郎悟，天教谪下风尘去。
> 策金堤上起青楼，照水花间开绣户。
> 山阳天下居要冲，春行处处皆香风。
> 花名乐府三千辈，惟君第一娇姿容。
> 画舫骄马日过门，过者知名求见君。
> 侍君颜色肯一顾，方肯延入罗芳樽。
> 遏云数声贯珠善，惊鸿舞态流风转。
> 不是当朝朱紫人，歌舞筵中难得见。
> 朝英国士相欢久，学诗染翰颜兼柳。
> 卫尉卿男号富儿，黄金满载来见之。
> 朝欢夕宴奉歌酒，春去秋来情愈厚。
> 青丝偷剪结郎心，暗发深诚誓婚偶。
> 深更不与家人露，藏头掩面随郎去。
> ……②

---

① ［宋］孙次翁：《娇娘行》，出［宋］刘斧撰《青琐高议》前集卷三，上海古籍出版社1983年，第33页。
②② ［宋］孙次翁：《娇娘行》，出［宋］刘斧撰《青琐高议》前集卷三，上海古籍出版社1983年，第33页。

开篇写娇娘的姿色容貌艳压群芳，人人争识却难得佳人一顾，在这番铺垫下再写娇娘与情郎情投意合、愿意"藏头掩面"随情郎私奔而去，足见两人一往情深。在两情相悦的故事中，最怕家庭的隔阂、父母的阻扰，然而情郎竟然说服了父亲，将娇娘"六礼安排"明媒正娶迎入了门，这几乎是一个完美的结局了。但诗人笔锋一转，切入另一段叙述。娇娘生病延请医生，因此泄露了踪迹：

> 伤离感疾时召医，无何楚客皆闻知。
> 急具高堂报阿母，母怒大发如风雨。
> 来见娇娘大嗟怨，怒声肆骂千千遍。
> 扶夺上马去如飞，争奈郎踪相去远。
> ……②

在上文颇为缓和的叙述语调中，这几句如风起云涌，美好婚姻被生生拆散，团圆的喜剧顿时变成了劳燕分飞的悲剧。此后娇娘"蕙心兰性欲枯死"，发誓不愿再嫁，只想等待昔日夫郎。然而烟波万里，音信难觅，只能白白耗费青春时光。在诗人一波三折的叙述中，娇娘的故事充满了张力，虽有美丽的过往和欢乐的时光，但更多是绵延无尽的遗憾，令人感喟不已。

此外，宋代诗人非常注重人物形象的塑造，依据塑造人物的需求来剪裁事实、安排叙事。他们充分认识到，传记诗的叙事过程即是塑造人物的过程，事件叙述对于人物塑造有重要影响。因此他们会积极辨析，哪些事实宜于书写，哪些事实不必书写。

徐积《爱爱歌》是一个典型列子。孤女爱爱出身娼家，却能出淤泥而不染，洁身自好。为了逃脱为娼的命运，她大胆与情郎私奔。只可惜情郎被父亲追回，不久去世。爱爱独居京师，以未亡人自称，无论其他追求者如何富贵，她始终坚贞不渝，直至死去。据说苏舜钦曾写过《爱爱歌》，但已失传，徐积对苏诗的评价是"其辞淫漫，而序事不得爱爱本心，甚无以示后学"。"序事"即"叙事"，在徐积看来，苏诗叙事不能传达人物的真实心意和内在品质，因此他重作《爱爱歌》，要剔除原来过多的文饰，以爱爱的"本心"为中心。诗序中说道：

> 此固不得谓之小节，是奇女子也。古之所谓义烈之女者，心同而迹异。按爱爱所奔，即江宁富人张氏也。张氏纳奔妾于外，弃父母而不归，以至其父捕去，此乃不孝之大者，固不得齿为人类，虽夷狄禽兽之不若也。故余之所歌，意有详略，事有取舍，文皆主于爱爱焉。①

徐积对爱爱是保持着肯定态度的，"居娼家而不为娼事者，盖天下无一人"，唯有爱爱做到；在情郎死后爱爱又能守节不移、至死不渝，的确是有情有义的奇女子。然而与此同时，诗人对于爱爱的情郎张氏却是持否定的态度，认为他是一名私自纳妾、不顾父母的大不孝之人。这是从两个不同角度得出的评价，两种评价高下悬殊，若放置到一起，就会引起作品价值观的混乱。诗人自己也心知肚明，因此特地指出，自己的诗歌"意有详略，事有取舍，文皆主于爱爱"。也就是说，以爱爱为中心，剔去不利于显示爱爱之义烈的部分，而集中于正面体现爱爱品质的事件：

---

① ［宋］徐积：《节孝集》卷三，明嘉靖四十四年刘祐刻本。

爱爱乃是娼家女，浑金璞玉埋尘土。

歌舞吴中第一人，绿发双鬟才十五。

耳闻眼见是何事，不谓其人乃如许。

操心危兮虑患深，半夜灯前泪如雨。

假如一笑得千金，不如嫁作良人妇。

桃李不为当路花，芙蓉开向秋风渚。

忽然一日逢张氏，便约终身不相弃。

山可磨兮海可枯，生唯一兮死无二。

有如樗栎丛中木，忽然化作潇湘竹。

又如黄鸟春风时，迁乔木兮出幽谷。

文君走马来成都，弄玉吹箫才几曲。

不闻马上琵琶声，却在山头望夫哭。

去年春风还满房，昨夜月明还满床。

行人一去不复返，不是江山歧路长。

前年犹惜金缕衣，去年不画深燕脂。

今年今日万事已，鲛绡翡翠看如泥。

一女二夫兮妾之所羞，不忠于所事兮其将何求。

蛾眉皓齿兮乃妾之雠，不如无生兮庶几无尤。

嘤嘤草虫兮趯趯阜螽，靡不有初兮鲜克有终。

鸳鸯于飞兮毕之罗之，人间此恨兮消何时。

深山人迹不到处，病鸢敛翅巢空枝。①

诗歌先点出爱爱是"浑金璞玉埋尘土"，虽生于娼家，却有着"嫁作良人妇"的愿望。在写到爱爱与张氏之间的事情时，诗人

---

① ［宋］徐积：《节孝集》卷三，明嘉靖四十四年刘祐刻本。

有意淡化了张氏形象，不提张氏"纳奔妾""弃父母"这样的话题，而从爱爱的角度肯定这份感情的真挚："忽然一日逢张氏，便约终身不相弃。山可磨兮海可枯，生唯一兮死无二。"对于张氏被父亲捕去一事也避而不谈，仍从爱爱角度来写。"不闻马上琵琶声，却在山头望夫哭"等句，化用各种典故，写爱爱与张氏的分离及张氏死去后爱爱成为未亡人的事实，并通过典故中所包蕴的情感来表现她对丈夫的深情。最后部分写爱爱从一而终的决心，"一女二夫兮妾之所羞，不忠于所事兮其将何求"，将爱爱的品质升华到了令人钦佩的高度。对传记诗而言，人物是核心。诗人选择一个人物为中心，其实也就选择了一个视角、一个立场。诗人有意识地围绕中心人物展开叙事，对素材进行甄别取舍，有选择地强化事件发展过程中的细节，从而成功塑造了爱爱这个坚贞不移的奇女子形象。这种叙事法吸取了纪传体叙事的回避法，也可说是为贤者讳的写法，使叙事充分为人物塑造而服务，避免了相互矛盾的叙述可能给人物形象带来的损害。

　　总之，宋代他传诗在承接前代传统的同时又不断深化。无论是现实型还是传奇型，诗人均将人物塑造与叙事过程紧密联结在一起，围绕人物展开叙事，并在叙事中完成人物塑造。对史传笔法的活用，进一步发展了他传诗的叙事技巧，也为古典诗歌增添了众多丰满的人物形象。

第三节　代言传记诗：视角转换与叙事拓展

　　在宋代传记诗中，代言传记诗是比较特殊的一类。从表面上看，诗歌以第一人称展开，叙述"我"的故事。但从实质上说，诗歌所写人物并非作者，而是他人。这类传记诗可以看作自传诗与他传诗的变形结合。

代言是诗歌中常见的传统，指诗人假托他人身份口吻言情述事。代言传统的形成与文人拟乐府创作有紧密关联。早期乐府多来自民间，是某些特定人物的言志抒怀，如思妇、游子、将士、贫民等。文人模拟乐府创作，尝试再现这种样貌，自然需要代入角色、转换身份，于是形成代人设辞的创作方式。代言体以男性诗人为女性代言居多；也有为男性代言的作品，如在咏史诗中为历史人物代言等。

代言体并不一定是以叙事为主，也可以抒怀为主。在宋以前，就全篇代言的作品来说，直抒角色感情的作品占据着更大的比例。这类作品中的叙事性相对薄弱，虽能推想出大体的事实，但不见得具备详细的情节与丰满的人物。宋诗中的代言作品加重了叙事的分量。诗人有意识地运用代言手法讲述他人故事，创作了一批优秀的代言传记诗。

传记诗中运用代言手法，其实并不少见。唐诗中常有的一种处理方式，是作者视角与代言视角同时出现在诗歌中。代言部分虽是诗歌中的重头戏，但往往先由作者的视角切入引出人物，再由人物展开自述。如崔颢《邯郸宫人怨》开头："邯郸陌上三月春，暮行逢见一妇人。自言乡里本燕赵，少小随家西入秦。"① 元稹的《连昌宫词》也是如此，"宫边老翁为余泣，小年进食曾因入"，先写诗人遇到老翁，然后由老翁叙述安史之乱的

---

① ［唐］崔颢：《崔颢诗注》，万竞君注，上海古籍出版社1982年版，第24页。

变化①。再如韦庄《秦妇吟》，诗人先看到"路旁忽见如花人，独向绿杨阴下歇"，询问女郎从何而来，接着才是女郎（秦妇）对战乱经历的长篇讲述②。诗人遇见某人、某人讲述，这已成为一个比较固定的模式。这一模式在宋代依然常见。苏辙《郭纶》即以诗人与人物的相遇开头，"见我涕无穷""自言将家子"③，这才转入郭纶的自述。在这种模式中，诗内依然有着鲜明的诗人形象，篇末也往往会回归诗人视角，对其人其事发表评论与感慨。此类拥有双重视角的诗歌，其实是融入代言手法的他传诗，故仍归入一般传记诗之列。当全篇皆为代言、作者的身影真正淡出诗歌时，方成为真正意义上的代言体传记诗。

在代言体传记诗中，叙事、抒情皆由角色自身来完成。唐诗中如王维《老将行》、杜甫《无家别》等，虽不太多，但已体现出了较为鲜明的故事性。在宋诗中，这类叙事模式有所增多。许多诗人回避了"诗人遇到某人"的部分，直接切入人物视角。

这种转变是逐渐展开的。曾季狸《秦女行》可视为处于转变中的表现形式。此诗为靖康年间一位女子代言。女子自称是秦观之女，被金人俘掠北行，道中题诗云："眼前虽有还乡路，马上曾无放我情。"曾季狸追赋其事，为其代言：

　　妾家家世居淮海，郎罢声名传海内。
　　自从贬死古藤州，门户凋零三十载。

① ［唐］元稹：《元稹集》卷二四，冀勤注，中华书局1982年版，第270页。
② ［唐］韦庄：《韦庄集笺注》，聂安福笺注，上海古籍出版社2002年版，第315页。
③ 《苏辙集》卷一，第1页。

> 可怜生长深闺里，耳濡目染知文字。
>
> 亦尝强学谢娘诗，未敢女子称博士。
>
> 年长以来逢世乱，黄头鲜卑来入汉。
>
> 妾身亦复堕兵间，往事不堪回首看。
>
> 飘然一身逐胡儿，被驱不异犬与鸡。
>
> 奔驰万里向沙漠，天长地久无还期。
>
> 北风萧萧易水寒，雪花席地经燕山。
>
> 千杯房酒安能醉，一曲琵琶不忍弹。
>
> 吞声饮恨从谁诉，偶然信口题诗句。
>
> 眼前有路可还乡，马上无人容我去。①
>
> ……

诗歌以"妾"的自称开篇，让人物讲述自己的经历。人物视角一直贯穿其中，多次出现"妾""我"等第一人称代词。只是在诗歌的末尾，诗人还是忍不住跳了出来："当时情绪亦可想，至今闻者犹悲酸。"以诗人身份发表感慨，并将其与蔡琰相比："空馀诗话传悽恻，不减胡笳十八拍。"此诗虽未坚持全篇代言，但毕竟已偏离诗人遇某人、某人讲述、诗人听完后为之感慨的叙事模式。

　　徐积《妾薄命》以诗序形式交代作诗缘由和代言人物："妾有过江馆题其壁作隐语诗者，其文甚哀，且自言吴女也，士大夫相告而感之。"②诗歌正文没有出现诗人视角，保持了全篇代言的完整性。司马槱《妾薄命》与此相似，以第一人称展开，

---

① 《全宋诗》卷二一五三，第 38 册，第 24245 页。
② 《节孝集》卷十一。

叙述自己被丈夫被抛弃的经历："忆昔三星光在天，煌煌车马朱门前。结缡幸得事君子，愿托丝萝千万年。履痕才遍君家地，相看已觉君心异。门外新欢一破颜，室中旧爱双垂泪。""妾"的口吻贯穿全篇，仅在题下小序中写道："近有里中举子弃其妻者，戏为赋之。"① 这些诗人都试图避免自己在诗中的直接出现，将诗人视角隐藏起来，尽量让人物自行表演。

在诗人遇见某人、听某人诉说的叙事模式中，诗人视角的存在，意味着诗人承担了见证者和记录者的角色。人物的自述经历，含括在诗人的观照视角之内，为诗人的限知视角所局限。而在全篇代言的模式中，诗人从诗中隐去、单纯代替人物说话，可以自如地模拟他人的口吻、揣摩他人的内心，并补充合理的想象。就《秦女行》而言，秦女的经历，诗人只知大概；而在为其代言时，诗人依附于基本事实，添加了不少想象。譬如推想其身世：既然是秦观之女、书香门第，必定颇有才情，故而说"可怜生长深闺里，耳濡目染知文字。亦尝强学谢娘诗，未敢女子称博士"。又设想秦女题诗的情境：由于她是为金人所掠，故联系蔡文姬和王昭君的故事，想象她"千杯虏酒安能醉，一曲琵琶不忍弹。吞声饮恨从谁诉，偶然信口题诗句"。仔细看来，是秦女事迹加上诗人想象，共同织就诗中人物的故事。代言类似于一种角色扮演，当诗人的身份从诗歌中退出、隐藏到诗歌之后，有可能表现得更加自由。读者也不必再借诗人的眼光来看人物，可以直面诗中的人物。

就传记诗而言，代言手法的加入拓宽了诗歌的艺术表现力。人物以第一人称自述，有利于表达内心情绪、叙述微小的细节，

---

① 《全宋诗》卷一二七四，第 22 册，第 14389 页。

能够与读者形成直接对话，比诗人旁观的介绍具有说服力和感染力。诗人利用代言的形式，将诗人旁观所见转化为叙述者的亲身体验，能使读者迅速进入诗歌情境，直接体会到人物所经所历与所思所想。刘敞《没蕃士》为一名被俘虏的士兵代言：

> 丁年仕辕门，欲食万里肉。敌兵方强梁，边境日局缩。
> 是时十月交，转战大河曲。落日天地昏，风尘蔽川陆。
> 我师自凭陵，虏骑出深谷。路穷矢交坠，壮士同僇辱。
> 投身致网罟，南向长恸哭。忠义安可论，功名亦已覆。
> 悠悠捐岁序，忽忽抱心曲。每生悔为祸，致死倘还福。
> 夜渡黄河冰，独依荒榛宿。狐狸鸣我旁，虎豹相驰逐。
> 脱身仅毫毛，夜动昼必伏。肌肤存空骨，性命牛鬼箓。
> 十月到亭堠，问人识风俗。回头复长望，慷慨泪盈目。
> 忆昔万人出，今还一身复。可怜同时辈，视我犹鸿鹄。
> 永弃绝域中，几时脱臣仆。叩门谒主帅，长跪向人哭。
> 可汗甚桀黠，其下亦辑睦。努力思长策，勿轻用人属。①

"没蕃士"讲述了自己被敌军俘虏然后逃回的经历：成年后入伍成边，充满激情；然而敌国正是强大的时候，边境的局势日益紧缩；一次战役，中了敌人的埋伏，虏骑纷出，箭羽交坠，无路可逃，成为敌军俘虏；后来设法逃出，经过种种磨难，历时十月回到了自己的营地；"叩门谒主帅，长跪向人哭"，并且告诉主帅，说敌军的可汗凶悍狡黠，下属又齐心协力，我军一定要思考万全之计，谨慎应对。诗歌借没蕃士的口吻，将这一段

---

① ［宋］刘敞：《公是集》卷十，《丛书集成初编》本，第106页。

曲折的经历详细委婉地诉说出来，事迹清楚，脉络清晰。在叙述经历的过程中，又适时加入对内心感怀的描写，如在被俘后，"悠悠捐岁序，忽忽抱心曲"，没蕃士想到，不但功名没了指望，而且失去了忠君报国之义，与其屈辱地活着，还不如当时战死沙场；还有在逃回营地以后，回看这一路艰辛，想到一同出征被俘的战友，不由感慨万千，"回头复长望，慷慨泪盈目"。细腻的情绪表达与人物自述经历交融在一起，让读者心情随着人物经历而起伏。

将徐积《妾薄命》与陈润道《吴民女》对读，更可看出代言体的优势。据《妾薄命》诗序所言，吴地风俗多不嫁女，而与人为婢妾，致使众多良家女子失身于人。一名于吴地为妾的女子题壁作诗，自伤身世。徐积《妾薄命》即托其口吻，全篇代言：

> 妾家本住吴山侧，曾与吴姬斗颜色。
> 燕脂两脸绿双鬟，有貌有才为第一。
> 十岁能吟谢女诗，十五为文学班姬。
> 十六七后渐多难，一身困瘁成流离。
> 尔后孤贫事更多，教妾一身无奈何。
> 其时痴騃被人误，遂入朱门披绮罗。
> 朱门美人多嫉妒，教妾一身无所措。
> 眉不敢画眼不抬，饮气吞声过朝暮。
> 受尽苦辛人不知，却待归时不得归。
> 罗衣满身空把泪，何时却着旧时衣？①

---

① 《节孝集》卷十一。

女子自述身世，原本有才有貌，却因误入朱门，成为婢妾，受尽辛苦。自述之中满溢感伤凄恻的情绪。陈润道的《吴民女》与《妾薄命》主题相同而表现方式有别：

> 吴民嗜钱如嗜饴，天属之爱亦可移。
> 养女日夜望长成，长成未必为民妻。
> 百金求师教歌舞，便望将身赡门户。
> 一家饱暖不自怜，傍人视之方垂涎。
> 朱门列屋争妍丽，百计逢迎主人意。
> 常时疏弃自悲啼，一旦承恩多妒忌。
> 古人怕为荡子妇，夜夜孤眠泪如雨。
> 今人甘为贵人妾，得意失意花上月。
> 荡子不归宁空房，主人喜怒多不常。①

陈诗采取旁观式的介绍，虽说明了吴民鬻女为妾的恶果，但终究只是泛泛概说。徐诗选取特定的一位女子，使之成为所有卖身为妾的女性之代表；又让这名女子自言身世，自她口中说出的"朱门美人多嫉妒，教妾一身无所措。眉不敢画眼不抬，饮气吞声过朝暮"等细节，有着让人感同身受的细腻。相形之下，陈诗"百计逢迎主人意""一旦承恩多妒忌"的陈述未免略显笼统。全篇代言的另一好处，是将诗人的批判思想隐藏在了诗句背后，以人物经历打动人心、引人深省，从而避免了直白说教的刻板。两诗对比，徐诗凭借代言体写法，获得了胜于陈诗的感染力。

---

① 《全宋诗》卷三七七五，第 72 册，第 45550 页。

代言体传记诗虽以"自传"的形式出现，但又与真正的自传不同。如果说自传诗所写都是诗人的真实经历，代言体传记诗则从"代言"这一行为开始就包含了一层虚构。诗中所写并非真正发生在诗人身上的事。诗人固然可以体味他人的生平、揣摩他人的内心，可以跨越时代、地域与性别，但诗人与人物之间始终存在着明显的距离。代言诗就在这样的距离中形成半虚构性。以《秦女行》为例，"秦女"这一人物具备真实性，但对"秦女"的描写却存在想象和虚构。汪元量《妾薄命呈文山道人》则是另一种类型，其所映射的事实、传达的情怀是真实的，诗中的人物却完全是虚构的。此诗以女子口吻叙述自己与丈夫的故事："妾初未嫁时，晨夕深闺中。……千里远结婚，出门山重重。……君不顾妾色，剑气干长虹。……结发未逾载，倏然各西东。"丈夫以天下为重，离家远行，只剩自己照顾翁姑。夫妻分离，音信不通，在这样的艰难中，"誓以守贞洁，与君生死同"①。这实质上是汪元量向文天祥表白心迹并相互勉励的诗歌。在南宋灭亡的背景下，诗人以这名女子的自白来表示自己的守节不移；诗中的丈夫则隐指文天祥，以"剑气干长虹"暗示文天祥的英雄事迹，并劝勉对方"君当立高节，杀身以为忠"。诗中的"妾"和"君"都是虚构的，他们的经历也都来自诗人的想象，然而诗人寄托在他们身上的精神却真实无比。

基于代言的虚构色彩，一些故事性较强、情节因素鲜明的代言自述诗歌也就具有了小说的特性。张耒《周氏行》写一名船家女子的恋情：

---

① ［宋］汪元量：《增订湖山类稿》卷三，孔凡礼辑校，中华书局1984年版，第70页。

亭亭美人舟上立，周氏女儿年二十。
少时嫁得刺船郎，郎身如墨妾如霜。
嫁后妍婥谁复比，泪痕不及人前洗。
天寒守舵雨中立，风顺张帆夜深起。
百般辛苦心不惜，妾意私悲鉴中色。
不如江上两鹭鸶，飞去飞来一双白。
长淮杳杳接天浮，八月捣衣南国秋。
谩说鲤鱼能托信，只应明月见人愁。
淮边少年知妾名，船头致酒邀妾倾。
贼儿恶少谩调笑，妾意视尔鸿毛轻。
白衫乌帽谁家子，妾一见之心欲死。
人间会合亦偶然，滩下求船忽相值。
郎情何似似春风，霭霭吹人心自融。
河中逢潭还成阻，潮到蓬山信不通。
百里同船不同枕，妾梦郎时郎正寝。
山头月落郎起归，沙边潮满妾船移。
郎似飞鸿不可留，妾如斜日水东流。
鸿飞水去两不顾，千古万古情悠悠。
情悠悠兮何处问，倒泻长淮洗难尽。
只应化成淮上云，往来供作淮边恨①。

首二句虽非代言，但也有别于诗人直接出现在诗中。在交待人物
引发情境之后，即迅速进入人物自述，有意淡化了诗人干预的痕
迹。诗中的这名女子，嫁给刺船郎之后并不因撑船的辛苦而难过，

① 李逸安点校：《张耒集》卷四，中华书局 1990 年版，第 43 页。

却为自己与丈夫容貌的差距感到悲伤。"不如江上两鹭鸶，飞去飞来一双白。"形象自然的对比，反映着女主角对相貌般配的婚姻的期待。一般的贼儿恶少自然入不了她的眼，"妾意视尔鸿毛轻"；但遇见了真正的心上人时，则是"妾一见之心欲死"的热烈执著。然而那毕竟只能是一种无望的单相思，"百里同船不同枕，妾梦郎时郎正寝"，终究要与心上人分别，只剩自己的无处排遣的满怀深情。诗歌以第一人称叙述故事，让女主角直接表达内心想法，倾倒出一腔痴情。故事主角是船家女子的身份，第一人称的叙述方式契合了民间女子的直白，显示出追求爱情的积极主动。尽管船家女只能终止于单恋，但她大胆、真诚又痴情的性格特点给人留下了强烈的印象。梅尧臣《一日曲》也是以第一人称展开的爱情故事，从"妾家邓侯国，肯愧邯郸姝"开始，讲述自己与情郎的一见钟情与无奈分离："昨日一见郎，目色曾不渝。结爱从此笃，暂隔犹恐疏。如何遂从宦，去涉千里途。郎跨青骢马，妾乘白雪驹。送郎郎未速，别妾妾仍孤。"① 在讲述故事的同时，细腻展现了女主角的心理活动。她的自矜与痴情，深入人心。这类作品沿乐府代言传统发展而来，但在与叙事紧密结合之后，激发出鲜明的故事性，从而趋近于诗体的小说。

从小说的角度来看，这类诗歌的叙事视角是很有特色的。因为在传奇志异的小说中，叙述他人故事通常采用第三人称叙事视角。以第一人称出现的，多为作者自身，用于说明自己是旁观者或故事的记录者。而代言传统与传记诗的结合，促进了诗体小说的发展，以第一人称视角讲述他人故事，拓展了传记诗的表现形态与艺术空间。

---

① 《梅尧臣集编年校注》卷九，第 146 页。

第七章

宋代纪游纪行诗、记梦诗叙事研究

如果说传记类诗歌的叙事是以人物为中心，那么纪游纪行诗与记梦诗的叙事更侧重于过程。在这两类诗歌中，诗人关注事件发展的先与后、因与果，以主观视角和个人体验来带动叙事节奏的展开，丰富了山水行游与日常梦境的诗歌呈现。

第一节　由山水诗到纪游纪行诗

以游览和行旅为题材的诗歌很早就有，南朝梁萧统所编《文选》即设有游览、行旅两类。这些诗歌或书写宴游情形，或抒发羁旅愁思，而在其中占据重要位置的，是对山水风景的描摹以及由此而来的自然体悟；至于游览与行旅的具体过程，虽然存在，但未必是写作重点，故后人多以"山水诗"目之。

山水诗的起源可以追溯到先秦，在东晋到中唐时期，山水作为诗歌中最普遍的题材繁盛一时，并且塑造了独特的审美观照方式和审美意趣，成为中国古代诗歌的一个经典类型。然而宋诗并没有沿着晋唐的道路发展下去，随着思想文化和诗学观念的变化，宋代诗歌中的山水发生了潜移默化的改变。诗人越来越倾向于书写行游过程及主体体验，纪游纪行的诗歌占据了更重要的地位。

相较而言，山水诗重视对自然物象的描摹；纪游纪行诗则以游览和行旅的过程为表现主体，记述诗人游览山水风景或人文景观的行为，记录行旅途中所遇所见所闻所感。山水诗对游与行的叙述，往往点到即止，或是隐藏在风景描写之内；纪游纪行诗则以人物行踪为主线，串联起各式各样的闻见，既包括山水风景，又包括风土地理，甚至包括天气、出行方式、所遇灾害等等。山水诗往往在景物描写中融入诗人静观、自适的自然体悟，而纪游纪行诗往往从诗人的视角展开叙事，融入诗人主体的知觉和体验。

唐代王维的《终南山》是山水诗中的经典作品：

> 太乙近天都，连山到海隅。白云回望合，青霭入看无。
> 分野中峰变，阴晴众壑殊。欲投人处宿，隔水问樵夫。①

这是王维游览终南山所见的风景，其间"回望""入看""问樵夫"等词句隐含着诗人的行为过程。然而诗人的视角并非随着行踪逐渐展开，而是"集合了数层与多方的视点"，"从世外鸟瞰的立场观照全整的律动的大自然"②，是一种心游于自然的整体观照。《终南山》体现着山水诗的典型观照角度和书写方式。而经由中唐至宋代，山水诗渐渐蜕变，诗人的个人体验得到张扬，人物行动成为贯穿线索，纪游纪行日渐走近诗歌表现

---

① ［唐］王维：《王右丞集笺注》卷七，中华书局1961年版，第124页。
② 宗白华：《论中西画法的渊源与基础》，《美学散步》，上海人民出版社1981年版，第111页。

的中心。

　　梅尧臣是引领这一变化的重要诗人之一。他留下了《与二弟过溪至广教兰若》《寄谢师直》《送师厚归南阳，会天大风，遂宿高阳山寺，明日同至姜店》等诸多纪游纪行之作。可以其作品为例，考察纪游纪行诗区别于山水诗的一些要点。明道元年（1032），谢绛将自己与尹洙、欧阳修等人游嵩山的经历写成书信寄给了梅尧臣。梅尧臣收到信后，将这段游记改写成了一首长篇五古，即《希深惠书，言与师鲁、永叔、子聪、几道游嵩，因诵而韵之》：

> 闻君奉宸诏，瑞祝疑灵岫。　山水聊得游，志愿庶可就。
> 岂无朋从俱，况此一二秀。　方蕲建春陌，十刻残昼漏。
> 初经缑氏岭，古柏尚郁茂。　却过轘辕关，巨石相撑斗。
> 夕斋礼神祠，法衮被藻绣。　毕事登山椒，常服更短后。
> 从者十数人，轻赍不为陋。　是时天清阴，力气勇奔骤。
> 云岩杳亏蔽，花草藏洞窦。　傍林有珍禽，惊眙若避彀。
> 盘石暂憩休，泓泉助吞漱。　上窥玉女窗，崭绝非可构。
> 下玩捣衣砧，焜耀金纹透。　尹子体雄恢，攀缘愈习狃。
> 欧阳称壮龄，疲软屡颠踣。　竞欢相扶持，芒履恣践蹂。
> 八仙存故坛，三醉孰云谬。　鄙哉封禅碑，数字昔镌镂。
> 偶志一时事，曷虞来者诟。　绝顶瞰诸峰，临然轻宇宙。
> 遥思谢尘烦，欲知群鸟兽。　韩公传石室，闻之固已旧。
> 当时兴稍衰，不暇苦寻究。　东崖暗窦中，释子持经咒。
> 于今二十年，饮食同猿狖。　君子聆法音，充尔溢肤腠。
> 尝期蹑屐过，吾侪色先恧。　遂乖真谛言，兹亦甘自咎。
> 中顶会几望，凉蟾皓如昼。　纷纷坐谈谑，草草具筋豆。

清露湿巾裳，谁人苦羸瘦。便即忘形骸，胡为恋缨绶。
或疑桂宫近，斯语岂狂瞀。归来游少室，嶙峋殊引脰。
石室迢递过，探访仍邂逅。扪萝上岑邃，仙屋何广袤。
乳水出其间，涓涓自成溜。凡骨此熏蒸，灵真安可觏。
霞壁几千寻，四字伴篆籀。咸意苔藓文，诚为造化授。
标之神清洞，民俗未尝遘。忽觉风雨冥，无能久瞻扣。
匆匆遂宵征，胜事皆可复。俚歌纵喧哗，怪说多驳糅。
凌晨关塞阳，追赏颜匪厚。穷极四百里，宁惮疲左右。
昨朝书报予，闻甚醉醇酎。所嗟游远方，心焉倍如疚。①

梅诗基本保留了信中的游览过程，依循原有的叙事线索，再现
了人物的游览经历及途中见闻。游踪是全诗的主线，诗歌有着
至为详细的叙述："十刻残昼漏"时，从建春门出发；经过"缑
氏岭"，又过了"轘辕关"，斋于"礼神祠"，在山林中攀爬，又
在盘石溪流之侧休憩；经过玉女窗、捣衣砧，又经过八仙坛、
封禅碑、韩公石室等各处景点，于山顶眺望、赏月；归途中游
览少室山，遇雨而去……此诗将"四百里"行程揽入笔端，铺
展开宏大的叙事构架。

　　对比谢绛的书信《游嵩山寄梅殿丞》，可以清楚看到诗、文
之间游踪叙述的一一对应。关于这段行程的初始，书信云：

　　　　十二日昼漏未尽十刻，出建春门，宿十八里河。翼日
　　过缑氏，阅游嵩诗碑，碑甚大，字尚未镌。上缑岭，寻子

----

① 《梅尧臣集编年校注》卷二，第36页。

晋祠，陟轘辕道，入登封，出北门，斋于庙中①。

两相对照可知，诗歌虽然较为简略，但"建春陌""缑氏岭""轘辕关""礼神祠"等关键行程都已涉及，而且凭借"方蕲""初经""却过""夕斋"等词语将这些行程连成一个整体。书信叙事不受形式的限制，可以不厌其烦、从心所欲。但梅尧臣改编为诗，必须遵循诗歌的形式规定，因此他对书信内容的复现并非事无巨细，而是有所拣择。归程的前半段，书信云：

> 十六日晨，发据鞍，纵望太室，犹在后路。曲南西，则但见少室。若夫观少室之美，非繇兹路，则不能尽。诸邑人谓之冠子山，正得其状。自行七十里，出颍阳北门，访石堂山紫云洞，即邢和璞著书之处。初，山径极峻，扪萝而上者七八里，上忽有大洞，荫数亩，水泉出焉。②

关于这段行程，诗歌略去了"纵望太室，犹在后路"的内容——毕竟这是虚写，并非真正游览了太室山。少室山之游才是重点，因此诗歌直接说"归来游少室"。"冠子山"之类的轶闻，亦非重点，故而也略去了，而以"石室迢递过，探访仍邂逅。扪萝上岑邃，仙屋何广袤"概写寻访石堂山紫云洞的行程。

至于人物的行为、景物的描写、具体的观感，都被诗人织入了游踪的脉络中。如在登山过程中，有尹洙的善于攀爬，也

---

① 曾枣庄、刘琳主编：《全宋文》卷四一一，上海辞书出版社、安徽教育出版社2006年版，第20册，第55页。
② 曾枣庄、刘琳主编：《全宋文》卷四一一，第20册，第56页。

有欧阳修的"疲软屡颠踣";夜间在山顶,则有众人"纷纷坐谈谑,草草具肴豆"的热闹场景。"云岩杳亏蔽,花草藏涧窦",描绘的是登山时天气清阴的山林景色;"乳水出其间,涓涓自成溜",呈现的是紫云洞的幽隐之境;"便即忘形骸,胡为恋缨绥",是山顶谈笑间忘却尘嚣的惬意;"咸意苔藓文,诚为造化授",则是众人面对峭壁书法的由衷赞叹。

综观全诗,游览过程异常明晰,叙事性因素极为突出。此前山水诗虽也有以行踪为线索的写作方式,比较典型的如谢灵运,在描写山水时会按游览的顺序移步换景,但在这些诗中,行踪往往只是组织景物的手段,诗人通过这一手段将所见的各处山水风景串连起来。如谢灵运《从斤竹涧越岭溪行》:

> 猿鸣诚知曙,谷幽光未显。岩下云方合,花上露犹泫。
> 逶迤傍隈隩,迢递陟陉岘。过涧既厉急,登栈亦陵缅。
> 川渚屡径复,乘流玩回转。苹萍泛沈深,菰蒲冒清浅。
> 企石挹飞泉,攀林摘叶卷。想见山阿人,薜萝若在眼。
> ……

虽然包含着诗人的行踪,但行踪的改变是为了引入对下一部分景物的描写。诗人在每一阶段的细致描绘都可以看作是相对独立的观照,"诗歌本身成了沿着旅程前行的轴线排列的一连串静止画面"①。与此同时,许多行踪叙写偏于宽泛,像是勾连景物描写的过渡词句,而并非特定游览中的特殊行为。而在宋代纪

---

① 高友工:《律诗的美学》,载《美国学者论唐代文学》,上海古籍出版社1994年版,第39页。

游纪行诗中，行踪与风景是相互关联、相互牵动的，随着行动的不同，观照景物的视角不同，在诗歌中呈现的形象也会不同。

游览与行旅本属两类诗歌题材，但宋代纪游诗与纪行诗却在行踪的叙写上，产生了高度一致性，从而使得二者在诗歌表现上有所趋同，可以放置到一起加以考察。概而言之，山水诗的重心在"景"，纪游纪行诗的重心在"游"与"行"。在山水诗向纪游纪行诗的转变过程中，诗歌叙事性得到了显著的增强。

第二节　主观视角的凸显

在山水诗中，诗人的个人体验和主观视角常常隐于诗后，仿佛要使读者与山水风景直接接触，忘记诗人视角所起到的间接作用。纪游纪行诗则不同。"游"和"行"原本就是富于动态意味的语词，是诗人发出的行为。要表现"游"与"行"，自然需要围绕诗人的知觉和体验展开叙述，需要通过人物的行为动作来展示"游"和"行"的过程。因此，在纪游纪行诗中，个人体验和主观视角是凸显而非隐含的，并左右着诗歌呈现的形态。

游与行意味着诗人处在时间的流动和位置的变化中。这二者通常又是并行的，随着时间的流动发生位置的改变。宋人善于利用时间流动和动态位移来表现"游""行"的过程，将诗人对时间、位置的知觉纳入叙述中，引领诗歌的叙事安排。如苏舜钦《游山》：

上春游南峰，出自阊扉西。崎岖缘田塍，时又涉狭溪。

午初至峰下，先读烂古碑。僧庐颇新鲜，丹青见朝曦。
云昔支公居，石迹有马蹄。逾岭到天平，上观石屋危。
苍壁泻白泉，对之已忘疲。西岩列窗户，玲珑漏斜晖。
嵌然似馄钉，人力安可施。朝餐下木渎，市物俗所宜。
琴台昔尝游，回首忆旧题。南向又渡岭，盘屈麋鹿蹊。
折身趋宝华，未到闻法蓥。松间见广路，平如隐金锤。
寺压两山脚，三面张屏帏。夜阑宿虚堂，清甚无梦思。
西南登尧峰，俗云尧所基。洪川不能没，上有万众栖。
中道舍篮舆，从者亦汗衣。关陆巧步趋，健马莫可追。
自伤干躯大，两股酸不随。岩雨洒磴滑，惟赖枯筇支。
四顾物象殊，虽困强自持。竹木互支撑，小阁架险梯。
凌晨过横山，蹴踏云霞低。身如插翅翼，下见鸿鹄卑。
却视众蓥林，密若荠麦齐。童童或行列，春发绿翠姿。
一方绀碧瓦，楼殿贴地飞。右顾万顷湖，东与天相迷。
日炙白烟开，风驱银山移。旁过折腰塔，铁轮尽颠堕。
近为震霆拔，火烈瓦覮糜。未知天之意，摧此将何为。
迤逦瞰荐福，爱此路侧池。清无一点尘，虾鱼潜琉璃。
宝积仰修竹，整如翠羽旗。楞伽屋老朽，旧闻传者非。
北渡千丈桥，柱衮阑倾敧。揽衣俯而趋，愁为溪风吹。
遇胜辄自留，仰啸巾屡遗。永言喜谑浪，把酒先嘻嘻。
子履阅奇怪，瞪视惟嗟咨。及还城中居，城人殊未知。
自疑身被留，暂此梦寐归。纷然着鄙事，奔走争自私。
向者却是梦，反复又自疑。神明日夜往，内顾行者尸。
何由摆尘坌，荣辱两莫期。清泉与白云，终老得自怡。①

① 《苏舜钦集》卷四，第42页。

如此长篇，过程详细而琐碎，脉络却极为分明，这要归功于有条不紊的叙述。诗人频频交代时间与方位，串联起游览的具体行为。游览时节是在"上春"，出发地是"阊阖西"，中午时分来到山峰之下，而后"逾岭到天平""南向又渡岭"，途经多处景点，看到种种景色，夜晚则宿于寺庙之"虚堂"；第二日"西南登尧峰"，历经险道，"凌晨过横山"，走过"折腰塔"，经过荐福寺，又"北渡千丈桥"，最后回到城中。时间的流动、地点的转换，都通过诗人的感知呈现出来，因而形成脉络分明的游览线路。在叙述过程中，诗人还时时掺入自己的行为，进一步凸显了主观视角的存在。如"上观石屋危""松间见广路""却视众壑林""右顾万顷湖""迤逦瞰荐福"几句，加入"观""见""视""顾""瞰"等标示观览的动作，塑造出一个游历于山水之间、仰观俯察的诗人形象。随着主观视角的凸显，景物的刻画自然汇入游览的过程："清无一点尘，虾鱼潜琉璃"描写的是荐福寺路边的小池，"揽衣俯而趋，愁为溪风吹"则是来到千丈桥时才会有的举止。诗人将游览经历再现于诗中，读者仿佛跟随他的脚步与视线，跋山涉水，观览万物。

　　要叙述这些复杂的行程、记录时间流动与动态位移，必须从个人体验的角度才能得到最恰到好处的表现。因此，宋人纪游纪行诗非常看重个人体验的视角，即便写的并非自己游历的过程，也要代入他人的角色，将他人的体验当成自己的体验来进行叙事。梅尧臣的《希深惠书，言与师鲁、永叔、子聪、几道游嵩，因诵而韵之》就是典型例子，虽然这是属于谢绛等人的游览，并非梅尧臣的亲身经历，但在作诗时，梅尧臣却将自己代入其中，以亲身体验的视角描述游览的过程。苏辙的《次韵子瞻宿南山蟠龙寺》也是如此：

谷中夜行不见月，上下不辨山与谷。

前呼后应行相从，山头谁家有遗烛。

跫跫深径马蹄响，落落稀星着疏木。

行投野寺僧已眠，叩门无人狗出缩。

号呼从者久嗔骂，老僧下床揉两目。

问知官吏冒夜来，扫床延客卧华屋。

釜中无羹甑实尽，愧客满盎惟脱粟。

客来已远睡忘觉，僧起开堂劝晨粥。

自嗟奔走闵僧闲，偶然来过何年复？

留诗满壁待重游，但恐尘埃难再读①。

此诗本为次韵苏轼《二十七日自阳平至斜谷宿于南山中蟠龙寺》
而作。此诗的叙事视角非常耐人寻味。诗歌叙述的经历当然是
苏轼的，而非苏辙的。要叙述苏轼的游览经历，可以有多种选
择：其一，作为一个旁观者，以客观口吻把苏轼的经历讲述出
来；其二，代入苏轼角色，想象自己是本次游历的行动者。苏
辙的选择是后者。诗中人物的行动带有非常鲜明的主观色彩。
开头二句写谷中夜行，"上下不辨"显然属于主人公的主观感
受；随后的"山头谁家有遗烛"也是主人公眼中所见、心中所
问；从"行投野寺""叩门无人"到"号呼""嗔骂""老僧下
床"，再到夜宿、晨起，这一连串依次展开的事件，也隐藏着属
于主人公自己的理性认知。最明显的是接近末尾的"自嗟奔走
闵僧闲"，一个"自"字，标记着叙述的主观性，证实了苏辙的
视角选择。他采用的是第一人称自述，将自己代入了苏轼的角

_____

① 《苏辙集》卷二，第 28 页。

色。这样的视角选择，带来了非常真实的叙事效果。若不知此诗为次韵之作，基本上会认为这是苏辙本人的经历。这种写法精彩地再现了苏轼谷中夜行、宿于山寺的行旅经历，同时也间接体现了主观叙事视角之于纪游纪行诗的重要意义。

由于个人行游体验成为纪游纪行诗的中心，山水风景的分量反而不那么重了，许多纪游纪行诗并不花费太多笔墨描写风景，而加重了人事的比例。张耒《游武昌》的游览经历就以人事为主：

> 一叶横江凌浩渺，李君见我迎门笑。
> 鹅黄初熟醅旋压，书室焚香地新扫。
> 淋漓歌笑不知夜，竹榻枕藉眠诸少。
> 老人被暖觉独晚，惊起东南日如烧。
> 四明陈子定爱客，生火寒厅邀我到。
> 盘肴香洁具俄顷，鲙斫寒鱼初出沼。
> 仲谋霸气久寂寞，元子亭基尚危峭。
> 荆榛荒梗上石磴，人物清江开野庙。
> 暮投明府快一饮，主意殷勤宾屡醮。
> 星河破碎归中夜，明日清淮理归棹。
> 王家园馆静人眼，挂壁於菟疑欲咬。
> 杀鸡为黍办仓卒，看画烹茶每醉饱。
> 还家闭门空寂历，胜境目前皆了了。
> 兹游可再谁汝齰，老懒似不能轻矫。
> 西山得霜瘦如削，萧寺峥嵘出粉筱。
> 幸予腰髀犹足使，与子凌寒恣游眺①。

---

① 《张耒集》卷十二，第213页。

诗人渡江后有朋友相迎，先在李君家谈笑共眠；第二日又有陈子邀请赴宴；"仲谋霸气"四句泛写游览武昌风物；此后又到府中宴饮，主意殷勤，至夜半方休；第二日准备返回，又有一番宴请，看画烹茶，一顿醉饱；最后是回家后对此行的回味。诗中纯粹的风景描写，大约只有"荆榛荒梗上石磴""西山得霜瘦如削，萧寺峥嵘出粉筱"等少数几句，成为此段行程的点缀。透过此诗，读到的并非武昌山水之美，而是诗人呼朋引伴、适意洒脱的游览体验。纪游诗或多或少还保留了风景的描摹，一些纪行诗甚至不关注山水风景，只叙述人物的经历和体验。姜夔《昔游诗》15首，"追述旧游可喜可愕者"，以供偶尔"展阅自省生平"[1]，皆叙述自己昔日奔走的经历，《其五》云：

> 我乘五板船，将入沌河口。大江风浪起，夜黑不见手。
> 同行子周子，渠胆大如斗。长竿插芦席，船作野马走。
> 不知何所诣，生死付之偶。忽闻入草声，灯火亦稍有。
> 杙船遂登岸，亟买野家酒。[2]

诗歌叙述一次行旅中遇到大风浪的过程。先是大江风浪，船如野马，本以为生死难料，幸而脱离了险境，于是登岸买酒以示庆祝。此诗与山水全然无涉。景物描写如"大江风浪起，夜黑不见手""长竿插芦席，船作野马走"等，为的是表现江行的惊险。通过诗人的叙述，予人一种身临其境的紧张感以及危难解

---

① ［宋］姜夔：《昔游诗》小序，《姜白石诗集笺注》，孙玄常笺注，山西人民出版社1986年版，第47页。
② 《姜白石诗集笺注》，第53页。

除后的愉悦感，别具一番滋味。类似的还有苏轼《新滩阻风》写舟行至新滩，因北风阻行，在滩下停留三日①，孙觌《舟次宁陵》写泊舟于宁陵，夜间小偷行窃却毫无所得的经历等②。这些诗歌或许没有秀色可餐的风景，但却因主观视角的明晰而增添了叙事的趣味性。

宋代纪游纪行诗为数众多，许多诗人都留下了相关作品。如欧阳修、王安石出使辽国途中的一些诗歌，苏轼、苏辙出蜀途中所写诗歌，陆游入蜀途中所写诗歌，范成大、杨万里宦游途中的许多诗歌，还有文天祥逃离元军途中将纪行与纪实融为一体的《指南录》等。不同诗人写于不同情境下的纪游纪行诗各有特色。不过它们的共同点在于：从主观视角出发，重视个人体验的传达，加重对"游""行"过程的叙述，从而与山水诗的静观描写形成鲜明对照。

第三节　苏轼的纪游纪行诗

梅尧臣《希深惠书，言与师鲁、永叔、子聪、几道游嵩，因诵而韵之》与苏舜钦的《游山》等诗歌，为宋代纪游纪行诗找出了发展的方向，具有重要意义。然而，梅、苏长篇纪游纪行诗仍存在着一些缺点。一方面是线索单一，比较严格地遵循游览顺序，每处景点都写到，但重点不突出；另一方面，叙事与描写的结合还有罅隙，尚未达到水乳交融的境界。纪游纪行

---

① 《苏轼诗集》卷一，第 42 页。
② 《全宋诗》卷一四八八，第 26 册，第 17010 页。

诗在苏轼手里愈发成熟起来，在不长的篇幅内即可做到叙述分明、次序井然，而景物描写与情志抒发穿插其中，富于洒脱灵动之美，扬弃了梅、苏模式的不足。

　　苏轼纪游纪行诗的成就首先得益于主观视角的灵活展示。他不会拘泥于对行踪的一一交代，而是以自己的行动为表现重心，积极调动见闻、感受等多种因素，时而直接叙写，时而旁敲侧击，收放自如地展现丰富多彩的游历过程。《宿临安净土寺》叙述从杭州到净土寺游玩的过程：

> 鸡鸣发余杭，到寺已亭午。参禅固未暇，饱食良先务。
> 平生睡不足，急扫清风宇。闭门群动息，香篆起烟缕。
> 觉来烹石泉，紫笋发轻乳。晚凉沐浴罢，衰发稀可数。
> 浩歌出门去，暮色入村坞。微月半隐山，圆荷争泻露。
> 相携石桥上，夜与故人语。明朝入山房，石镜炯当路。
> 昔照熊虎姿，今为猿鸟顾。废兴何足吊，万古一仰俯。①

自清晨到夜晚，一路写来，出发、到寺、饱食、午睡、烹泉、沐浴、散步、夜话，以及对明朝的想象，无一挂漏。看似平铺直叙，读来却不觉得死板。汪辟疆手批苏诗，就评价此诗为"简而有法，可为叙事诗程式"②。汪批认为"明朝"两句的想象极妙，使得此诗"前实而后虚，前板滞而后空灵"，遂有境界。其实此诗之所以直叙而不落死板，另有一个重要原因，就在于

① 《苏轼诗集》卷七，第344页。
② 汪辟疆手批《苏诗选评笺释》。原本藏于浙江大学中文系，转引自胡可先《汪辟疆手批〈苏诗选评笺释〉述论》，《文学遗产》2008年第1期。

诗人将描写、抒怀等内容巧妙融入了对诗人行动的叙述。"参禅固未暇，饱食良先务"，以略带诙谐的口吻交待了"饱食"的行为；"闭门群动息，香篆起烟缕"在对静谧环境的描写中勾勒出午睡的情景；"浩歌出门去，暮色入村坞"，在潇洒的"浩歌"中来写沐浴后晚步的惬意……这些细节的处理，使游览过程充满趣味性和变化性，而绝非单纯的行踪记录。

比起"简而有法"的《宿临安净土寺》，《游金山寺》的记游更富于变化：

> 我家江水初发源，宦游直送江入海。
> 闻道潮头一丈高，天寒尚有沙痕在。
> 中泠南畔石盘陀，古来出没随涛波。
> 试登绝顶望乡国，江南江北青山多。
> 羁愁畏晚寻归楫，山僧苦留看落日。
> 微风万顷靴文细，断霞半空鱼尾赤。
> 是时江月初生魄，二更月落天深黑。
> 江心似有炬火明，飞焰照山栖乌惊。
> 怅然归卧心莫识，非鬼非人竟何物。
> 江山如此不归山，江神见怪惊我顽。
> 我谢江神岂得已，有田不归如江水。①

诗歌先从长江写起：苏轼家乡在四川眉山，长江之水发源于四川岷山，故称"我家江水初发源"。诗人宦游的道路也由此开启，飘摇浮沉。乍看之下，开篇似乎偏离了"游"的主线，但实际

----

① 《苏轼诗集》卷七，第307页。

上并非如此。金山寺原本位于岛上，下临江水，苏轼来游金山寺，正是踏此江潮而来。故苏轼由长江写起，确实是基于眼中实景。与此同时，这一迂回的描写中还暗藏浮沉宦海、思念家乡的复杂情绪，为这趟游览平添了几许深意。紧接数句以写景为主，亦时时贯穿诗人的视角。写岸边沙痕，由此想象江潮的汹涌；登上绝顶，则望见大江南北青山历历。随后"羁愁畏晚寻归楫，山僧苦留看落日"，颇耐寻味，不是从自己落笔，而借山僧"苦留"的行为侧面叙述自己留下来观看落日的行为，并借此带入"微风万顷靴文细，断霞半空鱼尾赤"两句景色描写。"是时江月初生魄，二更月落天深黑"两句，既写景色，又显示出时间的推移。在江心所见之炬火，非鬼非人，难以辨识。诗人带着一份怅然回去睡觉了，并猜想这是江神的警示。最末"有田不归如江水"的慨叹，与开篇的"我家""宦游"遥相呼应，将诗人内心思乡之情怀、归隐之渴盼表达得淋漓尽致。在此诗中，苏轼以自己的行动为中心，以所见、所遇、所历、所感来贯穿游览过程，无需刻意交待游览的顺序或景点的变化，却在丰富灵活的笔触间实现写景、抒怀与叙事的水乳交融。

　　详略得当的叙事安排是苏轼纪游纪行诗的又一特色。对于一段游历的各个环节，苏轼不是巨细靡遗地叙述，而是将笔墨聚集到某一阶段或某一行为，使其成为诗歌的重点和亮点。《二月十六日与张李二君游南溪醉后相与解衣濯足因咏韩公〈山石〉之篇慨然知其所以乐而忘其在数百年之外也次其韵》：

> 终南太白横翠微，自我不见心南飞。
> 行穿古县并山麓，野水清滑溪鱼肥。
> 须臾渡溪踏乱石，山光渐近行人稀。

穷探愈好去愈锐，意未满足怅如饥。

忽闻奔泉响巨硠，隐隐百步摇窗扉。

跳波溅沫不可向，散为白雾纷霏霏。

醉中相与弃拘束，顾劝二子解带围。

褰裳试入插两足，飞浪激起冲人衣。

君看麋鹿隐丰草，岂羡玉勒黄金鞿。

人生何以易此乐，天下谁肯从我归①。

韩愈《山石》是一首经典的纪游之作，其层次分明的结构和以文为诗的笔法对宋代纪游纪行诗深有启发。苏轼此诗次韵《山石》，字里行间也透露出效法之意，诗歌对行踪的清晰交代、对山林之乐的向往，与《山石》如出一辙。不过苏轼绝非对韩愈亦步亦趋。韩诗叙述游历过程，大体上是环环相扣而平均用力的。而苏轼却在这段游历中着重突出"解衣濯足"的行为。诗歌先叙述诗人与朋友的行程，行穿古县和山麓，来到南溪赏玩山光之美；随后以一个突然的转折——"忽闻奔泉响巨硠"，开始镜头聚焦：忽然来到了溪水奔流处，跳波溅沫，如白雾纷纷，撼动人心；于是诗人劝朋友一同解开衣带，褰裳濯足，在浪花飞溅中尽情享受山林自由之乐。诗歌不再写此后行踪如何，而停留在这无比畅快的一幕。末尾四句也是由这一畅快之举引发的感怀，并将这种畅快引申到诗外。"解衣濯足"就成为此诗的亮点。这种有所侧重的写法，可以避免面面俱到、均衡用力的板滞，不但凸显了游历过程中最精彩的部分，也将游历的精彩成功转化为诗歌的精彩。

---

① 《苏轼诗集》卷五，第 198 页。

又如《泛颍》写泛舟于颍水之上，其中一段聚焦于水面倒影："上流直而清，下流曲而漪。画船俯明镜，笑问汝为谁。忽然生鳞甲，乱我须与眉。散为百东坡，顷刻复在兹。"① 诗人童心未泯，笑看水中自己的倒影；而平静的水面突然荡漾起来，倒影也变得支离破碎，仿佛变成了千百个苏轼；再过一阵，水面平静，又恢复了完整的倒影。此处集中笔墨来写水面倒影的分合，为泛舟之行增添了趣味。苏轼这类纪游纪行诗，抽取精彩段落，以个人行为领起，夹叙夹写，在时间流动中置入连续的动态，在较短的篇幅内完成对行游过程的叙述，避免了长篇纪游纪行平铺直叙的缺点，使篇幅虽短而有起伏跌宕，叙事简洁而活泼。

还应重点强调的，是苏轼对行游叙事与景物描写的出色处理。尽管景物描写并非纪游纪行诗的重点，但依然占据重要地位。而在梅尧臣、苏舜钦为代表的纪游纪行诗中，叙事与描写尚未达到水乳交融的境界。常见的方式是，先叙述到达某处景点，再对该处景物展开几句描写，有模式化之嫌。如苏舜钦《游山》中的"迤逦瞰荐福，爱此路侧池。清无一点尘，虾鱼潜琉璃。宝积仰修竹，整如翠羽旗"，前两句叙事，后四句描写景物，叙事略嫌单调，写景也不够活泼。苏轼擅长以自己的行动、视角带起景物的描写，或在景物描写中注入时间流动，通过景物变化来表现游览经历，从而消解了叙事手法的单一，也避免了叙事与写景的分离。《二十七日自阳平至斜谷宿于南山中蟠龙寺》：

横槎晚渡碧涧口，骑马夜入南山谷。

---

① 《苏轼诗集》卷三四，第 1794 页。

> 谷中暗水响泷泷，岭上疏星明煜煜。
>
> 寺藏岩底千万仞，路转山腰三百曲。
>
> 风生饥虎啸空林，月黑惊麋窜修竹。
>
> 入门突兀见深殿，照佛青荧有残烛。
>
> 愧无酒食待游人，旋斫杉松煮溪蔌。
>
> 板阁独眠惊旅枕，木鱼晓动随僧粥。
>
> 起观万瓦郁参差，目乱千岩散红绿。
>
> 门前商贾负椒荈，山后咫尺连巴蜀。
>
> 何时归耕江上田，一夜心逐南飞鹄。①

在这首诗中，景物描写占据了很大篇幅，但被完美地组织在行旅的叙写中。开头两句以"横槎""晚渡""骑马""夜入"等人物行为领起，铺展开行旅的大背景。接下去数句写山中景物，虽未明确涉及诗人行为，却将诗人行程暗藏其中："谷中暗水""岭上疏星"，实为翻山越岭、渡溪穿谷之所见；"寺藏岩底""路转山腰"折射着山岭夜行的曲折艰险。在暗水疏星、峻岭深谷与饥虎惊麋的背景中，再回归诗人行为，"入门突兀见深殿"骤然带出蟠龙寺的幽深。"愧无酒食待游人，旋斫杉松煮溪蔌"是寺中僧人的行为，间接写出在寺中饮食的经历。"板阁独眠"以下，仍旧围绕诗人体验展开叙述，一夜"独眠"，又在清晨的木鱼声中惊醒。"起观"两句，若只说"万瓦郁参差，千岩散红绿"，则是纯粹的景物描写，而添上了"起观"和"目乱"的行为、体验，就将景物明确纳入诗人的观照范围，从而呈现出时间流动和景物变换的叙事效果。随后的商贾奔忙与山连巴蜀之

---

① 《苏轼诗集》卷四，第175页。

景象，自然引出末两句对归隐的期望。

与"板阁独眠惊旅枕，木鱼晓动随僧粥"写法相似的，还有《宿海会寺》结尾数句："倒床鼻息四邻惊，紞如五鼓天未明。木鱼呼粥亮且清，不闻人声闻履声。"[①] 从诗人的听觉来反映外物，木鱼声勾勒出寺庙的特色，只听见履声而听不见人声，体现清晨的安静和气氛的肃穆，由此可以想象寺中僧人早课的情景，间接写出海会寺的整体氛围。诗歌就此刹住，让诗中的这段行程结束在清亮的木鱼声中。《宿九仙山》的末四句也非常精彩："困眠一榻香凝帐，梦绕千岩冷逼身。夜半老僧呼客起，云峰缺处涌冰轮。"[②] 在九仙山的环境里，困眠中也似乎梦见千岩万壑的峭拔；而半夜里被老僧唤起，看到山峰之间升起的皓月，皎洁光明，美妙绝伦。在类似诗句中，对行旅的体会与对景物的感知密切结合，描写与叙事达成天衣无缝的衔接。

总而言之，苏轼以其天才的诗思和灵动的笔触，进一步发展了纪游纪行诗的写作方式，成功开拓了纪游纪行诗的艺术境界，堪称宋代纪游纪行诗的代表人物之一。

第四节　记梦诗的叙事特质

梦与文学关系之密切，毋庸多言。就诗歌领域而言，形成了一条记梦诗的写作传统。这一传统有着相当独特的意义：从梦文学的角度说，记梦诗与小说领域的梦文学不同，有属于自己

---

① 《苏轼诗集》卷十，第 497 页。
② 《苏轼诗集》卷十，第 493 页。

的写作范式与审美趣味；从诗的角度说，它在对梦的表现过程中滋生出相对稳定的表现形态，以颇为鲜明的叙事因素，成为诗歌叙事传统中颇具特色的一条小传统。

所谓记梦诗，应以记述梦的内容为诗歌的主要题材、核心内容、或引发诗情的关键线索。"记梦诗"的"记""梦"二字，都提示了叙事性的鲜明存在。"梦"总是有一定的内容，无论是片断的场景还是连贯的情节；"记"则表明对梦境内容的记述，无论是简短的记录还是详明的叙述。如无对梦的记述，则不能称为"记梦诗"。如"梦中作"一类诗歌，是诗人在梦中所作、或梦后补完的诗歌，虽与梦相关，却不同于记梦。一些诗歌虽提到了梦，但仅作为诗歌组成的元素、意象，缺少对梦境的叙写。这类诗或可称为感梦诗、涉梦诗，但也不属于"记梦诗"。对记梦诗而言，梦境的记述是关键。情感的抒发、情志的表达，都是以对梦的记述、亦即以叙事为基础的。叙事的有无、叙事范式的成熟与演变，直接影响着诗歌记梦传统的形成与发展。

记梦传统起源极早，《诗经》中有"牧人乃梦"（《无羊》）、"吉梦维何"（《斯干》），《楚辞》中亦有"昔余梦登天兮，魂中道而无杭"（《惜诵》）的句子，汉乐府则有"梦见在我傍，忽觉在他乡"（《饮马长城窟行》）等表述。不过大多只是涉及梦，并非专为记梦。可称为"记梦诗"的作品，要到南北朝时期才出现。最典型的是鲍照《梦归乡诗》：

> 衔泪出郭门，抚剑无人逵。沙风暗塞起，离心眷乡畿。
> 夜分就孤枕，梦想暂言归。孀妇当户叹，缫丝复鸣机。
> 慊款论久别，相将还绮闱。历历檐下凉，胧胧帐里辉。
> 刘兰争芬芳，采菊竞葳蕤。开奁夺香苏，探袖解缨徽。

寐中长路近，觉后大江违。惊起空叹息，恍惚神魂飞。
白水漫浩浩，高山壮巍巍。波澜异往复，风霜改荣衰。
此土非吾土，慷慨当告谁。①

此诗从第五句开始，即进入对梦境的记述，一直到"寐中长路
近，觉后大江违"。诗歌颇为细致地描写了梦中与妻子团聚的场
景，既有"檐下""帐里"等地方的变换，又有"刈兰""采菊"
等具体的行为。梦醒以后的诗句，也都紧扣梦的内容而发。此
诗可算是较早的记梦诗之一。这一时期还有沈约《梦见美人
诗》、何逊《夜梦故人诗》等，不过叙述梦境的成分很少。这些
诗歌对梦境的记述虽然有限，但已发展出叙述梦境的意识和行
为，因此，这一时期可视为记梦诗的初步形成期。

　　随着叙事性的日益鲜明，记梦诗的成型在中唐得以完成。
中唐以前，记梦诗尚少。王勃的《忽梦游仙》对梦中的霄汉景
色有描绘，艺术上尚嫌粗疏；李白《梦游天姥吟留别》以奇幻
的梦境成为记梦杰作，但他人难以追摹；杜甫有《梦李白》二
首、《昼梦》等诗，不过对梦境的记述仍以片断为主。中唐以
后，记梦诗明显增多，"记梦"的元素也日趋鲜明，尤其是在元
稹、白居易手里，他们不但具有明确的记梦的意识，而且主动
采用叙事手法，使梦境的内容得以在诗中清晰呈现，记梦诗由
此可视为一种成熟的诗歌类型。元稹最典型的记梦诗有《感梦》
《江陵三梦·其一》《梦井》等。《感梦》为五古长篇，前半部分
记述梦见已故兵部尚书裴垍的情景。这段记述非常详尽：

---

① 　逯钦立：《先秦汉魏晋南北朝诗》，中华书局 1983 年版，中册，第
　　1303 页。

> 忽然寝成梦，宛见颜如珪。似叹久离别，嗟嗟复凄凄。
>
> ……
>
> 言罢相与行，行行古城里。同行复一人，不识谁氏子。
> 逡巡急吏来，呼唤愿且止。驰至相君前，再拜复再起。
> 启云吏有奉，奉命传所旨。事有大惊忙，非君不能理。
> 答云久就闲，不愿见劳使。多谢致勤勤，未敢相唯唯。
> 我因前献言，此事愚可料。
>
> ……
>
> 相君不我言，顾我再三笑。行行及城户，黯黯馀日晖。
>
> ……①

梦中的人物、人物间的对话以及相关的人物情态、行为，诗人
都一一叙述出来。诗歌还体现出颇为鲜明的纪实性。如诗中写
到，自己有痰滞之苦，裴垍劝其服用橘皮朴消丸，诗人于诗句
下自注云："予顷患痰，头风，逾月不差，裴公教服橘皮朴硝
丸，数月而愈。今梦中复征前说，故尽记往复之词。"足见对梦
境的如实呈现。又如"同行复一人，不识谁氏子"等描述，非
常符合做梦的真实感受。《江陵三梦·其一》记述诗人梦见已逝
妻子的情形；《梦井》写井瓶落井、无法取出、诗人伤心痛哭的
梦境。此外，《梁州梦》《长滩梦李绅》等亦有对梦境的片断记
录。白居易也创作了不少记梦诗。《梦与李七、庾三十三同访元
九》记叙自己与两位友人同访元稹的梦境；《因梦有悟》在一夜中
梦见三位友人；《初与元九别后，忽梦见之，及寤而书适至，兼寄
桐花诗，怅然感怀，因以此寄》一诗也有一段对梦境的描述。

---

① ［唐］元稹：《元稹集》卷七，中华书局1982年版，上册，第81—82页。

除了元、白偏于写实的记梦诗，梦仙也是唐代记梦诗非常突出的一类。如王勃《忽梦游仙》、李贺《梦天》、白居易《梦仙》、卢仝《秋梦行》、韩愈《记梦》、李商隐《七月二十八日夜与王郑二秀才听雨后梦作》等。韩愈《记梦》梦见自己与数人同行，来到神官面前，别人吟诗不佳，韩愈欲大显身手，却被护短的神官阻止。李商隐《七月二十八日夜与王郑二秀才听雨后梦作》则在梦中去往龙宫、蓬莱、潇湘、华岳等地：

> 初梦龙宫宝焰然，瑞霞明丽满晴天。
> 旋成醉倚蓬莱树，有个仙人拍我肩。
> 少顷远闻吹细管，闻声不见隔飞烟。
> 逡巡又过潇湘雨，雨打湘灵五十弦。
> 瞥见冯夷殊怅望，鲛绡休卖海为田。
> 亦逢毛女无惨极，龙伯擎将华岳莲。
> 恍惚无倪明又暗，低迷不已断还连。
> 觉来正是平阶雨，未背寒灯枕手眠。①

记述瞬息万变的梦境，充满奇幻的色彩，体现出唐代记梦诗玄幻瑰奇的一面。而无论写实还是奇幻，叙事性已然是这一时期记梦诗的基本特点。

到了宋代，记梦诗进入黄金时期，不但日益繁盛，并且在新的时代背景下形成了新的趋向。首先，从数量上看，宋代记梦诗大量涌现。随意翻检《全宋诗》，单就题为"记梦＼纪梦"的作品而言，就有宋庠《壬子岁四月甲申夜纪梦》、黄庭坚《记

---

① ［唐］李商隐著，冯浩笺注：《玉溪生诗集笺注》卷一，上海古籍出版社1979年版，上册，第190—191页。

梦》、杨万里《记梦三首》、邹浩《纪梦》、葛胜仲《记梦诗》、关注《记梦》、胡寅《记梦》、赵蕃《十八日记梦》、陈藻《纪梦》、高似孙《纪梦》、华岳《记梦》、洪咨夔《记梦》，等等，更不必说陆游笔下数十首题为"记梦"的诗歌。这在一定程度上表明，将梦境写入诗中，越来越频繁地成为诗人主动的选择。

此外，叙事性在宋代记梦诗中得到更为鲜明的凸显。宋以前的记梦诗，在记录梦境的过程中，偏重画面的呈现和景物的描摹，描写性的诗歌语言占主要地位。而宋代诗人更偏好对梦境具体内容、过程的记录，对叙事的表现手法有更多的倚重。如苏轼《石芝》，诗人梦见有人在夜间呼唤，于是"披衣相从"，来到一处"朱栏碧井"的地方，看到石上长满石芝，忍不住折下一枝食用，却惹得主客卢胡大笑。这是相当完整的一段故事，诗人通过叙事，将人物的行动、场景的切换、梦境的首尾等交代得极为清楚。即便梦境本身是跳跃性、无逻辑的，诗人也会倾向于将这种支离破碎如实叙述出来。如黄庭坚《记梦》：

> 众真绝妙拥灵君，晓然梦之非纷纭。
> 窗中远山是眉黛，席上榴花皆舞裙。
> 借问琵琶得闻否，灵君色庄妓摇手。
> 两客争棋烂斧柯，一儿坏局君不呵。
> 杏梁归燕语空多，奈此云窗雾阁何。①

一二句写众仙人拥着灵君到来；三四句写宴席中的女子；五六句写想听琵琶却被灵君拒绝；七八句写两人下棋。梦境中的这

---

① ［宋］黄庭坚著，任渊等注：《黄庭坚诗集注》，中华书局 2003 年版，第二册，第 386—387 页。

些情景，虽有一定联系但又相互独立，纷纭难辨。诗人跳跃性
的记录，恰好表现出梦境破碎支离而又充满迷幻的色彩。宋代
记梦诗对叙事手法的丰富运用，使梦境得到了真实而鲜活的呈
现。唐代记梦诗中，元稹、白居易的作品叙事性较强，然以平
铺直叙为主，有时难免板滞，不如宋代记梦诗叙事手段灵活，
也缺少引人入胜的叙事效果。

　　还值得注意的是，与唐代相比，宋代记梦诗更倾向于纪实。
"梦"是一种非常特殊的事物，它具备虚构与真实的双重属性。
以梦的内容而言，是虚幻，是不真实的存在；但以做梦本身而
言，却又是实有，是确确实实属于某人的梦。又因为梦的形成
与人的思维、无意识密切相关，故而梦的虚构与真实之间，存
在着千丝万缕的联系。因此记梦诗在叙事性质上形成两种倾向，
一种偏于虚构，一种偏于纪实。偏于虚构者，诗人会利用梦的
虚构性，借梦的外壳来说一些实际上并非梦的话。偏于纪实者，
则注重对梦境本身的还原，以及由梦带来的真实感受。

　　宋前记梦诗，属于虚构者不少，如元稹新乐府中的《梦上天》
是为引起君主关注现实而作，白居易的《梦仙》也是一篇寓言式
的作品，明显纪实者不多，主要是元、白的许多记梦诗看上去介
于虚实之间。李白的《梦游天姥吟留别》可能确有其梦，也可能
只是李白凭空造就的一个梦，借用此梦来承载无边的想象力。
韩愈《记梦》叙述神官护短的行为，因而生发"乃知仙人未贤
圣，护短凭愚邀我敬。我能屈曲自世间，安能从汝巢神山"的
感叹，不乏皮里阳秋之意，很可能是"有所托讽而作"①。类型

----

①　[宋]韩愈著，方世举笺注：《韩昌黎诗集编年笺注》卷六，中华书局 2012
　　年版，下册，第 332 页。

化的表述，也使记梦诗游离于虚实边缘。卢仝《秋梦行》遇到的是"娥皇""女英"；李商隐《七月二十八日夜与王郑二秀才听雨后梦作》遇到的仙人是"湘灵""冯夷""毛女""龙伯"。也许诗人梦到的确实是这些人，但也可能是为了配合"梦仙"主题而选取了这些类型化的典故。因此，即便诗题中有具体的日期、情境说明，李商隐的记梦诗仍被冯浩判定为"假梦境之变幻，喻身世之遭逢也"①。

　　宋代诗人偏爱将做梦的时间、内容以实录的方式加以呈现，显露出相当鲜明的纪实意味。这从许多诗题与诗序中就可看出。上文提及的苏轼《石芝》诗，其小序即为纪实："元丰三年五月十一日癸酉，夜梦游何人家，开堂西门，有小园、古井。井上皆苍石。石上生紫藤如龙蛇，枝叶如赤箭。主人言，此石芝也。余率尔折食一枝，众皆惊笑。其味如鸡苏而甘，明日作此诗。"②又如张扩的诗题《建炎辛亥八月二十六日夜，梦舣舟江岸，与梅和胜论诗，梅出古诗示予，极壮丽，复为予作汤饼，方就席，视梅手中器已十裂，汤饼淋漓，觉而怅然，作此篇》，将梦境内容叙述得极为详细。其他如"因次韵记之""遂追述梦事"③等表述，也都特地标出以诗记梦的行为，体现出鲜明的纪实性诉

---

① 《玉溪生诗集笺注》卷一，上册，第 192 页。
② ［宋］苏轼：《苏轼诗集》卷二十，中华书局 1982 年版，第 1047—1048 页。
③ 见方岳《夜梦至何许，岩壑深窈，石上苔痕隐起如小篆，有僧谓予曰，杨诚斋、范石湖题也。明日续洪舜俞〈登玲珑诗〉，有"几人记曾来，老苔蚀雕锼"之句，恍然如梦，因次韵记之》、释文珦《春夜梦游溪上，如世传桃源，与梵僧仙子遇，具蟠桃、丹液、灵芝、胡麻于云窗雾阁间，请赋古诗，颇有思致，觉而恍然，犹能记忆五句，云："滩峻舟行迟，乱峰青虬蟠，一瀑素霓吼，灵桃粲丹朱，仙饭杂芝糅"，遂追述梦事，足成一十七韵》。

求。宋人也有一些寓言式的虚构作品，如王令《梦蝗》，借梦中蝗虫之口表达对社会的批判，想象奇特。不过总体而言，纪实性的记梦是宋代大多数诗人的共同追求。

总之，记梦诗在宋代所发生的演化，与宋诗整体演变趋向相关。对日常生活的浓厚兴趣、纪实性的凸显，都是宋诗的重要特质。记梦诗恰好是这些鲜明特质的集合体之一。由日常性、纪实性衍生而来的，是宋代记梦诗中多样化的梦境。这些梦各有各的面貌，不再局限于类型化的梦仙、梦见友人，而可以是寻梅这样的雅事、是种菜这样的俗事、是任何可能出现在梦中的事。形形色色的梦境，多元的记梦技巧，丰富了记梦诗的形态，拓展了记梦诗的艺术境界。

第五节　陆游的记梦诗

诗歌记梦传统的集大成者，是陆游。陆游的记梦诗不但标志着宋代记梦诗的最高成就，同时也是诗歌记梦传统的高峰。从数量上看，陆游很可能是历代写作记梦诗最多的诗人。据统计，陆游诗作中，通过诗题或诗序明确表明为记梦诗的有 91 首，其中题为"记梦"二字的作品就有 22 首。从诗体角度看，陆游的记梦诗涵盖了各类诗体，五古、七古、五律、七律、排律、七绝，都有记梦之作，这一点同样超越前人。陆游在创作过程中，自觉或不自觉地探寻记梦诗的写作方式及写作技巧，推进了记梦诗的发展。

（一）虚与实的选择

从叙事性质上说，陆游的记梦诗将纪实性发挥到了极致。

他所记录的梦境，有着非常具体的叙述和极为鲜活的细节。前代记梦诗存在的类型化色彩，在陆游这里剥落殆尽。

陆游常将做梦时间、梦中的人物地点等一一落到实处。如《二月晦日夜，梦欲卜居，近邑道，遇老父告以不利，欣然从之》《自春来，数梦至阆中苍溪驿，五月十四日又梦，作两绝句记之》等①。梦中遇到的人物通常都是具体的，梦中游览的地方也是极为确切的。假如人物、地点等在梦中就不可确知，陆游会将这种模糊性也交代出来。如《梦入禅林，有老宿方升座，或云通悟禅师也》，"或云"的不确定性，恰说明陆游对梦境真实性的充分尊重。

基于如此强烈的纪实诉求，陆游每首记梦诗所记录的梦都堪称独一无二。在他笔下，有光怪陆离、匪夷所思的梦：《甲午十一月十三夜，梦右臂踊出一小剑，长八九寸，有光，既觉，犹微痛也》。也有极其家常、贴近生活的梦：《癸亥正月十日，夜梦三山竹林中笋出甚盛，欣然有作》。还有不少难以归类，甚至有些莫名其妙的梦：《梦有饷地黄者，味甘如蜜，戏作数语记之》。恢复中原的满腔期待让陆游有过许多梦，但每次的梦境都不相同。《九月十六日夜梦驻军河外，遣使招降诸城，觉而有作》与《五月十一日夜且半，梦从大驾亲征，尽复汉唐故地，见城邑人物繁丽，云西凉府也，喜甚，马上作长句，未终篇而觉，乃足成之》，都是收复失地的梦，但仅从诗题就能看出二梦的不同。

陆游因梦而获得的感受，也是多面而真实的。他固然会因恢复中原的梦而振奋、会因梦回故园而失落，却也会因为一个

① 本文所引陆游诗歌，皆出《剑南诗稿校注》（陆游著，钱仲联校注，上海古籍出版社1985年版），以下不一一出注。

闲适的好梦而心生愉悦:"年来惟觉华胥乐,莫遣茶瓯战睡魔。"(《春晚坐睡,忽梦泛舟饮酒,乐甚,既觉,怅然有赋》)有时将梦视为一个没有烦恼的桃源世界:"是间可老君知否,莫信人言想与因。"(《记梦·世事纷纷触眼新》)有时还会有"梦中了了知是梦"(《记梦·梦泛扁舟禹庙前》)、"方梦时亦自知其为梦也"(《三二年来夜梦每过吾庐之西一士友家观书饮酒,方梦时亦自知其为梦也》)这样切合人的体验、真实细腻的感受。就诗中梦境的丰富性而言,无人能及陆游。

如此具体的叙述、如此丰富的细节,可以清楚看到陆游记梦诗的纪实倾向。由此看来,过去将陆游记梦诗等同于爱国热情之体现的研究,存在两点认识上的偏差。首先,认为陆游并非实有其梦,只是将爱国热情"托之于梦"①。这种认识忽略了陆游记梦诗的纪实属性。从陆游笔下如此丰富具体的梦境叙写来看,我们更倾向于认为,这些梦是"真梦",并非为抒写胸怀而生造的"假梦"。其次,忽略了陆游其他方面的记梦诗。与恢复中原有关的记梦诗固然不少,但其他类型的梦境大量存在,梦回故园、梦见友人、梦游仙境、梦中饮酒、梦中吟诗……如此多样的梦境,也让我们无法将陆游记梦诗与爱国热情简单划等号。事实上,陆游的记梦诗有鲜明的记录意识作为支撑。对陆游而言,梦是日常生活的一部分,生活中有许多梦,所以也才有许多记梦诗。记梦诗的写作,与陆游记录日常生活的热情及其日课的作诗方式一脉相承,其中传递出的,是陆游对日常生活的敏锐感受与细致体悟。

---

① 清人赵翼《瓯北诗话》卷六论陆游记梦诗:"人生安得有如许梦,此必有诗无题,遂托之于梦耳。"人民文学出版社1963年版,第80页。

在真实与虚构之间，陆游的记梦诗更倾向于真实。这一选择代表着古代诗歌记梦的主流方向，与古代小说虚构性的梦形成区别。这些以"真梦"为原型写成的记梦诗，浓缩着陆游对日常生活的诗意选择与诗意表达，也因其梦的真实，为后世读者留下了千变万化、丰富多样的梦中世界。

（二）繁与简的处理

从叙事模式上说，陆游记梦诗在古体、律诗、绝句等诗体上都有出色的实践，凭借对繁简关系的和谐处理，丰富了古代诗歌对梦境的呈现形态。

大体而言，记梦模式可分两大类，一类为详述式记梦，一类为片断式记梦。前者对梦境有较为详细的叙述和描写，对梦中涉及的人物、事件有清晰的呈现，有相对完整的梦的过程。这种模式常常采用古体诗，也有歌行或排律，篇幅相对较长。后者对梦境的记录相对简略，只取某些片断、细节或事实，或描写梦境中某些景象，或以高度凝练的语言概括梦境主要内容，许多时候还会将梦醒后的所思所感与梦境内容相联结而一并呈现。这种模式的诗歌篇幅相对短小，以绝句、律诗居多。

陆游的记梦诗，在继承前代基本模式基础上，又有新的推进。过去诗人少有创作大量记梦诗者，同一诗人留下的记梦之作往往有限，少有多元的尝试。陆游记梦诗数量既多，又几乎遍及各种诗体①，一方面使既有的记梦模式进一步稳定下来，另一方面也不乏新鲜的探索和尝试，尤其是在叙事繁简的处理上，

---

① 据笔者统计，可确定为记梦诗的 91 首作品中，五古 9 首，七古 18 首，五律 8 首，七律 22 首，七绝 33 首，五言排律 1 首。

很有自己的特点，促使记梦模式发展出更为细腻丰富的表现形态。为了讨论的方便，我们将从诗体入手，来看陆游对记梦模式的发展。

先看古体记梦诗。以篇幅较长的古体诗对梦境进行较为详细的叙写，这是以往记梦诗最常见的一种形态。如元稹五言古诗《感梦》共142句、《江陵三梦·其一》共72句，稍短一点的也不下二三十句；再如白居易《梦与李七、庾三十三同访元九》为24句、韩愈《记梦》为28句等。入宋后也大抵如此，如梅尧臣《梦登河汉》44句、宋庠《壬子岁四月甲申夜纪梦》26句等。这一现象很容易理解：如无此等篇幅，不易完成对梦境的详细叙述。然而，陆游古体记梦诗的篇幅并不太长，多为16句、12句，基本在20句以内（含20句），仅有个别作品超过20句[①]。篇幅虽不长，对梦境的呈现却极为详细具体。如《记戊午十一月二十四夜梦》：

> 街南酒楼粲丹碧，万顷湖光照山色。
> 我来半醉蹑危梯，坐客惊顾闻飞屐。
> 长绦短帽黄纻裘，从一山童持药笈。
> 近传老仙尝过市，此翁或是那可识？
> 逡巡相语或稽首，争献名樽冀馀沥。
> 我欲自言度不听，亦复轩然为专席。
> 高谈方纵惊四座，不觉邻鸡呼梦破。
> 人生自欺多类此，抚枕长谣识吾过。

---

① 《十月四日夜记梦》为五言古体24句，《十月二十六日夜，梦行南郑道中，既觉，怅然揽笔作此诗，时且五鼓矣》为杂言体32句。

陆游梦见自己以半醉的姿态登上酒楼，引起坐中客人议论纷纷，人们都以为这是近日经过市井的仙翁；坐客争相稽首、献酒，而陆游也欣然承受；正当高谈阔论之时，却被鸡鸣惊破梦境。全诗共 16 句，却将梦境发生的场景、梦中主角与坐客的心理行为以及事件发展的全过程都叙述得一清二楚，且跌宕起伏，颇具故事性，足见陆游记梦诗在叙事上的成熟。又如《梦入禅林，有老宿方升座，或云通悟禅师也》：

> 尘埃车马何憧憧，獐头鼠目厌妄庸。
> 乐哉梦见德人容，巍巍堂堂人中龙。
> 举头仰望太华峰，摄衣欲往路无从。
> 忽然梦断难再逢，空记说法声如钟。

全诗仅 8 句，篇幅虽短，叙事却极清晰。前两句写世俗纷扰、多为妄庸之人，为下文铺垫；三四句梦入禅林、遇见德高望重的禅师；五六句写自己对禅师的仰慕，想要追随却无路可从；最后两句写梦醒，只留下如钟的"说法声"，从梦里延伸到梦外，简洁有味。全诗在短小的篇幅中，完成了对该梦境的详尽呈现。

此即陆游对古体记梦诗的发展，同时也是对详述式记梦模式的发展：以相对较短的篇幅，完成较为详细的梦境叙述。之所以能做到这一点，其中一个重要原因，即对繁简关系的把握。陆游记梦既不会面面俱到、巨细靡遗，也绝不会舍弃重要的细节。他将记梦重点放在过程的推进上，场景的描摹、人物的行为、细节的表现都围绕这条线索而展开。景物描写和情感的直接表达，通常都点到即止，不会让过多的描写和抒情中断叙事的节奏。

再看陆游的记梦律诗。此前记梦诗用律诗者不太多。即便用律诗，记录梦境的篇幅也非常有限，或只能简略提及梦中内容，或仅以一两联描写梦中的景物。诗中呈现的梦境，是相对简略甚至面目模糊的。如元稹《梦昔时》："闲窗结幽梦，此梦谁人知？夜半初得处，天明临去时。山川已久隔，云雨两无期。何事来相感，又成新别离。"① 前四句写梦，非常简略。

陆游的记梦律诗亦以片断式记梦为主，但更加注重提取富于叙事意味的事象，并暗中融入线性叙事的脉络，为片断与片断之间建立起较为紧密的关联，从而有效实现了梦境的鲜明呈现。如《记九月三十日夜半梦》：

> 一梦邯郸亦壮哉！沙堤金辔络龙媒。
>
> 两行画戟森朱户，十丈平桥夹绿槐。
>
> 东阁群英鸣佩集，北庭大战捷旗来。
>
> 太平事业方施设，谁遣晨鸡苦唤回？

第一句用"壮哉"总领此梦，第二句以一幅鲜明的场景切入梦境：走在沙堤道上的，是以金辔牵绾的骏马。第三句写画戟森森、仪仗威严，第四句写平桥空旷、绿槐齐整。第五句写群臣云集，第六句写收复中原的捷旗归来。三至六句虽各写一事象，其间却相互关联：仪仗的严整、平桥的空旷、群臣的云集，正是为捷旗归来做准备。这四句又与第二句关联起来：那沙堤上的金辔骏马，不正是战胜归来的队伍么？尾联写梦醒，第七句"太平事业"承接前几句的大捷而来，可惜被鸡鸣打断，已来不及

---

① 《元稹集》外集卷七，下册，第681页。

在梦中舒展大志，只留下梦醒后的无限遗憾。细析全诗，只觉一气通贯，尽管都是对梦境的片断式提取，但暗伏叙事的脉络，且梦里梦外的叙事紧密衔接，浑然一体。

陆游的记梦绝句，与其记梦律诗有异曲同工之妙。虽为片断式记梦，却能以简驭繁，通过片断的事象呈现丰富的梦境。如《记乙丑十月一日夜梦·其一》：

> 梦里江淮道上行，解装扫榻喜新晴。
> 店门邂逅绨袍客，共把茶瓯说养生。

第一句入梦，简明点出大体情境：行旅于江淮道上。第二句写旅店下榻。三四句选取梦中的一个片断：与旅店偶遇的客人共饮清茶，闲话养生。寥寥数语，而梦中情境宛在目前。《昼寝，梦一客相过，若有旧者，夷粹可爱，既觉，作绝句记之》：

> 梦中何许得嘉宾，对影胡床岸幅巾。
> 石鼎烹茶火煨栗，主人坦率客情真。

对于这一梦境，诗人择取主客对坐、烹茶煨栗的画面加以记述，呈现出清雅脱俗又其乐融融的趣味。这样的记梦诗，虽为片断式叙事，却生动形象，并因个性化的细节、情境而别具风味。

陆游对记梦模式的发展，还表现为对诗题、诗序的充分利用，使其成为记梦诗的有机组成部分，从而更为有效地安排叙事的繁简详略。陆游常常借助诗题或诗序来交代梦境的大致内容或做梦的大体情境，与诗歌正文形成配合。有了诗题的先行交代，许多内容在诗歌中可以从简处理；而对于想要重点记叙的部分，则可以放开手脚尽情表现。如上文所举《梦入禅林，有老宿方升座，或云通悟禅师也》，由于诗题已先行交代梦境所至之处"禅林"、梦中所见之人"通悟禅师"，故诗歌正文不必再重复，可以直接用"德人容""巍巍堂堂人中龙"等词句描写这位禅林高人，用"举头仰望""摄衣欲往"表现梦中诗人对这位高人的景仰之情，从而能够在简短的篇幅中完成详尽的叙述。《昼寝，梦一客相过，若有旧者，夷粹可爱，既觉，作绝句记之》亦是如此，诗题已经概述了梦境内容，正文便可以抽取梦中最突出、最具表现力的场景加以呈现。诗题与诗序的"繁"，能为诗歌的"简"提供基础；而诗题与诗序的适度铺垫，也会为诗歌的"繁"保证充分的空间。

总体上看，陆游对记梦模式的发展，有赖于他对各类诗体的多元尝试，更有赖于他对叙事繁简的细致处理。就古体记梦诗而言，紧扣人物的行为、事件的发展、场景的切换，减少重复繁冗的平面陈述，代之以精练的叙述和简洁的过渡，达到以简驭繁的效果；就记梦律诗与记梦绝句而言，则通过增加鲜活具体的细节、选取富于叙事意味的事象、暗伏叙事的线索，从而在有限的篇幅中拓展叙事的空间，做到言简而意繁；诗题、诗序与诗歌正文的配合，也使其记梦诗愈发详略有度、繁简得宜。

（三）梦与醒的设置

从叙事技巧上说，陆游对梦、醒关系有灵活的设置，以成熟的叙事技巧拓展了记梦诗的表现力。

叙事技巧可以体现在许多方面，而在记梦诗中，对梦与醒的设置，尤能展现诗人独具匠心之处。梦里梦外是两个不同的世界，因而记梦诗时常存在梦里与梦外的双重叙事：梦中出现的内容，此为一重叙述；梦醒以后、现实中的内容，此为又一重叙事。两重叙事的存在，使记梦诗在叙事上独具特色。梦与醒如何切换、梦里与梦外有怎样的关系，是记梦诗深具魅力的地方。陆游的记梦诗，对梦与醒有着多样化的诗意呈现，体现出高度成熟、收放自如的叙事技巧。

陆游以前的记梦诗，在处理梦、醒关系的问题上，技巧是相对单纯的。最通行的方式，是直接陈述梦见什么、醒后如何。如白居易《梦与李七、庾三十三同访元九》，开头以"夜梦归长安，见我故亲友"进入梦境，梦境叙述完毕后，又以"觉来疑在侧，求索无所有"收束梦境，回归现实。又如梅尧臣《梦登河汉》，开篇为"夜梦上河汉"，结尾为梦醒："骇汗忽尔觉，残灯荧空堂。"① 亦即梦是梦，醒是醒，二者虽有关联，但有着相对明晰的界限。这种处理方式最为便利，也最为常见，然而有时会略嫌平板。

而在陆游笔下，梦与醒的安排有着极为丰富的变化。有时只写"梦"而不直接写"醒"，仅通过感怀、议论等方式间接表达。如《六月二十六日夜梦赴季长招饮》：

> 少城骏马逐春风，二十年间万事空。
> 清梦都忘双鬓改，绣筵还喜一尊同。
> 乌巾掩冉簪花重，羯鼓敲铿列炬红。
> 安得此欢真入眼，碧油幢拥主人翁。

---

① ［宋］梅尧臣著，朱东润校注：《梅尧臣集编年校注》卷十五，上海古籍出版社 2006 年版，中册，第 304 页。

此诗前二句为现实，后五句为梦境，前后以第三句为过度。按理说，"双鬓改"是现实中发生的事情，梦里应当是"双鬓未改"，所以"清梦都忘双鬓改"是以醒后的语气描述梦境，将前后的醒、梦两部分和谐衔接起来。

有时只写"醒"而不直接写"梦"，但读到"醒"的诗句时，自然也就明白此前所言皆为梦。如《十月四日夜记梦》，开篇即为"四客联骞来，我醉久不知"，此后十馀句，皆叙述自己与四客之间的交谈、畅饮，如同实有其事，直至"老鸡不解事，唤觉空嗟咨"两句，这才让人意识到四客之事皆为梦境。《梦至成都怅然有作·其一》也是如此，以最末两句"孤梦凄凉身万里，令人憎杀五更鸡"，表明前六句皆为梦境。

先"梦"后"醒"是比较常见的叙述顺序，不过陆游有时也会先写"醒"，再写"梦"。如《记梦》：

> 东吴春暮寒犹重，睡美不闻城角动。
> 身虽衰惰怕出门，江山尚入幽窗梦。
> 梦到青羊看修竹，道人告我丹将熟。
> 试求一黍换肝肠，它日重来驾黄鹄。

前四句为醒，后四句为梦。前四句中"春暮""睡美""幽窗"等醒时的描述，将后四句的梦境衬托得益发惬意。

也有时将梦、醒关系的处理全交给诗题，诗题既已交代清楚，诗歌正文可以不再区分梦与醒，直接呈现梦中内容。《梦游散关渭水之间》《夜梦遇老人于松石间，若旧尝从其游者，再拜叙间阔，老人亦酬接甚至云》即是如此。诗歌正文无一字涉及"梦""醒"，亦别具一格。

还有的时候，陆游将梦与醒两重叙事相互掺杂，形成梦醒交接、错落有致的表达效果。据《清都行》小序所言，陆游梦见与故人查籥（字元章）并辔而行，前望宫阙壮丽，两人相约在朝廷上要大胆议论、勿为身谋：

> 积雨初收晓寒重，野人忽作清都梦。
> 宫墙柳色绿如染，仰视修门炎飞动。
> 元章久已葬岷山，安得翩翩并驰鞯？
> 春光如昔交旧少，肺肝欲写谁堪共？
> 颇闻天阍有疑事，通明殿下方佥议。
> 约君切勿负初心，天上人间均一是。

前两句由醒入梦；三四句为梦境所见场景；五六句却又是醒时的叙述——元章早已去世，不可能与诗人并辔而行；接下来四句又是梦中行为；最末两句"天上人间"的表述，再次以醒后立场加以叙述。如此梦与醒两重叙事相互错落，让人穿行于梦里梦外却毫无违和感，也非常自然地将诗人对此梦的感慨化入了叙事之中。

在这些尝试中，更耐人寻味的，是将梦里与梦外、梦境与现实打并一处的叙事方式。尤其是当梦回从前、梦境的内容与过去的亲身经历相互交叠时，陆游便会倾向于采用这种处理方式。如《梦至小益》：

> 梦觉空山泪渍衿，西游岁月苦骎骎。
> 葭萌古路缘云壁，桔柏浮梁暗栎林。
> 坐上新声犹蜀伎，道傍逆旅已秦音。
> 荷戈意气浑如昨，自笑摧颓负壮心。

"小益"指利州，葭萌县、桔柏津，皆在利州。诗以"梦觉"开篇，"西游岁月"既是陆游当年在蜀中的亲身经历，同时也是出现在梦中的情景。尾联的"荷戈意气浑如昨"，一方面表明梦里的陆游仍然意气勃发，另一方面说明真实的陆游当年也确实如此，虽为一句，却是绾结着梦里和梦外的双重叙述。"自笑摧颓负壮心"是醒后回顾梦境的深深感慨，将梦里梦外的情感勾连起来，感人至深。又如《记梦》：

> 梦里都忘两鬓残，恍然白纻入长安。
> 硾教纸熟修温卷，僦得驴骑候热官。
> 红叶满街秋著句，青楼烧烛夜追欢。
> 如今万事消除尽，老眼摩挲静处看。

自第二句以下，既是梦的内容，同时也是陆游当年在都城生活的亲身体验，因此才会有"恍然"的表述，才会有最后两句坐看潮起潮落的淡然与惘然。两重叙事的叠加，使得梦境不再孤立，改变了先写梦境、再由梦生感的表达惯例，而将现实中的感受与梦境的内容融合为一。一方面，诗歌对梦境的叙述染上了现实的感受；另一方面，诗歌对现实的叙述又包含了梦境的迷离。如此交叠的诗歌表现，更为真切地传达出梦里梦外交错难分的复杂体验。

　　对梦与醒的灵活设置，体现着陆游在诗歌叙事技巧上的充分成熟。记梦诗也因梦与醒之间的自由穿越、叙事与抒情的水乳交融而成为陆游笔下独具魅力的诗歌类型。

　　通过具体分析，我们可以清楚看到陆游对记梦诗的贡献：从叙事性质上说，陆游以强烈的纪实追求，使记梦诗进一步凝固为一种具有鲜明叙事性的诗歌类型；从叙事模式上说，陆游记梦诗在古体、律诗、绝句等诗体上都有出色的实践，凭借对繁简关系的和谐处理，丰富了古代诗歌对梦境的呈现形态；从叙事技巧上说，陆游对梦、醒关系有灵活的设置，以成熟的叙事技巧拓展了记梦诗的表现力。就记梦这一诗歌类型而言，陆游已将其推进到相当极致的地步。陆游之后，也有一些颇长于记梦的诗人，如刘克庄、王世贞等，他们固然也有自己的特色，但无论是在写作的数量上、梦境的丰富性上，还是记梦的多样性上，都未能超越陆游。可以说，陆游是诗歌记梦传统的高峰，记梦诗在陆游手中实现了全面总结和整体提升。

第八章

论宋代纪事诗的叙事传统

纪事诗与通常意义上的叙事诗有所不同。叙事诗对事件始末及发展过程有着相对完整的叙述，而纪事诗则以片断式呈现为主要特征，抽取事件过程中的某些重要因素、典型画面或关键场景，并藉由这些因素、画面、场景及其组合来反映事的整体。简言之，这是一种窥一斑以见全豹的叙事方式。

纪事的写法在宋诗中得到了强化，成为宋诗叙事的重要类型。"纪事"作为古代叙事诗学的一个重要概念，也是在宋代诗学中被建构起来。这都表明，宋代诗人对诗、事关系有了更为深入的思考，他们凭借微小的纪事片断获取厚重的叙事效果，拓展了诗歌叙事的艺术境界，推动了诗歌叙事传统的发展。

第一节　纪事观念：由史入诗

所谓纪事，简单说来就是记录事实。"纪"的本义是"别理丝缕"，"一丝必有其首，别之，是为纪"，引申为理其端绪①。

---

① ［清］段玉裁：《说文解字注》卷十三上，上海古籍出版社1981年影印本，第645页。

纪事的说法与史学紧密相连。"左史记言，右史记事，事为《春秋》，言为《尚书》"①，这是史学中经典的纪事形式。《史记》为天子立本纪，宗法《春秋》体例，"本其事而记之"，"统理众事，系之年月，名之曰纪"②。在具体的使用中，"纪事"与"记事"非常趋近，均强调对史事的记录和整理。各类史学著作，无论编年体、纪传体还是纪事本末体，归根结底都离不开对事实的记录。因此，纪事观念首先在史学中成熟起来。

尽管如此，记录事实并非史学独有的权力。从根本上说，诗歌也具有记录事、表现事的功能和方式。从《诗经》开始，诗歌里就包含着许多记事的成分，《生民》《七月》《氓》等都是典型；"饥者歌其食，劳者歌其事"③ "感于哀乐，缘事而发"④等提法也显示了古人对诗、事关系的初步思考。只是在相当长一段时间里，人们很少从"纪事"的角度来认识诗歌，而更强调诗歌与纪事之史的区别："诗人之什，自成一家，故风、雅、比、兴，非《三传》所取。"⑤萧统在编《文选》时，也有意将"纪事之史，系年之书"与沉思翰藻之篇区别开来⑥。

即便诗与史有着相对分明的界限，二者之间也存在着可以

---

① ［汉］班固：《汉书》卷三十《艺文志》，中华书局年 1962 版，第 1715 页。

② ［汉］司马迁：《史记》卷一《五帝本纪》，司马贞索隐，张守节正义，中华书局 1973 年版，第 1 页。

③ 《春秋公羊传注疏》卷十六何休解诂，北京大学出版社 2000 年版，第 418 页。

④ 《汉书·艺文志》，中华书局年 1962 版，第 1756 页。

⑤ ［唐］刘知几撰，［清］浦起龙释：《史通通释》卷二《载言》，上海古籍出版社 1978 年版，第 34 页。

⑥ ［梁］萧统：《文选序》，《文选》，上海古籍出版社 1986 年版，第 3 页。

贯通的桥梁。正如刘知几所言：

> 夫观乎人文，以化成天下；观乎国风，以察兴亡。是知文之为用，远矣大矣。若乃宣、僖善政，其美载于周诗；怀、襄不道，其恶存乎楚赋。读者不以吉甫、奚斯为谄，屈平、宋玉为谤者，何也？盖不虚美、不隐恶故也。是则文之将史，其流一焉，固可以方驾南、董，俱称良直者矣。①

刘知几从《诗经》《楚辞》中看到了对家国时事、盛衰兴亡的记录，并从"不虚美，不隐恶"的角度来肯定诗文所具备的史学价值。"文之将史，其流一焉"，此类文史合流的观点，有助于诗人积极吸纳史学因素，为纪事观念向诗歌领域的拓展提供了平台。

随着各类文体的发展，纪事之法不断被应用，纪事观念也活跃于各种文体领域。《文体明辨序说》谈到"纪事"时就说："按记事者，记志之别名，而野史之流也。古者史官掌记时事，而耳目所不逮者，往往遗焉；于是文人学士，遇有见闻，随手记录，或以备史官之采择，或以裨史籍之遗亡，名虽不同，其为纪事一也，故以纪事括之。"② 于是文章中有行状碑志，叙述人物生平行实；有记体文，记台阁名胜、山水游览、宴会觞咏、书画杂物；有赠序文，述友谊、记交游；其他书牍文、论说文、奏议文等，也或多或少涉及纪事。各类文体的相互影响，也为

---

① 《史通通释》卷五《载文》，第 123 页。
② ［明］徐师曾：《文体明辨序说》，人民文学出版社 1998 年版，第 146 页。

纪事观念向诗歌的拓展奠定了基础。

到唐代时，以"纪事"为题的诗歌开始零星出现，如元稹《襄阳为卢窦纪事》、韩愈《奉和杜相公太清宫纪事陈诚上李相公十六韵》、刘禹锡《和杨侍郎初至郴州纪事书情题郡斋八韵》等。《本事诗》意识到诗歌乃"触事兴咏"①，对诗人轶事做了广泛搜集，尽管所收之事与诗歌内容并非一一对应，却为诗与事建立起了较为紧密的联结。

纪事观念在诗歌领域的日益发达，是在宋代。这一趋势的形成，有其特定思想文化背景。宋代史学繁荣，宋代诗人多兼擅史学。作为身份复合的创作主体，他们的史学观念深刻影响了文学观念。他们对事实记录的重视，在许多文类中都有体现。最具代表性的是宋代繁荣起来的笔记体著作。记录见闻、叙述杂事是笔记的主要内容。作者常常在小序中揭明自己纪事的行为。欧阳修《归田录》序云："朝廷之遗事，史官之所不记，与夫士大夫笑谈之馀而可录者，录之以备闲居之览也。"②沈括自序《梦溪笔谈》也说"思平日与客言者，时纪一事于笔"③。《青箱杂记》自序一方面认定《归田录》等笔记"皆采摭一时之事"，另一方面将"闻见""滋多""亦辄纪录"视为自己的创作形态④，代表了宋人对笔记的基本认识。笔记体在宋代的兴盛，与宋人纪事观念的强化密不可分，也充分显示了宋人对纪事的热情。而宋代纪事观念的普泛化，有力推动了纪事观念在诗歌

---

① ［唐］孟棨：《本事诗》，丁福保辑《历代诗话续编》，中华书局1983年版，第2页。

② ［宋］欧阳修：《归田录》之《自序》，中华书局1981年版，第3页。

③ ［宋］沈括：《梦溪笔谈》，辽宁教育出版社1997年版，第1页。

④ ［宋］吴处厚：《青箱杂记》之《自序》，中华书局1985年版，第7页。

领域的发展。纪事遂成为宋代诗歌创作和评论中频繁出现的言说方式。

从创作上看，宋人在论及作诗目的时，比前代更看重对"事"的记录。许多时候，诗人会倾向于认为诗歌写作是为了纪事。他们常常会提到，自己的某一首诗或某几句诗是对某事的记录。如孔平仲《元丰三年十一月，施君发之县丞舣舟浔阳，出所收书相示，好之笃，蓄之多，装裱之妙可尚也。诗以记其事》，又如李之仪《龚深之曾约相从，偶不及而深之逝矣。独过其所约之地，遗像俨然，感怆不已，因书其事》。"纪事""纪其事""记事""记之""以纪"，这类提法在诗歌领域变得常见。以"纪事"为例，根据相关数据库的检索，诗题中包含"纪事"字样的，《先秦汉魏晋南北朝诗》中未见，《全唐诗》中仅8首，而《全宋诗》共有174首；至于"记事""记之""纪其事""纪之"等字样，《全宋诗》中更多，宋以前却寥寥无几①。同样，在诗序中揭明纪事的作品也非常多见。如曾季貍《秦女行》序：

> 靖康间，有女子为金人所掠，自称秦学士女，在道中题诗云：眼前虽有还乡路，马上曾无放我情。读之者凄然。余少时尝欲纪其事，因循数十年，不克为之。壬辰岁九月，因读蔡琰《胡笳十八拍》，慨然有感于心，乃为之追赋其事，号《秦女行》云。②

---

① 依据北京大学《全唐诗》《全宋诗》分析系统，及陕西师范大学历史学院研制《汉籍全文检索系统》。
② 《全宋诗》卷二一五三，第38册，第24245页。

序中两度提到"事"，一处是"少时尝欲纪其事"，另一处是"乃为之追赋其事"。"追赋其事"的成果即是《秦女行》此诗。又如苏轼《石芝》序："予尝梦食石芝，作诗记之。……追记其事，复次前韵。"① 邹浩《悼陈生》序云："唐城令建安章潜显父语其事，故作此诗，备他日寓目云。"② 又毛滂《出都寄二苏》序"此诗书一时所遇之事以自见"③，王洋《梅花林》序"因成长言记事"④，王十朋《左原纪异》序"目击其事，作诗一篇以纪之"，等等。除了这类明确提到的，还有其他包含记事意思的表述。从以上例子可以看出，宋人比前代更看重对"事"的记录，作诗时的关注重心有了微妙的转移。

宋人不但会说明自己作诗是纪何事，而且乐于发现并指出别人的诗歌记录了什么样的事。李承之有诗云："珠鞴昔御恩犹在，玉辇亲扶事已非。"叶梦得《石林诗话》特地拈出对应的事实：慈圣太后（即宋仁宗皇后，神宗尊为太皇太后）曾在神宗生日时"作珠子鞍辔为寿"，神宗用过一次就珍藏起来不再使用；神宗与太后同至后苑赏花，神宗下车"亲扶慈圣出辇"，太后屡屡推却，而神宗坚持如此。李承之此诗为太后挽诗，两句诗正好对应着以上两件事。叶梦得历经神、哲、徽、钦数朝，精熟朝廷旧闻掌故，故而知晓李承之所写"盖记此二事"。叶梦得还记载了此诗的阅读效果：宋神宗被昔日往事深深触动，"览之泣下"⑤。又如高荷《国香》诗，赵与虤《娱书堂诗话》完整记录

---

① 《苏轼诗集》卷三七，第 2001 页。

② ［宋］邹浩：《悼陈生》，《道乡先生邹忠文集》卷二，明成化六年刻本。

③ ［宋］毛滂：《毛滂集》，浙江古籍出版社 1999 年版，第 15 页。

④ 《全宋诗》卷一六八七，第 30 册，第 18960 页。

⑤ ［宋］叶梦得：《石林诗话》卷上，《历代诗话》，第 409 页。

了作诗的缘由：国香本是一位奇美的女子，曾获得黄庭坚的题
咏，后因贫困被卖给田氏为妾；高荷造访田家，得她侑觞，感
慨万千，于是拈出黄庭坚诗句中的"国香"二字，请主人为她
更名，并"作长篇纪其事"①。此类条目在诗话中颇为常见。诗
话作者对诗歌本事的津津乐道，折射着论者对诗中之事的热衷
态度。

　　宋人不但以纪事的眼光关注自己的诗、当代的诗，还将纪
事的眼光投向前代。前人作诗未必会有"纪事"的观念，但宋
人在看待前代的诗歌时，偏爱将纪事与诗歌挂钩，积极分辨何
者为纪事，或何人善于以诗纪事。司马迁曾说"《国风》好色而
不淫，《小雅》怨诽而不乱"，《左传》曾称赞《春秋》"微而显，
志而晦，婉而成章，尽而不污"，杨万里引此二语，然后说"此
《诗》与《春秋》纪事之妙也"②。这一论断非常耐人寻味。《春
秋》是史学著作，称赞其纪事顺理成章；但对《诗经》，杨万里
不说言志之妙或摹物之妙，却称其"纪事之妙"，而且将纪事水
准与《春秋》并称，足见杨万里对诗歌纪事的高度肯定。又如
陈岩肖《庚溪诗话》对杜甫的评价："杜少陵子美诗，多纪当时
时事，皆有据依，古号'诗史'。"③同样将诗歌纪事与史学纪事
相提并论，不但把纪事视为杜诗的特色，而且视为杜诗号称
"诗史"的原因所在。《诗经》与杜诗并不属于宋代，这样的评
论角度却属于宋代。兼及本事与品评的诗话类著作《唐诗纪事》
在宋代的成书也并非偶然，而是宋人以成熟的纪事观念审视前

---

① ［宋］赵与虤：《娱书堂诗话》卷上，《历代诗话续编》，第489页。
② ［宋］杨万里：《诚斋诗话》，《历代诗话续编》，第139页。
③ ［宋］陈岩肖：《庚溪诗话》卷上，《历代诗话续编》，第167页。

代诗歌的产物。

以纪事论诗、以诗歌纪事，这样的提法在宋代日益普遍。从宋人的诗学理论和创作实践中都可以看到纪事观念在诗歌领域的渗透。纪事观念在诗歌领域的成长，显示了宋诗对"事"的态度的细微转变，将"事"推向了诗歌创作中的重要位置，从而推动了宋诗叙事性的增强，影响了宋代诗学的发展方向。

第二节　泛事观：诗歌纪事的理论基础

严格来说，"纪事"在宋代诗歌中并没有清晰的定义。单就"纪"而言，含义是比较明确的，即以文字形式记录整理。在许多语境内，"纪事"与"记事"相通，"记事""纪之""记之""纪其事""以记之""记"等等，也大都是纪事的意思。然而"事"的含义却不易说清。在古代汉语中，"事"的指涉范围是非常宽泛的，可以是过程完整的事件，也可以是片断的事实或琐碎的闻见，还可以是人物的行为或具体的事物等。无论史家的纪事还是各类纪志之文，都可以印证这一点。宋诗纪事延续了"事"的这一内涵，体现出极度宽泛的特点。

如胡仔《苕溪渔隐丛话》引《王直方诗话》云"蜡梅，山谷初见之，作二绝"，又补充"东坡亦有蜡梅诗""不独山谷有诗也"，随后说及自己的诗作："余尝和人咏蜡梅绝句，因纪其事云：'新诗湔拂自苏黄，想见当年喜色香，草木无情遇真赏，岂知千载有馀芳。'"[1] 胡诗所纪之"事"，指苏、黄对蜡梅有过

---

[1] 　[宋]胡仔：《苕溪渔隐丛话》前集卷四九，第 335 页。

题咏和赞赏。又如唐庚有诗云"即彼生处所，馆之与周旋"，乃为谢固建造的六一堂而作。谢担任绵州推官，推官办公之地恰好是欧阳修当年的出生地。唐庚自称有心效仿苏轼"以约辞纪事"，在冥搜苦思后终于写成这两句。诗句所纪之事，即六一堂与欧阳修、谢固之间的关联①。以上诗人对诗歌纪事的理解，抱持的就是一种宽泛的纪事观，诗中记录的仅是片断的闻见或事实。

　　从明确标注为"纪事"的诗歌中，可以更为真切地感受到宋代诗人的"泛事观"。陆游《庵中纪事用前辈韵》是对自己日常生活的记录："扫洒一庵躬琐细，蓬户朝昏手开闭""荒山斫药须长镵，小灶煎茶便短袄""山僧野叟到即留，麦饭葵羹贵能继"等②，只是记录一些片断的日常行为，从中体现诗人居住于僧庵中的生活状态。一些诗歌题为"纪事"，其实是将事与写景、抒情融为一体，虽有事的背景，却并不讲述事件本身。杨亿《咸平六年二月十八日，扈从宸游，因成纪事二十二韵》，主要是"属车多载酒，夹道竞焚香。云管飘梅吹，蜺旌错鸟章"③一类描写，宋祁《上元观灯纪事》也是"霞破初迎月，林寒即让春""匝地沉香燎，浮空罗袜尘"④等场景的描绘。这些诗歌以景物描写为主，通过景物来呈现相关事件中的现象和场景，也算是对"扈从宸游""观灯"这类事件的一种记录方式。还有一些诗歌以议论为主，所纪之事被裹挟在议论之内。如周紫芝

①　[宋]唐庚：《唐子西文录》，《历代诗话》，中华书局1981年版，第444页。
②　[宋]陆游：《剑南诗稿校注》卷六七，钱仲联校注，上海古籍出版社1985年版，第3780页。
③　[宋]杨亿：《武夷新集》卷三，福建人民出版社2007年版，第56页。
④　[宋]宋祁：《景文集》卷十九，《丛书集成初编》，第241页。

《读徐伯远书外家遗事，作二绝句以纪之》，诗歌先以小序说明事情概况：徐伯远的舅舅焦洧的妻子"遇巨盗于江中，不受贼污，投江而死"，她的两名侍女也一同赴水。诗歌正文则出以鲜明的议论语调。第一首写焦洧妻："就死由来不自疑，玉颜那为贼锋低。了知今日投渊妇，犹胜当年断臂妻。"第二首写二侍女："杀气骎骎战舰骄，春江漫漫湿金翘。但将红袖供歌舞，却为周郎笑二乔。"① 诗歌并非对事件的完整讲述，而是直接切入作者的价值判断，间接点明人物投江而死的高洁行为。又如李纲《阻风泊慈湖夹，焚香默祷，有长鱼跃波而江豚出没，舟人大惊，抵暮风便，因命解舟，乘月泛禁江，一夕至金陵，盖数百里。作二绝以纪其事》，据诗题可知，诗人在行舟途中为大风阻滞，于是焚香祈祷，随即出现了长鱼跃波、江豚出没的奇异现象，不久就顺利解舟前行了。诗人虽云"纪其事"，但诗歌并非对这一事件的完整复述。《其一》："江豚出没白波中，十丈神鱼跃晚空。知是阳侯怜我拙，故教来助一帆风。"② 仅仅记录"长鱼跃波""江豚出没"的场景片断，并在后两句的猜想、议论中感叹自己的幸运。

对比唐诗中少数几首诗题中包含"纪事"的诗——韩愈的《奉和杜相公太清宫纪事陈诚上李相公十六韵》、李群玉《始忝四座奏状闻荐蒙恩授官旋进歌诗延英宣赐言怀纪事呈同馆诸公二十四韵》、刘禹锡《和杨侍郎初至郴州纪事书情题郡斋八韵》，会发现很有意思的一点：在这几首诗的诗题中，"纪事"常常与

---

① ［宋］周紫芝：《太仓稊米集》卷十，影印《文渊阁四库全书》，台湾商务印书馆1986年版，第1141册，72页上。

② 《全宋诗》卷一五五二，北京大学出版社1996年版，第27册，第17628页。

另一个表示抒情言志的词语并列——"纪事陈诚""言怀纪事"
"纪事书情"，可见纪事与抒情是平行的关系。而宋代的许多诗
作，则将情志纳入了"纪事"的范围之内。上文所举周紫芝与
李之仪诗，都将个人的感受囊括在了纪事之中。又如李之仪《龚
深之曾约相从，偶不及而深之逝矣。独过其所约之地，遗像俨
然，感怆不已，因书其事》："德公期我此联裾，独舍扁舟断梦
初。繐帐一灯如晤语，泪痕空对两龙驹。"所书之事，同样也已
包含了"感怆不已"的情怀。文天祥写于脱逃过程中的组诗
《脱京口》总序强调："其艰难万状，各以诗记之。"而诗歌的写
作往往抒情叙事融为一体，如《得船难》云："经营十日苦无
舟，惨惨椎心泪血流。渔父疑为神物遣，相逢扬子大江头。"[①]
前两句写无船，表达苦心经营而毫无结果的惨痛；后两句写得
船，凸显获得船只的兴奋喜悦。

　　从所谓"纪事"的宋诗可以看出，诗歌所纪之"事"极为
宽泛，涵盖了片断的闻见、局部的事实、人物的行为动态、相
关的事物及景物，乃至诗人的情绪、感受、思考等众多方面的
内容。

　　在此基础上反观此前诗言志、诗缘情的观点，可以感受到
一项明显的变化。在诗言志、诗缘情的理论体系中，"事"通常
被视为情志抒发的载体或途径，也可以说"事"是被放在了
"情""志"的大类下面。而宋诗的纪事观念，却是将"事"视
为大的范畴，而景物、行为、言语、情绪、感受等皆可以在
"事"的统辖之下。在宋诗中，一首兼有写景、抒情、叙事因素
的诗歌，诗题不是"咏怀""感遇""即景"，而更多是"纪事"

---

① ［宋］文天祥：《文天祥全集》，江西人民出版社1987年版，第496页。

"记事"或"即事"，这鲜明体现着宋诗关注重心的转移。

而在诗人频繁指出自己或他人的诗歌是为纪事而作时，其实也包含了诗人对诗歌功能的新体认。此前讨论诗歌创作，有传统的"物感说""事感说"①，如《礼记·乐记》所说"人心之动，物使之然也。感于物而动，故形于声"，又如《文心雕龙·明诗》云"人禀七情，应物斯感。感物吟志，莫非自然"，以及"感于哀乐，缘事而发"，"歌诗合为事而作"等。这些说法，多强调"物""事"对诗歌的引发作用。而以泛事观为基础的诗歌纪事却有所不同，它凸显了"事"的地位，不仅是将"事"作为诗歌产生的原因，而且使"事"成为诗歌表现对象的题中应有之义，并使"事"拓展为能够涵盖情、志的诗学范畴。

第三节　片断式：宋代纪事诗的呈现形态

基于这样一种包含事件、情境、景物、情志在内的泛事观，宋代诗歌中的纪事多呈现为片断式的形态。正如上文提到的一些例子，它们未必完整地叙述整个事件的过程，也不见得构成前后连贯的情节，而是有选择地记录事件中的某些重要现象、重要片断或重要场景，并藉由这些现象、片断、场景及其组合来反映事件整体，传达诗歌主旨。从创作实践上看，纪事不限于以"纪事"为题的诗歌，已然成为一种常见的叙事手法，并形成了相应的表达惯例。

---

① 参见董乃斌《古典诗词研究的叙事视角》，对古代诗论中的"物感说""事感说"进行了归纳。文载《文学评论》2010 年第 1 期。

宋人自有一套品评诗歌纪事的标准。白居易和杜甫被宋人认为是唐诗中善于叙事的两家。但相比于白居易的详尽浅切，宋人往往更推崇杜甫的简而严、微而婉。苏辙认为白居易"拙于纪事，寸步不遗，犹恐失之"；与之相对，他推崇杜甫的《哀江头》，"爱其词气如百金战马，注坡蓦涧，如履平地"，称白居易"望老杜之藩垣而不及也"①。魏泰虽然肯定白居易"善作长韵叙事诗"，但也有"格制不高，局于浅切"②等批评。张戒一方面承认白诗有"状难写之景，如在目前""道得人心中事"的长处，但同时又有"情意失于太详，景物失于太露，遂成浅近，略无馀蕴"的缺陷③。张戒还将《哀江头》与《长恨歌》进行了详细的比对：

> 《哀江头》云："昭阳殿里第一人，同辇随君侍君侧。"不待云"娇侍夜""醉和春"，而太真之专宠可知；不待云"玉容""梨花"，而太真之绝色可想也。至于言一时行乐事，不斥言太真，而但言辇前才人，此意尤不可及。如云："翻身向天仰射云，一笑正坠双飞翼。"不待云"缓歌慢舞凝丝竹，尽日君王看不足"，而一时行乐可喜事，笔端画出，宛在目前。……其词婉而雅，其意微而有礼，真可谓得诗人之旨者。④

张戒推崇杜甫，不纯是针对纪事而言。不过杜诗的"婉而雅""微而有礼"，却很大程度体现在纪事上。想避免"景物失于太

① ［宋］苏辙：《诗病五事》，《苏辙集》，《栾城三集》卷八，第 1229 页。
② ［宋］魏泰：《临汉隐居诗话》，《历代诗话》，第 327 页。
③ ［宋］张戒：《岁寒堂诗话》，《历代诗话续编》，第 457—458 页。
④ 《岁寒堂诗话》，《历代诗话续编》，第 457 页。

露"，需要在叙事过程中注意切入的方式和角度；想避免"情意失于太详"，需要减少直白的抒情，将情感化入叙述中去。张戒几处具体的评价正体现着这样的诉求。其一，应以简洁的语言概述关键的意思，如杜诗中"第一人"的表达，避免了白诗"娇侍夜""醉和春"等直露、繁复的叙述；其二，积极转换叙事角度，如杜诗从侧面入手，借助"辇前才人"的行为来衬托杨贵妃和唐玄宗的享乐，比起白诗直说君王"尽日""看不足"要含蓄委婉。总而言之，在张戒看来，白居易的《长恨歌》和元稹的《连昌宫词》，都不如杜甫的"微而婉"①。

对"寸步不遗"的反对和对"微而婉"的推崇，促使宋代诗人倾向于采取窥一斑以见全豹的纪事形态，放弃过分详尽的叙事模式，积极择取最具表现力的现象、画面或场景片断，并在不动声色中融入情感倾向与价值判断。

一个相对完整的事件往往由多个环节组成，但纪事诗通常只取事件中的一环。或记录某一细节，或集中呈现某一场景中的人和事，或集中展示事情发展中某一阶段。对纪事诗而言，片断的选择非常重要。诗人想要怎样的叙事效果，需要先从片断选择入手。选择纪事片断，也就意味着选择了构建叙事效果的空间。宋诗纪事善于选取有表现力的场景、有特点的细节，内容简洁，内涵却极其丰富。黄庭坚《病起荆江亭即事》其八：

> 闭门觅句陈无己，对客挥毫秦少游。
>
> 正字不知温饱未，西风吹泪古藤州。②

---

① ［宋］苏辙：《栾城三集》卷八《诗病五事》，《苏辙集》，第1229页。

② ［宋］黄庭坚：《山谷诗集注》卷十四，任渊等注，中华书局2003年版，第520页。

黄庭坚此诗表达了对陈师道的想念和对秦观的哀悼。一、三句写陈师道。他是一个非常刻苦的人，作诗的时候常常要关起门来，避免小孩和鸡犬的骚扰，故以"闭门觅句"括之。陈师道虽担任"正字"一职，但生活十分清贫，故第三句用"不知温饱未"表达诗人的关心。二、四句写秦观。秦观与陈师道不同，是一个文思敏捷的人，写诗作文速度很快，"对客挥毫"很能体现秦观的特点。但这时秦观已经在广西藤县逝世了，故第四句用"西风吹泪"来表达哀悼之意。陈、秦两人既相互对比，又相互映衬。在这首短小的诗中，诗人抓住最有代表性的细节，不但写出两人的性格和遭际，还婉转传达了诗人与二人间的深情厚谊，纪事极简而内涵极深。又如苏轼的《被酒独行，遍至子云、威、徽、先觉四黎之舍三首》其一，选择了一个极富趣味性的场景：

　　半醒半醉问诸黎，竹刺藤梢步步迷。
　　但寻牛矢觅归路，家在牛栏西复西。[①]

这是苏轼贬谪海南时的作品，子云、威、徽、先觉是四位黎族友人。诗歌表现的是苏轼醉酒后找不到回去的路、正向黎人问路的场景。第一句写苏轼醉中问路，提示了叙述的场景。第二句是苏轼的问话，说遍布"竹刺藤梢"、找不到归路。三、四句是黎人的回答。面对醉酒的苏轼，也就不再详说道路的曲折，而是说：你就沿着"牛矢"（牛屎）找路吧，你家就在牛栏的西边呢。诗中虽以问答为主，但人物的对白既切合醉酒的语境，

① 《苏轼诗集》卷四二，第 2322 页。

又真实反映了乡村百姓语言俚俗、热情淳朴的特点。通过语言的表现，场景中的人物也鲜活起来。原本只是醉酒后找不到路这样普通的一件事，通过截取问答交流的片断，使得平凡的事件有了戏剧化的效果，体现着诗人独到的眼光。

宋诗纪事虽然以片断为主要呈现方式，但目的却是要通过片断来反映整体，形成以点代面的纪事效果。这种做法类似绘画里的白描，虽用简笔的勾勒，但将有特点的部分突出出来，使人一望可知事件的大致面貌，又留有想象的空间可以自行补充。

宋代动辄百首的《宫词》组诗，多是以点代面的片断式纪事，凭借场景和细节的巧妙撷取，呈现宫廷生活的整体面貌。如宋白《宫词·其二》：

> 万国车书一太平，宫花无数管弦声。
> 近臣入奏新祥瑞，昨夜黄河彻底清。[1]

前两句概述太平盛世中的宫廷景象，后两句专纪一事，取近臣入奏的片断加以记录，以黄河之清来显示国家无事、天下太平。笔墨虽简，但依据这样一个事实，可以推想宫廷中轻松愉悦的气氛。王珪的《宫词》则是对宋代宫廷茶文化的集中展现：

> 内库新函进御茶，龙团春足建溪芽。
> 黄封各各题名姓，赐入东西两府家。[2]

---

[1] ［宋］宋白：《宫词》其二，《全宋诗》卷二十，第 1 册，北京大学出版社 1991 年版，第 281 页。

[2] ［宋］王珪：《宫词》其二三，《全宋诗》卷四九六，第 9 册，第 5998 页。

宋代贡茶与赐茶之风甚盛。建溪是宋代著名产茶地，在福建一带。丁谓、蔡襄先后任福建路转运使，分别创制出大、小龙团茶，二者都是贡茶中的精品。地方进贡的茶叶，君主会分赐给左右大臣。王禹偁《龙凤茶》诗"样标龙凤号题新，赐得还因作近臣"①、黄庭坚《谢公择舅分赐茶》"外家新赐苍龙璧，北焙风烟天上来"② 等，描写的都是赐茶。欧阳修《龙茶录后序》记载了东西两府受赐小龙团茶之事："茶为物之至精，而小团又其精者，……盖自君谟始造而岁贡焉，仁宗尤所珍惜，虽辅相之臣，未尝辄赐。惟南郊大礼，致斋之夕，中书、枢密院各四人共赐一饼。宫人剪金为龙凤花草贴其上，两府八家分割以归。"③ 中书、枢密院，即东西两府，是政府最核心的机构。此等地位的大臣，却四人共分一饼，足见其珍贵。至嘉祐七年，仁宗"亲享明堂，致斋夕，始人赐一饼"。欧阳修时任参知政事，才有幸获得如此重赏④。王珪此诗截取"内库新函进御茶""赐入东西两府家"的片段，记述天子将新进贡茶分赐大臣之事，篇幅虽小，却是对当时贡茶、赐茶的真实记述，折射着宋代宫廷茶文化的盛行，以及宋代天子对大臣的独特尊宠。《宫词》组诗，就是这样通过不同画面、现象的记录，共同呈现出宫廷生活的鲜活面貌。生活在南北宋之交的曹勋，他的《宫词》世界却与宋白、王珪差距甚远。《其十》云："元正不贺自清衷，睿札频颁念两宫。天相吉音来自北，便知孝悌

---

① 《小畜集》卷八。
② 《山谷诗集注》卷三，第 123 页。
③ 《欧阳修全集》卷六五，第 955 页。
④ 同上。

与天通。"① 写宋高宗对远在金国的徽钦二帝的忧念。《其六》
"凤翥龙盘时降出，二王应望属车尘"② 则从徽钦二帝的角度写
他们对放回宋朝的渴望。属车，是帝王出行时的侍从车。曹勋
《宫词》呈现出来的宫廷，不再是宋白《宫词》中宋朝初年初平
天下的景象，也不是王珪《宫词》里盛世安定闲适的情调，而
透露出南宋王朝经历靖康事变之后元气大伤、偏安江南的没落。
对比三人的《宫词》可知，透过不同的点，即能呈现不同的面。
因此诗歌纪事不必面面俱到，只借助一些细小事件记述，就能
映照出宫廷生活的整体氛围、折射出时代的整体气息。

　　优秀的纪事诗，会借助片断的选择与组合融入情感倾向和
理性思考。这些情感和思考是隐藏式的，诗人不直说，仅通过
纪事本身来传达。魏泰在《临汉隐居诗话》提到了一个重要的
观点：

> 　　诗者述事以寄情，事贵详，情贵隐。及乎感会于心，
> 则情见于词，此所以入人深也。如将盛气直述，更无馀味，
> 则感人也浅，乌能使其不知手舞足蹈；又况厚人伦，美教
> 化，动天地，感鬼神乎？③

魏泰把诗的功用归结到"厚人伦，美教化"的诗教观，认为要
实现诗教，就需要诗歌感动人心，这一观点固然是传统诗教观

----

① ［宋］曹勋：《宫词三十三首》其一〇，见《全宋诗》卷一八九三，第 33 册，
　　第 21167 页。
② 《全宋诗》卷一八九三，第 33 册，第 21166 页。
③ 《临汉隐居诗话》，《历代诗话》，第 322 页。

的延续，但是具体到"事贵详，情贵隐"的追求，就有了宋代的独特性。按照这一观点，诗歌当以"感人"为目的，"述事"和"寄情"同是诗歌"感人"的途径。情的抒发不能"盛气直述"，因为会没有"馀味"、无法打动人心。要实现诗歌的感人，需在述事中隐含情感，让人从具体的事中去"感会于心"。魏泰的说法印证了宋代纪事诗的写作倾向，即充分利用片断纪事来表现，而将情志隐含于其中，事详而情隐。

至于"事贵详"的"详"，不可简单等同于"详尽"。"详"其实是相对于情"隐"而言的。"情"不宜有太直接的表现，而"事"却是可以多着墨的。因此，"详"本质上指的是叙事手法的应用。宋人是主张"言简而意尽"的[①]，结合上文张戒等人的观点即可明白这一点。他们追求的，其实是叙事语言的"简"和事件情态的"详"，即在简明的语言里包含细腻丰富的事态信息，而这也正是宋代纪事诗的理想。涉及时政大事、国家兴亡的诗歌往往如此。陈与义《邓州西轩书事十首·其九》：

> 范公深忧天下日，仁祖爱民全盛年。
> 遗庙只今香火冷，时时风叶一骚然。[②]

金人入侵，陈与义从汴京逃亡至邓州。范仲淹曾任职于此，这里还留存着纪念他的祠庙。范仲淹有"先天下之忧而忧，后天

---

① 唐庚《文录》云："东坡诗叙事言简而意尽。惠州有潭，潭有潜蛟，人未之信也。虎饮水其上，蛟尾而食之，俄而浮骨水上，人方知之。东坡以十字道尽云：'潜鳞有饥蛟，掉尾取渴虎。'言渴则知虎以饮水而召灾，言饥则蛟食其肉矣。"《丛书集成初编》，第 2 页。

② 白敦仁：《陈与义集校笺》，上海古籍出版社 1990 年版，第 425 页。

下之乐而乐"的名句，曾被宋仁宗起用，实行庆历新政。而宋仁宗宽厚爱民，在位时期堪称北宋的盛世。诗歌前两句选取北宋盛时的两件代表性的事实，再与眼前所见情景形成对照：如今范仲淹的遗庙已经香火凋零，只剩风吹落叶的凄然。北宋由盛世到灭亡的巨大变故、靖康事变带来的沉重打击、诗人内心的无尽悲痛，都在片断纪事中得以呈露无疑。

要之，宋代纪事诗聚焦于事件的某一环节，对其他部分采取相对简略的处理，不以复杂曲折的情节取胜，也不强调事件前因后果的完整。事件的因果关系和诗人主旨隐藏于纪事之内，留给人揣摩和想象，而诗歌的内涵与韵味也正在其中。

第四节　纪实性：宋代纪事诗的内在追求

诞生于史学领域的"纪事"观念，事实上暗含了一重潜在的规定性，即纪实。纪事观念在进入到诗学领域之后，仍然保持了纪实的内在规定性。纪事观念在诗歌领域的发达，直接影响了宋代诗学对纪实的追求。诗歌的纪实性追求，又反过来强化了诗歌纪事的叙事性。

宋人非常看重诗歌的纪实性。可以通过诗歌史上的几段公案来显示宋人对于纪实的追求。一是关于唐诗名句"姑苏城外寒山寺，夜半钟声到客船"的争论①。诗中的"半夜钟"，在欧阳修看来是"诗人贪求好句而理有不通"，"句则佳矣，其如三

---

① 两句出自唐代张继《枫桥夜泊》(《全唐诗》卷二四二)，在宋人的一些诗话中，"夜半"有时又作"半夜"。

更不是打钟时"①。这是在艺术上肯定诗句，却在纪实性上打了折扣。朱弁对于这个问题有不同的看法，他认为"半夜钟"没有问题，因为："予览《南史》载：齐宗室读书，常以中宵钟鸣为限。前代自有半夜钟，岂永叔偶忘之也？江浙间至今有之。"②朱弁的观点虽与欧阳修不同，却也是从纪实性的角度入手，是通过历史记载和江浙现今的情况共同证明"半夜钟"确实存在。因此二人虽然观点对立，评判标准却是一致的。与朱弁想法相似的还有叶梦得。他认为欧阳修有此论断是因为"未尝至吴中，今吴中山寺，实以夜半打钟"③。而吴聿也在《观林诗话》中坐实朱弁提到的史书记载，即《南史》所说"丘仲孚喜读书，常以中宵钟鸣为限"，"乃知半夜钟声，不独见唐人诗句"④。陈岩肖的《庚溪诗话》则举证更为翔实：一是自己的亲身经历，"然余昔官姑苏，每三鼓尽四鼓初，即诸寺钟皆鸣，想自唐时已然也"；二是以唐诗证唐诗，举于鹄"定知别后家中伴，遥听维山半夜钟"、白乐天"新秋松影下，半夜钟声后"、温庭筠"悠然旅榜频回首，无复松窗半夜钟"等诗句，证明"前人言之，不独张继也"⑤，这就不仅认定张继诗是纪实，而且认为其他几首唐诗也是纪实。

围绕半夜钟，欧阳修提出了一个关于纪实性的意见，后来的论者不断地回应，也始终围绕着纪实的问题。然而当明清论

① ［宋］欧阳修：《六一诗话》，见《历代诗话》，第 269 页。
② ［宋］朱弁：《风月堂诗话》卷下，中华书局 1988 年版，第 110 页。
③ ［宋］叶梦得：《历代诗话》，第 426 页。
④ ［宋］吴聿：《观林诗话》，《历代诗话续编》，第 123 页。
⑤ ［宋］陈岩肖：《庚溪诗话》卷上，《历代诗话续编》，第 171—172 页。

者讨论这一问题时，却有着截然不同的意见。明代胡应麟《诗薮》说的是："张继'夜半钟声到客船'，谈者纷纷，皆为昔人愚弄。诗流借景立言，唯在声律之调、兴象之合，区区事实，彼岂暇计？无论夜半是非，即钟声闻否，未可知也。"① 胡应麟看重的是声律、是兴象，至于事实，只不过是区区小事，不必顾忌。诗人是否是在夜半听到钟声，甚至听没听到钟声，这些都不可知，也不必知。清代黄生《唐诗摘钞》与胡应麟观点一致："夜半钟声，或谓其误，或谓此地故有半夜钟，俱非解人。要之，诗人兴象所至，不可执着。必欲执着者，则'晨钟云外湿''钟声和白云''落叶满疏钟'皆不可通矣。"② 明清论者是从艺术思维的角度解析半夜钟的兴象之美，并不在乎诗中所写是否与现实一一对应。宋人对事实事理有着执着的诉求，并认为这是诗歌艺术价值的有机组成部分。与明清对照，宋诗对于纪实性的追求清晰可见。

另一个引发诸多讨论的是唐代酒价的问题。这一系列评论的发端大约是北宋刘攽的《中山诗话》，其中记录了这样一件事：宋真宗问近臣："唐酒价几何？"一时无人能对。唯有丁谓说："斗直三百。"真宗追问理由，他的回答是："臣观杜甫诗：'速须相就饮一斗，恰有三百青铜钱。'"丁谓的回答，被《中山诗话》称为"一时之善对"③。也就是说，此事最初的记录目的，是夸赞丁谓的机智。不过后来论者再提此事时，入手的角度有些许偏移。《庚溪诗话》："少陵诗非特纪事，至于都邑所出，土

---

① ［明］胡应麟：《诗薮》外编卷四，上海古籍出版社1979年版，第195页。
② ［清］黄生：《增订唐诗摘钞》卷四，清乾隆十五年南屏草堂刻本。
③ ［宋］刘攽：《中山诗话》，《历代诗话》，第289页。

地所生，物之有无贵贱，亦时见于吟咏。如云：'急须相就饮一斗，恰有青铜三百钱。'丁晋公谓以是知唐之酒价也。"① 这是从纪实角度展开的分析，认为杜甫所写确有其事。不过，这种纪实性追求没有得到清人的认可。王夫之《姜斋诗话》云，若是由"速须相就饮一斗，恰有三百青铜钱"据以得出酒价每斗三百的结论，那么按照崔国辅诗"与沽一斗酒，恰用十千钱"，就该是每斗十千；从杜甫那里买酒，再卖给崔国辅，岂不是能获得三十倍的利润，世上哪会有此等事情？因此王夫之认为："必求出处，宋人之陋也，其尤酸迂不通者，既于诗求出处，抑以诗为出处考证事理"，如唐酒价，"其可笑类如此"②。王夫之的观点未免有些偏激，但他所采取的归谬法却极其鲜明地揭示出宋人根深蒂固的纪实思维。

注重诗歌的纪实性，是宋代诗歌一个普遍的现象。宋人常常不自觉地用现实情况去比照诗歌，或从诗歌中找寻现实的内容。欧阳修认为唐代王建的《宫词》"多言唐宫禁中事"，很多"史传小说所不载者""往往见于其诗"。如两句云"内中数日无呼唤，传得滕王《蛱蝶图》"，滕王元婴是高祖之子，《旧唐书》《新唐书》都没有详细记录他的情况，只有《名画录》提及他善画，而从王建的诗歌中，可以得知他擅画蛱蝶③。这是由诗歌中找寻事实。又如朱弁亲见长安太一湫"林木阴森，水色湛然。鱼游水面不怖人，人莫敢取者。林间叶落，鸟辄衔去远弃之，终年无一叶能堕波上者"，联想起韩愈《南山诗》中的描写："鱼虾可俯掇，

---

① ［宋］陈岩肖：《庚溪诗话》卷上，《历代诗话续编》，第 167—168 页。
② ［清］王夫之：《姜斋诗话》卷二，人民文学出版社 1962 年版，第 158 页。
③ ［宋］欧阳修：《六一诗话》，《历代诗话》，第 268 页。

神物安敢寇？林柯有脱叶，欲堕鸟惊救。争衔弯环飞，投弃急哺鷇。"遂慨叹韩愈之诗"实载其事"①。这是由现实的情形印证诗歌的纪实。在诗与现实之间，宋人倾向于建立一种相互对应的关系。有时过分地强求，固然会有王夫之所说的"酸迂"，不过从整体上看，宋人并没有到拘泥的地步②。在宋人看来，优秀的诗人作诗纪事，不会胡乱应景，必然有所依据，一定会力求再现实际的情形、传达真实的信息、呈现合乎现实逻辑的事理。

这种纪实性的追求渗透于宋代纪事诗中。"纪""记"之类的字眼，正是诗人对诗歌真实性的明确标注。吕本中的《城中纪事》记录的是金人入侵汴京时的情景："昨者城破日，贼烧东郭门""十室九经盗，巨家多见焚""都人向天泣，欲语声复吞"等，都是诗人亲身经历、亲眼所见。晁说之《实纪二十韵》是对靖康事变中所见所闻的记录，"我今朝夕幸已多，闻见纷纷聊实纪"③。释文珦《纪事》记录奸臣贾似道的丑恶行径，还有小序详加说明，"赋诗以纪其实"④，以证明诗歌的纪实性。

在具体的写作中，纪事诗更是力求诗意表达与现实情况的精确对应。刘攽《与顾子惇同为秘书少监，今年余以病求守汝南，子惇亦除河东漕，作诗纪事，亦用送别》：

---

① ［宋］朱弁：《风月堂诗话》卷上，第101页。
② 刘攽记录唐代酒价一事，主要为了显示应对的机敏。陈岩肖说杜诗"青铜三百钱"是纪实，但他同时也借用杜甫"焉得并州快剪刀，剪取吴淞半江水"的诗句，对友人戏称太原剪刀的锋利（并州，太原旧称），同样是为了反映应对机敏的智趣。也有许多时候宋人在表述中是存疑的口吻，而不是武断的判定。
③ ［宋］晁说之：《嵩山文集》卷五，《四部丛刊》续编影印旧钞本。
④ ［宋］释文珦：《纪事》序，《全宋诗》卷三三一七，第63册，第39539页。

蓬莱阁下枕书眠，一日除官不后先。

并土山河多马地，汝南秔稻濯龙渊。

壮心自喜谈兵策，暮齿长惭守乘田。

别后天中相望处，参旗横注太行边。①

诗歌内容与诗题所说的事实一一对应："蓬莱阁下枕书眠"对应
着诗人与"与顾子惇同为秘书少监"；"一日除官不后先"即两
人先后被任命为秘书少监；诗人"以病求守汝南"，故有"汝南
秔稻"之句；"子惇亦除河东漕"，河东即山西一带，对应的是
"并土山河"之句；漕司即转运使，掌管地方财赋与转运，是重
要的职务，因此用"壮心自喜谈兵策"形容顾子惇；诗人是因
病退守，所以自言"暮齿长惭守乘田"；最后两句述送别，汝南
古属豫州，豫州为九州之中，汝南又居豫州之中，故有"天中"
之称，"参旗"为参宿星名，在天空西方，而太行山地处豫州与
并州交界，这两句诗是说诗人将会在汝南思念远在山西的朋友。
细析之下，会发现诗中每句都有与之对应的事实，每一字都落
得有理有据。又如陆游《自春来数梦至阆中苍溪驿，五月十四
日又梦，作两绝句记之》，诗云"年来频梦到苍溪"②，绝非虚话
套话，而是诗题中提到"数梦""又梦"的真实记事。可见宋人
作诗的细密，他们对纪实的追求已具体到非常微小的细节。

　　为确保纪事的真实性和独特性，宋诗在纪事过程中尤其注
重对事件要素的提取。事件离不开时间、地点、人物以及因果、
变化等要素。时间、地点限定了事件发生的情境，人物和行为

---

① ［宋］刘攽：《彭城集》卷十三，《丛书集成初编》，第 164 页。

② 钱仲联：《剑南诗稿校注》卷七，上海古籍出版社 1985 年版，第 3760 页。

通常引导事件的发生。这一系列要素总是能带来与"事"密切相关的联想，为原本情境的再现提供重要的支撑。陈与义《邓州西轩书事十首·其一》：

> 小儒避贼南征日，皇帝行天第一春。
> 走到邓州无脚力，桃花初动雨留人。①

诗以鲜明的事件要素开篇："小儒"写人物，即自己；"避贼"写行为，逃离金人侵犯区域；"南征"是逃亡路线，从汴京往南；"皇帝行天第一春"指高宗即位的第一年春天，既对应着时间，又点出南宋建立的时代背景；"邓州"在今天的豫、鄂、陕交界处，也是此刻诗人所在之地。丰富的事件要素，组合成靖康事变、诗人出逃的总体情境。积极将事件要素纳入诗中，鲜明体现着宋代纪事诗对纪实的自觉追求。

宋代纪事诗可以说是对传统赋法直陈其事的发展②，而相比于前代，宋诗纪事体现出了更为鲜明的叙事性。之所以如此，正在于对事件纪实性的标注与事件特殊性的凸显。对纪实性的追求，表明了宋人对事件独特性的敏感。诗人不是将其作为某一类型的事情来认识，而是要作为只此一次、只此一件的事情来表现。它们对于时间、地点、人物、行为、过程乃至具体细节的说明，有助于重新营造出诗人意图呈现的事件情境，让人在每一个独特的情境中体验诗人所特有的感受。

---

① ［宋］陈与义：《陈与义集校笺》卷十五，白敦仁校笺，上海古籍出版社1990年版，第405页。
② 郑玄注《周礼·大师》："赋之言铺，直铺陈今之政教善恶"；钟嵘《诗品序》则认为"直书其事，寓言写物，赋也"。

第五节 "诗史"：宋代纪事诗的集中体现

"诗史"是宋代纪事观念及纪事诗创作的集中体现。宋人对"诗史"的理解和阐发，浓缩着宋代诗学在纪事问题上的深入思考①；而宋代众多堪称"诗史"的纪事之作，则代表着宋代纪事诗的突出成就。

"诗史"一词最早在唐代提出，见于孟棨《本事诗》，称杜甫"逢禄山之难，流离陇蜀，毕呈于诗，推见至隐，殆无遗事，故当时号为'诗史'。"②"诗史"之说，虽肇始于唐，但就目前所见材料，只此一家之言。以"诗史"论诗，在入宋以后才渐渐盛行。"诗史"观念，其实是在宋代成熟定型。

唐人的观点主要是强调杜诗对安史之乱的实录，并没有进一步解释"诗史"的含义。宋人延续了这一提法并加以阐发，首先强调"诗史"对事实、尤其是对时事的记录。如《新唐书·杜甫传赞》概括为"善陈时事，律切精深，至千言不少衰，世号诗史。"③又如《庚溪诗话》："杜少陵子美诗，多纪当时时事，皆有据依，古号'诗史'。"胡宗愈则在《成都草堂诗碑序》中说："先生以诗鸣于唐。凡出处去就，动息劳佚，悲欢忧乐，忠愤感激，好贤恶恶，一见于诗，读之可以知其世，学士大夫

---

① 张晖《诗史》就认为"诗史"最核心的内涵可以概括为强调诗歌对现实生活的记录和描写。台湾学生书局 2007 年版，第 258 页。
② ［唐］孟棨：《本事诗》，《历代诗话续编》，第 15 页。
③ 《新唐书》卷二○一《杜甫传赞》，中华书局 1975 年版，第 5735 页。

谓之诗史。"①《本事诗》对于杜诗被称为"诗史"，是以相对客观而中立的语气加以陈述，而宋人对"诗史"则有了明确的价值判断，将"诗史"视为杜诗的重要成就并加以推崇。宋代诗论热衷于讨论杜诗堪称"诗史"的细节，如前文所说以"恰有三百青铜钱"证明唐代酒价，又如《碧溪诗话》以"元年建巳月，郎有焦校书"说明杜诗的"史笔森严"②，《西清诗话》引杜诗《送重表侄王砅》"我之曾老姑，尔之高祖母"考证王珪母亲的姓氏，认为史书谬误而"独少陵载之，号诗史，信矣"③……这些细枝末节的考证，未免显出宋人拘泥事实的一面，但却鲜明体现着宋人对"诗史"的独特理解。

在从记录时事的角度论述"诗史"的同时，宋人又从春秋笔法的角度挖掘"史"的内涵。正如《碧溪诗话》称赞杜诗的人物称谓近于《左传》——"凡例森然，诚春秋之法"④，宋人并未偏废诗史纪事中所包蕴的思想倾向和价值判断。魏泰《临汉隐居诗话》云：

> 李光弼代郭子仪入其军，号令不更而旌旗改色。及其亡也，杜甫哀之曰："三军晦光彩，烈士痛稠叠。"前人谓杜甫句为"诗史"，盖谓是也。非但叙尘迹撼故实而已。⑤

---

① ［宋］胡宗愈：《成都草堂诗碑序》，［明］杜应芳辑《补续全蜀艺文志》卷二十三，明万历刻本。

② ［宋］黄彻：《碧溪诗话》卷一，人民文学出版社1986年版，第10页。

③ ［宋］蔡绦：《西清诗话》卷上，台北广文书局有限公司1973年影印本，第64页。

④ 《碧溪诗话》卷一，第3页。

⑤ 《临汉隐居诗话》，《历代诗话》，第318页。

其中提到的诗句出自杜甫《八哀诗》咏李光弼的一首，"三军晦光彩"两句，间接颂扬了李光弼统帅军队的功绩，在伤悼的同时又从历史的高度给予李光弼极高的评价。这有别于一般意义上的陈述事迹、摭采事实，而融入了历史判断的春秋笔法。魏泰认为，这正是杜甫被称为"诗史"的原因。宋人对于"诗史"的"史"，有着事实与史识的双重标准。正如文天祥所言："昔人评杜诗为诗史，盖以其歌咏之辞，寓记载之实，而抑扬褒贬之意，灿然于其中，虽谓之史，可也。"①兼及"记载之实"和"抑扬褒贬之意"两层意思。这两层意思相加，才是真正的"史"：既有对事实的记录，又包含作者的价值倾向。宋人对"诗史"的阐述，实与宋诗纪事"微而婉""事贵详，情贵隐"的评价标准相互呼应。

　　杜诗被尊为"诗史"毕竟是杜甫身后之事，宋代诗人则具备了鲜明的"诗史"意识，纷纷将"诗史"当成创作的重要准则，主动追求以史笔纪事。文天祥在《集杜诗自序》中直接表明要向杜甫"诗史"学习：

　　　　予所集杜诗，自余颠沛以来，世变人事，概见于此矣。是非有意于为诗者也，后之良史，尚庶几有考焉。②

用诗的形式来记录世变人事，却自称"非有意于为诗"，意图凸显其诗"史"的重要性。又如刘埙《补史十忠诗》自称"采清议得忠义臣十人，史不书，各赋十韵纂其实，曰《补史诗》"③，选取南宋末年十名忠义之臣，记录其人其事，如《丞相都督信

---

① ［宋］文天祥：《文天祥全集》，江西人民出版社 1987 年版，第 621 页。
② ［宋］文天祥：《文天祥全集》，江西人民出版社 1987 年版，第 621 页。
③ ［宋］刘埙：《补史十忠诗》序，《全宋诗》卷三六一六，第 69 册，第 43323 页。

国公文公》（文天祥）、《参政行丞相事陆公秀夫》等，以求补史之阙。再如郑思肖《哀刘将军》写德祐时常州步军统领刘师勇抵御元军的事实，诗云"为痛英雄并消没，托诗为史笔传闻"①，同样自认为是以史笔书时事。

宋代的"诗史"作品，集中出现在南北宋之交和南宋末年，都是国家政治动乱不安的时代。在风雨飘摇的时代，正史不传，以诗纪事的作品在另一意义上成为了历史。尽管同被称为"诗史"，但宋代"诗史"在继承杜甫"诗史"的同时，也有不少变化。其中一项重要变化是片断式纪事的大量运用。杜甫《悲陈陶》《悲青坂》等作品从时事出发，但重在感慨和述评；"三吏""三别"等作品则以时事为背景，概括提炼出具有典型性的人物和情节，借助艺术人物来实现本质的真实。而宋代"诗史"首先追求对时事的真实记录，提取事件要素，选择典型情境和画面，在纪事中注入诗人的情感倾向。

《指南录》记录了文天祥被元朝军队押解北上、途中脱逃、辗转南归的曲折经历，是被誉为"诗史"的代表性作品②。文天祥自称"在患难中，间以诗记所遭"③，在诗作中时时不忘标明以诗纪事的创作目的。如《出真州》组诗总序："予既为李制所逐，出真州，艰难万状，不可殚纪。痛哉！"④《至扬州》组诗总

---

① ［宋］郑思肖：《郑思肖集》，上海古籍出版社1991年版，第93页。
② 黄宗羲《万履安先生诗序》称："非《指南》《集杜》，何由知闽广之兴废；非水云之诗，何由知亡国之惨……可不谓之诗史乎？"见《黄梨洲文集》，中华书局1959年版，第346页。
③ 《文天祥全集》，第479页。
④ 《文天祥全集》，第504页。

序："予至扬州城下，进退维谷。其徬徨狼狈之状，以诗志其概。"① 其诗多为短小的绝句，却常常辅以叙事详细的小序。如《纪事》诗："狼心那顾歃铜盘，舌在纵横击可汗。自分身为齑粉碎，虏中方作丈夫看。"诗歌慷慨激昂，情绪充沛，情志的表达实以纪事为基础，诗前有小序说明诗中所纪之事：

> 正月二十日晚，北留予营中云："北朝处分，皆面奉圣旨。南朝每传圣旨，而使者实未曾得到帘前。今程鹏飞面奏大皇，亲听处分。程回日，却与丞相商量大事毕，归阙。"既而失信。予直前责虏酋，辞色甚厉，不复顾死。译者再四失辞。予迫之益急，大酋怒且愧，诸酋群起呵斥，予益自奋，文焕辈劝予去。虏之左右皆啧啧嗟叹，称男子心。②

"狼心那顾歃铜盘"指的是诗序中说的"失信"，元人说要等程鹏飞回来与文天祥商量大事，然后送文天祥归朝，结果却出尔反尔，扣留了文天祥。"舌在纵横击可汗"即序中所说"直前责虏酋"。"自分身为齑粉碎"可参见序中的"辞色甚厉，不复顾死""迫之益急""予益自奋"等。"虏中方作丈夫看"指元人对诗人此举的赞叹，对应着序中所说的"皆啧啧嗟叹，称男子心"。诗歌虽然短小，但每一句诗都有相关的事实对应，以精炼的方式再现真实的情形，无一句虚言，确实无愧"诗史"之称。

又如汪元量《湖州歌》九十八首以组诗形式记述三宫被元人俘虏北上的整个过程，《醉歌》十首叙写元军入城逼迫南宋投

---

① 《文天祥全集》，第 507 页。
② 《文天祥全集》，第 483 页。

降等事，都是对南宋灭亡这一历史大事的真实写照，与文天祥的诗歌同样被视为宋末"诗史"的代表①。《醉歌·其五》：

> 乱点连声杀六更，荧荧庭燎待天明。
> 侍臣已写归降表，臣妾佥名谢道清。②

宫廷已被元兵重重围困，乱声不断，庭燎荧荧，侍臣已写好归降表，谢太后正往降书上签署姓名。就在这一刻，南宋划下了永远的休止符，国家与个人的命运从此发生翻天覆地的改变。这是最真实的纪事，也是最沉痛的纪事。

  "诗史"是中国古代诗学中一个重要概念，同时也是诗歌叙事传统与抒情传统相互交汇的代表性的议题。现有研究对"诗史"的讨论已非常深入，不过许多论者往往最终倾向于认为"诗史"中的叙事性是第二义的存在③。事实上，如果将"诗史"

---

① 黄宗羲《万履安先生诗序》称："非《指南》《集杜》，何由知闽广之兴废；非水云之诗，何由知亡国之惨……可不谓之诗史乎？"见《黄梨洲文集》，中华书局 1959 年版，第 346 页。李珏《书汪水云诗后》："唐之事纪于草堂，后人以'诗史'目之。水云之诗，亦宋亡之诗史也。"见孔凡礼辑校：《增订湖山类稿》，中华书局 1984 年版，第 188 页。

② [宋]汪元量：《增订湖山类稿》卷一，中华书局 1984 年版，第 14 页。

③ 陈平原《说"诗史"》认为"诗史"最终仍然不自觉地倾向于抒情（《中国小说叙事模式的转变》，北京大学出版社 2003 年）；龚鹏程《论诗史》，也主要是以抒情模式作为参系，认为一切诗都应是抒情的，"诗史"是叙事以言情（《中国文学批评史论》，北京大学出版社 2008 年）；蔡英俊《"诗史"概念再界定——兼论中国古典诗中"叙事"的问题》，偏重从叙述角度讨论"诗史"的理论含义，但也认为事件并不成为诗歌传写的题材与内容，"诗史"概念的发展，最终仍与"比兴"手法合流（《语言与意义》，华中师范大学出版社 2011 年版）。

置于中国古典诗歌叙事传统的脉络中，就会意识到其所具有的独特价值。诗歌发展到唐代，已经建构起了以抒情为主流的大致走向，诗歌中的叙事性并不突出。而宋代"诗史"观念在注重叙事抒情相互融合的同时，实际上是将"事"与"史"提升到了与抒情言志相比并的地位。"诗史"对诗歌叙事性的凸显，可以说是对抒情主流的一大突破①。"诗史"观念在宋代发展成型，以及"诗史"创作实践的展开，实为宋以后的诗歌发展提供了可资借鉴的基础。无论后人的反拨或是进一步申论②，都无法绕过宋代诗学对"诗史"的建构。

第六节　个案探析：刘子翚与范成大的纪事诗

宋代纪事诗诞生了不少经典之作。刘子翚《汴京纪事》、范成大《四时田园杂兴》都是其间的佼佼者，颇为直观地反映着宋代纪事诗的叙事特色与艺术成就。

刘子翚《汴京纪事》共二十首，全为七言绝句。刘子翚生活在南北宋之交，亲身经历靖康事变，心怀故国，伤心变乱，故有此作。对于北宋灭亡这一宏大事题，诗人没有展开穷形尽

---

① 张晖《诗史》就认为"诗史"说在一定程度上补充了抒情传统在唐宋以后建构的不足。本书则进一步聚焦于宋代"诗史"，凸显"诗史"在宋代诗学转向中的重要意义。

② 龚鹏程《论诗史》一文对于"诗史"观念在明清两代的发展有比较详细的论述。明代是以比兴观念来解读"诗史"，在对"诗史"的阐释上又有向抒情传统回流的趋势，清代的阐释则又对明代有所反拨。张晖《诗史》对于"诗史"观念在宋以后的发展演变有更为详细的梳理。

相的摹写，也不打算给予直接的论断，而是选取代表性的人物，记录典型的事件片段，通过"纪事"来传达闻见和思索。

部分诗作侧重书写某一事实或刻画某一场景，记录北宋末年君王的昏庸行事。如《其八》：

> 御路丹花映绿槐，瞳瞳日照五门开。
> 五皇欲与民同乐，不惜千金筑露台。①

此诗纪汴京元宵盛况。宋徽宗每年元宵节时，会在宣德门前高筑露台，悬挂匾额，上书"与民同乐"等字样。据孟元老《东京梦华录》记载："正月十五日元宵，大内前自岁前冬至后，开封府绞缚山棚，立木正对宣德楼，游人已集御街，两廊下……横列三门，各有彩结金书大牌，中曰'都门道'，左右曰'左右禁卫之门'，上有大牌曰'宣和与民同乐'"②。《宣和遗事》的描写也可以一并参看："自冬至日下手，架造鳌山，高一十六丈，阔三百六十五步，中间有两条鳌柱，长二十四丈，两下用金龙缠柱，……中间有一个牌，长三丈六尺，阔二丈四尺，金书八个大字，写道'宣和彩山，与民同乐'。"③ 可见其规模之宏丽。如此耗费民力，归根结底为的是徽宗自己享乐，"与民同乐"不过是噱头罢了。故此诗表面是写元宵景物之盛，实质是

---

① ［宋］刘子翚：《屏山集》卷十八，明刻本。
② ［宋］孟元老：《东京梦华录》卷六"元宵"条，伊永文笺注，中华书局2006年版，第540—541页。
③ 《宣和遗事》前集，《丛书集成初编》，第52页。参见刘德岑《刘子翚〈汴京纪事〉诗笺注》（上）（下），分别发表于《西南师范大学学报（人文社会科学版）》1983年第4期和1984年第1期。

记录徽宗的奢侈行径。《其九》写法相似：

> 神霄宫殿五云间，羽服黄冠缀晓班。
> 诏许群臣亲受箓，步虚声里认龙颜。

朝堂如同道观一般，在道士的步虚声中看见君王的龙颜，这是何等的不协调。此诗讽刺徽宗对道教的盲目崇信。当时许多道人都得到恩宠，譬如林灵素被赐号为"金门羽客通真达灵先生"。徽宗听信林灵素之流，大兴土木，筑建神霄九成等宫殿，流毒天下。这也是徽宗典型的昏庸行径。又如《其十三》写徽宗喜好祥瑞，于是大臣阿谀奉承、假造祥瑞以投其所好，"玉殿称觞闻好语，时教张补撰宫词"。还有《其十四》写金明池龙舟争标及赐宴游乐之事等。这些诗歌并不直说徽宗的昏庸，而通过享乐、信道、好祥瑞等方面的纪事，以点代面，多角度表现了徽宗行事的昏庸；同时也借助纪事，从君王统治的角度颇为全面地梳理了北宋灭亡的几点重要原因。

　　另一部分诗作记录汴京人事的变迁，从前后的落差来折射靖康事变的沉重史实。如《其五》：

> 联翩漕舸入神州，梁主经营授宋休。
> 一自胡儿来饮马，春波惟见断冰流。

隋代开凿通济渠以后，汴州一直处于枢纽位置。自五代后梁建都于此，后来的晋、汉、周以及宋朝，皆定都汴京。而金人入侵，北宋灭亡，无人治理汴渠，只剩断冰塞流，不复当年漕舸联翩的盛况。此诗记录汴河漕运的由盛转衰，映射着北宋的兴亡。又如《其六》：

> 内苑珍林蔚绛霄，围城不复禁刍荛。
> 舳舻岁岁衔清汴，才足都人几炬烧。

徽宗曾敕建万岁山，遍集奇花异草怪石，穷奢极侈。奸臣朱勔以"花石纲"媚上，派人四处寻访花石，筑造大船运入汴京。"花石纲"始于宣和元年，至宣和七年罢，祸国殃民达七年之久。靖康元年，金兵围攻汴京，钦宗不得不下诏废除苑囿，以供给民用。据史书记载，"（十二月）庚寅，诏许民毁折万岁山屋宇为薪"[1]，"癸未，大雪寒，纵民伐紫筠馆花木为薪"[2]，"纵民樵采万岁山，竹木殆尽。又诏毁拆屋宇以充薪。军民百姓赴者，又复如前攘夺"[3]。诗中所纪即此事。"内苑珍林"指万岁山。围城之中，将"内苑珍林"与民为薪，苑中奇石花木，一采而空。这是整个靖康事变中发生的一个子事件，也可以说是其中的一个表现。诗人记录此事，简洁凝练，却在其中潜藏着诗人对靖康事变的思考：劳民伤财的花石纲、徽宗的奢侈享乐，实际上是导致靖康事变的重要原因；而花费那么多人力物力营造而成的园囿，最终不过是"才足都人几炬烧"罢了。再如《其二十》纪李师师事：

---

① ［宋]徐梦莘：《三朝北盟会编》卷七三，上海古籍出版社 1987 年影印本，第 552 页。
② 《宋史》卷二三，中华书局 1977 年版，第 435 页。
③ ［宋]丁特起：《靖康纪闻》，《全宋笔记》第 4 编第 4 册，大象出版社 2008 年版，第 115 页。

　　　　辇毂繁华事可伤，师师垂老过湖湘。

　　　　缕衣檀板无颜色，一曲当时动帝王。

李师师是徽宗朝名妓，曾经得到徽宗的眷顾。诗中先写"现在"的李师师，即靖康之后年华老去的她，流落在湖湘一带，"缕衣檀板"都褪去了华彩。第四句则回顾当年：李师师曾以一曲歌声打动了徽宗的心。徽宗宠爱歌妓、不检点的个人生活也是北宋覆亡的重要原因。而在靖康之变后，李师师流落湖湘，当年风流快活的徽宗已被金人掳去，北宋不复存在。李师师的流离与衰老，如同一个缩影，反映着北宋的命运。还有《其十》以当年宫女游猎的热闹场景对比今日艮岳的杂树丛生，《其十二》以徽宗预赏元宵的盛况对比徽钦北狩后的凄凉景物，也都将笔墨聚集于汴京今昔的巨大落差，在纪录变迁的同时融入伤悼与思考。

　　《汴京纪事》集中体现了宋诗纪事艺术的精深。清人翁方纲称其"精妙非常"，认为是"有关一代事迹，非仅嘲评花月之作也"[1]。二十首所纪之事各有不同，但都有史可徵。所纪之事看似零散，却非常有代表意义，从中披露了徽宗造花石纲、大兴土木、奢侈享乐、沉溺道教、宠信佞臣等各方面的昏庸，展现了北宋末年奸臣当道、阿谀媚上的丑恶嘴脸，以及劳民伤财、百姓困苦的社会病态。这些侧面共同指向导致北宋灭亡的根源。诗人纪事的视点小而巧，透过小细节来折射大背景，取得了四两拨千斤的效果。国破家亡的黍离之悲、追根溯源的历史思索，通过纪事获得了立体而深刻的呈现。

---

① ［清］翁方纲：《石洲诗话》卷四，人民文学出版社 1982 年版，第 131 页。

如果说《汴京纪事》是兴亡纪事的典型，那么范成大《四时田园杂兴》则是生活纪事的代表。范成大有小序述及诗歌的由来："淳熙丙午，沉疴少纾，复至石湖旧隐。野外即事，辄书一绝，终岁得六十篇，号《四时田园杂兴》。"① 淳熙丙午即孝宗淳熙十三年（1186），这是范成大退居石湖时，依据一年之中的田园见闻而作。组诗共六十首，按季节的更迭分为春日、晚春、夏日、秋日、冬日田园杂兴各十二首，共同组成田园生活的丰富纪事。

《四时田园杂兴》其所纪之事皆从生活中来。范成大有非常出色的观察力，善于捕捉田园生活中的细事琐事、抓住人和事的特点，又善于剪裁，能以微小的细节呈现鲜活的画面。《春日田园杂兴》中的一首写道：

> 社下烧钱鼓似雷，日斜扶得醉翁回。
> 青枝满地花狼藉，知是儿孙斗草来。

春社时分，喝得醉醺醺的老翁到日斜才回来，满地狼藉的花草则是儿孙们斗草玩乐以后留下的痕迹。诗人依其见闻书写，只集中表现老翁和儿孙，却由此折射出春社时节男女老幼共同嬉玩的热闹场面。又如《夏日田园杂兴》中的一首：

> 昼出耘田夜绩麻，村庄儿女各当家。
> 童孙未解供耕织，也傍桑阴学种瓜。

---

① ［宋］范成大：《四时田园杂兴》，《范石湖集》，上海古籍出版社1981年版，第372页。

写农忙时节村庄儿女的辛勤劳作，或耕田，或织麻，昼夜忙碌不休。那些幼小的儿童，虽然还不太懂得耕织，却也学着大人的样子在桑树边种起瓜来。儿童种瓜的行为，透露一种好奇的天真，又显现出农村孩童耳濡目染、从小参与劳作的积极主动，淳朴可爱。这是初夏农忙时节的田园一角，被范成大成功捕捉到笔下，散发出清新活泼的趣味，显示出范成大在纪事取材上的出色眼光。

这些诗歌并非单纯的景物描写，正如范成大自己所说"野外即事，辄书一绝"，因此诗歌涉及的面很广，涵盖农村生活的各个方面，农事活动、节庆风俗、田园风光以及苛捐杂税等，无一不有。每一类别中又有不同内容，农事活动又分农忙与农闲、耕与织、种麦与种稻；节庆风俗里又有清明、春社、年节等；还有人物，男女老幼也各有特点。如《春日田园杂兴》中的"寒食花枝插满头，蒨裙青袂几扁舟。一年一度游山寺，不上灵岩即虎丘"，写寒食时节出门踏青。《晚春田园杂兴》中的"三旬蚕忌闭门中，邻曲都无步往踪。犹是晓晴风露下，采桑时节暂相逢"，写采桑忙碌的时候，大家都没有时间来往，只在清晨采桑时短暂地相逢。《夏日田园杂兴》则到了采收蚕茧的时候："百沸缫汤雪涌波，缫车嘈嘈雨鸣蓑。桑姑盆手交相贺，绵茧无多丝茧多。"缫丝之后有织绢："小妇连宵上绢机，大耆催税急于飞。今年幸甚蚕桑熟，留得黄丝织夏衣。"在赶着织绢应付缴税的同时，有幸还能留着织衣自穿。秋天是收获的季节，有《秋日田园杂兴》记录打稻和晒稻的场景："新筑场泥镜面平，家家打稻趁霜晴；笑歌声里轻雷动，一夜连枷响到明。""秋来只怕雨垂垂，甲子无云万事宜。获稻毕工随晒谷，直须晴到入仓时"。到了冬天，又有"榾柮无烟雪夜长，地炉煨酒暖如汤。莫嗔老妇无盘饤，笑指灰中芋栗香。""村巷冬年见俗情，邻翁讲礼拜柴荆。长衫布缕如霜雪，云是家机自织成。"邻里往来，人情如画。而在农忙时节的热火朝天、农闲时节的惬意悠闲之间，范成大也不忘记录农民受到官吏压迫的艰难之处："笺诉天公休掠剩，半偿私债半输官"，收获的粮食需要纳税和还债，禁不起天灾的掠夺；"采菱辛苦废犁锄，血指流丹鬼质枯。无力买田聊种水，近来湖面亦收租"，本是无力买田才从事采菱，然而连采菱也逃不脱交租的命运。总而言之，诗人捕捉人物的行为动态，记录田园生活的鲜活场景，以简洁凝练的纪事汇聚田园生活的大量细节，生动展现出一个缤纷多彩、层次饱满的立体世界。

不少诗歌对事件片断的择取与呈现，显示出非常高妙的纪事手段。如《冬日田园杂兴》中的一首：

> 黄纸蠲租白纸催，皂衣旁午下乡来。
> 长官头脑冬烘甚，乞汝青钱买酒回。

诗歌描写差役到村里催租的场面。"黄纸"指的是皇帝诏书，因为通常都是用黄麻纸来写；"蠲"指免除；"白纸"指地方官府的公文命令。第一句意思是说皇帝明明下诏免去租税，地方官却要下令催收。黄纸和白纸形成对比，一蠲一催，大笔勾勒出农民的生存处境。"皂衣"即衙役。后两句是催租的衙役说的话，意思说县官头脑糊涂得很，办事都靠他当差的，只要农民给他几个钱买酒喝，这交税的事情就好说了。这可以说是公然的索贿。衙役的言辞看似简单，却意味深长：既显示了衙役的敲诈，又借衙役的话讽刺长官的糊涂、揭示长官的贪得无厌。

诗人直接用口语俗语入诗，描画逼真、如在眼前，而批判之意不言自明，地方对农民的层层剥削由此可见。

《四时田园杂兴》之所以成为集大成的田园诗，实与范成大"野外即事，辄书一绝"的纪事理念密不可分。它体现了与前代田园诗不一样的观照视野。唐代田园诗侧重描写农村的宁静安定、表现乡村风光之美，诗人怀着隐逸的心情远远地观望与欣赏，因此所写的作品看重景物的描绘和隐逸情怀的抒发。范成大则身处农村，浸润其中，以居住在田园中的视角采集各种见闻。遇风光则纪风光，遇农事则纪农事，以一种纪实的眼光，使农业劳动、农民生活、农村苛政弊端等都得到了真实呈现，视野宽阔，关怀深入，也因此有了脚踏实地的真实感，有了田园的泥土气息。范成大这组诗歌之所以杰出、之所以成为新型的田园诗典范，离不开这种纪事的写作方式。

第九章

唐宋诗中诗题、诗序和诗注的叙事性研究

　　一首诗歌的正文，诚然是全诗最核心的部分，但在正文之外的诗题、诗序、自注等其他部分，同样不可忽视。诗题可以标示诗歌的内容或主题，诗序可以介绍与写作的因由或情境，自注可以对诗歌内容加以解说和补充。它们扮演着特定的角色，有时甚至是颇为关键的角色。依照法国文论家热奈特的观点，这些部分都属于"副文本"①。"副文本"与"主文本"存在千丝万缕的关联。"副文本"的概念虽然后起，但古代诗人对于"副文本"的存在绝非毫无自觉。严羽《沧浪诗话》云："唐人命题，言语亦自不同。杂古人之集而观之，不必见诗，望其题引而知其为唐人今人矣。"② 王士禛《带经堂诗话》也曾论及诗歌制题的时代特色："如魏晋人制诗，题是一样，宋、齐、梁、陈人是一样，初、盛唐人是一样，元和以后又是一样，北宋人是

---

① 热奈特《隐迹稿本》一文曾提及"副文本"的多种类型（《热奈特论文集》，百花文艺出版社2001年，第71页）。后又著有 *Seuils*（《门槛》，或译为《边缘》）一书，以"副文本性"为研究对象。

② ［宋］严羽：《沧浪诗话·诗评》，《沧浪诗话校释》，郭绍虞校释，人民文学出版社1983年版，第146页。

一样，苏、黄又是一样。"① 古人对诗题等副文本的发展流变，确乎有着深刻的体察。而诗题、诗序及自注的发展进程，也确乎是诗歌史演化中的有机环节，彰显着诗人创作观念的改变与诗歌演变的具体趋向。

在诗歌副文本的发展历程中，中唐到宋是一个关键时期。正如严羽与王士禛观察到的那样。严羽所说的"今人"，其实就是宋人，他意识到了唐宋诗人在命题上的差异。而宋人的这种变化又可追溯到中唐。王士禛虽然历数魏晋到苏黄的制题之变，但"元和以后又是一样"的表述，无形中强调着中唐作为前后分水岭的意义。总体上看，篇幅的增加、叙事性的增强，是中唐以下诗歌制题的一项突出变化。不仅诗题如此，同样作为副文本的诗序与自注，其发展趋势也大体遵循着这一历史脉络。

本章将围绕此期诗题、诗序与自注的叙事性展开，考察其演变历程及整体面貌，探讨其与诗歌正文的互动，思考其在诗歌叙事传统中的意义。

第一节　诗　题　叙　事

古代诗歌经历了由无题到有题的发展过程。最早期的诗歌多为无题诗，如《诗经》中的诗歌多取首句两字为题，大多出自编纂者的随意安排。赋诗命题到了魏晋时代才发展成风气，诗人渐渐用诗题标明创作缘起、宗旨、对象等。到了唐代，诗

---

① ［清］王士禛：《带经堂诗话》卷二七，人民文学出版社 1963 年版，第761 页。

题创制已非常成熟规范①。从制题之风兴起之初，诗题就具有一定程度的叙事性。譬如魏晋时的《公宴诗》《应诏宴曲水作诗》等，大致提供了作诗的事由和背景。南朝诗人制题越发讲究，典型如谢灵运《石壁精舍还湖中作》《于南山往北山经湖中瞻眺》等，点明诗人行程，颇为具体。唐代诗题继续发展，如王维《辋川闲居赠裴秀才迪》《九月九日忆山东兄弟》、李白《宣州谢朓楼饯别校书叔云》《送孟浩然之广陵》《早发白帝城》等诗题，或说明行为，或解释缘起，都包含了一定的叙事因素，可以为读者提供诗歌写作的大致背景或主要目的。但总体上看，这些诗题都是相对简要省净的，往往点到即止，不会过于详尽。

从杜甫开始，诗题渐渐萌生出新的变化。不少篇幅较长的诗题出现在杜甫笔下，如：

> 《秦州见敕目，薛三璩授司议郎、毕四曜除监察，与二子有故，远喜迁官，兼述索居，凡三十韵》
>
> 《陪李七司马皂江上观造竹桥，即日成，往来之人免冬寒入水，聊题短作，简李公》
>
> 《送许八拾遗归江宁觐省。甫昔时尝客游此县，于许生处乞瓦棺寺维摩图样，志诸篇末》
>
> 《至德二载甫自京金光门出，间道归凤翔，乾元初从左拾遗移华州掾，与亲故别，因出此门，有悲往事》②

---

① 诗题的大致发展演变过程，吴承学《论古诗制题制序史》一文有详细的论述，见《文学遗产》1996 年第 5 期。

② ［唐］杜甫：《杜诗详注》卷八、卷十、卷六、卷六，［清］仇兆鳌注，中华书局1999 年版，第 633、865、455、480 页。

　　题中所言，有酬赠的对象，有写作的事由，也有简明的情境，乃至诗人的某种情绪。繁多的信息、复杂的内容，与此前诗题省净清朗的风格形成较为鲜明的落差。

　　中唐诗人之间繁兴的诗歌唱和往来酬赠，也促进了诗题的加长。白居易与元稹都有不少长题：

> 　　白居易《常乐里闲居偶题十六韵，兼寄刘十五公舆、王十一起、吕二炅、吕四颖、崔十八玄亮、元九稹、刘三十二敦质、张十五仲方，时为校书郎》
>
> 　　白居易《东南行一百韵寄通州元九侍御、澧州李十一舍人、果州崔二十二使君、开州韦大员外、庾三十二补阙、杜十四拾遗、李二十助教员外、窦七校书》①
>
> 　　元稹《元和五年，予官不了，罚俸西归，三月六日至陕府，与吴十一兄端公、崔二十二院长思怆曩游，因投五十韵》②

　　寄赠的对象，充盈于诗题之内。在拓展诗题篇幅的同时，也为诗歌正文的许多内容提示了意义的指向。另一些长题则与杜甫一脉相承，聚焦于写作的因由及情境，从而为诗歌正文提供了明晰的背景：

> 　　白居易《初与元九别后，忽梦见之，及寤而书适至，

---

① 谢思炜：《白居易诗集校注》，卷五第 447 页、卷十六第 1245 页。
② ［唐］元稹：《元稹集》（修订本）卷五，冀勤点校，中华书局 2010 年版，第 68 页。

兼寄桐花诗，怅然感怀，因以此寄》

白居易《携诸山客同上香炉峰，遇雨而还，沾濡狼藉，互相笑谑，题此解嘲》①

这些诗题讲述了诗人的具体经历（做梦、登山）、相关的情感（怅然、笑谑）、作诗的缘由（感怀、解嘲）等。丰富的信息，融合着叙述抒怀的多层次表达，拓展了诗题的叙事性。

到了宋代，长题愈发突出，而且日益追求精细化的叙述。许多诗题已不满足于简单的背景交代，而是追求对事件全体及来龙去脉的完整叙写。如梅尧臣：

《乙酉六月二十一日，予应辟许昌，京师内外之亲则有刁氏昆弟、蔡氏子予之二季，友人则胥平叔、宋中道、裴如晦，各携肴酒送我于王氏之园，尽欢而去，明日予作诗以寄焉》②

此题所记既全面又具体：时间是"乙酉六月二十一日"；缘由是"予应辟许昌"；参与人物有亲人"刁氏昆弟、蔡氏子予之二季"，友人"胥平叔、宋中道、裴如晦"；具体活动是"各携肴酒送我于王氏之园，尽欢而去"；作诗时间是"明日"。诗题对此次亲友送别宴会的记录，可说是极其详尽。欧阳修这类长题也不少，如：

----

① 《白居易诗集校注》，卷九第749页、卷十六第1326页。
② ［宋］梅尧臣：《梅尧臣集编年校注》卷十五，朱东润编年校注，上海古籍出版社2006年版，第302页。

《清明前一日，韩子华以靖节斜川诗见招，游李园，既归，遂苦风雨，三日不能出，穷坐一室。家人辈倒残壶，得酒数杯，泥深道路无人行，去市又远，索于筐筥，得枯鱼干虾数种，强饮，疾醉昏然便寐，既觉索然，因书所见奉呈圣俞》①

诗题记录了清明时节与友人游览李园、归来后受困于风雨、枯寂中翻箱倒柜、强饮昏睡等经历。跨越时间既长，又情节起伏，笔触细腻。如翻找筐筥、仅得枯鱼干虾下酒的细节，充满生活气息。诗题不啻于一篇短小精致的散文。又如苏轼的诗题：

《仆曩于长安陈汉卿家，见吴道子画佛，碎烂可惜。其后十馀年，复见之于鲜于子骏家，则已装背完好。子骏以见遗，作诗谢之》②

讲述自己与这幅吴道子画的渊源。诗人眼见此画由当年的碎烂不堪到今日被装裱完好，而且又获得友人的馈赠，因而作诗相谢。同样可以看作一篇短小精干的记文。黄庭坚的一些长题也属此类，如：

《花光仲仁出秦苏诗卷，思二国士不可复见，开卷绝

① ［宋］欧阳修：《欧阳修全集》，《居士集》卷八，李逸安校点，中华书局2001年版，第125页。
② ［宋］苏轼：《苏轼诗集》卷十六，王文诰辑注，孔凡礼点校，中华书局1982年版，第829页。

叹，因花光为我作梅数枝，及画烟外远山，追少游韵，记
卷末》①

短短篇幅中涉及花光仲仁、秦观、苏轼等多个人物，在叙
述作诗缘起的同时又包含了对友人的缅怀之情。宋人笔下此类
长篇诗题极多，一些诗题篇幅甚至远超诗歌正文。

宋代诗题的叙事性还体现在一些前后相续的诗歌中。这些
作品在一定时间内陆续写成，虽非组诗，但存在前后关联。将
这些诗题集中到一起，便能看出诗题之间存在着连贯的叙事性。
苏轼集中就有这样几首前后相连的诗题：

> 《七月二十四日，以久不雨，出祷磻溪。是日宿虢县。
> 二十五日晚，自虢县渡渭，宿于僧舍曾阁。阁故曾氏所建
> 也。夜久不寐，见壁间有前县令赵荐留名，有怀其人》
> 《二十六日五更起，行至磻溪，天未明》
> 《是日自磻溪将往阳平，憩于麻田青峰寺之下院翠麓亭》
> 《二十七日，自阳平至斜谷，宿于南山中蟠龙寺》
> 《是日至下马碛，憩于北山僧舍。有阁曰怀贤，南直斜
> 谷，西临五丈原，诸葛孔明所从出师也》②

这几首诗体裁各异，或五言，或七言，或律诗，或古诗，
诗歌写法也各不相同，并不是具有统一思路的整体创作，算不

---

① ［宋］黄庭坚：《黄庭坚诗集注》,《山谷诗集注》卷第十九,任渊等注,中华
　书局2003年版,第678页。
② 《苏轼诗集》卷四,第173—176页。

上严格意义上的组诗，更像是日记式的写法，是诗人在此期间对每日行程的记录。就每一首诗题而言，既有时间的标注，又有对诗人行踪的叙述，故而每首诗题单看都有叙事性。这些诗题合在一起，又成为对诗人游览经历的完整叙述，不但时间前后相续，地点也相互衔接，从虢县到磻溪、从磻溪到阳平、自阳平至斜谷，行踪清晰，构成非常连贯的叙述。类似的例子还有蔡襄的一系列诗题：《十日西湖晚归》《十三日吉祥探花》《十三日出赵园观花》《十五日游龙华净明两院值雨》《十六日会饮骆园》《十八日陪提刑郎中吉祥院看牡丹》《十九日奉慈亲再往吉祥院看花》《二十二日山堂小饮和元郎中牡丹向谢之什》等。若抽掉诗歌内容，这些诗题本身就可以组成简短的游记。这些前后通贯的诗题，以记事为线索，将诗歌联结贯穿，愈发显现出强大的叙事特性。

第二节　诗序叙事

诗序同样拥有长久的发展历程。《毛诗》每首诗题下皆有小序，用于阐明诗歌的主旨，不过这是后人所加，并非《诗经》原有。但后来作者写诗，却可能从中受到启示，从而尝试在创作时自己写序。此外，赋体多有小序，也为诗序的形成提供了经验。自拟诗序的流行大约与诗歌制题风气兴起于同一时期，从魏晋开始有了比较自觉的发展①。陶渊明《游斜川》的诗序，

---

① 诗序的兴起发展过程，亦参见吴承学：《论古诗制题制序史》，《文学遗产》1996 年第 5 期。

即为一篇短小美文。南朝至初唐，亦有一些篇幅较长的骈体诗序，如骆宾王《在狱咏蝉》序，文辞华美，骈四俪六，只是与诗歌正文的呼应不像《游斜川》那样紧密。诗和序与其说是一个相互配合的有机整体，不如说是两篇主题相同而文体不同的平行作品。

《游斜川》一类的诗序在中唐以前毕竟不多。承载着丰厚叙事性的诗序，从中唐时期开始有所增长。尤其是在歌咏时弊的新乐府领域，基于"文章合为时而著，歌诗合为事而作"[①] 的观念，诗序的叙事性得到明显强化。元结《舂陵行》序，即叙述道州百姓因官府横征暴敛而民不聊生的现实：

> 癸卯岁，漫叟授道州刺史，道州旧四万馀户，经贼已来，不满四千，大半不胜赋税，到官未五十日，承诸使征求，符牒二百馀封，皆曰："失其限者，罪至贬削。"于戏！若悉应其命，则州县破乱，刺史欲焉逃罪？若不应命，又即获罪戾，必不免也。吾将守官，静以安人，待罪而已。此州是舂陵故地，故作《舂陵行》以达下情。[②]

通过第一人称视角讲述自己亲见亲历，用以呈现百姓的苦难。相较而言，白居易《新乐府》小序并不长，如《卖炭翁》小序仅云"苦宫市也"。这或许是因为诗歌正文的叙事性已非常突出，简短的小序可以避免与正文的重叠，并赢得简明扼要、

---

① ［唐］白居易：《与元九书》，《白居易文集校注》卷八，第324页。
② ［唐］元结：《舂陵行》，孙望校《元次山集》卷三，中华书局1960年版，第34页。

一针见血的讽刺效果。白居易笔下叙事性比较突出的诗序，是
《琵琶行》序：

> 元和十年，予左迁九江郡司马。明年秋，送客湓浦口，
> 闻舟船中夜弹琵琶者。听其音，铮铮然有京都声。问其人，
> 本长安倡女，尝学琵琶于穆、曹二善才。年长色衰，委身
> 为贾人妇。遂命酒，使快弹数曲。曲罢悯默，自叙少小时
> 欢乐事，今漂沦憔悴，转徙于江湖间。予出官二年，恬然
> 自安。感斯人言，是夕始觉有迁谪意。因为长句歌以赠之，
> 凡六百一十六言，命曰《琵琶行》。①

诗序讲述了贬谪经历、偶遇琵琶女、琵琶女自述生平、自
己感怀等内容，将自身贬谪与琵琶女遭际交错穿插，最后拧为
一处。既与诗歌中的叙事相互呼应，亦为诗歌的音乐描写和情
感抒发预留了充足的空间。

宋代诗序沿着叙事的路数继续发展，愈发精心纂构，对事
情来龙去脉、创作具体情境的记述也愈发详细。

基于对纪实的追求，宋人极为看重诗歌的本事，故偏爱以
诗序来承载对诗歌本事的记录。在关注时事的乐府类创作中，
这一点尤为突出，元结《舂陵行》序的书写方式得以发扬光大。
如梅尧臣的《田家语》序，明确点明"庚辰诏书""三丁籍一"
导致"互搜民口"、百姓困苦的社会现实：

> 庚辰诏书，凡民三丁籍一，立校与长，号弓箭手，用

---

① 《白居易诗集校注》卷十二，第961页。

备不虞。主司欲以多媚上，急责郡吏，郡吏畏不敢辨，遂以属县令。互搜民口，虽老幼不得免，上下愁怨，天雨淫淫，岂助圣上抚育之意耶！因录田家之言次为文，以俟采诗者云。①

从诗序中可以获得与此诗相关的事件信息，能够迅速进入诗歌正文"田家"对自己经历的讲述。又如周麟之出使金国，根据在金见闻作《中原民谣》十首，每首诗前皆有小序，说明作诗缘由。到汴京时，"闻虏欲迁都于汴，起诸路夫八十万增筑城阙，胗饰宫殿，至以宣德门为小而易之，展东御廊，侵民居五十步。令下之日，老壮悲愤，至有号泣者"，为之作《燕京小》；又听说燕赵间有豪杰任契丹，"居太行山，心怀本朝，誓灭强虏。时从数十骑出入，所过郡邑，靡然向风，莫有能当之者"，于是作《任契丹》等②。这类诗序在反映社会现实的诗作中极为常见，用以标明诗人关注的人物和事件，指出诗人着眼的重心，体现着诗人切近现实、缘事而发的创作理念。

另一些诗序注重描摹引发诗歌创作的具体情境。诗人不仅注重勾勒前因后果，而且讲究具备生动的细节描写，凭借丰富的叙事层次，营设出整体情境。苏轼《石芝》是一首记梦诗，梦中的所见所历，苏轼以诗序先行展开叙写：

元丰三年五月十一日癸酉，夜梦游何人家。开堂西门，

① 《梅尧臣集编年校注》卷十，第164页。
② ［宋］周麟之：《中原民谣》，北京大学古文献研究所编《全宋诗》，卷二〇八九，第38册，北京大学出版社1998年版，第23559、23563页。

有小园、古井。井上皆苍石。石上生紫藤如龙蛇，枝叶如赤箭。主人言，此石芝也。余率尔折食一枝，众皆惊笑。其味如鸡苏而甘，明日作此诗。①

笔墨虽不多，却叙事精练，梦境宛然如见，并透露出如梦般茫茫渺渺、不可捉摸的意趣。又如苏轼《瓶笙》诗序：

庚辰八月二十八日，刘几仲饯饮东坡。中觞闻笙箫声，杳杳若在云霄间，抑扬往返，粗中音节。徐而察之，则出于双瓶，水火相得，自然吟啸。盖食顷乃已。坐客惊叹，得未曾有，请作《瓶笙》诗记之。②

宴席间传来的奇妙音乐，竟然是由瓶中发出：瓶内之水与瓶外之火相互碰撞，激发出抑扬顿挫的声响。诗序对声音的描写细腻精彩，宛然如见。从叙事视角来看，诗人依照当时真实感受，以限制视角展开描述，先写听到声音，再揭晓发声之物，从而形成悬念又再解开悬念，充满一波三折的趣味。这类短序看似小巧随意，却叙事简练，构造精致，颇有小品文的情调志趣，在记事说事的同时传递着诗人的审美趣味和个性面貌。

文天祥可以说是宋代最擅长使用小序的诗人之一。他的诗歌有大量小序，用于记录事实、交代诗歌背景、发明诗歌内在含意。因此，尽管他的诗作多为篇幅短小的绝句体，却获得了极其厚重的纪实色彩。这种特点，尤其典型地体现在他自编的

① 《苏轼诗集》卷二十，第1047页。
② 《苏轼诗集》卷四三，第2373页。

诗集《指南录》中。《指南录》作于文天祥被元军扣押北上、途中逃往南宋朝廷的过程中，是一部叙事意味很强的诗集。其最大的特色，就是充分利用诗前小序来讲述具体的事件，使诗、序、事成为互补互动的有机体。如《脱京口》共十五首，记录文天祥从镇江逃往真州的过程，每首诗都对应出逃过程中的一个重要步骤。诗人先用小序讲述每一步骤的具体情形，再在诗中以简练的笔墨勾勒核心事件。《脱京口·得船难》序云：

> 北船满江，百姓无一舟可问。杜架阁与人为谋，皆以无船，长叹而止。是后，余元庆遇其故旧为北管船，遂密叩之，许以承宣使，银千两。其人云："吾为宋救得一丞相回，建大功业，何以钱为！但求批帖，为他日趋承之证。"后授以一批帖，约除廉车，及强委之白金。义人哉！使吾无此一遭遇，已矣！①

与细致详实的诗序形成鲜明对比的，是诗歌正文极度简洁："经营十日苦无舟，惨惨椎心泪血流。渔父疑为神物遣，相逢扬子大江头。"诗歌的重心在于点明由无船到得船的转变，将前两句苦心经营而无结果的惨痛和后两句如有神助的幸运经历进行比照。获得船只、绝处逢生的喜悦，固然使诗歌更为浓烈，然而若要了解文天祥脱逃的艰辛过程，反倒是叙事详尽的小序更具有参考价值。

《指南录》不但有单首诗的诗序，组诗之前更有总序以纪其概要。《脱京口》总序云："二月二十九日夜，予自京口城中，

---

① 《文天祥全集》卷三，第496页。

间道出江浒。登舟，溯金山，走真州，其艰难万状，各以诗记
之。"① 又如组诗《出真州》总序："予既为李制所逐，出真州，
艰难万状，不可殚纪。痛哉！"② 先以总序概括诗歌主题，再针
对每一首诗写作不同的小序，遂使诗序与诗序之间相互联结，
连缀成一个庞大叙事网络，进而使诗序与诗歌往来互动，共生
为不可分割的一个整体。

第三节　诗 注 叙 事

在诗题、诗序以外，中唐以下的诗人还发展了诗中自注的
方式，凭借对诗句的解释与补充，往诗句字里行间的夹缝中注
入了叙事性。

从形式层面来说，诗中自注的产生，大约受到了诗文注释
传统的启发：既然诗歌可以由他人进行注释和解说，那么诗人当
然也可以自行注解。这是自注诞生的合理性。然而从根本上说，
自注的出现是植根于诗人表情达意的需要。当诗人意识到诗歌
正文不足以承载想要传达的全部信息时，便有可能采取自注的
形式加以补充。当然，这类信息多半是次要的、辅助性的，不
必非得在正文出现；但对诗歌的解读来说，这些信息却又是必
要的，若缺少了这些信息，可能造成理解的困难，甚至制约对
诗歌艺术境界的领略。基于这样一种必要性，自注遂在诗句的
间隙里获得了诞育的空间。

---

① 《文天祥全集》卷三，第 494 页。
② 《文天祥全集》卷三，第 504 页。

　　诗中自注在魏晋南北朝时只是偶尔出现，初盛唐也不太多。大约在中唐以后，诗人附加自注的情形逐渐多了起来。如柳宗元《长沙驿前南楼感旧》题下自注"昔与德公别于此"①，孟郊《寒地百姓吟》题下自注云"为郑相，其年居河南，畿内百姓，大蒙矜恤"②。这类小注与诗序颇为相近，只是更为简短、片断性更明显，其叙事性也相对有限。中唐时期，具备鲜明叙事性的自注渐渐增多。元稹《感梦》有不少自注，可视为中唐自注的典型代表。题目之下先有题注"梦故兵部裴尚书相公"，将题目"感梦"落实到具体的人物。诗中"前时奉橘丸，攻疾有神功。何不善和疗，岂独头有风"数句，记录诗人在梦中与裴垍的对谈。其后注云：

　　　　予顷患痃，头风，逾月不差，裴公教服橘皮朴消丸，数月而愈。今梦中复征前说，故尽记往复之词。③

　　通过这一自注可知：第一，诗人曾听从裴垍建议、服用药丸，疾病痊愈；第二，诗人梦中复现了这一事情。在此基础上再读诗句本身，就能对诗句所指之事了然于心。诗句本身是点到即止的，自注却是详实而具体的，两相比照，自注的叙事性可见一斑。

　　降及宋代，诗人使用自注更为频繁，形制自由，诗行之间

---

① 尹占华、韩文奇：《柳宗元集校注》卷四十二，中华书局 2013 年版，第 2812 页。

② 华忱之、喻学才：《孟郊集校注》卷三，人民文学出版社 1995 年版，第 125 页。

③ 《元稹集》卷七，第 94 页。

无论何处都可加自注；注释内容也依据诗歌需要而各式各样；
自注的篇幅也没有局限，长短皆可，且有向长注发展的倾向。
自注的叙事性也在此基础上日益增强。

如范祖禹《初到玉堂》末二句为"空愧朱衣华发吏，玉堂
三世见题名"，自注云："院有老吏，尝引接叔祖忠文公、叔父
资政，今又引接入院。"① 这是对诗句内容的具体解释：诗中所
说的"朱衣华发吏"就是注中提到的"老吏"；诗中所谓的"三
世见题名"指的是诗人的"叔祖忠文公"（范镇）、"叔父资政"
（范百禄）以及自己，三人都当过翰林学士、任职于"玉堂"。
如果没有自注的说明，那么不熟悉范氏家史的人就无法理解这
两句诗的具体含义；有了自注的解说，"华发吏""三世"特指
的人物都落到了实处。诗句所涵容的叙事性亦通过自注得到了
强化。

自注叙事性的渐趋增强，与诗人的纪实性追求密切相关。
中唐以下尤其是宋代诗人，尤其注重诗歌对现实生活的真实反
映。自注恰好为现实的记录留出了空间。欧阳修《夷陵岁暮书
事呈元珍表臣》，诗中有多处自注：

　　萧条鸡犬乱山中，时节峥嵘忽已穷。
　　游女鬓鬟风俗古，野巫歌舞岁年丰。（自注：夷陵俗朴陋，惟
岁暮祭鬼，则男女数百，相从而乐饮。妇女竞为野服以相游嬉。）
　　平时都邑今为陋，敌国江山昔最雄。（自注：三国时，吴蜀战
争于此。）
　　荆楚先贤多胜迹，不辞携酒问邻翁。（自注：处士何参居县舍

---

① 《全宋诗》卷八八八，第 15 册，北京大学出版社 1993 年版，第 10377 页。

西，好学，多知荆楚故事。)①

　　第一条自注是对颔联的解说，涉及夷陵风俗。凭借自注对"岁暮祭鬼""竞为野服以相游嬉"等叙述，坐实了诗中的"游女髻鬟""野巫歌舞"的概括式描绘。第二条自注是对颈联的补充说明，指出夷陵曾是吴蜀战争之地，由此证明夷陵绝非一直这样简陋，它也曾有过辉煌的历史。第三条自注是对诗中提及的"邻翁"的解释，说明其人是谁、居住何处、有怎样的特点等，使得诗中的"邻翁"不是一个泛泛而言的人物，而是一个特定的"邻翁"，有名有姓，是诗人在夷陵时交游的真实人物。这个真实人物的存在，又反过来证明了欧阳修此诗的真实。

　　又如周麟之《破虏凯歌二十四首》作于绍兴三十一年（1161），当时金主完颜亮率部入侵，遭到南宋的有力抗击，在瓜洲渡江作战时死于内乱。诗歌小序提到："予顷在枢廷，谍知北事甚悉。""枢廷"即枢密院，是宋代朝廷管理军政的机构。周麟之当时任同知枢密院事，故而对这场战争的信息有着胜于外人的掌握，因此二十四首诗歌中，诗尾大多有诗人的自注，用以说明诗中所写的事实。如《其十六》诗云："每率群胡共打围，防奸惟许属鞬随。一朝醉卧隋堤曲，众箭攒胸死不知。"诗后自注："虏主每打围，随行骑士只许属鞬櫜以从，缄封甚严，不得擅自施放。至虏军之变，谋逆者乘其醉卧，引弓射之。"②一方面点出完颜亮对随从弓箭严格限制的日常律令，另一方面叙述完颜亮被谋逆者以弓箭射死的过程。二者皆与诗歌正文呼

---

① 《欧阳修全集》，《居士集》卷十一，第 174 页。
② 《全宋诗》卷二〇八九，第 38 册，第 23567 页。

应，以具体细致的解说，真实呈现出宋金战争的细节。如此一来，"破虏凯歌"就不止是热情昂扬的抒情颂赞，更是南宋成功抵御金军入侵的一部宏大"诗史"。

一些诗中自注极多，甚至超过诗歌正文的篇幅，却能以诗歌正文为中心，旁逸斜出，左揽右拢，拓展出丰厚的叙事层次，进而实现诗歌主旨的传达。如司马光《其日雨中闻姚黄开，戏成诗二章，呈子骏、尧夫》其一云：

> 谷雨后来花更浓，（自注：洛人谓谷雨为牡丹厄，今年谷雨后名花始开。）
> 前时已见玉玲珑。（自注：前时与尧夫游西街，得新出白千叶花以呈潞公，潞公名之曰玉玲珑。）
> 客来更说姚黄发，
> 只在街西相第东。（自注：园夫张八，家在富相宅东。）[1]

这首七言绝句，几乎句句都有注释。第一句自注是说明牡丹花开的情形：今年牡丹是在谷雨节气过后才开，没有受到雨水的直接冲击，故能有"花更浓"。第二句自注解释"玉玲珑"的意思：这是文彦博（潞公）对新出品种白千叶牡丹的命名。此处自注还可与诗题一同参看。诗题云"呈子骏、尧夫"，此二人即是诗人预想中的读者。自注中"前时与尧夫游西街"的叙事，对"尧夫"来说，是唤醒他的记忆——此事"你"曾与"我"亲历；对"子骏"来说，则是说明，解释"玉玲珑"命名的由

---

[1]　［宋］司马光：《司马光集》卷一四，李文泽、霞绍晖校点，四川大学出版社2010年版，第459页。

来，而且告诉他整个过程有"我"与"尧夫"的参与。诗歌三四句归结到诗题中所说的"闻姚黄开"，自注指明花开之处是园夫张八家中，而张家就在富丞相（富弼）宅子的东边。可以推知，富弼的居所是诗人、子骏、尧夫都知晓的所在，姚黄花的位置坐标由此可以锁定。此诗三处自注，内容颇杂：有对节气、风俗的交代，有对自身经历的说明，有对地理位置的解释。而在看似分散的叙述之间，却又有着统一的指向——看花去。诗人透过诗句和自注向朋友念叨：今年牡丹在谷雨后开，一定会开得特别好，前段时间就已有"玉玲珑"这样美丽的牡丹，而现在牡丹名种姚黄已盛开，就在我们都熟悉的地点，还不相约看花么？此诗原为组诗二首中的第一首，紧接着的第二首即将看花之意挑明无馀："小雨留春春未归，好花虽有恐行稀。劝君披取渔蓑去，走看姚黄判湿衣。"

　　追求纪实、详细具体的自注，容纳了相当丰富的信息——关于人，关于事，关于风俗，关于历史……藉由对诗歌内容的解说，自注中的叙事性以间接的方式渗入到诗歌之中，从而软性地拓展了诗歌内容的含量，也强化了诗歌自身的叙事性。

第四节　诗题、诗序与诗注叙事的精细化

　　总体上看，叙事性的鲜明，是中唐至宋代诗题、诗序与自注的共同特点。鲜明的叙事性来源于一个共同的趋势，即叙述的精细化。比起早期诗歌副文本相对粗略梗概的说明，此期的诗题、诗序与自注越来越重视对事件要素的记录，并且致力于表现事件的具体信息和相关细节。

　　叙述的精细化首先表现为对事件要素的积极提取和明确记录。事件离不开时间、地点、人物以及因果关系等要素，这些要素构成相关事件的主要内容。当这些要素在诗题、诗序、自注中出现，就会提供与事相关的诸多信息。许多诗人一开始就把时间、地点等信息放在诗题或诗序中，如上文所举的"庚辰诏书"（《田家语》）、"元丰三年五月十一日癸酉"（《石芝》）、"庚辰八月二十八日"（《瓶笙》）、"园夫张八，家在富相宅东"（《其日雨中闻姚黄开，戏成诗二章，呈子骏、尧夫》）……都是对时间、地点或人物等信息的明确记载，因而有助于迅速勾勒事件的基本情形。

　　对事件要素的记录，表明了诗人对事件独特性的敏感。诗人不是将其作为某一类型的事情来认识，而是要作为只此一次、只此一件的事情来表现。即便是在一些相对较短的诗题中，也能体现出诗人们提取事件要素的倾向。如梅尧臣的《同次道游相国寺，买得翠玉罂一枚》《送师厚归南阳，会天大风，遂宿高阳山寺，明日同至姜店》、欧阳修的《自河北贬滁州，初入汴河闻雁》、苏轼《司竹监烧苇园，因召都巡检柴贻勖左藏，以其徒会猎园下》《辛丑十一月十九日，既与子由别于郑州西门之外马上，赋诗一篇寄之》、黄庭坚《博士王扬休碾密云龙，同事十三人饮之，戏作》，等等。这些诗题算不得很长，却仍比前代诗题显得详细。其中的差别，就在于对事件要素的说明，诗人在这些较短的诗题里仍然提供了许多具体而精确的信息：不是泛泛的"清明""上元"，而是"辛丑十一月十九日"；不是概说"送别"，而是精确到与谁送别、别于何时、别于何处等。因此，一篇诗题就对应着特定的某一事，就算未必具体到事件的细节，也足以概见事件的轮廓、勾勒基本的情境。

诗题、诗序与自注的精细化叙述又表现在的对细节的呈现上。许多诗歌不仅交代事件概况，还着重讲述一些重要细节——或是对行为、语言的细致刻画，或是对景物的具体描摹，又或是对事件因果关系的交代等，这就进一步明确了其人其事的独特性。譬如陆游的几个诗题，都是对梦境的记录，但每个梦境都不一样：

> 《丙午十月十三夜，梦过一大冢傍，人为余言，此荆轲墓也。按地志，荆轲墓盖在关中。感叹赋诗》[①]

> 《九月十四日夜鸡初鸣，梦一故人相语曰："我为莲华博士，盖镜湖新置官也。我且去矣，君能暂为之乎？月得酒千壶，亦不恶也。"既觉惘然，作绝句记之》[②]

> 《乙丑七月二十九日夜分，梦一士友，风度甚高，一见如宿昔，出诗文数纸，语皆简淡可爱，读未终而觉，作长句记之》[③]

每首诗对应的都是一个特定的梦，每个梦都有发生的时间和具体的内容。做梦的时间不同，写诗的时间也不同；梦的内容不同，诗歌的内容当然也不相同。第一首梦见经过荆轲墓，第二首梦见与"莲华博士"交谈，第三首梦见与一位士人一见如故。故而第一首诗有"梦行河潼间，初日照仙掌。坡陀荆棘冢，狐兔伏蓁莽"之句，第二首写"不知月给千壶酒，得似莲

---

① 《剑南诗稿校注》卷十八，第1410页。
② 《剑南诗稿校注》卷五一，第3066页。
③ 《剑南诗稿校注》卷六三，第3573页。

华博士无"，第三首则曰"客中得友绝清真，盖未倾时意已亲"。
这些诗句与诗题一一对应，不可相互替换。即便打乱次序，读
者也能根据内容判断出诗歌与诗题的对应关系。陆游还有其他
记梦诗，如《梦游山寺，焚香煮茗甚适，既觉怅然，以诗记之》
《梦有饷地黄者，味甘如蜜，戏作数语记之》等，也都各不相
同。诗人如此关注每个梦境的独特性，诗题对每个梦都有如此
精细的叙写，叙事性即在这样的土壤中获得滋长。

　　在精细化的追求过程中，一些诗人不仅记录事件概况，而
且有心经营，使诗题诗序本身就成为情节起伏、引人入胜的叙
事作品。王十朋《左原纪异》记录一起救人事件，诗序详细叙
述了全部过程：

　　乐清之东，地名左原。中有古井，深数丈，时冬旱水
枯，泉仅盈掬。有女子数人提罂而汲，绠绝罂堕。俄有男
子锐然解衣入井取之，既而石陷，声震山谷，井深而石重，
咸谓压者必齑粉矣。越三日，事闻于邑尉，周公以职事来，
环井而视，恻然嗟悼，命役夫具畚锸，抉石取骸，将以葬
焉。自旦逮午，犹未及尸，俄而役者惊相告曰："井底有
声，其鬼物乎。"公曰："此陷者不死，须吾以生。"于是捐
己资，募能出之者。众力争奋，头颅稍露而语可辨矣。土
石撼动，势将复压，救者惊溃，公乃整衣焚香，叩井而拜，
命工植板以捍，石危而不堕，益以缗钱啖役夫，俾蹈死以
救。公未饭，吏以进，却之曰："必活人而后食。"日没井
昏，继之以烛，用长绠系桑挽而出。而观者数百人，欢呼
震动，嗟异其事，且以手加额曰："公真仁人也，能活人如
此。"某家左原，去井所为近，获终日从公于井旁，目击其

事，作诗一篇以纪之。时绍兴乙亥仲冬四日也。公名邵，字嘉成，婺州永康人。①

据诗序所言，一名男子下井寻取掉进古井的水器，突然石块崩陷，估计没有生还的希望。县尉周邵感而怜之，命人挖取遗骸。挖掘过程中听见井底有声音，发现落井男子并没有死。县尉自行出资招募救人者，又焚香祈祷，不顾饮食，夜以继日，最终将男子救出。诗序提供的信息非常详实：时间是"绍兴乙亥仲冬四日"，地点是"左原"，主人翁则是周公，"名邵，字嘉成"，诗人自称"家左原""从公于井旁，目击其事"。诗序记录的过程也尤其详细，波澜起伏：先是以为"压者必齑粉"，后来发现"井底有声"；救援原本颇为顺利，已"头颅稍露"，又突然"土石撼动""救者惊溃"；在历经艰险备至的救援后，终于成功将男子救出，引得众人"欢呼震动"。诗序对周公的刻画也很细致，既有语言，又有行为，着重凸显他心怀仁德的高尚品质。总之，此序情节起伏，人物形象突出，即便单作一篇记文来看，也具备非常精彩的叙事艺术。这类叙事详明、人物形象丰满的诗序在宋诗中还有许多，如李彭《蝴蝶诗》诗序讲述友人杨昊客死他乡，魂魄化为蝴蝶、飞回妻子身边的奇幻故事，叙事曲折，富于传奇色彩②；徐积的《北神烈妇》序，讲述一名烈女为保贞洁、自投淮水的故事等③。这些诗序大胆发挥散文叙事的优势，甚至借鉴传奇小说的艺术手法，进一步深化了诗序的叙事性。

---

① ［宋］王十朋：《王十朋全集》，上海古籍出版社 1998 年版，第 111 页。
② 《全宋诗》卷一三八六，第 24 册，第 15913 页。
③ ［宋］徐积：《节孝集》卷三，明嘉靖四十四年刻本。

　　诗题、诗序、自注的精细化叙述，折射着此期诗人关于诗、事关系的整体思考：其"事"是特殊的，"诗"也是特殊的。对事件要素的着意提取、对细节片段的精致呈现，都是为了令每一"事"都独一无二。如此一来，为此"事"而作的"诗"，也就相应地具备了独一无二的属性。"诗"与"事"因而搭建起一一对应的特殊关系，既不能将此诗挪作对他事的吟咏，也很难完全撇开其事来谈诗。诗题、诗序、自注与诗歌正文由此形成丝丝入扣的对应关系。

第五节　诗题、诗序与自注叙事的意义

　　面对叙事性日益增强的诗题、诗序与自注，历代持肯定态度的论者却并不多。譬如制题，前人更倾向于简净含蓄，清人方南堂《辍锻录》说"立题最是要紧事，总当以简为主，所以留诗地也"，对于"动必数行"的诗题持否定态度①。乔亿《剑溪说诗》亦称："题详尽，则诗味浅薄无馀蕴。"② 对于一些追求含蓄、馀韵的诗论家而言，诗题、诗序与自注的叙事性，成为"阻碍"他们想象玩味的绊脚石，致使他们对诗题、诗序与自注的价值有所忽略③。这些看法固然有其道理，不过，当我们站在

①　郭绍虞：《清诗话续编》，上海古籍出版社1983年版，第1942页。

②　《清诗话续编》，第1103页。

③　吴承学先生曾对诗题诗序之叙事性予以明确肯定。其《论古诗制题制序史》指出，诗题诗序可以兼具叙事的功能，补充诗歌本文的不足，有益于诗人在诗中集中笔墨抒情言志。此语是针对整个古代诗歌史而发。对于中唐至宋代诗歌副文本的特点及价值，尚未展开细致论述。

诗歌叙事传统的视角来看时，那么诗题、诗序与自注的叙事性有着相当独特的意义，不但参与着表情达意与诗境塑造，同时也为诗歌艺术的拓展提供了新的可能。

如前所言，诗题、诗序与自注都属于副文本，与诗歌主文本存在着紧密关联。也许最初的关联，不过是简单的依附与被依附，但随着诗歌的发展，副文本与主文本的关联也在不断地进化，日渐发展出支持、配合乃至共生共荣的新关系。经过精心撰构的副文本，会与主文本形成积极互动，甚至碰撞出动人的火花。中唐至宋代的诗人，越来越主动地把诗题、诗序、自注等副文本视为诗歌组成的有机部分、纳入诗歌的整体，以精细的叙事处理促进了诗歌意义的多元化传达，拓展了诗歌境界的立体维度。

首先，叙事性在副文本中的展开，有助于营造诗歌情境，从而为诗歌的表情达意提供坚实有力的支持。事件情境的营造对于诗歌主旨的传达有着重要意义。人的思想情绪往往离不开具体的事，面对不同的情境，自然会产生不同的感受。离开事件情境单说感受，纵然有直接抒发的畅快，但却很难传达给别人。清人庞垲《诗意固说》云："诗有题，所以标明本意，使读者知其为此事而作也。古人立一题于此，因意标题，以词达意，后人读之，虽世代悬隔，以意逆志，皆可知其所感。"[1] 认为诗题的作用在于让读者了解作诗的缘起，并因此而理解诗人的意旨，明白诗人的感受。诗题、诗序与自注的叙事表现，为的正是更好地发挥这一作用。它们对于时间、地点、人物、行为、过程乃至具体细节的说明，有助于重新营造出引发诗人感怀的

---

[1] 《清诗话续编》，第 729 页。

情境，让人在每一个独特的情境中体验诗人所特有的感受，从而顺利地传达诗人写作的主旨。

梅尧臣的一首诗写道："昔与南阳太守行，车骑休时访庭柏。今来重看壁间题，太守已为泉下客。独留清血是门人，怊怅便令生死隔。"从诗中可知，"南阳太守"已经去世，诗人是一种惆怅缅怀的心情。但具体写的是谁、他与诗人的关系怎样、诗人是在怎样的情况下怀念他，这些信息都不太清楚。而诗题可以解释这一系列问题：《己卯岁，紫微谢公赴南阳，过叶县，陪游兴庆精舍，题名壁间而去。庚辰岁，余来按田，因访旧迹，蠹然于怀，故作此谣以志其悲》①。由诗题可知，诗中的"南阳太守"指的是"紫微谢公"谢绛，两人曾在己卯年（1039）同游兴庆精舍，并题名于壁间。不久后谢绛去世，第二年庚辰年（1040），梅尧臣再度经过此处，寻访旧迹，故诗中云"今来重看壁间题，太守已为泉下客"。诗题叙事与正文的叙述抒怀相互呼应，二者合观，即可想见诗人作诗的具体情境，也才能明白诗歌正文的含义、体会诗人伤悼的心情。在事件具体情境中解读诗歌，能够让读者对诗歌有更为直接的触动，感受到诗歌情绪的饱满动人。

文天祥许多诗、序关系也是如此，如上文所举的《脱京口》，小序是详细的，诗却是精练的。有了小序叙事的细致铺垫，诗歌就能以简洁的笔墨截取事实的重心，并将褒贬融入其中，使诗歌成为浓缩的精华，在短小的篇幅中最大限度地迸发出最浓烈的情感。文天祥对诗序与诗歌的分工有清楚的认识，充分发挥二者的长处，实现事与情的相互增进，获得了激扬奋厉的艺术效果。这也是文天祥诗歌被后人誉为"诗史"的重要原因。

---

① 《梅尧臣集编年校注》卷十，第 167 页。

其次，副文本可以主文本形成互见，从而将副文本中的叙事性纳入主文本，拓展诗歌的厚度和广度。《荔支叹》是苏轼代表作之一，人们向来赞赏此诗批判有力、议论深刻，但却未必意识到诗中自注发挥的关键作用：

> 十里一置飞尘灰，五里一堠兵火催。
>
> 颠坑仆谷相枕藉，知是荔支龙眼来。
>
> 飞车跨山鹘横海，风枝露叶如新采。
>
> 宫中美人一破颜，惊尘溅血流千载。
>
> 永元荔支来交州，天宝岁贡取之涪。
>
> 至今欲食林甫肉，无人举箸酹伯游。

（自注：汉永元中，交州进荔支龙眼，十里一置，五里一堠，奔腾死亡，罹猛兽毒虫之害者无数。唐羌，字伯游，为临武长，上书言状，和帝罢之。唐天宝中，盖取涪州荔支，自子午谷路进入。）

> 我愿天公怜赤子，莫生尤物为疮痏。
>
> 雨顺风调百谷登，民不饥寒为上瑞。
>
> 君不见，
>
> 武夷溪边粟粒芽，前丁后蔡相笼加。

（自注：大小龙茶始于丁晋公，而成于蔡君谟。欧阳永叔闻君谟进小龙团，惊叹曰："君谟士人也，何至作此事！"）

> 争新买宠各出意，今年斗品充官茶。（自注：今年闽中监司乞进斗茶，许之。）
>
> 吾君所乏岂此物，致养口体何陋耶。
>
> 洛阳相君忠孝家，可怜亦进姚黄花。（自注：洛阳贡花自钱惟演始。）[①]

---

① 《苏轼诗集》卷三九，第 2126 页。

　　全诗一共四处自注。诗歌开头一段概述汉唐两代进贡荔枝的情形。第一处自注是对相关历史的说明，叙述汉代交州进贡荔枝龙眼、唐代进贡涪州荔枝之事，以及诗中说到的"伯游"唐羌反对进贡的义举，以具体的事实来充实正文的书写。第二处自注解说正文涉及的时事。诗中提到的"武夷溪边粟粒芽"即建溪茶叶，是宋代名茶。"前丁"指丁谓，曾封晋国公。"后蔡"指蔡襄，字君谟，精于茶道。两人先后做过福建路转运使，都曾向朝中进贡龙团茶。蔡襄创制的小龙团，尤其精细。注中还特别提到欧阳修对于此事的看法，认为此举不妥，甚感遗憾。借助欧阳修的评论，间接展露了诗人自己的看法。第三处自注也是解说时事。宋代流行比试茶品高下的活动，用于参加比试的上品好茶就是斗茶。"闽中监司乞进斗茶"，揭明地方争相进贡的事实。"许之"二字并无主语，然朝廷最终决策权掌握在皇帝手里，由此可知"许之"其实是皇帝的允许，正是由于皇帝的允许才会有臣子进贡的行为。此处自注不但为诗中的"今年斗品充官茶"提供了真实的依据，而且暗中将矛头指向了最高统治者，是非常精彩的春秋笔法。最后一处自注指出，进贡牡丹花之事是始于宰相钱惟演，坐实了诗中的"相君"。两相印证，也使得诗中"忠孝家"的表达充满反讽意味。总之，苏轼此诗抨击向皇帝进贡的弊端，由进贡荔枝引发感叹，后又说到茶叶、说到牡丹，既涉及历史，又涉及现实，有很强的跨越性。要准确解读此诗，离不开这些自注的说明。因为有了"大小龙茶始于丁晋公，而成于蔡君谟"等自注，才能在"前丁后蔡相笼加"的简洁叙述中融入否定批判之意；也因为有了"洛阳贡花自钱惟演始"的说明，才会有"致养口体何陋耶"的锋锐议论以及"洛阳相君忠孝家，可怜亦进姚黄花"的深深叹息。总

体上看，主文本中出现的，多是在事实基础上抽绎出来的道理
和慨叹，其中即便包含叙事成分，也是简明扼要的。自注则不
同，将主文本涉及的每一处事实都作了清晰的说明，对诗歌从
荔枝到官茶和牡丹、从古史到今事的逻辑线索作出了饱满的填
充。诗、注合读，方能明白诗歌具备的强烈现实针对性、理解
诗歌宏大跨度的思理脉络。

还有些时候，诗人特意利用主、副文本的互见性，在其中
安排不同内容，活用二者相互呼应的特点，从而激发出独特的
趣味和意蕴。苏轼有诗云："岂意青州六从事，化为乌有一先
生。""青州从事"用的是《世说新语》里的典故，桓玄有主簿
善品酒，曾称美酒为青州从事，劣酒为平原督邮。"乌有先生"
则出自司马相如《子虚赋》。这两句孤立来看，几乎不可理解，
即便了解"青州从事""乌有先生"的典故，也仍如云里雾里。
必须有诗题"章质夫送酒六壶，书至而酒不达，戏作小诗问
之"，这才明白，原来章质夫写信说送来六壶酒，苏轼收到了书
信但没收到酒，诗句的意思是"你（章质夫）所送的六瓶好酒
已凭空消失了"。诗题与诗句的配合，充满幽默谐谑的气息。又
如黄庭坚的一首绝句：

> 学书池上一双鹅，宛颈相追笔意多。
> 皆为涪翁赴汤鼎，主人言汝不能歌。[1]

单看诗歌内容，也是相当不易理解：一双鹅为什么要为涪翁
奔赴汤鼎？为什么主人要说它不能唱歌？几乎一头雾水。而一

---

[1] 《山谷诗集注》卷十九，第656页。

且加上题目，就能明白事件的原本面貌："吴执中有两鹅，为余烹之，戏赠"。也就是说，吴执中杀了两只鹅来招待黄庭坚。诗句化用《庄子》典故展开叙述。庄子到一户人家作客，主人要杀雁款待。僮仆报告说"雁有两只，一只能鸣，另一只不能鸣"，主人说就杀不能鸣的那只。可见，诗人是在以戏谑的口吻向吴执中说道：这两只鹅都为了涪翁我奔赴汤鼎，其实是因为主人嫌你们不能唱歌。若没有诗题的说明，根本无法得知此诗写作的情境和目的，也就无法体会到诗歌的睿智与谐趣。此类诗歌在苏轼、黄庭坚等人笔下极为常见。通过诗题诗序直叙一个情境，却在诗歌内部以用典、双关、反讽等手法变幻成另一种叙事风格，借助主、副文本的表达落差，获得诙谐幽默的效果。在这样的情况下，诗题、诗序、自注俨然成为诗歌整体艺术构成的关键，一旦缺少了它们，不但诗意不可理解，诗歌也将失去独特的意蕴和趣味。

　　从形态上看，诗题、诗序、自注是散文，诗歌本身是韵文。散文与韵文在表达方式上有明显的不同。凭借着基本形态与表达方式的差别，副文本能够构架出一个相对独立的艺术时空，与主文本的艺术时空相互勾连、相互叠加，从而令诗歌境界获得了新的延展方式。

　　黄庭坚追和苏轼的壶中九华诗，诗题云：

　　　　湖口人李正臣蓄异石九峰，东坡先生名曰壶中九华，并为作诗。后八年，自海外归湖口，石已为好事者所取，乃和前篇以为笑，实建中靖国元年四月十六日。明年当崇宁之元五月二十日，庭坚系舟湖口，李正臣持此诗来。石既不可复见，东坡亦下世矣。感叹不足，因次前韵。①

据诗题可知，苏轼曾爱赏湖口人李正臣家中的奇石，取名为"壶中九华"。几年后，苏轼遇赦北归，途经此地，听说此石被好事者取去，非常惋惜。第二年黄庭坚来到湖口，见到了李正臣带来的苏轼诗。此时奇石已失，苏轼也已去世，黄庭坚因此感慨作诗。其诗乃是一首律诗，七言八句，五十六字的篇幅，与长题形成鲜明对照：

> 有人夜半持山去，顿觉浮岚暖翠空。
> 试问安排华屋处，何如零落乱云中。
> 能回赵璧人安在，已入南柯梦不通。
> 赖有霜钟难席卷，袖椎来听响玲珑。

诗歌与诗题有明显的互文关系。诗题是详细的叙事，诗歌有意超越平实的叙事，通过典故的使用、意象的提炼和大起大落的安排来营造诗境。因此，要想读懂此诗，必须建立在理解诗题的基础上。诗云"有人夜半持山去"，使用《庄子》典故来说奇石的失去，亦即题目中所说的"石已为好事者所取"。"试问"二句，化用曹植《箜篌引》"生存华屋处，零落归山丘"之字面，概写奇石的遭际。"安排华屋处"对应着题中所说的为李正臣所宝藏，"零落乱云中"仍然暗示着奇石之失。五六句用蔺

---

① 《山谷诗集注》卷十七，第 596 页。清《武英殿聚珍丛书》所收《山谷诗注》以此题为诗序，另拟诗题为《追和东坡壶中九华并序》。无论是诗题还是诗序，都在本章讨论范围，并不影响本章观点。

相如完璧归赵、南柯一梦两个典故，以"人安在"暗示苏轼的去世，以"梦不通"暗示往事已无法追寻。七八句联想到苏轼所写《石钟山记》，进而表达对苏轼的缅怀。苏轼此文写于湖口，与诗题提及的地点正相吻合。两相对照，即可发现诗题与正文的丝丝入扣。而二者的表达方式与风格趣味又是如此不同：散文式的诗题，将时间、地点、人物、事件交代得历历分明，简明质朴的直叙中，却有着"乃和前篇以为笑"与"石既不可复见，东坡亦下世矣"的曲折起伏与鲜明对比，暗含无限感叹；与之相对，诗歌高度凝练，凭借众多事典的熔铸，将奇石失落、苏轼谢世等书写得含蓄深沉。这两种书写风格，形成两个既相似又相异的时空，二者珠联璧合，共同构筑着整首作品的艺术境界。

中唐至宋代的诗题、诗序与自注，呈现出日益鲜明的叙事性。其精细化的叙事表达，勾勒出时间、地点、人物、行为、过程乃至具体细节，有助于营造引发诗人感怀的原初情境，并让读者在每一个独特的情境中体验诗人特有的感受，为诗歌的表情达意提供了坚实有力的支持。不仅如此，作为副文本的诗题、诗序与自注，通过与诗歌主文本的相互分工、相互映衬，有力拓展了诗歌的表意空间，同时作为诗歌的有机组成部分，构筑了诗歌境界的丰富层次。

有意思的是，美国当代著名诗人比利·科林斯（Billy Collins）以异域的诗意眼光，洞察了副文本叙事性的独特意义。他有这样一首诗——《读宋朝诗选，我停下来赞赏标题的长度和清晰》，诗中写到：

　　　　他们早早地就翻开这么多张牌
　　　　在第一行以前就告诉我们
　　　　天气是潮湿还是干燥
　　　　是夜晚还是白昼，他所处的季节
　　　　甚至他饮了多少酒
　　　　……

　　诗中甚至提到了陆游《夏夜舟中闻水鸟声甚哀，若曰"姑恶"，感而作诗》、刘过《官舍阻雨十日不能出，闷成五绝，呈徐判部》等诗题。而诗人之所以欣赏这种清晰，也恰是因为它能把人引入诗歌的情境，让人尽可能体会到诗人最原初的感动：

　　　　他让我多么容易进入
　　　　坐在角落里
　　　　像他那样盘起腿，倾听。①

---

① 　比利·科林斯：《读宋朝诗选，我停下来赞赏标题的长度和清晰》，马永波译，《诗歌月刊》2004 年第 9 期。

结 束 语

张碧波、高国兴在《试论中国诗歌的叙事传统》一文中指出："中国诗歌的叙事传统问题是中国诗歌史研究中的重要课题。对于这一问题的探讨，将有助于正确认识中国诗歌的民族特征与发展规律。"[①] 在 20 世纪 90 年代初，这是很有学术洞察力的看法，同时该文也是国内比较早的呼吁要将研究视角从叙事诗研究上升到诗歌叙事传统研究的文章。该文反对以欧洲诗歌发展体系为参照从中国诗歌抒情传统中划分出一条叙事的传统。立论甚高，但是，如何确立中国诗歌特有的叙事传统？该文作者力有不逮，例如文中将中国诗歌的叙事传统划为三个阶段："史诗"阶段，有意识的（叙事诗）创作阶段和由民间说唱、变文、诸宫调走向叙事诗剧（戏曲）的文学自身演化阶段。这个结论不唯表述粗糙，而且不符中国诗歌叙事传统的实际。又谓"戏曲的出现，将中国叙事传统发展到了高峰"等等，这就有点跑题了——戏曲不属于诗歌，且"中国叙事传统"不等于中国诗歌的叙事传统。

此后，研究"中国诗歌的叙事传统"的声音重归沉寂，大家仍然轻车熟路地研究叙事诗，鲜有学术思维上的突破。直到

---

① 载《天津社会科学》1992 年第 2 期。

2008 年 12 月 22 日董乃斌教授在《人民政协报》上撰文《文学史研究的叙事视角和贯穿线》，呼吁要研究中国文学史的叙事传统①，"中国诗歌的叙事传统"才重新回归研究者的学术视野。董乃斌先生采用现代叙事学上的"叙事视角"这一概念，标志着"中国诗歌的叙事传统"的研究走出了以往的经验主义路径，颇具现代学术的气质。2010 年董乃斌先生发表《论中国文学史抒情和叙事两大传统》，标志着其对"两大传统"这一学术思考的定型②。

　　"中国诗歌的叙事传统"这一学术研究方向确立后，采用什么样的理论来指导研究？值得深入探讨。直接运用中国传统文论资源中的"叙事"概念显然不可以，一则在中国文论的语境里，"叙事"一词没有明确的内涵与外延，学者在使用它的时候，全部依赖于自己的掌握和理解，学术交流的互通性不足；二则缺少学术的现代性，无法与国际学术交流，最终落得自说

---

① 《人民政协报》2008 年 12 月 22 日。董先生对中国文学史中的叙事传统的关注，经历了一个长期的认识和探索过程。如曾撰《唐代新乐府和诗歌叙事艺术的发展》一文对唐代新乐府的叙事艺术成就进行总结，认为研究它"有助于加深对我国'叙事诗传统不够发达'这个现象的认识"（《文学遗产》1984 年第 4 期）。撰《论中国叙事文学的演变轨迹》一文探讨"神话便应被看作叙事文学之源"的话题（《文学遗产》1987 年第 5期）。撰《唐代诗歌散文的小说化倾向——小说文体孕育过程论之一》，指出古代诗、文两种文体，也曾一度表现出小说化的倾向，事实上涉及诗歌叙事问题（《唐代文学研究》，第 4 辑）。撰《诸朝正史中的小说与民间叙事》一文指出："应到我国史部书的丰富库藏中发掘小说史料，从而把对叙事文体、叙事思维及能力的研究推向深入。"（《文学评论》2006 年第 5 期）。这个观点在《〈史通〉叙事观在文学史上的意义》一文中有进一步发挥（《唐代文学研究》第 13 辑）。
② 《社会科学》，2010 年第 3 期。

自话的境地。

　　直接套用西方叙事学理论可以不可以呢？答案是不可以。西方叙事学理论建立在地中海文学传统之上①，把它运用于中国诗歌叙事传统的研究，首先会遇到解释的有效性问题。这是常识，无需过多地去论证。

　　那么，能寄希望于建构中的中国叙事学吗？虽然它目前远未成熟，仍然存在着诸多问题②，但还是值得我们去尝试。不管如何建构，中国叙事学的核心话题仍离不开故事、情节和叙述者（人物）这些基本要素。同时，中国文学叙事的特色要素是不可或缺的，例如意象（或事象），这方面周剑之副教授有专文研究③。还有如中国文学叙事背后的戏剧因素也值得我们重视，至少在唐代以前，乐府诗的叙事性不完全依赖于文本的叙事结构，它更多地依赖于戏剧表演。直到唐代白居易、元稹等人创作新乐府和闲适诗时，诗歌的叙事性才完全脱离表演艺术，只

---

① 所谓地中海文学传统即即浦安迪先生指出的"史诗（epic）—罗曼史（romance）—小说（novel）"一脉相承的主流叙事传统。见《中国叙事学》第一章《导言》，第8—9页。

② 朱永富：《西方叙事学中国化与中国叙事学建构考察》，《铜仁学院学报》2020年第6期。

③ 周剑之《从"意象"到"事象"：叙事视野中的唐宋诗转型》一文指出：作为中国古典诗歌叙事脉络中的重要阶段，宋诗发展了"事象"的表现形式，提取与事相关的要素，以呈现动态的、历时的行为和现象；并通过"事象"营造出"事境"，在每一个独特的事境中传达多元而充满变化的复杂体验，进而实现诗歌主旨的表达。以宋诗为代表提炼出来的"事象"与"事境"，可以用于建构古代叙事诗学的理论体系，有助于深入认识古典诗歌的叙事传统，进而全面认识中国古典诗歌的本质特色。《复旦学报》2015年第3期。

存在于文本结构之中。而这与中唐以后传奇的大量出现是一致的，虚构成为叙事的基本手段。

就目前中国叙事学的应用现状而言，笔者赞同董乃斌先生提出的重视"叙事视角"的思路，并将其运用到中国诗歌叙事传统的研究中来。叙事视角有如下四种常见类型：第三人称全知视角、第三人称限知视角、第一人称内视角（主人公视角）和第一人称限知视角（见证人视角）。经过我们研究后发现，以情节作为分析中国诗歌叙事传统的重要尺度不尽合理，因为中国诗歌叙事中事象与事境才是核心元素，而非情节；但是如果运用叙事视角来分析，则可以达到比较好的效果，例如可以从叙事视角中看到中国诗歌的叙事性的强弱与艺术上的优劣。

本书中，笔者在唐代部分选取了在诗歌叙事艺术方面有创新性的诗人作为研究对象，希望通过个案研究的方式来剖析唐代诗歌叙事传统的某些特质。至于宋代部分，则采用专题研究的形式，这也是考虑到宋代诗歌创作的现实状况而选取的研究策略。宋代很少有像白居易、元稹这样写叙事诗的典型作家，但在普遍倾向性方面规律性更强。

就叙事艺术而言，杜甫在安史之乱以前的诗，虽然有意识地在诗中加强了叙事性，但也不可避免地还带有那个时代浓厚的抒情底色。如古诗《饮中八仙歌》的叙事特点是，以中近景或近景为主，呈现人物表情、对话、反应，再现人物动作和细节，在连续的流动镜头中，形成一定的视觉节奏，强化读者印象。特别是其中"天子呼来不上船，自称臣是酒中仙"这类"画中画"叙事手法，令人过眼不忘。在中国古代诗歌中，这种叙述视角应该是杜甫的首创。安史之乱起，诗人杜甫出生入死的险绝经历，已不适用"搜求于象，心入于境，神会于物，因心而得"的创作方式和兴象玲珑的盛唐诗歌美学来书写，在无比复杂社会现实面前，杜甫需要表达"刺之""哀之""慰之"的不同态度。杜甫加强客观"叙事"成份，一方面在乐府诗中继承和发扬了汉魏乐府中对话叙事手法，另一方面创造性地地频繁运用外聚焦叙事（外视角）手法；在此类叙事中，叙事者如同一位不知情的旁观者，用不带任何主观意识的视角来客观记录事件，《新安吏》《石壕吏》《新婚别》《垂老别》等诗即是。这种叙事策略带给读者的客观、中立印象，以为杜甫是像历史家一样记录时事。这是杜甫运用叙事手法的高超之处，后人对杜诗的所谓"诗史"称号，正由于此。

以白居易和元稹为代表的元和体诗歌中，自传诗很多，如元稹《元和五年予官不了罚俸西归……》《寄吴士矩端公五十韵》《梦游春诗七十韵》《酬翰林白学士代书一百韵》《答姨兄胡灵之见寄五十韵》（后三首均作于贬江陵时）、《酬乐天东南行诗一百韵》（元和十三年）；白居易《代书诗一百韵寄微之》《醉后走笔酬刘五主簿长句之赠兼简张大贾二十四先辈昆季》《和梦游春诗一百韵》《渭村退居寄礼部崔侍郎翰林钱舍人诗一百韵》《江州赴忠州至江陵已来舟中示舍弟五十韵》，等等。这些诗多采用内视角叙事来塑造风流才子形象，这种视角更能表达诗人内心最深刻的记忆和最真实的自我。首先，对本诗的读者来说，因为是主人公叙述自己的事情，主观性极强，自然而然地带有一种特殊的亲切感和真实感，只要他愿意就可以随时袒露内心深处隐秘的东西；其次，因为是"固定聚焦"，一切都是未知，让读者对下文充满期待，而且镜头推进节奏缓慢，绝对时间短，但心理时间很长。

元和体传奇诗如《长恨歌》《连昌宫词》等，不但重现了汉乐府叙事诗《孔雀东南飞》的叙事方式，而且又有新的发展。首先，其叙事摆脱重大时事之"大我"，进入心理揭示之"小我"。其时间跨度处理方式是：叙大事（大我）时用大跨度的简笔，而叙"小我"的心理活动时则用"慢时间"的繁笔。其次，如元稹《连昌宫词》诗一改此前按时间先后的直叙，改为直叙加追叙的复合叙事。对叙事情节的有意识的操控是元和体诗歌叙事艺术创新的重要标志。最后，大量使用外视角叙事。在描写长时段、大场面、大事件时，外视角叙事很有优势，又可以兼顾人物形象和故事情节的细部刻画。

李贺诗中的象征叙事代表着中国古典诗歌叙事艺术的最高峰。"象征叙事"是指诗人运用具有超物象特征的经典意象或符号构成一定情节来叙述真实或虚构的故事。其意义指向具有模糊性，其美学特征是强烈的主观色彩和神秘主义。李贺诗的意象有"超物象"特征，构造了时间上悠久、空间上辽远的超现实世界。李贺在诗中叙事时，大多采用"见证人内视角"的手法叙事，将自己置身于观察者位置，选取历史上富于戏剧性的一刻加以重写，将历史故事陌生化。李贺采用的叙事策略仍然是"见证人内视角"叙事手法，如《秦王饮酒》诗，叙事者按从白天到深夜的时间顺序叙述秦始皇大陈宴席的场景。"见证人内视角"叙述强化了事件的真实性，增强了事件的客观性，这对于在诗歌中塑造主要人物的完整形象更加有效。其次，必要时叙述者可以对所叙人物和事件做出感情反映和道德评价，这不仅为作者间接介入提供了方便，也可增强作品议论色彩和抒情氛围。这就是李贺诗歌叙事性与抒情性高度融合的艺术奥秘，从而使其诗达到了捷克作家昆德拉所说的小说是"关于存在的一种诗意思考"的境界。

作为唐宋诗体文学的一个大门类，唐宋词的叙事传统也是本书关注的重点。本书运用第一人称内视角（主人公视角）、第一人称外视角（见证人视角）、第三人称限知视角、第三人称全知视角四个角度来揭示词体叙事性的丰富多彩。人们对于单词叙事的印象，大概主要集中在长篇慢词，其实，令词也可以用情节叙事的，如周邦彦《少年游》（并刀如水）词，以第一人称外视角（见证人视角）叙事，写叙述者"我""看到"的一位公子与歌女相见的故事。故事主人公是歌女和公子，叙事者是旁观者"我"。上片叙歌女的动作和居住环境，显示歌女高雅的生活品位，也自然衬托了公子的高雅品位；下片叙女子与公子的对话，显示歌女多情体贴的性格。全词叙述了公子见歌女、歌女留宿公子的前后经过，叙事情节非常完整。至于长篇慢词叙事，则研究得更充分，如吴世昌对周邦彦《瑞龙吟》叙事性的发抉："我以为此词颇似现代短篇小说的作法：先叙目前情事，其次追叙或追想过去的情事，直到和现在的景物衔接起来，然后紧接目前情事，继续发展下去，以至适可而止。"由三种时间状态而产生了三种叙事结构："追述过去""直叙现在"和"推想未来"。他曾总结出周邦彦词中叙事的两个模式：人面桃花型（昔—今对比）和西窗剪烛型（昔—今—明—今）。柳永与周邦彦等人在词中运用主人公视角结合赋笔赋笔加强词体的叙事性，并保持着强烈的抒情性。这是他们对诗歌叙事传统的贡献。

自晚唐起，单首词中已有小说叙事的手法，至柳永、周邦彦手中达到艺术高峰；同时，联章词凭借词的章法结构来叙事，为后世叙事文学探索了新路。宋代联章词的叙事性在词曲递变领域的过渡作用，足见各种文体互渗的重要性。联章词中的套词叙事在文体学上的意义十分重大。简约言之，套词叙事对词体抒情性的制约与促进，对戏曲、杂剧的文体形成与定型，对元曲叙事的沾溉，都具有直接的引导作用。

在宋代，以个人仕宦经历为叙事重点的自传范型基本稳固下来，自传诗所讲述的人生经历主要是围绕着仕途起伏来展开。在这一点上，略有别于《悲愤诗》和杜甫诗中因社会动乱而导致人生起伏的类型（社会动乱毕竟只是阶段性的存在），而是趋近于韩愈、白居易一类仕宦沉浮的人生范型。宋代他传诗实可分为两大类型：现实型与传奇型。宋代现实型他传诗往往针对某一位特定的人物，他有名有姓，是唯一的一个。要书写这样的人物、呈现其人其事的独特性与真实性，引入史家纪传笔法，是一个自然而然的选择。传奇型他传诗所写人物带有一定的传奇色彩。诗人注重人物形象的塑造和情节的刻画，诗歌叙事挟带着想象与虚构，透露着诗人的好奇之心以及书写故事的浓烈兴趣。

宋代纪游纪行诗的重心在"游"与"行"，在山水诗向纪游纪行诗的转变过程中，诗歌叙事性得到了显著的增强。宋人善于利用时间流动和动态位移来表现"游""行"的过程，将诗人对时间、位置的知觉纳入叙述中，引领诗歌的叙事安排，山水风景的分量反而不那么重了，许多纪游纪行诗并不花费太多笔墨描写风景，而加重了人事的比例。

宋人"记梦诗"的"记""梦"二字，都提示了叙事性的鲜明存在。"梦"总是有一定的内容，无论是片断的场景还是连贯的情节；"记"则表明对梦境内容的记述，宋代诗人偏爱将做梦的时间、内容以实录的方式加以呈现，显露出相当鲜明的纪实意味，对叙事的表现手法有更多的倚重。与唐代相比，宋代记梦诗更倾向于纪实。其中陆游的纪梦诗最多，陆游对记梦诗叙事模式的发展，表现为对诗题、诗序的充分利用，使其成为记梦诗的有机组成部分，从而更为有效地安排叙事的繁简详略。

宋人的纪事诗以"泛事观"作为理论基础，宋人诗中的"事"，涵盖了片断的闻见、局部的事实、人物的行为动态、相关的事物、景物乃至诗人的情绪、感受、思考等众多方面的内容，诗中纪事多呈现为片断式的形态。相比于前代，宋诗纪事体现出了更为鲜明的叙事性，诗人们对于时间、地点、人物、行为、过程、乃至具体细节的说明，有助于重新营造出诗人意图呈现的事件情境，让人在每一个独特的情境中体验诗人所特有的感受。此外，宋代"诗史"观念在注重叙事、抒情相互融合的同时，实际上是将"事"与"史"提升到了与抒情言志相比并的地位。"诗史"对诗歌叙事性的凸显，可以说是对抒情主流的一大突破。

宋代诗歌副文本的叙事性也大大加强了，如很多诗题本身就可以组成简短的游记。这些前后通贯的诗题，以记事为线索，将诗歌联结贯穿，愈发显现出强大的叙事特性。宋代诗序沿着叙事的路数继续发展，愈发精心纂构，对事情来龙去脉、创作具体情境的记述也愈发详细。诗人还发展了诗中自注的方式，凭借对诗句的解释与补充，往诗句字里行间的夹缝中注入了叙事性。诗题、诗序与自注的精细化叙述又表现在对细节的呈现上。许多诗歌不仅交代事件概况，还着重讲述一些重要细节——或是对行为、语言的细致刻画，或是对景物的具体描摹，又或是对事件因果关系的交代等。这就进一步明确了其人其事的独特性。

当然，本书以唐宋诗中的叙事视角为研究重点来探讨诗歌的叙事传统，并不是说只需考虑这一点就可以。在具体的研究中，叙事概念中的四要素（人物、情节、视角和意义）为一有机整体，不可片面运用。例如汉乐府与魏晋拟乐府，虽然从情节、人物和视角等层面分析两者没明显区别，但两者的实质性区别仍在——两者的叙事意义不一样，所以仍然是不同的叙事传统。张衡、三曹等人出于自我抒情的需要而以乐府旧题抒情言志，则可判定他们是一种创新。

唐宋诗歌叙事传统的研究，还有待进一步深入。中国古典诗歌的叙事视角与叙事功能的关系如何？中国古典叙事性诗歌作品在语言和结构形式上有哪些特点？没有了"故事"的诗歌叙事，它的意义如何呈现？这些问题都是我们研究诗歌叙事传统时需要进一步辨析的，期待将来完善研究。